SARAH LARK

Im Land der weißen Wolke

长白云之国

［德］莎拉·拉克 著　　何斐 译

上海文艺出版社

图书在版编目(CIP)数据

长白云之国/(德)拉克著;何斐译.—上海：
上海文艺出版社,2014
ISBN 978-7-5321-5530-9

Ⅰ.①长… Ⅱ.①拉… ②何… Ⅲ.①长篇小说—德国—现代 Ⅳ.①I516.45

中国版本图书馆 CIP 数据核字(2014)第 237002 号

Sarah Lark
Im Land der weißen Wolke
© 2007 by Bastei Lübbe GmbH & Co.KG，Köln
Chinese simplified character translation rights © 2015 by
Shanghai 99 Culture Consulting Co.，Ltd

著作权合同登记号　图字:09-2014-827

责任编辑：李　霞
特约策划：邱小群
封面设计：丁威静

长白云之国
〔德〕莎拉·拉克 著
何斐 译
上海文艺出版社出版、发行
地址:上海绍兴路 74 号
新华书店经销　山东德州新华印务有限责任公司印刷
开本 890×1240　1/32　印张 17.5　字数 496,000
2015 年 1 月第 1 版　2015 年 1 月第 1 次印刷
ISBN 978-7-5321-5530-9/I·4414　定价:52.00 元

目　录

第一部

启程：伦敦波厄斯郡至克莱斯特彻奇，一八五二年　1

第二部

爱悠悠……坎特伯雷——西海岸，一八五二 —— 一八五四　123

第三部

恨悠悠……坎特伯雷——西海岸，一八五八 —— 一八六〇　251

第四部

抵达：坎特伯雷——奥塔戈，一八七〇 —— 一八七七　381

第一部

启程

伦敦波厄斯郡至克莱斯特彻奇

一八五二年

1

　　新西兰克莱斯特彻奇圣公会征集一批正派年轻女子，要求她们精通家庭事务和儿童教育，愿意与我们数名受人尊重、地位良好的圣公会成员相携共度基督教式婚姻生活。

　　海伦的目光不经意落在教会传单最后一页一处不起眼的广告上。学生们静静地做着语法练习时，作为老师的她已经浏览了一遍那本小册子。海伦本来是很喜欢看书的，可是威廉的问题不时地扰乱她的注意力。这会儿，这个正做着作业的十一岁男孩又抬起他那头发蓬松的脑袋。

　　"达文波特小姐，第三段那儿，应该用which还是that呢？"

　　海伦把读物放在一边，轻叹一声，这是她一周之内无数次地向这个男孩解释限制性和非限制性从句之间的区别。威廉是她雇主罗伯特·格林伍德最小的儿子，一个可爱的小帅哥。不过这孩子并不具备过人的天资，他每次作业都要人帮助，而且对海伦的解释忘得比她讲得都快；他唯一懂得的，是如何用令人怜惜而又茫然无助的眼神去凝视大人，并用他甜美的童年高音去哄他们上钩，他母亲露辛达每次都上当受骗。任何时候，这小子一依偎在她身上，跟她提议说母子一起去干点什么事，露辛达就会立马取消海伦已经安排好的课后辅导。因为这个原因，威廉到现在读书还读不流畅，他那大脑连最简单的拼写练习都应付不了。如他父亲梦寐以求的那样，要他将来考某个像剑桥或牛津那样的大学，看来想都不用想。

十六岁的乔治，威廉的哥哥，毫不掩饰对弟弟不耐烦，他嘀溜了一下眼睛，向威廉示意，那个让他老半天百思不解的句子正是课本里的例句。乔治长得瘦长难看，此时他已经完成了拉丁文翻译作业；他完成功课的速度很快，虽然不是每次都完美无瑕；乔治觉得经典名著很无趣，他迫不及待地想参与父亲的进出口生意。他梦想到遥远的国度游历、探险，在维多利亚女王管辖下迅速开放的殖民地开发新的市场。乔治毫无疑问是个天生的生意人，他的谈判天赋已经得到证明，他知道如何利用自己的魅力达到预想的良好效果。他经常耍些把戏让海伦缩短上学时间，屡屡得逞。有一天，威廉最后终于明白自己该怎么做——或者说，至少明白可以到哪儿去抄袭答案，乔治便尝试了一个小伎俩。海伦拿过乔治的笔记正准备检查，那小子挑逗地把本子推到一边。

"哦，达文波特女士，你真的想现在就为这些笔记什么的烦心吗？这么好的天气，真不该只为了上学呀！我们去玩一圈棒球游戏吧，别……你需要提高一下你的技巧，否则下次露天招待会时你只能闲站着，没有一个年轻小伙子会注意到你，这样一来，你就永远没有嫁给某个贵族的好运，你只能教教像威廉么无可救药的家伙，聊以打发余生了！"

"你的主意不错，乔治，不过现在乌云翻滚，等我们把这里的事情都收拾妥了，再到公园去，那时我们头顶的乌云就已消散殆尽了，那我在年轻贵族面前不就更有吸引力了？如此尽善尽美之事，你觉得如何？"

海伦想要以中立的姿态为自己定位，而且她也颇擅于此道：作为一个伦敦上流社会的女家庭教师，首先要学会的是把捏别人的面部表情。海伦的角色，既不是这个家庭的成员，也不是一个普通的雇员。她会参加集体聚餐，而且也经常参与这个家庭的休闲活动，但她会小心谨慎地不擅自提出任何个人意见，也不会去吸引别人对自己的注意。不管什么情况，在公园招待会上，她都不会让自己随意地和年轻的宾客们混在一起。相反的，她一般都会远远地站在一边，很礼貌地和女宾们聊聊，并随时留意自己的职责所需。当然，她的目光偶尔也会落在某个年轻的男性宾客身上,而且有时她也会做片刻浪漫的白日梦,梦见自己正和一名帅气的子爵或男爵穿过庄园主的宅邸花园在散步。不过这一点,乔治是绝不可能注意到的。

乔治耸耸肩。"好吧,女士,你就一直看征婚广告吧!"他厚着脸皮说,并妥协地对着那份教会资料笑笑。海伦很自责自己怎么会把这个小册子打开放在讲台上,趁她在帮威廉理清思路时,讨厌鬼乔治很自然会偷看到这东西。

"你真的很可爱,女士,"乔治极尽其甜美的语气对海伦说,"你怎么不嫁给一名男爵呢?"

海伦双眸一动,她知道她应当斥责乔治的,但她还是忍不住被他逗笑了。这小子若能坚持不懈,前途将无可限量,至少在女人面前以及商业界,大家一定会很赏识他阿谀逢迎的天赋。不过这个本事对他考上剑桥能起到作用吗?另外,海伦觉得自己对这种愚蠢的恭维具有很强的免疫力。她知道,以传统的观念而言,自己一点都不漂亮,虽然她容貌各个方面都相称,但却都普普通通;嘴有点薄,鼻子太尖,而那双淡定、灰暗的眼睛对这个世界太挑剔,所以不会引起锦衣玉食的富裕小伙子注意。海伦最有魅力的地方是她那又长又直、丝一般柔顺的棕发,稍带一点红色,直垂至腰间。也许她应该像格林伍德一家出席的野餐或花园招待会上的其他女孩一样,稍稍歪着秀发飞扬的头,让长发自由自在随风飘舞。那些年轻小姐多是厚颜无耻之徒,都有可能在与其爱慕者散步的当头,突然声称天气太热,然后把帽子摘下来;或者,就在某个年轻男子划着船,带她们在海德公园的湖面上穿行时,假装风吹掉了她们的小帽子,然后,装着好像很意外似的,把头发上的系绳和发夹松解开来,让秀发摇曳多姿,好让男人们对她们那一头骄奢飘逸的长发惊羡不已。

海伦从来没让自己这么做。作为一名牧师的女儿,她一直被严格地抚养长大。从小女孩时开始,她的头发都是编成辫子固定起来的。由于母亲在她十二岁时就去世了,父亲就让海伦掌管家务,并照顾三个比她更小的弟妹,她因此很早就变得成熟练达。达文波特牧师从不过问厨房内外及儿女养育之事,相反,他让自己沉湎于教区工作以及宗教文本的翻译和阐释。他对她的关注,仅限于他在阁楼的书房忙于工作、海伦一直陪伴在他身边的时候——她唯有偷偷溜进这里,才能摆脱家里那一片混乱和吵闹。这也是当弟妹们还在吃力地开始读启蒙书时,海伦就已经能看懂希腊文圣经的原因。海伦以其漂亮缜密的书写,帮父亲转录布道辞、抄写利物浦主教区新闻时讯里父亲写的文章。她的娱乐时间很少。每当海伦忙着卖东西、烤糕点、倒茶之时,小妹苏珊却充分利用慈善集会及教堂野餐的机会,结识本教区那些年轻的权贵。不出所料的,苏珊十七岁刚出头,就嫁给了一位知名医生的儿子,而海伦却在父亲去世后被迫去任职当家庭教师。此外,她还得用自己挣来的钱供两个弟弟完成法律和医学学业。他们俩从父亲那里继承的遗产不够负担他们所需的教育——而且他们自己也不够努力去争取适时地完成自己的学业。一丝恼怒闪过,海伦想起她弟弟上星期是如何差点通不过另一场考试的。

"男爵一般会娶女男爵啊。"她最后还是草草地回答了乔治的问题,"这个嘛……"她指着教会资料说,"我在看里面的文章,没看广告。"

乔治没说什么,只是狡黠地露齿而笑。那篇文章是有关关节炎热敷的,肯定只有教区的老年人才会感兴趣,达文波特小姐显然没患关节痛。

不过,老师还是看了看钟,而后决定结束这个下午的课程。乔治只需五分钟梳梳头发,换上正餐的衣服,海伦有这几分钟也足够了,然而要让威廉脱下他那沾满墨汁的校服,穿上正装,可得花上相当长的时间。海伦很高兴不用负责料理威廉穿着打扮,这事由一个保姆打理。

最后,这位年轻的女家庭教师总结了一下语法的重要性,两个家伙听得心不在焉,当天的课程就此结束,威廉立马兴奋得跳了起来,至于家庭作业,他连看都没看一眼。

"妈妈,我必须表现得毫不迟疑!"他声明,自鸣得意如此成功地蒙骗过了海伦。她不能冒这个险,让他眼泪汪汪地跑去见母亲,并告诉她老师在某些方面显而易见的不公平。乔治看了一眼威廉那可怜的画作——就这样蹩脚的东西,他妈肯定还会欣喜若狂地赞许一番。接着,他飞快地收拾好了自己的东西。海伦注意到，他走的时候，近乎同情地看了自己一眼。乔治早先说的那些话，让她陷入沉思："如果你找不到老公，小姐，你只能教教像威廉那么无可救药的家伙，聊以打发余生了！"

海伦拿起教会传单，正打算把它扔了，却又想到一个更好的解决办法——把它藏进自己包包里带回宿舍不就行了。

罗伯特·格林伍德没太多时间照料家庭，但和妻子儿女一起用餐对于他来说是很神圣的事情，女家庭教师在场丝毫没影响到他，相反，他常觉得，有海伦·达文波特的加入，听听她对于时事、文学及音乐的见解，餐桌上的交谈就更有意思了。海伦对这些事情的理解，显然胜过他的配偶——露辛达在高等教育方面，还是有些欠缺的，她的兴趣，仅限于理家、极端娇宠小儿子，以及参与各种慈善组织的女子委员会工作。

所以，在这个特别的夜晚，当海伦进来的时候，罗伯特·格林伍德和蔼可亲地面带微笑，与这位年轻教师寒暄一番后，便帮她拉出一把椅子。海伦小心谨慎地向他和露辛达·格林伍德报以微微一笑。无论如何，她都不想让人怀疑她这是在和雇主调情，哪怕罗伯特·格林伍德的确是个颇有吸引力的男人。他身材高大修长，长着一张瘦削聪明的脸，一双充满好奇的棕色眼睛；棕色三件套西服和金表链与他本人的搭配堪称完美；他的修养也是屈指可数——即便是从格林伍德家族周旋的社交圈里走出来的那些贵族家庭的绅士，也没有人比得上他。不过，尽管如此，他们家在这个圈子里还未完全被认可，人家只当他们是暴发户。罗伯特·格林伍德的父亲白手起家，建起自己日益繁荣的公司，做儿子的则为了家业兴旺和社会地位的提升而加倍努力，由此一来，他和露辛达·雷弗德的婚姻也就顺理成章了——她来自一个没落的贵族家庭。雷弗德家族的贫困，归咎于露辛达父亲的嗜赌，或像人们谣传的那样，热衷于赛马，露辛达只能勉强接受其中产阶级地位。她本人热衷于炫耀卖弄，所以，格林伍德家的招待会和花园派对总是比伦敦其他社会名流家的丰盛得多。虽然小姐太太们很受用，但她们依然会吹毛求疵。

那天晚上，露辛达为了这顿简单的晚餐，还是再次精心打扮了一番。她穿着一件优雅的淡紫色丝绸连衣裙,头发则是女仆忙了数小时才弄好的。露辛达聊起她当天下午参加的一次会议,那是女子委员会为当地孤儿院召开的。不过,大家对此并没多少反应,海伦和罗伯特·格林伍德对这方面尤其不感兴趣。

"这么好的天气,你们大家都干吗去了呢?"露辛达·格林伍德问,这会儿,她把注意力转到了家人身上,"不用问,罗伯特,你肯定是工作,工作,工作。"她深情地注视着丈夫,毫无疑问,那是在传达爱的宽容。

露辛达·格林伍德觉得,自己的另一半对自己以及自己所承担的社会责任关注太少。这会儿,罗伯特无意间面露苦相,他似乎很想刻薄地回应一下露辛达那句快到嘴边的话,因为他的工作不仅是要养这个家,还要保证露辛达在各种女子委员会的工作尽可能处于领先地位。海伦很怀疑露辛达·格林伍德的组织能力能否保证她当选——那很可能是她丈夫慈善的本性导致的结果。

"我和一个新西兰来的羊毛生产商,进行了一次非常有趣的谈话……"罗伯特瞥了他大儿子一眼,准备开讲,可是露辛达继续絮絮叨叨的,这会儿,又把纵容的微笑投放在威廉身上。

"你呢,亲爱的宝贝?你肯定去花园玩了,对吧?玩棒球游戏的时候,你又打赢乔治和达文波特小姐了吗?"

海伦目不转睛地盯着自己的盘子。从眼睛余角,她看见乔治像平常一样,正对着天空眨眼睛,仿佛在召唤某个善解人意的天使来援救。其实,威廉只在一种情况下,比他哥哥得的点数多,那就是乔治严重感冒的时候。虽然海伦能比威廉更熟练地把球击进篮圈,但她常常故意让他赢。露辛达默许这种做法,但她丈夫每次看出其中诡计,都会告诫海伦。

"这孩子弄不好会习惯这样一个事实,觉得大家都是靠愚弄手段野蛮地进行比赛!"他严厉地说,"他必须学会失败,那是赢得这个世界的必由之路!"

无论哪个领域,威廉能不能赢,海伦对此深表怀疑。不过,她对这个不成功的孩子深表同情,可这个想法立刻被他接下来的一番话化为乌有。

"噢,妈咪,达文波特小姐根本没让我们玩!"威廉撅着嘴说,"我们整天都坐在屋里学习,学习,学习。"

露辛达向海伦投去不赞同的目光,"是真的吗,达文波特小姐?你应该知道,孩子们需要新鲜空气!在这个年龄,他们不能整天一头扎在书本上!"

海伦内心快要冒火了,但她没能指责威廉在撒谎。让她稍感安慰的是,乔治介入进来。

"这根本不是真的,每天都一样啊,威廉中饭后都会出去走走,不过那会儿开始下雨,所以他不想出去。保姆拖着他在公园走了一圈,结果上课前就没时间玩棒球游戏了。"

"没玩棒球,威廉就画画。"海伦说,试图想转移一下话题,这样,露辛达·格林伍德可能会马上转而表扬威廉博物馆级别的速写,忘掉威廉缺乏新鲜空气。可结果并非她期待的那样。

"就算是那样,达文波特小姐,中午天气不适宜的时候,你就该在下午让他休息一下。威廉将来有一天要在这个圈子活动,身体素质跟知识能力一样重要。"

威廉好像很喜欢看到老师被训斥,海伦再一次想起之前提到的那个宣传单……

乔治好像猜透了海伦的心思。他对威廉和妈妈之间的讨论听而不闻,反倒捡起父亲刚才中断了的话题。父亲和儿子之间玩的这个小把戏,海伦之前就已经注意到好几次了,而且,她一直很惊讶他们之间如此默契的转接。可是这次,乔治的话让她羞愧不已。

"达文波特小姐对新西兰很感兴趣,父亲。"

所有的目光齐刷刷地聚在海伦身上,她差点没惊厥过去。

"哦?真的?"罗伯特·格林伍德平静地问,"你打算移居国外?"他微笑着继续说,"新西兰是个不错的选择。那儿既不会太热,又不会像在印度一样陷入疟疾侵扰;它没有美洲那样嗜杀的土著,也不像澳洲那样犯人子孙云集……"

"真的?"海伦问,她很高兴话题能回到非交火区,"而且,新西兰不是罪犯的入驻地?"

罗伯特·格林伍德摇摇头,"完全不是。那儿的社区几乎完全是由优秀的英国基督徒创立的,所以保存至今。我倒不是说那儿就完全没有令人质疑的事情,也有某些恶棍已经在那儿上岸了,尤其是在西部海岸捕鲸营地;还有,剪羊毛的侨民也不见得都是行为良好、值得尊重的人。但是,新西兰确实不是一个社会渣滓的窝藏处,那是一块新兴的殖民地,在短暂数年内,还没能完全依靠自己……"

"不过那里的土著真的很危险哦!"乔治突然插嘴,显然,此时他也很想展示一下自己的学问。他对军事对抗很感兴趣,海伦已经从以往的经验和一次特别的记忆中领教过了,"不久前那儿就发生过斗殴,对吧,爸爸?你不是告诉过我们,你的一个生意伙伴的羊毛全都被烧光了吗?"

罗伯特·格林伍德愉悦地朝儿子点点头,"没错,乔治。不过,那是过去的事——距离现在有十多年了。虽然小规模的冲突时不时会重燃,但这不能归咎于殖民者的出现,当地人也一直都很易于管制。不,那是土地买卖造成的问题。另外,谁能说,那里东一个西一个的部落首领,完全有可能是我们的人骗取来的。不过自从女王把霍布森船长派遣到那里当中将,这些冲突就减少了。霍布森是一个机智的战略家,一八四九年,他促成四十六个部落首领签订协议,公开宣布归顺女王。从那时起,持有英皇王冠属下的人具有优先购买土地的权利。不幸的是,不是每个人都配合,也不是所有殖民者都主张和平。那就是那儿依然动荡不安的原因。不过,这个国家平常还是挺安全的——所以,不必担心,达文波特小姐!"罗伯特·格林伍德默许着对海伦说。

露辛达·格林伍德皱了皱眉头。"你不是真的打算离开英国吧,达文波特小姐?"她不高兴地问,"牧师刊登在教区传单上那个莫名其妙的告示,你不会是真的考虑去应征吧?为了我们女子委员会的建议,我可能会补充点什么!"

海伦再次觉得羞愧难当。

"什么告示?"罗伯特转身问海伦,海伦只是支支吾吾的。

"我……我不清楚事情真相。只是有一篇告示……"

"新西兰有个社区在征愿意嫁过去的女孩。"乔治向父亲禀报,"好像是南太平洋天堂女人奇缺。"

"乔治!"母亲震怒地训斥。

罗伯特·格林伍德大笑。"南太平洋天堂?行啊,那里的气候跟英国很相似,"他纠正儿子说,"不过那儿的殖民地里,的确男多女少。除了澳大利亚以外,男性渣滓都被水冲到岸边:骗子、小偷、娼……呃哼,水性杨花的女人。但是,若提到自愿移民,女士们没有男人那样的冒险精神。她们要么跟自己丈夫去,要不就不去。这是女流之辈的典型特点。"

"确实!"露辛达·格林伍德同意丈夫所说的,海伦则咬了咬舌头。对于男尊女卑,她还真不太服气,只要看看威廉,或想想她那两个迟迟无法完成学业的弟弟就够。海伦甚至在自己屋里珍藏了一本书,那是女权倡导者玛丽·沃尔斯顿克拉芙特作品的副本,但她很清楚,这事最好只有自己知道,否则露辛达·格林伍德会立马让她走人。"在没有男人保护的前提下,登上开往外国那些脏兮兮的轮船;在怀有敌意的异国他乡投宿、做那些上帝分配给男人做的苦差。这些都是违背女性天性的。把基督女信徒送到海外,嫁给那里边界地区的白奴?"

"目前……目前,他们不会毫无准备地把女人送过去,"海伦插话,"那个宣传和早先的预想显然是对应的。特别提到那些是非常受人尊重、有实力的人。"

"我觉得你还没好好看那个宣传。"罗伯特笑道,不过他宽容的笑容让自己的话听起来没那么刺耳。

海伦再一次感到羞愧不已。"我……呃哼,我只粗略地浏览了一下……"

乔治得意地笑了。

他母亲好像没太弄明白谈话要点就把话题转到新西兰其他方面的问题上了。

"我觉得殖民地的奴隶问题，要比什么女性缺乏问题严重得多。"她解释说，"我们今天在孤儿院委员会上彻底讨论过这个问题。听说，在……那个城市叫什么来着？克莱斯特彻奇？在那个城市，即使是条件比较好的家庭，就连好一点的家用棉织品都找不到，仆人也雇不到。"

"这可能是女性普遍缺乏的结果。"罗伯特·格林伍德发表看法。海伦挤出一丝笑容。

"不管怎样，我们委员会将会送几个女孤儿过去。"露辛达继续说，"我们有四五个不错的小家伙，大约十二岁左右，可以自食其力了。在这个国家，我们很难给她们找到工作。这里的人喜欢大一点的女孩，但到了那边，她们应该能养活自己……"

"我听着怎么觉得那是去当白人奴隶而非谈婚论嫁。"她丈夫提出异议。

露辛达狠狠地瞪了他一眼。

"我们只是时刻在考虑女孩们的最大利益！"她坚持自己的意见，并一板一眼地把餐巾纸折起来。

海伦有些疑惑。不可能每个女孩都不遗余力地做好准备，盼着将来在上等人家屋子里做仆人时，言行举止尽显优美。她们可能被当作厨房帮手使唤。可是，即便在那个地方，厨师们肯定也更喜欢健壮的农家女，不喜欢营养不良、年仅十二岁的穷人家的女孩。

"到了克莱斯特彻奇，这些女孩很有可能得到较好的安排，而且，我们理所当然会把她们送给名誉好的家庭……"

"理所当然，"罗伯特嘲讽说，"我相信，你们至少应该和女孩们未来的雇主作大量的沟通，同样，也应该与要嫁到那儿的年轻女士的未来夫婿通信联络。"

露辛达·格林伍德愤愤不平皱着眉头。"你根本就不把我当回事，罗伯特！"她指责丈夫。

"我当然拿你当回事啦，亲爱的。"他笑着说，"对可敬的孤儿院委员会的打算，除了表达我无比的赞赏，还能说什么呢？此外，我相信，在没有监护人的情况下，你们不会把未成年人送往海外。在那些指望嫁到国外的女士当中，也许有可信赖的，她们可以在旅途中负责照顾孩子们，委员会给她们些许津贴就行……"

露辛达没回答。海伦无意中看了一下自己的盘子，里面美味的烤肉她几乎没动过，那可是厨师花了老半天准备的。海伦倒是注意到，发表完自己最后的意见时，罗伯特·格林伍德从侧边逗趣地看了她一眼。海伦心里充满疑虑，她从来没真正考虑到，海外之旅是要付钱的。凭良心说，女人可以要求她未来的配偶为她打理这一切吗？或者，是不是如果他当面答应愿意这么做，就等于给了他权利，他就有资格成为她的配偶？

不，有关新西兰的全部念想都是疯狂的，海伦必须将它抛诸脑后。她不应该有自己的家庭。可是，如果有了，会怎么样呢？

不，不能再想这件事了！

然而，接下来的日子，海伦·达文波特除了这件事，别的什么都没想……

2

"您想现在就去看羊群，还是先喝一杯？"

特伦斯·施克罕勋爵相当有力地握了一下客人的手，以示热烈欢迎，而杰拉尔德·沃顿也回以同样有力的一握。特伦斯·施克罕还不知道如何描绘这位来自海外的男人——加的夫养殖协会所说的"绵羊大亨"。客人给他的第一印象让他感觉非常愉悦。他的穿着很适合威尔士的天气却又不失时尚：马裤剪裁优美，用料上乘；雨衣是英国制的；他那宽而略显瘦削的脸上有一双清澈的蓝眼睛，这个地区特有的宽边帽遮住了脸的一小部分，帽子下有一头浓密的棕色头发，不长不短的，很符合英格兰当地的习惯。简而言之，杰拉尔德·沃顿的外貌让勋爵无法把他和"牛仔"的可怕形象联系在一起，这些印象来源于他的仆人——令他妻子惊骇的是，甚至连他那不孝女儿吉薇尼拉——也时不时地阅读的那些廉价小说，里面描述的尽是美国移民和充满仇恨的土著之间的血腥战争，书里充斥着拙劣的插图，图中的年轻人留着不羁的长发，戴着斯泰森毡帽，穿着皮套裤以及奇形怪状的靴子，上边缀着炫目的长马刺；再加上牲畜贩子总是随身带着武器——俗称"柯尔特[①]"的东西——他们用枪套把它系在宽松的皮带上。

那天，特伦斯·施克罕的客人腰带上没带武器，倒是带了一瓶威士忌，他把酒瓶打开，递给主人。

"我想这足够让我们御寒的了。"杰拉尔德·沃顿用习惯于发号施令的语气说，嗓音低沉而悦耳，"等看过羊群，回头再多喝几杯庆祝一下。我们赶紧动身，别一会儿又下雨了。来，请随意。"

特伦斯·施克罕点点头，对着长颈瓶喝了一大口，那可是上等的苏格兰酒，而非廉价劣酒。高个子、红头发的勋爵对于这位客人的好感又多了几分。他对杰拉尔德点了点头，拿起帽子和马鞭，轻轻地吹了一声口哨。好像一直在等着这个声音似的，三只活泼的黑色及棕白间的牧羊犬，原本呆在马厩尽头躲避这变化无常的天气，这时马上窜了过来，迫不及待地想跟随着它们的骑手。

"你不太习惯下雨吧?"爬上马背时，特伦斯·施克罕问。就在他招呼客人杰拉尔德·沃顿时，手下已经把他那匹强健的马"猎人"牵过来了。杰拉尔德的马一大早就从加的夫到波厄斯郡，虽然跑了那么远的路途，却依然看得出这马有点桀骜不驯。肯定是租来的，不过也很肯定是从城里最好的马厩租来的，这也从另一方面暗示了"绵羊大亨"这个绰号是怎么来的。杰拉尔德·沃顿虽然不是贵族出身，看上去却相当富有。

杰拉尔德大笑着跨上他优雅的枣色马马鞍，"恰恰相反，施克罕，恰恰相反……"

勋爵咽了一下口水，不过还是决定不去计较沃顿对他失敬的称呼。不管这个人是从哪来的，"我的领主"、"我的夫人"对他来说肯定是完全陌生的词汇。

[①] 柯尔特（colts），美国西部牛仔佩带的一种可以连发的六响左轮手枪，就是大名鼎鼎的柯尔特左轮连发手枪。

"我们那儿一年有三百天在下雨。坎特伯雷平原的天气和这里相似,至少在夏天是这样,冬天比较暖和,但足以产出上等的羊毛了。那儿的草很适合养羊,我们有充裕的草地,施克罕,几英亩几英亩的草地!坎特伯雷平原就是牲畜的天堂。"

威尔士人即便在冬天也不会抱怨草料不足。漫山遍野像盖着厚厚的绿色天鹅绒地毯,甚至连野马都享用这些草地,根本不用走下山谷到特伦斯·施克罕的地里来吃草。他那些还没剪毛的绵羊,全吃得圆滚滚的,像球一样。就在此时,他们兴奋地看见一群母羊,正被圈养在庄园附近待产。

"多好的牲口啊!"杰拉尔德·沃顿对羊群赞不绝口,"罗姆尼羊和切维厄特羊比这更强健,它们能产出高品质的羊毛。"

特伦斯·施克罕点点头。"这些是威尔士山地绵羊。冬季的时候,它们有时会在山里自由奔跑,这可是耐寒的绵羊品种。要不,跟我说说,你的牲畜天堂在哪里?原谅我的无礼,不过白立夫勋爵只说是'在海外'。"

白立夫勋爵是绵羊饲养者协会的主席,就是他促成了杰拉尔德·沃顿和特伦斯·施克罕的会面。如他在信中所说,这位"绵羊大亨"正考虑寻求一些纯种绵羊来改善他海外绵羊的品种。

杰拉尔德爽朗地大笑起来。"那是个广义的术语。我猜……你可能是在想象,你的羊在荒蛮的美国西部某处,遭到印第安人的箭射。不用担心那种事,你的羊还会在大不列颠帝国的土地上安全而健康地生活。我的资产在新西兰南岛的坎特伯雷平原上,一望无际的草地,看上去跟这里挺像,只不过比这更大,施克罕,大多了!"

"这不是乡下人的农场。"勋爵愤怒地叫道。这家伙以为自己是谁呢,居然把他的农场看成一个老农庄?"我有近七十五英亩牧草。"

杰拉尔德·沃顿再次咧嘴大笑。"基沃顿站有近四百英亩。"他得意地说,"虽然还不算万事俱备,我们依然还需要进一步完善我们的工作,不过它的确是一份辉煌的产业。如果再加上最好的羊种,它很快就会给我们带来一个大金矿。罗姆尼羊和切维厄特羊与威尔士山地绵羊杂交——那就是我们的未来，相信我！"

特伦斯不想反驳他。不要说整个大不列颠，至少在威尔士，他被认为是最好的绵羊饲养者之一，他养的牲口，必定能繁衍壮大。就在他正想着这事的时候，不经意瞥见他为杰拉尔德准备的羊群里的第一只羊。这群羊都是还没生产过的小母羊，另外，他们还将在这群母羊中配上两只品种最纯的公羊。

特伦斯朝牧羊犬吹了一声口哨，它们立马忙乎着把大牧场里牧放着的零零散散的绵羊聚集到一起。它们隔着一定的距离把牲畜包围起来，不动声色地让绵羊向人靠拢，这样，羊就不会因受惊而乱窜。只要他们朝正确的方向移动，狗就低下身子，以潜行的姿势前行，准备好一有羊掉队就跳起来采取行动。

杰拉尔德·沃顿凝视着，为牧羊犬能如此独立地工作而深深地吸引住了。

"真让人难以置信。它们是什么品种？'英国牧羊犬'？"

特伦斯点头。"博得牧羊犬。它们是天生的放牧者，几乎不用任何指令。这没什么，你得看看克里奥的表演——那才是一只不可思议的狗，赢得过不少奖项呢！"特伦斯四下里搜寻着，"这家伙到底躲哪里去了呢？其实我本来就想带它来的，我跟妻子保证会带它来，免得吉薇尼拉又……喔，不！"勋爵四处打量，想找到那只狗，但是现在他的眼光落在一匹马和马背上的骑手身上。他们从住处快速靠近，未抄围场之间的小路，连门也懒得开，那匹强壮的棕马毫不犹豫地把分隔围场的栅栏和墙直接撞开。一只狗紧随着他们，跃过障碍，把矮墙当楼梯，跳上跳下，然后钻过下方的栅栏。这个精力旺盛、摇着尾巴的畜牲终于跑到围场中的骑手前方，成为这曲三重奏的领先者。羊群似乎能读懂那只狗的想法，好像要回应狗的指令一样，它们围成紧密的一团，顺从地停在前面，丝毫不慌乱。羊群镇定地随着特伦斯的三只牧羊犬把头埋入草地中。新来的狗在特伦斯的命令下向他靠近，并向他展示着柯利牧羊犬特有的友好表情。不过，这只狗并没有直视他们，它的视线集中在棕马的骑手身上。骑手放慢速度，变为小跑，最后停在他们身后。

"早上好，父亲！"一个愉快的声音说，"我想把克里奥带过来给你，我觉得你可能需要她。"

杰拉尔德·沃顿朝那个男孩看过去，正想说两句话夸夸他这手漂亮的全速骑行，话到嘴边却噤住了，因为突然注意到女式的马鞍和穿着，深灰色的新式长裙，还有骑手胡乱地扎在颈后那一头浓烈的红头发。也许她本来是按习惯那样把它绑得紧紧的，不过肯定没有花上多少时间，再说，在那么狂野的骑行中，扎什么辫子都有可能会散开。

特伦斯·施克罕依然目睹着眼前的一切，等心情渐渐淡定了些，才想起为客人介绍那个女孩。

"沃顿先生——这是我女儿吉薇尼拉。那是她的狗，克里奥帕特拉，她每次出现在我面前，都是拿它当借口。你来这里干吗，吉薇尼拉？如果我没记错的话，你母亲说你下午有法语课……"

一般来说，特伦斯并不记得女儿的课程安排，但是费宾夫人——吉薇尼拉的法语家庭教师——对狗严重过敏，因此施克罕夫人叮嘱丈夫，上课前把克里奥从女儿身边带走。可这并不容易，那只狗非常黏女主人，除了特别有趣的聚集羊群的任务，没什么能诱惑它离开主人。

吉薇尼拉可爱地耸了耸肩。她沉着地抓住她那匹小而强壮的小母马的腰部，优雅轻松地挺坐在马背上，对马儿充满信心。

"是的，原计划是那样。不过可怜的费宾夫人哮喘发作，很严重。我们只好把她安顿在床上，她一句话都说不出来了。怎么会这样呢？母亲已经很小心了，没有任何动物靠近她……"

吉薇尼拉尽力表现得事不关己，并装出一副同情的样子，但是她表情丰富的脸庞反而泄露出她胜利的欢欣。沃顿现在有机会近距离打量这个女孩了：她肤色很浅，有点雀斑；脸是心形的，本该显得甜蜜而天真，可惜嘴巴有些大，使她外貌看上去有一点放荡；对比其他器官，她脸上最引人注意的是她那双大大的、不同寻常的蓝眼睛。这就是靛蓝，杰拉尔德·沃顿心想，让他儿子花费大把时间对付的颜料盒上面说的就是这个颜色。

"那么，女仆一根一根把狗毛收拾干净、费宾夫人走出她的房间之后，难道克里奥就不会冒冒失失再跑到客厅去吗？"特伦斯严厉地问。

"噢，我相信没有。"吉薇尼拉露温柔地笑笑，这使她蓝眼睛里掠过一抹温情，"我亲自把它带到马厩，确保它知道应该在那里等着你。我回去的时候它就坐在伊格莱恩的马厩前面。也许它感觉到什么了吧？狗是很敏感的……"

勋爵想起午餐时吉薇尼拉穿的海军蓝天鹅绒长裙。如果她是穿着那件衣服带克里奥到马厩去的，而且还弯下身来指挥它的话，上边肯定会粘上大量的狗毛，这就足够让那位可怜的女士三个星期没法上班了。

"这事我们晚点再谈。"特伦斯说，希望他的妻子会担任法官和公诉人的角色。他不想在客人面前进一步盘问吉薇尼拉，"你觉得这些羊怎么样，沃顿？是你想要的吗？"

杰拉尔德·沃顿知道他本应该——至少在形式上，应该到羊群里一只一只看一下，确认一下它们的毛质、体格和饲养情况。可他对眼前这些最上等的母羊毫无疑虑。它们体型壮硕，显得很健康，喂养得也相当好，剪过的羊毛好像很快就会重新长出来。最重要的是，他知道特伦斯·施克罕的荣誉感不会允许他欺骗一个来自海外的买家。他只会给他最好的绵羊，来维护他作为一个顶尖饲养者的名声——就算是在新西兰也一样。因此，杰拉尔德的眼光仍然停留在施克罕这个非同一般的女儿身上，对他来说，她比那些牲口有趣得多。

吉薇尼拉已经从马鞍上滑下来了，不需要任何协助，一个像她这样英勇的骑手可能连爬上马鞍也不需要任何帮助。杰拉尔德奇怪为什么她会选择横座马鞍，可能她更喜欢以男性的姿势骑马，不过他估计她父亲可能无法接受——也许这对他来说，就像谚语里说的压倒骆驼的最后一根稻草。他看到她的时候显得漠不关心，而她对法语家庭教师的行为也毫无淑女风范。

杰拉尔德倒是很喜欢这个女孩。他饶有兴味地打量着吉薇尼拉的体形，她身材娇小，却凹凸有致，年纪虽然还很小，最多不会超过十七岁，看起来却已经发育成熟；不过样子还很孩子气，成年女性通常不会对马和狗表现出这么大的兴趣。无论如何,吉薇尼拉和动物的亲密与普通女性单纯的多愁善感大相径庭。她大笑着把马推开,那家伙刚想用鼻子磨蹭她的肩膀。这匹母马明显比特伦斯·施克罕的马"猎人"要小一号,非常结实,但依然优雅,脖子浑圆,背很短,让杰拉尔德想起他在欧洲大陆旅程时骑过的西班牙马和那不勒斯马。他觉得他旅程中骑过的大部分马对于基沃顿站牧场来说都太大、太灵敏了,甚至从码头到克莱斯特彻奇的专用马道它们都难以胜任。然而这匹马却……

"你的小马很可爱,小姐。"杰拉尔德·沃顿说,"它跃起的姿势真让我折服。你打猎的时候也骑这匹马吗?"

吉薇尼拉点点头。提起自己的马,她双眼光芒闪烁,就像刚刚谈到那只狗的时候一样。

"这是伊格莱恩。"她介绍说,"她是一匹矮脚马,这个地区特有的品种。非常稳,骑起来就跟坐马车一样,它们是山野里长大的。"吉薇尼拉指着牧场远方拔地而起的陡峭山峰,这么艰难的环境里成长的动物无疑需要强健的本性。

"不过不太像是典型的女士用马,我说的对吗?"杰拉尔德暗笑着问。他在英格兰看过女性骑马,知道她们大多比较喜欢轻巧的纯种马。

"那得看那位女士会不会骑马了。"吉薇尼拉回答他,"我不能抱怨……克里奥,快离我的脚远点!"她骂了那只小狗一声,刚刚她差点被它绊倒。"是,你是个好孩子。羊都在那边!不过那可不是什么难办的事,是吧,现在怎么办?"她转向父亲,"要让克里奥去把公羊们带过来吗,爸爸?她开始无聊了。"

勋爵想先展示一下母羊。杰拉尔德现在不得不让自己靠近点看那些动物。吉薇尼拉放马去吃草,自己则去挠那只狗,直到父亲终于对她点了点头。

"好吧,吉薇尼拉,既然你这么渴望表现,就让沃顿先生看看你的狗能做什么吧。跟上,沃顿,我们得骑好一段路,公羊都在山里面。"

如杰拉尔德所料,特伦斯没有去帮女儿上马。吉薇尼拉独自完成了这个高难度动作,先用左脚踩上马镫,身体优美地一摆,右腿跨过鞍头，优雅而自信，马像雕像一样稳稳地站在那里。吉薇尼拉策马前行的时候，杰拉尔德注视着马儿华丽而优雅的动作。他喜欢这个女孩，同样也喜欢这匹马，甚至那只小小的三色相间的狗也令他着迷。在去看公羊的路上，他了解到这只狗完全是吉薇尼拉自己训练的，而且她们已经一起赢得过好几场放牧比赛。

"牧人们再也受不了我了。"吉薇尼拉带着无辜的微笑解释说，"妇女协会还提出一个质疑，说让一个女孩和狗出来表演是否得体。可那有什么不得体的？我不过就站在旁边，有需要的时候开一下门而已。"

几个手势和一声命令就足以使唤勋爵训练有素的狗了。杰拉德·沃顿注视着这片辽阔的绿野，刚开始没有看到一头羊。这一次吉薇尼拉没有简单的一跃而过，而是在马背上随手打开了牧场的大门。小型马在这里显示了它的价值，两个大男人中，任何一个要跨在他们大型马上，把身子弯得这么低，都是很困难的事。

克里奥和其他的牧羊犬只需要几分钟就可以把羊群聚集起来，虽然公羊比温驯的母羊不听话得多。被聚集到一起的过程中，有一些公羊想逃走，甚至还有一些对牧羊犬有攻击性行为，但这并未导致牧羊犬出现丝毫慌乱。一声简短的呼唤，克里奥便回到她的女主人身边，兴奋地摇着尾巴。所有的公羊现在都站到一起了，特伦斯挑出两头，并向吉薇尼拉示意，克里奥马上以惊人的速度把它们和其他的羊分开了。

"这是我选出来给你的。"勋爵对他的客人解释说，"你的畜种登记簿里最好的动物，一流的血统。如果需要，稍后我可以让你看看它们的父代。我自己本来想用它们作种羊，以赢取各种奖励的，不过这样……我觉得你可能会在殖民地以其饲养者的身份提起我的名字，对我来说，那可比在加的夫再多赢得一个奖项重要。"

杰拉尔德诚挚地点点头。"你可以放心。多么不可思议的动物啊！我迫不及待地想看它们和我的切维厄特羊共同的后代了。不过我们还得谈谈这些狗！不是说我们新西兰没有牧羊犬，不过这样的狗再配上一条公狗，对我来说就很值钱。"

吉薇尼拉正赞许地轻抚着她的狗，一听到他这么说，愤怒地转过身来，对这个新西兰人怒目而视。"你若企图买走我的狗，最好先跟我切磋切磋，沃顿先生！不过我现在就可以告诉你：你出多少钱都得不到克里奥，它是我的！没有我在身边，她不会去任何地方。还有，你无论如何也指挥不了她，因为她可不是谁的话都听的。"

父亲不以为然地摇摇头。"吉薇尼拉，有你这样说话的吗？"他强硬地质问，"我们当然可以卖给沃顿先生几条狗，并不一定就得是你最喜欢的那只。"他看着杰拉尔德。"我会在最近产的那窝幼崽里给你推荐几条的，沃顿先生。克里奥不是我们唯一一条赢过比赛的狗。"

但克里奥是最好的一条，杰拉尔德心想，对于奇沃得站来说，只有最好的才配得上，无论是在马厩里还是在屋子里。如果贵族小姐像血统纯正的羊一样容易追求就好了！三个人骑马回住处的时候，杰拉尔德·沃顿暗自酝酿起了一个计划。

吉薇尼拉小心翼翼地挑选出席晚宴的衣服。那天费宾夫人的事情发生之后，她想尽可能表现得低调一点。母亲训斥了她，到现在她还清楚地记得那些话：如果言行举止总是这么没教养，而且把那么多时间花在马厩里和马背上而不好好学功课，以后会嫁不出去的。吉薇尼拉的法语不尽如人意早就不是什么秘密了，同样差强人意的还有她的家政技能。她做出来的手工没有一件可以拿来作为家里的装饰——事实上，每次教堂义卖之前，牧师都会把她的作品悄悄地放到一边，不会拿出来卖。这个女孩不具备筹备一次大型晚宴的本事，像"三文鱼还是梭鲈？"之类的厨艺问题她也一窍不通。吉薇尼拉有什么就吃什么，虽然她懂得每盘菜应该用哪只叉子哪把勺子，但她觉得这毫无意义。既然桌上的东西几分钟后就要吃掉，干吗花上几个小时来装饰餐桌呢？还有插花的问题，在过去几个月里，吉薇尼拉负责用花装饰客厅和餐厅，可惜的是，她的品位很少能经得起众人的目光；她把摘来的野花根据自己的喜好插到花瓶里，自己觉得效果已经相当迷人了，可她母亲一看就差点晕过去；待她发现里面居然不小心还带进来一只蜘蛛，更是讶异得难以自持了。从那以后，吉薇尼拉就在园丁的监督下到玫瑰园里剪花，再由费宾夫人帮她一起把花插好。这一天,她至少可以免去这个恼人的任务了,因为施克罕家的晚餐餐桌上除了杰拉尔德·沃顿,还有吉薇尼拉的姐姐戴安娜和她丈夫。戴安娜非常喜欢花,结婚以后她一心一意地忙于培养她那个全英格兰最奇特、照料得最好的花园。那天早些时候,她带了从花园里精选出来的最漂亮的花送给母亲,并立即娴熟地插到花瓶和花篮里。吉薇尼拉叹了口气,她永远没法做得那么好。如果男人真的要以这些技能来挑选妻子的话,那她注定要孤独终老了。不过,吉薇尼拉感觉到,父亲和戴安娜的丈夫杰弗里对这些花饰都有点漠不关心。到目前为止,那些男人——除了那个不够热情的牧师以外——甚至瞅都懒得瞅一下她的针线活。所以她为什么不用自己真正的才华来吸引那些阔少呢?她在狩猎中能够激起无数人的惊叹,比如说,她能比狩猎聚会中的其他人更快更顺利地追上狐狸。不过,她对于俘获男人的心可不像控制牧羊犬那么驾轻就熟。当然,那些年轻的小伙子会表示出钦佩,只不过他们的目光里经常都带着点不认同的意味;舞会上,她发现自己通常只和女孩子们跳舞。不过这也可能与吉薇尼拉微不足道的嫁妆有关,她对此没有任何幻想——作为三个女儿里边的老幺,她知道她不能期望太多。另外,她的哥哥还像水蛭吸血一样花她爸爸的钱,约翰·亨利在伦敦"学习",吉薇尼拉都不知道他在学什么科目。在施克罕庄园的时候,他的理科学得也不见得比他小妹好,而他从伦敦寄回来的账单也远远高过买书的钱。父亲总是没有任何质疑地为他买单,只是偶尔嘀咕几句"败家子"之类的,但是吉薇尼拉知道这些钱是从她未来的嫁妆里拿出来的。

尽管如此,她并不担心她的未来。至少现在一切过得还不错,有时候,泰然自若的母亲也会替她张罗着找一个丈夫。她父母邀请来家里用餐的客人几乎全是那些已婚的朋友,而且清一色的都碰巧有个正值婚龄的儿子,偶尔他们也会带着小伙子一起登门拜访,不过经常是父母自己来,更多的时候则是母亲单独来喝茶。吉薇尼拉特别讨厌这种程式化的来往,因为所有为了维持贵族家族尊严而需要女孩子具备的才能都将接受他们的审视。

吉薇尼拉必须以优雅的方式倒茶,可是有一次她不幸地把布兰斯沃斯夫人给烫伤了。在这种高难度的社交游戏里,她甚至曾震惊地听到她的母亲宣称,茶点是吉薇尼拉自己做的——真是一个弥天大谎。

用茶完毕,她们就会拿起刺绣绷圈。施克罕夫人经常趁她们在谈论沃步尔·利顿先生的新书时,偷偷把自己已经绣好大部分的手工活塞给她。那些书对吉薇尼拉来说就像催眠药一样,她一本也没读完。不过她知道一些词语可以在这样的谈话中一次又一次地使用,比如说"有教育意义"和"出众的表现力"。除此之外,女士们还会自然而然地讨论起吉薇尼拉的两个姐姐和她们出色的丈夫,母亲则趁此表达心愿——保佑吉薇尼拉也能快点找到一样好的配偶。吉薇尼拉不知道自己是否也希望如此。她觉得她的姐夫们很无趣,而戴安娜的丈夫老得都可以做她父亲了。有谣言说这就是他们夫妇到现在还没有孩子的原因,虽然吉薇尼拉还不太清楚这两者之间的关系。的确,种羊年纪大了也不中用……当她把戴安娜呆板的丈夫想象成那头公羊"凯撒"——父亲刚刚剥夺了它作为种羊的资格,虽然它不太情愿——的时候,不由咯咯笑了起来。

还有拉瑞莎的丈夫朱利叶斯,虽然来自最好的贵族家庭之一,却无趣透顶。吉薇尼拉还记得父亲在与他们第一次会面之后,是怎么偷偷的嘀咕着"近亲结婚"之类的。朱利叶斯和拉瑞莎好歹已经生了一个儿子,不过他看起来像鬼一样。不,他们可不是吉薇尼拉梦想中的那种男人。那个海外来的货色会不会好一点?这个杰拉尔德·沃顿给她一个鲜活的印象,虽然他的年纪对她来说显然大了点。对于马,他有自己的一套,他没有擅自上前协助她上马。难道新西兰的女人可以像男人那样骑马而不会被横加指责么?吉薇尼拉发现自己一次又一次地幻想着仆人们小说中的情景。如果真的能和某个潇洒的美国牛仔一起赛马,会是什么样子?看他参加手枪决斗会有多么激动人心啊?西部那边的妇女先锋们甚至可以自己拿枪!毫无疑问,吉薇尼拉宁愿选择一座被印第安人包围的城堡,而不是戴安娜的玫瑰园。

她最终勉强穿上束腹,绑得比她骑马的时候穿的那个更紧。她恨透了受这样的折磨,但是看着镜子里自己无比纤细的腰,又的确非常喜欢,两个姐姐都没有她这么苗条。天蓝色的天鹅绒长裙很适合她,让她的眼睛更加明亮有神，也反衬出她头发闪亮的红。这样的秀发被盘起来，多么可惜啊！女仆拿着梳子和发夹在旁边伺候，也真是麻烦事！吉薇尼拉的头发是天然卷，空气潮湿的时候——威尔士几乎每天都这样——头发就卷起来，特别难梳理。她常常得坐上几个钟头，一动不动地等着女仆把它们搞定。对吉薇尼拉来说，没什么比坐着不动更受罪的了。

吉薇尼拉叹着气坐到了梳妆椅上，准备度过无聊的半小时。梳妆台上一本不伦不类的平装书映入眼帘，书名叫《在印第安人手上》，怪吓人的。

"我觉得小姐可能会想要消遣一下。"年轻的女仆在镜子里对吉薇尼拉笑了一下说，"不过这书真的很吓人！苏菲和我读完之后整晚都睡不着！"

吉薇尼拉已经把书拿起来了。她才没那么胆小。

此时，杰拉尔德·沃顿在客厅里，百无聊赖。男士们在喝餐前酒，特伦斯·施克罕已经介绍杰拉尔德认识女婿杰弗里·里德沃斯了。特伦斯·施克罕介绍说，里德沃斯勋爵曾经在印度殖民地服役，两年前刚刚带着这个光彩的履历回到英格兰；戴安娜·施克罕是他的第二任夫人，他的首任夫人在印度去世了。杰拉尔德不敢问是怎么回事，不过他几乎可以肯定，那位女士不是死于疟疾或者毒蛇咬伤——除非她的精力比其配偶多得多。不管怎样，杰弗里·里德沃斯在旅居印度的整个过程中，似乎都没有走出过他的上校营房，除了英国避难所又吵闹又脏乱之外，他再也说不出任何与那个国家有关的事情了。他以为当地人都是乞丐；大君①是乞丐的头儿；城市范围以外的地区，都受到毒蛇和老虎的威胁。

"有一次甚至有条草花蛇跑进了我们的营房。"杰弗里·里德沃斯拨弄着两撇修剪齐整的八字胡厌恶地说，"当然，我马上拔枪把它干掉了，

---

① 大君（maharajahs），印度君侯的尊称。也叫土邦主。

虽然有些印度干苦力的人说它是没毒的。不过，我问你，你会相信那些人吗？沃顿，你那地方怎么样？你的仆人中有这种讨人厌的家伙吗？"

杰拉尔德饶有兴味地想，杰弗里·里德沃斯在屋里开枪，可能比一头老虎所能造成的破坏程度还大。除此之外，他也不相信这个又矮小又肥胖的上校真的能够一枪就打中蛇头。不管怎样，他即便想出名，也的确选错了地方。

"我们的仆人做事……呃，已经有点习惯了。"杰拉尔德说，"我们大多雇用当地人，他们对英国的生活方式相当陌生。不过我们不用担心蛇和老虎的问题，整个新西兰一条蛇都没有，以前也几乎没有什么哺乳动物，是传教士把第一批役畜——狗和马之类的——带到了岛上。"

"没有野生动物？"杰弗里皱着眉头问，"得了吧，沃顿，你不会是想告诉我们说，在第一批移民进入之前，那地方就像还在创世记的第四天一样吧①？"

"鸟是有的。"杰拉尔德·沃顿报告说，"大的、小的、胖的、瘦的、天上飞的、地下走的……哦，对了，还有一些蝙蝠。除此之外，当然还有昆虫，不过它们没多大危险。在新西兰，你想遇难可不太容易，先生，除非你跑去对付那些两条腿走路、身带枪炮的强盗。"

"或者是那些带着弯刀、匕首、波刃剑的，是吧？"里德沃斯咯咯地笑着问，"哦！真不知道怎么会有人愿意去住那样的荒山野岭。离开殖民地的时候我可真高兴。"

"我们那儿的毛利人大都很平和。"沃顿平静地说，"一个奇特的民族……乐天知命！他们唱歌、跳舞、雕刻木材，就是不会造任何值得一提的武器。不，先生，我肯定你不会感到害怕，只会感到无所事事。"

杰弗里·里德沃斯想纠正他说，自己在印度的所有时间，根本未曾因为害怕而流过一滴汗，可惜他们的谈话被吉薇尼拉的到来中断了。她走进客厅，四周围看了看，见母亲和姐姐都还没到，露出迷惑的神情。

---

① 创世记的第四天（the fourth day of creation），圣经中上帝在第五天创造了各种动物，所以创世记的第四天是指没有动物的世界。

"我来早了吗？"吉薇尼拉直接问道，并未先向姐夫打招呼。杰弗里看起来有点不快，不过杰拉尔德却无法从她身上移开视线了，这个女孩又一次打动了他，不过这次是穿着晚礼服。他发现她实在是个美人：蓝色的天鹅绒长裙突出了她白皙的皮肤和充满活力的红头发，相对传统的发型显示出她脸部的贵族线条，与之一起构成一个完美整体的还有她鲜艳的嘴唇和明亮的蓝眼睛，双眸里闪耀着生动、近乎挑逗性的光芒。杰拉尔德着迷了。

很明显，这个女孩不适合这里，他完全无法想象她和一个像杰弗里·里德沃斯这样的男人在一起的画面，吉薇尼拉更适合把蛇盘在脖子上，或者干脆去驯虎。

"不，不，亲爱的，你很准时。"她的父亲看了一眼时钟说，"是你母亲和姐姐迟到了。她们好像又在花园里待得忘记时间了……"

"你刚才不是在花园里吗？"杰拉尔德转身问吉薇尼拉。他觉得她应该比其母亲更可能呆在户外呼吸新鲜空气。他刚刚已经见过她母亲了，颇觉呆板、无趣。

吉薇尼拉耸耸肩。"我对玫瑰花了解不多。"她坦白说，虽然这么做又引起了杰弗里的不快——无疑，她父亲也一样，"不过，要是那里有蔬菜或者其他不会刺伤人的东西……"

杰拉尔德·沃顿大笑起来，不去理会另外两个男人尖刻的表情。"绵羊大亨"发现这个女孩实在招人喜欢。当然，她并不是他这次故乡之旅途中第一个偷瞄的女孩，但是迄今为止还没有一个英国女孩能像她这样自然、自愿地敞开心扉。

"好了，好了，我的女士！"他嘲笑她说，"你真的要让我面对英国玫瑰的阴暗面吗？她们乳白色的皮肤和红铜色的头发只是为了隐藏尖刺吗？"

用"英国玫瑰"比喻白皮肤、红头发的女孩在不列颠群岛很常用，在新西兰也一样。

这种情形，吉薇尼拉本该会脸红的，不过她只笑了一下。"戴上手套会比较安全。"她说，并从眼角里看见母亲倒吸了一口气。

施克罕夫人和大女儿里德沃斯夫人刚刚进来，正好听到了杰拉尔德和吉薇尼拉的简短对话。她们还没来得及分辨客人的恬不知耻和吉薇尼拉的机敏反击哪个更让她们吃惊。

"沃顿先生，我女儿戴安娜——里德沃斯夫人。"施克罕夫人最终决定全然不去理会这事。这个男人显然完全不懂社交礼仪，不过他刚刚同意买下她丈夫的一群绵羊和一窝小狗，这笔钱可以保证吉薇尼拉的嫁妆——这样就有足够的资本快点把这姑娘嫁出去，免得她那刻薄的嘴巴再吐出点什么尖酸话来。

戴安娜庄重地向海外来客问好。她被安排在杰拉尔德的邻座，不过没多久她就为此感到不适了。和里德沃斯夫妇一起吃的这顿晚餐拖延了很久，而且乏味透顶。杰拉尔德心不在焉地和戴安娜客套着，假装认真地听她讲述玫瑰的种植和花园展览，实际上却是密切关注着吉薇尼拉。除了讲话漫不经心以外，她的行为举止无懈可击。她知道在社交场合应该如何表现，虽然明显感到无聊，仍然礼貌地和她的邻座杰弗里聊天。她尽责地回答她姐姐关于法语课进展和亲爱的费宾夫人健康状况的问题。真遗憾费宾夫人因病不能来就餐，要不然就可以和她最得意的模范学生戴安娜好好聊聊了。

直到上甜点的时候，杰弗里·里德沃斯才聊回之前的话题。显然，席间谈话使他神经兴奋。戴安娜和她母亲的话题已经转到了她们共同的熟人身上，讨论着哪个非常"迷人"，哪个又有个"富有的"儿子，很明显，娘儿俩把这些人作为吉薇尼拉潜在的配偶来考虑。

"你还没告诉我们，你是怎么跑到海外去的呢，沃顿先生。你是去做皇家生意，还是去追随那位传奇的霍布森船长[①]？"

杰拉尔德·沃顿笑着摇摇头，让仆人把他的酒杯斟满。到此刻为止，他只小酌了几口上好的葡萄酒，他知道稍后还会有主人珍藏的大量苏格兰酒，如果想要有哪怕是一丝机会，来实行他的计划，他都必须保

[①] 霍布森船长（Captain Hobson），一八四〇年作为英国全权代表和毛利人族长签订了威坦哲条约，从此新西兰便成为英帝国的一部分。

持大脑清醒。可若是酒杯空空，又会引起怀疑，所以他对仆人点点头，却拿起了喝水的杯子。

"我出航比霍布森要早整整二十年。"他回答说，"那时新西兰群岛上还一片混乱，尤其是在捕鲸站与海豹猎人在一起……"

"可你不是个牧羊人吗？"吉薇尼拉敏锐地插嘴说。总算有个有意思的话题了！"你没真正捕过鲸，对吧？"

杰拉尔德冷笑着说："我没有捕过鲸？我的大小姐，我在莫莉马龙号呆了三年……"

他不想再说下去了，特伦斯·施克罕已经皱起了眉头。

"噢，得了吧，沃顿。你要我怎么相信你的海盗故事，你如此谙熟养羊之道，那可不是在捕鲸船上能学到的！"

"当然不是。"杰拉尔德平静地回答说，勋爵的奉承话并没有让他忘乎所以，"其实，我是约克郡人，我父亲是个牧羊人……"

"不过你喜欢冒险刺激！"这就是吉薇尼拉。她眼睛闪耀着兴奋的光芒说，"你在一个黑暗的暴风雨夜动身，告别身后的陆地……"

杰拉尔德被逗乐了，心里即刻为之一动。这个女孩毫无疑问就是他想找的那个人，即便她又娇宠又不通世事。

"啊，家里十一个孩子中，我排行老十。"他解释说，"我又不想以替别人看羊为生。父亲想让我在十三岁的时候入行，可我却租了一艘船，游历过了半个世界，非洲海岸、美国、海角……我们的航行远至北极圈，最后到了新西兰，航行所经之处，我最喜欢的就是新西兰了，没有老虎，没有蛇……"他对杰弗里·里德沃斯眨了眨眼，"一片很大程度上未开发的土地，气候也与故乡相似。每个人最终都是在寻找自己的根。"

"那你怎么跑去捕猎鲸鱼和海豹了？"吉薇尼拉难以置信地再次问道，"你并没有一开始就养羊？"

"羊可不是免费得来的，小姐。"杰拉尔德·沃顿笑着说，"道理跟我今天学到的一样。为了买下你父亲的一群羊，就得捕杀不止一头鲸。虽然土地很便宜，毛利酋长也不会把它免费送人……"

"毛利人是当地土著，对吗？"吉薇尼拉充满好奇地问。

杰拉尔德点点头，"毛利人的意思大概是'恐鸟猎人'，恐鸟是一种巨型鸟，不过显然是猎手们太卖力了，这种野兽已全部灭绝。顺便说一下，我们这些移民也是以鸟类命名的。我们管自己叫'几维'，那是一种好奇、顽强而充满活力的鸟。在新西兰，几维无处不在，躲都躲不掉。不过，千万别问我，是谁先想到把我们称为几维的。"

餐会上只有几个人笑了起来，主要是特伦斯·施克罕和吉薇尼拉。施克罕夫人和里德沃斯夫妇有点愤愤然，他们居然和一个以前当过牧童、捕过鲸的人一起吃晚餐，虽然这个人已浪得"绵羊大亨"的虚名。

施克罕夫人匆匆结束晚餐，并和女儿们一起退到客厅去了。吉薇尼拉只好不情愿地离开了绅士们的圈子——他们的谈话，好不容易从戴安娜那无聊的玫瑰和乏味之极的社交，转到有趣得多的话题。她很想回到自己房间，房里有她刚读了一半的《在印第安人手上》在等着她呢，印第安人刚刚绑架了一名骑兵军官的女儿。不过，吉薇尼拉还是和家里的女性一起喝了至少两杯茶，她叹着气服从安排。

此时，特伦斯·施克罕正在书房用雪茄招待客人，杰拉尔德·沃顿挑选了最好的古巴雪茄，这给他留下了深刻印象；而杰弗里·里德沃斯则是在盒子里随便拿了一根。接着，他们滔滔不绝地谈了半个小时女王关于英国农业的最新决定，特伦斯和杰弗里都觉得很遗憾，女王在发展传统工业的问题上，明显是站在工业化和商业化的那边。杰拉尔德·沃顿在这个话题上言语不多，他对此了解不多，而且也不怎么在意。不过，当里德沃斯充满遗憾地瞄了一眼旁边的小桌子上摆好的棋盘时，杰拉尔德精神为之一振。

"很遗憾今天我们没法找到什么乐子，不过总不能让我们的客人无聊吧？"里德沃斯说。

杰拉尔德·沃顿听出了他的潜台词，杰弗里的意思是：如果他是一个真正的绅士的话，这时候应该会找些理由退席回自己房间去了。可惜杰拉尔德不是什么绅士，他到现在为止都很好地扮演着那个角色；可是现在，他想做点自己想做的事了。

"不如我们来玩会儿纸牌吧？"他面带天真的笑容建议说，"在殖民地，有人甚至在客厅里玩二十一点呢，里德沃斯，怎么样？或者，你想玩点别的？玩扑克，如何？"

杰弗里·里德沃斯嫌恶地看着他，"不好意思！二十一点……扑克……港口小镇酒吧里的人也许会玩这种游戏，但是绅士们肯定不玩。"

"好啊，我倒很乐意玩一把。"特伦斯宣布说，并性急地看了牌桌一眼，似乎并非仅仅出于礼貌而接受杰拉尔德的建议，"在部队的时候，经常玩，但在这里除了谈论羊、马买卖之外，社交场合都没别的事可做。赶紧的，杰弗里！你可以先下注，别太抠门，我知道你薪水不少，让大伙儿看看，我能不能把戴安娜的嫁妆赢回来一些。"

特伦斯讲话很直接，他晚餐的时候喝了很多酒，一进客厅又一饮而尽喝下一杯苏格兰酒，他迫不及待地比着手势要其他人坐好。杰拉尔德·沃顿高兴地坐了下来，而杰弗里则很无奈，他不情愿地拿起纸牌，笨拙地洗起牌来。

杰拉尔德把杯子放到一边，他现在必须警觉一点。杰拉尔德很高兴地发现喝醉的特伦斯一开始就下大注，并让他轻轻松松地赢了一把。半小时后，一小堆硬币和支票堆在了特伦斯和杰弗里的面前，后者渐渐有点松懈了，虽然看起来还没有完全投入。施克罕又喝了点威士忌。

"别把买羊的钱也输掉了哦！"他提醒杰拉尔德说，"你已经把一窝狗崽给玩输掉了！"

杰拉尔德·沃顿笑了笑，"狭路相逢勇者胜。"说着，又增加了赌注，"怎么样？里德沃斯，跟吗？"

上校此时也已不太清醒，不过他生性多疑，杰拉尔德明白，必须先将这个障碍铲除——在这个过程中还要尽量少输钱。当杰弗里把钱全压上时，他出手了。

"二十一点，我的朋友！"他把他那张 A 摆到桌上，带着几分遗憾说，"我的霉运总会走到头的！来吧，里德沃斯，把你的钱双倍赢回去！"

杰弗里暴躁地站起身。"不，别给我发牌了。我该早点退出的。得了吧，来得快，去得也快。今晚我不会再把钱放到你的口袋里了。你也该退出了，父亲，那样你至少还能赢点。"

"你婆婆妈妈的像我老婆一样。"特伦斯说，虽然他的声音听上去也有一点迟疑，"你说'还能赢点'是什么意思？上一盘我没跟，我的钱都还在呢，我的运气好着呢！不管怎么说，今天是我的幸运日，对吧，沃顿？今天我运气真不错！"

"那就祝你玩得开心咯。"杰弗里冷冷地说。

杰弗里离开房间的时候，杰拉尔德·沃顿松了一口气。现在，障碍解除了。

"用你赢的钱下双注吧，施克罕。"他怂恿勋爵说，"赢了多少了？一共一万五？万能的上帝啊，你已经让我的钱包损失一万多英镑了，赌双倍的话，你就可以赢到你卖羊的那笔数目了！"

"不过……不过如果我输了的话，那就全没了。"勋爵此时有点疑虑了。

杰拉尔德耸耸肩。"是有这个风险，不过我们可以让风险变小点。这样，我先给你发一张牌，也给我自己发一张，你可以偷看一眼，我把我的牌翻过来——然后你来决定，如果你决定继续玩的话，那就再好不过了。当然，我看到我的第一张牌后也可以选择放弃。"他笑着说。

勋爵迟疑地接过牌。偷看不会违反规则吗？绅士是不应该期待漏洞，也不应该回避风险的。不过，他还是偷看了一眼。

一张十！除了 A，没有比这更好的牌了。

做庄的杰拉尔德亮出了他的牌，一张 Q，算十点，不错的开始。不过这个新西兰人还是皱起了眉头，很犹豫的样子。

"我的好运似乎走到尽头了。"他叹气说，"你怎么样？我们是继续玩，还是到此为止？"

勋爵突然很想继续下去。

"我很乐意再玩一把，发牌吧！"他宣布。

杰拉尔德无奈地看着他那张 Q，显出一副很挣扎的样子，不过还是发了下一张牌。

黑桃八，加起来是十八点。牌够大吗？ 施克罕紧张得出汗，可是再要一张牌的话，他有输牌的危险。那就来个虚张声势吧！勋爵勉强摆出一张扑克脸①。

"我不要了。"他草率地宣布。

杰拉尔德翻出另一张牌，那是一张二，现在是十二点。这个新西兰人又要了一张牌。

特伦斯·施克罕默默祈祷着那是一张 A，那样杰拉尔德就爆了。不过目前来看，自己的机会还不小，因为只有抓到一张八或者一张九才救得了这位绵羊大亨。

杰拉尔德抽到了——一张三。

他急促地吐出一口气。

"我要是有透视眼就好了……"他叹息说，"不过，不管怎样，我觉得你肯定不会低于十五点，所以，我还是再拼一下吧。"

杰拉尔德抓最后一张牌的时候，勋爵开始颤抖了，失败的危险性很大。不过，他抓到的是一张红桃四。

"十九点，"杰拉尔德计算了一下，"我挺得住。开牌吧，我的勋爵！"

特伦斯的虚张声势败露了，他输了一点，就差这么一点点！

杰拉尔德·沃顿作出一番英雄所见略同的样子。"就差一点点，我的勋爵，就差一点点！不报仇可不行，我知道这听起来有点脑袋发热，不过咱们可不能就这么了了。再来一盘。"

特伦斯摇摇头。"我没钱了，那不只是我赢的钱，还有我的老本。如果我再输的话，麻烦可就大了，那是绝对不可能的，我退出。"

"求你了，我的勋爵！"杰拉尔德开始洗牌，"下了大注后才好玩呢！对于赌博来说……等等，我们来赌绵羊吧。对，就是你要卖给我的

---

① 扑克脸（poker face），指面无表情，以免打牌时让人猜到你拿到什么牌。

那些绵羊。这样，就算运气不好，你也不会失去任何东西。毕竟，要不是我突然露面来你这儿买羊，你本来也得不到这笔钱。"杰拉尔德·沃顿面带迷人的微笑，扑克牌在他手中灵活地翻来转去。

勋爵喝完了杯中酒，准备起身，身子有点摇晃，但他还是明确表态："那不适合你，沃顿！想用几个纸牌技巧得到二十头全不列颠岛上最好的绵羊？不，我不玩了，我输得够多了。或许这样的游戏在你们那个荒山野岭很普遍，但我们这里的人是不会头脑发热的。"

杰拉尔德·沃顿拿起威士忌酒瓶，再次把酒杯斟满。

"我还以为你是个勇敢的男人呢。"他遗憾地说，"或者，说得好听点，我以为你很有胆量。不过也许那是我们'几维'才有的特质吧——在新西兰，只有敢冒险的人才能被称为男人。"

特伦斯·施克罕皱起眉头。"你怎么敢指责施克罕家族的人胆小！我们一直勇于战斗，为皇室服务，而且……"勋爵发现，自己既要站稳脚跟，同时又要找到合适的措词显然是很困难的。他无力地坐回到自己的椅子上，但他还没醉。他还能跟这个无赖下赌注呢！

杰拉尔德大笑起来。"我们在新西兰，也是为皇室服务，这个殖民地正在逐渐发展成一个重要的经济引擎，从长远来看，我们将会回报皇室投资在我们身上的一切。就这一点，女王比你要勇敢，我的勋爵，她在玩她的游戏，而且她在赢。来吧，施克罕！你不想现在就放弃，对吧？几张好牌，你就可以得到双倍于卖羊收入的款项。"

他边说，边把两张牌牌面朝下抛到桌面上。勋爵说不清自己怎么会拿起牌的，风险太大了，但是回报也很诱人。如果他赢了，吉薇尼拉的嫁妆不仅有了保障，而且那将是一份足以让这个地区最好的家族感到满意的嫁妆。当他慢慢地拿起牌时，仿佛看到女儿成了一名男爵夫人……谁知道呢，甚至成为女王的侍女也可能……

方块十。好牌啊，只要再来一张……当他翻起一张黑桃十的时候，施克罕的心开始怦怦地跳起来。二十点，胜券在握。

他得意地看着杰拉尔德。

杰拉尔德抓了第一张牌，黑桃A。特伦斯嘀咕了一声。不过这并不意味着什么，下一张牌说不定是二或者三，那么杰拉尔德输牌的机会就大了。

"你现在还可以选择退出。"杰拉尔德提议说。

特伦斯大笑起来。"噢，不，我的朋友，赌博可不能这样。继续吧，施克罕家族的人信守诺言。"

杰拉尔德又抓了一张牌。

特伦斯突然希望刚才是自己洗的牌，再不然……他也应该看着杰拉尔德洗牌才是，可他什么都没做，无论接下来发生什么，他都没办法指责沃顿作弊了。

杰拉尔德把第二张牌翻了过来。

"很抱歉，我的勋爵。"

勋爵仿佛被催眠了一样死死地盯着桌上那张红桃十。A算十一点，加上这张十，正好是二十一点。

"那我只能恭喜你了。"他生硬地说。杯子里还有威士忌，他一口把它喝完。杰拉尔德过来给他添酒，他用手盖住了杯子。

"我已经喝太多了，谢谢。我也该停止……喝酒和玩牌了，不然的话我就不只是输掉女儿的嫁妆，连儿子的房子和家都要一起输掉了。"他的声音有点哽咽。他再次努力地想站起来。

"我想可能确实是这样……"杰拉尔德用商议的语气说，同时把自己的杯子倒满，"那个女孩是你最小的女儿，对吧？"

特伦斯苦涩地点点头，"是的，我已经嫁了两个女儿了。你知道那得花多少钱吗？这最后一场婚礼必将把我毁了，更何况现在，我已经在赌桌上输掉了一半财产。"

施克罕勋爵想要离开，但是杰拉尔德摇摇头，举起了威士忌酒瓶。金黄色的诱惑物慢慢流入了特伦斯·施克罕的杯子。

"不，我的勋爵，"杰拉尔德说，"我们不能这样不了了之，我的目的不是毁掉你，也不是要抢走可怜的吉薇尼拉的嫁妆。我们再玩最后一盘吧，我的勋爵，我会再次把羊压上。如果你赢了这一盘，那一切就恢复原样了。"

特伦斯自嘲地大笑起来,"那我拿什么来跟你赌?我剩下的羊群?别打这个主意了!"

"要不……赌你的女儿怎么样?"

杰拉尔德语气温柔平静,可是特伦斯却像被沃顿打了一棍一样天旋地转。

"你疯了!你不会真的想追求吉薇尼拉吧?她都可以做你女儿了。"

"我是真心实意提出这个请求的!"杰拉尔德竭尽所能地让自己的声音和目光充满诚挚和温暖,"我不是为我自己求婚——那是自然的——而是为我儿子卢卡斯,他二十二岁,是我唯一的后代,教养良好,已完全长大成人,而且才思敏捷。我可以想象得到吉薇尼拉依偎在他身边的情景。"

"但我无法想象。"特伦斯粗暴地反驳道,踉踉跄跄地想扶住他的椅子,"吉薇尼拉属于上流社会,她可以嫁给一个男爵!"

杰拉尔德大笑,"几乎没有嫁妆也可以吗?而且,别骗自己了,我见过那个女孩,她可不太像是男爵的母亲们理想的类型。"

特伦斯·施克罕被激怒了,"吉薇尼拉可是个美人!"

"那倒是不假。"杰拉尔德安抚他说,"毫无疑问,她是猎狐们追逐的宝贝,不过我想问,在宫殿里她还会这么引人注目吗?她是一匹野性难驯的小马,我的勋爵,你要把她嫁出去,得花上两倍的嫁妆才行。"

"我要和你决斗!"特伦斯·施克罕狂怒地大叫。

"我已经向你发出挑战了。"杰拉尔德·沃顿举起牌,"再玩一把吧,这次你洗牌。"

主人拿起杯子,思绪万千。这也太离经叛道了,他怎么能把女儿作为牌桌上的赌注呢,这个沃顿疯了。再说……这样的交易是经不起推敲的,赌债是关乎荣誉的债务,但是一个女孩可不是一个能让人接受的赌注,如果吉薇尼拉说不,没人能逼她登上开往远方海岸的船。不过,事情未必就会走到这一步,这一次他会赢的,总会有时来运转的时候。

特伦斯开始洗牌——不像平常那样生硬,反而很快,就像想尽快把这个耻辱的游戏抛诸脑后一样。

他近乎暴怒地给杰拉尔德发了一张牌，然后用颤抖的双手紧握住其余的牌。

新西兰人面无表情地翻起了他的牌，红桃A。

"那是……"特伦斯欲言又止，接着，自己抽了一张牌，黑桃十，很不错的牌。勋爵试图让发牌的手保持镇定，可却颤抖得非常厉害，以致牌还没发到杰拉尔德手上就掉到桌子上了。

杰拉尔德·沃顿甚至都没想遮挡那张牌，他平静地把那张红桃J平放到那张A旁边。

"二十一点。"他冷静地说，"你会信守诺言吗，我的勋爵？"

3

虽然不是第一次来这里，海伦站在圣克莱门特教区牧师办公室前时，还是不由地心跳加速。这里的墙和父亲教区里的非常相像，呆在里边，她通常都觉得很舒服。此外，索恩教士是已故的达文波特教士的老朋友。早在一年前，他还帮海伦保住了在格林伍德家的职位，甚至在她两个弟弟西蒙和约翰先后通过学生联谊会找到住处之前，接纳过他们好几个星期。虽然这俩家伙很高兴可以搬出去，海伦可就没那么开心了。索恩夫妇不仅让兄弟俩免费和他们一起住，其他方面也多多少少能帮到他们；而学生联谊会的房间和膳食都是要花钱的，而且还会给他们的学业带来不必要的干扰。海伦经常跟教士说起她的不满，实际上，她下午有空的时候，大部分时间都呆在索恩家。

不过，她那天的造访，并不是为了和教士及其家人一起悠闲地享受下午茶，也不是来听那句洪亮且令人愉悦的"和上帝一起进来吧！"——那是教士常用来欢迎其他教区的教民的。海伦终于鼓起勇气敲了门，接着，听到办公室里传来一个女人的声音，听上去是那种习惯于发号施令的口气。这个下午，在教士房间里等着她的是朱莉安娜·布伦南女士。她是威廉·霍布森属下一名退休中尉的夫人，曾经是克莱斯特彻奇教区的创始人之一，之后又再次成为伦敦圣会的赞助人。布伦南女士之前给海伦回信，安排了这次在教区长住宅的会面。在把她们介绍给克莱斯特彻奇社区"备受尊重、地位良好的成员"之前，她想亲眼看看这些前来应征的"精通家庭事务和儿童教育的正派女士"。幸好她的时间很灵活，可以在她们方便的时候会面。海伦每两周才有一个下午空闲，而她又不想向露辛达·格林伍德请假。布伦南女士马上同意了海伦的提议，于星期五下午见面。

她把这位年轻女士叫进里面时，很高兴地注意到，海伦一进来就恭敬地行了个屈膝礼。

"不用了，小姑娘，我不是女王。"她淡淡地说，惹得海伦脸红起来。

布伦南女士与严肃的维多利亚女王一样——丰腴，且一身黑衣打扮。她们如此相像，这让海伦颇感震惊。这两个女人都不苟言笑，而且把生命看成上帝给予的、每个人都必须承受的至高无上的重担。海伦尽量让自己看起来同样严肃、面无表情。为此，她还特地绑了一个伦敦街头常见的缠得紧紧的圆髻，并对着镜子细细检查，确保没有一根头发掉出来。她一本正经的发型比较好看的部分，现在已被一顶朴实的深蓝色帽子盖住了，为了挡雨，她不得不带上这顶帽子。不过现在都湿透了，还好她至少可以在前厅把同样湿透了的外套脱下来。她穿着一条蓝色裙子、一件浆得笔挺的浅色有褶裥的衬衫。海伦最想给人留下的，是一个尽可能美好而高贵的印象。这样，布伦南女士就肯定不会把她看成一个轻浮的寻求刺激的人。

"那你是想移居海外咯？"布伦南女士直截了当地问道，"一个牧师的女儿，还有一份好工作，我明白。是什么吸引你去海外的呢？"

海伦很谨慎地思忖着自己的答案。"吸引我的，不是远赴重洋的冒险，夫人。"她陈述道，"我对我的工作很满意，我的雇主也对我很好，不过每天看着他们家庭的幸福生活，使我内心强烈渴望着有一天也能身处这样的幸福之中。"

但愿布伦南女士不会觉得太夸张。拼凑这几句话的时候，海伦自己都差点笑出声来。毕竟，格林伍德家可不是什么和谐的典范——而且海伦最不想要的，就是像威廉那样的后代。

不过，布伦南女士似乎并没有受海伦的影响，继续问道："那样的幸福，在国内不也可以实现吗？"她询问说："你觉得你在这里就找不到合你意的丈夫吗？"

海伦想问一些关于克莱斯特彻奇社区"备受尊重、地位良好的成员"的问题，不过显然现在还不是时候。"我不知道是不是我的期望太高，"她小心翼翼地回答说，"不过我的嫁妆并不多，我的积蓄很少，夫人。我一直在负担我两个弟弟的学业，所以没剩下什么钱。而且我已经二十七岁，没太多时间找丈夫了。"

"你的弟弟现在不再需要你的支助了吗？"布伦南女士想要知道这点。显然，她话里的意思是，海伦想通过移民摆脱她的家庭责任。她这么想倒也不是完全不对，海伦负担两兄弟的费用已经够多了。

"他们俩就快要完成学业了。"她说。这也不是撒谎：如果西蒙再有一科不及格，他就会被大学开除；约翰的情况也好不了多少。"不过，指望他们以后为我的嫁妆想办法也是不大可能的，律师和医生助理都赚不了多少钱。"

布伦南女士点点头。"你就不会想念家人吗？"她有些尖刻地问道。

"我的家人是由丈夫还有——如果上帝眷顾的话——我们的孩子组成。"海伦冷静地解释说，"我会和我丈夫一起在海外安居乐业，不会有太多空闲时间思念故乡的。"

"听起来你是下定决心了。"女士说。

"我希望上帝会指引我。"海伦低下头谦卑地说。关于男人的事情，还得等等再问，现在最重要的，是让这条穿着黑衣的恶龙站在她这边！如果克莱斯特彻奇那些绅士和这边的女人一样，都得接受考查的话，应该就不会有什么问题了。布伦南女士渐渐和蔼了些，她甚至还透露了一些克莱斯特彻奇社区的细节："一个刚刚开始发展的殖民地，由英国教会精心挑选的移民建立，在可预见的将来，这个城市将会成为主教辖区。大教堂的建设已经在筹备之中，同时还有一所大学。你不会想念家乡的，孩子，连那里的街道都是根据英国主教教区命名的。"

"经过城区的那条河命名为埃文河,就跟莎士比亚家乡的那条河一样。"海伦补充说。在过去的几天里,她恶补了所有她能找到的文学著作,做这些事时候,还引起了露辛达·格林伍德的愤怒;同时,威廉在伦敦图书馆海量的图书中,帮海伦找她开出的书目,找得差点烦死。乔治肯定猜到,他们来图书馆玩只是一个借口,不过他还是没有拒绝海伦,甚至还帮她还书。

"没错,"布伦南女士很满意并确定地说,"你有时间应该去看看夏夜里的埃文河,孩子,站在河边看赛船,你会感觉就像回到了旧日美好的英格兰……"

脑海里浮现的这些映像消除了海伦的种种疑虑。甚至于此时,她已经相当坚定地想进行这场冒险,但并不是说,这件事激起了她内心的某种开拓精神,她只不过期望有一个安定的、建在都市里的家,有机会建立自己的朋友圈子而已,比格林伍德家小些、简朴些,可却更亲密些。她那"备受尊重"的男人说不定还是个皇家的官员,又或者只是一个小商人。无论是哪种情况,海伦都准备给他一个机会。

然而,当她拿着某个叫霍华德·奥基弗的信和地址从办公室里出来时,她有点犹豫了——那是一个住在克莱斯特彻奇市,坎特伯雷平原霍尔顿的农民。她从未在乡村生活过,对于城市外面的经验相当有限,只有一次和格林伍德家旅行途中,到过康沃尔郡,他们到那里去拜会朋友,宾主之间的一切,都是在彬彬有礼中进行。不过,在莫蒂默先生乡下的家里,可没人说起什么"农家庭院",而且莫蒂默先生也没有管自己叫"农民",而是……

"乡绅",海伦终于记起来,想到这,她感觉好多了。没错,那个格林伍德家的熟人就是这么谈及自己的。这个词肯定也适合用在霍华德·奥基弗身上,海伦很难想象,一个普通的农民怎么可能是克赖斯特彻奇社区"地位良好"的成员。

海伦很想马上读读霍华德·奥基弗的信,不过她还是强迫自己耐心一点。教士家的前厅也没什么东西可以给她拆信,而且外面雨下得更大了，所以只好把宝贝原封不动地带回家去，看着信封上清晰而整洁的字体，海伦自个偷着乐。不，没受过教育的农民肯定写不出这样的字来。海伦考虑了一下，想乘马车回格林伍德家，却没找到，最后她告诉自己，这样不值得。她回去的时候已经很晚了，刚脱下帽子和外套，晚餐就送上来了。怀揣着那封宝贵的信，她赶快来到了餐桌前，懒得去管乔治好奇的目光。这小子肯定会把相关的事实联系在一起进行推测的！显然，他很质疑这个下午海伦都到哪去了。

露辛达·格林伍德倒没有这样的怀疑，海伦向她汇报自己去牧师家做客的事时，她也没有问长问短。

"噢，对了，下周我也得去找一下教士。"露辛达心不在焉地说，"谈谈往克莱斯特彻奇送孤儿的事。我们委员会已经选出了六个女孩，可是教士觉得，她们中有一半都太小了，不能把她们独自送上这样的旅程。我不是怀疑教士，不过他有时候确实有点幼稚。他也不想想，孩子们在这边花费有多大，而到了那边，她们会很快乐的……"

海伦未置一词地让她继续说下去，罗伯特·格林伍德似乎也不想破坏这样的夜晚，他正享受着餐桌上愉悦的气氛呢。这一切都源于威廉此时的疲惫，由于学校的课程被取消，而保姆说她还有其他的事要做，在花园里陪他玩耍的任务就落到了最小的侍女身上。这个机灵的小侍女就让他玩球，玩出一身汗，而且最后故意让他赢。结果，他现在是无比平静而满足。

一吃完晚饭，海伦就借故离开了。出于礼貌，她通常都会和格林伍德一家多呆半个小时，做做针线活，听听露辛达讲没完没了的委员会会议。不过今晚，她马上就离开了，在回房间的路上，还不停地摸索着口袋里的信。终于，她如愿坐上自己摇椅——那是她从父亲家里搬到伦敦来的唯一一件家具——打开了信封。

刚看到信的第一个字，她就觉得心里充满温暖。

最亲爱的女士：

我还真不太敢写这封信，能得到您宝贵的关注真是不可思议。

我所选择的这条路，毫无疑问是违背传统的，但生活在这片新兴的土地上，虽然我们尊重传统，却不得不寻找一些特殊的办法，来解决困扰我们内心的问题。对我来说，这个问题就是深深的孤独和渴望，让我夜不能寐。是的，我住在一栋舒适的房子里，但它缺少只有女人的触摸才能带来的温暖；我周围的乡村广阔无垠，美丽无比，但美景空徒壮丽，无法给我的生命带来阳光和爱。简单而充满甜蜜地说，我梦想着有一个女孩，能够分享我的一切，分享我农场里作物成长的成就，帮助我面对任何挫折。真的，我渴望有一个女人，她愿意把她的命运和我联系在一起。你会是这个女人吗？我祈祷上帝赐我一个钟情的女人，祈祷我的话语会软化她的心。她不会对我内心的想法和渴望匆匆一瞥，而是想对我有更多的了解。嗯，我叫霍华德·奥基弗，从名字就可以看出来，我来自爱尔兰，不过那是很久以前的事了。我在这个不太友好的世界已经磨炼了不知道多少年了，我不再是一个未经世事的毛头小伙子，亲爱的，我经历了很多事情。不过现在，在新西兰的阿尔卑斯山下，坎特伯雷平原这里，我找到了一个家。我的农场不大，不过这个国家的绵羊饲养业很有前途，我确信我可以支撑一个家庭。我希望我身边的女人实在、真诚，擅长各种家务，愿意用基督的教义来养育我们的孩子。作为丈夫，我也会尽我最大的能力全力支持她。

亲爱的读信人，你愿意和我分享哪怕是一点点希望和心愿吗？那么写信给我吧！你的每一个字对我来说就像沙漠里的甘霖，而且，你阅读我这封信的恩典，已让我永生难忘。

你最谦卑的仆人，
霍华德·奥基弗

读完这封信，海伦的眼睛里泛出了泪水，这个男人写得多好啊！他把海伦心里经常涌动的情绪表达得多么精确！她也觉得她的生命缺少一个中心，她也希望能感觉到在某个地方有一个家，一个属于自己的家，一个不受人支配而是融入其中的家。说实话，一直以来，她想象中的家，不是一个农场，而是城里的一所房子，但生命总是充满妥协的，尤其是在冒险的过程中。在莫蒂默家乡下房子里，她确实很有家的感觉，特别是早上莫蒂默夫人一手提着一篮新鲜的鸡蛋、一手拿着一束刚从花园里采下来的漂亮鲜花，微笑着走进客厅的时候。海伦经常早起，那天还帮她摆早餐桌，品尝新鲜的黄油，还有莫蒂默自己家里养的奶牛产的浓郁的牛奶。莫蒂默先生也给了她很好的印象，他早上到地里骑马回来，凉爽的空气使他感到清新又饥饿，阳光把他晒成了古铜色。海伦想象她的霍华德也一样的富有活力和魅力。她的霍华德！就是这种声音！就是这种感觉！海伦在她那小房间里，就快要跳起舞来。她能把那把摇椅带到她的新家乡去吗？未来某一天，她跟她的孩子说起这一刻——他们父亲的信找到了她，并且立刻触摸到了她内心最深处——一定会很兴奋……

最亲爱的奥基弗：

今天，我怀着温暖而喜悦的心情读完了您的信。我也是怀着忐忑的心情走上让我们相识的路，可是只有上帝知道，他为什么会引领两个天各一方的人相识。不过，读过您的信后，我觉得我们之间的距离似乎不复存在。会不会是我们在梦里已经见过很多次了呢？还是相同的体验和渴望让我们如此接近？我也不再是一个年轻的女孩了，我很早之前就因为母亲去世，被迫担起责任，因此我懂得处理一大家子里里外外的事情。我独自抚养我的弟妹们，现在在伦敦一家庄园里做家庭教师。我白天大部分时候都很忙，但是晚上却感到内心空虚。虽然我住在一个喧闹、人口稠密的城市一所热闹的房子中，我却觉得我注定一生孤独，直到您的呼唤穿过大海来到我的眼前。我依然无法确定自己是否有足够的勇气，顺应您的呼唤，我愿更多地了解那个国家和您的农场，最重要的是您，霍华德·奥基弗！如果我们能继续通信，我会非常高兴。我是说，如果您觉得我与您志趣相投的话。我只希望，您看到封信的时候，能感到温暖，感到有一个家，一个我渴望给您——一个富有爱心的丈夫的家，以及——如果上帝眷顾的话——一屋子可爱的孩子，就在您那个新兴的国度里！现在，我已信心满满。

您的，
海伦·达文波特

第二天一早，海伦做的第一件事，就是把她的信投到了信箱里。在接下来的很长一段时间里，虽然明知没那么快，她只要一看到邮差站在屋子前，就不由地心跳加速。那一阵子，她总是迫不及待地想结束上午的课，这样她就可以尽快到客厅里去，因为管家把一家人和海伦的信件都摆在那里。

"你不用这么激动，他不可能这么快回信的。"三个星期后的一个上午，当海伦从教室的窗户看到送信人来了，并又一次慌慌张张地合上书本、脸泛潮红的时候，乔治突然说，"去新西兰的船要三个月才能抵达，这就意味着，信件嘛，得三个月去，三个月回，那还得在收信人马上回信，船也是直接开回来的情况下。所以说，你可能得等上半年才能收到他的回信。"

六个月？海伦自己也能算得出来，不过尽管如此，她还是很惊讶。这么断断续续的，她和奥基弗先生得用多少时间，才能在某些方面达成一致啊？乔治又怎么会知道……？

"你怎么说起新西兰来了，乔治？还有'他'是谁？"她正色问道，"你有时候真是没礼貌。作为惩罚，我要给你布置足够你忙一整天的作业。"

乔治淘气地大笑。"说不定我能读出你内心的想法。"他厚着脸皮说，"至少，我正试着这么做，不过还是有些东西云里雾里。噢！我要是知道'他'是谁就好了！惠林顿政府部门的一名公务员？还是南岛上的一名绵羊大亨？最好是一名克莱斯特彻奇或者但尼丁的商人，那样，我父亲就会格外关注你，我就能知道你过得怎么样了，老师。当然，我不应该这么好奇，特别是不应该对这种罗曼蒂克的事这么好奇，所以尽管给我惩罚吧，我会谦卑地接受并且逼着威廉也一起写作业，那样，你就有时间出去看邮件了。"

海伦脸红了，但是她必须保持平静。

"你想象力太丰富了。"她说，"我只是在等一封利物浦的来信而已，我有个姑妈生病了……"

乔治傻笑了一下。"那请向她转告我的祝福，愿她早日康复。"他生硬地说。

霍华德的回信真的花了将近三个月的时间，海伦都快要放弃希望了。不过她收到的不是书信，而是索恩教士的口信，他要海伦下次放假的时候去喝茶，而且还有意透露有重要的事要和她商量。

海伦预感不会是什么好消息，最有可能的是，此事跟约翰和西蒙有关。谁知道他们这次又干了什么？或许是执事的忍耐已经到了极限。海伦不知道，如果被大学开除，兄弟俩会变成什么人。他们什么体力活都没干过，所以，现在的问题是想办法给他们找一个文员的职位，从跑腿的做起。不过，他们肯定会觉得那样的活配不上自己。海伦再一次希望自己能离得远远的。为什么这个霍华德还没有回信呢？船已经不用再依赖风力，而是用蒸汽动力了，为什么还走得这么慢呢？

教士和妻子如往常一样，热情地欢迎海伦的到来。这一天，春光明媚，索恩夫人把茶桌摆到了花园。海伦闻着花香，享受着这份宁静。格林伍德家的花园无疑比教士家的小花园要大得多，建造得也时髦得多，可是在那儿，她无法享受到片刻安宁。

和索恩夫妇在一起的时候，她甚至可以不用说话，他们三个人安静地喝着茶，吃着索恩夫人的黄瓜三明治，还有自制的蛋糕。不过，教士开始进入正题了。

"海伦，我就直说了，希望你别不高兴。当然啦，在我们这里进行的事情都是严格保密的，特别是布伦南女士和她年轻的……客人之间的谈话。不过，当然咯，我和琳达肯定是知道来龙去脉的。你拜访布伦南女士的事，我们只能装聋作哑。"

海伦的脸红一阵白一阵。原来这就是教士想要说的事。他肯定觉得，如果她离开家，放弃这里的生活，冒险去和一个不认识的人在一起，会使她的父亲蒙羞。

"我……"

"海伦，我们不是你道德的监护人。"索恩太太说着，友好地伸出手，搭在海伦手臂上，"我能够理解什么事情会促使一个年轻女人走出这一步，而且我们对布伦南女士的工作也没有任何轻视的意思，不然教士也不会让她用他的住宅了。"

海伦心情平复了一点。这么说，她不会遭到狠狠的训斥了？可是，索恩夫妇是想要知道什么呢？

教士几乎是不情愿地说："我知道我的下一个问题近乎轻率，我都有点不好意思问。那么，海伦，你的……呃哼，布伦南女士的协议人有什么消息吗？"

海伦咬了咬嘴唇。为什么——看在上帝分上——教士会问起这个？他是不是知道什么她应该知道的关于霍华德·奥基弗的事？难道她遇上了——上帝保佑她——一个骗子？她永远无法承受这样的耻辱。

"我回了他一封信。"她很得体地说，"不过，还没有回音。"

教士粗略算了一下广告登出到现在的时间。"当然还没有，海伦，也不可能有。首先，就算是顺风，船也没那么快；其次，还得那个年轻人在码头等着船，并马上把他的信交给下一个船长。通常信件的发送得花上比这长得多的时间，相信我，我经常和但尼丁的一个牧师同事通信。"

"可是……可是，这些你都知道，那你想问我什么呢？"海伦脱口而出，"就算奥基弗先生和我之间有什么进展，也得花上一年或者更长时间。现在……"

"我们觉得，我们可以使事情进展得快一点。"索恩夫人说。在他们夫妇两人中，她明显实际得多，她直奔主题说，"教士实际上是想问……这位奥基弗先生的信有没有打动你的心？你斩断所有后路，远赴重洋去找这个男人，你真的知道自己在做什么吗？"

海伦耸耸肩。"那封信很动人。"她坦白地说，嘴角不由露出微笑，"我读了一遍又一遍，每晚都读。是的，我可以预想到我会在海外开始新的生活,这是我成家的唯一机会,我祈祷上帝会指引着我……是他让我看到了这个公告……是他让我收到这一封信而不是另外一封。"

索伦夫人点点头。"也许上帝如你所想的那样,在指引着一切,孩子。"她温柔地说,"正是因为这样,我丈夫想给你一个建议。"

一个小时后,海伦离开索恩家,赶回格林伍德家时,她不知道应该为自己的勇气手舞足蹈,还是挺起胸膛。她心里似乎有蝴蝶在飞舞:一切都安排好了,没有回头路了,在大概八个星期以后,她就会坐上开往新西兰的轮船。

"事情得从那几个女孤儿说起,就是格林伍德夫人及其委员会想送往海外的那批孤儿。"索恩教士的话似乎还萦绕在海伦的耳旁,"她们当中有一半还是小孩——最大的十三岁,最小的还不到十一岁。即便是将来在伦敦当地谋职,这些女孩都吓得半死,现在却要把她们送到新西兰去,去为完全陌生的人工作!孤儿院的那些男孩更没用,他们除了吓唬女孩子们,什么都不会,他们整天都在讲沉船和绑架小孩的海盗。最小的那个觉得自己肯定会成为食人族的腹中物,最大的那个想法更是疯狂,觉得她会被卖给东方的苏丹做玩伴。"

海伦笑了起来,可是索恩夫妇表情还是很凝重。

"我们也觉得好笑,可是这些女孩却坚信这一切。"索恩夫人叹了一口气说,"就算不去想旅途中遇到的危险,去新西兰的航行只能用帆船,路途太远了,不能用蒸汽船,所以你得依仗风力。可能会发生动乱、火灾、疫情……我完全能理解孩子们为什么会害怕。随着出发的日子一天天接近,她们变得越来越歇斯底里,最大的那个已经请求出发之前给她做临终祈祷了。委员会的那些女士们当然完全不懂这些,她们根本不知道她们对孩子们做了什么。而我,清楚地知道,这件事时时拷问着我的良心。"

教士点点头,"我也好不到哪去。这也是我向那些女士们发出最后通牒的原因。孤儿院实际上属于教区——至少在名义上是这样——而我负责这个教区。因此,那些女士们想要把这些孩子送出去得经过我的同意。我和她们达成协议,条件是她们要带一名监护人随行。这个位置就留给你了,海伦。我已经向那些女士们建议:由教区出资,送一名要到克莱斯特彻奇当新娘的姑娘同行,而作为交换,这位姑娘要负责照看这些小女孩。之前已经进行过相关的捐赠活动,必需的金额已经有保证了。"

索恩夫人和教士看着海伦,默默地祈求她的同意。海伦想起了罗伯特·格林伍德,他在上一周刚刚提出过类似的主意。也不知道这个捐赠者是谁,不过这根本不要紧,现在有更紧迫的问题。

"我要担当监护人?"她犹豫地问,"可是我……我刚刚也说了,还没有收到奥基弗先生的回音……"

"其他姑娘也一样,海伦。"索恩夫人说,"而且,她们大部分都还稚气未脱,比要她们照顾的孩子大不了多少。她们当中只有一个好像做过保姆,有照顾小孩的经验。我很疑惑,不知道什么样的好家庭会雇用一个只有二十岁的人做保姆!总之,那些姑娘们让我觉得……呃,信誉没保证。布伦南女士现在也还没有决定是不是把祝福送给所有的应征者。而你,则是可以完全信任的,我可以毫无保留地把孩子们托付给你。而且风险并不大,就算你们最后没有达成协议结婚,一个有你这样资历的姑娘马上就可以找到一个新的职位。"

"你到了那里,我在克莱斯特彻奇的同僚会接待你的。"索恩教士解释说,"如果你发现奥基弗先生不是……呃,像他声称的那样,是一个诚实的人,我相信他也可以帮你在一个好家庭里找到一份工作。你只需要为自己做决定,海伦。你是真的想离开英格兰,还是说,移民仅仅是你的一个幻想而已?如果你现在同意的话,你七月十八日就可以乘都柏林号离开伦敦前往克莱斯特彻奇;如果不同意……那么,就当这次谈话从未发生过。"

海伦深吸了一口气。

"我同意。"她说。

4

对于杰拉尔德·沃顿不同寻常的求婚,吉薇尼拉的反应远没她父亲担心的那么糟糕。母亲和姐姐一听说到要把她嫁到新西兰去，马上歇斯底里起来——在她们看来，和资本家卢卡斯联姻，与被流放到荒野这两种命，还不知道哪个更悲惨呢——特伦斯·施克罕本以为他的小女儿会痛哭流涕，可是，当勋爵说出那场决定命运的牌局最终结果时，她——如果要说有什么反应的话——似乎还有点乐。

"当然，你不是非去不可！"他想减轻一下消息的震撼性，继续说，"这件事一点也不合常理，不过，我答应沃顿先生考虑一下他的提议……"

"行了，行了，父亲！"吉薇尼拉带着责备的语气，笑着对父亲做了一个威胁的手势说，"赌债是关乎荣誉的债务！你没那么容易摆脱的。至少，你也得用与我等值的黄金来偿还——或者多给他一些羊，他应该会更喜欢的，不信你试试！"

"吉薇尼拉，你得严肃对待这件事！"父亲忠告说，"你真以为我没想办法说服他……？"

"哦？"吉薇尼拉好奇地问道，"你给出了什么价码？"

特伦斯勋爵气得咬牙切齿，他知道这是令人不愉快的习惯，可吉薇尼拉总是把他逼到绝路。

"我当然什么价码都没给。我只是试图唤醒他的理性和荣誉感，不过这些品质对他来说，似乎无足轻重……"特伦斯惭愧地转过身。

"也就是说，你对于把我嫁给一个赌棍的儿子毫无顾虑！"吉薇尼拉带着消遣的语气推断说，"不过说真的，父亲，你觉得我该怎么做？拒绝他的请求？还是勉强接受？我该表现得高贵还是沮丧？哭喊还是哀叹？或许我可以逃走！那将是最体面的解决方法。如果我消失在夜幕中的话，你就可以从整件事中解脱了！"想到那种冒险，吉薇尼拉两眼放光。不过，对于她来说，逃走还不如被绑架……

父亲拳头紧握。"吉薇尼拉，我也不知道！如果你拒绝，我当然会很尴尬，可是如果你被迫接受的话，我也一样很尴尬。要是你在那边过得不幸福，我一辈子都不会原谅自己。所以我才来问你……呃，说不定你可以听听他的建议，我要怎么样处理……才比较得体？"

吉薇尼拉耸耸肩，"很好，那我们就听听看吧。不过要听的话，我得先去请我未来的公公过来，你觉得呢？还有母亲，我想……噢，不行，她的神经接受不了。我们还是事后再跟她说吧。那，沃顿先生在哪呢？"

杰拉尔德·沃顿就在隔壁等着。这一天在施克罕家上演的事情，他觉得很有意思。吉薇尼拉的姐妹们已经要了六次嗅盐①了，她们还连番叫苦，说神经紧张、虚弱无力，让女仆们忙得不可开交。现在，施克罕夫人额头上敷着冰袋，在客厅里休息，而戴安娜则在哀求她丈夫无论如何——就算是跟沃顿决斗也行——一定要救救吉薇尼拉。可想而知，上校没有做这类事情的偏好，他只会用藐视来惩罚新西兰人。他一心想做的，好像就是尽快离开岳父母家。

吉薇尼拉却对整件事表现得泰然自若。勋爵不同意马上让杰拉尔德进来和她谈，像她这么精神饱满的女孩，发起脾气来，就算是隔着一堵墙，要听不见也很难。后来，沃顿被叫到了书房时，发现吉薇尼拉并没有哭，相反，她脸上容光焕发。这正是他一直期待的反应。他的求婚无疑让吉薇尼拉很吃惊，但似乎并不反感。她迷人的蓝眼睛，专注地聚焦在这个刚刚用一种不寻常的方式赢得她的男人身上。

"有照片什么的吗？"吉薇尼拉连客套话都懒得说，直接进入正题。沃顿觉得她还是一如既往的迷人，简单的蓝裙子凸显出她苗条的身材，褶裥衬衫使她看起来更成熟。不过这次她倒没费事地把那一头松软的红头发绑起来，女仆只是简单地用一根蓝色天鹅绒缎带，把她的两根辫子扎到背后，免得头发挡住她的脸。要不然，卷曲、松散的头发会铺满吉薇尼拉的整个背部。

"照片？"杰拉尔德·沃顿惊讶地问，"呃……有一张平面图……我有一张房屋略图，房子就在附近，因为我想和一个英国建筑师先讨论

---

① 嗅盐（smelling salts），一种药物，闻吸后有恢复或刺激作用。过去用于抢救癫痫或晕厥患者，通过鼻腔吸入令患者苏醒。

一下……"

吉薇尼拉大笑起来，完全看不出她有一丁点儿动摇或害怕。"不是房子的照片，沃顿先生！是说你的儿子！呃……卢卡斯的。你没有他的相片吗？"

杰拉尔德·沃顿摇摇头。"很遗憾，没有，我的女士。但是你会喜欢卢卡斯的。我的妻子——愿她在地下安息——是个美人，每个人都说卢卡斯和她是一个模子印出来的。而且他的个子很高，比我还高，不过稍微瘦削一点。他浅黄色头发，灰色眼睛……而且教养也很好，吉薇尼拉女士！他的教育花了我一大笔钱，一个接一个的英格兰私人教师……有时候我觉得，我们……嗯哼，对他做的太多了。卢卡斯他……嗯，无论怎么看，都是个有魅力的人。而且，你也会喜欢上基沃顿站的！房子是仿英式建造的，不是普通的小木屋，而是用灰色砂岩建的庄园住宅，一切都是最好的！家具是从伦敦运过去的，由最好的木匠制作。我甚至还委托室内装潢师帮我去选，以免出什么差错。一切应有尽有，我的女士！当然，手下那些帮手没有你的女仆那么训练有素，不过我们的毛利人很乐意学习，如果你想要，我们可以随时再建一个玫瑰园……"

他突然不作声了，因为吉薇尼拉脸色一变，玫瑰园似乎让她很惊恐。

"我能把克里奥带去吗？"她问。那只小狗一直趴在桌子底下，听到自己的名字，马上抬起了头，用它那高贵的柯利牧羊犬的眼神——杰拉尔德已经非常熟悉的眼神——凝视着吉薇尼拉。

"还有伊格莱恩呢？"

杰拉尔德想了一下才反应过来，吉薇尼拉说的是她的小母马。

"吉薇尼拉，别说马的事了！"她父亲焦躁地打断说，"你怎么跟个小孩子一样！我们这是在讨论你的未来，你倒是只想着你的玩具！"

"你觉得我的宠物是玩具？"吉薇尼拉厉声说，父亲的话显然让她很受伤，"一条每次比赛都获胜的牧羊犬，还有波厄斯郡最好的狩猎马？"

杰拉尔德·沃顿看准时机。"我的大小姐，你想带什么都可以！"他站在她的立场安抚她，"你的小母马将是我马厩里的一颗明珠，我们只要考虑怎么帮她找到一匹合适的公马。那只狗呢……呃，你也知道，昨天我就喜欢上了。"

吉薇尼拉对父亲的批评好像依然耿耿于怀，但是她让自己冷静下来，还试着开了个玩笑。

"这就是你处心积虑想得到的东西吧。"她面带淘气的笑容说，眼神却冷若冰霜，"你的求婚，纯粹是为了要抢走我父亲获奖无数的牧羊犬，我现在终于明白了。不过我还是会正面考虑你的请求的，或许，我对你的价值比对我父亲要大些。至少，沃顿先生，你不会把一匹马看成是玩具。现在请允许我先离开了，同样，也请您原谅我的失礼，父亲。我得认真考虑一下。待会儿咱们还会在茶桌上再见，我想。"

吉薇尼拉离开了房间，心中带着越烧越旺的莫名怒火。她泪眼汪汪的，但是她不会让任何人看到这点。就像每次生气和酝酿复仇计划时那样，她遣开所有女仆，拉上窗帘，蜷缩在带天棚的床最里面的角落里。克里奥等仆人们都走开后，悄悄滑过床栏，依偎在主人的身边安慰她。

"现在，至少知道父亲把我们当什么了。"吉薇尼拉摸着克里奥柔软的毛皮说，"你只是个玩具，而我只是赌二十一点的赌注。"

之前，父亲向她承认，他在牌桌上把她给输掉了，她还没觉得那个赌注有多可怕，甚至觉得父亲如此的疯狂挺好玩的，而且也没把求婚的事情当真。不过，如果吉薇尼拉坚决拒绝考虑沃顿的建议，那必然会有损特伦斯·施克罕的声誉。如此说来，事实上是父亲输掉了自己的前途，毕竟，沃顿即使没得到吉薇尼拉，至少赢得了羊群！而这批羊群的收入本来是要给她做嫁妆的，现在，吉薇尼拉完全没有结婚的本钱了。还有，她喜欢施克罕庄园，很想有一天能够接管这片牧场，毫无疑问，她会把这里管理得比哥哥好——说到乡村生活，他只对狩猎和偶尔举行的赛马感兴趣。吉薇尼拉打从小时候开始，就给自己描绘了一个多姿多彩的未来：她会和哥哥一起在牧场生活，料理一切，而约翰·亨利只管追逐自己的兴趣。那时候，两个孩子都认为这是个很好的计划。

"我要做一名骑师！"约翰·亨利宣布，"而且还养马！"

"那我要养羊和矮种马！"吉薇尼拉向父亲表示。

那时孩子们还小，父亲听闻此，通常会哈哈大笑，并管他女儿叫"我的小女工头"。但随着孩子们渐渐长大，牧场工人们对吉薇尼拉越来越尊敬，而且克里奥又经常在比赛中打败约翰·亨利的狗，特伦斯·施克罕渐渐很不喜欢在马厩里看到女儿了。

今天他甚至承认自己把她做的事情当小孩子闹着玩！吉薇尼拉气得拽紧枕头。不过，接下来，她开始更仔细地思考，父亲真的是这么想的吗？事实上，他是把吉薇尼拉看成他儿子和继承人的竞争对手，难道不是吗？即便没这么严重，父亲在把她哥哥培养成为未来的庄园主时，至少是把她当成障碍的吧？如果这样，她在施克罕庄园肯定就没有什么前途！不管有没有嫁妆，她的父亲都会把她嫁出去，最晚也就明年，她哥哥读完大学的时候。母亲已经在张罗这件事了，她迫不及待地把这个野孩子推往灶台和刺绣绷圈。家里的经济状况吉薇尼拉都知道，所以她没法挑三拣四。她未来的夫婿，几乎可以肯定，不会是一个资产可以和施克罕庄园匹配的少东家！有一个像里德沃斯上校那样的人，肯纡尊降贵，她就应该高兴了。要不是这样，她最终很可能被迫嫁给某个贵族家庭的二儿子或三儿子——他可能打拼到一个医生或律师的职位，然后住进城里。吉薇尼拉想象着每天没完没了的茶会、慈善委员会会议……不由得浑身哆嗦。

不过现在，不是有杰拉尔德·沃顿来求婚嘛！

到目前为止，她仅把新西兰之旅当成一个幻想，很有吸引力，但是完全不可能！一想到和地球另一端的某个人——一个连他自己的父亲也只能想出二十个词来形容的人——结合，她觉得甚是荒谬。不过现在，她发现自己渐渐认真地考虑基沃顿站了：一个牧场，她将成为那儿的女主人，一个开拓者的妻子，就像廉价小说里写的那样！对他们家的客厅和庄严的庄园住宅，沃顿的描述无疑有些夸张，他可能是想给她父母留下一个好印象。农场尚在发展阶段，肯定，要不然沃顿就不可能还在这里买羊！吉薇尼拉得和丈夫一起辛苦劳作。她可以帮忙牧放羊群、耕耘花园，她会在花园里种上真正的蔬菜，而不是讨厌的玫瑰。她可以想象，自己第一次跟在一匹强壮的矮种马拉着的犁后面，大汗淋漓地耕地的情景。

而卢卡斯……嗯，至少，他很年轻，应该长得挺好看的。她不能要求更多，就算是在英格兰，爱情也几乎不会是她选择丈夫时考虑的因素。

"你觉得新西兰怎么样？"她问狗狗，并轻轻抚摸它的肚子。克里奥看着她，给了她一个柯利牧羊犬的微笑。

吉薇尼拉微笑着回应。

"好了！协议就此达成！"她咯咯地笑着说，"这就意味着……我们还得问问伊格莱恩。我敢打赌，我若是跟她说起公马，她一定会答应的，你要赌什么？"

吉薇尼拉嫁妆的挑选成了她和她母亲之间漫长而艰巨的斗争。施克罕女士听到女儿的决定后，晕倒了好几次，但一恢复过来，她就开始以她惯有的热情着手准备婚礼。她喋喋不休地抱怨这次婚礼不在施克罕庄园，而是在别处某个"荒山野岭"中举行。对于坎特伯雷平原上的庄园住宅，杰拉尔德·沃顿描述得富丽堂皇，这一点对母亲远比对其女儿受用。更让这位母亲宽慰的是，杰拉尔德对嫁妆这种繁文缛节的事，也颇为关心。

比如，他会说"你女儿当然得有一件华丽的婚纱"此类的话。之前吉薇尼拉拒绝了母亲挑选的裙裾及地的白色婚纱，她说她肯定得骑马去参加婚礼，这些东西会妨碍她骑马。

"我们可以在克莱斯特彻奇的小教堂里庆祝，也可以——我个人更喜欢——在牧场家中举办仪式。选择前者，婚礼当然会喜庆一些，但很难租到足够的地方接待宾客，也很难找到人手，所以我希望能把鲍尔温教士请到基沃顿站去，那样我可以更好地招待客人——显赫的宾客，你懂的，中将会出席宴会，还有生意上和政府方面的代表……所有坎特伯雷上流社交圈子。因此，吉薇尼拉的婚纱越贵重越好。你会艳惊四座的，孩子！"

杰拉尔德轻轻地拍了拍吉薇尼拉的肩膀，而后转身离开，去和她父亲讨论马和绵羊的装运事宜。他们俩彼此达成了令人愉快的协议，从此不再提及那场决定命运的赌局。勋爵把羊群和狗作为吉薇尼拉的嫁妆，送往海外，而施克罕女士则把和卢卡斯·沃顿的婚约，看成是与新西兰最古老的家庭一次门当户对的联姻。事实上也没错：卢卡斯母亲的父母是第一批登上南岛的移民。所以，就算客厅里还有人对此窃窃私语，夫人和她的女儿们也充耳不闻。

　　吉薇尼拉对此毫不在意。她只对勉强出席一次又一次的茶会有点厌恶，她所谓的"朋友"会在茶会上虚伪地祝贺她"令人兴奋的"远嫁，却又为她们自己未来的配偶近在波厄斯郡或城市里而庆幸不已。吉薇尼拉只要一有空闲，母亲就会拉着她，问她对衣料样品的意见，然后让她给裁缝当模特，一站就几个小时。施克罕女士为她量身定做了假日服和小礼服，还担心没有高雅的旅行服装；另外，让她难以置信的是，吉薇尼拉需要更多夏天的薄裙子而不是冬天的衣服。按照杰拉尔德不厌其烦地一次又一次提醒她的说法，现在地球的另一面，季节刚好相反。

　　此外，每当"再做一件小礼服还是做第三件骑马服"的争论再次升级，他都得出面调解。

　　"不行，"吉薇尼拉开始有点激动地说，"难道在新西兰我还得像在加的夫一样出席一个接一个的茶会！你说过，那是个全新的国度，沃顿先生！有些地方还没有开发呢！在那样的地方，我可不需要什么丝质长裙！"

　　杰拉尔德·沃顿对双方都赔着笑脸。"吉薇尼拉女士，到了基沃顿站，你会发现那里的社会结构和你这里是一样的，所以不用担心。"他开始调停，虽然他知道，对此真正持有保留意见的，当然是施克罕女士，"不过，市区间的距离就比这里大多了，最近的邻居也住在四十英里外，所以你不必上门去喝下午茶。另外，公路也还在建设之中，因此，我们通常是骑马而不是坐马车去拜访邻居。不过，这倒不是说，我们可以衣着随便去参与社会交往，你得让自己习惯于一次数日的拜访，因为大老远的跑一趟，时间太短就不值得了，所以，你当然得备好相应的行头。"

　　"顺便说一下，我已经订好了船票，我们七月十八日乘都柏林号离开伦敦，前往克莱斯特彻奇。有一部分货舱是为我们这群牲口准备的。下午要不要骑马出去看一下公马，小姐？你好像整个星期几乎没出过更衣室。"

费宾女士——吉薇尼拉的法语家庭教师——尤其担心殖民地文化教育的匮乏。她用所有她会说的语种，对吉薇尼拉无法继续她的音乐教育表示惋惜，虽然弹钢琴仅仅是社会认可的技能，这个女孩至少还能在这方面展示一点天赋。不过，杰拉尔德可以平息费宾女士这番遗憾：他家里肯定有钢琴。他已故的妻子钢琴弹得非常好，而且还教会了他们的儿子，卢卡斯是一个出色的钢琴演奏者。

令人惊奇的是，在所有人当中，只有费宾女士能够从这个新西兰人口中，套出有关吉薇尼拉未来配偶的事。这个富于艺术气息的老师仅仅问了几个恰到好处的问题——随便什么时候，只要提起克莱斯特彻奇的音乐会、书籍、剧院和美术馆，都少不了卢卡斯的名字。看来，吉薇尼拉的未婚夫非常有教养，并具艺术天赋。他画画、玩音乐，还和大不列颠的科学家有密切的书信往来——书信涉及的，主要是对新西兰不同寻常的动物王国进行的研究。吉薇尼拉希望能和他分享这个兴趣，因为卢卡斯的其他爱好，对她来说似乎有点不可思议。她期望这个牧场的继承人没有太多不切实际的活动。廉价小说里，牛仔是永远不会和骑士混在一起的，绝对不会。不过或许杰拉尔德·沃顿是在夸口，毫无疑问，"绵羊大亨"是想把他的房子和家庭描绘得尽善尽美。现实必定比他说的更荒凉，也更刺激些！无论如何，到了该把嫁妆装箱的时候，吉薇尼拉故意落下了乐谱。

露辛达·格林伍德对海伦宣布的消息显得异常平静。乔治夏天就要上大学了，不再需要家庭教师了，而威廉……

"至于威廉，我还得请你再费心一段时间。"她说，"他还这么小，总不能不管他吧！"

海伦盘算了一下，考虑到在都柏林号上还有新的任务要接管，她不大情愿地答应了下来。露辛达·格林伍德慷慨地准了她星期天的假，让她有空到主日学校去见见那几个女孩。不出所料，女孩们身体虚弱、营养不良、性情怯懦。她们都穿着干净的灰色带扣裙装，上面打满补丁。但就算是年龄最大的桃乐西，罩在长裙下的身体也还没有任何发育的迹象，这个女孩刚满十三岁，在她短短的生命旅程里，已经有十年和母亲一起住在救济院。早些年，桃乐西的母亲有一份工作，不过她已经记不起那遥远的时光了，她只记得，母亲最后生病并去世，从那时起，她就住进了孤儿院里。她对新西兰之旅怕得要死，但却已经准备好竭尽所能来取悦她未来的主人。桃乐西到孤儿院时才开始学习认字、写字，不过，为了弥补自己失去的时间，她一直在竭尽所能地奋斗。海伦暗自下决心，到了船上要继续教她。她很同情这个柔弱的黑发女孩，只要饮食合理，不再被逼着点头哈腰，像一条被打败的狗一样弯起脊梁哆哆嗦嗦，她长大后肯定会是一个大美人。达芙妮的年龄排在第二，显得稍胆大些，她曾经独自在街上流浪了很长一段时间；她不是在偷东西时被人抓住，而是正生着病、疲惫无力时，在桥下被人发现——这多亏了她的好运，而非她的天真无邪。在孤儿院里，她一直被苛严对待，女校长似乎把她火红色的头发看成了对生活的贪求——甚至是渴望——的明显标志，像对待荡妇一样斜视她。达芙妮是六个女孩当中，唯一自愿踏上去海外的旅途的。对劳里和玛丽这对来自切尔西、顶多十岁大的双胞胎来说，就肯定不是这么回事了。她俩都不是特别聪明，不过，要求她们做点什么的时候，她们能弄清楚状况，而且举止得体，还有几分娴熟。孤儿院那些恶意的小男孩们所说的海上远航有多危险，劳里和玛丽句句当真。海伦却认为此次远行没什么大不了的，她们反倒不太相信。不过，伊丽莎白——一个爱幻想、留着金黄色长发的十二岁小女孩倒是觉得，远涉重洋去找素未谋面的丈夫是件非常罗曼蒂克的事。

"噢，达文波特小姐，这就像童话一样哦！"她低声说。因为口齿不清经常被人嘲笑，所以伊丽莎白很少大声说话，"一个王子在等待着你！他肯定每晚都苦苦想念你，想到形容憔悴！"

海伦大笑着试图从她将要照顾的最小一个孩子——露丝玛丽——那里抽身出来。据推算露丝应该有十一岁了，不过海伦估计这个神情涣散的孩子不超过九岁。实在想不通,怎么会有人觉得这个羞怯的小东西可以自力更生了。在海伦来之前,露丝玛丽寸步不离地跟着桃乐西。现在,有一个更友善的成年人在场了,她就转移目标,紧紧贴在海伦身边。把露丝稚嫩的小手揣在自己手心的感觉,让海伦心里有些触动,但她知道,不能让这小女孩这么黏人,因为这个孩子在克莱斯特彻奇已经找到雇主了,所以她很清楚,不能让露丝指望着在旅程结束之后,还能跟她在一起。

再说,海伦自己的命运也还是个未知数。她仍然没有收到霍华德·奥基弗的只言片语。

不过,海伦还是为自己准备了一些嫁妆。她用微薄的积蓄买了两条裙子和一些内衣,还为未来的新家买了一些亚麻布。付了一小笔费用后,她被允许把那把心爱的摇椅带上船,她用了几个小时,小心把它包装好。为了不让自己太过兴奋,她早早就开始为远行做准备,离船预定出发的日子还有四个星期,她就几乎一切准备就绪。她准备在出发前最后一刻,才告诉她的家人要离开的消息,因为那是件让人不愉快的事情。此事终于到了无法再拖延的时候,他们的反应尽在预料之中:姐姐很震惊,兄弟俩很恼火。如果海伦没能再为他们支付食宿费用,他们就得再次去求索恩教士收留了。海伦觉得这对他们有好处,跟他们讲清这些道理,真是费尽口舌。

至于姐姐嘛,海伦对她神情激动地发表的长篇大论不屑一顾。苏珊在信里一页又一页地诉说她会多么想念妹妹,信笺里有几页甚至还带着泪痕,不过海伦知道,那是因为给约翰和西蒙付学费的重担现在落到了她肩上。

当苏珊和丈夫终于来伦敦"最后一次聊聊这件事情"时,海伦甚至懒得回应苏珊道别时的惺惺作态,而是一针见血地指出:她的离开对于她们之间的关系没有任何影响。"到现在为止,我们每年给对方写信不会超过两次。"海伦冷淡地说,"你忙你的家庭,我以后肯定也跟你一样。"

要是有一点点具体的消息让自己坚信未来的一切该多好!

她依然没有接到霍华德的任何信息。她已经很长时间没在早上等邮差到来了,可是,就在海伦动身前一个星期,乔治却给她拿来一个信封,上面贴着很多鲜艳的邮票。

"看,达文波特小姐!"他兴奋地说,"你可以马上打开,我保证不会泄密,也不会躲在你身后偷看。我去和威廉玩,OK?"

海伦刚刚结束了当天的课程,孩子们正在花园里休息。威廉断断续续地把球击过篮圈,一个人玩得不亦乐乎。

"乔治,不准你说'OK!'"海伦嘴里习惯性地说着责备他的话,手却急切得有点失态地去拿那封信,"这个词你是从哪里学来的?从佣人看的黄色小说里吗?看在上帝的分上,那些书可别到处乱放,要是威廉……"

"威廉还不识字呢。"乔治打断她说,"我们俩都知道的啊,达文波特小姐,不管母亲爱信不信。还有,我不会再说'OK'了,我保证。你准备看信了吗?"乔治窄长的脸上表情出乎意料的认真,海伦宁愿他还像平常那样,带着曲意讨好的假笑。

不过那又有什么呢?就算他向母亲告密,说海伦在工作时间看私人信件,一个星期后,她就要出海了,除非……

海伦用颤抖的双手撕开信封。除非奥基弗先生对她没兴趣了……

我最亲爱的达文波特小姐:

您信中言语,感人肺腑之深,难以言表。自几日前收悉您的信件,我一刻未曾把它放下,它无时无刻伴着我,无论在田间劳作,还是在偶尔去城里的途中——只要摸到它,便倍感心安。心知在某个遥远的地方,有一颗心正在为我跳动,不禁欣喜若狂。我必须承认,在深陷寂寞的最黑暗时刻,我常忍不住用我的双唇亲吻您的来信。这张您触摸过的纸,传递着您气息的纸,就像仅存的几封被我视如珍宝的家信一样神圣。

可是,此良缘该何以为继?最亲爱的达文波特小姐,现在我最最希望的就是你能到这里来!让我们一起告别孤单!让我们一起扫光绝望与黑暗的碎片!让我们一起,开始新的生活!

此时,我们迎来春天的第一缕花香,草开始变绿,树木开始萌出新芽。我多么想和您一起分享这些美景!奈何,为让美梦成真,除了情感突飞猛进,更重要的,还有不得不考虑的繁琐的现实问题。我很乐意为您负担旅程费用,我亲爱的达文波特小姐——噢,为什么不呢?我最亲爱的海伦!不过,还得等我的绵羊产下羊羔、农场今年的收入可以估算之后。毕竟,我不想让我们的生活从一开始就背上债务。

您可以——我亲爱的海伦——出于这些顾虑再忍耐一下吗?您可不可以、会不会等待到我的呼唤最终到来的那一刻呢?世界上再没有任何东西让我如此真挚地期望了。

永远是您最忠诚的,
霍华德·奥基弗

海伦心跳急剧加速,让她有生以来第一次觉得自己可能要来点嗅盐。霍华德要她,他爱她!现在她可以给他最美好的惊喜了!不是发一封信过去,而是她本人亲临!她会永远感激索恩教士!永远感激布伦南女士!是的,甚至感激乔治,他刚刚把这封信带给她……

"你……看完了吗,达文波特小姐?"

海伦魂都被那封信吸进去了,根本没注意到这孩子还站在旁边。

"是好消息吗?"

乔治似乎不是要和她分享快乐,相反,他看起来有点沮丧。

海伦关切地看着他,但却掩饰不住自己的幸福。

"世界上最好的消息!"她心醉神迷地说。

对老师的笑颜,乔治无以为报。

"那么……他真的想和你结婚?他……他没说让你应该留在原来的地方吗?小姐?"他平淡地问道。

"好了乔治!他干吗要么说?"在充满喜悦的状态下,海伦完全忘了——直到此刻为止,她曾数次拒绝回答关于那个广告的问题,"我们彼此非常合适!一个非常有教养的年轻人,他……"

"比我更有教养吗,达文波特小姐?"乔治脱口而出,"你确定他比我更好?更聪明?更有学问?因为……如果只是因为爱的话……我……哎呀,他不可能比我更爱你……"

乔治转过脸,为自己的勇气感到无比震惊。海伦只好抓住他的肩膀,把他的身子转过来,看着他的眼睛。海伦的手碰到他的时候,他好像有点颤抖。

"好了乔治,你说什么呢?你知道什么是爱情吗?你才十六岁!你是我的学生!"海伦表情惊讶地大声说道——但话一出口,就觉得自己在胡说八道,难道十六岁就不解风情吗?

"好了,听着,乔治,我从来没有拿你和霍华德做比较!"她接着说,"或者说,我从来没把你们看成对手,毕竟,我不知道你……"

"你当然不知道!"此时,乔治机灵的棕色眼睛里,似乎闪耀着一丝希望的光芒,"我应该……我应该早些告诉你的,应该在关于新西兰的这一切发生之前就告诉你。可是我以为你不会……"

"这是没什么错,也完全正常,乔治。"她语气和缓地说,"你自己心里也明白,对于这类事情,你还太小,一般情况下,你不会把这种感觉说出来。我们何不现在就把它忘掉……"

"我比你小十岁,达文波特小姐,"乔治打断了她,"而且我是你的学生,没错,但是我已经不是小孩子了!我已经开始我的学业了,几年之后,我就会成为一个令人尊敬的商人。到那时候,没人会在意我和我妻子的年龄。"

"可是我在意。"海伦柔声说,"我想要一个和我年纪相当的男人。对不起,乔治……"

"你怎么知道信里那个男人就有那么大年纪呢?"男孩绝望地问,"你为什么爱他?你不过才刚收到他的一封信而已!他有说他的年龄吗?他能不能让你衣食无忧,你了解吗?你们会有共同话题吗?你一直都和我父亲还有我聊得很开心,所以,如果你愿意等我……只要几年就好，达文波特，等我完成我的学业！求求你，达文波特小姐，求求你给我一个机会！"

乔治情不自禁地拉住她的手。

海伦脱身走开。

"对不起，乔治。不是我不喜欢你，恰恰相反。但我是你的老师，而你是我的学生，仅此而已……而且，几年之后，你会以全新的眼光看待事情。"

海伦很想知道，理查德·格林伍德对儿子盲目的相思病是否有所察觉。也许那就是他慷慨解囊为海伦出船资的原因——另外的可能是，他也想让儿子明白这是一段无望的情感？

"我的感情永远不会变的！"乔治激动地说，"只要我年龄一到，只要我能支撑起一个家庭，我就会娶你！只要你愿意等，达文波特小姐！"

海伦摇摇头，她必须结束这次谈话了。"乔治，就算我真的爱你，我也不能等了。如果我想成家的话，我现在就得抓住这次机会，霍华德就是这个机会，我将会是他真诚、忠实的妻子。"

乔治绝望地看着她，窄长的脸上写满了失恋的痛苦。海伦觉得，透过眼前这张仍显稚嫩的脸，自己仿佛可以清楚地看到乔治长大后成熟的面容——一个讨人喜欢的、世故的男人，他不会草率地将自己交付于人——而且一定会信守承诺。海伦很想把他抱在怀里安慰他，不过这显然是不可能的。

她默默地等着乔治转过脸去，她以为他眼里会溢满孩子气的泪水，可乔治却冷静而坚定地和她对望着。

"我会永远爱你！"他说，"永远。无论你在哪里，你在做什么，无论我在哪里，我在做什么。我爱你，我只爱你，别忘了，达文波特小姐。"

5

都柏林号是一艘非常壮观的船，只待扬帆起航。在海伦和那几个孤儿眼里，它大得就像一栋房子。实际上，都柏林号在接下来的三个月里要安顿的人，远比一栋普通的住宅多得多。海伦希望它可别着火或倒塌，不过这份担心是多余的，开往新西兰的船，起航前都要检查适航性。船主必须向皇家检查员证明，船舱通风良好，而且船上有足够的补给。补给的问题，出发当天还在进一步完善之中。看到一桶桶的腌肉、一袋袋的面粉和马铃薯、一包包硬面包从码头搬到船上，海伦已感觉到等待着她的会是什么。她听说船上的食物很单调——至少对于统舱里的乘客来说是这样。头等舱的客人待遇就不一样，有传言说他们甚至有自己的厨师。

一个粗暴的船员和一名医生监视着"普通人"登船。后者快速检查了一下海伦和女孩们，摸了摸孩子们的额头，像是要看看她们有没发烧，还让她们伸出舌头。发现没什么可疑之处，就朝那位船员点点头，船员则在列表上她们的名字后面做记号。

"后面的一号船舱。"他挥了挥手，让海伦她们快点走。她们七个人摸索着走过船上狭窄黑暗的通道，那地方已被焦躁不安的乘客和他们的行李挤得几乎无法通行。海伦的行李不多，可那不大的旅行包好像越来越重。女孩们带得更少，她们只有几个包袱，里边装着过夜的东西和一套换洗衣服。

终于走到她们的船舱，女孩们喘着气瘫倒在床上。海伦看着狭窄的房间，实在兴奋不起来。接下来三个月，这里就是她们的住所。房间又矮又暗，只有一张桌子、一张椅子和六个床位几样家具——三层的卧铺——这让海伦觉得很惨淡，而且还缺一个床位呢。幸好，玛丽和劳里习惯一起睡，两个小孩选了一张中铺紧紧地抱在一起。她们本来就对未来的行程很害怕，船上拥挤的人群和嘈杂加剧了她们的恐惧。

另一个让海伦难以忍受的，是船舱内飘荡着的绵羊、马和其他动物刺鼻的臭味。有人在海伦的船舱周围和下方搭满了临时围栏作为羊圈和猪圈，还搭了容纳一头奶牛和两匹马的兽栏。这太过分了！海伦决定去投诉。她安顿孩子们在船舱里等着，自己动身到甲板上去。还好，有一条近路，可以出去透透气，这可比她们刚刚前往统舱所经过的过道方便得多——就在海伦的船舱前；有一条通向上方的楼梯，上面架着临时的斜坡，以便装载牲口。海伦发现，船尾一个船员都没有，与船另一侧入口不同，这里没人看守，人群却照样拥堵。移民家庭在这里把他们的行李拖上船，含泪拥抱他们惜别的亲人。熙攘的人群和喧闹声，真让人受不了。

突然，从搬运货物和牲畜的舷梯那里开始，拥挤的人群自动让出一条道来，原因显而易见：有两匹马正要被拉上船，其中一匹受惊了。一个瘦长结实的小伙子正在设法让马平静下来——从他手臂上标志性的蓝色文身看来，他应该是一个海员。海伦猜测，是不是有人要惩罚这个人，所以强迫他这么做的，因为这本来根本不是海员的职责。他对马显然没有任何经验，除了紧紧拽住那匹强壮的黑色公马，什么技巧都没有。

"行了吧，你这黑色魔鬼，我可没有那么多时间！"马一点也不配合，他大吼道。其实是那黑马反过来很用力地把他往后拖，并愤怒地竖起耳朵，决意不往摇摇晃晃、显得很不安全的斜坡迈出半步。

另一匹马在他的身后，海伦看不太清楚，不过似乎挺平静的，牵马的人掌控得好多了。令海伦惊讶的是，她看见一个穿着高雅的旅行服、身材娇小的女孩，手里牵着那匹棕色母马，等得很不耐烦。眼看着那匹公马仍然没有向前走的意思，女孩决定亲自出马。

"这么做根本无济于事，给我！"

只见那位年轻女士把母马交给了等在一旁的一个移民，又从海员手中接过了公马。海伦讶异不已，她还以为那匹马会挣脱呢，那可是男人都控制不住的马呀。女孩把马拉近，并开始温和地跟它说话，那匹黑马不但没反抗，反而立刻平静了下来。

"好了，我们一步一步来，默多克。我走前面，你跟着。可别跑到我前面去！"

海伦屏住呼吸，看着公马跟随在这位年轻女子身后——它虽紧张，却表现得无可挑剔。终于安全站到甲板上时，女孩拍了拍它，以示赞许。公马的口水流到了她海军蓝天鹅绒旅行服上，不过女孩似乎并未留意。

"你还牵着母马在下面干吗呢？"她朝下边的水手喊，"伊格莱恩，别给他惹麻烦，向前走就是了！"

这匹棕色母马昂首阔步地往前走，显得比公马冷静多了。水手在后面抓着它的缰绳，他一脸苦相，好像正托着一个定时炸弹似的。不管怎样，他还是把马带上船了。现在海伦可以投诉了。他和那个女孩牵着马走下甲板、从她的船舱旁经过时，她对水手说：

"虽然这可能不是你的错，不过总得有个人出来解决一下。我们不可能紧挨着兽栏住，臭味让人受不了！万一这些牲口挣脱出来，又该怎么办？我们会有生命危险的！"

水手耸耸肩，"我无能为力，女士，这是船长的命令。这些牲畜得随行。船舱的安排一直都是这样的：单身的男士住前面，一家子一起的住中间，单身女性住后面。因为只有你们几个是单身女性，所以没人可以跟你换。你只能克服一下咯，女士。"他快步跟上母马——它正急着跟上公马和那位年轻女士呢。女孩依次把黑马和棕马送进两间紧靠在一起的马厩，把它们绑牢。当她再次出现的时候，身上的蓝色天鹅绒裙子粘满了稻草。

"讨厌的衣服！"女孩一边骂，一边试着把衣服抖干净，可接着她又懒得管它了，转身对海伦说，"要是这些牲口打扰到你，我很抱歉，女士。不过他们不会挣脱的。坡道很快就会被拆掉……这么做挺冒险，万一船下沉，我就没法把伊格莱恩弄出去了！不过船长坚持这么做。兽栏每天都会有人打扫，绵羊身上干了之后，味道就不会这么重了。再说，你会习惯……"

"我永远都不会习惯住在马厩里。"海伦严肃地说。

女孩大笑起来，"可你的开拓精神呢？你是打算移民的，对吧？说真的，我很乐意跟你换，女士。可我住在最上边，沃顿先生订了客厅的舱位。这些都是你的孩子吗？"

她瞟了一眼那几个女孩。她们本来是按照海伦的安排呆在自己的船舱里的，听到海伦的声音，都谨慎而好奇地探出头来。特别是达芙妮，她饶有趣味地打量着马儿及那位年轻女士优雅的衣服。

"当然不是。"海伦说,"我只是负责在旅途中照顾她们,她们是孤儿。那些牲口都是你的吗?"

女孩大笑说:"不,只有马是……准确地说只有其中一匹马是。那匹公马是沃顿先生的,羊也是。我不知道其他动物是谁的,不过或许我们可以给那头奶牛挤奶呢!那么孩子们就有鲜奶可以喝了。看起来她们用得上。"

海伦忧伤地点了点头,"是啊,她们严重营养不良。希望她们能挺过这次漫长的旅途。在船上,疾病和儿童死亡是常有的事。还好船上有个医生,我只希望他精通业务。噢,顺便介绍一下,我叫海伦·达文波特。"

"吉薇尼拉·施克罕。"女孩回答说,"这两位是默多克和伊格莱恩。"她煞有其事地介绍那两匹马,好像介绍茶会上的客人一样,"还有克里奥……她躲哪里去了?噢,在这儿,她又在结识新朋友了。"

顺着吉薇尼拉的目光,海伦看见一只毛茸茸的小东西,正冲她亲切地微笑呢。可弄巧成拙的是,那小东西露出来的锋利大牙却让海伦胆战心惊。看见露丝就在那只小动物旁边,海伦吓坏了,小女孩却充满信任地依偎在狗狗柔软的毛皮上,就像她常依偎在海伦的裙褶上一样。

"露丝玛丽!"海伦惊慌地大喊。女孩退缩着,松手把狗放开,狗朝她转过身来,抬起爪子似乎在恳求着。

吉薇尼拉笑了起来,并用手轻柔地安抚着狗狗。"不用担心,就让小家伙跟她玩吧。"她平静地告诉海伦,"克里奥很喜欢小孩,她不会伤害她的。恐怕我得走了,沃顿先生会等我的。再说我也确实不应该呆在这里,我应该跟家人再呆一会儿,毕竟,父母和兄弟姐妹是特地赶到伦敦来为我送行的,虽然他们这是多此一举。我天天和家人相见已经十七年了,什么话都说完了,可母亲还是一直哭,姐姐也陪在一旁痛哭;父亲因为把我送到新西兰而不停地自责;哥哥则妒忌得想把我勒死。我真的巴不得早点出发。你呢?有人来送你吗?"吉薇尼拉看了看四周,统舱每个角落里,人们在流泪痛哭,交换分手的礼物,送出最后的祝愿。

这些家庭中,有很多人的这次离开将成永别。

海伦摇了摇头,她是一个人从格林伍德家坐马车过来的。那把摇椅——她唯一一件笨重的行李,前一天就已经送过来了。

"我远渡重洋去见我在克莱斯特彻奇的丈夫。"她说,似乎这样就可以解释为什么没有亲友来送行。无论如何,她不想让这个有钱有地位的年轻女人同情她。

"噢?也就是说,你已经在新西兰安家了?"吉薇尼拉兴奋地问。

"改天你跟我讲讲新西兰是什么样子吧,要知道,我还从来没去过……不过我现在真的得走了。明天见,孩子们。可别晕船哦!走了,克里奥。"吉薇尼拉转身要走,可小桃乐西却羞怯地拉着她的裙子不让她离开。

"小姐,不好意思,小姐,你的裙子脏了,你母亲看见了会气得大叫的。"

吉薇尼拉大笑起来,接着又有些担心地看了看自己。"你说的对,她会大发脾气的!我不能这样,到了要道别的时候还那么不乖。"

"我可以帮你弄干净,小姐。我对天鹅绒很熟悉。"桃乐西热切地看着吉薇尼拉,并把她拉到船舱的椅子边。

吉薇尼拉坐了下来。"你在哪里学的,小家伙?"她惊讶地问,桃乐西已拿起海伦的衣服刷子熟练地操作起来。看来她早就看见海伦把刷子藏在床边小柜子里了。

海伦叹了一口气。她买这把贵重的刷子时,可没打算用来清除污物的。

"我们在孤儿院总是会收到捐赠的衣服,不过那些衣服没留给我们,都被卖掉了。卖之前,我们当然得把它们弄干净,我经常帮忙做这事。看,小姐,又干净得跟新的一样了。"桃乐西羞怯地笑着说。

吉薇尼拉翻了翻自己的口袋,想找一个金币答谢女孩,却什么都没找到。衣服是全新的,里面啥都没放。

"我明天会给你们大家带一份谢礼,我保证!"她准备转身离开的时候对桃乐西说,"你以后会成为一名出色的主妇的,要不然就是一位优秀的女仆。回头见!"吉薇尼拉对海伦和女孩们挥挥手,轻快地跑上甲板。

"她自己都不相信,"达芙妮在她身后啐了口唾沫说,"像她那种人,总是轻易许诺,可过后就再也见不到人影了。你得让他们现付,桃!否则,什么都拿不到。"

海伦举目望天,这算什么"精挑细选、品行良好、性格温顺"?她得好好管管她们了。

"达芙妮,马上给我擦干净!施克罕小姐没欠你什么东西。桃乐西只是为别人提供帮助,这是礼貌,不是生意。淑女是不该吐口水的!"海伦想找一个铲斗。

"可我们不是淑女!"劳里和玛丽窃笑着说。

海伦瞪了她们一眼。"等到了新西兰,你们就是了。"她保证说,"至少,你们言行举止看起来像个淑女。"

她决定马上开始教育她们。

都柏林号与港口之间的最后一道舷梯被拉起来的时候,吉薇尼拉如释重负地叹了一口气。数小时的道别让人疲惫不堪,光是母亲的泪水就湿透了三块手帕,除此之外,还有姐姐们的恸哭声以及父亲沉静而悲痛的表情,好像她不是要去结婚而是要上绞刑架一样。最后,还有哥哥,显然对她的胆量深表嫉妒,他宁愿用他在威尔士的继承权来换这样一次冒险。吉薇压抑住自己兴奋的窃笑,约翰·亨利没法嫁给卢卡斯真是太遗憾了!

现在,都柏林号终于要扬帆起航了。一阵风暴般喧吵的哭喊声告诉人们,航行开始了。今晚,船会穿过英吉利海峡,开往大西洋。吉薇尼拉宁愿和她的马呆在一起,不过当然,那不合适,所以她乖乖地留在甲板上,用她最大的围巾朝下面的家人挥舞,直到海岸几乎从视线中消失。杰拉尔德·沃顿发现,她一滴眼泪都没流。

不过海伦照顾的那群孩子却哭得很伤心。统舱里弥漫的忧伤,比船上富人区的更甚。对于贫穷的移民来说,这次旅途注定无异于永别,而且，他们中的大部分人即将开启的，是比吉薇尼拉和甲板上的其他旅伴们更不确定的未来。海伦边安慰孩子们，边摸索着包里霍华德的信。至少还有人在等着她们……

虽然如此，她在船上的第一个晚上还是睡不好。绵羊还没干，粪便和湿羊毛的恶臭不断飘进海伦敏感的鼻子里。孩子们好不容易才入睡，而且只要有一点点声响又醒过来。当露丝第三次爬到海伦床上的时候，她实在狠不下心，也没力气赶她出去了。劳里和玛丽还是紧紧地搂在一起。第二天早上，海伦发现，桃乐西和伊丽莎白依偎着，睡在桃乐西那张床的一角。只有达芙妮睡得很香，如果她在做梦的话，那一定是个好梦，海伦叫她起床的时候，她睡梦中还带着微笑。

海上的第一个早晨竟如此宁静。罗伯特·格林伍德之前提醒过海伦说，开始的几个星期可能会有暴风雨，因为英吉利海峡和比斯开湾之间的海面多半波涛汹涌。不过这一天，天气对游者大发慈悲。前一天刚下过雨，阳光有点暗淡，海面在苍白的日光下闪烁着银灰色的微光。都柏林号在平静的海面上平稳地前行。

"我完全看不到海岸了。"桃乐西有点害怕地低声说道，"如果现在船沉了，没人会发现我们！那大家都会被淹死！"

"船就算是沉在伦敦港，你也会被淹死。"达芙妮说，"你不会游泳，你知道，等他们把甲板上的那些人一个个救上来时，你早就被淹死了。"

"你也不会游泳。"桃乐西反驳说，"你也会和我一样被淹死。"

达芙妮笑起来。"我才不会！我小时候有一次掉进了泰晤士河，可我用狗扒式划了上来。泡沫浮在水面上，我家老头子说……"

海伦决定打断她们的谈话，这么做，不仅仅是出于教育需要。

"是你'父亲'说，达芙妮。"海伦纠正说，"即使他自己没用过这么文雅的方式表达。行了，不要吓别人了，否则她们连吃早餐的胃口都没了。我们现在就去拿早餐，那，谁去厨房呢？桃乐西和伊丽莎白？太好了。劳里和玛丽得看着洗漱用水……噢，对了，小姐们，我们要洗手洗脸。就算是在旅行中，淑女也应该保持清洁。"

一个小时后，吉薇尼拉穿过统舱去查看马匹，碰巧看见奇怪的一幕。船舱外的走廊几乎空无一人,乘客们大都在吃早餐,或在那儿思念家乡,唯独海伦和女孩们,把桌子和椅子都搬了出来。海伦坐在主座上,神情骄傲,坐姿端庄,俨然一名贵妇。在她面前的桌子上,临时摆了一些餐具,有一个锡盘、一根弯柄勺子、一把叉子,还有一把钝刀。桃乐西正举着一个想象中的菜盘给海伦上菜,伊丽莎白则拿着一个旧瓶子,假装正优雅地给主人倒上一杯好酒。

"你们在做什么?"吉薇尼拉目瞪口呆地问。

桃乐西小心翼翼地行了一个屈膝礼说:"我们正在练习如何做好餐桌服务,施克……施克……小姐"

"吉薇尼拉·施克罕。不过你可以叫我小姐。噢,你能不能再告诉我一次——你们在练习什么?"吉薇尼拉狐疑地看着海伦。昨天,这个年轻的女家庭教师看起来挺正常的呀,说不定这人有点古怪。

在吉薇尼拉的注视下,海伦有点不好意思,不过很快就镇定下来。

"今天早上,我发现这些女孩的餐桌礼仪有些地方还有待改善。"她说,"她们在孤儿院里吃饭,肯定是跟笼子里的野兽差不多,用手抓起来就吃,拼命填饱肚子,好像那是她们在这个世上的最后一顿晚餐!"

桃乐西和伊丽莎白难为情地低头看着地板,不过这样的责怨对达芙妮的影响却不大。

"她们要不这样的话,可能就没东西吃了。"吉薇尼拉推测说,"我看到孩子们这么瘦……那个本来应该是什么?"她再次指了一下餐桌。海伦把刀放到正确的位置。

"我这是向孩子们展示一个贵妇在餐桌上该如何做到行为得体,同时教她们应该怎样熟练地提供餐桌服务。"她回答说,"我觉得她们不太可能会被大户人家接收,专门从事贴身女仆、厨师或者清洁女仆的工作。新西兰的人事状况可能还很糟糕,所以,在旅行途中,我打算尽量多教她们涉及范围广一些的东西,这样,她们就有可能具备多种不同技能,将来对雇主更有帮助。"

海伦友好地向伊丽莎白点了一下头,她刚刚用完美的姿势给她的咖啡杯加水,还用餐巾把溢出来的水珠擦得干干净净。

吉薇尼拉还是有很多疑问。"有帮助？"她问，"这些孩子？我昨天还想问，为什么要把她们送到海外去，不过现在答案很明显了……孤儿院想甩掉包袱，可在伦敦，没人想要这些饿得半死的小女仆，我猜得没错吧？"

海伦点点头，"他们这是在精打细算。在孤儿院里，一个孩子的衣食住，还有送孩子上学，每年要花三英镑。去新西兰的旅途要花四英镑，但这几个孩子从此永久地离开了。要不然，他们还得再养露丝玛丽和双胞胎至少两年。"

"但是只有十二岁和十二岁以下的孩子才能买半票。"吉薇尼拉反对说，这让海伦很惊讶。这个富家女真打听过统舱价格么？"再则，女孩要十三岁才能参加工作。"

海伦眼睛转了转，"事实上，是十二岁，虽然我敢发誓露丝肯定不超过八岁。不过你是对的：桃乐西和达芙妮确实应该要买全票的，不过，孤儿院委员会那些可敬的女士们，很可能为了这次行程，把她们的年纪改小了一点……"

"然后，在我们快要到新西兰的时候，这些小家伙的年龄又会奇迹般地长到十三岁，可以参加工作了！"吉薇尼拉大笑着，一边伸手往衣服口袋里掏——那是一件白色便服，上面搭着一条轻薄的披肩，"世道寒凉啊。来吧，孩子们，吃点适合你们的东西。玩伺候人的游戏挺好的，可是这没法让你们骨头上多长出点肉来。来，接着！"

她高兴地掏出大把小松饼和甜面包卷。女孩们暂时忘了她们刚刚学会的餐桌礼仪，扑到了糖果上。

海伦想要保持原有的次序，所以对糖果进行了合理分配，吉薇尼拉满脸笑容地看着她们。

"这是个好主意，对吗？"她问海伦。这时候，六个孩子坐在救生艇边上，像海伦教她们那样，小口小口地咬着食物，而不是一下把整个往嘴里塞，"在上层甲板上，他们送上来的食物就像大饭店里一样，我不禁想起你们这几个骨瘦如柴的小老鼠，所以从餐桌上拿了点。我这么做不算失礼，对吧？"

海伦摇摇头,"吃这里提供的东西,她们是不会长肉的,配给根本不够,而且我们得自己去厨房拿食物,所以那几个大点的女孩半路上就偷吃掉一半了——这还得保证住在船舱中间那几个移民家庭里不守规矩的调皮鬼不来捣乱。他们暂时还只是蠢蠢欲动,但我们得当心——过两三天,他们就会开始行动,勒索女孩们的过路费了!这几个星期,我们暂时还能撑下去。我在尽力教孩子们学些东西,这比她们以前学的都重要。"

孩子们边吃东西,边和克里奥玩耍,她们俩则在甲板上来回闲逛、聊天。对这位新朋友,吉薇尼拉希望尽可能更多些了解。最后,海伦把自己的家庭,以及在格林伍德家工作的情况告诉了她。

"这么说,你以前没有在新西兰住过?"吉薇有点失望地问,"你昨天不是说,你丈夫在那边等你吗?"

海伦脸红了,"呃……我的未婚夫,我……你肯定会觉得很荒谬,我漂洋过海,是要去那边嫁人。一个我素未谋面、只通过信的男人……"她羞愧地低下了头。只有跟别人说起的时候,她才完全意识到这次奇遇有多荒谬。

"你和我一样,"吉薇尼拉轻松地说,"而且我的那位甚至还没给我写过信呢。"

"你也是?"海伦惊讶地问,"你也是应征了某个陌生人的征婚广告吗?"

吉薇尼拉耸耸肩,"噢,也不能说完全不认识,他叫卢卡斯·沃顿,他父亲代他向我求婚……"她咬了下嘴唇。"用很传统的方式,"她改口说,"从这个角度来说,一切都顺理成章,至于卢卡斯……我希望他至少是想结婚的。他父亲没告诉我,事先有没有问过他本人……"

海伦笑了,吉薇尼拉倒是一脸严肃。在过去几个星期里,她发现杰拉尔德·沃顿是个很少问问题的人。这位"绵羊大亨"做事独断、雷厉风行,他可能会粗暴地对待别人的意见,这也是他在欧洲短短几个星期,就能完成这么多工作的原因。从购买绵羊,到和羊毛进口商谈判,再与设计师以及建筑专家讨论诸多事宜——甚至还给他儿子找了个老婆——一切进行得沉着冷静且速度惊人。吉薇尼拉喜欢他果断的方式，但有时这种方式又让她有点害怕。在做出承诺的时候，他有脾气火爆的倾向，但在生意上，有时又表现出一种特伦斯·施克罕不喜欢的狡猾。施克罕发现，这个新西兰人用老掉牙的骗人伎俩来欺骗种马饲养人——而他赢得吉薇尼拉的那场纸牌游戏有没有作弊，也尚不可知。吉薇尼拉有时候会想，不知道卢卡斯对这一切会怎么想。他是不是和他父亲一样精力充沛？他是不是在高效而且毫不妥协地管理着农场？或者，杰拉尔德偶尔作出的轻率交易，目的是不是为了尽量缩短卢卡斯独立管理基沃顿站的时间？

不管怎样，她现在告诉海伦的，是杰拉尔德与她家生意关系的和谐版本，并且这种和谐最终促成了她的婚约。"我知道我就要嫁到一个近一千英亩的大农场，那里有五千只羊，而且数目还不断增长。"她推断说，"我知道我未来公公与新西兰至尊家庭有社交和生意上的联系。他肯定很富有，不然，他也负担不起这次行程和整批货物。可是，我对我的未来配偶，却一无所知。"

海伦听得很入神，但她很难为吉薇尼拉感到可惜。事实上，她痛苦地意识到，这位新朋友对自己的未来，显然知道得比她多些。霍华德完全没说起过他农场的大小、牲畜的数目、他的社交圈。至于他的经济状况，她只知道，虽然他没有负债，可是也负担不起更大的花销，比如去欧洲的船票——即便是统舱——连适当考虑一下都没有。不过，他写了那么美好的信。海伦再一次红着脸摸索出那封信——因为反复阅读而有些破损了——递给吉薇尼拉。两个女人坐在救生艇边缘，吉薇尼拉急切地看了起来。

"是……啊，他会写信……"她欲言又止地把信重新叠好。

"你觉得有什么地方不对劲吗？"海伦不安地问，"你不喜欢情书？"

吉薇尼拉耸耸肩，"我不必一定要喜欢呀，如果你想听我真实的意见，我觉得这些信有点言过其实。只是……"

"只是？"海伦追问说。

"呃，我觉得奇怪的是……我从未想过，一个农民能写出这么生动的信。"吉薇尼转过脸。她觉得这信不仅仅让人觉得奇怪,当然,霍华德·奥基弗该是受过良好教育的,她自己的父亲也是绅士兼农民,在英格兰和威尔士乡下,这也不算稀罕。但就算受到过那样的教育,父亲也不会像这个霍华德一样,用如此华而不实的表述。而且,在贵族之间,特别是谈婚论嫁的时候,人们通常会把自己的牌都亮出来,未来伴侣有权知道对方有什么可以期待,而吉薇尼拉完全看不到霍华德的生意状况到底如何。她还觉得奇怪的是,他并没要求女方嫁妆,即使不要,至少也应该明确表示拒绝。

当然,这个男人没料到,海伦此次会乘船奔向他的怀抱。或许那些恭维话只是用来打破沉默的,可吉薇尼拉依然觉得信里所言让人不安。

"他真的很热切。"海伦为她的未婚夫辩护说,"他写出来的,正是我梦想到的。"她幸福地微笑着,沉醉在自己的幻想中。

吉薇尼拉也对她笑了笑。"那就万事大吉了。"她说,心里却暗自决定,有关霍华德·奥基弗的事,下次要找机会问问她未来公公,毕竟他也是养羊的,他们俩很可能认识。

不过她没法马上就问。虽说就餐时间通常气氛较好,适合打探各种事情,可是由于风浪,餐会经常被取消。第一天的好天气只是个假象,还没到大西洋呢,就开始狂风呼啸。都柏林号在狂风暴雨中艰难前行,很多乘客开始晕船,有的干脆不吃饭,有的在自己船舱里随便吃点东西。虽说杰拉尔德·沃顿和吉薇尼拉的胃确实不是那么脆弱,可是因为没人准备正式晚餐,他们也就经常不在同一时间吃饭。吉薇尼拉故意这么做,因为她未来公公肯定不会同意她点那么多食物,拿去给海伦看管的孩子们吃。吉薇尼拉恨不得能给统舱里的所有乘客提供食物。孩子们能吃上一口就吃一口,这样就能让他们稍微暖和一点。没错,时值盛夏,室外不算特别冷,即使下雨也一样。但是,海面上风浪大的时候,海水会渗进统舱,里面的东西都变得很潮湿,想找一块干爽的地方坐都几乎找不到。海伦和孩子们穿着湿冷的衣服,瑟瑟发抖,可是海伦还是坚持完成每日必修的课程。船上其他孩子这期间没能接受任何教育,负责给他们上课的船医自己都生病了,只好大把大把地用药房里的杜松子酒给自己治疗。

统舱里的条件，即便在天气最好的日子，也远远算不上舒适。在家庭区和男旅客区，起风暴的时候，浴室会溢水，所以大部分旅客都很少洗澡——如果曾经洗过的话。因为寒冷，海伦自己对洗洗刷刷也没多少热情，不过她还是坚持要女孩们每天用一部分配给的水，打理好个人卫生。

"我很想把大家的衣服洗洗，可是干不了，所以就不指望了。"她跟吉薇尼拉抱怨说。吉薇尼拉保证，会帮海伦至少找一件备用衣服。她自己的船舱有生火，而且隔水性很好。海上风浪最大的时候，也没有一滴水会渗进来，不然里面的软地毯和高雅的软垫家具就毁了。吉薇尼拉觉得很内疚，却没办法让海伦和孩子们一起搬到她的房间去，杰拉尔德肯定不会同意的，她最多只能找个借口，说她的衣服需要修补，然后带桃乐西和达芙妮上去。

"要不，你们到畜棚去上课吧？"又一次看见在孩子们在轮流朗读《雾都孤儿》，而海伦站在甲板上浑身哆嗦，吉薇尼拉终于忍不住建议。外边很冷，但是至少还干燥，而且，新鲜空气可比统舱里潮湿的水汽舒服多了。"船员虽然抱怨，但他们还是每天都打扫。沃顿先生会检查羊和马有没有照料好；乘务长也对那些待宰的牲口不敢大意，毕竟，他把它们带上船，可不想它们生病而死，最后不得不扔下船去。"

看得出来，那群生猪和别的牲畜是为头等舱的乘客提供日常所需的，奶牛每天都挤奶。可对于统舱里的乘客，这些好东西连面都见不着——直到有天晚上，达芙妮逮到一男孩在偷挤牛奶。她毫不犹豫地告发了他，不过是从他那里学会了怎么挤奶之后的事。从那时起，女孩们就有新鲜牛奶喝了，对此，海伦置若罔闻。

达芙妮赞同吉薇尼拉的建议。很久以前，在她去挤奶和偷鸡蛋的时候，就留意到甲板下面那些临时兽栏暖和得多。奶牛和马庞大的身躯发出令人惬意的热量，稻草很柔软，而且通常比她们卧铺上的软垫还干燥。海伦刚开始不同意这个主意，不过最后还是妥协了。她在一个兽栏里上了整整三个星期的课，直到乘务长发现她们，以为她们要偷食物，咒骂着把她们赶了出来。这时候,都柏林号已经到了比斯开湾。海面平静了些,天气也开始温暖起来。乘客们松了口气,他们把潮湿的衣服和床单拿上来晒太阳,纷纷盛赞上帝带来了温暖。不过船员却提醒他们说,船很快就要到印度洋,大家又该诅咒天气酷热了。

6

如今,旅程中的第一道难关已经过去,都柏林号上的生活又开始热闹起来。

船医终于开始了他作为教师的工作,那些移民的孩子终于有事可做,不会老是在一起胡闹,或者惹他们的父母心烦,更重要的是,不会老去骚扰海伦的那群女孩了。女孩们在课堂上表现出色,海伦为她们感到骄傲。她原本想,在上课的时候,自己偶尔可以走开一下,最终却还是不得不盯着她们。因为第二天刚刚下课,两个小八卦玛丽和劳里就带来了令人烦恼的消息。

"达芙妮亲了杰美·奥哈拉!"玛丽上气不接下气地汇报说。

"还有,汤米·谢里丹想轻薄伊丽莎白,不过她说,她在等一个王子,大家都笑了。"劳里补充说。

海伦首先处理达芙妮的事,可她看起来毫无悔意。"杰美给了我一块美味的香肠作为回报。"她坦然承认说,"他们从家里带来的,就快要吃完了。他根本不懂怎么接吻!"

达芙妮在这些事情上丰富的知识让海伦感到惊骇。她严厉地警告了她,可是她很清楚这没什么效果。达芙妮的道德感和礼仪需要时间慢慢改进,目前,只有自己亲自盯着才行,所以海伦必须和孩子们一起坐在课堂上,并且更多地承担起了学校和礼拜日仪式的职责,船医很感激她,因为他自己并不怎么会担当教师和牧师的角色。

现在统舱里几乎每天早上都有音乐声,人们演奏着各种曲调——有英格兰的、爱尔兰的,还有苏格兰的。人们不再沉溺于思乡的愁绪之中——或者至少在各种各样的曲调中找到了些许安慰。有些人上船的时候随身带了乐器，你可以听到小提琴、长笛和口琴的声音。周五和周六晚上有舞会，这时候海伦也得紧紧盯着达芙妮。她很乐意让几个大一些的女孩在睡觉之前，有一小时的时间听听音乐、看看舞蹈。不过之后，桃乐西总是能安然入睡，可达芙妮却总有诸多借口，甚至在误以为海伦已经入睡的时候，试图偷偷溜出去。

在上层甲板，社交活动开展得更正式一些。他们举办音乐会，还有一些甲板上的娱乐活动，晚餐则在餐厅里欢快地庆祝。杰拉尔德·沃顿和吉薇尼拉跟一对伦敦夫妇坐一桌，他们的小儿子在克莱斯特彻奇的一处驻地服役，现在正考虑要在那里长住，他要求父亲把他应得的那份遗产预付给他，作为回应，布鲁斯特夫妇——以他们五十多岁的年龄来说相当有活力而且果断——马上订了去新西兰的船票。在他把口袋掏空之前——布鲁斯特先生解释说——他想亲眼去看看那个地方，当然更重要的是：看看他未来的儿媳妇。

"她有一半的毛利人血统，彼得在信上说。"布鲁斯特夫人犹豫地说，"而且她应该很漂亮，我们有时候不是会看到一些南太平洋女孩的图片吗？她就像那些图片上的一样漂亮。不过我不知道，土著……"

"那对收购土地来说很有利。"杰拉尔德说，"我有个熟人，有一次收到了一份礼物：一个酋长的女儿，外加二十五英亩最好的牧场。我的朋友马上就坠入爱河了。"杰拉尔德意味深长地眨了眨眼。

布鲁斯特先生哈哈大笑，而吉薇尼拉和布鲁斯特夫人则勉强地笑了一笑。

"很可能都可以做他女儿了，你儿子的女朋友，"杰拉尔德进一步推测，"她肯定只有十五岁左右，这是当地人的适婚年龄。而且很多混血儿都很漂亮，纯正的毛利人就没……呃，没那么合我的品位。太矮、太壮，而且还有文身……不过每个人都不一样。各人有各人的品位。"

通过布鲁斯特夫妇的问题和杰拉尔德的回答，吉薇尼拉对她未来的家乡有了更多的了解。在此之前，绵羊大亨主要说的都是坎特伯雷平原上饲养业和牧场的经济发展机遇，而现在，她第一次知道新西兰是由两个大岛组成的，而克莱斯特彻奇和坎特伯雷平原位于南岛。她听说了山脉和峡湾，还听说了茂密的雨林、捕鲸站和淘金热。吉薇尼拉想起卢卡斯应该是研究这个国家的动植物的，她那在丈夫身边耕地播种的白日梦就被打破了，取而代之的是一个更刺激的幻想：到岛上未勘探的河段去探险。

聊到某个时刻，布鲁斯特夫妇的好奇心终于得到了满足，而杰拉尔德也把他脑子里装的故事搜刮殆尽了。沃顿明显很了解新西兰，只不过动物和风景对他来说，只有它们所蕴含的经济价值让他感兴趣。这一点对布鲁斯特夫妇来说似乎也一样，他们只关心那个地方是否安全，有没有企业可以付薪水。他们在讨论这些问题的时候，提到了很多商人和农场主。吉薇尼拉抓住这个机会把她酝酿已久的计划付诸实现，她适时地问起一个叫奥基弗的"乡绅"。

"那你可能认识他，他应该是住在坎特伯雷平原的某个地方。"

杰拉尔德·沃顿的反应让她很吃惊。她未来的公公脸涨得通红，眼睛突得好像要从眼眶中蹦出来。

"奥基弗？乡绅？"杰拉尔德一字一顿地说，鼻孔扩张着冷哼了一声，"我只认识一个叫奥基弗的恶棍和杀人犯！"他阴沉地继续说，"像他那种人渣应该尽快送回爱尔兰去，或者澳大利亚，送到流放地去，他就是从流放地来的，你懂吗！乡绅！这一点也不好笑！说，吉薇尼拉，你从哪里听到这个名字的？"

吉薇尼拉举起手恳请息怒，布鲁斯特先生赶紧给杰拉尔德的杯子加满威士忌。他显然是希望酒能有镇静的作用，沃顿突发的暴怒把布鲁斯特夫人吓坏了。

"我说的肯定是另外一个奥基弗。"吉薇尼拉赶紧说，"统舱里的一个年轻女士——一个家庭教师——和他订了婚。她说他属于克莱斯特彻奇的权贵。"

"哦？"杰拉尔德机敏地问，"那就奇怪了，他居然能避开我的注意。哪个克莱斯特彻奇的乡绅要是和这个婊子养的……噢，请原谅我，女士们……谁要是不幸和这个可疑的家伙同名的话，我应该会听说过的。"

"奥基弗是个很常见的名字。"布鲁斯特先生试图安抚他说，"克莱斯特彻奇有两个奥基弗是完全有可能的。"

"而且海伦的那位奥基弗先生信写得很优美。"吉薇尼拉补充说，"他肯定受过良好教育。"

杰拉尔德大笑起来，"哦，那就肯定是另外一个人了。老霍华德连他自己的名字都写不全！不过这可让我不太高兴，吉薇，你居然在统舱里跑来跑去！和下边那些人保持距离，包括这个所谓的家庭教师。她的故事我听着很可疑，以后别再和她说话了！"

吉薇尼拉皱起眉头。接下来的时间里，她整晚都气恼地一言不发，直到回到船舱，才让她的怒气适当地发泄出来。

杰拉尔德·沃顿以为他是谁？先是从"我的女士"变成"吉薇尼拉小姐"，现在又变成简单的"吉薇"，转变也太快了，而且现在他讲话居然这么傲慢无礼，还对她指手画脚！该死的，好像她必须和海伦断绝往来一样！海伦是她唯一能够真诚交谈的人，虽然她们的社会地位和兴趣不同，她们两个却成为越来越好的朋友。

而且，吉薇尼拉已经喜欢上了那六个女孩。她尤其喜欢稳重的小桃乐西，不过也同样喜欢爱做白日梦的伊丽莎白、娇小的露丝，甚至偶尔有些阴暗面但无疑非常聪明、对生活充满渴望的达芙妮。她恨不得马上把她们全都带到基沃顿站去，还计划着怎么跟杰拉尔德说，好让他至少再雇用一个侍女。的确，看起来没什么希望，不过旅程还很长，而沃顿肯定会冷静下来的。让吉薇尼拉头疼不已的是她听到的关于霍华德·奥基弗的事。当然，这个名字很常见，同一个地区有两个奥基弗也不是什么闻所未闻的事，可是两个霍华德·奥基弗？

杰拉尔德和海伦的未婚夫之间到底发生了什么？

吉薇尼拉很乐意和海伦分享她的想法，不过想想还是自己保守秘密好。毁掉海伦的幸福感，告诉她这些事让她担心，有什么好处呢？无论什么样的推测，最终都没有意义。

这段时间，都柏林号上变得越来越温暖，几乎有点热了。毒辣的太阳无情地把船都快烤焦了。移民们开始还挺享受这种热气，但在船上过了接近八个星期以后，情绪开始变化了。开始几个星期的寒冷让每个人无精打采,而船舱中炎热又沉闷的空气则让他们越来越烦躁不安。

在统舱里,人们互相看不顺眼,甚至鸡毛蒜皮的事也让他们动怒。一开始是男人开始打架,接着是旅客和机组人员之间的矛盾,有人觉得在食物和水的配给上受到了欺骗。船医用了大量的杜松子酒来清理伤口和稳定情绪。此外,几乎每个家庭都在吵架。船上生活的乏味使每个人的脾气越来越大。海伦独自维持着她船舱里的宁静,她让孩子们从早忙到晚,学习如何打理一所大房子,那是个没完没了的课程。吉薇尼拉一听就头晕。

"上帝,我不用做这些事真是太幸运了!"她笑着感谢自己的好命,"我永远无法适应打理房子的琐屑工作,我肯定会经常忘掉一半的事情。我也理解不了,为什么要仆人们每天擦亮银器!那实在是不必要的工作!还有,为什么叠个餐巾还得用这么复杂的方式呢?这些都是每天要用的……"

"是美观和礼貌的问题!"海伦严肃地告诉她说,"而且,你以后也必须要料理这些事。照你说的,你要去的是基沃顿站,一所庄园住宅。你自己说过,沃顿先生想要照英格兰乡村庄园的式样来造他的房子,而且还让伦敦的设计师给他装饰房间。你想他会吝啬于银器、灯饰、托盘和果盘吗?你的嫁妆里连亚麻桌布都备好了呢!"

吉薇尼拉叹了口气,"我应该嫁到德克萨斯州去就好了。不过说实在的,我相信……我希望……沃顿先生是在夸口。确实,他想要做个绅士,不过在他所有教养的伪装之下,藏着的是相当粗暴的性格。昨天他玩二十一点赢了布鲁斯特先生,我说什么来着——'赢了'——他让他输了个精光!别的人指控他作弊,为此他就想要跟巴灵顿勋爵决斗!他们就适合到某个海港的小酒吧里去!最后,船长不得不亲自出面息事宁人。实际上,基沃顿站说不定只是座小木屋,而我说不定得每天自己动手挤牛奶。"

"那对你再适合不过了!"海伦笑着说,她在她们的旅途中已经对朋友有了相当的了解,"不过别骗自己了,你现在是、以后也还会是一名贵妇,就算是真的到了牛栏里——你也是。达芙妮!我稍不留神,你就一副懒懒散散无所事事的样子，不如过来帮吉薇尼拉小姐做头发好了，你也看得出来，她该想念她的侍女了。说真的，吉薇，你的头发卷得好像用卷发棒弄出来的。你有没有梳理过？"

在海伦的指导以及吉薇尼拉对于时尚的补充建议下，桃乐西，甚至还有达芙妮都已经成为一名熟练的家庭女仆，她们都谦恭有礼，而且学会了怎么帮小姐穿衣服、做头发。海伦还是不太放心让达芙妮独自去吉薇尼拉房间，因为对她不够信任，她觉得达芙妮有可能利用某个机会偷东西。但是吉薇尼拉叫她放心。

"我不知道她是否诚实，不过她肯定不是个傻瓜。如果在这里偷东西，我们会发现的。还能是谁呢？而且她偷来的东西又往哪藏呢？只要她还在这艘船上，我很肯定，她会规规矩矩的。"

年龄排第三的女孩伊丽莎白，倒是表现得很积极，而且，她显然既诚实又可爱。不过，她在家务上没有表现出多大的能力，她喜欢读读写写而不太喜欢动手干活，因此也最让海伦担忧。

"她应该回学校去，以后上师范学院什么的就好了。"她对吉薇尼拉说，"她自己也希望那样，她喜欢孩子，而且很有耐心，可谁帮她付学费呢？而且新西兰有这种东西吗？做女仆她是没什么希望的，要她擦地板，她会让一半泡在水里，另一半却忘了擦。"

"或许她会是一个好保姆。"吉薇尼拉从实际出发，认真考虑之后说，"或许我很快就会需要一个……"

听到这个回答，海伦不由脸红起来。对即将到来的婚姻，她只对生孩子、特别是怀孕有些抗拒。虽然惊叹于霍华德优美的文笔，为他的绵绵情话而感到温暖，可是想到让一个完全陌生的人碰触自己的身体……海伦对于男女之间晚上发生的事只有一个模糊的概念，不过她预料应该是痛苦大于欢乐。而现在，吉薇尼拉居然真真切切地说到生孩子！她想谈论这个话题吗？或许，这方面的事她比自己懂得更多？海伦不知道她怎么能不顾礼节、毫无征兆地就提出这个话题，这应该是小女孩们都不在旁边的时候才能谈论的。看到露丝和克里奥在一边玩，她才松了一口气。

吉薇尼拉是回答不了海伦这个急切的问题的，虽然她公然谈起生孩子的事，实际上她从来没有想过和卢卡斯共度春宵。她完全不知道对此应该期待些什么——母亲只言辞闪烁地暗示过她，顺从地忍受这些事是女人命运中的一部分。作为回报，蒙主庇佑的话，她就会得到一个孩子。吉薇尼拉有时候会怀疑，一个尖叫着的、满脸通红的孩子能不能算得上是什么回报，但她对此未有过任何幻想。杰拉尔德·沃顿盼望她能尽快给他生一个孙子，她不会拒绝他的——在她知道孩子是怎么来的时候。

远渡重洋之旅仍在艰难地继续。头等舱里，人们和无聊抗争，他们开完了所有的玩笑，讲完了所有的故事。与此同时，统舱里的乘客则努力克服日常生活中与日俱增的困难，单调又无营养的饮食导致乘客开始出现呕吐和营养不良的症状，而狭窄的船舱和持续的高温为细菌滋生提供了温床。开始有海豚在船边跳跃了，人们还能看到大鱼，甚至是鲨鱼。统舱里的男人试着自己动手钓鱼或者叉鱼，不过极少成功。女人们渴望着能稍微打理一下卫生，并且已经开始依靠收集雨水来给她们的孩子洗澡和洗衣服，不过海伦发现结果实在无法令人满意。

"用那种水洗衣服只会越洗越脏！"她看着一艘救生船底部的积水，抱怨说。

吉薇尼拉耸了耸肩，"又不是拿来喝，在用水方面我们的运气算不错了，船长说的。虽然我们在……在无风带航行缓慢，不过迄今为止，还一直在航行而没停下。风不像平常那样一直吹，有时候，还有些船把水全用光了。"

海伦点点头。"海员们说这个地方也被叫做'马区'，因为以前的人一旦到了这里，经常得宰杀船上的马才能免于饥饿。"

吉薇尼拉哼了一声。"杀伊格莱恩之前，我会先把船员吃掉！"她宣布说，"不过正如我刚刚说的，我们的运气似乎还不错。"

不幸的是，都柏林号的运气很快就用光了。虽然风还在继续吹，可是一场严重的瘟疫威胁到了乘客们的生命。刚开始的时候，只有一个海员抱怨说发烧了，当另外有几个小孩因爆发性的发烧被送医时，船医意识到了危险。疾病如同野火般在统舱里蔓延开来。

开始的时候，海伦希望女孩们能够幸免于难，因为她们除了每天上课之外，和其他的孩子们接触很少，而且得益于吉薇尼拉的慷慨和达芙妮定期对牛栏和鸡窝展开的劫掠，她们的健康状况比其他的移民孩子要好得多。可是后来，伊丽莎白突然发烧，很快劳里和露丝玛丽也跟着发起烧来，达芙妮和桃乐西也受了点感染，出人意料的是，玛丽完全没有受到影响，尽管她一直和她的双胞胎姐妹共用一个铺位，而且双手紧紧地抱着劳里，好像在提前给她做哀悼一样。劳里的烧没造成多大伤害就退了，但是伊丽莎白和露丝玛丽有好几天时间都命悬一线。船医医治所有的病都用同一种药，这次给她们治病也是——杜松子酒——患病孩子的父母甚至都不知道是该内服还是外用。海伦决定用这酒给她们擦洗和湿敷，这确实多多少少降低了病人们的体温。不过，大部分家庭都把这些酒倒进了病人的胃里，这使他们原本就发烫的身体发展到了濒临爆炸的边缘。

最后，十二个孩子死于瘟疫，哭泣和哀嚎又一次占据了统舱。船长在甲板上举行了一个感人的丧礼仪式，所有的乘客都出席了。吉薇尼拉弹钢琴，她泪流满面。不过她的天分明显不如她的善心，没有乐谱，她不知道怎么弹，最后是海伦拿来了乐谱。统舱里的一些乘客也带上了他们的乐器，音乐声和哭泣声在海面上传播了很远。第一次，富人和穷人走到了一起，他们一起哀悼。仪式过后好一段时间，所有人的情绪都忧郁而平静。船长——一个精通人情世故的安静男人——开始在甲板上为所有乘客主持后礼拜日仪式。天气也没有对他们造成困扰，要说有的话，也不是寒冷或下雨，就是太热了点。直到他们途经好望角的时候，海面才又开始刮起暴风雨，再之后就一路平安无事了。

这段时间海伦和她的学生们排练了一些教会歌曲。一个礼拜日的上午，唱诗班的演唱非常成功，布鲁斯特夫妇拉着她加入与杰拉尔德及吉薇尼拉的谈话。他们终于肯定了她的教学，而吉薇尼拉也利用这个机会正式向她未来的公公介绍自己的朋友。

她只希望杰拉尔德不会再发脾气。不过，这次他没有失去冷静，反而表现得相当有风度。他和她平静地互相开着玩笑，甚至还为孩子们的歌唱称赞了她。

"那么,你是要去那边结婚的……"当其他的话题都聊完了的时候,他接着说。

海伦热切地点点头。"是的,先生,如果上天眷顾的话。我坚信神会指引我找到一个好归宿的……说不定你认识我的未婚夫?坎特伯雷平原霍尔顿的霍华德·奥基弗,他是一个乡绅。"

吉薇尼拉屏住了呼吸。或许她终究还是应该告诉海伦杰拉尔德上一次的情绪失控的!不过她的担心是不必要的,杰拉尔德显得非常冷静。

"希望你能够坚持你的信念。"他带着不太自然的笑容说,"造化弄人啊。至于你的问题……不,我不认识叫霍华德·奥基弗的'绅士'。"

都柏林号现在正航行在印度洋面上,那是旅程的倒数第二站,也是最长、最危险的一站,不过海面很少狂风暴雨,他们沿着航线穿过深深的海洋。乘客们已经好个星期没看见陆地了,据杰拉尔德·沃顿说,下一个海岸还有好几百英里远。

船上的生活再次安定下来,而且由于酷热的天气,大部分时间,乘客们都喜欢呆在甲板上,而不是把自己关在令人发疯的船舱里,这进一步打破了头等舱和统舱之间严格的等级界限。礼拜日仪式之外,现在还有音乐会和舞会。统舱里的男人们提高了他们的捕鱼技巧,成功率越来越高了。他们用鱼叉叉鲨鱼和梭子鱼,在鱼钩上挂上鱼到船尾抓信天翁。烤鱼和烤肉的味道飘满了整个甲板,有些没有漱口的人嘴巴更是腥臭难闻。作为馈赠,海伦也分到了一些。作为一名老师,她在旅客当中很受尊重,特别是现在她还担起了授课的责任,几乎所有统舱里的孩子在读写方面都已经超过了他们的父母。而达芙妮,几乎总是能靠她的甜言蜜语弄到一口鱼肉或者鸟肉吃,如果海伦没有像老鹰一样紧盯着她的话,她就会溜到正在捕鱼的男人们那里,为他们的技术而惊叹,同时,眨着睫毛、撅起嘴巴吸引他们的注意。那些小伙子们特别想讨她欢心,经常失去理智地做一些危险的事来显示他们的胆量。当他们脱掉衬衣、鞋子和袜子,不顾船员的喝止跳进水中的时候,达芙妮为他们喝彩,表现出着迷的样子。不过,海伦和吉薇尼拉都觉得她根本没把那些男孩放在心上。

"她现在一定希望有条鲨鱼来咬他。"看到一个苏格兰的小伙子勇敢地把头埋进水里，让都柏林号把他自己像诱饵一样拖着走的时候，吉薇尼拉说，"我敢打赌，即使这真的发生了，她也能毫无顾忌地大口吃起那条鲨鱼。"

"还好旅程快要结束了。"海伦说，"要不然我就要从一名教师变成一名狱警了。比如说这些日落……确实，很美很浪漫，不过，那些小男孩小女孩也有同样的想法。伊丽莎白现在疯狂地迷恋杰美·奥哈拉，就是那个达芙妮把他的香肠吃完之后就抛弃了的男孩。而桃乐西一天就有三个小伙子邀请她晚上一起去看海面上的磷光。"

吉薇尼拉大笑起来，手中把玩着遮阳帽。"达芙妮就没想在统舱里找她的白马王子，昨天她问我能不能到上层甲板去看日落，因为那里视野好得多，期间她盯着年轻的巴灵顿子爵的眼光，就像鲨鱼盯着它的猎物。"

海伦翻了翻白眼。"我们应该很快就能把她嫁出去了！噢，吉薇，一想到两三个星期后我就得把这些女孩交到完全陌生的人的手里，可能再也见不到她们了，我就怕得要死。"

"你刚刚才说你想摆脱她们！"吉薇尼拉大声说，随即大笑起来，"不管怎样，她们能读能写，你们之间还可以通信，我们之间也可以！要是我知道霍尔顿和基沃顿站离得有多远就好了！它们都在坎特伯雷平原，可具体在哪里呢？我真的不想失去你，海伦！要是我们能互相串门那该有多好？"

"肯定可以！"海伦充满自信地说，"霍华德肯定住在克莱斯特彻奇附近，要不然他就不会属于那个教区了。而沃顿先生在城里也肯定有很多事要做。毫无疑问，我们还会再见面的，吉薇！"

7

旅程终于要到终点了。都柏林号穿过澳大利亚和新西兰之间的塔斯马尼亚海时，乘客们纷纷吹嘘着此地距离自己即将到达的新国土有多近。每天早上太阳还没升起，就有很多人跑到甲板上等待，想第一个看到这片新大陆。

有一次，杰美·奥哈拉为了同样目的，跑过来叫伊丽莎白起身，但是海伦严厉地命令她不准起来，这让伊丽莎白很郁闷。海伦从吉薇尼拉那里了解到，要看到陆地，还需要两三天时间，到时船长会第一时间通知大家的。

终于还是等到这一刻，在上午明媚的阳光下，船长拉响了汽笛，短短几秒钟的时间里，所有的乘客都集合到了主甲板上。吉薇尼拉和杰拉尔德自然站到了最前排。开始的时候，除了云，什么都看不见，像一层绵延的棉花遮住了陆地。要不是船员很肯定地告诉乘客，新西兰南岛就藏在云后面，他们根本不会注意这朵特别的云彩。

直到靠近海滨，山脉才从雾气里面显现出来，岩石勾勒出参差不齐的轮廓，山后更是云蒸雾绕，山脉就像是浮在棉花般雪白的云海之上，看起来非常奇特。

"这里的天气，总是这么多雾吗？"吉薇尼拉问，听起来有点无精打采。景色虽然迷人，但也可以想象得到：从他们远渡重洋的这艘大船靠岸的地方，骑马到克莱斯特彻奇，一路上该多么寒冷潮湿。这个港口，之前杰拉尔德跟她讲过，叫利特尔顿。这个地区还在建设之中，从港口到最近的住宅，就有很费劲的一段坡路。若真要到克莱斯特彻奇去，就得走路或骑马。道路有时会很陡峭，就算骑着熟悉这一带路况的马，也需要骑手紧握缰绳。因此这段路有一个名字叫：缰绳之路。

杰拉尔德摇摇头。"不，不是每个游客都有幸目睹此番胜景，这肯定是个吉兆……"他笑着说，回到自己的家乡，显然心情大好，"据说，第一批游客从波利尼西亚乘独木舟到来的时候，新西兰也是用这样的方式，一展自己芳容的。这就是为什么毛利语中，称新西兰为——奥特亚罗瓦，即'长白云之乡'。"

海伦和女孩们肃然起敬地凝视着大自然的杰作。

不过，达芙妮似乎有点忐忑。"没看到房屋啊。"她疑惑地说，"码头,还有港口的建筑物,都在哪呀?教堂尖顶呢?我只看到云和山!一点也不像伦敦。"

海伦笑了笑,试图给大伙儿鼓鼓劲,尽管她内心也感到和达芙妮一样的恐惧。她自己也是一个都市女孩,这样的自然景观,她也觉得怪异。不过,她至少见过英格兰当地各种风景,可那些女孩们却只知道首都的街道。

"这里当然不是伦敦咯,达芙妮。"她解释说,"这里的城市要小得多。不过克莱斯特彻奇就有自己的教堂尖顶,而且很快就有大教堂了,就像西敏寺大教堂那样的!你现在还看不到房子,因为我们靠岸的地方不是城里。我们还得……呃,我们还得走上一小段路……"

"走一小段路?"听海伦这么说,杰拉尔德·沃顿爽朗地大笑起来,"我只希望,达文波特小姐,你那位优秀的未婚夫能给你送一头骡子过来,要不然你那双城里穿的鞋子,走不到晚上,鞋底就会磨穿。'缰绳之路'是一条狭窄的山路,在这种大雾天里又湿又滑,等雾一散,又会热得要命。看,吉薇尼拉,看那边,那就是利特尔顿港口!"

此时雾已散开,眼前出现了一个梨形的海湾,其他乘客也和杰拉尔德一样兴奋。据杰拉尔德说,这个天然港是火山爆发形成的。海湾周围群山环绕,房子和码头渐渐依稀可见。

"别担心,"船医安慰海伦说,"现在利特尔顿和克莱斯特彻奇之间每天都有客流来往,下船后,你可以租一头骡子。你不用像第一批移民那样,全程走路过去。"

海伦有些犹豫,她倒是可以租一头骡子,可这些小女孩怎么办?

"多远……具体有多远呢?"她迟疑地问,都柏林号正在迅速靠近海岸,"另外,我们是不是得把全部行李带在身边?"

"随你便。"杰拉尔德说,"你也可以让船托运过艾芬河,不过当然得花钱。大部分的新西兰人都是自己带着行李,从'缰绳之路'过去。路程十二英里。"

海伦决定,只托运她那张心爱的摇椅,别的东西则像其他人一样,随身携带。她能够步行十二英里的——她当然可以!虽然在此之前,她从来没试过……

此时，主甲板上已空无一人。乘客们都匆忙回到船舱收拾包裹去了。目的地已到，每个人都想尽快下船。统舱里像第一天上船的时候一样，又是一阵骚动。

头等舱的人就淡定多了，大大的行李箱早就收拾好放在旁边；这些上流社会的王公贵族们，就等着专门载人及行李的运输公司，用骡子把他们直接送到城里。想到要骑马，布鲁斯特夫人和巴灵顿夫人害怕得浑身哆嗦。她们两个都不习惯骑马或骑骡子，而且又听说了不少路途危险的恐怖传闻。倒是吉薇尼拉，迫不及待地想骑上伊格莱恩——为此还和杰拉尔德大吵了一架。

"在这里再住一个晚上？"听到他说要在利特尔顿新开的简陋小旅馆里过夜，她惊讶地问，"可为什么要这么做？"

"因为要到下午很晚的时候，才能把动物都卸下来。"杰拉尔德解释说，"另外，我得雇用牧民把羊赶过那段路去。"

吉薇尼拉难以理解地摇了摇头，"为什么你要找人帮忙？我可以自己把羊带过去。而且我们有两匹马，我们不用等骡子。"

杰拉尔德哈哈大笑起来，巴灵顿勋爵也跟着一阵大笑。

"你想自己把羊带过那段路，可爱的小姐？放到马背上，就像美国牛仔那样？"勋爵感觉自己很久都没听过这么好笑的笑话了。

吉薇尼拉翻了翻白眼。"当然不用劳我大驾啦，"她说，"那是克里奥和其他牧羊犬的事，就是沃顿先生向我父亲买的那些狗啊。虽说这些小狗都还小，而且未完全驯化，不过再怎么说，只有三十头羊而已，若有必要，克里奥自己就能搞定。"

那小东西听到了自己的名字，马上从角落里跑出来，摇着尾巴，双眼充满期待和忠诚地站到女主人面前。吉薇尼拉爱抚着告知克里奥，船上无聊的生活就此结束。

"吉薇尼拉，"杰拉尔德恼怒地说，"我买这些羊和狗，绕了半个地球把它们运到这里来，可不是要让它们从悬崖掉下去的！"他讨厌自己家里人讲出一些可笑的话来，要是谁忽视甚至怀疑他的指示，会更激怒他!"你根本不了解,那条缰绳之路是一条充满陷阱和危险的小路。没有哪条狗能够独自把羊赶过去,而且骑马过去也没你想象的那么容易。我已经给绵羊准备好了晚上休息的箱子,明天我会把马送去托运,你就骑骡子好了。"

吉薇尼拉骄傲地仰起头,她讨厌别人低估自己、低估她那些动物的能力。

"伊格莱恩什么路都能走,她和骡子一样稳当。"她语气坚定地保证说,"克里奥从来没有丢过一匹羊,现在肯定也不会。等着看吧,我们今天晚上就可以到克莱斯特彻奇!"

两个男人继续哈哈大笑,但是吉薇尼拉非常坚决。她的牧羊犬即便不是全威尔士数一数二的,至少也是波厄斯郡最好的,如果像他们说的那样,她要它干吗?同样,人们又何必养那些敏捷而稳健的矮种马呢?吉薇尼拉急不可耐地想让这两个男人看看自己的能耐。这是个全新的世界!她可不想再扮演着有教养的小女人的角色,对男人言听计从了!

下午三点钟左右,终于一脚踏上新西兰大地,海伦有种天旋地转的感觉。摇晃的卸货平台并不比都柏林号上的木板稳固多少,但是她勇敢地一步一步走了过去,站到了坚实的陆地上!她如释重负,恨不得跪下来,像奥哈拉夫人和其他一些移民们那样,不加掩饰地亲吻大地。海伦看护的女孩们和统舱里其他孩子在一旁跳舞嬉戏,费了好大劲才让他们安静下来,和大家一起感恩祈祷。只有达芙妮看起来还是很失望,利特尔顿海湾四周稀稀落落的几栋房子和她预想中的城市风情相去甚远。

海伦已经把她的摇椅托运输公司用船运过去了。她一手提着旅行袋,一手举着遮阳伞,慢慢地走上宽阔的道路入口,向第一所房子走去。女孩们提着各自的包裹,顺从地跟在她身后。路上行走有点吃力,但并不危险,也没那么艰难。如果路况不会变得更糟,她们应该能够挺过通往克莱斯特彻奇的这段路程。不过,此时她们发现自己已到利特尔顿村落中心。这里有一间酒馆、一间杂货店,还有一间看起来很可疑的客栈,不过这些都是为有钱人准备的。统舱里不想直接去克莱斯特彻奇的乘客，可以在简陋的棚屋或帐篷里过夜，很多新移民都选择了这种方式；还有几个在克莱斯特彻奇有亲戚，都柏林号一到，就张罗着给他们送了骡子过来。

看到货运公司的骡子在酒馆前面等人，海伦心怀一丝期待。没错，霍华德还不知道她的到来，但是克莱斯特彻奇的教区牧师鲍尔温教士，已经知道那六个孤儿会乘都柏林号过来，说不定他已经为她们准备好了交通工具，应对接下来的路途。海伦问了赶骡子的人，但是他们没有接到相关知照，虽然他们确实是来为鲍尔温教士接人的，但是教士只告诉他们布鲁斯特夫妇会来，没有提到这些女孩。

"好吧，孩子们，没办法，我们只好走路了。"海伦听天由命地说，"我们最好马上动身，这样才不会太晚。"

帐篷或棚屋是她们唯一的选择，无论哪个，海伦都觉得有伤风化。男人和女人自然是分开睡的，但门上没锁，而且，毫无疑问，女人在利特尔顿和在克莱斯特彻奇一样稀缺。看到七个有大有小的女人没人监护、共用一个大银盘就餐，谁知道那些男人脑子里到底会想些什么？

于是，海伦决定和一群同样不想耽误时间、打算直接去克莱斯特彻奇的移民家庭一起上路。奥哈拉一家也在其中，杰美殷勤地把伊丽莎白的东西，连同自己的，一起背到肩上，但母亲严厉地制止了他，因为奥哈拉一家要把日常用品全都运到山那边去，所以每个人要带的东西已经太多了。那个现实的女人知道，在这种情形下，殷勤是他们负担不起的奢侈品。

走了几英里，杰美自己估计也得出了相同的结论。雾已经散了，就如杰拉尔德预测的那样，缰绳之路此时正沐浴在春天温暖的阳光下，这里的高温让移民们觉得不可思议。在故乡英格兰，这是他们迎来第一场秋雨的时候，而在新西兰这个地方，草才刚刚发芽，阳光也开始变得温暖。虽然气温很舒适，可是道路漫漫，旅客们很快流了一身汗，因为他们为了少提点东西，身上套了好几层衣服，就连大男人，也很快上气不接下气了。三个月在海上无所事事，就算是最强壮的劳动者，也会变得心力不济了。路不仅渐渐变得陡峭，而且更险峻了。爬过一个火山口的边缘时，女孩们都吓哭了。玛丽和劳里因为害怕，紧紧靠在一起，可这么做坠落的危险更大了。露丝玛丽紧紧抓着海伦的裙子，走到可怕路段时还把头埋在旅行服里。海伦早就收起了阳伞，她得拿它当拐杖，而且也没力气撑在头顶了，她还从来没像那天一样无暇顾及她白皙的肌肤。

一个小时后，旅客们又累又渴，却只不过走了两英里路。

"山上有人卖茶点。"杰美安慰女孩们说，"至少在利特尔顿时，他们是这么说的，而且听说沿途还有旅馆可以好好歇一下。我们只要走到那儿，一切就会好起来的。"说完，他勇敢地迈步继续前进。女孩们也跟着他穿过了那片岩石地带。

一路爬坡前行，海伦没什么时间去欣赏风景，不过眼中所见真让人泄气：山是光秃秃的一片苍凉，只有稀疏的几处植被。

"这是火山岩。"奥哈拉先生解释说，他从事过矿业。不过海伦却只能由此想到"地狱山脉"，那是她姐姐唱过的一首民谣里边的词。她曾想象永恒的地狱会是什么样子——贫瘠、苍凉、望不到边——正是眼前这个样子。

杰拉尔德果真等到所有乘客下船之后，才卸下他的牲口。此时货运公司的人正好将骡子准备好了。

"我们天黑前就能到！"他一边协助紧张的女士们骑上骡背，一边给她们鼓劲，"差不多要四个小时。晚上八点左右就能到克莱斯特彻奇，刚好可以到客栈吃晚餐。"

"你听到了吗？"吉薇尼拉问杰拉尔德，"我们可以和他们一起走，虽然我们自己走会比较快，那是当然的，伊格莱恩可不喜欢跟在骡子屁股后面慢跑。"

令杰拉尔德恼火的是，他在看管绵羊卸船的当头，吉薇尼拉已经跨上马鞍了。杰拉尔德竭力控制住自己不发火。尽管这样，他心情还是糟透了。这里没人知道怎么处理羊，羊圈还没准备好，羊群像画布上的油彩一样，在利特尔顿的小山上弥漫开来。被困在船上那么长时间，这些牲畜此时正在安置点外边稀疏的草地上，像羊羔一样嬉戏，尽情地享受着自由的滋味呢。杰拉尔德训斥着替他卸货的两个海员，严厉地命令他们把羊聚集起来，并在他手忙脚乱搭起一个临时羊圈之前，给他好好看着。可那两个人觉得自己的份内之事已经做完，于是傲慢地表示，他们是海员，不是牧羊人，然后就跑到刚刚开门的酒馆里去了。长时间生活在缺水的船上，他们已经渴得不行了。杰拉尔德的羊可不关他们什么事。

突然，一阵尖锐的口哨响起，不止巴灵顿女士和布鲁斯特夫人，连杰拉尔顿和牵骡子的人都吓了一跳。而且，口哨声还不是来自街上某个顽童，而是从一个年轻的贵族小姐那儿传来的，大家在此之前一直认为她是个很有教养的淑女。吉薇尼拉展现出了她的另一面，她意识到杰拉尔德正为这群羊头痛着呢，于是马上寻求帮助，用尖锐的口哨招呼她的狗，克里奥则满腔热情地听从她的指令，像一团黑色的闪电一样，在小山上跑来跑去，把绵羊聚拢成紧密的一群，就像有一只无形地手牵引着它们一样，这些牲口全都转身朝吉薇尼拉走去，而她只是静静地在那里等着。杰拉尔德的那些小狗，本来已经在近旁狗屋里等着被送去克莱斯特彻奇，可是一看见羊群就变得狂野起来，连木箱都被弄破了。六只小牧羊犬蜂拥而出，向羊群直奔过去。但是在绵羊受惊之前，这些狗又像接到什么命令似的乖乖趴在草地上。机敏的牧羊犬兴奋地喘着气，一脸紧张地盯着羊群，趴在那里，随时准备跳起来采取行动——如果有羊走散的话。

"嗯，不错！"吉薇尼拉镇定地说，"这些小狗很清楚自己是哪块料。那只大一点的，我们用它来繁殖，到时回到英格兰的人都会希望自己有一只这样的狗。我们现在就走吗，沃顿先生？"

没等他回答，她就爬上了自己的母马。伊格莱恩兴奋地昂首阔步，迫不及待地想再次奔跑。牵着小公马的海员把这头躁动不安的动物交给了杰拉尔德，如释重负地叹了一口气。

杰拉尔德既恼怒又讶异，吉薇尼拉的表现令人钦佩，但那不代表她就有藐视他命令的权利。不过，为了不在布鲁斯特夫妇和巴灵顿一家面前颜面大失，就只能听之任之了。

他不情愿地接过公马的缰绳。"缰绳之路"他已经走过不止一次了，很清楚它的危险性，临近傍晚的时候走这条路无疑是很冒险的，就算没有羊群随行，并且骑的是训练有素的骡子而不是桀骜不驯的公马也一样。

另一方面，他不知道，到了利特尔顿，这群羊又该如何安顿。他那无能的儿子这回又没能在海港给这群羊安排好过夜的地方，现在又肯定找不到能在黄昏之前搭起羊圈的人！杰拉尔德的手指狂躁地抓着缰绳。卢卡斯什么时候才能走出他的象牙塔啊！

杰拉尔德生气地一脚踩上马镫。命运多舛的一生，让他早已学会如何恰到好处地掌控一匹马，但是马仍然不是他最喜欢的交通工具。骑着一匹小公马走"缰绳之路"，对杰拉尔德来说感觉像是一次勇气测试——他几乎开始讨厌起逼他这么做的吉薇尼拉了。其反叛精神指向其父亲的时候，曾让杰拉尔德非常欣赏，现在却变成了令人难以释怀的挫败根源。

正坐在母马上自鸣得意、如鱼得水的吉薇尼拉，完全没有察觉到杰拉尔德的想法。不，她只是高兴她未来的公公对于她把男式马鞍套在伊格莱恩身上没有任何微词。如果她胆敢在公众地方岔开双腿跨坐在马背上，她父亲肯定会大发雷霆的。而杰拉尔德似乎完全没觉得她这副样子——骑马服的裙摆上卷、露出脚踝——看起来有多么不得体。吉薇尼拉试着把裙摆拉下来，不过随后就完全把这事抛诸脑后了。伊格莱恩就够她忙的了，它想赶超骡子，跑得飞快。而狗——谢天谢地——完全不用管，克里奥知道要做什么，虽然路变窄了，它仍然能熟练地赶着绵羊通过。小狗们由大到小依次跟在她身后，引得布鲁斯特夫人开玩笑说："看起来有点像达文波特小姐和她那群孤儿。"

出发两个小时后，海伦已筋疲力尽了，突然听到了身后传来马蹄声。路还在往上延伸，眼前除了光秃荒凉的山，一片荒凉。还好，有人给大家讲了一些令人鼓舞的话。他曾经在海上呆过几年，一八三六年，有一次参加最早的远征，到过这个地区。他和隶属于罗兹船长的一支团队——最初的移民之一——一起爬上过海港山，那时他就深深爱上了坎特伯雷平原的美景，所以现在带着妻儿回来这里定居。此时，他告诉精疲力尽的家人说，再拐几个弯，就能到山顶了。

路依然又窄又陡，骡子没办法赶超步行的人，骑骡子的人只好嘀嘀咕咕地依次跟在他们身后。海伦不知道吉薇尼拉有没有在骡子队伍当中，她听到了杰拉尔德和吉薇尼拉的争吵，很想知道他们到底是谁赢了。她敏感的鼻子告诉她，这次肯定是吉薇尼拉赢了。空气中突然散发出浓重的绵羊味，而且身后还传来羊群不情愿的咩咩声。

终于，他们走到了路的最高点。生意人在一块平台上搭起了货摊提供茶点，等待着旅客们的到来。这里是传统的休息地——就算只是为了宁静地眺望、欣赏他们的新国度。但是此刻海伦对美景毫无兴致，她缓慢而吃力地走到一个摊位前，买了一大杯姜汁啤酒，喝完之后才走过去眺望风景。此时，已有很多人停下脚步，仿佛在祷告。

"好漂亮！"吉薇尼拉欣喜若狂地低声说道。因为坐在马背上，她可以从别人头上看过去。海伦站在第三排，视野有限，勉强看到点风景，已经够让她扫兴的了，遥远的下方，嫩绿的草地渐渐替代了秀美的山峰，一条小河在草地上横穿而过。河的对岸就是克莱斯特彻奇居民区，但是那根本不是海伦期望中的新兴城市。一个小小的教堂尖顶倒是依稀可见，可不是说有大教堂？这里不是要成为主教辖区了吗？海伦期望，哪怕能看到施工场地也好，可眼前景象完全不那么回事。克莱斯特彻奇不过是几排颜色鲜亮的房子而已，大部分都是木制的，只有一小部分是沃顿先生所说的砂岩造的。这让她不由自主地想起利特尔顿——他们刚刚离开的那个港口小镇。这里的生活状况和公共设施好像并不比那里好多少。

这个城镇，吉薇尼拉根本没多看一眼。它很小，确实，不过她在威尔士的乡下早已习惯了。让她着迷的是郊外：一眼望不到边的草原，沐浴在下午的阳光下，远处耸立着雄峻的群山，有些山上还有积雪。那些远山肯定相隔千里，不过空气非常清新，所以看起来仿佛触手可及，有些小孩甚至还伸出手来，想去摸一摸。

远处的景色使人想起威尔士或者大不列颠岛上其他草地和山区的接壤地带，所以让吉薇尼拉和其他移民倍感亲切。不过这里的一切显得更清晰、更宽广、更辽阔。没有羊圈和围墙分割，只有几栋房子零星点缀其中。吉薇尼拉有一种自由自在的感觉。在这里，她可以骑着马纵情驰骋，羊群可以肆意四散，再也不需要讨论草料够不够、羊群数量需不需要减少了。这里的土地看来取之不尽!

杰拉尔德看到她喜气洋洋的脸，心里对她的怒气也烟消云散了。她这番欢欣，正是自己每次重新见到故土时的感觉。吉薇尼拉也许不会爱上卢卡斯，但毫无疑问，她会爱上这片土地!

海伦决定往积极的方面想。这不是她想象中的景象，不过说句公道话，她很清楚，克莱斯特彻奇无论从哪个方面看，都是一个正在蓬勃发展的社区。城区必然会发展起来，最终学校和图书馆也会建起来——说不定她还能参与建设呢。霍华德看起来是个对文化感兴趣的人，他肯定会支持她的。而且，她也不是非得爱上这个地方，只要爱上自己的丈夫就够了。决心已定，她掩饰住自己的失望，向女孩们转过身来。

"站起来，孩子们。大家都用过茶点了，现在我们得继续赶路。下山路不会那么难走，来吧，你们几个小的比赛!第一个到达下一个旅馆的，可以多喝一杯柠檬水!"

下一个旅馆并不远。可以看到最早出发的几匹马已经到山脚下了。路变宽了，骑着牲口的人现在可以绕到步行的人前面去。克里奥巧妙地赶着羊群穿过人群，吉薇尼拉则骑着依然昂首阔步的伊格莱恩，紧随其后。之前，在比较危险的窄路上，两匹矮种马表现出非凡的冷静，就连小默多克都敏捷地爬过了那段怪石嶙峋的小路，所以杰拉尔德没过多久就如释重负了。他决定忘掉和吉薇尼拉之间那段不愉快的小插曲。好吧，她战胜了他的意愿，不过他不会让这种事再发生的。这个任性的威尔士公主需要好好管束。杰拉尔德乐观地想：卢卡斯需要举止优雅的妻子，而吉薇尼拉从小就被教育如何做一名贵妇。她可能更喜欢打猎和训练牧羊犬，但是她终究会接受自己的命运的。

太阳下山的时候，旅客们到了艾芬河，骑行的那帮人正在渡河。在步行的旅客到达之前，他们有足够的时间把羊装上渡轮。结果，海伦一伙只能咒骂渡轮上的羊粪，不能怪羊群拖延了时间了。

伦敦来的女孩们着迷地盯着清可见底的河水，在此之前，她们只见过肮脏发臭的泰晤士河。海伦此时什么都不在意了，她就想有张床。她希望教士会尽地主之谊，让她留宿，并为女孩们做点准备，因为天色已晚，他不可能把她们送到各自要去的家庭去了。

海伦疲惫不堪地站在旅馆和出租的兽栏前面，询问去教士住所的路。她看见吉薇尼拉和沃顿先生从兽栏里出来，他们刚安顿好牲口，准备去吃饭。海伦心里一阵深深的刺痛，她太羡慕她的朋友了。她多么希望能到旅馆干净的房间里梳洗一下，然后坐到一桌准备好的饭菜前！但是她还得在克莱斯特彻奇的街道上继续行走，还得和牧师一起张罗。身后的女孩在低声抱怨着，几个小的已经累得哭了起来。

所幸教堂并不远，在如今的克莱斯特彻奇，到哪里都不远。海伦带着女孩们，拐过三个街角，就到了教士住所前。和海伦父亲家、还有索恩家的房子相比，这栋漆成黄色的楼房给人一种寒酸的印象，隔壁的教堂也好不到哪里去。不过，房门好歹用一个黄铜做的漂亮狮头门环装饰了一下。达芙妮大胆地敲起门来。

一开始没有回应。过了一会儿，一个脾气暴躁的大脸女孩出现在门框里。

"你们要干吗？"她冷冷地问。

除了达芙妮，所有的女孩都害怕地往后缩。海伦走上前去。

"首先，小姐，我们想跟你说晚上好！"海伦坚定地说，"然后，我想和鲍尔温教士谈谈。我叫海伦·达文波特。布伦南女士应该在信里提过我。这几个，是教士写信到伦敦说要给她们在这里安排工作的女孩。"

那个年轻的女人点了点头，表情稍微友好了些，但还是没有欢迎她们的意思，而是不以为然地看了看那些孤儿。"我相信我母亲以为你们明天才会到。我会告诉她你们到这里了。"

她转身准备进去，但是海伦叫住了她。

"鲍尔温小姐，我和孩子们跋涉了一万八千英里路，你不觉得出于基本的礼貌，也应该请我们进去，找个地方给我们坐一下吗？"

女孩给了个脸色。"你想进来就进来吧。"她说，"不过那些小鬼不行。她们在统舱里呆了那么久,谁知道会不会把什么寄生虫带进来。我母亲可不希望她房子里有那些东西。"

海伦怒火中烧,但还是控制着自己。

"那我也在这里等候好了。我和这些女孩坐的是同一个船舱,要是她们身上有寄生虫,我身上也有。"

"随你便。"女孩冷漠地说,而后拖着脚步慢吞吞地回到屋里,随手关上身后的门。

"真是个大小姐!"达芙妮带着假笑说,"我肯定是没弄懂你以前教给我们的东西,达文波特小姐。"

海伦本该训斥她的,可实在没力气了。而且,如果母亲也像女儿一样,言行举止之间不像个基督徒,她免不了还得跟她吵一架。

鲍尔温女士很快出现,努力表现出一副友好的样子。她比她女儿矮一些,没那么胖,也没她那张大饼脸。她的相貌看起来反而有点强硬,两只小眼睛挤在一起,脸上挂着生硬的笑容。

"真是太突然了,达文波特小姐!虽然布伦南女士确实有提到你——那是当然的,冒昧地说。快进来,比琳达已经在给你准备客房了。不过,我们还得找个地方让女孩们过夜,虽然……"她稍思量了一下,显然是在心里盘算了一下人名清单,"莱文达夫妇和高德温夫人就住在附近。我现在就可以把人送过去。你可能希望今晚就有人来接收这些女孩。其他孩子可以睡在马厩里。不过先进来吧,达文波特小姐,快进来,外边越来越冷了!"

海伦叹了一口气。她很想接受邀请,可是,这么做当然不合适。

"鲍尔温夫人,孩子们也很冷。她们走了十二英里路,很需要一张床和一顿热饭。在我把她们交给她们的雇主之前,我得对她们负责。这是我和孤儿院的主管说好的,而且我是被雇来做这件事的,所以请先让我看看女孩们要安置在哪里,然后,我会很乐意接受你的热情款待的。"

鲍尔温夫人脸上有些不悦,却没有再说什么。她从套在宽松家居服上的一条大围裙口袋里,掏出一把钥匙,领着海伦和女孩们往房子一边走去。这儿有一个马厩,里边养着一匹马和一头奶牛,旁边有一个味道很刺鼻的干草堆,几床毛毯丢在上面,这样睡起来舒服些。海伦只能屈服于眼下无法改变的现实。

"你们都听到了,孩子们。今晚你们就睡在这里。"她吩咐孩子们说,"把你们的床单铺开——仔细铺好,要不然你们的衣服会黏上干草的。厨房里肯定有水可以洗漱,我去看看能不能用。我一会儿就回来,要检查你们像不像一个真正的基督徒,把睡前的杂务都打理好!先洗澡再睡觉!"海伦想说得严厉点,不过今晚她有点力不从心。她也不想在马厩里脱衣服、用冷水洗澡。正因为如此,她知道,今晚的检查不会那么严格的。女孩们似乎也没用心听她吩咐,她们没有像往常一样用"是,达文波特小姐"来回应,而是提出各种各样的问题,都快把她们的老师淹没了。

"我们没东西吃吗?"

"我不能睡在稻草上,达文波特小姐,我会生病的!"

"这里肯定有跳蚤!"

"我们不能和你一起进去吗,达文波特小姐?今晚可能会来的那些人呢?他们会把我们带走吗,达文波特小姐?"

海伦叹了一口气。她一路上都在尽力做准备——一到目的地,孩子们就一个个分开。不过,这个晚上就把她们生生地分开,实在不是个好主意。可是,事已至此,她也不想让鲍尔温夫人对女孩们和她自己产生更不好的印象了。所以,她回避了她们的问题。

"先洗澡,然后安心休息,孩子们。一切都会解决的,所以别担心。"她抚摸着劳里和玛丽金黄色的头发。孩子们显然是累坏了。桃乐西还帮忙把露丝玛丽的床铺好了,因为露丝玛丽差不多都睡着了。海伦赞许地点了点头。

"我会再来看你们的,"她说,"我保证!"

8

"这些女孩看来都被宠坏了,"鲍尔温夫人神情很不耐烦地说,"我真希望她们对将来的雇主有点用处才好。"

"她们还是小孩！"海伦叹息说。她难道没跟在伦敦孤儿院委员会工作的露辛达·格林伍德谈过这个问题吗？"说实话，她们当中只有两个人够参加工作的年龄。不过她们都行为良好，也有能力。我觉得不会有人投诉的。"

听到这话，鲍尔温夫人似乎暂时安心了一点。她带着海伦来到客房。这一天之中，她第一次有惊喜的感觉。房间明亮而干净，贴着花墙纸，栀子花插得很动人，富有乡野气息。床看起来又大又舒服。海伦松了一口气。她原来觉得自己好像是在蛮荒之地搁浅了，但在这里，却找到了文明的证据。就在这时，那个体型庞大的女孩提着一大壶热水过来，倒在海伦的脸盆里。

"稍微清洗一下，达文波特小姐。"鲍尔温夫人对她说，"等你洗完，我们一起吃晚餐。没怎么特别准备，毕竟我们不知道有客人来。不过如果你喜欢鸡肉和土豆泥的话……"

海伦笑了起来，"我饿得就算是生的鸡肉和土豆泥都吃得下。那些女孩们……"

鲍尔温夫人表情很不耐烦。"那些女孩们会有人照顾的！"她粗暴地大声说，"那就一会儿见了，达文波特小姐。"

海伦彻彻底底地清洗了一番，把头发放下来，再重新别好。她考虑了一下是否需要换衣服。海伦只有几件礼服，其中两件已经脏得不行了，她一直把最好的衣服留着在见霍华德的时候穿，可是，她又不能穿着又破烂又有汗臭味的礼服去和鲍尔温一家吃晚餐。最后，她决定穿上那件海军蓝的丝绒礼服，就当是庆祝她来到新家乡的第一个晚上吧。

当海伦终于走进鲍尔温家饭厅的时候，菜已经开始上了。这里的家具也超出了她的预料。餐具柜、桌子和椅子都是用厚重的柚木做的，而且雕刻得很精美。这些家具，要么也是鲍尔温家从英格兰买的，要么就是克莱斯特彻奇有手艺不凡的工匠。最后这个想法让海伦感到安慰，就算发生最糟糕的情况，她应该也能适应木房子——如果里边配备着好家具的话。

迟到让她有点不安，不过除了鲍尔温家那个看起来很骄纵的女儿，所有的人都马上站起来欢迎她。除了鲍尔温夫人和比琳达，还有教士和一个年轻的牧师。鲍尔温教士是一个又高又瘦、表现得很严肃的男人。他穿得很正式——深棕色的燕尾服对于家庭宴会来说好像太过讲究了点——他向海伦伸出手，脸上没有笑容，倒像是想把她看穿一样。

"你是一位教士同事的女儿？"他用洪亮的声音问道。她能想象得到他的声音能轻易响彻整个教堂。

海伦点点头，跟他讲了利物浦的事。"我知道我来到您这里，情况有点不大寻常，"她补充说，随即脸红起来，"不过我们都是遵从上帝的引导，他有时也会让我们走不寻常的路。"

鲍尔温教士点点头。"确实如此，达文波特小姐。"他严肃地回答说，"这一点没人比我们更清楚。我也一样没想到教堂会带着我来到世界的尽头，不过这是个充满希望的地方，我们会在上帝的帮助下把它建成一个具有基督教精神的繁荣城市。你可能也听说了，克莱斯特彻奇将要成为主教辖区……"

海伦热切地点点头。她同样也在试图了解为什么鲍尔温教士没有拒绝来新西兰，尽管他明显是忠于英格兰的。这个男人看来很有野心——虽然在英格兰一个人想得到主教的任命没有关系是不可能的，但是在这里就不一样了……鲍尔温无疑有很大的希望。但是他除了是一名很好的教会政治战略家之外，是否也是一位很好的牧师呢？

不管它了。海伦觉得鲍尔温身边的那位年轻牧师要亲切得多，鲍尔温介绍他的名字——威廉·切斯特时，他一直保持着亲切的微笑，握手也温暖而友好。他瘦而白，有着一张瘦骨嶙峋、难以形容的脸；他身上有一些很微妙的特征，鼻子太长，嘴太阔，不过睿智而有神的棕色眼睛却弥补了所有的缺陷。

"奥基弗先生曾经很激动地跟我说起过你的事！"他在海伦旁边坐下，热情地说，同时往她的盘子里盛了很多鸡肉和土豆泥，"收到你的信，他高兴得不得了……我敢打赌，过几天他就会跑来这里了，只要他一听说都柏林号到了。他还在等回信呢，要是发现你已经到这里了，该有多吃惊啊，小姐！"切斯特牧师显得非常热心，好像是他给他们俩做的媒一样。

"过几天？"海伦惊讶地问，她本以为明天就能见到奥基弗。找个人去给他送个信肯定没问题。

"嗯，是啊，消息没那么快传到霍尔顿去的。"切斯特说，"你至少要准备等一个星期。不过应该能快一些的！杰拉尔德·沃顿不是也搭都柏林号来了吗？他儿子说过他在途中了。他要是回来了，消息会传得快一些的。不用着急！"

"而且在你未婚夫来之前，我们很欢迎你在这里住！"鲍尔温夫人让她放心，不过她脸上的表情却不是这么回事。

海伦还是有点疑惑。霍尔顿不是克莱斯特彻奇的郊区吗？她到底还得走多远才能到达最终目的地？

她刚想问，门却被撞开了。达芙妮和露丝玛丽什么招呼都没打就闯了进来。她们俩都已经把头发放下来准备睡觉了，露丝棕色头发上甚至还黏着干草。达芙妮不羁的红头发像火焰一样包着她的脸。看到教士家的餐桌上满满一桌菜，她眼睛里也闪烁着火花，海伦马上感到深深的负罪感。从达芙妮的表情判断，现在还没人给女孩们任何吃的东西。

不过此时，两个女孩似乎有其他更着急的事。露丝玛丽跑到海伦身边拉着她的裙子。"达文波特小姐，达文波特小姐，他们要把劳里带走了！求求你，想想办法！玛丽又哭又闹，劳里也是！"

"他们还想带走伊丽莎白！"达芙妮大喊说。

"求求你，达文波特小姐，想想办法！"

海伦跳了起来。如果连达芙妮这个一直很镇定的人都这么惊慌，肯定是发生了什么可怕的事情。

她满腹狐疑地看了看周围的人。

"发生什么事了？"她问。

鲍尔温夫人翻了翻白眼。"没什么，达文波特小姐，就像我告诉过你的那样，我们今晚就可以把两个孤儿交给她们的雇主。他们过来接她们了。"她从口袋里掏出一张名单，"在这儿：劳里·艾里斯顿去莱文达家,伊丽莎白·宾斯去高德温夫人家。一切都是按计划进行的,我不知道这有什么好大惊小怪的。"她冷冷地看着达芙妮和露丝玛丽。小的那个哭了起来,而达芙妮则充满怒火地回瞪她。

"劳里和玛丽是双胞胎。"海伦解释说。她也满腔怒火,不过她告诉自己要保持冷静,"她们从来没有分开过。我不明白为什么要把她们安排到不同家庭去!肯定有哪里搞错了。伊丽莎白肯定也不想连一声道别都没有就离开。拜托了,教士,你一定要帮忙解决这件事!"海伦决定不再去打扰那个冷心肠的鲍尔温夫人。教士完全没管过那些小孩的事,该是他为她们做点什么的时候了。

牧师站了起来,虽然一副不乐意的样子。

"没人跟我们说她们是双胞胎。"在他满怀心事地跟着海伦去马厩的路上,他解释说,"当然,她们看起来像是一对姐妹,不过要把她们安放到一个家庭是不可能的。这里几乎没有英国仆人,一堆人等着要这些女孩呢,我们没办法给一个家庭两个女孩。"

"但是她们单独一个人可什么都做不了,她们像常春藤一样紧紧缠在一起!"海伦解释说。

"她们总有一天得分开。"教士简短地回答说。

马厩前面停着两辆马车。其中一辆是货车,拴着两匹无所事事的栗色马。货车旁边一匹生气勃勃、不甘就范的矮种马拉着一辆高雅的黑色轻马车。一个高个子的干瘦男人熟练地抓着它的腰部,不时喃喃地对它说些安抚的话,看样子心里很不安。他摇着头,看着马厩的方向。那边女孩们的哭喊声还没有减弱的迹象。在他的眼神里,海伦好像看到了一丝同情。

轻马车的坐垫上坐着一位虚弱的老妇人。她穿着黑衣服,和她帽子底下别起来的雪白色头发形成了鲜明对比。她肤色很浅,皮肤像瓷器一样光滑,只有一些像旧丝绸一样轻微的皱纹。伊丽莎白站在她面前,漂亮地行了一个屈膝礼。老妇人看起来态度友好而亲切,还时不时地和车夫一起带着苦恼而同情的眼光看着马厩方向。

"琼斯,"海伦和教士朝这边走过来的时候,她终于忍不住叫她的车夫说,"你不能进去让她们别再哭了吗?那让我们俩都挺心烦的。那些小孩眼睛都要哭出来了!麻烦你去看看到底是怎么回事,把问题给解决了。"

车夫把缰绳绑到标杆上,站了起来。看来他对这个任务并不怎么热心,哄小孩不是他经常做的工作。

就在这时,老妇人看到了鲍尔温教士,亲切地跟他打起了招呼。

"晚上好,教士!很高兴见到你。不过我不想耽搁你,那边似乎需要你过去一下。"她指着马厩,车夫见此,松了一口气,弯身坐回他的座位。教士如果过去,他就没必要添乱了。

鲍尔温犹豫着去马厩之前要不要把海伦和老妇人互相介绍一下,不过最终还是决定先不管这事,直接往吵闹的地方走去。

玛丽和劳里哭着紧紧地抱在一起,一个强壮的女人想要把她们分开,一个肩膀宽大却很被动的男人站在旁边手足无措,连桃乐西也似乎不知道应该采取行动还是走开祈祷。

"你为什么不把她们两个都带走呢?"她不顾一切地问,"求求你了,你也知道这样没用的。"

那个男人似乎也赞同,他转向妻子,试着说服她,"没错,安娜,我们应该让教士把两个女孩都给我们。那个女孩还太小太脆弱,她自己一个人干不了重活的,可要是两个一起做的话……"

"她们俩要是不分开,只会凑在一块说长道短,什么事都不做!"女人生气地回答。海伦看着她伶俐自私的脸上冰冷的蓝眼睛,"我们只要了一个——我们就带一个走。"

"那就带我走吧!"桃乐西建议说,"我比较大,比较强壮,还有……"

安娜·莱文达似乎比较能接受这个解决办法。她看着桃乐西强壮得多的体型,感到挺满意。

但是海伦摇摇头。"你很有基督的精神,桃乐西,"她瞄了莱文达夫妇和教士一眼,说,"但这解决不了问题,只是把问题拖到另外一天而已。你的新雇主明天就会过来,到时候劳里就得跟他们走了。不,牧师，莱文达先生，我们必须想个办法让双胞胎可以在一起。有没有两个邻居都在找女仆的？那样至少她们两个空闲的时候还能见个面。"

"然后一有时间就互相哭诉！"莱文达夫人插嘴说，"我可不想做这样的选择。我要带这个女孩走，或者另外一个也行，但只要一个。"

海伦恳求地看着教士，可是他没有做出任何支持她的行动。

"我只能同意莱文达夫人的看法。"他说，"她们越快分开越好。所以，听着，劳里，还有玛丽，上帝把你们一起带到了这个国家，他很仁慈——他本可以只选择你们中的一个，而把另一个留在英格兰。但是现在，他指引着你们走向不同的道路；这并不意味着永远分开。你们礼拜日做礼拜的时候就能见面了，或者至少在重大节日里总能见面的。上帝并没有遗弃你们，他这样做肯定有他的目的，我们必须遵从他的旨意。你会是莱文达家一名很好的女仆，劳里。明天玛丽会和威拉德夫妇走。他们两家都是很好的基督教家庭。有吃有穿，他们肯定会让你过上基督徒的生活。没什么好怕的，劳里，现在就跟莱文达夫妇走，像个好女孩一样。不然的话，莱文达先生就不得不去拿棍子来了。"

莱文达先生看起来完全不像是那种会打小女孩的人。相反，他眼里明显对玛丽和劳里充满了同情。

"想想啊，孩子们，我们都住在克莱斯特彻奇。"他试图安慰一下几个心烦意乱的孩子，说，"这个地区所有家庭都经常来这里买东西、做礼拜。我不认识威拉德夫妇，但是当然，我们可以和他们联系，到时候，只要他们来这里，我们就给你放假，你们姐妹就可以一整天在一起了。这样是不是好一些？"

劳里点点头，但是海伦不知道她是否真的明白。谁知道这对威拉德夫妇住在哪里——连莱文达先生都不认识他，这可不是个好兆头！而且他们能像他一样理解小女仆吗？再说，他们偶尔来城里购物的时候真会带上玛丽吗？

劳里现在看起来已经克服了悲伤和疲惫，终于让人把她姐妹俩拉开了。桃乐西把劳里的行李交给莱文达先生，海伦亲吻她的前额跟她道别。

"我们大家会给你写信的!"她承诺说。

劳里无精打采地点点头,而玛丽还在哭。

当莱文达夫妇把小女孩带出去的时候,海伦心都碎了。接着她听到达芙妮在低声地和桃乐西说话。

"我告诉过你了!达文波特小姐帮不上什么忙的!"她悄悄地说,"她人很好,但是她的处境也和我们差不多,明天她男人就会来带她走,她必须跟着这个奥基弗先生走,就像劳里得跟着莱文达夫妇走一样……"

海伦怒火直往上冒,不过马上又变成了深深的担忧。不管怎么样,达芙妮也没说错。要是霍华德不想跟她结婚,她该怎么办?如果他不喜欢她,又会发生什么?她不能回英格兰,但是这里有学校教员或家庭教师的工作吗?

海伦不敢再往下想了。她就想躲到角落里大哭一场,就像小女孩的时候那样。但是自从母亲过世后,她就再也没那么做过了。从那时候开始,她不得不学会了坚强。此时此刻,她只能平静地等着人家介绍她和来接伊丽莎白的老妇人认识。

教士已经准备好了台词,但是这次好像没他表演的机会,因为伊丽莎白看起来不但不悲伤,反而兴高采烈。

"达文波特小姐,这位是高德温夫人,"在教士开口之前,她就抢着介绍说,"她是从北方的瑞典来的!离这里比英格兰还远,那里整个冬天都下雪,整个冬天!她丈夫是一艘大船的船长,有时候会带着她一起出航。她去过印度!还有美国和澳大利亚!"

高德温夫人为伊丽莎白的兴奋而大笑起来。她一脸慈祥,很难从面容看出年纪。

她友好地向海伦伸出手来,"希尔达·高德温。你就是伊丽莎白的老师吧,她老提到你,你知道吗?还有某个叫杰美·奥哈拉的。"她眨了眨眼说。

海伦也笑着眨眨眼,介绍了自己的全名。"要是我没理解错的话,您是要带伊丽莎白去为您服务对吗?"她询问说。

高德温夫人点点头。"如果伊丽莎白愿意的话。我没有任何想强行把她带走的意思,像刚才那些人对那个女孩做的那样,那真应该受到谴责!不知道怎么地,我总以为女孩们年龄会大一些……"

海伦点点头。她的眼泪都快流出来了,她很想把心里的话一股脑地都告诉这个女人。高德温夫人看穿了她的想法。

"我看得出来,这个安排让你很不开心。"她说,"而且,你和女孩们一样精疲力竭——你们是步行从马道走过来的吗?真是难以想象!你们应该让人送一匹骡子过去的!我实在应该等明天才来的,孩子们肯定想在一起再过一个晚上。可当我听说她们得睡在马厩里时……"

"我很乐意跟你一起走,高德温夫人!"伊丽莎白带着灿烂的笑容说,"明天第一件事,就是读《雾都孤儿》给你听。你相信吗,达文波特小姐,高德温夫人没听说过《雾都孤儿》!我跟她说我们在旅途中一起读过这本书。"

高德温夫人和蔼地点点头。"那去收拾你的东西吧,孩子,还有,跟你的朋友们说再见。你也喜欢她,没错吧,琼斯?"她转头问车夫,他自然而亲切地点点头。

过了一会,伊丽莎白刚带着行李在高德温夫人身边坐好,两个人又兴奋地聊了起来。车夫把海伦拉到一边。

"达文波特小姐,那个女孩给人印象很好,不过,她值得信任吗吗?要是她让高德温夫人失望的话,我会心碎的。她一直很想有个英格兰的小女孩。"

海伦让他放心,到哪都找不到这么聪明又讨人喜欢的小孩了。

"所以她是想要她去作伴,对吗?我的意思是……一般人都会找一个大一点、受过比较好教育的女孩来从事这份工作。"她问。

仆人点点头。"确实,不过首先你得找得到,再说高德温夫人也不太负担得起,她只有一份微薄的退休金。我和妻子照顾她的日常起居,不过妻子是毛利人,你知道……她能帮高德温夫人做头发,给她煮饭,照顾她,但是她不能给她读书,也没法给她讲故事,那就是我们想要一个英格兰女孩的原因。她可以跟我和妻子住在一起,帮忙干点家务,不过最重要的是,她能给高德温夫人作伴。你可以放心,她不会缺任何东西的。"

海伦安慰地点点头。至少伊丽莎白会得到很好的照顾，这黑暗的一天最后终于迎来了一线光明。

"后天一定记得来喝茶。"马车出发之前，高德温夫人对海伦说。

伊丽莎白开心地挥着手。

海伦没力气再回马厩去安慰玛丽了，也没兴致在鲍尔温教士家的餐桌上再多聊什么。她还是很饿，但她安慰自己说，她吃剩的菜说不定能给女孩们填下肚子。她礼貌地告退之后，瘫倒在床上。明天应该不会比这更糟糕了吧。

第二天早上，明亮的太阳在克莱斯特彻奇上空升起，万物都沐浴在温暖而柔和的阳光中。海伦从房间的窗户看出去，看到一幅令人惊叹的美景，远处的山脉俯瞰着坎特伯雷平原，小镇的街道看起来又干净又迷人。新鲜面包和茶叶的香味从鲍尔温家的餐厅里飘上来，海伦闻得口水都流了出来，希望今天这个让人充满希望的开始会是一个好兆头。想到昨天，她只记得鲍尔温夫人的冷酷无情、她女儿的行为卑劣、鲍尔温教士的顽固和对教区居民的幸福漠不关心。在新一天的晨光中，她决定要带着善意地去看待牧师和他的家人。当然，首先她得先去看看那些女孩。

到了马厩里，她发现切斯特牧师正徒劳无功地想安慰玛丽。她还在流着泪，边抽泣边哭喊着要她姐姐。牧师端了些糕点出来给她，好像吃点糖就可以减轻世界上所有的痛苦，但是她一口都不肯吃。她已筋疲力尽，显然是直到现在都没合过眼。海伦实在无法想象怎么把她交给一个完全陌生的人。

"如果劳里也像这样一直哭，不肯吃东西，莱文达夫妇俩肯定会把她送回来的。"桃乐西满怀希望地推测。

达芙妮翻了翻白眼，"说了你都不信。那个老女人肯定会先打她一顿，要不就是把她锁到碗柜里。要是她不吃饭的话，她会很高兴，又能省一餐饭了。她的心冷得像狗的鼻子，那坨狗屎……噢，早上好，达文波特小姐。我希望你睡了个好觉！"达芙妮无礼地瞪着她的老师，完全没有为她不当的言辞道歉的意思。

"就像昨天你自己说的，"海伦冷冷地回答说，"我帮不上劳里什么忙。不过，我会试着再和那家人联系的。没错，我睡得很好，我相信你也睡得不错。毫无疑问，这是你第一次为别人的事而受到触动。"

达芙妮低下了头，"对不起，达文波特小姐。"

海伦有点吃惊，她真的让这个女孩的行为有了这么大的改观吗？

当天上午晚些时候，小露丝玛丽未来的雇主来了。海伦一直在担心这次交接，不过最后却是一个惊喜。麦克拉伦夫妇是在十一点左右步行过来的。麦克拉伦先生是一个矮胖的男人，有着一张温和的圆脸。他妻子也一样营养充足，红红的脸颊和圆圆的蓝眼睛使她看起来像一个洋娃娃一样。后来才知道，他们居然是克莱斯特彻奇面包店的店主。早上唤醒海伦的那阵香味——那些新鲜面包卷和酥皮糕点——就是他们的杰作。由于麦克拉伦先生天没亮就得起来工作，晚上相应地也睡得比较早，鲍尔温夫人昨天不想去打扰，而是于今天一早通知他们女孩们到了。他们把店关了过来接露丝玛丽。

"天啊，她还是个孩子！"当露丝玛丽在她面前不安地行了个屈膝礼时，麦克拉伦夫人惊讶地说，"不过我们会把你养肥的，你这棵小豆秆。你叫什么名字，亲爱的？"

麦克拉伦夫人转过身，谴责地看着鲍尔温夫人，后者对这种责怨一言不发。麦克拉伦夫人亲切地弯下腰，微笑着开始和露丝玛丽说话。

"露丝……"小女孩轻声地说。

麦克拉伦夫人轻揉着她的头发。"多好听的名字。露丝，我们觉得，你应该会喜欢和我们一起住，在房子和厨房里帮点小忙，当然，还有面包店里。你喜欢烤蛋糕吗，露丝玛丽？"

露丝想了一下。"我喜欢吃蛋糕。"她说。

听到露丝玛丽好笑的嘀咕，麦克拉伦夫妇大笑起来，发出咯咯的笑声。

"这是个很好的开始！"麦克拉伦先生认真的说，"只有喜欢吃的人才能烤得好！怎么样，露丝，你要跟我们一起走吗？"

看到露丝玛丽恳切地点了点头，海伦终于松了一口气，看来麦克拉伦夫妇一点不感到意外。他们更像是在欢迎一个养女，而不是一个女仆。

"我曾经认识一个来自伦敦孤儿院的年轻人，"妻子在帮露丝收拾东西的时候，麦克拉伦先生和海伦聊了起来。他很快告诉了海伦真相，"我的老师想要一个十四岁的，能马上就听得懂他的技术的。不过他们送来的却是一个看起来只有十岁的孩子。不过，他是个勤奋的男孩。老师的妻子悉心地培养，长大后，他成为了一名受人尊敬的熟练面包师。要是我们的露丝也能像他一样，我们不会在乎把她养大的花费！"他笑了起来，把他带给女孩们的一袋烘焙食品交到了海伦手上。

"把这些吃的好好分配给她们吧，孩子。"他忠告她说，"我早就知道肯定另外还有别的小孩，而我们的牧师夫人可不是以慷慨出名的。"

听到这句话，饥饿的达芙妮伸向点心的手缩了回来。她明显没吃早餐，至少是没吃饱。而玛丽则依然伤心欲绝，听到露丝玛丽也离开了，她的呜咽声又大了几分。

海伦决定转移她们的注意力。她通知女孩们今天她还会像在船上的时候一样给她们上课。在女孩们去到各自的家庭之前，学习对她们来说总比坐着无所事事的好。考虑到她们现在是在牧师家里，海伦拿来了圣经给她们上课。

达芙妮明显心不在焉地开始读故事《迦南的婚礼》，没过多久，看到鲍尔温夫人过来，她高兴地合上了书。跟着她来的还有一位个子高高的健硕男人。

"达文波特小姐，你诲人不倦的精神真是难能可贵！"牧师的妻子大声说，"不过你还不如想办法让她们安静点呢。"

她反感地看了依然啜泣不止的玛丽一眼。"不过现在没问题了。这位是威拉德先生，他来带玛丽·艾里斯顿去他的农场。"

"她要单独和一个农场主一起生活？"海伦恼怒地问。

鲍尔温夫人抬起眼睛，"看在上帝的面上，当然不是！那也太不合乎礼仪了！不，不，威拉德先生当然是有妻子的人，他还有七个小孩。"

威拉德先生骄傲地点点头。他样子很和蔼，脸上爬满笑纹及户外辛勤劳作、风吹日晒的痕迹；手像坚硬的爪子，衣服底下肌肉的线条清晰可见。

"大的男孩已经能跟我一起下地干活了。"农场主解释说，"不过我妻子需要人帮忙带那几个小的，当然还要帮忙打理屋子和马厩。她不喜欢毛利女人，她说她的孩子只能让善良的基督教徒来带。那么，哪个女孩是我们的？她最好是强壮一点，活挺重的！"

当鲍尔温夫人帮他介绍玛丽的时候，威拉德先生和海伦一样目瞪口呆，"那个小东西？你是在开玩笑吧，夫人？如果这样，我们家里就会有八个小孩了。"

鲍尔温夫人坚定地看着他，"如果你不惯着她，她肯定什么都能做。伦敦那边说了，每个女孩都有十三岁了，能够胜任任何工作。那，你要不要这个女孩？"

威拉德先生看起来很犹豫。"我妻子实在需要一个帮手，"他面对着海伦，用近乎为自己开脱的语气说，"下一个孩子圣诞节前后就要来到这个世界了，所以得有人来帮忙。好吧，过来吧，小不点，我们一起努力吧。来吧，上来，你还在等什么？你干吗哭啊？上帝，可别再给我找麻烦了！"威拉德先生没有再看玛丽，转身离开了马厩。鲍尔温夫人把女孩的行李塞到她的手上。

"跟他走，做个听话的女仆！"她叮嘱说。玛丽乖乖地顺从，一直不停地哭。

"只能希望他妻子对她有点同情心了。"切斯特牧师叹息说。他和海伦一样无奈地看着这一幕。

达芙妮哼了一声。"要是有八个小孩拽着你的围裙，试试看你会有什么同情心！"她说，"而且丈夫还让你每年再多生一个！要钱没钱，仅剩的一点都被他拿去喝酒，同情心只会胎死腹中，只要不去伤害别人就谢天谢地了！"

切斯特牧师震惊地看着她。他明显是在想，这个女孩怎么能成为克莱斯特彻奇权贵家里一名端庄的仆人。海伦已经不再为达芙妮的爆发感到惊讶了——她甚至觉得她对她说的越来越有同感了。

"好了，好了，达芙妮，威拉德先生不像是那种拿钱买醉的人。"她试图平息她的怒火。这不能怪达芙妮，她说的没错，威拉德夫人不会宽待玛丽的，她自己已经有那么多孩子要烦心了，对她来说，那个小女孩除了是一个廉价的劳力之外，什么都不是。牧师也得理解这一点。不管怎么样，他对于达芙妮的无礼并没有多说什么，而是在离开马厩之前给女孩们做了几个赐福的手势。他离开自己的岗位时间够长的了，教士该责备他了。

虽然海伦觉得应该再翻开圣经读读，但是她和学生们都没有心情再学习了。

"我真想看看接下来我们又会发生什么。"达芙妮大声地说出了剩下的女孩们的心声，"要是到现在都还没来接收自己的奴隶，那些人肯定住得很远。来练习挤牛奶吧，桃乐西！"她朝牧师家那头奶牛示意，前一天晚上它已经被挤过几公升奶，也就是说，鲍尔温夫人并没有把晚餐的剩饭都给孩子们吃，而只是往马厩里送了一些稀汤和变质的面包。女孩们肯定不会怀念教士这个快乐的家。

9

"从基沃顿站骑马到克莱斯特彻奇要多久？"吉薇尼拉问。她和杰拉尔德及布鲁斯特一家坐在怀特·哈特酒店一张拥挤的早餐桌前，这里虽不算高雅，却很干净，经过头一天马不停蹄的劳顿，她真想在舒适的床上睡个不省人事。

"呃，就看什么人、什么马了，"杰拉尔德愠怒地说，"路程约五十英里，带着羊走，需要两天，但快马加鞭而且途中频繁换马的邮差几个小时就到了。路未铺平，不过大部分地方还挺平整的，技术好的骑手可以一路飞奔。"

吉薇尼拉不知道卢卡斯是不是那样的骑手——那家伙昨天怎么不

骑马过来、看看自己的新娘呢！他肯定还没得到都柏林号已经抵达的消息，可他父亲已经告诉过他轮船启程的日期了，谁都知道，整个航行为期七十五至一百三十天，都柏林号已经航行了一百零四天，卢卡斯为什么没在这里等她？他是基沃顿站不可缺少的人吗？还是，他不那么渴望见到自己未来的妻子？吉薇尼拉很想当天就出发去看看自己的新家并站在那个自己草率与之订婚的人面前。卢卡斯肯定也有同感！

待她说出这个意思，杰拉尔德大笑。

"我家卢卡斯是很有耐心的，"他回答说，"而且颇具审美力。他喜欢华丽登场，所以，他肯定不希望自己穿着骑马服、一身汗臭与你相见，这不符合他的理想，他在这方面一向很讲究……"

"可我不介意！"吉薇尼拉提出不同意见，"他可以入住这个酒店不是吗？要是他真以为我对这些礼节很在意，完全可以事先把衣服换了呀！"

"我觉得这样的酒店达不到他的标准，"杰拉尔德讷讷地说，"耐心点，吉薇尼拉，你会喜欢他的。"

布鲁斯特太太微笑着，小心翼翼地把银餐具放到一边。"年轻人有点克制力是件好事，"她说，"毕竟，我们不是生活在野蛮人中。在英国，女孩也不可以在酒店见未婚夫，只能一起喝喝茶，或在他家见面。"

吉薇尼拉承认她所说的是事实，但为了开发这片土地并已扎根于此的丈夫——那位农民兼绅士，应该一切都已准备就绪吧。她放不下这个念头。卢卡斯与老家那些冷漠无情的子爵及准男爵肯定不一样！

她突然心生另一种期待。也许卢卡斯的害羞不是他本人的原因，而是受过良好教育的结果！他肯定觉得吉薇尼拉像他以前的女家庭教师一样呆板、固执，而且还是有贵族等级头衔的，所以，卢卡斯只是担心见面的时候出什么差错，甚至可能有点怕她。

吉薇尼拉试图用这些想法安慰自己，但还是做不到。对她而言，好奇心必定战胜敬畏感，但也许卢卡斯真的很害羞，还需要一点时间才能进入角色。吉薇尼拉联想到她与狗和马相处的经验：一旦找准办法靠近它们，最害羞、最冷淡的，往往就是最好的。动物与人，有何区别呢？

等真正了解了卢卡斯之后，吉薇尼拉才知道，他确实必须走出自己的象牙塔。

在此期间，吉薇尼拉的耐心经受着进一步考验，杰拉尔德·沃顿并没有打算当天就动身前往基沃顿站，他在克莱斯特彻奇还有几件事要处理，而且还得安排搬运许多从欧洲买回来的家具和其他家居用品，所有事情——他向失望的吉薇尼拉透露说——要花一两天时间才能办完，这段时间，她可以稍事休息，长途跋涉肯定让人疲惫不堪了。

长途跋涉让她觉得无聊，而不是疲惫，她最不适宜的事情是坐着不动。于是，那天早上，她决定出去骑骑马——但很快发现杰拉尔德对此与自己意见不一。她刚宣布说准备给伊格莱恩上马鞍时，杰拉尔德没吱声；后来，布鲁斯特太太大惊小怪地奉劝说，还是不要让一个小姐单独骑马外出为好，这位绵羊大亨的态度就全变了，无论如何，他就是不让未来儿媳做任何上流社交圈认为不合适的事情。遗憾的是，当时身边没有马童、更没有侍女可以陪同她去骑马，而且这个要求本身似乎也非旅馆老板所愿：在克莱斯特彻奇，没有人为了消遣，刻意从某一地方骑马到另一处去，这点，他对布鲁斯特太太也明确表达过。吉薇尼拉只是想让她的马经过船上的长期停滞之后，出去活动活动，这点他当然理解，但他不愿意，而且也没办法给她提供一个伴护。最后，巴灵顿夫人建议儿子陪同，她儿子立刻表示自己已经准备好骑默多克了。这位年仅十四的子爵并非理想随行人，但杰拉尔德并不介意。因为不想冒犯巴灵顿夫人，布鲁斯特太太闭上了嘴。吉薇尼拉原以为小查尔斯很无趣，没想到他还是一位意气风发的骑手——而且还非常小心谨慎，所以，他没向担惊受怕的母亲透露：吉薇尼拉的女士马鞍其实早就到了，但她却坚持说男士马鞍才实用。后来，他假装没法控制住默多克，故意让这匹种马在酒店大院里横冲直撞，这就让吉薇尼拉有了机会在无需顾忌礼仪的情况下紧随其后，他们俩大笑着，在轻快的马蹄声中，将克莱斯特彻奇抛在身后。

"看看谁先到那边那个房子！"查尔斯策马扬鞭喊道，顾不上吉薇尼拉穿的是短裙，在无边无际的草原上骑马驰骋可比女人的形象更令人陶醉。

正午时分，两个骑手自得其乐、痛痛快快地回来了。马儿满足地喘息着，克里奥再次乐开了花，吉薇尼拉甚至在进城前整修了一下裙子。

"看来我还是得想想办法。"她一边把裙子右侧拉下来，盖住脚踝，一边喃喃地说——因为裙子左侧已经卷得很高，"可能得在后背剪一条缝！"

"只要没风就可以。"小同伴咧嘴笑道，"而且，你不能骑太快，要不然裙子会飞起来，人家会看到你的……呃哼……呃，你的内衣，要是被我妈看见，她会晕过去的。"

吉薇尼拉咯咯笑起来，"那倒是事实，嗳，我要是可以穿裤子就好了，你们男人不知道，能穿裤子多好！"

那天喝下午茶的时候，吉薇尼拉偷偷溜出去找海伦。为了这事，她必须冒险，因为杰拉尔德肯定不赞成她与霍华德·奥基弗打交道，但她太好奇了。杰拉尔德没法阻止她去教区牧师那儿，毕竟她的婚礼必须由牧师主持，所以，这算是出于义务，而非纯粹的礼节性拜访。

吉薇尼拉很快就找到牧师住所，而且高高兴兴地被领了进去。其实，鲍尔温太太待客一向尽礼，就当自己是某个皇室成员一样。海伦觉得，这不是其皇室血统决定的——鲍尔温一家不是在奉承施克罕家——对他们而言，杰拉尔德·沃顿才是上流人物！他们好像也认识卢卡斯。到目前为止，他们对有关霍华德·奥基弗的事情一直保持沉默，但对吉薇尼拉的未婚夫却赞赏有加。

"非常有教养的年轻人！"鲍尔温太太称赞道。

"被调教得无可挑剔，且接受过良好教育！一个非常成熟、稳重的人！"教士附和。

"对艺术情有独钟！"切斯特教区牧师喜形于色地说，"博学又聪慧！他上次来这里时，我们聊了一整晚，兴奋得我都忘了第二天一早的公务！"

吉薇尼拉对这些描述越听越厌恶。她的农夫未婚夫、拓荒的牛仔、那位以一笔钱换来浪漫情事的英雄何在？虽然此地没有哪个女人需要英雄相助，可一位爱冒险的、携带六发式手枪的英雄会跟一名牧师聊上大半夜吗？

海伦也沉默着，她不解为什么切斯特对霍华德没有表达相似的赞赏；另外，劳里和玛丽的哭喊在她脑海里萦绕，她很担心现在还留在马棚里等待主人来领的其他孩子，这份担忧总是挥之不去，虽然那天下午她已经再次见到过露丝玛丽，小姑娘笑嘻嘻地出现在牧师住所，手里提着一篮子甜点，并因此而觉得自己举足轻重，这是麦克拉伦太太分派给她的第一个任务，能做得让大家都感到满意，她非常自豪。

听上去露丝好像很开心。见到小丫头来，吉薇尼拉高兴地说："要是其他女孩也能被安顿得这么尽如人意该多好……"

茶点过后，海伦借口想呼吸一下新鲜空气，拉着吉薇尼拉走到外面。两个女人闲逛到镇里相对宽阔的街道上，这样就可以敞开心扉说话了。说起劳里和玛丽，海伦再也忍不住满眼泪水。

"我总觉得她们没法度过难关，"她说，"真的，时间可以疗愈一切创伤，但她们这种情况……时间只会致她们于死地，吉薇！她们还那么小，我实在受不了鲍尔温一家人的狭隘！教士肯定对女孩们做过什么手脚，他们保留了那张等着找仆人的家庭名单！他们肯定早就找到两个相邻的家庭，却把玛丽送到那个威拉德家去受累，家里有七个孩子啊，吉薇尼拉！第八个就要诞生了，他们还指望着玛丽当助产士呢。"

吉薇尼拉叹息道："要是当时我在场就好了！说不定沃顿先生能帮上什么忙，基沃顿站肯定需要佣人，我也需要女仆！瞧瞧我这头发就知道了——由自己打理，必定成这副模样。"

吉薇尼拉的样子确实有点凌乱。

海伦含着泪微微一笑，两人转身返回鲍尔温家。"来吧，"她邀请吉薇尼拉，"达芙妮可以把你的头发打理得整整齐齐，要是没人接走她或桃乐西，也许你可以跟沃顿先生说说，要是他向鲍尔温家提出要达芙妮或桃乐西，你能肯定他们会答应吗？"

吉薇尼拉点点头。"而且你也可以带走一个！"她建议说，"按理，一个家庭必须要有一个女佣，你那位霍华德应该理解这点的，现在我们只要作个决定谁带走桃乐西，谁必须忍受达芙妮那张刻薄的嘴就行……"

她还来不及提议通过扑克牌游戏来解决这个问题，她们就已经到了牧师住所。门前停着一辆马车，海伦便知道她那个美好的计划是不可能变成现实了。院子里，鲍尔温太太已经与一对上了年纪的夫妇聊上了，达芙妮则静静地等在一边。这丫头此时看上去像一个道德典范，衣衫一尘不染，海伦极少看到她把头发绑得那么有板有眼，肯定是为了见雇主特意打扮的，显然，她早就打听过未来主子了。她的样子给那女人留下很特别的印象，她本人的打扮简单、整洁，低调并用小面纱装饰的帽子下，露出一张光鲜的脸，那双平和的棕色眼睛很醒目，笑容坦率而友好，她好像有点难以相信怎么会有如此美好的机缘使她和她的新佣人相聚。"我们前天才从霍尔顿过来，本来打算昨天就离开，可因为裁缝师傅还要对我定做的衣服作几处修改，所以我对理查德说：我们到酒店去饱餐一顿吧！理查德收到都柏林号乘客的来信，得悉你们已抵达此地，非常兴奋，我们一整个晚上都很激动！多亏理查德想到直接到这里来打探我们要的女孩！"这位女士兴高采烈地说，还时不时地用手势加以强调。海伦觉得她人很好，她丈夫理查德却显得沉着些，不过也很友好、和蔼。

"这是达文波特小姐，施克罕女士——这是坎德拉先生、太太！"鲍尔温太太打断坎德拉太太没完没了的独白，跟大家介绍说，"航行途中，是达文波特小姐陪同这些小姑娘，她比我更了解达芙妮，所以这里就交给她了，我去找些必要的文件资料来给你们，拿到资料后，你们就可以带女孩走了。"

坎德拉太太转向海伦，依然跟刚才和牧师妻子在一起时那么啰嗦，根本用不着海伦向达芙妮未来的雇主多说什么，夫妇俩就迄今为止在新西兰的生活作了一番冗长的描述，坎德拉先生告诉海伦他们来到利特尔顿第一年的情形，那时，人们把利特尔顿叫做库柏港。吉薇尼拉、海伦,还有女孩们,对他讲的捕鲸和捕海豹的故事听得很入神,但坎德拉先生自己却不敢到海里冒险。

"不,不,那是一无所有的疯子才做的事情!我那时已经有了奥利维亚和儿子们——所以,我不想去跟那些巨大无比的鱼一决雌雄,它们一口就可以把我吞没。再说,我挺为被捕杀的动物感到可惜,尤其是海豹,它们会很信任地看着你……"

于是,坎德拉先生开了一间杂货店,而且后来经营得很成功,等到坎特伯雷平原首批移民区建立时,他已经有能力买上一块不错的农田。"不过我很快就意识到,就养羊而言,我完全一窍不通!"他坦率地承认,"牲口养殖不适合我,也不适合奥利维亚!"他充满爱意地看了妻子一眼,"所以,我们继续卖东西,并在霍尔顿开了店铺,那是我们喜欢的——这也是一种生活,够吃够用。城市在不断发展,这样的前景对我们的孩子们很有利。"

孩子们——即坎德拉的三个儿子——年龄从十六到二十三岁。坎德拉先生提起他们时,海伦注意到达芙妮的两眼发光。只要她够聪明并充分利用自己的魅力,其诱惑力足以吸引三个当中任何一个。虽然海伦无法想象任性的她会如何履行自己作为女仆的责任,但她一定会作为一名受人尊重的商人而恰如其分地发挥自己,而后被男性客户崇拜得五体投地。

海伦心里渐渐为达芙妮感到幸福。就在这时,鲍尔温太太从马厩回到院子,身边还跟着一个男人。男子身材高大,肩膀宽阔,脸部棱角分明,一双淡蓝色眼睛充满好奇。他像只狐狸一样扫视着院子,目光盯着坎德拉太太并长久地停留在她而不是她丈夫身上;接着,他的眼神从吉薇尼拉、海伦及其他女孩身上一一游移而过,海伦明显感觉到自己未吸引他的注意,他好像觉得吉薇尼拉、达芙妮和桃乐西更让人着迷,不过,他目光掠过的时候,还是让海伦尴尬地脸红起来。也许是因为他没像绅士一样去端详她的脸庞,而是粗略地检视她的体型,不过那可能仅仅是一种幻觉或她的想象……海伦怀疑地揣度着那个家伙,却又觉得无可指责,他甚至让人释然地笑了笑,哪怕笑容有点假假的。

可感到局促不安的不止海伦，从眼角余光中可见吉薇尼拉也本能地往后退，坎德拉太太的反感则全写在脸上，她丈夫用手臂揽着她，以表明做丈夫的所有权。见此，男人抛了个媚眼。

海伦朝女孩们转过身来，看见达芙妮一脸惊恐，桃乐西也很害怕，只有鲍尔温太太没觉得有什么不对劲。

"这是莫里森先生，"她平静地介绍说，"桃乐西·卡特未来的雇主，问声好，桃乐西，莫里森先生马上就带你走。"

桃乐西一动不动，她好像吓得麻木了，脸色苍白，瞳孔放大。

"我……"女孩哽咽着开始说话，但莫里森先生哈哈大笑着打断了她。

"没那么快，鲍尔温太太，我想先观察观察这小娘们！毕竟，我不能把什么女孩都带回家去给我老婆。你是桃乐西对吧……"

男人靠近女孩，她依然一动不动——即使他动手从她脸上撩起一缕头发，并趁机假装无意地抚摸她脖子上细嫩的肌肤时，她也没什么反应。

"可爱的小东西，我老婆肯定会很高兴，告诉我，你手脚灵巧吗，小桃乐西？"这个问题貌似毫无恶意，但即便是海伦这样对于性事完全无知的人，都听得出他问的不是一般的家务技巧。再怎么说，吉薇尼拉以前还是读过"性欲"这个词的，莫里森如饥似渴的眼神一览无余。

"让我看看你的手，桃乐西……"

他掰开桃乐西揣得紧紧的指头，温柔地抚摸着她的右手。这根本不是检查她的皮肤有无老茧，简直就是爱抚。他紧紧地握住她的手，持续的时间远远超过正常社交可接受的范围。就在这时，桃乐西突然从凝固的状态爆发，她猛地抽回自己的手，往后退了一步。

"不！"她说，"不，我……我不愿跟你走……我不喜欢你！"她被自己的鲁莽吓坏了，赶忙垂下双眸。

"好了，好了，桃乐西！你根本不了解我！"莫里森又靠近一步，桃乐西在他锋芒毕露的注视下——更准确地说，是在鲍尔温太太随后严厉的警告中——缩成一团。

"你这是什么行为，桃乐西！你应该马上道歉！"

桃乐西猛然摇头，她宁可死，也不愿跟着这个人走；想象他用色迷迷的眼睛看着自己的样子，她简直无法用言语表达。她想起以前那个破旧的小屋，想起那个把母亲抱在怀里、她本该叫"叔叔"的男人。她模糊记得那双粗糙、结实的手，有一天突然伸向了自己，并一直往裙子下面移……桃乐西大叫着竭力反抗，但那个男人没松手，他抚着她并试探着往她身体私处那个洗澡时无法遮盖住的地方摸去。桃乐西羞愧得以为自己就要死了——还好母亲就在她痛苦和恐惧得快难以忍受的关头及时回来了。她把那家伙推开，护着女儿。接着，她把桃乐西揽在怀里，轻轻摇动着安抚她、提醒她。

"千万不能让那种事情发生，多蒂！不能让任何人碰你，无论他们事先承诺过什么！甚至色迷迷地看着你都不行！这次是我的错，他看你时的眼神我早就应该看出来的。以后你自己一个人的时候别让男人有可乘之机，多蒂！一定不能！答应我好吗？"

桃乐西答应了，而且一直恪守自己的承诺，直到母亲不久后去世。后来，她被带到孤儿院，在那里，她很安全。但现在，这个色鬼正盯着她——比她以前所谓的"叔叔"还淫荡，而且她不能拒绝，她不许这么做，因为她是属于他的，要是拒绝，教士会动手打她。她立刻就得跟这个莫里森走，坐上他的马，到他家……

桃乐西强忍住说："不！不，我不走，达文波特小姐！求求你了，达文波特小姐，你要帮帮我啊！不要把我派给他，鲍尔温太太，求你了，求求你！"

小姑娘靠在海伦身上寻求庇护，莫里森大笑着逼近时，她又躲到鲍尔温太太身边。

"她怎么了？"牧师太太断然让他往后退时，莫里森惊讶地问道，"她是不是有病？我们干脆把她弄到床上去吧……"

桃乐西用几近发疯的眼神左看看右看看。

"他是魔鬼！你们不是都看见了吗？施克罕小姐，求求你，施克罕小姐！带我走，你需要女仆，求你了，我什么都可以做！我不要钱，我……"

极度绝望中,小姑娘跪倒在吉薇尼拉面前。

"桃乐西,别激动,"吉薇尼拉犹豫着说,"当然了,我会去问问沃顿先生……"

莫里森好像很生气。"你有完没完?"他粗暴地问。海伦和吉薇尼拉懒得理他,他便转向鲍尔温太太说,"这丫头疯了!可我老婆确实需要帮手,所以不管怎样,我都要带她走。别拿其他女孩打发我!我翻山越岭骑马到这里……"

"你骑马来的?"海伦问,"那你打算怎样带着这孩子跟你一起走?"

"当然是坐在后面咯,这样挺好玩啊。你只要抱紧就行,小东西……"

"我……我不要,"桃乐西结结巴巴地说,"求你,求求你,别让我去!"她跪在鲍尔温太太跟前,海伦和吉薇尼拉吓坏了,坎德拉夫妇面呈厌恶之色。

"这可不得了!"坎德拉先生最后说,"鲍尔温太太,你发话吧!要是这丫头不肯去,你就得给她另找下家,我们很乐意带她走,霍尔顿有两三户人家需要帮工。"

他妻子使劲点头附和。

莫里森刻薄地说,"你不会是想惯着这丫头的坏毛病吧?"他表情疑惑地问鲍尔温太太。

桃乐西呜咽着。

达芙妮以漠不关心的态度目睹着这一幕,她很清楚等待桃乐西的是什么,因为自己曾经就是这样过活——并生存下来的——在大街上流浪的时间长了,对莫里森的眼神必然比海伦和吉薇尼拉更了解。像他这样的男人,在伦敦是供不起佣人的,但泰晤士河畔有大量为了一片面包什么都愿意做的孩子,达芙妮就是其中一个。她深谙如何埋葬自己的恐惧、痛苦和羞耻,如何在某个白痴想再"玩玩"时,让精神与肉体分裂。她是强大的,但这对桃乐西却是一种摧毁。

达芙妮看着海伦·达文波特,她还需要好好学习——在达芙妮看来，显然为时已晚——无论举止多淑女，你都无法改变这个世界的游戏规则。接着，达芙妮又看着吉薇尼拉·施克罕，显然，她也一样蒙昧无知，但她依然是强大的，因为处境不同，作为堂堂的绵羊大亨之妻，她完全可以有所作为的，只是现在火候还不够。

至于仁慈、可爱的坎德拉一家，他们也许会给贫贱的小达芙妮今生唯一一次机会，她只要把手上的牌打好，就可以嫁给他们家某个继承人，过上受人尊重的生活，会有自己的孩子，并成为本地区的"要人"，达芙妮可以笑逐颜开了，达芙妮·坎德拉夫人——听起来像伊丽莎白的传奇故事，美丽得不真实。

达芙妮停止了幻想，朝同伴转过身。

"起来，桃乐西！别那样哭哭啼啼的！"她厉声说，"激动成那样真让人受不了，如果要交换，我倒是无所谓，你跟坎德拉他们走吧，我跟他……"达芙妮朝莫里森先生示意。

海伦和吉薇尼拉不出声，坎德拉太太也噤住了。桃乐西慢慢抬起头，露出哭得又红又肿的脸。莫里森眉头紧皱。

"这难道是闹着玩的吗？红毛狗，红毛狗？谁说我打算换人啊？"他生气地问，"这个小东西是答应要给我的！"他伸手去摸桃乐西，桃乐西惊恐地尖叫着。

达芙妮看着他，妩媚的脸上带着一抹诱惑的微笑，接着，装着不经意地用手轻抚了一下做得整整齐齐的头发，几缕热情似火的红发垂落下来。

"这对你没有丝毫损失，"她漫不经心地说，头发已垂至肩膀。

桃乐西躲进海伦怀里。

莫里森奸笑，毫不掩饰他的愉悦。"好吧，要是这样的话……"他一边说，一边假装帮达芙妮理顺头发，"红发轻佻女子，我老婆会很高兴，你肯定会成为她的好女佣。"他声如柔丝，但海伦听得有种被玷污的感觉，在场的其他女人也有同感，只有鲍尔温太太不受影响，安之若素。她不以为然地皱着眉头，好像在考虑要不要同意两个女孩进行交换。接着，她仁慈地拿出准备给卡特的达芙妮的资料。

达芙妮只是稍稍抬了抬头,便跟在男人身后。

"现在,达文波特小姐?"达芙妮问,"我的举止……像一个淑女了吧?"

"我爱你,我会为你祈祷!"看着女孩离开,她低声说。

达芙妮大笑,"谢谢你的爱,但你还是省省吧,"她怨恨地说,"等你的上帝从袖子里抽出属于你的牌,你才会明白!"

那天晚上,海伦向鲍尔温一家随便找了个借口,没有去吃饭,然后哭着入睡了。她真想离开这个牧师住所,蜷缩在达芙妮落在马厩的毯子里。每次看见鲍尔温太太,她都觉得心有余悸,教士的祈祷对他父亲祀奉的上帝来说,简直就是一种嘲笑。必须离开这里!要是住得起旅馆多好;要是不必通过中间人就能和未婚夫见面该多好!还好,不用等太久,桃乐西和坎德拉夫妇已在去霍尔顿的路上,明天,霍华德就该知道她来了。

第二部

爱悠悠……

坎特伯雷——西海岸

一八五二——一八五四

1

杰拉尔德·沃顿带着行李吃力地朝前走去，动作跟爬差不多，不过克里奥和那群幼羊倒是保持着轻快的步伐。最后，他只好租了三辆货车，把他从欧洲买来的东西，还有吉薇尼拉那一堆齐全的嫁妆——配套家具、银器和上好的亚麻布等等，都运到基沃顿站。施克罕太太对女儿的嫁妆倒是毫不吝啬，甚至不惜拿自己以前的陪嫁物品去补充。看着他们取出母亲装进大大小小箱子里一堆没用的奢侈品——施克罕庄园三十年都没人用得着的东西，她第一次感到备受打击。在新西兰这个宇宙的边缘，谁知道她该拿这些劳什子作何用呢。不过，杰拉尔德好像挺看重那些小摆设，想马上带到基沃顿站去。于是，三队人马蹒跚着穿行在坎特伯雷平原。雨后的道路有些泥泞，这让行程严重被拖延。精神饱满的马一点都不喜欢如此缓慢的前行，伊格莱恩整个上午一直用力拉着缰绳，吉薇尼拉倒是一点都不觉得无聊，这连自己都觉得奇怪：她完全被途经之处那一望无垠的风景迷住了，丝绒毯般的草原上，有羊儿欢快地徜徉；高耸、宏伟的群山环绕。大雨绵延数日后，他们到达的这一天，已是万里晴空，山峰再次如近在眼前，触手可及。克赖斯特彻奇附近，地势多半平坦，不过依然可见连绵的小山坡，山坡上牧草一直延伸开去，望不到边，只是间或有树篱或岩石隔断。那些大卵石在绿草映衬下，显得如此突兀，像是被一个巨人孩童扔进风景画里一样。一行人马时不时穿过小溪、河流，水流非常轻缓，可以毫无危险地索溪而行；他们偶尔也绕行在不起眼的小山间——并在此意外地大饱眼福，欣赏到水晶般剔透的小湖泊，湖水里映着蔚蓝的天空和层次分明的岩石。这些湖大多数——沃顿说，源于火山喷发，虽然这个地区现在已经没有活火山了。

距湖泊和河流不远处，有几间简陋的临时农舍，农舍旁有草甸可供羊群吃草。农舍居民看见这些骑马的人，纷纷从屋里出来，想与他们搭讪拉生意。杰拉尔德只和他们简单说了几句，却没有接受任何人提供的歇脚安置和茶点。

"一旦接受他们的邀请，我们就没法在两天后抵达基沃顿站。"吉薇尼拉对他的粗暴极度不满，他便向她解释道。她真的很想往里看看这些亲切的小屋，因为她料想自己未来的家看起来会跟这差不多。可是，杰拉尔德只同意在河边或树篱旁短暂地歇会儿，否则就得坚持快速行进。只有第一天晚上，他同意在农舍膳宿。这里的农家，显得比路边那些民居大得多，也整洁得多。

"比斯利家很富有，有一阵子，卢卡斯和他们家儿子合请一个家教，所以我们时不时地会邀请他们来做客。"杰拉尔德讲给吉薇尼拉听，"比斯利在海上当了很多年海军大副，是一个出色的水兵，对养羊却不怎么在行，要不然他们现在的羊会更多。不过他老婆除了牧场，对别的一概不接受。她出生于英格兰农村，所以比斯利想到经营农场，成为一名乡绅……"这些话从杰拉尔德嘴里说出来，颇有点贬损的意味。他笑了笑，继续说，"乡绅这个称谓，重点在'绅'上，不过他们有资本称自己为绅士，所以也没什么不好啊，他们过着有修养的社交生活，去年还曾凑在一起去猎狐呢。"

吉薇尼拉皱皱眉头，"你不是说这里没狐狸吗？"

杰拉尔德皮笑肉不笑，"确实因为没有狐狸，狩猎颇费周折，还好他几个儿子都很有能耐，他们提供诱饵。"

吉薇尼拉大笑。听起来这个比斯利先生很有独创性的嘛，而且似乎对马也颇有眼光。他住宅前的小牧场里养的纯种马，显然都是从英格兰进口的，他们家沿着小路而建的庭院，以其经典的英式风格给她留下深刻印象。其实，比斯利是一个和蔼可亲的绅士，让吉薇尼拉依稀想起自己的父亲。他喜欢居住在这片土地上，而不是用自己的双手去耕种这片土地；他缺乏农民绅士的能力，培育了好几代牲畜，依然无法有效经营。通向农场的小路原本可以更讲究一点，牧马场的篱笆要是用清新一点的涂漆就好了。吉薇尼拉还注意到，牧场的草甸已稀疏不整，水槽里的水也是脏兮兮的。

比斯利对吉薇尼拉的到来感到由衷的高兴，他毫不犹豫地启开自家最好的威士忌，穷尽其溢美之词表达自己的殷勤——轮番称赞吉薇尼拉的美貌、牧羊犬的本领，称赞威尔士山地绵羊。他老婆是一个把自己料理得非常整洁的中年妇女，她也热情地欢迎吉薇尼拉。

"你得跟我说说，英国最近流行什么！不过，我先带你去看看我们家花园吧。我的目标是在这个平原上种最漂亮的玫瑰，不过要是你在这方面胜过我，我也不会难过的，亲爱的！你肯定从你母亲花园里，带了最好的玫瑰过来，一路上都在精心料理，对吧？"

吉薇尼拉差点被呛到。施克罕太太连想都没想过要给女儿一些玫瑰，让她随身带着。不过现在，她不得不对那些花儿感到惊讶，它们如此完美地映照出母亲和姐姐的功绩。吉薇尼拉不经意地提起此事时，比斯利太太念叨着"戴安娜·里德沃斯"，兴奋得好像要晕过去。显然，对比斯利太太来说，作为一个玫瑰花匠，能与吉薇尼拉那盛名的姐姐相提并论，真是莫大的荣耀。吉薇尼拉且让她陶醉片刻，其实，她根本没打算超过比斯利太太，尤其不会对玫瑰着迷，她觉得自己反而对生长在修剪整齐的花园周围那些野生植物更感兴趣。

"噢，那些是巨朱蕉。"见吉薇尼拉指着那棵棕榈状植物，比斯利太太丝毫不感兴趣地解释说，"看起来像棕榈，不过可能属于百合科，疯长起来就像野草一样。这种东西你花园里可千万别种太多，孩子，否则，那边那些……"

她指着一片鲜花盛开的灌木丛。比起比斯利太太的玫瑰，吉薇尼拉其实更喜欢这些。花儿火红地盛放着，娇艳的花朵与苍翠的绿叶鲜明对比，在雨后美丽地伸展。

"这是南岛香花，"比斯利太太介绍，"在整个岛上疯长，除都除不掉。我一直很小心，否则它们稍不留神就间杂在玫瑰丛中。我们家园丁不顶用,他不明白人为什么对某些植物很在意,却把其他植物剔除。"

原来,比斯利家的员工都是毛利人,他们只雇用了几个自称懂得如何料理羊群的白人。吉薇尼拉在这里,第一次看见一个纯血统的本地人,起初还有点怕怕的。比斯利太太的园丁矮胖健壮,一头卷曲的黑发,皮肤呈亮棕色,脸被刺青损毁——至少吉薇尼拉看着觉得是。这个男人肯定喜欢折腾自己,因为他居然同意让人如此痛苦地刮刺他的肌肤。吉薇尼拉渐渐看惯了他的容貌,她发现自己很喜欢他露齿而笑的样子。他也很有礼貌,总是深鞠躬向她打招呼,并殷勤地为女宾们打开花园门。他的制服与其他白种仆人的没什么两样,吉薇尼拉猜想,这都是比斯利家为他们定做的,在白人出现之前,毛利人穿得肯定不一样。

"谢谢,乔治!"他把她身后的花园门关上时,比斯利太太和蔼地对他说。

吉薇尼拉颇感吃惊。

"他叫乔治?"她惊讶地问,"我还以为……你的帮工肯定是受过洗礼,而且起的是英文名,对吗?"

比斯利太太耸耸肩,"说实话,我也不知道。"她承认说,"我们不常去教堂,因为每去一次都得花上一整天。所以,我只是在星期天,就在家里,为家人和帮工举行祷告仪式。但名字是出自基督徒,还是因为我的需要……我倒不太清楚。"

"可是,如果他名叫乔治……"吉薇尼拉仍穷追不舍。

"噢,孩子啊,这个名字是我给他取的。我永远学不会这些人的语言,他们的名字很难发音,而他倒也不介意我给他另取一个名字,对吧,乔治?"

那人微笑着点了点头。

"原名童格奴!"看到吉薇尼拉依然一脸不解,他用手指着自己,补充说,"意思是'海神的儿子'。"

听起来不像是基督徒的名字,但吉薇尼拉不觉得很难发音呀。她决定不要给自己的仆人重新取名。

"毛利人的英语在哪学的？"第二天，他们继续上路的时候，她问杰拉尔德。他们要离开时，比斯利一家不同意，但最后还是明白了，杰拉尔德因为长期不在家，他很想尽快回到基沃顿站，看是否一切正常。他们没有过多的提及卢卡斯——除了平常那种赞美之词。看来，杰拉尔德外出期间，他一直都没离开过农场，至少，他未曾出于尊重来比斯利家拜访过。

那天早上，杰拉尔德看起来心情不太好。头天晚上，两个男人在畅饮威士忌，没睡觉；因为前前后后的长途骑行，吉薇尼拉则早早道过晚安休息去了。比斯利太太关于玫瑰的长篇大论令她厌烦；另外，自从他们来到克莱斯特彻奇，她就已经知道，卢卡斯是一个很有修养的人、天才作曲家，而且，常把布尔沃·利顿先生及类似著名作家的近作借给别人。

"噢，毛利人……"杰拉尔德心不在焉地接起这个话题，"你永远猜不透，他们懂什么，不懂什么。他们总是不费吹灰之力就从雇主那里学会很多东西，然后，女人把学来的东西传授给孩子。他们希望像我们一样，这很有益。"

"可是，他们没去上学吗？"吉薇尼拉问。

杰拉尔德大笑起来。

"你觉得谁会去教他们呢？要是能设法给自己的子女传授一点文化，大部分移民母亲都很高兴！诚然，一些传教工作已经开展了，圣经已经翻译成了毛利语。可是，如果因为教了几个乳臭未干的黑人小孩几句规范英语就感动无比——我无法与你苟同！"

吉薇尼拉确实不觉得感动，不过，海伦也许会因为这个新领域而得到一份工作。想到自己的朋友，她微微一笑。海伦这会儿还在克莱斯特彻奇鲍尔温家坐等消息呢。霍华德·奥基弗没有任何将要出现的迹象，不过切斯特教区牧师每天都向她保证，没什么可担心的。海伦到来的消息是否已经传到他那儿，还保不准呢，再说，他也得有空才能来接她呀。

"'有空才来'是什么意思？"海伦问他们，"他农场没帮工吗？"

教区牧师没有回答这个问题。吉薇尼拉希望不会有令人不愉快的意外在等着朋友。

来到这片新的国土，吉薇尼拉从一开始就感到很快乐。现在，他们走近山脉，眼前的景观渐渐崎岖多变，不过依然美丽，依然很适合羊群。正午时分，杰拉尔德高兴地透露说，他们已经进入基沃顿站地界，现在开始，他们是在自己的土地上行走。对吉薇尼拉来说，这里便是伊甸园：无边无际的绿草，清澈、优质的动物饮用水，树木和成荫的灌木丛随处可见。

"我之前说过，这里还未完全清理畅通。"杰拉尔德·沃顿说着，任由自己的视线掠过这片风景，"不过，我们可以保留部分森林，里面有些名贵树木，把它们烧掉实在太可惜了。将来有一天，这些树木会很值钱。我们可以用这条河作饮水槽，同时，还可以把树木单独留下。瞧，那是第一批羊！我正纳闷这些小东西在这干吗呢，它们早就该被赶进山里去了……"

杰拉尔德眉头紧蹙。吉薇尼拉已经很了解他了，她知道他这是在考虑如何惩罚那些责任人。一般来说，向听众长篇大论地表达自己的想法并不会让他觉得内疚，不过今天，他尽量克制着自己。会不会是因为卢卡斯在负责呢？杰拉尔德是不想当着儿子未婚妻的面贬损他吧——就在他们第一次见面之前？

自始至终，吉薇尼拉都无法抑制住自己的兴奋。她当然很想看一看房子，不过最想见的是未婚夫。走到最后几公里时，她想象着他面带微笑从比斯利家那样庄严的农舍走出来迎接她的情景。此时，他们已途经基沃顿站几幢外屋。杰拉尔德在其地产周围各处都建有羊群保护所和羊毛剪取处。吉薇尼拉觉得杰拉尔德虽谨小慎微，可这片牧场的视野却让她震撼。在威尔士，她父亲大约四百头羊的储备已经算很大的了，而在这里，羊只数以千计。

"怎么样，吉薇尼拉，我很好奇你在想什么！"

时值傍晚，杰拉尔德引着自己骑的马，红光满脸地跟在伊格莱恩旁边。母马伊格莱恩刚步出泥泞小道,往另外一条路上走去,那是一条铺平了的小径,由一口不大的湖开始,往一座小山丘环绕而去。再走几步,就可以看到农场主屋了。

"我们到了,吉薇尼拉小姐!"杰拉尔德得意地说,"欢迎来到基沃顿站!"

吉薇尼拉还来不及做好思想准备,因为太意外,差点从马背上摔下来。就在她眼前,阳光下,那无尽的草地中央,矗立着一幢英式庄园宅邸,宅邸背后,群山蜿蜒起伏!面积虽不如施克罕庄园那么大,且炮塔和配屋也不多,但在各方面都有类似之处,基沃顿站在某种程度上甚至更漂亮,这里堪称一个建筑设计师的完美设计,而不是像大多数英式庄园那样,不断被重建、添加。像杰拉尔德之前提到的一样,这座房屋用灰色砂岩建造,带有凸出壁外的大窗,大窗又以小阳台作局部装饰,带花圃的宽敞通道通向阳台,只是花圃暂时还没种上东西。吉薇尼拉打算先播种南岛香花,那将使大窗正面熠熠生辉,而且,这种植物易于料理。

这里的一切似乎不像梦想中的一般,当然,她现在随时都可能清醒过来,并深深体会到,那场罕见的牌局从未发生过,相反,是她父亲奉上卖羊得来的嫁妆,将她许配给某个威尔士贵族,而现在,她将在加的夫附近,拥有某个庄园宅邸。

唯有那些帮工——他们已在门前列队欢迎主人,就像在英国一样——与想象中的不吻合。尽管男仆都穿着制服,女仆穿着围裙、戴着软帽,他们的肤色都是黑的,而且很多人的脸都纹着刺青。

"欢迎回家,沃顿先生!"一个矮个、简洁的男人,面带笑容向主人致敬,脸上的刺青图案顿时变成了一幅完美的"画布"。他朝天空做了个手势,说,"同样欢迎您,小姐!您也看见了——因为您的到来,天都笑逐颜开,大地也因为您的漫步而喜形于色呢!"

吉薇尼拉被他衷心的迎接深深感动着,她冲动地把手伸向这个矮个子男人。

"这是维缇,我们的男管家。"杰拉尔德介绍说,"那是我们的园丁,侯图热帕,这两位是女佣齐丽和厨师莫纳。"

"……施……罕……小姐……"莫纳行着屈膝礼,想跟吉薇尼拉字正腔圆地打个招呼,可是,她发现英文名字确实很难发音。

"小姐。"吉薇尼拉将其称谓缩短,说道,"叫我'小姐'就好了!"

她自己倒不觉得毛利人的名字发音有多难,她还打算尽快用他们的语言学些礼貌用语呢。

这些就是他们家的员工了。这么大的房子,员工这么少,这让吉薇尼拉觉得挺奇怪的。卢卡斯在哪呢?他为什么不站在这里恭候她,让她觉得自己是受欢迎的?

"嗯……在哪?"吉薇尼拉突然问起未婚夫的去向,可杰拉尔德把她顶了回去,看样子,对于儿子的缺席,他和吉薇尼拉一样恼怒。

"我儿子呢,维缇?他不能不露面啊,应该出来见未婚妻的……呃哼,我是说……施克罕小姐正满怀期待等着见他呢……"

管家笑笑。"少东家骑马出去了,去料理牧草。詹姆斯先生说,得有人批准购买建马棚的材料,现如今,马都在外面瞎逛。詹姆斯先生很生气,所以少东家就骑马出去了。"

"所以他连父亲和新娘都不迎接了?这样做事也太离谱了吧!"

吉薇尼拉倒是觉得这可以原谅。要是伊格莱恩被关进不安全的畜栏,她心里肯定不会有片刻安宁。男人骑马去料理牧草,可比呆在家里读书弹琴更符合她理想中的形象。

"好吧,吉薇尼拉,看来只好耐心等待了。"杰拉尔德最终还是让自己平静了下来,说,"不过这事也许没那么糟。在英国,可不能穿着骑马服、头发还没梳好就去和未婚夫见第一次面哦……"

他倒是觉得,头发只挽起一半、因为在太阳下骑马而脸色潮红的吉薇尼拉,看起来十分迷人。可是,卢卡斯也许不这么认为……

"齐丽会带你到你房间,帮你梳洗一番,把头发弄好。一小时后,我们大家一起吃茶点时见。我儿子五点应该会回来——他一般不会骑马在外面耽搁太久。你和他第一次见面,有什么要求尽管提。"

吉薇尼拉原本是可以提出些别的要求的,可她只是顺从于不可避免的事。

"有谁帮我拿一下包吗？"她看着帮工问，"噢，不，莫纳，这个你提不动。谢谢，侯特若帕……侯图热帕？请原谅，我会记住的。用毛利语'谢谢'怎么说，齐丽？"

海伦很不如愿地在鲍尔温家住下来。虽然这个家庭与她格格不入，但霍华德到来之前，她别无选择，所以她尽量显得亲切些。她请鲍尔温教士写下教会时事通讯，然后拿去打印；她还为鲍尔温太太外出办事、负责零零碎碎的缝纫工作并检查比琳达的作业，尽量让自己在这个家有点用处。检查作业这个任务，使她成了这个家最让人反感的人，这小女孩不喜欢人家检查她的作业，一有机会就向她母亲抱怨。海伦由此看出，克莱斯特彻奇新开的那所学校师资力量有多薄弱。如果与霍华德的婚事没什么结果，她打算到那里应聘一个职位。切斯特教区牧师坚持不懈地鼓励她说：还得过一段时间，奥基弗才能获悉她的到来。

"毕竟，坎德拉家的人很难把消息送达他农场，他们可能等着他自己来霍尔顿买东西时告诉他，那得花上好几天。不过，他一旦得知你已经到了，肯定会过来的，我保证。"

在海伦看来，那是必须进一步关注的理由。霍华德并不是住在克莱斯特彻奇附近，她已经接受了这个事实。霍尔顿显然不是一个郊区，而是完全独立、尚在发展中的一个镇。这一点，海伦倒也能渐渐习惯。可是现在，教区牧师告诉她，霍华德的农场远在霍尔顿之外。她到底要到哪里去生活啊？要是能和吉薇尼拉聊聊这事就好了，说不定吉薇尼拉就可以悄悄向杰拉尔德试探一下。可是，吉薇尼拉头一天就已经去基沃顿站了，海伦不知道什么时候才能再见到这位朋友了。

还好，这天下午，海伦安排了些愉快的事情。高德温太太正式向她发出邀请。正好在下午茶时间，她的马车过来接海伦，马车夫琼斯坐在自己的位置上，满脸堆笑、动作熟练地扶她坐上马车，还不忘对穿着淡紫色小礼服的海伦那整洁的外表恭维一番。此外，他一路上都在夸奖伊丽莎白。

"我们家太太完全变成了另外一个人,达文波特小姐,你可能不信,她好像一天比一天年轻,总是和女孩有说有笑。伊丽莎白这孩子太可爱了,时时惦记着帮我老婆的忙,而且总是那么好心情。这小女孩都会认字读书了!哎呀,她读书给高德温太太听的时候,我总是想在屋里找点什么事来做,因为她读书时的嗓音和语气实在太甜美了——让你觉得自己就像在故事里一样。"

伊丽莎白也不忘海伦教的餐桌服务及礼仪,她会娴熟而且小心翼翼地倒茶、分发甜点;她穿着蓝色新裙子,戴着优雅的软帽,样子十分可爱。

可是听说了劳里和玛丽的事,伊丽莎白痛哭流涕,而对达芙妮和桃乐茜的经历,她了解得比海伦轻描淡写讲述的多得多,这是海伦所未料到的。

准确地说,伊丽莎白是个梦想家,不过她曾被当成伦敦街头顽童而被人发现。她对达芙妮的遭遇泪如雨下,对自己的新主人忠心耿耿。这时候,她马上想到求助于主人。

"我们能不能派琼斯先生把达芙妮带走呢?还有那对双胞胎?求你了,高德温太太,我们肯定可以在这里给她们找到工作。一定有我们能做的事!"

高德温太太摇了摇头。"恐怕不行,孩子,他们已经跟孤儿院签了劳务合同,就像我一样。这些女孩不能说走就走。如果我们给她们提供工作,我们会惹上麻烦的!对不起,亲爱的,她们得自己找出路去生存。在你把这些情况都告诉我后,"高德温太太转向海伦说,"我倒不太担心小达芙妮,她会顽强地走下去的,可那对双胞胎……唉,太可怜了。再给我们倒杯茶,伊丽莎白。就让我们为她们默默祈祷吧,但愿苍天有眼。"

然而,当海伦坐在高德温太太舒适的客厅、享受着麦克拉伦夫妇面包店烤制的饼干时,上苍却为海伦重洗了一回牌。琼斯刚把门打开,让海伦从马车上下来,就看见切斯特教区牧师正满怀希望地等在鲍尔温家门前。

"你跑哪去了,达文波特小姐?我以为今天没法引见你了。你看起来真漂亮——你好像预感到了一样!快点进来,奥基弗先生在客厅等你呢。"

从基沃顿站前门进去,是宽敞的门廊,来宾们可以在此放置自己的物件,女士可以整理一下头发。吉薇尼拉注意到一个带镜衣柜上,有个放名片的银托盘,觉得挺奇怪的。有谁会这么正儿八经地声明自己来过这里呢?来到这里的客人,没有谁不是预先通知的,而且,很肯定不会让陌生人来访。万一真有某个陌生人碰巧经过,卢卡斯和父亲真的会等着女佣把这事告诉维缇,维缇再通知作为户主的他们吗?吉薇尼拉想起那些农户,他们要是看到陌生人骑马经过,会从屋里冲出去看热闹,而当吉薇尼拉一行来到比斯利家做客时,他们也显得异常兴奋。这里没谁会问人家要名片,毛利人对名片的交换可能一无所知。吉薇尼拉很想知道,杰拉尔德是如何向维缇解释这件事的。

门廊另一头,是个只零星摆着几件家具的会客室——其风格毫无疑问是仿英式庄园主宅邸的,客人可以在此舒服地等待庄园主抽出时间来见他们。杰拉尔德的行李中,有搭配好的椅子和沙发。会客室一角还有一个壁炉,餐车上有盖好的茶具。这些东西倒是挺好看的,可是摆在这里作何用,对吉薇尼拉来说还是个谜。

毛利女孩齐丽带她快速穿过客厅。这个客厅一应俱全地摆满了古老、沉重的英式家具。要不是有个荷兰风格的门引向那个大露台,这地方肯定会让人感觉很阴郁,里面的东西仿造的都不是最近流行的风格,家具摆设及地毯都是古董。难道是卢卡斯母亲嫁妆的一部分么?如果是,她娘家一定是个富裕人家。可这也合情合理,杰拉尔德现在也许算是个成功的养羊人,不过婚前只是个捕鲸殖民地出身的彪悍水手兼精明的赌徒。然而,在一片荒山野岭中建起一座像基沃顿站这样的房子,需要的钱可不是靠捕鲸或养羊可以赚来的,沃顿太太的遗产当然功不可没。

"你这就过来吗,小姐?"齐丽亲切且稍带关爱地问,"我需要你帮忙泡茶、斟茶,莫纳对茶一窍不通,我们最好先泡好再倒她杯里。"

吉薇尼拉笑了起来，她可不能以此来要挟莫纳。

"今天我来斟茶，"她对那个一脸惊讶的女孩解释说，"这是古老的英国风俗，我练习了好几年了。若想找老公，这是一项必备的技能。"

齐丽皱着眉头看着她。"你们会泡茶了，就可以准备找老公了吗？对我们来说，第一次出血才是最重要的……"

吉薇尼拉马上脸红起来。齐丽怎么能这么率直地谈这些难以启齿的事情！

吉薇尼拉再一次对她能获取的信息心存感激。每月一次出血，是婚姻的先决条件——这一点，在她的社会风俗中也一样。吉薇尼拉还清楚地记得，她第一次出血的时候，母亲是如何一声轻叹的。"哦，亲爱的，"她说，"现在，祸根开始缠上你了。我们得开始操心给你找老公了。"

没有谁向她解释过这是怎么回事。想起母亲当时对这个问题露出的一脸苦相，吉薇尼拉忍不住咯咯地笑。当吉薇尼拉长大得跟发情的狗一样时，施克罕太太曾用过几次嗅盐，而后回房休息了一整天。

吉薇尼拉四处找克里奥，这只狗一直都很自然地跟着她。齐丽好像觉得有点奇怪，不过没说什么。

一条宽阔的盘梯通向家庭生活区。吉薇尼拉觉得有点奇怪，她的房间家具已经完全配齐了。

"这本来是为沃顿先生的妻子准备的，"齐丽提示，"可后来她死了，房间一直空着，现在，少东家为你准备着！"

"这房间是卢卡斯为我准备的？"吉薇尼拉不解地问。

齐丽点头。"是，家具从仓库挑选出来，然后派人去拿……你是怎么说的？亚麻布拿来做窗……？"

"窗帘，齐丽。"吉薇尼拉教她，不过她还是充满好奇。已故的沃顿太太的家具是用浅色木头做的，地毯保留了浅紫玫瑰色、米黄色和蓝色，为了搭配需要，卢卡斯或其他人还选了饰以蓝米双色边缘的浅紫玫瑰色丝质帷幔，优雅地挂在窗前及床的四周。床单是雪白色亚麻布做的，蓝色床罩看起来好温馨。卧室隔壁是个更衣室，还有一个小客厅，这两个小空间也布置得很雅致，里面有小椅子、茶几，还有一个小缝纫机。壁炉架上，有常见的银质小相框、烛台、大酒杯装饰，其中一个相框里，放了张一个清瘦、浅发色女人的照片。吉薇尼拉把照片拿起来，近距离地看。杰拉尔德没有夸大其词，他的亡妻确实很漂亮。

"你现在换衣服吗，小姐？"齐丽催促道。

吉薇尼拉点头，并开始和这个毛利女孩一起，将行李箱打开。齐丽一边拿出吉薇尼拉的节日装和小礼服，一边对这些衣服的上好用料充满崇敬之情。

"好漂亮啊，小姐！又光滑又柔软！可是你太瘦了，小姐，这对生养孩子不利！"

齐丽直言不讳。吉薇尼拉微笑着对她解释说，自己也不想那么瘦，可是这都是束腹惹的祸，她挑出的那些丝质女装，束腹系得更紧。吉薇尼拉把束腹用的夹具拿给她，齐丽很卖力地对付，却又很担心弄痛新主人。

"不用担心，齐丽，我已经习惯了。"吉薇呻吟着说，"我妈总说：为了漂亮，必须受点苦。"

齐丽好像是第一次理解这些事，她害羞地摸了摸纹着刺青的脸。"我明白！就像文身，对吧？不过束腹每天都得重复一次！"

吉薇尼拉点头称是。从原理上，她说的对，蜂腰就像齐丽永久的脸部艺术一样，痛苦，反自然。来到新西兰，吉薇尼拉打算稍放松一下这个习俗。女佣当中得有一个学会伺候她穿衣服，不过她不必把束腹的绳子收得那么紧来惩罚自己。等怀孕以后……

齐丽伺候她穿衣服倒是挺能干的，可弄头发却有点困难。解开吉薇尼拉的卷发是一件很艰巨的任务，再把它们梳起来就更难了。齐丽之前显然从未做过。吉薇尼拉伸出自己麻利的手，帮忙草草完事，结果，做好的头发无法满足头饰的严格要求。吉薇尼拉有点陶醉地想起海伦，她肯定会觉得这头发有点恐怖。她们俩设法把那头微红的金发绑起来，却仍有少数几缕怎么弄都还会跑出来，在她脸旁晃悠，这让她的芳容显得更柔和、更淑女。在太阳下骑马后，吉薇尼拉的皮肤光彩照人，一双眼睛满怀期待地扑闪着。

"卢卡斯回来了吗？"她问齐丽。

女孩耸耸肩，她哪知道？她一直和吉薇尼拉在一起啊。

"卢卡斯长什么样呢，齐丽？"吉薇尼拉知道，要是母亲听见她这么问，一定会严厉训斥：不要和帮工一起说雇主的闲话。可是吉薇尼拉控制不住自己。

齐丽抬了抬肩膀，扬了扬眉毛，样子挺幽默的。

"少东家啊？不知道怎么说，我觉得白种人看上都一样。"看来，这个毛利女孩从未细想过她雇主的本质特征。注意到吉薇尼拉流露出失望的表情，她还是认真地想了想，"少东家……很不错啊，从不大叫大嚷，从不生气。真挺不错的，就是瘦了点。"

2

海伦还未完全弄清状况，不过她再也不能推迟与霍华德·奥基弗的第一次见面了。她慌乱地整了整衣服，一手抚着头发跑了起来。要把帽子取下来呢，还是继续戴着？鲍尔温太太的会客室里有一面镜子，海伦飞快扫视了一下镜子里自己的影子，然后才看到沙发上坐着的那个人。他背对她，因为鲍尔温太太的家具是朝壁炉摆放的，所以，在正式让他知道自己已经到场之前，海伦有机会偷偷从他后背打量一下他的体型。霍华德·奥基弗看上去人高马大的，有点紧张。他用那双布满老茧的手，有意识地想把鲍尔温太太茶具里那个薄边杯拿稳。

海伦正想清清嗓子，让客人和牧师太太知道自己来了，可就在这时，鲍尔温太太瞥见了她。这位牧师太太像往常一样冷静地微笑着，却又做作地挤出一丝热情。

"哦，她来了，奥基弗先生！你看，我就知道她不会在外面呆太久！进来呀，达文波特小姐！我给你介绍一下！"鲍尔温太太语气有点怪怪的。

海伦走近，男人迅速从沙发上站起身来，差点撞到桌上的茶具。

"呃哼……是海伦小姐吧？"

海伦抬头凝视着她的未婚夫。霍华德·奥基弗高大魁梧——不是肥胖，而是骨骼强壮；他容貌朴实，却也不乏魅力；他那坚韧如皮革的古铜色肌肤，不用说是长年在外辛勤劳作的结果；脸上布满深深的皱纹，表明他是一个表情丰富的人。可是，这会儿，他脸上只有一种好奇——甚至是敬畏的表情。他坚定的蓝眼睛里，流露着对海伦的认可——看来他对海伦挺满意的。最吸引她注意的，是他的头发：黝黑、茂密、修剪整齐——她猜他与未婚妻见面之前，肯定挤进理发店去剪过头发，可惜，鬓角已经有白头发了。霍华德比海伦想象的老得多。

"先生……奥基弗先生……"她口齿不清地说，自己都觉得没底气，毕竟，他都称她"海伦"了，那她应该叫他"霍华德"才是。

"我……嗯，好了，你已经来了！"霍华德稍微有点难以置信地说。

"这……呵，真是太意外了。"

海伦不知道这是不是有点责怪的意思。她脸红起来。

"是的。那……呃哼，是这样的。我……很高兴最终还是见到你了。"

她向霍华德伸出手，霍华德坚定地握了一下。

"我也很高兴，只是很抱歉让你久等了。"

呵呵，原来他是这个意思啊！海伦笑了笑，如释重负。

"不必感到抱歉，霍华德。他们跟我说了，可能要等上一段时间，才能通知到你我已经来了。你现在不是来了嘛。"

"是啊，我来了。"

霍华德也微笑着，这让他的样子看起来柔和了点，也显得更有吸引力些。鉴于他优美的书信风格，海伦心里原来预想这是一番颇有智慧的交谈。不过没关系，也许他是因为害羞，所以是海伦在掌控话题。

"你从哪来这里的，霍华德？我以为霍尔顿就在克莱斯特彻奇附近呢，后来才知道那是一个独立的城市。你的农场是在霍尔顿城外某个地方……？"

"霍尔顿位于班摩尔湖。"霍华德说，好像这样一解释，海伦就全明白了。

"我不知道那里算不算'城市',那里有几间商店,可以买到必须的东西,至少是日常所需用品。"

"离这里有多远?"海伦问,又觉得这问题有点愚蠢——和这个自己将要嫁的人坐在这里,瞎扯什么距离和商店呢。

"驾马车大约要两天。"霍华德沉思片刻说。海伦其实更希望他用公里来说明,不过她不想计较这些,所以什么都没说,彼此间一阵难堪的沉默。霍华德清了清嗓子。

"呃……你一路上还平安吧?"

海伦轻松地吐了口气。终于找到一个她有故事可以讲的话题。于是,她向他讲述了和几个女孩一路上经历的事情。

霍华德点点头。"嗯,漫长的旅途……"

海伦希望他讲讲他的移民经历,可他还是沉默不语。

还好,切斯特教区牧师正好进来,他向霍华德打招呼时,海伦便有了个空隙歇口气,并近距离地打量起未婚夫来。这位农民衣着简单整洁,他穿着一条可以看出骑行过无数次的皮革马裤,上身穿的是白衬衫,上面套了一件防水夹克。那个装饰得很华丽的黄铜皮带搭扣是他行头中唯一值钱的部分——除了他脖子上那条有软玉吊坠的银项链。他的举止开始时有点僵硬且缺乏自信,不过现在已经很放松了,她见他已腰杆挺直,态度自信,而且,动作敏捷,近乎优雅。

"跟达文波特小姐聊聊你的农场吧!"教区牧师鼓励他说,"可以聊聊牲口、房子什么的……"

霍华德·奥基弗耸了耸肩。"房子很漂亮,海伦,很坚固,是我自己建的。牲口嘛……呃,有一头骡子,一匹马,一头奶牛,还有几只小鸡。当然还有羊,有几千只呢。"

"那……真挺多的,"海伦说,心里热切地期望,当初吉薇尼拉没完没了讲养羊的事情时,自己要是听得更用心些就好了。她之前说沃顿先生有多少只羊呢?

"不算多,不过以后会有更多。那里土地充足,有利养羊。那……嗯,我们怎么开始呢?"

海伦眉头一皱,"开始什么?"她问,感觉到有几缕头发从做好的优雅发型中垂了下来。

"呃,嗯啊……"霍华德笨拙地把玩着他的第二杯茶,"开始婚礼……"

得到吉薇尼拉的许可,齐丽飞奔到厨房,去找莫纳帮忙。吉薇尼拉用下午茶时间前最后几分钟,对她的房间进行了一次彻底检查。一切安排都无可挑剔,就连排列在更衣室的卫生用品也不例外。吉薇尼拉对那些象牙梳子及与之匹配的刷子惊叹不已,肥皂散发着玫瑰和百里草的香味——这肯定不是本土毛利部落人创造的东西,一定是在克莱斯特彻奇买的,或者是从英国进口的。客厅里一小碟干花弥漫着令人愉悦的芳香。毋庸置疑——即便是她妈妈或姐姐戴安娜家一个熟练的主妇,也不可能把她的房间布置得比他更令人动心……他叫卢卡斯·沃顿?吉薇尼拉无法想象,一个大男人怎么会对这些摆设如此上心。

她克制不住自己的好奇,只好告诉自己,下午茶时间已经到了,杰拉尔德和卢卡斯可能已经在客厅了。吉薇尼拉朝楼梯走去,穿过铺着昂贵地毯的门厅——接着便听见从房子那头的生活区传来大骂声。

"你倒是说说,即便牧场的事非料理不可,千日万日,怎么就挑今天?"杰拉尔德怒吼道,"就不能等到明天吗?女孩还以为你根本不在乎人家!"

"对不起,父亲。"他的声音听起来平静而有修养,"可是麦肯齐先生就是不肯罢休,再说情况也比较紧急,马都跑出去三次了……"

"马怎么啦?"杰拉尔德吼道,"跑出去三次?这等于我得付三天的钱,让他们把马一次又一次地赶回来?你怎么不早点采取措施呢?麦肯齐希望我们马上修缮,是吗?再说畜栏——利特尔顿那边,怎么什么准备工作都没做?要是没有你未婚妻和她的牧羊犬帮忙,我还得亲自花一整宿看管那些畜牲!"

"我要做的事很多,父亲。摆在客厅的母亲的肖像还没完工,我又得打理吉薇尼拉小姐的房间。"

"卢卡斯，你什么时候才能明白，油画不会逃跑，可马会！至于吉薇尼拉的房间……你都安排好了？"看来，杰拉尔德就像吉薇尼拉本人一样，觉得这件事难以理解。

"要不然谁去做这事？交给某个毛利女孩？她能找到棕垫和烤炕才怪！"卢卡斯的声音渐渐有点激动，不过，依然是一个有教养的绅士在公众场合所允许的程度。

杰拉尔德轻叹一声。"好吧，挺好的，希望她懂得欣赏。咱别在这里吵了，她随时都会下来……"

吉薇尼拉决定装作没听见他们的谈话。她抬着头挺着胸，一步一步走下楼梯，这种出场方式，在她初次参加社交舞会前，就练习了好几天，现在终于派上用场。

不出所料，她的出场让客厅里的两位男士噤住了。昏暗的楼梯背景衬托下，吉薇尼拉穿着淡蓝色丝绸服的精巧身影，犹如从油画中步出一般。她面容明媚灿烂，松散的秀发在客厅蜡烛映衬下，像缱绻的金丝一般；她红唇含笑，秀眉低垂，在接受正式介绍前，她还是透过长长的红色睫毛，偷偷看了卢卡斯一眼。

而这一看，让她顿觉自惭形秽，花容失色。她睁大眼睛，张着嘴，直勾勾地盯着眼前这个雄性物种的完美典范。杰拉尔德之前对卢卡斯的描述毫不夸张。他儿子是名副其实的绅士，而且具备阳刚之美的全部属性。这个年轻人身材高大，比杰拉尔德高得多，虽然瘦，却很强壮。他没有巴灵顿小伙子身上那种清瘦羸弱，也没有切斯特教区牧师身上那种温顺卑谦；卢卡斯·沃顿肯定喜欢运动，却又不会过量，所以不会像运动员那样浑身都是肌肉，而是非常匀称优雅；瘦长的脸看上去也颇为睿智，吉薇尼拉不由得想到立在戴安娜玫瑰园小路上的希腊神式美男子雕塑；卢卡斯的双唇线条分明，既不会太宽、俗气，也不会太单薄、僵硬；清澈的眼睛呈深灰色，这是吉薇尼拉从未见过的。通常，灰色眼睛都带点蓝，但卢卡斯的眼睛好像只是黑白色系糅合在了一起。他把亮金色、微卷的头发理得很短，就像伦敦美发厅流行的那种。为了与吉薇尼拉的会面，卢卡斯今天的着装很正式，他选了一套布料最好的灰色三件套西服，脚上穿了双闪亮的黑皮鞋。

吉薇尼拉微笑着向他走近，卢卡斯对此殷殷回应，那张脸变得益发迷人，只是眼神里流露出些许不习惯。

最后，他稍微向前弯身，并用他指头纤细修长的手牵住吉薇尼拉的手，以完美的方式，送上亲密的一吻。

"我的小姐……很高兴见到你。"

霍华德·奥基弗惊讶地看着海伦，显然，他不知道他的问题为什么会让她无言以对。

"怎……婚礼怎么样？"她结结巴巴地说，"我……我觉得……"海伦拉了拉自己的发缕。

"我以为你是来和我结婚的。"霍华德有些暴躁地说，"难道是我误会了？"

海伦摇摇头，"不，当然不是。不过也这太快了吧。我们……我们对彼此还不了解。通……通常，男方得先向妻……未婚妻求爱，然后才……"

"海伦，从我农场骑马到这里得用上两天时间！"霍华德严肃地说，"你不能指望我为了给你送花，来回跑上几趟！我呢，确实需要一位妻子，现在，我已经见到你了，我喜欢……"

"谢谢。"海伦羞红着脸讷讷地说。

霍华德没理会这些。"在我看来，没什么不清楚的呀，鲍尔温太太告诉我说，你母性十足，很有家庭观念，我就喜欢这个。我没什么要了解的了。如果你还有什么问题要问我——请尽管说，我很乐意回答。不过问完后，我们还是应该谈谈那个……嗯，一些细节。鲍尔温教士当我们的证婚人，对吗？"对这个问题，切斯特教区教士有力地点了点头。

海伦慌乱地想找几个问题来问。对一个待嫁对象，你想知道些什么呢？最后，她决定了解一下他的家庭。

"你最初是从爱尔兰来的，对吗？"

霍华德点点头，"对，小姐。爱尔兰的康尼马拉。"

"你的家庭……?"

"我父母叫理查德和布赖迪·奥基弗,我有五兄妹——或者可能不止,我很早就离开家里了。"

"是因为……那里的土地养不起那么多人口?"海伦小心翼翼地问。

"可以那么说。这点我确实做不了主。"

"噢,对不起,霍华德!"海伦有股把手放在他手臂上安慰一下的冲动,不过还是抑制住了。这就是他写给她的信里所说的"苦命"吧。

"所以你直接来到了新西兰?"

"不,我……嗯,我还到过别的地方。"

"我能理解。"海伦回答说,不过,对于一个被家里踢出去的青少年能去哪里,她其实一点概念都没有。"一直以来……那么长时间,你从未考虑过婚姻吗?"她脸红起来。

霍华德耸了耸肩。"我出入的那个地方,女人不多,小姐。捕鲸站里,只有海豹猎人。曾有一次……"说着,他脸上表情渐渐消失。

"是吗,霍华德?请原谅,如果我有点固执的话,不过我……"海伦极度渴望从这个男人身上获得某种情感,这样,要对这个叫霍华德·奥基弗的人作出判断就容易些。

这位农民咧嘴而笑。"好吧,海伦。你想了解我,可以啊,我也没多少好说的。她后来嫁给了别人……这也许是我想尽快把这件事处理完的原因,就是我和你的事,我的意思是……"

海伦有点感动。由此看来,对他来说,不是缺不缺乏感觉的问题,而是一种理所当然的恐惧——他害怕自己再次爱上的女孩,会像第一个一样跑掉。她一直难以理解,这个沉默寡言、貌似刚硬的男人,是怎样写出那么漂亮的信的,不过现在,她觉得对他的理解更多了。霍华德·奥基弗静若止水。

可是,她真的想这么盲目地豁出去吗?海伦焦躁不安地考虑自己的抉择。她不能再在鲍尔温家住下去了,他们不会理解她为什么要推迟婚期。霍华德本人也有可能会把延期当成一种拒绝或完全收回承诺。那该怎么办?她能在这边的学校找一份——不需要任何形式担保的工作吗?

余下的日子,她会在教像比琳达·鲍尔温那样的小孩中度过,然后慢慢变成老姑娘吗?她不能冒这样的险。也许他不是她心里最合适的,但他诚实坦率、能给她提供房子和家;他想要自己的家庭、为自己的农场兢兢业业。她不能要求太多。

"好吧,霍华德。不过你得给一两天时间让我准备准备。像这样的婚礼……"

"当然,我们可以安排一个小派对!"鲍尔温太太宣布,语气甜得像蜜一样,"你完全可以让伊丽莎白和其他还在克莱斯特彻奇的女孩陪在你身边。不过,你朋友施克罕小姐已经走了……"

霍华德皱起眉头。"施克罕?好像是贵族妇女吧?准备嫁给老沃顿儿子的吉薇尼尔·施克罕?"

"是吉薇尼拉。"海伦纠正说,"你说的对,我们在航行期间成了朋友。"

奥基弗转向她,之前那张和蔼的脸因为愤怒而变得扭曲。

"我们先说清楚,海伦——你永远不能在我的房子里接待任何一个沃顿家的人!只要我活着,永远不行!离那个家族的人远一点!老的是骗子,小的是花花公子!那个女孩也好不到哪去,否则就不会让自己被人拐卖!这帮杂草早应该被除掉!谅你都不敢邀请他们到我的农场来!是的,我没那个老家伙那么多钱,但我的枪法很准!"

吉薇尼拉已经聊了两个小时了,这比她呆在马鞍上或某个牧羊犬秀场吃力得多。卢卡斯·沃顿无话不谈,一个接一个,都是她在母亲家的客厅被强迫探讨的问题,但他的期望明显比施克罕太太高。

不过一切开端良好。吉薇尼拉努力把茶倒得无可挑剔——虽然手一直在摇晃。与卢卡斯的第一次见面对她来说太奇妙了,不过现在,心已不再失控地狂奔了,因为这位年轻的绅士没给她进一步兴奋的理由。他并未用眼睛深入地盯着她看,或者在两人都伸手——纯属偶然——去拿糖时,不经意地撩拨一下她的手指;也没有良久看着她的眼睛,心跳加快。相反,他们交谈时,卢卡斯只是不动声色地看着她的左耳垂,只有问起某个他特别感兴趣的问题时,眼睛才会发亮。

"我听说你会弹钢琴,施克罕小姐。最近都在弹什么曲子呢?"

"噢,我对钢琴掌握得还不是很好,弹着玩的,沃顿先生,我……我恐怕算是很没天赋的……"她羞愧地低下头,然后又抬起来,眉头稍蹙。这种情况,大部分男人都会说些恭维话并就此打住话题。卢卡斯可不是这样。

"我无法想象,我的小姐。如果你喜欢,就不是这样了。任何一件事情,如果你带着兴趣去做,就一定会成功,我坚信这一点。你知道巴赫的'笔记本'吗?小步舞曲——应该很适合你!"卢卡斯微笑着说。

吉薇尼拉绞尽脑汁在想,费宾夫人教过她的那个练习曲作者是谁,她好像在哪儿听说过巴赫这个名字。教堂音乐是他作曲的吗?

"让我想起赞美诗了?"她开玩笑地问。也许,她可以把话题转向彼此恭维和开开玩笑,这将比讨论艺术和文化更适合她。可是,卢卡斯不吃那一套。

"好呀,我的小姐。赞美诗应该模拟唱诗班的小天使赞美上帝时那种狂喜,上帝造物,美丽如你,谁不想赞美他呢?巴赫最吸引我的地方,是他作品里接近数理的清晰,与他内心深处毋庸置疑的信任感结合在一起。当然,这种音乐只能以自己适当的原理表现出来。他的作品,我唯一不想听的,是在欧洲大教堂表演的一个管风琴协奏曲!那是……"

"深受启发。"吉薇尼拉说。

卢卡斯激情荡漾地点了点头。

讨论完音乐,继续满腔热情地聊起当代文学,尤其是布尔沃·利顿的作品——"陶冶情操,"吉薇尼拉评说道——接着,他开始就自己最喜欢的主题:绘画,交流看法。他深受文艺复兴时期艺术家们的神话图案启发——"令人崇敬。"吉薇尼拉回了一句——同时也受到贝拉斯克斯和戈雅作品中的光和影的启迪。"令人神清气爽。"吉薇尼拉以前从没听说过他们什么事,只好临阵发挥。

两个小时后,卢卡斯对她似乎热情起来。杰拉尔德一直在与疲惫作斗争,吉薇尼拉只想赶快出去。最后,她轻轻摸了摸太阳穴,歉意地看着这两个男人。

"可能骑马骑太久,壁炉的火又暖和,我有点头痛,想呼吸一点新鲜空气……"

她正准备站起身来,卢卡斯一跃而起。"当然,晚餐前你得休息一下,都是我的错!因为相聊甚欢,这个下午茶时间我们拖得够长的了。"

"我确实得稍微走一下。"吉薇尼拉说,"不走远,就到马厩里看看我的马。"

克里奥兴奋地围着她跳,连狗都觉得无聊!它欢快的叫声让杰拉尔德的精神为之一振。

"你应该陪她去,卢卡斯。"他提示儿子,"带施克罕小姐到马厩去,别让农场那些帮工对她垂涎三尺。"

卢卡斯眨了眨眼睛,生气地说:"请别当着一个小姐的面说那样的话……"

吉薇尼拉装着很不好意思,可在心里,她想找个借口不要卢卡斯陪同。

还好,卢卡斯也有自己的保留意见。"我觉得就这样随意出去走走就不用那么拘于礼仪了吧,父亲。"他说,"单独和施克罕小姐在马厩里徘徊,我倒是没意见……"

杰拉尔德噗嗤一笑。"马厩现在可能热闹得像个俱乐部了!这种天气,放羊的人都闲逛到暖一点的地方打牌去了!"那天傍晚,大雨突降。

"就是那样,父亲。明天他们就会津津乐道,议论他们的主人如何躲在马厩里。"想到自己成了那种流言蜚语议论的对象,卢卡斯显得很不高兴。

"噢,我一个人去就好了!"吉薇尼拉说。她倒不担心那些帮工,再怎么说,她也是深受她父亲那帮牧羊人尊重的。那时,牧羊人那些粗俗的言语,对她而言,甚至比某个绅士说的话更有吸引力。去畜栏的路上,说不定他又要考察她在建筑方面的知识了。"我自己就能找到畜栏。"

她本想去拿件外套,不过最好在杰拉尔德提出别的什么异议之前赶紧离开。

"和你聊天,真是太……令人兴奋了,沃顿先生。"她朝未婚夫笑笑,"我们晚餐时间见吧?"

卢卡斯点头,正了正身子,再次弯腰鞠躬。"当然,小姐,大概一个小时后,晚餐就备好在餐厅了。"

吉薇尼拉在雨中飞跑,她想都不敢想雨水对身上的丝绸裙会怎样。早些时候天气还那么好!好吧,没雨就没草。这片新的家园潮湿的天气,对于养羊可是最理想的,而且,这种天气,她在威尔士就已经习惯了。只是,她不该穿着那么优雅的衣服,在泥浆中东奔西跑,因为农场在房屋之间明明有铺好的路可以走。相比之下,在基沃顿站,这方面倒是一直被忽略,只有主要路径是铺过的。要是由吉薇尼拉来决定,她一定会把畜栏前面的区域都铺上,而不是只铺好看不中用的门前小道。不过杰拉尔德可能是按优先顺序去做的——卢卡斯绝对也是。他很可能也已经在规划一个玫瑰园了……看见畜栏里透出的明亮灯光,吉薇尼拉很开心,因为她根本不知道该到哪去找马灯。现在,可以听见棚屋和畜栏传来的声音了,显然,那些放羊人的确都聚集在这里。

"二十一点,詹姆斯!"有人在大笑着叫道,"把裤子脱了吧,朋友!今天你的薪水都归我了。"

只要他们不拿别人作赌注,吉薇尼拉想。她深吸了口气,把棚屋门打开。面前的小道往左通向马厩,右边扩大成一个仓库,几个男人正围着一堆火坐在里面。吉薇尼拉数了一下,共有五个面容粗糙的伙计,看来他们那一天还没洗脸。有人留着胡子,另外几个看上去像出门三天没带剃刀。三只牧羊犬靠在一个男人身边,蜷缩着,那个男的又高又瘦,一张棱角分明的深古铜色脸上,布满深深的笑纹。

另外一男的递给他一瓶威士忌。

"给你,权当慰问!"

这么说,那个就是赌博中失手的"詹姆斯"了。

一位正在发牌的白肤金发碧眼壮汉正好抬起头,看见了吉薇尼拉。

"喂,伙计们,这附近是不是有幽魂啊?平常,都是要喝完第二瓶威士忌才能见到这么漂亮的女士呀!"几个男人哄笑起来。

"真是让我们这个简陋的住处蓬荜生辉啊!"刚才分发威士忌的男子中气不足地说,"一位……一位天使!"

他们再次哄堂大笑。

吉薇尼拉不知如何是好。

"现在,请大家安静,你们这样会让这可怜的女孩尴尬的!"他们当中一个年长者发话了。他并未喝醉,这会儿正往烟斗里塞烟,"人家不是天使,也不是幽魂,是新来的女主人!沃顿先生带回来给卢卡斯……好了,你们都知道了!"

大伙儿尴尬地窃笑。

吉薇尼拉决定采取主动。

"吉薇尼拉·施克罕。"她自我介绍说。她本该向他们伸出手去,可是没有一个人想要站起来。"我来看看我的马。"

此时,克里奥已经到马厩巡视了一圈,和牧羊犬幼崽打过照面,并设法从一个接一个男人那里脱身。它被詹姆斯拦住了,他用手熟练地爱抚它。

"这位小姐叫什么名字?多漂亮的小东西啊!我听说了,它赶起羊来和女主人一样,本事可不小啊。劳驾,詹姆斯·麦肯齐!"那个年轻人站起身来,一边朝吉薇尼拉伸出手,一边用一双棕色眼睛沉稳地打量着她。他的头发也是棕色的,浓密而蓬乱,像似在打牌时被他烦躁地乱抓了一通。

"嘿,詹姆斯!别太激动了!"有个家伙取笑他说,"她是老板的人,听见了吗?"

麦肯齐眼珠子转了转。"别管那帮流氓说什么,他们没什么档次。不过不管怎样,他们都是受过各种洗礼的:安迪·麦克艾伦、戴夫·奥图尔、哈迪·肯诺,还有波克·利文斯顿,他玩二十一点也相当幸运……"

波克就是那个白种人；戴夫是那个拿着酒瓶的；而安迪就是黑头发、年纪较大那个壮汉；哈迪看上去是这伙人中最年轻的，酒喝多了点，看不出任何朝气。

"很抱歉，我们都有点醉了。"麦肯齐坦诚地说，"不过要是沃顿先生打算送瓶酒过来庆祝他的归来……"

吉薇尼拉亲切地笑着说，"没问题，待会儿一定要把火扑灭，千万别让我的马厩着火。"

他们在一边说话时，克里奥跳起来，麦肯齐马上用手抓它。吉薇想起，麦肯齐刚才还问到狗的名字。

"它叫克里奥佩特拉·施克罕。那几个小的分别叫黛西·施克罕，德瑞特·施克罕，戴娜·施克罕，还有爹吔、守护神、舞蹈家。"

"哇，都是贵族！"波克一副惊讶状，"我们是不是每次见到它们都要鞠躬啊？"他友好地指着舞蹈家，它刚才试图咬他的牌。

"你看到我的马时，就该鞠躬的。"吉薇尼拉若无其事地往回走，"它的家族历史比我们任何一个人都悠久。"

詹姆斯·麦肯齐大笑，两眼发光。"不过我不用总是叫它们的全名，对吧？"

吉薇尼拉调皮地眨眨眼睛，"这点由你们自己和伊格莱恩自行决定吧，"她解释说，"不过狗就不摆那个架子了。叫克里奥它就会应。"

"那你怎么应答？"麦肯齐问，并满怀欣赏却非好色地凝视着吉薇尼拉的身材。她打了个哆嗦，刚才冒雨奔跑，现在都快冻僵了。麦肯齐马上看出来了。"等会儿，小姐，我拿块披肩给你。虽然夏天就要到了，可户外天气还是非常阴冷。"

他伸手拿了件上了蜡的外套。

"这个给你，小姐……"

"'小姐'笑纳了。"吉薇尼拉说，"谢谢你。我的马现在在哪呢？"

伊格莱恩和默多克在清洁的马厩里被安置得好好的，可是，当吉薇尼拉走上前去，母马烦躁地跺着脚。那天上午慢悠悠的骑行都没让它疲惫，它还意犹未尽呢。

"麦肯齐先生，"吉薇尼拉说，"明天早上我想去骑下马，可沃顿先生觉得我一个人出去不合适，我不想增加任何人的负担，如果我与你和你那些伙计随行，出去干点什么活，可能吗？比如去检查牧草？我会很高兴给你示范如何训练那些狗，一提起羊，它们通常都有敏锐的直觉，不过要进一步提高它们的能力，还是有些诀窍的。"

麦肯齐遗憾地摇摇头。"原则上，我们很乐意按你说的把你带上，小姐。可是，我们已经为你们明天的骑行给两匹马套好马鞍了。卢卡斯先生会陪你去农场看看。"麦肯齐露齿而笑，"这样的安排，听起来比跟着几个脏兮兮的牧人去检查牧草好多了，不是吗？"

吉薇无言以对——更糟糕的是，她都不知道自己是怎么想的。最后，她还是让自己振作起来。

"太好了。"她说。

3

卢卡斯·沃顿是个很不错的骑手，虽然对骑马不算酷爱。这位年轻的绅士轻松安妥地坐在马鞍上，自信地驾驭缰绳。他知道如何让马沉着地骑在他同伴一侧，这样就可以时不时地聊上几句。他没有专门属于自己的马，而且，也没有想测试一下这匹新种马的意思，这让吉薇尼拉很惊讶。自从沃顿买下这匹马，她倒是一直想这么做。她很想试骑一下默多克，但这个想法一直被拒绝，理由是，种马不是给女士骑的——其实，要不是不习惯女式马鞍，默多克的性情可比她那匹母马伊格莱恩平和多了。不过，吉薇尼拉还是很乐观的，因为农场缺马夫，所以那几个牧人兼任马厩帮手，他们对那些清规戒律没什么概念。因此，卢卡斯特别交代一脸疑惑的麦肯齐，让他给吉薇尼拉的马配上横座马鞍，他自己则要了一匹农场用马，这些马比矮脚马体型更大却更轻盈，大部分看上去都很活泼，卢卡斯选了其中一匹最沉着的。

"这样的话，万一我们家小姐有困难，揪不住我自己那匹，我可以帮上忙。"他向不明就里的麦肯齐解释说。

吉薇尼拉眼睛翻转了一下。如果她真的会遇到麻烦，在卢卡斯和他那匹沉稳的马还来不及迈出一步时，她和伊格莱恩就已经初露端倪了。不过，她了解那些礼仪书上的清规，所以装出一番对卢卡斯的细心很感激的样子。

他们融洽、和谐地在基沃顿站穿行。卢卡斯跟吉薇尼拉聊起猎狐的事，并对她参与牧羊犬比赛感到惊讶。

"在我看来，似乎有点……呃哼，对你这样的年轻小姐而言，似乎是违背传统的行当。"他温和地告诫她。

吉薇尼拉轻轻地咬了咬嘴唇。卢卡斯这就开始告诉她该做什么了吗？如果是这样，最好把它扼杀在萌芽状态。

"那件事恐怕你不能计较。"她冷冷地说，"再说了，在新西兰，像你们这样的求婚也是相当违背传统的，尤其在你甚至根本不认识未来配偶的时候。"

"言之有理。"卢卡斯面带微笑，却渐渐变得严肃，"首先，我不得不承认，我不太赞成我父亲的行为。可是，在这个地方，要找到一个合适的配偶很难。请别误会，新西兰虽然不像澳大利亚一样，恶棍云集，在这里落户的，都是非常诚实的人，但是，大多数移民……缺乏档次、学历和修养。因为这个原因，我非常高兴自己接受了这次违背传统的求婚，它带给我一个迷人的非传统新娘！但愿我也同样达到你的期望，吉薇尼拉？"

吉薇尼拉点头，勉强挤出一丝笑容。"在这里找到一个完美如你的绅士，我万分惊喜。"她说，"即使在英国，我也不可能找到更有修养、受过更好教育的丈夫。"

此话一点不假。在威尔士，吉薇尼拉生活的贵族圈里，每个人都接受过基础教育，但他们聚在一起时，聊的话题主要集中在赛马而非巴赫的大合唱上。

"当然，在确定婚期之前，我们还需要彼此了解更多，"卢卡斯说，"看还有什么不当的地方，我跟父亲也是这样说的。他原本想把日子定在后天。"

吉薇尼拉自己倒是觉得,他们之间语言交流够多了,彼此了解得也差不多了。不过她当然同意卢卡斯的意见,而且,那天下午卢卡斯邀请她到他画室去拜访时,她表现得满心欢喜。

"当然咯,我只是个不知名的画家,不过我希望继续提高自己的水平。"他们骑着马飞奔时,他向她解释说,"眼下,我正在画母亲的肖像,画好后将存放在客厅。可惜因为没法想起她本人的样子,所以只能照着相片画。我还很小的时候她就去世了,还好,完成画作的过程中,会有更多记忆涌上脑海,我觉得自己和她更亲密了。这是一种非常有趣的体验,改天,我打算也给你画一幅,吉薇尼拉小姐!"

吉薇尼拉半推半就。在她启程来这里之前,父亲已经委托人家给她画了一幅肖像,坐在那儿当模特,无聊得快要死了。

"我很想听听你对我的作品有何看法,你在英国肯定去过很多美术馆,对最新的艺术发展,比我们这些地球末端的人,知道得肯定多得多!"

吉薇尼拉只希望脑子里赶紧冒出几句能给人印象深刻的句子来应付一下这个话题。前一天,她已经为此耗尽了自己储备的所有溢美之词,只盼着这些画作能给她新的灵感。事实上,她从未踏进过美术馆半步,对于最新艺术发展毫无兴趣。她祖宗八代——以及她邻居和朋友的祖宗八代——积累了数不清的作品用以装饰墙面,这些绘画作品主要描绘他们的祖先和马,其质量评判标准只在乎"相像",卢卡斯没完没了念叨的所谓"光的运用"和"透视画法",对吉薇尼拉来说,完全一窍不通。

尽管如此,他们骑马穿行之处的风光倒令她着迷。上午的天气雾蒙蒙的,不过,太阳正在渐渐将浓雾晒去,基沃顿站在随着雾气散开而轮廓尽显,就像是大自然呈送给吉薇尼拉的一个特殊礼物一样。卢卡斯不让她骑到山脚下去,那儿有羊群自在地牧放。还好,农场旁边的草地一样美丽无比。

湖泊倒映着空中流云,草地上的岩石,看起来就像一颗颗锋利的大牙戳入绿色的地毯,或像巨人的一只手臂,永远焕发着勃勃生机。

"不是有个故事,说某个英雄播种了这些岩石,而后战士们为了自己的军队,在岩石中茁壮成长?"吉薇尼拉问。

她的学识让卢卡斯感到兴奋。"那些不是石头,是希腊神话中的詹森放在地里的龙齿。"他纠正说,"从里面成长起来的铁血军队起来反抗他。哦,能和受过传统教育、具有同等水平的人交谈,真是太美妙了,你觉得呢?"

吉薇尼拉脑子里一直想着她家乡保姆经常讲给她听的冒险故事,而不是这里的石圈故事。要是没记错的话,是女祭司放火把那里的罗马士兵烧死了,或与此类似。不过这样的故事对卢卡斯来说肯定不够经典。

杰拉尔德家的一群羊就在这些石头间吃草,包括刚产过羊羔的母羊,吉薇尼拉简直要被那些羊羔宝贝弄得神魂颠倒了。杰拉尔德有一点倒是说得很对:威尔士山羊的一滴血,必将提高他们的羊毛质量。

吉薇尼拉告诉他,马上就有来自威尔士的雄绵羊将与这群羊交配,卢卡斯皱起眉头。

"在英国,你们这些年轻的小姐如此……如此不害臊地大谈性事,是不是很稀松平常?"他小心翼翼地问道。

"这件事我应该怎么说?"吉薇尼拉从来没把平常礼仪与羊的繁殖联系在一起。对女人如何怀孕她一无所知,但她不止一次看过羊交配,没谁觉得这有什么不对啊。

卢卡斯有些不好意思。"好了,这……嗯哼,这类话题,女士不宜,是吧?"

吉薇尼拉耸耸肩。"我姐拉瑞莎养高地梗犬,另一个姐姐种玫瑰。她们整天都谈这样的话题呀,这要看你怎么界定了?"

"吉薇尼拉!"卢卡斯涨红着脸,"噢,我们还是就此打住吧。天晓得,在我们这种特殊情况下,这事的确不得体!我们看看羊羔嬉戏不就行了?它们不是很可爱吗?"

一直以来,吉薇尼拉不仅仅以其羊毛产量来评价这些羊,像所有新生羊羔一样,它们实在太可爱了。她与卢卡斯想法一致,当他提议结束这次骑行时,她没反对。

"我觉得你自己在基沃顿站闲逛时,看到的东西够多了。"说着,在马厩前面,他将吉薇尼拉扶下马——就这一句话,弥补了他方才的顽固守旧。很明显,他并不反对他的未婚妻独自骑马外出!至少,他没提"护花使者"这茬——这是因为他跳过了礼仪书上的这一章,还是想都没想过一个女孩子家会希望单独骑马出去?她不知道——也不在乎。

吉薇尼拉马上逮到一个机会。卢卡斯还来不及转身离开,她就对一个过来牵马的老牧人说,"麦克艾伦先生,明天早上我想骑马出去,请十点钟的时候为我把那匹新种马备好——用沃顿先生的马鞍!"

海伦与霍华德·奥基弗的婚姻并没有年轻的海伦担心的那么简朴。为了避免婚礼举行时,教堂里空荡荡的没什么人气,鲍尔温教士把它安排在主日礼拜仪式时进行。结果,有长长的一排祝福者,列队见证了海伦和霍华德的婚礼并祝贺他们。麦克拉伦夫妇发挥了自己的作用,使仪式显得更喜庆,高德温太太奉上鲜花,并扎成华丽的插花来装饰教堂。麦克拉伦夫妇让露丝玛丽穿着粉红色周末礼服为这对新人撒花瓣,露丝玛丽看起来就像一朵玫瑰花蕾。麦克拉伦先生把新娘交给新郎,而比琳达·鲍尔温和伊丽莎白则当海伦的伴娘。海伦希望在主日礼拜仪式上见到其他几个女孩,可居住在城外的家庭没有一个出席仪式,连劳里的雇主都没让她来。海伦有点心神不宁,但还是不希望这些事破坏了自己的大喜日子。现在,她已经克服了对突如其来的婚姻自然而然的不安,并坚定地决定将它经营到最好。此外,最近这些天,霍华德一直呆在城里,并几乎每顿都和鲍尔温一家一起用餐,她得以近距离观察他。虽说他对沃顿家粗暴的反应起初的确让海伦觉得很不友好,甚至让她有点害怕,但他在其他方面还是相当泰然自若的。他利用呆在城里的时间,置办了很多农场要用的东西,而且他张罗这些事时也不显得经济拮据。穿上为婚礼挑选的灰呢周末礼服,人显得很整洁而精悍,尽管这样的服装不太适合这个季节,结果穿出一身汗。

海伦穿的是一套青翠的夏裙,这是她考虑到婚礼需要,自己在伦敦量身定做的。当然,她更想穿白纱蕾丝裙,但为了不破费,她放弃了这个念头。终究,她将永远没有机会再穿上那样一套梦想中的丝质婚纱。

海伦光亮的头发自然垂在后背——发型则是鲍尔温太太不敢苟同却得到麦克拉伦太太和高德温太太认可的。她们只是用一个装饰着花朵的束发带，把海伦的浓密的头发绑在一边，不会挡住脸。海伦觉得自己从来没今天这么好看，就连沉默寡言的霍华德，竟然也表示了罕见的赞美："你模样……呃，非常漂亮，海伦。"

海伦抚摸着他寄来的信——那是她一直放在身边保留着的，心想，她丈夫什么时候才能无拘无束地当着她的面，把这些美丽的话语复述一遍呢？

婚礼举办得很喜庆，鲍尔温教士的确是一位出色的演说家，他懂得如何对他教区全体居民煽情。当他说到"无论在顺境还是逆境都要彼此相爱"时，教堂里的每个女人都热泪盈眶，甚至男人也开始抽泣。伴娘的选择是海伦唯一觉得有点不快的事，她一直希望高德温太太当伴娘，但鲍尔温太太硬把自己女儿强加给海伦，要是拒绝，会显得很不礼貌。除此之外，和教区牧师切斯特这个好人在一起，她觉得很开心。

霍华德含情脉脉地看着海伦，以其自如而平稳的声音说出他的婚誓，这让海伦大为吃惊。她自己没法表现得这么完美——她一开口就哭了。

此时，管风琴响起，教区的人开始唱赞美诗，海伦欣喜若狂地从教堂朝丈夫奔去，牵住他的手臂，祝福的人们已经等候在外面。

海伦吻过伊丽莎白，并接受了正抹着泪的麦克拉伦太太的拥抱。颇为意外的是，比斯利太太及奥哈拉全家都来了，尽管奥哈拉家族不属于圣公会教堂。海伦一直在同宾客们握手、欢笑、喜极而泣，直到最后，婚礼上只剩下一个海伦从未见过的年轻女人。女人看着霍华德——也许这女人是冲他来的吧——但霍华德正在和牧师交谈，好像没留意到这位最后的祝福者。

海伦微笑着说："我不是有意如此冒昧，请问我们在哪认识的？最近几天，接触的新事物实在太多了，所以……"

女人友好地点点头。她身材娇小，一张朴素的娃娃脸，稀疏的金发拘谨地固定在帽子下，身上穿着克莱斯特彻奇家庭主妇去教堂时典型的简单服饰。"不必表示歉意，你不认识我。"她说，"我想自我介绍一下，因为……我们有一些共同点。我叫克莉斯汀·洛里默。我是第一个。"

海伦迷惑地看着她，"第一个什么？来吧，我们到阴凉的地方去。鲍尔温太太在屋里准备了茶点。"

"我不想打扰大家。"洛里默太太赶忙说，"你可以称我为你的前辈，第一个从英国嫁到这里的人。"

"确实挺有趣的。"海伦惊讶地说，"我以为我是第一个呢。他们说，其他女人尚未收到回信，我也是没有得到任何明确协定就来了。"

年轻女人点点头。"我也是，差不多吧，不过我那时没去应征那些宣传。我才二十五岁，不太可能成为潜在人选。再说，没有嫁妆，我怎么可能嫁人？我和哥哥及其家人生活在一起，他经营的那个家不是一般的穷。我当裁缝，努力赚钱来摆脱困境，但没多大用处。我眼睛不好，工厂不要我。后来，我哥哥和他妻子想到移民，但结果怎样了呢？无意中，我们想到写信给这里的牧师，问他坎特伯雷有没有某个合适的基督徒正在找媳妇。我们收到布伦南太太的回复。这事很严格，她想知道有关我的一切。她肯定对了解到的东西挺满意吧，不管怎样，我收到托马斯·洛里默的一封信。还能说什么呢——我立马爱上了他！"

"真的？"海伦问，却不承认自己与她别无二致，"一封信之后就爱上了？"

洛里默太太咯咯地笑，"当然啦！他写得太动人了！我现在还能把他的话背出来呢：'我渴望觅得一位愿意将其命运与我紧紧联系在一起的女人；祈祷上帝赐我一个钟情的女子，用我的话语柔软她的心。'"

海伦眼睛睁得老大。"可是……可是，这些话是我收到的信里说的！"她激动地惊呼道，"霍华德写给我的，跟这一模一样！我无法相信你所说的，洛里默太太！难道这是某种玩笑？"

女人看样子也很震惊，"哦，不，奥基弗太太！我不是有意伤害你！我不知道他们如法炮制，还写了另外一封！"

"'写了另外一封'，你这么说是什么意思？"海伦问，同时大脑已开始把一些片段拼凑在一起。

"嗯，我说的是他们写信的事。"克莉斯汀·洛里默解释说，"我们家托马斯心地善良，其实，我不敢奢望能找到比他更好的丈夫了。不过他是个工匠，不善言辞，也不会写浪漫的信。他告诉我，尝试了一遍又一遍，但还是写不出一封他觉得能寄出去的信。毕竟，他希望能打动我的心，你知道。所以，只好求助于切斯特牧师……"

"信是切斯特牧师写的？"海伦哭笑不得地问。突然之间，好几件事情都水落石出：书信上相当不错的、典型的牧师字迹，精选的用词，实用信息的缺乏——这是海伦之前就想到的细节。当然，牧师对这段浪漫情缘的成功很感兴趣。

"我还以为他们不敢再写第二封了呢！"洛里默太太说，"尤其是在我了解了整件事情原委，并狠狠地训斥了他们一顿之后。噢，很抱歉，奥基弗太太！你的霍华德应该找机会自己跟你解释清楚。不过我得去找切斯特牧师理论！我有好几件事要找他呢！"

克莉斯汀·洛里默决定马上采取行动，海伦则苦思冥想，畏缩不前。她刚刚嫁的人是谁？切斯特仅仅是帮忙将他的感情转化成文字吗？还是说，切斯特如何将他未来新娘引诱到这个天涯海角来，霍华德其实根本不在意？

很快就会知道真相的，虽然她不是特别肯定，自己是否真的想知道这个真相。

马车在泥泞小道上颠簸了八个多小时，海伦觉得路途永无止境。而且，眼前无限延伸的土地让她觉得萧条无比。走了不止一个小时，路上一幢房子都没见到。此外，霍华德拿来搭载他年轻妻子、她的随身物品以及他自己所购之物的车辆，毫无疑问，是海伦乘坐过的交通工具中最不舒服的一种。座位没有靠垫，将她的后背磨得生痛；持续不断的雨也让她头疼起来。霍华德没有采取任何措施，让她感觉旅途舒服些。至少有半小时，他一句话都没跟她说，顶多咕咕哝哝地指挥一下拉着马车的棕色马和灰色骡子。

海伦因此反倒有时间让那些不太愉快的想法慢慢释怀。信件的事是她诸多困扰中最不起眼的,前一天,霍华德和牧师已经为他们的那点小伎俩请求过原谅,承认自己所犯过错。然而,他们居然将此事归结为圆满成功:霍华德得到了妻子,而海伦有了自己的丈夫。最烦心的是海伦前一晚从伊丽莎白那儿听来的消息。鲍尔温太太什么都没说——可能是因为愧于开口或不想让海伦不安——但比琳达·鲍尔温的舌头是没人管得住的,她向伊丽莎白透露说,小劳里在抵达主人家的第二天,就从莱文达家跑了,后来很快被找到,受到严厉批评,但第二天晚上,她还是试图逃跑,而后被打了一顿。第三次逃跑未果之后,她就被锁进了杂物间。

"只给面包和水!"比琳达绘声绘色地说。

他们出发之前那天早上,海伦跟教士说起此事,教士肯定会对海伦说,他觉得劳里做的没错。可是,一旦海伦离开那里,没法敦促他的时候,他会履行承诺,去尽自己的责任吗?

后来,她和霍华德出发了。海伦在鲍尔温家自己的床上度过最后一个贞洁的夜晚,把自己男人带到牧师住宅是不可能的,而霍华德不愿意、也没能力支付去住酒店的费用。

"我们还有一整辈子在一起呢。"他表示,并笨拙地在海伦脸颊上亲了一下,"不是什么事都得在今晚发生呀。"

海伦松了口气,却又有点失望。她其实更喜欢在酒店客房里风花雪月,而不喜欢铺在货车上的毛毯床——这是这一路上,可能时刻在等着她的事情。她已经把长睡衣放在旅行袋上层了,但还不知道到哪去穿脱才合适。另外,雾气已经让衣物——当然还有毯子——变得又冷又湿。这个晚上,无论等待她的是什么,眼下这种种条件都于事不利!

不过,这个带篷货车上,有一个简易帐篷供海伦使用。天黑后不久,她实在太累了,希望货车咔哒咔哒的声音终了。这时,霍华德在一处简陋的农舍停了下来。

"今晚我们就在这户人家家里过夜。"他对海伦说,并一边很绅士风度地扶着她从货车上下来,"我是在利特尔顿港认识威尔伯的,他现在也结了婚,并在这里定居下来。"

屋里一只狗开始吠叫,威尔伯夫妇走了出来,有点好奇来者何人。

那个矮个、结实男人一认出是霍华德,便大喊了一声,大大咧咧地拥抱了一下。他们拍着对方的肩膀,并开始想起彼此以前的种种壮举——恨不得就在雨中拔开瓶子,干上第一杯酒。

海伦恳切地看着威尔伯的妻子,女人开朗而热情地微笑着,这让海伦颇为宽慰。

"你肯定就是奥基弗新婚的太太咯!听说霍华德要结婚了,我们简直难以相信!进来呀,别淋着,你肯定冻僵了吧,货车咔嗒咔嗒的——你从伦敦来,是吗?那你一定比较习惯坐精巧的四轮马车!"女人微笑着,好像最后这句话是轻描淡写说出来的,"我叫玛格丽特。"

海伦也自我介绍一番,大家似乎都没讲究客套。玛格丽特瘦瘦的,比她丈夫高一点点,看上去有点憔悴。她穿着一件简单的灰色外衣,衣服打过几次补丁了。她带着海伦进屋,屋子相当粗糙:桌椅是用未加工的木头做的,一个开放的壁炉同时也用来做饭,但大炖锅里煮着的食物闻起来味道很好。

"你们运气好,我刚宰了只鸡。"玛格丽特解释说,"宰的不是最小的那只,不过做汤最好不过。坐到火炉边来吧,海伦,烘烘身子。这里有些咖啡,我再去找瓶威士忌来好好喝一杯。"

海伦有点困惑地看着她。她这辈子从来没喝过威士忌,可玛格丽特好像对此不假思索。她将海伦的搪瓷杯倒满苦似黄连的咖啡——咖啡被置于火炉边保温,肯定放了很长时间了。海伦不好意思向她要糖或牛奶,但玛格丽特已经把两样东西都准备好,放在她面前的桌子上了。"放多点糖,它会让你精神振作起来,再来一杯威士忌!"烈酒的确使咖啡的味道倍增,这种加了牛奶和糖的混合物喝起来口感极佳。酒精应该可以赶走悲伤,放松紧张的肌肉。于是,海伦就当它是一剂良药,玛格丽特再次将她的杯子加满时,她没拒绝。

鸡汤准备好时,海伦正透过薄雾,看着周围的一切。她身子终于暖和起来,亮着灯的房间有一种欢迎的气氛。如果她可能在此处体验那

"说不出口"的第一次——将会怎样呢？

美味的鸡汤发挥了提神作用，却也让她感到了疲倦。海伦真想直接趴到床上去，可是玛格丽特谈兴未尽。

不过霍华德好像也很想让这个夜晚就此告一段落，他已和威尔伯干了好几杯了，男主人建议玩纸牌时，他大笑道："算了，哥们，今晚就不要了吧。今晚我心里惦记着的，是跟这位妩媚女人息息相关的事，人家可是从古老的国度大老远投奔我而来的！"

他殷勤地向海伦鞠了一躬，海伦脸红起来。

"那，我们住哪儿呢？这是……可以说是……我们的新婚之夜！"

"哦，那我们得撒点米！"玛格丽特尖叫一声，"我不知道你们才刚结婚！很遗憾我没能给你们提供一张更好的床，不过上面铺满了新鲜干草，睡起来很暖和、很柔软。你们稍等一下，我去拿床单和毯子，你们的毯子在这雨天，一路过来肯定都潮湿了。另外我再拿个马灯，这样才看得清……虽然很多人第一次做这事时更喜欢黑灯瞎火的。"她咯咯笑道。

海伦一脸惊骇——难道她的新婚之夜要在畜栏里度过？

海伦和霍华德进去时，畜棚里的奶牛亲切地哞哞叫着——她臂弯里满当当地抱着床单、毯子，他拿着马灯。畜棚里相对暖和些，除了霍华德，畜栏里有一头奶牛，两匹马，一头骡子，这些动物让这个空间不仅暖和，而且还弥漫着种种臭味。海伦把床单铺在干草上。自她上次因被安排在羊圈而伤心难过至今，时间真的只过去三个月吗？吉薇尼拉一定会觉得这很好玩，可海伦……说实话，她只是觉得害怕。

"这地方，我到哪去……脱衣服？"她害羞地问，当着霍华德的面，站在畜栏中间脱衣服，她做不到。

霍华德眉头一皱，"你疯了，女人？虽然我会尽量让你暖和，不过这里可不是穿蕾丝衬衫的地方！今晚天气会变冷，再说，干草上肯定有跳蚤，衣服得穿着。"

"可是……可是我们……的时候？"海伦羞红着脸。

霍华德开心大笑，"这你交给我就是了！"

他平静地解开皮带搭扣。"钻到毯子里面去吧,这样才不会感冒。要我帮你解开胸衣吗?"

霍华德显然不是第一次做这事。他看起来一点不紧张,只是充满期待。海伦羞怯地拒绝了他的帮助,自行把衣服解开。可是要解开胸衣,就得把裙扣子解开,扣子是扣在背后的,不容易对付。触到霍华德的手指,她身子缩了一下。他灵巧地把扣子一个一个解开。

"好点了吗?"他面带某种微笑问。

海伦点点头。在干草上躺下,她深感绝望,只希望这个晚上快点过去,她只想把那事抛到脑后,不管"那事"是什么样的。她静静地仰面躺下,闭上眼睛。她将床单拉过来盖在身上,然后把手放在上面。霍华德钻进来紧靠着她,解开纽扣。海伦感觉到他的双唇滑过她的脸,她丈夫亲吻着她的脸颊和嘴。好了,她早就允许他这么做了。接着,他尝试着将舌头伸进她双唇间,海伦马上僵硬起来。注意到她的反应,他退缩了一下,海伦感觉放松多了。他转而吻她脖子,一边把她裙子和胸衣领口往下拉,并开始笨拙地爱抚她的乳房。

海伦几乎不敢呼吸,霍华德呼吸却越来越急促,直至气喘吁吁。海伦不知道这样是否正常——当他直抵衣服下的身体时,她害怕得要死。

要是环境舒服些,也许疼痛也会轻缓些。另一方面,环境越有诱惑力,他的动作越猛也有可能。结果却是,一切如梦似真。四周漆黑一片,床单和海伦宽大的裙子都被推到她臀部,挡住视线,看不到霍华德在对她做什么,但光凭感觉就够可怕的了!她丈夫在她两腿间刺入什么东西,那东西坚挺着、脉动着,激情勃发。一阵可怕而恶心的剧痛。当那东西几乎要撕裂她里面时,海伦尖叫起来。她感觉到自己流血了,可这依然没阻挡霍华德更深入地折腾。他像疯了一般,呻吟着在她身上和里面有节奏地来回抽动,非常享受的样子。海伦咬紧牙关,避免自己因疼痛而哭喊出来。最后,她感觉到一股温热的液体喷发出来,片刻之后,霍华德在她身上软了下来。结束了。她丈夫从她身上分开,呼吸依然急促,不过很快就平静下来。海伦一边整理身上的衣服,一边无声地哭泣。

"下次不会那么痛了。"霍华德说,试图安抚她,并笨拙地亲了亲她的脸颊。他对她好像很满意。海伦强迫自己没躲开他,霍华德有权做他刚才对她做的一切,毕竟,他是她丈夫。

4

第二天的行程比第一天更艰辛。海伦下身疼得厉害,几乎没法呆在座位上。除此之外,她羞愧难当,看都不敢看霍华德一眼,甚至在主人家吃早餐的时候,也倍感折磨。玛格丽特和威尔伯忍不住调侃或微妙地暗示他们,对此,霍华德只能生气地阻止。直到早餐结束的时候,玛格丽特才注意到海伦脸色苍白,食欲不振。

"渐渐会好的,孩子啊!"两个男人出去套马,女人便回过头,一本正经地对海伦说,"第一次,男人得将女人打开,会很痛,会出一点血。但往后很轻松就可以进入了,也不会痛了,甚至很愉悦,相信我!"

海伦永远不会乐于此事,她很肯定这点。但如果男人喜欢,就得让他们做,这样他们心情才会好。

"不做,就不会生孩子。"玛格丽特说。

海伦几乎无法相信,孩子是经由如此下流且充满疼痛和恐惧的过程而来的。后来,她想起古神话里面的故事,有些故事里,女人被玷污,结果生出小孩。这么说来,男女间这事完全正常,而且也不能算下流,毕竟都已经结婚了。

海伦勉强用平静的语气问起霍华德有关他的土地和牲口的事,其实她不是真的想听到什么答案,而是不希望他以为自己跟他在一起很不开心。可霍华德好像并没这份担心,事实上,很容易看出来,他对昨夜的事一丝羞愧都没有。

那天傍晚,他们途经一条浑浊的小溪,这是两个区域的分界线,由此进入霍华德的农场。货车很快就陷在小溪里,海伦和霍华德只好下车去推。最后终于爬回到车夫座位时,他们俩已经湿透,海伦裙子下摆沾满了沉重的泥巴。后来,农场终于进入视线,海伦立刻全然忘了关心她的裙子、她的痛，甚至忘了害怕即将来临的夜晚。

"就我们俩。"说着，霍华德把车马停在一个小屋前。就这小屋，再怎么有雅量的人，也只可能称之为木屋，是用毛糙的原木钉在一起搭建而成的。"进来吧，我去料理一下畜棚的事情。"

海伦像瘫痪了一般站在那儿，这就是料想中的家么？克莱斯特彻奇的畜栏也比这舒服多了——伦敦就更不用提了。

"好了，进去吧，门没锁。这里没小偷。"

这里根本就没什么好偷啊。海伦依旧未吭一声，把门推开，进到一个房间——相比之下，玛格丽特的厨房都比这更适合居住。屋子一共有两个房间——第一个是厨房兼客厅，零零星星地摆了四把椅子和一个衣柜。厨房配备稍微好点，有个像模像样的炉子，不像玛格丽特家的那样，海伦至少不用在开放的火炉上煮东西。

她提心吊胆地打开隔壁房间的门——霍华德的卧室，不，是他们的卧室，她纠正自己，她只需把它布置得舒服点。里面只有一张木床，上面凌乱地铺着脏兮兮的亚麻布。谢天谢地，还好自己在伦敦购置了不少东西。有了新的床上用品，这里马上就会焕然一新。霍华德把她的包袱拿进来，她马上换了床单。

霍华德腋下夹着一篮柴火进来，木头上摆放着几枚鸡蛋。

"懒老鼠，这群没用的毛利人！"他诅咒道，"他们昨天挤了奶，但今天没有。奶牛站在那儿，乳房都涨破了，可怜的东西，一直在呻吟。你能接着继续帮它挤吗？不管怎样，现在开始，那是你的工作，现在就去吧，看怎么弄。"

海伦迷惑地看着他，"你想让我去……挤牛奶？现在？"

"嗯，等到明天，它会死的。"霍华德说，"你可以先换上干爽一点的衣服，我马上把你的东西拿进来。现在这天气，呆在这房间里，你会得重感冒的。柴火在这儿。"

最后一句话听起来像是在发号施令。不过海伦决定先解决奶牛的事情。

"霍华德，我不会挤奶。"她承认，"我以前从没挤过。"

霍华德眉头紧皱。

"你这话什么意思,你以前从没挤过奶?"他问,"英国没奶牛吗?你信里不是说,你替你父亲操持了多年家务吗!"

"是,但我们生活在利物浦!在市中心,教堂附近。我们没养家畜!"

霍华德冷冷地看着她。"那你就得好好学咯!今天我来弄,你去打扫地板,风吹得灰尘到处都是。忙完再去起炉子,柴火我已经搬进来了,你只需把它们点燃就行,注意要小心堆放,要不然冒出来的烟会把我们熏出这屋子。这些你应该会做吧?还是利物浦人没有炉灶?"

霍华德轻蔑的表情让海伦更为反感。如果她对他说,在利物浦,他们都是雇用女仆去做繁重的家务,他的恼怒必定会火上加油。在伦敦的时候,海伦的任务仅限于抚养兄弟姐妹、协助教区工作、引导圣经传播。如果她向他描述伦敦庄园的种种,他会怎么想?格林伍德家有一名厨师、一个专门生炉子的佣人,还有好几个女仆料理他们的全部生活所需,海伦则是他们的女家庭教师。虽说她理所当然不会被视作这个家庭的主人之一,但也没谁会想要她去碰拿柴火生炉子这档子事。

海伦不知道该如何对付这里的一切。可是,她也无路可走了。

吉薇尼拉和卢卡斯这么快就达成一致,杰拉尔德·沃顿掩不住自己的喜悦。他把举行婚礼的日子定在基督降临节的第二个周末。时值盛夏,部分接待可以在花园里进行,把地方打理一下就可以了。侯图热帕和其他两个专门为此次婚礼而雇来毛利人,辛勤地把杰拉尔德从英国带回来的种子和幼苗种在花园里;还有一些本地植物,也在卢卡斯精心设计的园子里找到生根的地方。因为枫木和栗子树要很长时间才能长大,所以他们就种了些南方的山毛榉、棕榈、巨朱蕉,这些植物长得快,短期内就可以为宾客们提供散步的阴凉场所。这些事丝毫不会让吉薇尼拉觉得困扰,她发现当地的动植物都非常有趣,那是最后一个她和未来丈夫的癖好重叠的领域,尽管卢卡斯的研究重点在于蕨类植物和昆虫,前者在多雨的南岛西部地区比较常见。吉薇尼拉只能从卢卡斯自己那完美的画本及他的教科书中，惊叹它们丰富的种类和精细的形状。不过，第一次看见活生生的当地昆虫时，即便是吉薇尼拉这样天不怕地不怕的人也发出一声尖叫，而卢卡斯这位最体贴的绅士，立马就冲到她身边，只不过，这样的场景对他而言，充满了乐趣而非恐惧。

"那是一条沙螽！"他兴奋地说，并轻轻拨动这只六条腿的动物，那是侯图热帕刚用一条树枝从地里挖出来的。"它们可能是世界上最大的昆虫，八公分甚至更长的标本也不罕见。"

吉薇尼拉无法分享未婚夫在这方面的乐趣，要是这条虫长得像蝴蝶或蜜蜂、大黄蜂什么的就好了……可是，它们特别像一条条肥胖、黏湿、发着光的蚱蜢。

"它们同属一科！"卢卡斯讲解道，"更准确地说，属于蜇亚目，除洞穴沙螽之外——洞穴沙螽属于穴螽科……"

卢卡斯懂得好几个沙螽亚科的拉丁名称，吉薇尼拉却觉得用毛利语称呼这些虫子更恰到好处。齐丽和其他毛利人称它们为维塔帕嘎，意思是"丑陋之神"。

"这些虫子会蜇人吗？"吉薇尼拉问。小虫看上去不那么灵敏，卢卡斯拨它时，它只会慢吞吞地朝前挪动。不过，其下腹部倒是带着威风凛凛的刺，所以吉薇尼拉还是与它保持着一定距离。

"不，不会的，它们一般无害，顶多偶尔叮咬一下，但也不会比黄蜂厉害。"卢卡斯介绍说，"它们身上的刺是……那是……呃，反正能表明它是母的，而且……"每每提及与"性"有关的事，卢卡斯都会一如既往地把脸转开。

"那是用来下蛋的，小姐，"侯图热帕随口说道，"这只又大又肥，很快就要下蛋了，会下好多，一百，两百……最好不要带到屋里，沃顿先生，别让那些蛋下在家里……"

"看在上帝的分上！"要和两百只这种丑虫子的后代共处一室，吉薇尼拉想想就脊梁骨发冷。"让它呆在这里吧，万一它到处乱跑……"

"跑不快的，小姐。你快跳起来，哎呀，你腿上有只维塔帕嘎！"侯图热帕说道。

吉薇尼拉又后退一步，确定是不是真的。

"那我就在这里把它画下来好了。"卢卡斯不情愿地妥协道，"我本来很想把它带回书房，直接与野外指南书上的图片比对，现在看来只好用我画的图了。吉薇尼拉，你当然也想知道，我们这里有没有地沙蠡或树沙蠡……"

没想到吉薇尼拉对此兴趣全无。

"他怎么不像他父亲一样，将兴趣放在羊群上？"事后，她问她那耐心的听众——克里奥和伊格莱恩。卢卡斯画着沙蠡素描时，吉薇尼拉撤退到马厩去喂马。一整个上午的骑行后，马儿已累得汗流浃背。吉薇尼拉趁此间隙将身上的外套整理了一番，衣服已经干了。"或者，关注关注鸟类也行啊！虽然鸟儿们不会坚持那么长时间一动不动地让人画素描。"

吉薇尼拉觉得，当地的鸟儿可比卢卡斯那让人毛骨悚然的小爬虫有趣多了。来到这里后，农场工人已向她展示过好几种鸟。工人中大多数都已对这片新国土很熟悉，而且因为夜里时常呆在户外，他们渐渐对夜间活动的鸟类很熟悉。比如说詹姆斯·麦肯齐，他就曾向她介绍到过欧洲移民命名的鸟：奇异鸟。这种鸟短而丰满，棕色羽毛看上去跟毛皮差不多；鸟喙奇长，常被它们当成"第五条腿"来使用。吉薇尼拉觉得它们非常有异国风情。

"这种鸟和你的狗有某些共同之处，"麦肯齐聪明地解释说，"它们有嗅觉，这在鸟类中是很罕见的！"

近几天，麦肯齐陪同吉薇尼拉越野骑行了好几次。不出所料，她很快就赢得这些牧羊人的尊重，她第一次向他们展示克里奥看管羊群的能力时，就已经开始让这群汉子深受激励。

"这条牧羊犬可以胜任两个牧人的工作！"波克对此无比惊讶。他蹲下身子，赞许地轻轻拍了拍克里奥的头，"那几只小一点的狗狗长大后也这么有能耐吗？"

杰拉尔德·沃顿让每个牧人负责训练一只牧羊犬。理论上说，让每只狗都跟着自己将来要跟随的牧人学习，这种方法是有意义的，不过，实际上，基本都是麦肯齐独自在训练小狗，安迪·麦克艾伦和年轻的哈迪偶尔会帮帮忙，可其他牧人则觉得，一遍又一遍地向小狗重复指令实在乏味，而且，他们还认为，为了训练小狗，还要专门去牵羊过来，实在没必要。

但麦肯齐却显得很有兴趣，而且展现出他在对付动物方面不一般的天赋。在他的指导下，小"守护神"在技巧水平上很快就接近克里奥了。吉薇尼拉在一旁监督它们练习，尽管卢卡斯对此颇为不悦。相比之下，杰拉尔德反而会让她做她喜欢的事，他知道，牧羊犬对农场来说，价值和用途不可限量。

"婚宴之后，说不定你可以安排一个小型驯狗表演呢，麦肯齐。"看了克里奥和"守护神"的种种表现后，杰拉尔德非常满意地说，"很多来宾都有兴趣看这个……我是说，其他农场主一定会非常嫉妒！"

"穿着婚纱，我可没法自如地引导这些狗狗！"吉薇尼拉大笑着说。她尽情地享受着此番赞许，因为呆在屋里，她总是觉得自己一无是处。严格说来，她现在还是个客人，不过，很明显，作为基沃顿站的女主人，人家一定会要求她做那些她在施克罕庄园时所讨厌的事情：管理一个庞大的、仆人成群的贵族庄园，维持整个家庭运作。尤其不容易的是，这里雇的工人没一个受过教育。要是在英国，哪怕自己缺乏管理能力，雇上几个得力的男管家和保姆，一切就都迎刃而解了；涉及雇员问题时，不要精打细算，只要能雇上资历一流的人就行了。这样，一个家庭就能好好运行下去。可是，在这里，吉薇尼拉必须对她的毛利仆人加以管束，她对此没多大热情，且无法确定赏罚尺度。

"为什么每天都得清洁银器呢？"莫纳会这样问，这在吉薇尼拉看来，其实是一个很简单的逻辑问题。

"因为要是不清洁，银器会变得很没光泽啊。"吉薇尼拉回答说，最起码，这一点她是很清楚的。

"那为什么要用会变色的银器呢？"莫纳一边问，一边很不高兴地翻转着手里的银器，"用木器就好了！简单，冲洗一下，就干净！"她看着吉薇尼拉，希望得到表扬。

"木器不是……每种有品位的人都喜欢。"吉薇回想起母亲对这个问题的一个解答,"木器用几次就会变得很难看。"

莫纳耸耸肩,"那就再做新的嘛,很容易的,我做给你看,小姐!"

新西兰土著居民精于雕刻艺术。几天前,吉薇尼拉就去过隶属基沃顿站的毛利村,距离不远,但隐藏在湖边岩石群及丛丛树木后。要不是看到妇女们在洗衣服、一大群赤身露体的孩子在湖里洗澡,吉薇尼拉可能永远不会发现村庄的存在。看到吉薇尼拉,那群棕色皮肤的孩子害羞地躲开了。后来再一次骑马经过的时候,她分了糖果给他们吃,由此赢得他们的信任。那些妇女还盛情邀请她去她们寨子里,吉薇尼拉惊叹于他们的房子和取暖坑,而印象最深的是他们的教堂,里面用大量的雕刻艺术加以装饰。

慢慢地,她开始对毛利语有了点滴理解。

Kia ora 的意思是"你好";Tana 指男人,wahine 指女人。她还知道,毛利人不说"谢谢",而是用行动去感恩;他们打招呼时不是握手,而相互用鼻子摩擦,这种仪式叫做鼻触礼。吉薇尼拉拉着咯咯笑的小孩练习这种礼仪,卢卡斯听闻后大惊失色,杰拉尔德也责备她说:"无论如何,我们都不应该跟他们走得太近。这些人还很原始,他们必须懂得彼此间的界限。"

"我觉得人与人之间彼此多理解总是好的。"吉薇尼拉不同意他们的看法,"为什么原始人就该去学礼貌用语?应该倒过来,那会容易得多!"

海伦蹲在奶牛身边,尝试着哄它让她挤奶。这只动物似乎挺友好的,要是在客轮上就很好地领会了达芙妮所做的一切,海伦就会明白,这可不是奶牛的既定状态。很明显,有些奶牛在挤奶时是不会袭击你的,但你得小心谨慎地对待。虽说乐意的奶牛不会在挤奶过程中捣乱,海伦还是有必要——防患于未然。无论如何她拽、捏奶牛乳房,它硬是滴奶不出。霍华德做这件事时,看上去轻而易举,可他只向海伦示范过一次,头天晚上的不快之后,他心情还是很糟。挤完奶回来,火炉将整个房间变成了烟雾缭绕的地狱。海伦蹲在那个铁制的怪物前泪流满面，她当然也懒得去打扫房间。一阵愠怒的沉默过后，霍华德点燃了火炉和壁炉，往煮锅里敲了几枚鸡蛋，煮好后摆在桌上让海伦吃。

"明天开始，你煮饭！"他边做边吩咐，说话的口气听起来好像他再也不愿接受任何借口。海伦不知道她该煮些什么，因为家里除了牛奶和鸡蛋，别的什么都没有。"你得烤面包，橱柜里有小麦，另外还有豆子，盐……你要算好。我知道你很厌烦，海伦，但你若不这样做，就是对我不好！"

那天晚上，海伦再一次体验了头一天晚上所做的事情。这回，她穿着最好的睡衣，躺在干净的床单上，所以感觉不会那么难以忍受了。海伦疼痛而羞愧，霍华德脸上映射着赤裸裸的欲望，让她害怕。但这一次，她至少已经知道，事情很快就会结束，而接着，霍华德就会沉沉睡去。

那天早上，他出门去看管羊群，并告知海伦说要晚上才能回来，回来的时候，希望有一个温暖的家、一顿好饭菜、一个整洁的房间在等着自己。

海伦甚至都还不会挤奶。这会儿，正当她再次拼命拽奶牛乳房时，马厩门口方向传来鬼鬼祟祟的傻笑，接着，听见有人在低声说着什么，要不是声音听上去有些尖锐且带有孩子气息，海伦肯定会很害怕。最后，她只是站起身来。

"出来吧，我看见你们了！"她说。

一阵悦耳的轻笑。

海伦走到门前，却只看见两个黑乎乎的身影在半开着的门前一闪而过，消失在眼前。

算了，其实他们没走远，他们只是好奇罢了。

"我不会伤害你们的！"海伦喊道，"你们想要什么，想偷几个鸡蛋是吗？"

"我们不是来偷东西的，小姐！"语气有点受伤。海伦肯定伤害了某人的自尊。一个栗棕色幼小人影从马厩拐角附近冒出来，身上只穿着一条短裙。"奥基弗先生不在的时候,我们来挤牛奶!"

啊哈!海伦得让他们为头一天的事负责!"可是你昨天没挤!"她严厉地说,"奥基弗先生很生气。"

"昨天瓦依阿塔-塔-蕾格……"

"跳舞,"另外一个穿着围腰的男孩补充说,"大家都在跳舞,没时间管奶牛!"

海伦很想教训他们一通,告诉他们不管是不是节日,都必须挤奶,想想自己也是前一天才知道这码子事,所以忍住了。

"不过,今天你们可以帮帮我,"海伦说,"教教我怎么做。"

"怎么做什么?"女孩问。

"怎么挤奶呀。你们是怎么对付奶牛的?"海伦叹了口气。

"你不知道怎样挤奶啊?"一阵爽朗的傻笑。

"那你在这儿干什么?"小男孩露齿而笑,并问道,"是偷鸡蛋吗?"

海伦忍不住大笑。这小子真狡猾。不过千万别让他生气。海伦觉得这两小家伙挺讨人喜欢的。

"我是新来的奥基弗太太,"她自我介绍说,"奥基弗先生和我在克莱斯特彻奇结了婚。"

"奥基弗先生娶了一个不会挤牛奶的太太?"

"呃,我有别的优点啊,"海伦大笑着说,"比如,我会烤甜品。"她以前就会,而且,这一直是她用来说服两个弟弟做事情的终极手段。霍华德家里有糖浆,她可以加上其他材料,临时凑合着做些甜品,不过她得先让两个小孩进到奶牛棚里来。"不过我的甜品当然是为好孩子做的!"

这个"好"字对毛利孩子来说,似乎还不是特别起效,不过他们知道"甜品"这个词,所以协议很快成交。海伦后来才知道,这俩孩子一个叫朗格·朗格,另一个叫雷蒂,他们居住在河流下方的毛利村。他们以闪电般的速度挤奶、在某个海伦连想都没想去看一眼的固定位置找到鸡蛋,然后好奇地跟在她身后,走进屋里。因为将糖浆制作成甜品需要好几小时,海伦决定干脆用糖浆做薄煎饼给他们吃。俩小家伙在一边着迷地看着她搅面糊，然后在平底锅上翻转薄饼。

"好像塔卡库耶，扁平面包！"朗格惊呼。

海伦知道机会来了。"你会做吗，朗格？我是说扁平面包。你做给我看看？"

没想到那么简单，所需材料有水和小麦就差不多了。海伦希望做出来的东西能得到霍华德的认可，至少能吃。让她惊异的是，屋后那个未曾好好料理的园子里，也有可以吃的东西。乍一看，里面找不到任何与自己想法吻合的蔬菜，后来，朗格和雷蒂四处挖掘，几分钟后，他们得意洋洋地拿出几条莫名的根茎给她看。海伦用这东西炖了一锅汤，想不到竟然出奇美味。

那个下午，她把房间打扫干净，朗格和雷蒂将她的嫁妆一一查看，她带来的书籍尤其激起他们的兴趣。

"真是神奇的东西！"雷蒂表情凝重地说，"别碰，朗格，否则你会被吃掉的！"

海伦大笑。"你怎么会这么说呢，雷蒂？这些只是书，里面写着故事，一点也不危险啊。这里的事情做完后，我把里面的故事读给你们听。"

"可故事都是在毛利老人大脑里的，"朗格说，"在讲故事的人脑子里。"

"呃，要是有人会写，那么故事就会通过他们的手臂和手，从他们的大脑里流到书上来，"海伦说，"这样，每个人都可以读故事了，不仅仅是听老人讲故事。"

"真是魔法！"雷蒂断言道。

海伦摇摇头。"不，不是的。看，你的名字是这样写的。"她拿了一张信纸，并在纸上写下雷蒂的名字，接着又写朗格的。俩小孩张着嘴学她用手比划着。

"看到了吧，现在你们会读自己的名字了，别的东西你们也都能拼写，只要能说得出来的东西。"

"不过,你有法力!"雷蒂说得很严肃,"讲故事的人有魔法!"

海伦笑了起来。"是啊,你知道什么是魔法吗?我教你们俩读书,作为交换,你们教我怎么挤牛奶,再告诉我园子里长的那些东西。我问一下奥基弗先生,有没有用你们的语言编写的书。我学会毛利语,这样,你们的英语就会学得更好。"

5

事实证明,杰拉尔德是对的。吉薇尼拉的婚礼成为坎特伯雷平原有史以来最隆重的社交盛事。来宾们几天前就开始从遥远的农场甚至但尼丁驻地陆续抵达,大半克莱斯特彻奇的人也即将前往,基沃顿站的客房很快爆满,还好杰拉尔德在房子四周搭建了帐篷,所以大家都有舒适的地方可以睡觉。他还从克莱斯特彻奇的酒店预订了饭菜,这样既能为来宾们提供精致的膳食,又能让大家彼此亲近。同时,吉薇尼拉本来应该趁此机会培养毛利女孩如何成为一个完美的仆从,可这事她摸不着头脑,后来她才想起桃乐西、伊丽莎白和达芙妮她们,这一带肯定能找到一位训练有素的员工。高德温太太很乐意把伊丽莎白借出去,而桃乐西的雇主坎德拉一家反正也被邀请来参加婚宴,正好可以把桃乐西一起带来;达芙妮就无踪可循了。杰拉尔德不知道莫里森的农场在哪,所以跟那女孩直接联系上的希望不大。鲍尔温太太宣称,她一直在尝试联络他们,可是莫里森先生音信全无。吉薇尼拉再一次为海伦感到难过,也许,她多少知道点那个走失的学生的事情。可是,吉薇尼拉还没得到朋友的任何消息,也没有找到时间和机会去打听。还好,桃乐西和伊丽莎白看上去还算是快乐的,她们穿着蓝色工作服,系着白色蕾丝围裙,戴着专门为婚礼缝制的软帽,看上去非常整洁、可爱;而且,她们丝毫没有忘记所接受过的培训。遗憾的是,兴奋之中,伊丽莎白手中掉下两个最昂贵的瓷盘,还好杰拉尔德没看见,毛利女孩也没在意,吉薇尼拉则视而不见。她一心挂念着克里奥,这家伙只偶尔听从詹姆斯·麦肯齐,真希望牧羊犬表演一切顺利。

这一天，天气很异常。草木苍翠、鲜花盛开的花园里，专门搭起一个装饰华丽的天篷，婚礼就在这里举行。吉薇尼拉认出，这里大部分植物都是从英国运过来的，新西兰这片肥沃的土壤，看样子已欣然接受了移民们带来的新植物花卉及动物。

吉薇尼拉的英式婚纱聚集了无数赞赏的目光和品评，站在她身边的伊丽莎白尤其羡慕不已。

"我结婚的时候，一定也要穿这样的婚纱！"她极度渴望地叹了口气，她现在痴迷的不是杰米·奥哈拉，而独独倾慕切斯特牧师。

"到时候，你可以向我借！"吉薇尼拉慷慨地说，"当然你也可以，桃！"

这会儿，桃乐西正在给吉薇尼拉绑头发，这行当，她干得比齐丽和莫纳熟练得多，即便还不如达芙妮那么能干。桃乐西对吉薇尼拉的慷慨未作回应，不过吉薇尼拉看得出来，她把坎德拉家最小的儿子照顾得无微不至——他们俩年龄很合适——也许几年后就会发展某种关系。

吉薇尼拉被打扮成了一个美丽的新娘，穿着黑领结结婚礼服的卢卡斯看起来也不错。吉薇尼拉结结巴巴地将结婚誓约说了一次，卢卡斯则用自信而沉着的声音说出自己的婚誓，然后将一枚昂贵的戒指戴在妻子手指上，并在鲍尔温教士的鼓动下，谦恭地吻了吻她的双唇。吉薇尼拉有一刹那莫名的失望，不过很快就回过神来。她曾期待什么呢？难道希望他像那些廉价恐怖小说里的牛仔一样，把他们刚拯救出来的女英雄抱在怀里，热烈地拥吻？

杰拉尔德简直抑制不住自己的骄傲。香槟成河，美酒四溢，美味佳肴，宾客尽欢。杰拉尔德满面春风，卢卡斯反倒出奇地平静——这让吉薇尼拉多少有点恼火。他应该装出非常爱她的样子啊！不过谁都别指望他会这么做。吉薇尼拉试着将自己不现实的浪漫理想抛在脑后，但卢卡斯时不时的冷漠让她不安，而且，好像只有她一个人注意到自己丈夫这种古怪的行为。宾客们只顾赞赏这对可爱的新人，并滔滔不绝地谈论新娘和新郎多么般配。也许，是她期望得太多。

最后，杰拉尔德宣布牧羊犬表演，宾客们紧随着他来到屋后的牲畜棚。

吉薇尼拉沮丧地朝伊格莱恩看去，它和默多克伫立在围场。她最近几天都没能骑马，而且，看样子，接下来的几天也不可能骑。按照习惯，有些客人会在这里住上好些天，主人必须好好款待他们，让他们开心。

为了表演，牧人已赶了一群羊过来，詹姆斯·麦肯齐准备好把狗放出来，克里奥和"守护神"首先必须绕着正在房屋旁边的野地里自由自在吃草的羊跑一圈。后来，客人要求从一个起始位置直接穿过羊群，克里奥毫无瑕疵地完成了这个任务，可一看见吉薇尼拉，它就远远地在麦肯齐右侧躺了下来。吉薇尼拉目测出此间距离，眼睛始终紧紧盯住她的狗：克里奥哀求地看着她——对麦肯齐的指令毫无反应，它在等待吉薇尼拉的指挥。

这倒不成问题。吉薇尼拉站在距离麦肯齐不远处一排观众前面，他正指挥牧羊犬控制羊群——一般来说，这是类似表演的关键之处。克里奥熟练地聚拢羊群，"守护神"巧妙地协助。麦肯齐向吉薇尼拉瞟了一眼，期待她的赞许，她微微一笑回应。杰拉尔德这位领班完成了一项超常的训练"守护神"的工作，就连吉薇尼拉自己，也未必能做得更好。

克里奥娴熟地把羊群聚到了一起，朝牧羊人的方向赶过去——不过，它关注的是吉薇尼拉而非詹姆斯，这一事实毋庸置疑。它得越过门槛奔过去，羊群必须先进入。克里奥让它们有节奏地向前挪动，"守护神"则严密看守着掉队的羊只。一切进行得无比顺畅，直到它们必须穿过那道大门，羊儿聚在牧人身后，因为克里奥迟疑中把吉薇尼拉当成了牧人。克里奥带着羊群朝吉薇尼拉的方向跑去，样子很焦急。难道要把羊群赶到站在女主人身后那一大堆人当中去吗？吉薇尼拉马上看出克里奥的困惑，知道自己必须出马了。她冷静地把裙子束起来，离开婚庆嘉宾，朝詹姆斯走去。

"过来，克里奥！"

克里奥迅速驱赶着羊群，穿过设在詹姆斯左侧的门道。在这一关，牧羊犬必须将某只指定的羊从羊群里分离出来。

"你先！"吉薇尼拉低声对詹姆斯说。

看上去他差不多跟牧羊犬一样紧张，不过吉薇尼拉走上前来时，他笑了笑。他朝"守护神"吹了一声口哨，并指定一只羊向它示意。乖巧的克里奥依然躺在那儿，而"守护神"则把那只羊挑了出来。这只小狗出色地完成任务，只不过前后尝试了三次。

"轮到我了！"吉薇尼拉大喊一声，进入竞技状态，"分开，克里奥！"

克里奥跳跃起来，只试了一次，就把指定的羊从羊群中分离出来。

观众鼓掌喝彩。

"我们赢了！"吉薇尼拉笑着欢呼。

詹姆斯·麦肯齐看着她喜气洋洋的脸。此时，她脸颊红润，双目闪耀着胜利的光芒，笑意荡漾。先前，站在婚礼一角，她完全不像现在这般快乐。

看到麦肯齐眨了眨眼睛，吉薇尼拉摸不着头脑。什么意思呢？自豪？还是惊讶？或者，可能那就是她一直期待丈夫看着自己时的眼神？

这会儿，牧羊犬还有最后一个任务要完成。詹姆斯一声哨响，它们立刻将羊群赶进了围栏，在这关头，麦肯齐必须在牧羊犬身后将大门关上，这意味着表演完成。

"我得走了，待会儿……"詹姆斯大步朝大门走去时，吉薇尼拉难过地说。

麦肯齐摇头说，"不，这是赢家的责任。"

他退到一边，为吉薇尼拉让路，婚纱边沿拖着地面灰尘而过她都没注意到。她以胜利者的姿态将大门关上，一直忠实地看守着羊群的克里奥，此时朝她扑了过来，期待主人的赞许。吉薇尼拉表扬了它，同时也为自己的行动而致使白色婚纱毁于一旦流露出一丝内疚。

"有失体统。"吉薇尼拉最后重新回到卢卡斯身边时，他泛酸地说。宾客们显然度过了一段终生难忘的时光，他们对吉薇尼拉赞不绝口，只是她丈夫显得兴味索然。

"以后，你的言行举止要是有点淑女样就好了！"

此时，花园里空气渐渐变冷，该挪到室内开始跳舞了。客厅里正演奏着弦乐四重奏，卢卡斯对演奏中频频出现的错误理所当然大加评判，吉薇尼拉却什么都没听出来。桃乐西和齐丽已经尽最大努力去清理她弄脏的婚纱，现在，可以让卢卡斯领着她跳华尔兹了。不出所料，年轻的沃顿是一个很棒的舞者。接着，她和公公跳了一曲，他流畅地在地板上并行；后来，她又分别和巴灵顿勋爵、布鲁斯特先生共舞。布鲁斯特夫妇把儿子和年轻的儿媳也带来了，年轻的毛利媳妇果然像他描述的那么妩媚。

吉薇尼拉在和别人跳舞时，会穿插着和卢卡斯跳上一曲——有时候跳得脚痛。最后，她让卢卡斯护送她到走廊呼吸新鲜空气。啜着香槟，想到即将来临的夜晚，她再也抑制不住自己的想象。今晚将会发生的事——如母亲所说的"将她转变成一个女人"。

远处的畜棚隐约传来乐声，农场工人们也在欢庆，虽然没有管弦乐——小提琴、口琴、小笛正欢快地演奏着民间歌舞。吉薇尼拉很想知道，詹姆斯是不是也在演奏某种乐器；也很想知道，他对克里奥好不好。今晚，克里奥不许进屋里来，卢卡斯一直以来都不愿意看到这只小狗和他未婚妻形影相随，他也许会容许吉薇尼拉玩赏宠物狗，但在他看来，牧羊犬应归于牲畜棚。吉薇尼拉愿意在今夜满足他的情欲，但明天，她打算重新洗牌。詹姆斯会把克里奥照看得很好……吉薇尼拉想象着他健壮的手摩挲着狗的皮毛，狗很喜欢他……这会儿，她还有别的事情要忧心。

婚宴还在热烈进行之中，这时，卢卡斯向妻子提议先行撤退。"待会儿，客人们都喝得醉醺醺的，他们可能会坚持要陪我们进洞房，"他说，"我宁愿不要听那么多黄段子。"

吉薇尼拉欣然同意，她已经跳了很多舞，很想尽快将这个夜晚抛诸脑后。她在害怕与好奇之间游移不定。根据此前听说过的正儿八经的描述，到时会有点痛，可在廉价小说里，女人总是会沉溺在牛仔怀抱里，神魂颠倒。吉薇尼拉任由自己的好奇信马由缰。

宾客们明白这对新人煞费苦心退出婚宴，没有说任何尴尬下流的言语。齐丽在一边伺候她脱下婚纱，到了洞房前，卢卡斯小心谨慎地亲吻着她。

"准备一下，亲爱的，我马上就会到你身边。"

齐丽和桃乐西帮吉薇尼拉脱掉裙子，松开头发。齐丽一直傻笑着开玩笑，而桃乐西却在一边啜泣。毛利女孩看来是真心为吉薇尼拉和卢卡斯感到高兴，只是很惊讶这对新婚夫妇怎么那么快退出婚宴。在毛利人中，新人当着全家人的面躺在一起，被认为是婚姻美满的象征。桃乐西听到这，开始哭得更厉害了。

"什么事让你那么伤心呢，桃？"吉薇尼拉生气地问，"搞得跟参加葬礼似的。"

"我不知道，小姐，但我妈妈老是在婚礼上哭，可能这样能带来好运吧。"

"哭不会带来好运，笑才会！"齐丽说，"瞧，都弄好了，小姐！小姐真漂亮！太漂亮了。我们现在就去敲少东家的门。少东家帅呆了！真棒！只是有点瘦！"她傻笑着，一边将桃乐西拉出门外。

吉薇尼拉打量了自己一番，睡衣是上好的蕾丝做的，她知道自己穿起来很好看。可是，她现在该做什么呢？不能在梳妆台前接待卢卡斯吧。要是她没理解错母亲所说的，一切应该是在床上进行⋯⋯

吉薇尼拉躺了下来，盖上丝质床单。如此一来，漂亮睡衣就看不见了，真可惜。不过，也许卢卡斯会掀开她的⋯⋯？

听到门把手的声音，她屏住呼吸。卢卡斯进来了，手上拿着一盏灯。他好像有点搞不懂，吉薇尼拉为什么还不关灯。

"最亲爱的，我觉得我们⋯⋯今晚最好把灯关了。"

吉薇尼拉点点头。不管怎样，穿着长睡衣的卢卡斯看上去并未给人很特别的印象。在她想象中，具有刚阳之气的男性睡衣应该是⋯⋯嗯，更具刚阳之气的。

卢卡斯紧靠着她躺进被窝里。"我尽量不弄疼你。"他低声说，并温柔地亲吻着她。他抱住她的肩膀，亲吻、爱抚着她的脖子、乳房，吉薇尼拉依然大气不敢出。接着，他推开她的睡衣，呼吸越来越急促。当卢卡斯的手指触摸到她身体最私密的部位时——那是她自己从未探寻过的地方，吉薇尼拉感觉到自己难以自禁地陷入越来越强烈的刺激之中。母亲一再教育她，即使是洗澡的时候，也要穿内衣。她从来不太敢看自己的阴部——那儿有卷曲的毛，甚至比头发还卷。卢卡斯温柔地碰触她，吉薇尼拉感觉到一阵愉悦而情欲高涨的刺痛。最后，他把手挪开，躺到她身上。吉薇尼拉感觉到两腿之间有什么东西在勃起并渐渐变得坚硬，然后深深地插入她身体那个未知的部位。突然，卢卡斯好像遇到什么阻碍，软了下来。

"对不起，最亲爱的，这一天太漫长了。"他为自己辩解道。

"真的很愉悦……"吉薇尼拉小心翼翼地说，一边亲吻着他的脸。

"明天我们可以再试一次……"

"你喜欢就行。"吉薇不解地说，人稍松懈了些。从婚姻生活义务上来说，她母亲对这事太言过其实了。其实，真的没理由觉得谁对不起谁。

"那我先告辞了。"卢卡斯生硬地说，"我想，你一个人会睡得更好。"

"只要你喜欢，"吉薇尼拉说，"可是，不是说新婚之夜丈夫和妻子要在一起吗？"

卢卡斯点头。"你说得对，我就睡这里吧。床够宽敞的。"

"好的。"吉薇尼拉高兴地滚到床的左侧，让出位置，卢卡斯一动不动地躺在右边。

"那，晚安咯，最亲爱的！"

"晚安，卢卡斯。"

第二天早上，吉薇尼拉醒来时，卢卡斯已经起床。维缇在吉薇尼拉的更衣室为他备好一套浅色日间礼服，他已经穿好，准备去吃早餐。

"很高兴等你，亲爱的。"卢卡斯说着，眼睛朝吉薇尼拉看去。她穿着睡衣，端坐在床上。"不过，由我去接受客人们粗俗下流的谈笑可能会更合适。"

从昨晚至今天一早,即便见到最狂热的醉酒嘉宾,吉薇尼拉也没觉得害怕。不过此时,她还是点头同意了。

"可能的话,请叫齐丽和桃乐西过来帮我穿衣、做头发。我们肯定得穿戴整齐,所以得有人来帮我穿上束腹内衣。"她用友好的语气说道。

提到束腹内衣,卢卡斯好像再一次感到尴尬。不过齐丽已经等候在门口了,把桃乐西叫过来就行了。

"嗯,夫人?感觉好吗?"

"请你和其他人继续叫我'小姐'吧。"吉薇尼拉说,"我更喜欢这个称呼。"

"好的,小姐。可你得告诉我,感觉怎么样?第一次一般不怎么美妙,不过会越来越好,小姐!"齐丽说,一边把吉薇尼拉的裙子扯平。

"呃……很好啊……"吉薇尼拉轻声说道。在这点上,大家也都估计过高。头一晚上卢卡斯对她所做的一切,她觉得既不美妙,也不糟糕,只要别想太多,那无非是日常生活而已。她为齐丽的想法感到好笑,这小姐偏爱丰满的男人。

桃乐西进来时,齐丽已帮吉薇尼拉穿好有闪亮小花装饰的白色夏裙。她接手帮吉薇尼拉弄头发,齐丽则去换床单了。吉薇尼拉觉得根本没必要换,她也就在被窝里睡了一觉而已,不过她什么都没说。这也许是毛利人的风俗吧。桃乐西没再哭了,她静静的,不敢看吉薇尼拉的眼睛。

"你还好吧,小姐?"她关切地问。

吉薇尼拉点了点头。"当然啦,我为什么不好?用发夹夹一下看起来好多了,桃乐西。你应该记住这点,齐丽!"

齐丽这会儿可没空闲,她正用不安的眼神凝视着寝具。吉薇尼拉刚派桃乐西去安排早餐,这才想到齐丽。

"找什么呢,齐丽?你在床上找什么?沃顿先生丢失什么了吗?"吉薇尼拉以为她在找珠宝之类的东西,可能是卢卡斯的结婚戒指什么的,他的手指太细,戴起来松松的。

齐丽摇头。"不,不是的,小姐,只是……床单上没血……"她既困惑又难为情地看着吉薇尼拉。

"为什么一定要有血啊？"吉薇尼拉问。

"第一个晚上，总是有血的。开始时会受一点点伤，然后会出血，再往后就变得很美妙了。"

吉薇尼拉渐渐明白，自己错过了某种东西。"沃顿先生很……温柔。"她含糊其辞地说。

齐丽点了点头。"婚宴过后，肯定很累了。别难过，明天就会见红！"

吉薇尼拉决定等到下次再去烦恼这件事情。这个时候，她得去吃早餐，卢卡斯正在餐厅以最亲切的方式招待客人呢。他跟小姐们开着玩笑，高兴地接受绅士们的嘲弄，吉薇尼拉来到他身边时，他也心无旁骛。接下来的几个小时，大家在闲聊中度过，当然，除了那位多愁善感得无可救药的布鲁斯特太太以外——她对吉薇尼拉说："你很勇敢，孩子！太开心了！沃顿先生倒是个非常体贴的男人！"头天晚上的事情，没人提及。

正午，大部分客人都在休息，吉薇尼拉终于有时间去畜棚看她的马和狗了。

牧人们大叫着向她打招呼。

"噢，沃顿太太，祝贺啊！昨晚过得好吗？"波克·利文斯顿盘问。

"当然比你好咯，利文斯顿先生。"吉薇尼拉回了他一句，他们看上去全都宿醉未醒，"不过，我很高兴你们为了我喝了那么多酒。"

詹姆斯·麦肯齐看着她，表情有些挑剔而非挑逗，眼神中似乎有一丝遗憾——但吉薇尼拉很难读懂他那双深棕色眼睛里隐含的东西，因为表情似乎在不断变化。看到克里奥向女主人致意，笑容又马上回到詹姆斯脸上。

"你是不是听别人说了一大堆闲话？"詹姆斯问。

吉薇尼拉摇头。"为什么我得听？就因为这次表演吗？根本不是，是女孩在自己结婚那天行为出人意料！"她朝他使了个眼色。"明天开始，我丈夫就会对我发号施令，客人也会对我严加管束，有的还会不断地想从我这里得到点什么。所以，我今天也抽不出时间来骑马。"

詹姆斯听到她说想骑马，一脸讶异，但什么都没说。他那明察秋毫的眼神又一次闪现出无拘无束的火花。

"那你得想办法从他们身边溜过去！明天大概这个时候，我帮你上好马鞍，怎么样？那时大部分女士都在打盹。"

吉薇尼拉满腔热情地点了点头。"好主意，不过不是这个时候，午饭后我得在厨房忙碌，安排好饭后清理工作，准备好茶点。厨师要求这样——天知道这是为什么。不过早上可以，如果你六点钟可以帮我把伊格莱恩准备好，我就可以在客人们起床之前骑一圈。"

詹姆斯面有难色。"可是，如果你……沃顿先生会怎么说。请原谅，这当然不关我的事……"

"也不关沃顿先生的事，"吉薇尼拉若无其事地回答说，"作为女主人，只要我没有失职，我当然可以想什么时候骑就什么时候骑。"

这跟你作为女主人更没什么关系，詹姆斯想，不过他还是保留意见，因为无论如何，他都不想冒犯吉薇尼拉。而且，他也看不出她的新婚之夜有多激情澎湃。

那天晚上，卢卡斯再次造访吉薇尼拉，既然已经知道等待自己的将会是什么，她便格外享受他温柔的爱抚。他亲吻她的乳房时，她只觉浑身触电般战栗；他触摸着她阴毛下柔软的肌肤时，她兴奋得更厉害了；她甚至偷偷竖起他那又大又硬的阴茎——可惜，像之前一样，它再次快速疲软下来。吉薇尼拉有一种难以言说、未得到满足的奇怪感觉。这也许很正常吧。她很快就会找出原由。

第二天一早，吉薇尼拉用缝衣针轻轻地刺破指头，挤出一点血，搓在床单上。这样，齐丽才不会觉得她和卢卡斯有什么不对劲。

6

海伦慢慢开始适应与霍华德一起生活。虽然夜里的床笫之事依然让她感觉羞愧、痛苦，不过她现在已经把它与日常生活的其他部分区分开来。白天和霍华德相处时，她会表现得很自然。但这样做有时候并不容易。霍华德对他的妻子怀着某些期待，当海伦无法满足他时，他的脾气便会很快爆发出来。每每海伦要求他添置些家具或更换些好点的炊具时，他都会陷入恼怒之中。他的坛坛罐罐如此陈旧，斑斑驳驳的沾满了残羹剩饭的痕迹，无论怎样冲刷都无法清除。

"下一次我们到霍尔顿去买。"每一次他都用安慰的语气说。显然，大老远开车到霍尔顿单单为了买几样厨房用具、一点香料和糖是不值得的。发现他每次都是这么应付了事，海伦越发渴望接触一点现代文明。荒原上的生活依旧令她害怕——尽管霍华德经常经向她保证，在坎特伯雷平原没有夺人性命的猛兽。其实，她怀念的是城市里的娱乐生活以及与有识之士的交流。

除了农场的劳作，她无法与霍华德作更多的交流。他甚至不情愿谈起他早年在爱尔兰或捕鲸站的生活细节。话题总是点到为止——海伦已经知道她想知道的部分，而霍华德也没有兴趣对此作进一步的讨论。

海伦了无生趣的生活中，唯一让她高兴是那些毛利孩子。雷蒂和朗格几乎每天都来，自雷蒂回到村里卖弄了一番他刚掌握的阅读能力后——两个孩子都学得很快，除了读写自己的名字，他们还能背诵出整个字母表——别的孩子也跟着来了。

"我们也来学魔术！"一个孩子认真地说。于是海伦在新的纸片上写下诸如恩嘎匹尼和维拉姆等奇怪的姓氏。她有时候很替这些价格昂贵的信纸感到惋惜，然而除此之外也极少有别的用途。虽然她满怀热忱地给她的亲戚，还有英格兰的托马斯以及同在新西兰的姑娘们写过信，但只有等到了霍尔顿才能寄出去。

要是去霍尔顿，她还想订购一本毛利文版的圣经。霍华德曾经告诉过她，圣经已经被翻译成毛利文。如果学点毛利文，或许她就能认识毛利孩子的妈妈们。朗格曾经带她到村里去过一次，他们大家都很友善，可惜会英文的人很少。只有和霍华德共事，或受雇于别的农场，在草原上四处游牧的男人，才会说些英文。孩子们的那点英文，也是向他们的父亲以及一对曾经在村子里短暂逗留的传教士夫妇学的。"不过，他们教不好,"雷蒂解释说,"他们只会晃着指头说'哎呀,啊呀,罪过,罪过!'"

"罪过是什么呢,小姐?"

从那以后,海伦增加了她的课程内容,她开始用英文朗读圣经,这给她带来了新的问题。比如,圣经中的创世记故事就让这群孩子迷惑不已。

"不,不!不是这样的!"朗格大声说,她的祖母是一位颇受人尊敬的说书人。

"先是有papatuanuku①,地母,和ranginui,天父,他们非常相亲相爱,不想分离,明白吗?"朗格说完做了一个非常淫秽的手势,这让海伦很惊悚。不过,孩子是全然无辜的。"但是他们的孩子希望这个世界有鸟儿、有鱼儿、有云朵、有月亮,有一切的一切,所以他们分开了。于是地母哭啊哭啊,泪水汇成了河流海洋和湖泊。地母有时候会停止哭泣,但天父却一直在哭,差不多每一天……"

朗格以前曾经提到过,天父的眼泪变成雨水从天空落下来。

"那是一个非常美丽的故事,"海伦低声说,"但是你们应该知道,白种人来自外国,那里的人热爱学习并了解一切。以色列的上帝在圣经里把这个故事告诉了那些先知们,事实就是如此。"

"真的吗,小姐?是上帝说的吗?可是上帝从来没有和我们说过话!"雷蒂被深深地吸引了。

"你们会见到他的!"海伦声明,心里有点过意不去,因为她自己的祷告也没有得到上帝的回应。比如,她连去一趟霍尔顿的愿望都还没实现。

参加婚礼的宾客终于散去,基沃顿站的生活恢复正常。吉薇尼拉希望能继续享受她初来农场时那种相对自由的生活。在某种程度上,她

---

① Papatuanuku(地母),根据毛利文化的创世说,天父(ranginui)和地母是万物源头,那时天和地未分隔,四下漆黑,其儿子渴望获得光明,便用力将天地推开,光明于是出现,从此有了天地之分。

做到了：卢卡斯从不强迫她做任何事，克里奥再一次睡到她的闺房这事，他也没抱怨什么，甚至在他和吉薇尼拉同房时——这条小狗曾经令他非常烦恼。虽然在最初的几夜，它总是大声吠叫，抗议他的光临。吉薇尼拉只好斥责它，把它送回小窝去，可卢卡斯毫无怨言地接受了这一切。吉薇尼拉想知道原因，她一直怀疑，这或许是卢卡斯出于某种原因对她感到内疚。在他们同房时，她一直没有感觉到疼痛或者流血。相反的——随着时间推移，她开始享受他的爱抚，偶尔在他离开后还自己抚摸自己，很享受轻揉、摩挲自己，直到下身变得湿漉漉的那种感觉。只是依然没有见红。渐渐地，她开始大胆地用手指头进一步往里摸索，这样的感觉更加强烈。当然，卢卡斯进入她的身体时也一样美妙——显然他尽力想这样做，但从来没能保持足够长久。吉薇尼拉很不解，他为什么不用手帮帮忙。

起初，卢卡斯每晚临睡都到她的房里，但渐渐地来得越来越少了。每一次来之前，他都要彬彬有礼地问一声，"亲爱的，今晚我们要再试一试吗？"吉薇尼拉偶尔拒绝，他也从不反驳。到目前为止，婚后生活没给吉薇尼拉带来任何困扰。

使她日子有点难过的是杰拉尔德，他总严肃地坚持认为吉薇尼拉应该有个家庭主妇的样子。基沃顿站应该被照料得像那些最高级的欧洲贵族家庭。维缇得被训练成一个谨慎的管家，莫纳要成为完美的厨师，齐丽得修炼成女仆的楷模；所有的毛利雇工都应该心甘情愿、真心诚意地热爱他们的新主人；他们必须尽心尽力，提前考虑并满足她的每一个愿望。然而，吉薇尼拉却认为，一切都应该保持它原有的面貌，虽然有些事情她确实需要花些时间来调整。比如，女孩子们拒绝在室内穿鞋，因为脚会被挤得难受，齐丽给她看过脚上起的老茧和水泡，那是她一整天穿着不合脚的皮鞋干活，磨出来的。他们还觉得制服也不实用，吉薇尼拉只好再一次向他们妥协。因为夏天穿那样的衣服实在太热了，她本人穿着层层叠叠的裙子也一直汗流不止，但出于礼节，她习惯了忍受这种折磨，可毛利女孩子们却无法接受。最为艰难的时刻是，当杰拉尔德表达某个具体愿望时——这通常与烹饪有关，因为迄今为止，饭菜确实不怎么理想，这一点吉薇尼拉也承认。毛利菜肴本来没什么特别的变化，莫纳要么在炉子上煮些甘薯或其他蔬菜，要么就用异国香料烤些肉和鱼。偶尔，菜肴味道确实不同寻常，但总的来说还是能接受的。吉薇尼拉自己不会烹饪，所以无论享用什么都毫无怨言。然而杰拉德却要求菜肴的品种能更丰富些。

"吉薇尼拉，我希望你以后能多关注点饮食问题。"一天早饭时他说，"我已经吃腻了这些毛利菜，我还想吃爱尔兰炖菜。请你吩咐给厨师好吗？"

吉薇尼拉点点头，心里却想着放羊的事——她已计划好，当天要和詹姆斯带着小牧羊犬一起去放羊。几只羊羔在高原牧场走散，正慢慢移向靠近畜栏的一个围场，那儿有几只公羊仔正扰乱羊群呢。杰拉尔德已命令牧羊人将分散的羊羔聚拢后，把它们驱赶回去。在以往，这可是一份辛苦的差事。然而，有了新的牧羊犬，就应该有可能在一天之内完成这项任务。这是第一次尝试，吉薇尼拉很想亲自去督阵，不过花点时间和莫纳说说午餐菜单也不会耽搁什么。

"爱尔兰炖菜是用卷心菜和羊肉做的，对吗？"她问。

"还能有别的吗？"杰拉尔德不满地咕哝道。

吉薇尼拉模模糊糊记得，要将材料一层叠一层码起来再煮。

"羊肉我们有，可是卷心菜……我们园子里有吗，卢卡斯？"她不确定地问。

"那你认为那些卷成头状的大片绿叶是什么？"杰拉尔德厉声追问道。

"我，呃……"吉薇尼拉很久以前就知道自己不擅长栽培可食用的植物。她根本没有耐心等着菜籽长成卷心菜头或黄瓜，也不愿无休无止地浪费时间在菜地里拔草。她极少关注菜园里的事情——侯图热帕会料理。

吉薇尼拉交代莫纳将卷心菜和羊肉一起煮时，莫纳一脸困惑。

"我从没那样做过。"她解释说。卷心菜对于这个女孩来说完全是个新生事物，"那样煮出来该会是什么味道呢？"

"就像……嗯，就像爱尔兰炖菜，你煮出来就知道了。"吉薇尼拉说完，高高兴兴地逃到马厩去了，詹姆斯早已在那儿，默多克背上为她套好了马鞍。现在，吉薇尼拉常在两匹短腿马中换来换去。

牧羊犬表现得非常出色，那天下午，当吉薇尼拉带着半数牧羊人回来时，连杰拉尔德都赞不绝口。分散的羊被成功地聚拢在一起，在牧羊犬的协助下，利文斯顿、肯诺驱赶着羊群回到了高原牧场。克里奥乐颠颠地紧跟着它的女主人，"守护神"也傍着詹姆斯一路小跑。两位骑士不时地相视而笑，他们很享受在一起工作。有时候吉薇尼拉觉得与这位棕色头发的农场工人交流很是默契自然，就像跟她的小狗克里奥交流一样，不需要语言，却心有灵犀。詹姆斯总能准确地领会到她看中了哪一只羊，她想将它分开还是要重新放回羊群。他似乎能预见她的一举一动，并在她正需要帮助的那当儿，及时吹口哨召唤"守护神"。

回到马厩门前，他从她手中接过那匹公马。

"走吧，小姐，不然你就没法在午餐前更换衣服了，沃顿先生对……期待已久，他吩咐厨子做一道家乡菜，是吗？"

吉薇尼拉点点头，心里却觉得有点不舒服。杰拉尔德还把这事说给农场雇工听？他真的对那道爱尔兰炖菜那么着迷吗？她希望莫纳试做的那个菜不会让他失望。

吉薇尼拉本该提前检查一下那个炖菜口味的，可是她跑回来时已经太迟了。在全家人坐下来开始吃饭前，她刚刚好脱掉身上的猎装，换上一条家常裙子。原则上，吉薇尼拉认为更换衣服是完全没有必要的，杰拉尔德也总是穿着他管理马厩和牧场工作时的那套衣服吃饭。可是，卢卡斯却很注重在就餐时营造一种优雅的氛围，吉薇尼拉不愿为此与他发生争执。她今天穿了一条可爱的亮蓝色裙子，裙摆和袖口嵌着金边。她把头发弄得半直，用梳子把它梳起来，做成了某种相当体面的发型。

"你今天看起来和平时一样迷人，亲爱的。"卢卡斯评价说。吉薇尼拉朝他莞尔一笑。杰拉尔德看了看她的头发，非常满意。"像最纯情的斑鸠！"他高兴地说，"那么，我们很快就能期待一些小斑鸠的到来了，是吧，吉薇尼拉？"

吉薇尼拉不知该如何作答。他们不是因缺乏努力而失败，如果他夜间在她房里所做的事情会使她怀孕，那就万事大吉了。

可卢卡斯却脸红起来，"我们才刚结婚一个月呢，父亲！"

"只要放一枪就足够了，不是吗？"杰拉尔德爆发出一阵大笑说。卢卡斯似乎觉得很难为情。吉薇尼拉再次感到一头雾水，射击和怀孕能有什么关系呢？

这时，齐丽拿着餐具走过来，这个尴尬的谈话也就结束了。女孩遵照吉薇尼拉的教导，在沃顿先生右侧站定，先给杰拉尔德这位一家之主上菜，然后是卢卡斯和吉薇尼拉。她表现得很能干，吉薇尼拉觉得无可挑剔。齐丽面带恳切的微笑，忠心耿耿地退回到离餐桌不远处等待主人们使唤，吉薇尼拉也朝她报以微微一笑。

杰拉尔德怀疑地看了一眼碗里那漂浮着卷心菜叶子和大块的肉、略带红黄色的清汤，终于大发雷霆："这是什么鬼东西，吉薇？这可是南半球最好的卷心菜和最好的羊肉啊！用这么好的材料做个像样点的炖菜有那么难吗？不至于吧！你把一切丢给那个毛利小孩，她每天都做些一成不变的东西，让我们难以下咽！拜托你教教她怎样做菜，吉薇尼拉！"

齐丽看起来很受伤，吉薇尼拉受到了侮辱。她觉得汤的味道挺不错的——平心而论，的确是有一点点奇特。她全然不知，莫纳到底用了什么香料烹制出了这样的风味。羊肉配卷心菜，这可是杰拉尔德渴望已久的地地道道的食谱。

卢卡斯耸了耸肩，"你本该找一名爱尔兰厨子，而不是一位威尔士公主啊，父亲。"卢卡斯嘲笑地说，"很显然，吉薇尼拉不是在厨房里长大的。"

小伙子接着又平静地喝了满满一汤匙炖菜，菜的味道似乎一点没让他觉得不爽。但卢卡斯终究算不上是什么美食家，他只是很高兴能在餐后回去看书或到工作室继续他的工作。

吉薇尼拉又尝一口，试图回忆起爱尔兰炖菜的味道。她家里的厨师极少制作这道菜。"我觉得做这道菜时不用添加甘薯。"她对齐丽说。

这个毛利女孩皱了皱眉，她当然无法想象有什么菜可以不加甘薯。

杰拉尔德暴怒地咆哮道，"当然不用加甘薯了！煮的时候别把它垫在其他菜底下，或用叶子裹着；也不要用这些部落女人的其他什么方法，会毒死人的！你要明白，如果你不介意的话，吉薇！这里必须有一本烹饪书，说不定有人会翻译，他们现在正忙着翻译圣经呢！"

吉薇尼拉叹了口气。她听说过，生活在北岛的毛利女人利用地下或火山的热源来煮食。但基沃顿站不存在这么回事，也从没见过莫纳或别的毛利女人挖坑煮东西。不过，翻译烹饪书的想法的确不错。

吉薇尼拉花了一个下午的时间，在厨房里对照毛利文圣经、英文圣经和杰拉尔德亡妻留下来的烹饪书，不过她的对比研究法成效有限。最后，她还是放弃，逃到马厩去了。

"现在，我知道'罪恶'和'神圣'在毛利文中怎么说了。"她用拇指翻阅着圣经，告诉牧民们。哈迪·肯诺和波克·利文斯顿刚刚高原牧场回来，还骑在马上等着；詹姆斯·麦肯齐和安迪·麦克艾伦则在清理他们的马鞍。"可'百里香'的毛利文却哪儿都找不到。"

"说不定拌上乳香和没药①，味道会更好。"詹姆斯说。

男人们都大笑起来。

"告诉沃顿先生，暴饮暴食是有罪的，"安迪·麦克艾伦建议说，"但为防万一，你要用毛利语说，如果用英语说，他可能会要咬断你的脖子。"

吉薇尼拉叹着气，把马鞍套在母马上。她想要呼吸点新鲜空气，天气如此美好，把时间浪费在研读书本上实在是可惜。

"你们这帮家伙也帮不了我！"她责备他们说，当她牵着伊格莱恩走出马厩时，他们还在开着玩笑。"如果我公公问起，就告诉他，我为他的炖菜采香草去了。"

骑行刚开始时，吉薇尼拉像往常一样，让马以步行的速度缓缓行进。她总是被这片土地上美丽的景色吸引，这里平坦辽阔，像一幅巨大的画卷向四面伸展，一直到壮丽的群山边。吉薇尼拉再一次觉得四围的

---

① 没药（myrrh），热带树脂，可做香料、药材。

群山似乎并不遥远,虽然骑马得一个小时才能到达,吉薇尼拉喜欢把其中一座山峰当成目的地,骑着马一路小跑而去。两小时后,还是没明显感觉到接近了目的地,她四处张望,这是她一生中最享受的时刻!可是她究竟该怎样解决毛利厨师的问题呢?毫无疑问,吉薇尼拉需要一位女性的帮助。可是离她最近的白人女性也远在二十英里之外。

结婚才一个月就去拜访比斯利夫人,从社交礼仪上来说合适吗?或许去一趟霍尔顿就足够了。吉薇尼拉尚未去过霍尔顿,但现在该是时候了。她需要寄信并买一些东西,而最重要的是,她很想见见亲属、毛利仆人和牧羊人之外的新面孔。

除了詹姆斯·麦肯齐之外,其他人都有点腻烦。他可以陪她去霍尔顿。前一天他不是说要去拿从坎德拉店里订购的物品吗?想到此次短途旅行,吉薇尼拉顿时精神振奋起来,而且,坎德拉太太肯定知道怎样做爱尔兰炖菜!

伊格莱恩驮着吉薇尼拉一路飞奔回家。在旷野上行走了那么久,它渴望着到食槽里饱餐一顿。终于把马牵回马厩时,吉薇尼拉自己也感觉到饿了。肉和香料的香味从工人们居住的宿舍里飘出来,吉薇尼拉控制不住自己,满怀着希望去敲门。

大伙儿好像在等着她似的,他们仍然围着篝火坐成一圈,轮流就着一个瓶子喝酒,一锅香气扑鼻的炖肉正在火焰上沸腾。莫非那就是……?

他们个个容光焕发,好像在庆祝圣诞节似的。爱尔兰人戴夫·奥图尔递给她一碗爱尔兰炖菜。"拿着,小姐。把这炖菜带过去给毛利女孩,毛利人都很擅长模仿,或许她能照着这个,摸索出爱尔兰炖菜的做法来。"

吉薇尼拉万分感激地谢过他,毫无疑问,这正是杰拉尔德想要的爱尔兰炖菜,香味扑鼻,吉薇尼拉真想要个汤匙,把这碗菜吃个精光。可在把它交给齐丽和莫纳并让她们品尝之前,她是决不能动这碗炖菜的。

她把这碗炖菜妥妥当当地放在一捆干草上,等伊格莱恩喂饱后,才小心翼翼地带着菜走出马厩。她如此专注于手上的炖菜,出门时差点和詹姆斯撞个满怀。他站在马厩的门边等她，手里拿着一束叶子。他隆重地把这束叶子交给吉薇尼拉，好像那不是叶子而是花儿一样。

"这是百里香，"他咧了咧嘴，朝她眨着眼睛说，"它可以代替乳香和没药。"吉薇尼拉接过那束百里香，冲他笑笑。很奇怪为什么自己的心会一直狂跳。

霍华德终于宣布星期五要到霍尔顿去，海伦高兴极了。马儿需要重新钉上马掌，显然，这一直都是他到镇里去的缘由。她意识到，她已抵达新西兰的消息肯定是霍华德去铁匠铺的时候打听到的。

"马儿得多久换一次铁掌？"她小心翼翼地问。

霍华德耸了耸肩。"看情况，通常是每六到十周，不过有时马蹄长得很慢，一只铁掌能用十二个星期。"他亲昵地拍了拍他的马说。

海伦真希望有一匹马蹄长得更快的马儿，于是忍不住说："我希望经常到人多的地方转转。"

"你可以骑这头骡子，"他慷慨地说，"这里距离霍尔顿五英里，两小时就可以骑到那儿。如果挤完奶后立即出发，要在傍晚赶回来做晚饭还是挺容易的。"

海伦现在已经非常了解霍华德，知道他无论如何都不能忍受某一顿没有热饭菜。但他还是很容易满足的：他能像吃煎饼、炒鸡蛋和炖菜一样，轻而易举地大口咽下单调的面包。海伦几乎不会做其他的菜肴，这也没让他觉得不爽，不过海伦还是打算到了霍尔顿后，向坎德拉太太讨教几个新的菜谱。轮来换去几个常用食谱甚至让她自己都觉得单调。

"改天你可以宰只鸡嘛。"当海伦提起这件事时，霍华德向她建议。宰鸡的提议让她恐惧——正如她刚开始想到要独自骑着骡子到霍尔顿一样。

"现在，你可以考虑一下，"霍华德镇定地说，"或者，你可以将车套在骡子上。"

杰拉尔德和卢卡斯都没有反对吉薇尼拉和詹姆斯结伴去霍尔顿。卢卡斯几乎无法理解为什么她会想到那地方去。

"你会感到失望的，亲爱的。那是个肮脏的小镇，只有一间商店和一个酒吧，没文化气息，甚至连教堂都没有……"

"有医生吗？"吉薇尼拉问道，"我是说，万一有一天我确实……"

卢卡斯脸红了，杰拉尔德却很兴奋。

"已经到时间了吗，吉薇尼拉？你已经有反应了吗？如果真是那样，我们当然要从克莱斯特彻奇请个医生过来。我们不能在霍尔顿本地助产士手上冒险。"

"爸，等克莱斯特彻奇的医生赶到这里，婴儿早就生出来了。"卢卡斯责备说。

杰拉尔德冷冷地看着他，说："我会提前把医生请来。他应该呆在这里直到孩子出生，无论得花多少钱。"

"那别的病人怎么办呢？"卢卡斯问，"你以为他会把其他病人丢在教堂里不管吗？"

杰拉尔德轻蔑地哼了一声，"那不过是钱的问题，儿子，沃顿家族的继承人是值得那笔钱的！"

吉薇尼拉静静地听着他们的谈话，她甚至没有验证过怀孕的迹象——她怎么知道怀孕是什么感觉呢？其实，她只是很高兴能到霍尔顿去。

刚吃过早饭，詹姆斯·麦肯齐就来接她了。他把两匹马套到一辆又长又重的四轮马车上。"如果骑马，可以早点到那儿。"他建议说。可吉薇尼拉觉得和詹姆斯并排坐在马车上欣赏沿途风景的主意不错。一旦她熟悉了方向，她就可以经常到霍尔顿去了。今天虽然不能骑马，但能坐着马车去已经很满足了。再说，她和詹姆斯也很谈得来，一路上，他向她介绍地平线上那些山脉、他们跨过的河流及小溪的名字，包括毛利语及英文名，他一般都能说出来。

"你的毛利语说得很好，对吗？"她问，对他的语言天赋印象深刻。

詹姆斯摇了摇头，"我觉得没有谁的毛利话真正说得好。当地土著教给我们的都太简单了。他们每学会一个新英文单词都会很开心。所以，谁愿意用'Taumatawhatatangihangakoauauotamateaturipukakapikimaungahoroukupokaiwhenu-akitanatahu'这么麻烦的词呢？"

"这是什么意思啊？"吉薇尼拉大笑起来。

"那是北岛上一座山的名字。毛利人也把它当做一则绕口令，因为念起来很拗口。但是你喝的威士忌越多，你就能念得越流畅，信不信？"詹姆斯朝她眨眨眼睛，露出他特有的俏皮的微笑。

"那你是在篝火旁边学会毛利语的吧？"吉薇尼拉问道。

詹姆斯点点头。"我去过周围不少地方，受雇到各个农场当牧工。期间，我经常呆在毛利人村里——他们非常好客。"

"你为什么没有去捕鲸？"吉薇尼拉想知道，"大家都认为捕鲸赚得更多。沃顿先生……"

詹姆斯咧开嘴笑了笑。"沃顿先生还能打一手好牌呢。"他说。

吉薇尼拉羞红了脸。就是因为她父亲和杰拉尔德·沃顿的纸牌游戏，促使她云游此地的吧？

"大多数人都不是靠捕鲸发财的，"麦肯齐接着说。"对我来说，这只是一个简单的选择。请别误会：我并不是那种很挑剔的人。但是，捕鲸是那种在血液和脂肪中卖力的残忍工作……不，我干不了！还好，我是一个很好的牧人。在澳大利亚，我学会了怎样牧羊。"

"不是只有流放的囚犯才生活在澳大利亚吗？"吉薇尼拉问。

"不完全是。还有被流放囚犯的后裔以及其他移民。而且这些囚犯并不都是残忍邪恶的，许多穷人是因为给他们饥饿的孩子们偷了一块面包而被流放到那里；而所有来到澳大利亚的爱尔兰人，则是因为不愿向女皇宣誓效忠而遭到流放，他们都是非常正直的人。"

"每个地方都有恶棍，对于我来说，我在澳大利亚遇到的恶棍并不比在世界上其他地方多。"

"你还去过哪些地方？"吉薇尼拉热切地问，她发现詹姆斯挺迷人的。

他又咧了咧嘴说："苏格兰。那是我的故乡，我一个名副其实的苏格兰高地人，但我既不是地主也不是族长，我家族成员都是普通百姓，对绵羊的了解比长剑多。"

吉薇尼拉对此有稍许遗憾。苏格兰勇士的魅力本该和美国牛仔差不多啊。

"你呢,小姐?你真的像他们说的那样,在城堡里长大吗?"詹姆斯再一次转过身来,看着她,但他似乎对流言不感兴趣。吉薇尼拉感觉到,他的的确确只对她本人感到好奇。

"我是在庄园主家庭长大的,"她告诉他说,"我父亲是庄园主,但不是坐在皇家法律顾问位置上的那种。"她笑着说,"在某方面,我们有共同之处:我们施克罕家族的人也是喜欢绵羊胜过长剑。"

"那么,对于你来说,那个……原谅我这样问,但是我经常会这样想,贵族家的女孩不是必须嫁给庄园主吗?"这个问题的确很唐突,但是吉薇尼拉不想怪罪他。

"淑女理应嫁给绅士。"吉薇尼拉不太肯定地回答。接着,她又赌气说,"很自然,在英格兰,有很多无聊的饶舌,都说我丈夫不过是个没有真正贵族特权的'羊男爵'。可是,正如他们所说的那样,拥有自己的良好血统及头衔当然很好,但又不能完全仰仗名义上的东西。"

詹姆斯开怀大笑起来,差点从马车上摔下去。"在社交场合,你可千万别这么说,小姐!不然,你会一直抬不起头的,依你的脾气,我觉得你当初在英格兰要嫁个绅士不容易。"

"我有很多求婚者啊!"吉薇尼拉撒了个谎,感觉自己被冒犯了,"而且,卢卡斯从来没有抱怨过我什么。"

"他肯定也是装聋作哑!"詹姆斯突然说,可他还没来得及详细阐述自己的看法,吉薇尼拉突然注意到,他们途经的山脊下方平原上,有一个居民区。

"那就是霍尔顿吗?"詹姆斯点点头。

霍尔顿简直像一面镜子,完美地反射出吉薇尼拉那些廉价小说中描述的开拓小镇;正像那些书里所写的一样,里面有间杂货店,一个理发店,一个铁匠铺,一个旅馆和一个酒吧,只是在这里酒吧被叫做"Pub"而不是"Saloon"。所有的生意人都住在被油漆刷得五颜六色的两层楼里。

詹姆斯在坎德拉家的店铺前把马车停下来。

"你可以慢慢买你的东西。"他说,"我要先装上木头,然后去理个发,最后再到酒吧去喝杯啤酒。不用急,如果你愿意,还可以和坎德拉太太一起喝茶。"

吉薇尼拉诡秘地冲他笑笑。"或许她还会教我某个菜谱呢,沃顿先生一直想要吃约克郡的布丁。你知道怎样做吗?"

詹姆斯摇了摇头。"恐怕连奥图尔也不知道怎样做这种布丁吧。总之,待会见,小姐!"

他伸出手,扶着她从马车上下来。吉薇尼拉不明白,为什么每次一触到他的身体,都会有一种感觉击中她,这跟她暗中触摸自己身体时产生的感觉一样。

7

吉薇尼拉穿过落满灰尘的市镇街道,因为下过雨,她自然只能踩着满地泥浆,进到坎德拉的杂货店。坎德拉太太正把五彩缤纷的糖果分装到高高的玻璃罐里,看样子她也很想歇歇了。看见吉薇尼拉,她热情地打招呼。

"沃顿太太,真意外,太凑巧了!你有时间喝杯茶吗?桃乐西正好在泡茶呢。她和奥基弗太太在后面。"

"和谁?"吉薇尼拉问,心跳开始加快,"你说的不会是海伦·奥基弗吧?"她几乎不敢相信。

坎德拉太太高兴地点点头。"哎呀,没错,就是你认识的那位达文波特小姐。呃,她刚到这儿的时候,还是我老公和我通知她未婚夫的呢。我听说他以最快速度抵达克莱斯特彻奇,并很快又带着她回去了。到后面去吧,沃顿太太,理查德一回来,我马上就过来。"

"到后面去"意思是去坎德拉家的住处,那是这间宽敞的杂货店的一部分。看上去完全不像临时搭建的,里面高雅地布置着昂贵的原生木质家具,大片阳光透过宽大的窗户照进来,屋后的木材店一览无余,詹姆斯就是在这个店里接受订单,坎德拉先生帮他装货。

海伦果然在休息室里!她坐在一个绿色天鹅绒软垫躺椅上,正和桃乐西聊着。看见吉薇尼拉,她从椅子上跳了起来,脸上夹杂着难以置信又极度欣喜的复杂表情。

"吉薇!你不会是幽灵吧?我今天见到的人比最近十二个星期都多。我还在想见到的会不会是幽灵呢!"

"那我们互掐一下吧!"吉薇大笑着说。

两个好朋友紧紧拥抱在一起。

"你什么时候到这儿来的?"从海伦怀里松开后,吉薇尼拉问,"要是知道会在这儿见到你,我早就来了。"

"我三个月前刚结婚,"海伦生硬地说,"这是我第一次来霍尔顿。我们住得……很远……"

听语气,她的热情似乎不太高。吉薇尼拉得先向桃乐西打个招呼,那女孩刚拿着茶壶进来,正要给吉薇尼拉挪位置。她张罗这些的时候,吉薇尼拉趁机近距离地看了好朋友一眼。确实,海伦没让人觉得过得很幸福。她瘦了,尽管小心保护着,她刚登陆时那张白皙的脸,现在已晒成她不喜欢的褐色;她的手也变粗了,指甲比以前短了,就连身上的衣服都破旧了许多。说实话,她衣着很整洁,而且还上过浆,但裙脚沾满泥浆。

"我们那儿的小河,"注意到吉薇尼拉的目光,海伦带着自我维护的意味说,"因为要载筑栅栏的材料,霍华德想驾大货车。我们得在后面推,马才能驮着东西过河。"

"为什么不建座桥呢?"吉薇尼拉不解。她已经走过基沃顿站好几座新桥了。

海伦耸耸肩。"霍华德——或者说是大伙儿,没那个钱。毕竟,没人能独自建一座桥。"她伸手去拿茶杯,手轻微抖动着。

"你们没仆人吗?"吉薇尼拉不解地问,"连毛利人都没雇?那你们怎么经营农场?谁去料理花园、挤牛奶啊?"

海伦看着她，她那美丽的灰色眼睛里交织着骄傲和沮丧。

"呃，你觉得会是谁呢？"

"你？"吉薇尼拉一惊，"你不是说真的吧，他不是乡绅吗？"

"去掉那个'绅'……我这么说，倒不是说霍华德不讲信义，他对我很好，也很勤奋，不过他只是一个农民，不折不扣的农民。你家沃顿先生才是真正的乡绅。霍华德恨他，就像他恨霍华德一样。这两个人……之间一定发生过什么事。"海伦本该换个话题的，以贬损的口吻说自己的丈夫，她觉得很不舒服。可是……如果她不先抛下一点暗示，她将永远得不到任何帮助。

然而，吉薇尼拉并没有顺着她的意思进一步探究。她对霍华德·奥基弗与杰拉尔德·沃顿之间的世仇没兴趣，她关心的是海伦。

"你至少有些邻居，时不时地可以帮帮你，或给你提供些建议什么的吧？你可不能什么都自己承担啊！"吉薇尼拉把话题拉回农活上。

"我学东西很快的，你知道。"海伦讷讷地说，"邻居嘛……呃，有几个毛利人，对。几个孩子每天都会来上课，他们很可爱。不过……不过，其他方面，自我到农场以来……你是我见到的第一个白人……"海伦试图让自己保持镇定，竭力抑制住不让眼泪流出来。

桃乐西蜷缩在一边，安慰海伦。吉薇尼拉则开始计划帮助朋友。

"农场离这里有多远？改天我能不能去看你？"

"五公里，"海伦告诉她，"只是，我肯定辨不清方向……"

"可这是你必须了解的，奥基弗太太。在这地方，如果辨不清方向，你就会迷路！"坎德拉太太说，她拿着糕点，从店里走进来。镇里有个妇女烤这种糕点卖。"你的农场，从这里往东——你的农场，当然也是在东边，沃顿太太。不过不是走直线，你得在主干道拐弯，我可以详细介绍给你听。你丈夫肯定也很熟悉。"

吉薇尼拉想暗示，最好不要问沃顿去奥基弗家的方向，海伦却趁机转换了话题。

"你的卢卡斯，他怎么样？他是人们口中那个真正的绅士吗？"

吉薇尼拉朝窗外看去，一时有些分心。詹姆斯刚装完木料，正将货车拉出院子。海伦注意到，吉薇尼拉打量驾驶室那个男人的眼神熠熠生辉。

"那是他吗？货车上那个样子敏捷的家伙？"海伦微笑着问。

吉薇尼拉几乎无法将视线移开，不过她还是让自己镇定下来。"你说什么？抱歉，我在为装货把关。操缰绳那位是麦肯齐先生，我们的牧人领班。卢卡斯……卢卡斯……嗯，让麦肯齐驾着马车跑这趟路，不用其他帮手运送木材，就是他的主意……"

海伦有点感伤。自然，霍华德得自己独自装载栅栏材料。

注意到海伦的表情，吉薇尼拉改口说："噢，海伦，这好像也没什么不妥……我相信杰拉尔德·沃顿自己就可以搞定。但卢卡斯是个唯美主义者，你懂我的意思吗？他喜欢写作、画画、弹钢琴，你很难在农场看到他的身影。"

海伦皱皱眉。"那他什么时候继承农场啊？"

吉薇尼拉很惊讶，她两个月前认识的那个海伦是永远不会问这样的问题的。

"我觉得杰拉尔德另有其他继承人……"她叹息一声。

坎德拉太太锐利地看着吉薇尼拉。"现在，情况还不明朗，"她大笑着说，"不过，你们结婚刚两星期，他得给你时间去了解。噢，他们俩在婚礼上的形象好极了！"

接着，坎德拉太太开始长篇大论夸赞吉薇尼拉的婚礼庆典。海伦静静地听着。吉薇尼拉肯定会问起她的婚礼如何，她有好多好多话，迫不及待想跟自己的朋友聊聊。可能的话，最好两人私下里聊。坎德拉太太人很好，不过她这里无疑是镇上的八卦中心。

虽然如此，她还是表示非常愿意在食谱及家务方面，为两位年轻女人提供帮助："没有酵母，就没法烤面包，"坎德拉太太告诉海伦，"我给你一点带回去吧。我这里有样东西，可以把你的裙子弄干净，你先把裙边泡在水里，不然会被毁坏的。沃顿太太，你需要些松饼烤盘，没有烤盘，就做不成沃顿先生要的英式茶点……"

海伦顺便买了一本毛利语圣经，坎德拉太太买了些库存的手抄本；

传教士前一段时间就订购了圣经，但毛利人好像没多大兴趣。

"他们多数人都看不懂，"坎德拉太太说，"再说，他们有自己的神灵。"

霍华德忙着装货，吉薇尼拉和海伦设法找到一点空闲，可以私下里聊聊。

"我觉得霍华德先生长相不错。"吉薇尼拉断言道。她刚才看见他在商店里跟海伦说话。这个勤劳的开拓男人比斯文的卢卡斯更符合她心目中男人的形象。"你喜欢婚姻生活吗？"

海伦脸红起来。"我觉得这与喜欢无关，不过……还可以忍受。哦，吉薇，我们好几个月没见面了。谁知道哪一天你会和我同时来霍尔顿呢，而且……"

"你不能单独来吗？"吉薇尼拉问。

"不跟霍华德？"

"我倒是不难，骑着伊格莱恩，不用两个小时就可以到这里。"

海伦叹了口气，跟吉薇尼拉说起她那头骡子。"如果我会骑骡子……"

吉薇尼拉来了兴致。"你当然会骑！我教你！我会尽快去看你的，海伦，我想个办法！"

海伦很想告诉她，霍华德不许沃顿家任何人踏进他家门，不过她还是把话咽回去了。如果霍华德和吉薇尼拉撞上了，她就另想办法。他通常整天都在料理羊群，而且常骑马进山找走失的羊只，要么就修整他的篱笆。一般来说，他要天黑才会回家。

"我等你！"海伦满怀希望地说。

两好友互吻了一下脸颊，海伦就出去了。

"哎，当小农户的老婆不容易啊，"坎德拉太太难过地说，"繁重的工作，一大堆孩子。奥基弗太太还算幸运，老公比她大一点点，他不会要她生八个九个小孩的，她自己也不是个小姑娘了。我只希望一切顺利，他们那个与世隔绝的农场，哪有助产士啊……"

没过多久，詹姆斯·麦肯齐来接吉薇尼拉。他高兴地把她买的东西装到货车上，扶着她上了马夫座位。

"今天过得愉快吗，小姐？坎德拉太太说你遇到一位老朋友。"

让吉薇尼拉高兴的是，詹姆斯知道海伦家农场的方向。她问起这事时，他用牙缝嘘了一声。

"你要去奥基弗家？进那个狮子窝？千万别告诉沃顿先生。要是查出是我告诉你怎么走的，他会把我毙了！"

"我到哪打听不到她家方向呀，"吉薇尼拉冷静地说，"可是，这两家人到底怎么了？在杰拉尔德看来，奥基弗先生简直就是恶魔，而奥基弗先生也一样看待杰拉尔德。"

詹姆斯大笑。"没人知道得那么清楚。有谣言说，他们俩曾经是合伙人，但后来他们分道扬镳了。有人说是因为钱，也有人说是因为一个女人。他们的土地相毗邻，但沃顿先生份额最大。奥基弗的地产四周都是山，他不是天生的牧羊人，虽然他可能是澳大利亚人。事情到底如何，没人了解，只有他们自己清楚。有没有谁曾让他们坐下来好好谈谈呢？啊，岔路口到了……"

詹姆斯在左边通向山区的分叉道上停了下。"从这里直走，你可以根据路边的岩石来确定方向。一直顺着这条小路走，只有这一条。不过有时很难找，尤其是夏天，因为不那么容易看见车辙，而且，还要穿过几条小溪，其中一条跟河差不多。一旦确定了大方向，会有不同路径可以通到农场。不过，开始时最好走这条道，这样就不会迷路。"

吉薇尼拉不会轻易迷路的。再说，在任何情况下，克里奥和伊格莱恩都能找到回基沃顿站的路。三天后，她信心满怀地出发去看望朋友。她骑马去霍尔顿，卢卡斯丝毫未反对，他那时有别的问题要应对。

杰拉尔德·沃顿不仅认为吉薇尼拉应该更为认真地承担起家庭主妇的义务，还觉得，在料理农场方面，卢卡斯应当承担更多责任。所以，他每天给儿子一些任务，让他和员工们一起完成——他经常挑选一些活动，让这位唯美主义者尴尬得脸红耳赤——甚至激起他更糟糕的反应。比如，阉割公羊仔，这让年轻的沃顿先生作呕，以至于接下来一整天他都会觉得特别不舒服；杰拉尔德还透露说哈迪·肯诺丝坐在火炉边无所事事喝小酒。吉薇尼拉每每不经意间听到这些插曲，都忍不住大笑，虽然她不知道，这些事如果发生在她身上，自己会不会做出类似反应——即使在施克罕家，有些事情是禁止好奇的女士介入的。

那天，卢卡斯和詹姆斯一起，准备将阉羊赶到高原牧场，牲口被屠宰前，会在这个地方逗留一个夏天。想到要监督阉割任务，卢卡斯有些恐惧。

吉薇尼拉原本很高兴能独自骑行，不过，总有某种感觉，让她没那么做。没必要让卢卡斯看到自己那么自然而然地和牧人们在一起——她必须不惜一切代价，避免类似她和哥哥之间那种竞争事态的发生。此外，她不想一整天都呆在横座马鞍上。她已经不习惯那种坐法了，连坐几个小时后，她后背肯定会开始痛起来。

伊格莱恩活泼地迈开步伐，大约一小时后，吉薇尼拉踏上通向海伦农场的分叉路口。从这里算起，只剩两英里多的路程了，不过路面高低不平，路况惨不忍睹。驾着马车走这条路，这主意实在让吉薇尼拉感到害怕——更不必说拉着霍华德·奥基弗那些重物的货车了。难怪可怜的海伦会那么筋疲力尽。

伊格莱恩倒是不担心路况，这匹强壮的母马习惯了崎岖不平的环境，频频穿越小溪流，让它觉得有趣而且神清气爽。以新西兰的气候标准而言，这一天算是非常炎热的，马已汗流浃背。趟水过河时，克里奥倒是一直尽可能保持自己的爪子不沾湿，它每次不小心跳进冰冷的水里，吉薇尼拉都大笑不止，狗狗则屡屡抬头，委屈地看着自己的主人。

房屋终于出现在眼前，即便起初吉薇尼拉几乎不敢相信，前面那幢小木屋就是霍华德·奥基弗的农场，但那肯定是。有头骡子在前面的畜栏里吃草，看见伊格莱恩，骡子发出奇怪的叫声，开始时像马嘶一样，渐渐就变成了牛叫声。吉薇尼拉摇摇头，真是奇怪的动物。她不明白，为什么有人会喜欢骡子而不喜欢马。

她把马系在篱笆上，准备去找海伦。畜栏里只有一匹马。接着，她听见屋里传来尖叫声，一听就知道是海伦，她充满恐惧的尖叫让吉薇尼拉毛骨悚然。她惶恐地寻找着武器，想保护朋友，最后决定用自己的马鞭,就这样,她火速冲到海伦身边。

没看见袭击者。看来海伦一直在安静地打扫房间——突然看见什么可怕的东西,吓得她僵直在那。

"海伦!"吉薇尼拉叫道,"怎么啦?"

海伦顾不上跟她打声招呼,甚至连看都没看她一眼,只是直直地、惊骇地盯着一个角落看。

"那儿……那……在那边!那到底叫什么来着?救命,它在跳!"海伦惊慌地往后躲,差点被一张凳子绊倒。吉薇尼拉抓住她,一同往后退,眼前有一只胖乎乎、亮晶晶的跳虫,正从她们身边跳开。这可是不一般的虫子标本啊——至少有四英寸长。

"这是条沙蚤,"吉薇尼拉平静地解释说,"可能是地沙蚤,也有可能是走失的树沙蚤。不管怎样,这是一条巨型沙蚤,也就是说,它跳不高……"

海伦神情如刚从虎口脱险般看着她。

"它是雄性的,你若想给它起个名的话……"吉薇尼拉咯咯笑着,"别吓成这样,海伦,它们看上去是很恶心,但不会伤人。让它出去吧,然后……"

"能不……我们就不能捏……捏死它吗?"海伦战战兢兢地问。

吉薇尼拉摇摇头。"几乎不可能,这种虫很坚硬,很难被弄死,拿去煮都可能煮不死……不过,我没试过。对这种昆虫,卢卡斯能滔滔不绝讲上好几小时,那是他最喜欢的虫子。你有玻璃杯什么的吗?"以前,卢卡斯捉到沙蚤时,吉薇尼拉仔细观察过。这时,她熟练地拿来一只空果酱玻璃瓶,将虫子罩住。"逮住了!"她高兴地说,"如果我们能把盖子拧紧,我就可能把它当礼物带回去给卢卡斯了。"

"别开玩笑,吉薇!我原以为他是一个非常有教养的人!"海伦慢慢镇定下来,不过还是惊魂未定地盯着那只被逮住的巨虫。

"这并不意味着他就不会对那些令人毛骨悚然的东西感兴趣呀,你知道的,"吉薇尼拉说,"男人都有古怪的嗜好……"

"你说得对。"海伦想起霍华德夜间的爱好。只要海伦没来月经,他几乎每天晚上都孜孜以求，不过，只需片刻，就会停下来——这是她婚姻生活中，唯一值得肯定的一面。

"我去泡茶吧？"海伦问，"霍华德喜欢咖啡，我给自己买了点茶，从伦敦带来的大吉岭茶……"她以期待已久的语气说道。

吉薇尼拉打量了一番这个布置粗陋的房间：两把摇摇晃晃的椅子；一张擦拭干净但破旧不堪的桌子，上面摆着那本毛利语圣经；破烂的炉子上炖着菜。这根本就不是喝下午茶的理想环境。她想起坎德拉太太那个舒适的家，便果断地摇了摇头说，"以后再泡茶吧，当务之急，你得先学会骑骡子……我教你……呃，就算给你上三次骑行课吧。你学会以后，我们就可以在霍尔顿会面了。"

骡子却很不配合，海伦试图给它系上缰绳时，还咬了她一口，然后跑了。她叹了口气，这时，雷蒂、朗格及另外两个孩子来了。海伦羞红的脸，她对着骡子诅咒、给骡子系缰绳系不成……这一切，让这些毛利孩子又有了新的理由取笑她。雷蒂三两下就把缰绳套好了，接着，他还教海伦怎样上马鞍，朗格则在一边用白薯喂这畜牲。不过，除此之外，他们再也帮不了什么忙了，海伦得自己爬到骡子背上去。

吉薇尼拉坐在围场栅栏上，海伦设法让骡子迈开步伐。看到骡子拒绝向前迈出半步，孩子们相互推搡着咯咯地笑。直到海伦在侧边狠狠地踢了它一下，它才呻吟了一声，并朝前走了一步。

吉薇尼拉不满于此。

"那样不管用！你再踢，它也不会往前走，只会发怒！"吉薇尼拉再三强调。她像个牧童，蹲在篱笆横梁上，拿着马鞭当指挥棒。她双脚抬离地面，蜷在骑行服底下，她唯一未遵循礼节的这个姿势，使她身子有点摇晃。海伦觉得这种场合刻意维持平衡也许没必要，孩子们的注意力即使未完全被围场正在发生的事情吸引，对于吉薇尼拉的腿怎么摆放，他们也可能不会再看第二眼，毕竟，他们的母亲不是经常穿半身裙甚至半裸着光脚走路吗？

海伦可没时间考虑那么多，她得全神贯注地指挥那头倔强的骡子绕着围场走。她吃惊地发现，骑在骡子背上并不是很难。霍华德的旧马鞍还撑得住。遗憾的是，骡子走到每一丛草前，都想停下来。

"要是我不踢它，它根本就不动！"她再次用鞋跟踢了一下骡子肋骨。"可能……你要是把你那个马鞭给我，我就可以驱赶它了！"吉薇尼拉眼睛一转。"谁会雇你当老师啊？不是打，就是踢……可别像这样对待孩子们！"她偷偷看了一眼正在傻笑的毛利小孩，他们正饶有兴味地欣赏着自己的老师和骡子之间的较量。"你首先得爱这头骡子，海伦！你就当它是在为你服务，跟它说些好听的！"

海伦叹了口气，想了想，然后勉强朝前探过身去，说："你的耳朵好漂亮、好柔软啊！"她轻轻地说，并试着去抚摸骡子那两只彪悍的布袋状耳朵。海伦此番殷勤，惹得这畜牲愤怒地朝她两腿方向猛咬。海伦吓得差点从骡子身上摔下来，吉薇尼拉却笑得差点从篱笆墙上倒下来。

"亲爱的！"海伦大叫，"它讨厌我！"

一个年龄大点的毛利孩子见状，说了一句什么，引得其他小孩咯咯笑个不停，海伦羞愧难当。

"他说什么？"吉薇尼拉问。

海伦咬了咬嘴唇。"圣经里面的话。"她讷讷地说。

吉薇尼拉惊讶地点点头。"好了，你既然有本事让这些拖着鼻涕、乳臭未干的小子自行引用圣经，就不应该挪不动一头骡子！这骡子是你去霍尔顿的唯一手段。对了，它叫什么来着？"吉薇尼拉挥动着马鞭，但她还是不打算帮助朋友驾驭那头骡子往前走。

海伦这才意识到，她得给骡子取个名……

骑行课结束后，她们喝起茶来，在此期间，海伦聊起她那些小学生。"雷蒂是最大的男孩，很敏捷，但脸皮很厚；朗格·朗格很可爱。总的说来，他们都是一群好孩子。其实，整个部落的人都很友好。"

"你的毛利语说得很好了，是吧？"吉薇羡慕地问，"不可救药的是，我只能应付那么几句。我没时间学习语言，有很多事要做。"

海伦耸耸肩，却很感激这样的赞赏。"我以前学过其他语言，所以现在容易些，要不然，我根本连个说话的人都没有。如果不想完全孤立，我就得学。"

"你不和霍华德交谈吗？"吉薇尼拉问。

海伦点头。"有啊，但……但我们……我们之间没有多少共同的话题……"

吉薇尼拉突然觉得很内疚。要是能和卢卡斯长篇大论地探讨艺术和文化，海伦肯定很享受——更不用提他的钢琴演奏和绘画了。她知道自己应该为这个有教养的丈夫而心存感激，可是，很多时候，她只是觉得厌烦。

"村子里的妇女很乐于助人，"海伦继续说道，"我一直在考虑要不要找其中一个做助产士……"

"助产士？"吉薇尼拉叫道，"海伦！别跟我说你……我不相信！海伦，你怀疑了？"

海伦苦涩地抬起头，说："我也不是很确定，但昨天坎德拉太太奇怪地看着我，说了几句。另外，我有时觉得……很奇怪。"她脸红起来。

吉薇尼拉穷追不舍地问起更多细节来，"霍华德是不是……我是说，用他的……做……"

"我觉得是，"海伦低声说，"他每天晚上都做，我不知道我会不会渐渐习惯这种事。"

吉薇尼拉咬着嘴唇想了一下。"为什么不？我是说……会痛吗？"

海伦看着她，觉得她有点不可思议。"当然会痛咯，吉薇。你母亲没跟你说过吗？我们做女人的，只能忍受。你怎么会这么问呢？你不是也会痛吗？"

吉薇尼拉还没来得及编造点什么来应付这个问题，海伦就害羞地终止了这个话题。不过，海伦的反应印证了吉薇尼拉的怀疑。卢卡斯和她之间，肯定有什么不对的地方。这是她第一次怀疑她和丈夫之间可能有什么问题……

海伦给骡子取名叫纳普穆克，并用红萝卜和白薯娇宠它。没过几天，每次她走进门，空气里会弥漫震耳欲聋的亲切叫唤，到了围场，骡子会贴上来让她上辔头——它已经知道，骑行前后必然有一顿款待。上完第三次骑行课时，吉薇尼拉已经很满意了，以后，海伦就有胆量给纳普穆克上马鞍并骑到霍尔顿去了。骑着骡子到达镇上街道时，她觉得像穿越了千山万水一般。骡子有意朝铁匠铺走去，因为它指望在那儿能得到燕麦和干草犒劳。铁匠铺的人果真友善，他们答应海伦去拜会坎德拉太太时，给骡子提供膳宿。坎德拉太太和桃乐西对海伦赞不绝口，在这种自由自在中，海伦倍感舒适。

那天晚上，她给纳普穆克额外奖赏了干草和玉米。它愉快地哼哼几声，海伦突然觉得，把它当成讨人喜欢的动物也不是什么难事。

8

这一年的夏天就快过去了，那是基沃顿站相当成功的繁殖季节。全部母羊都怀了胎，那头新种马为三只母马配了种，"守护神"则让农场所有母狗都发情——包括其他农场几只；连克里奥的腹部都鼓起来了。吉薇尼拉为那些小狗兴奋不已。至于她自己，怀孕的事倒是没什么动静——主要是因为卢卡斯每周只有一次和她一起睡，而且每次都一样：卢卡斯太彬彬有礼、体贴入微。他觉得自己失敬时，总是向她赔不是。可吉薇尼拉一直没觉得痛，没见出血。杰拉尔德的嘲笑渐渐让她神经紧张。结婚几个月后，她公公说，健康的年轻女人是很容易怀上小孩的，这加深了吉薇尼拉的恐惧，她担心自己有什么问题。最后，她只好向海伦吐露真情。

"我自己倒不担心，但沃顿先生很讨厌，他当着帮工，甚至牧人的面说这事，他说我应该少花点时间在牲畜棚，多关心丈夫，这样就会有小孩。但光看着卢卡斯画画，我是不会怀孕的！"

"难道他……没有经常和你亲热？"海伦小心翼翼地问。虽然没谁能确定她真的怀孕了，不过她很肯定，自己现在跟以前很不一样。

吉薇尼拉点了点头，拉了拉耳垂。"有啊，卢卡斯很努力，是我的问题。有没有谁能告诉我……"

海伦心生一计。她很快来到毛利人居住的地方，在那……她也弄不清为什么，跟当地女人聊起怀孕的事来，不像和坎德拉太太或镇上别的女人聊那么不好意思。为什么不趁机和她们聊聊吉薇尼拉的问题呢？

"你知道什么？我去问问毛利巫医什么的吧。"她说，"小朗格的奶奶，很友善。我上次去的时候，她给了我一个翡翠，答谢我教孩子们读书。毛利人视她为牧师或智慧女人，也许她懂得女性问题。大不了，她赶我走就是。"

吉薇尼拉很怀疑。"我不太相信巫术，"她说，"不过，试试也好。"

毛利巫师玛塔霍拉在会客室接待了海伦，那是一个用雕刻品布置得富丽堂皇的会客厅。朗格告诉过海伦，这种空灵的建筑风格是仿造某种生物的。屋顶脊梁做成动物脊椎的样子，挂瓦条就像肋骨；厅前有一个盖住的烤炉，叫库塔，用来为大家烹制食物，因为毛利是一个亲密的部落，他们大家一起睡在很大的房子里，没有分出单独的房间，里面也没什么家具。

玛塔霍拉示意海伦坐在房屋旁边草地上凸出来的一块石头上。

"怎样才能帮上忙呢？"她开门见山地说。

海伦搜索了一下自己脑子里能用来构成圣经术语和宗教教条的毛利语词汇。"要是总不怀孕，该怎么办？"她问，希望自己可以不去考虑什么"纯洁"的问题。

这位老妇女大笑，滔滔不绝说了一大堆晦涩难懂的话。

海伦做了个手势，表示自己听不懂。

"为什么没有小孩？"玛塔霍拉试着用英语表达，"你已经有宝宝了啊！冬天天气变冷的时候，我会来帮忙，在你需要的时候。生一个漂亮、健康的宝宝！"

海伦没法理解。这么说来，那是真的了——她很快就要有宝宝了！

"需要的时候，我会来帮忙。"玛塔霍拉将她的好意重复了一遍。

"我……很感谢，欢迎……你来。"海伦艰难地表述道。

巫医大笑。

可是现在，海伦还得回到最初的问题上来，她用毛利语再试了一次。

"我是怀孕了。"她指着自己的肚子解释说，这回已面不改色了，"但我朋友不孕。怎么办呢？"

老妇耸耸肩，再次用母语复述了一遍她刚才已经听懂了的说法。最后，海伦只好招手把朗格·朗格叫过来，她正在附近和其他小孩玩耍。

小女孩走过来，能帮上忙为她们翻译，她显得很开心。海伦想到要当一个孩子的面讨论那样的事情，不好意思地脸红起来，不过玛塔霍拉倒是不觉得有什么难为情。

"她不能简单地判断，"毛利巫师将自己的话重复了一遍之后，朗格解释说，"可能有很多原因。男女双方可能都……她得看看女方，或者最好是男女一起来，这样她才能提些建议，现在说什么都没用。"

玛塔霍拉又送了另一块翡翠让她送给朋友。

"欢迎奥基弗小姐的朋友！"朗格说。

海伦从包里拿了些马铃薯种子给她作为答谢。霍华德要是知道她拿那么珍贵的种子送人，肯定会大发脾气的。毛利老妇倒是喜形于色，她简单交代了一下朗格，让她去抓了几味草药交给海伦。

"给，治早间恶心用的。起床前用水泡服。"

那天晚上，海伦向丈夫透露，他快要当父亲了。霍华德满意地哼了哼。虽然他没多说几句海伦很想听到的赞许的话，不过看得出他很高兴。宣布这个消息得到的一个好处是，打从那时起，霍华德会让妻子安安静静地呆着，晚上不再碰她，而是像一个兄长一样躺在她身边，这对于她来说，简直如释重负。第二天早上，霍华德给她端了杯茶到床前，把她感动得热泪盈眶。

"给。巫婆说你应该喝这个，对吧？这种事情毛利妇女比较懂，她们生小孩就像猫产仔一样。"

吉薇尼拉也为朋友感到高兴，不过，刚开始时，她不愿意和海伦一起去拜会玛塔霍拉。

"要是卢卡斯不和你亲热,肯定不会有什么结果。也许她可以施放一些爱的法术之类的东西。现在开始就戴上翡翠——或许可以装在一个小袋子里挂在脖子上,总会带来好运的。"

吉薇尼拉意味深长地朝海伦的肚子比划了一下,表情中满怀希望,这让海伦不忍心向她道破,其实毛利人也不信巫术和幸运符。翡翠只被视作表达谢意的纪念物、友谊的象征。

巫术当然不会起作用,因为吉薇尼拉没法说服自己把翡翠摆放在清晰可见的位置或床上,她不希望卢卡斯嘲笑她迷信或像她一样感到难过。最近这些天,他已经很尽力让自己的性生活达到完满的结果。他以温柔的方式,努力使自己长驱直入地进入吉薇尼拉体内,有时会有点痛,但吉薇尼拉还是觉得方法不正确。

春天来了。在南半球,三月预示着冬季来临,这是新来的移民必须适应的概念。卢卡斯和詹姆斯·麦肯齐的那帮人骑着马,一起到山里放牧。他极不乐意这么做,但杰拉尔德毫不妥协。这意味着,吉薇尼拉有了一次意外的机会,可以到低洼的草场和他们一起放羊。她和维缇、齐丽负责用马车运送点心。

"这是你们的爱尔兰炖肉!"第一天晚上他们返回营地时,她高兴地向牧人宣布。那以后,毛利人已完全了解他们的食谱,吉薇尼拉现在完全可以自己亲手做饭了。还好,她不必花一整天剥土豆、煮卷心菜,她可以骑着伊格莱恩、带着克里奥出去找迷失在山里的羊。詹姆斯·麦肯齐请求她做这些,并答应保守秘密。

"我知道先生把这事看得很严重,小姐。我可以自己去做,或叫个小伙子去,不过大家都要放牧,我们人手实在不够,最近几年我们不断从毛利人营地找帮工。既然这次小沃顿先生骑马和我们一起……"

吉薇尼拉明白他的意思,而且也知道有些事大家都心照不宣。杰拉尔德万分欢喜地省掉了添加帮手的开支,这是她从餐桌上听说的。可是，卢卡斯没法取代有经验的毛利牧人，他不够吃苦耐劳，不适合干农活。他们在搭帐篷的时候，他已经向吉薇尼拉抱怨说，他浑身上下直至骨头都很酸痛——可牧放刚刚开始呢。牧人们当然不敢公开埋怨小老板缺乏技巧，但当吉薇尼拉听到类似"要不是羊儿三次逃跑，速度就快多了"的议论时，很清楚他们下一句想说什么。一旦沉迷于观察云的形成或某只昆虫，卢卡斯才不会去管有几只羊跑了呢。

结果，詹姆斯·麦肯齐只好让他和其他牧人一起工作，这就使得他们至少缺一个人手。吉薇尼拉当然很乐意帮忙。一帮男人返回营地时，看见克里奥正驱赶着吉薇尼拉在山岳地带找到的另外十五只羊。她不太去管卢卡斯会说什么，还好他好像根本没留意。他默默地吃完炖菜，然后撤回帐篷。

"我来帮忙清理吧。"吉薇尼拉说。有五道菜的餐具要清洗，事实上，她把为数不多的几个盘子留给毛利仆人洗了，自己加入到牧人中，他们正在讲自己的冒险故事。很自然，他们有一瓶酒，一圈一圈传着喝，每轮一圈，故事就变得更引人入胜、险象环生。

"谢天谢地，要不是我在那儿，那头公羊肯定用犄角把他了结了！"年轻的戴夫笑着说，"不管怎么说，它正朝他跑去，我大叫一声'沃顿先生！'，可是他根本没看见那畜牲。我赶紧朝牧羊犬吹了声口哨，它立刻冲到人和畜牲中间，把公羊赶走了……不过，你以为那家伙会感恩戴德吗？当然不！他还指责我呢！他说正在观察一只鹦鹉，狗把那只鸟赶跑了。公羊差点要了他的命，我告诉你们！要不是我在那儿，他早就不会喘气了！"

其他人大声笑骂着，唯独詹姆斯·麦肯齐好像挺不自在的。吉薇尼拉明白，如果不想再听到有关丈夫的尴尬事，最好从这里走开。她站起身，詹姆斯跟在她身后。

"对不起，小姐。"她走进营火前面的黑暗处时，詹姆斯道歉说。夜色不太暗：月亮很圆，星星在闪烁。明天又是晴朗的一天——这简直就是牧人们的礼物，要不是天晴，他们只能在雨水和大雾中艰难跋涉。

吉薇尼拉耸了耸肩。"你不用说对不起。难道你这是想让自己独善其身?"

詹姆斯抑制住自己的笑。"我希望这帮家伙说话谨慎点……"

吉薇尼拉笑笑。"那你就得跟他们解释清楚什么叫谨慎。不,不,麦肯齐先生,我很能想象当时的情景,我理解他们为什么会不满。小沃顿先生是……呃,他完全不适合做这些事,他钢琴弹得很棒,画画得很漂亮,但骑马放羊的事……"

"你爱他吗?"这话刚要从嘴里溜出来,詹姆斯真想捆自己一巴掌。他不想问这个,永远——这不关他的事。但他刚喝过酒,而且他度过了漫长的一天,整个过程中他诅咒过卢卡斯·沃顿不止一次。

吉薇尼拉很清楚这种时候自己需要多么良好的教养。"我尊重并信任我丈夫。"她以此作答,"我按自己的意愿结婚,他对我也很好。"她本该加上一句说,这不关你詹姆斯·麦肯齐什么事,不过她还是没这么做。某种感觉告诉她,他有权问及此事。

"这个答案,能答复你提的问题吗,麦肯齐先生?"她用温柔的语气问。

詹姆斯·麦肯齐点点头。"很抱歉,小姐。晚安。"

他不知道自己怎么会向她伸出手去。围着篝火坐了几个小时之后,再如此正式地和某人握手道别,其实不符合习惯,而且也不太合适。毕竟,明天早上吃早餐的时候,他们又会见面。不过吉薇尼拉还是握住他的手,就当这是世界上最自然不过的事情。她小巧、纤细,却因为骑马、照料牲口而变得坚硬的手轻轻放在他手心里。詹姆斯难以克制将她的手举起、放到唇边的冲动。

吉薇尼拉双目低垂,他的手包住自己的手,感觉真好,让她有种毫无疑虑的安全感。温暖传遍周身——甚至那个极其不宜的地方。她慢慢抬头看着他,从詹姆斯黑暗中探寻的眼睛里,看到自己快乐的影子。突然,他们俩会心一笑。

"晚安,詹姆斯。"吉薇尼拉温柔地说。

他们设法于三天后完成牧放工作,比以往快些。基沃顿站只丢失了几只牲口，余下的大部分都非常健康，羊肉卖得好价钱。返回农场几天后，克里奥产下小狗。吉薇尼拉着迷地看着那些小小的狗仔躺在篮子里。

然而杰拉尔德心情好像很不好。

"看来一切都很圆满——除了你们两个！"他一边抱怨，一边憎恶地看了儿子一眼。卢卡斯一言不发走了出去。近几个星期，父子之间关系越来越紧张。杰拉尔德无法原谅卢卡斯在农活方面的不称职，卢卡斯则因为杰拉尔德派他和那帮牧人一起骑马出去而生气。吉薇尼拉常常觉得自己夹在针锋相对的两人中间，并渐渐感觉到杰拉尔德对自己很恼火。

冬天，牧场没么多事要做，而且也没多少吉薇尼拉帮得上的工作。克里奥好几个星期身体不适，因此，吉薇尼拉常骑着母马往奥基弗农场方向跑。在放牧期间，她就发现两个农场之间有一条近得多的路，现在，她一周去海伦那儿好几次，海伦非常感激。随着妊娠期增加，农场的活她越来越难以对付，骑骡子也一样。她几乎没再去霍尔顿找坎德拉太太一起喝茶了，倒是喜欢整天呆在家里研究毛利语圣经、缝缝婴儿服。

她继续给毛利孩子上课，他们接管了她很多家务，可是，每天大部分时间，她依然形单影只。晚上，霍华德喜欢骑马到霍尔顿喝啤酒，要很晚才会回来。吉薇尼拉很担心。

"快要生的时候，你怎么通知玛塔霍拉？"她问，"你不可能自己走过去啊！"

"坎德拉太太想把桃乐西送过来，可是我不同意……房子太小了，她来以后只能睡畜棚。据我所知，孩子一般都是在晚上出生，那个时候霍华德应该在家。"

"你确定吗？"吉薇尼拉不解地问，"我姐姐生孩子的时间差不多是在正午的时候。"

"可一般阵痛是在夜里开始的。"海伦说得很坚定。她学过怀孕和生育的基础知识。朗格·朗格曾用蹩脚的英语，跟她讲过几个野外分娩的故事。海伦鼓起勇气,向坎德拉太太讨教过生育启蒙知识。坎德拉太太对这方面技巧很精通,她毕竟生了三个儿子,而且都是在不太开化的环境里。海伦现在已经知道分娩如何开始、该做些什么准备工作。

"如果是这样,"吉薇尼拉不太相信地说,"你真的应该考虑让桃乐西来住几天,她在畜棚对付几个晚上,肯定不会死,但完全靠你自己生孩子,你可能就死定了。"

随着分娩日期临近,海伦越来越想接受坎德拉太太提供的帮助。霍华德呆在家里的时间越来越少,她的身体状况好像让他很困窘,明摆着不再喜欢和她睡在同一张床上。他晚上从霍尔顿回来的时候,浑身散发着啤酒和威士忌的味道,醉得摇摇晃晃的,连去睡觉都会绊倒,海伦很怀疑,到需要的时候,他连毛利人的村落在哪儿都找不到。因此,桃乐西八月初就搬来和他们一起住了,可坎德拉太太反对让女孩睡畜棚。

"奥基弗太太,虽然我希望那种事不会发生,我很清楚奥基弗先生晚上骑马出去是什么状况。你现在……我的意思是,他……他可能很想和女人同床共枕,你明白我的意思吧。如果他晚上回到畜棚,正好遇到一个半大的女孩……"

"霍华德是个讲信义的人!"海伦为自己的丈夫辩护。

"讲信义的男人也是男人啊。"坎德拉太太冷冰冰地回敬道,"一个喝醉酒的信义男人跟别的男人一样危险。桃乐西得睡在屋里,我跟奥基弗先生谈谈。"

海伦对他们的谈话顾虑重重,但她的担心其实是没根据的。把桃乐西接来后,霍华德马上卷着自己铺盖去了畜栏,在那里搭了个帐篷。

"我没关系。"他豪爽地说,"我以前比这更糟糕的地方都睡过。女孩的贞操必须得到保护,坎德拉太太是对的,这事不必多说!"

海伦很钦佩坎德拉太太的外交手段。她肯定会辩称,桃乐西需要一个女伴,霍华德要是在屋里,她就无法照顾海伦和宝宝。

就这样,在临盆前几天,海伦开始和桃乐西同居一室,在此期间,她花了大量时间让女孩镇定下来。桃乐西对分娩怕得要死——怕成那样,以至于海伦怀疑,她母亲不是死于某种奇怪的疾病,而是死于难产。

相比之下,吉薇尼拉反倒很开心——即便是在八月底的雾天,海伦病快快的很郁闷的时候。霍华德那天上午去霍尔顿了,他想搭建一个新棚屋,木料已到货。他肯定不会把建材装上货车后,直接驾着马车返回。相反,他逗留在一个酒吧里喝酒、打牌。桃乐西去挤奶时,吉薇尼拉陪在海伦身边。因为在大雾中骑行,她衣服都湿了,冻得直哆嗦。所做这一切,只是为了开心地在海伦的壁炉前安顿下来,喝一杯热茶。

"玛塔霍拉会照顾好的。"当海伦告诉她,桃乐西很害怕时,她说,"我真希望我能来!我知道你现在觉得很痛苦,但你应该知道这些日子我又是什么状况。杰拉尔德每天含沙射影的,还不止他一个,就连霍尔顿的小姐们都那样……刺探性地看着我,好像我就该是一匹专事生育的母马。连卢卡斯都像在生我的气。要是我知道我做错什么就好了!"吉薇尼拉玩转着茶杯,差点要哭了。

海伦眉头紧皱。"吉薇,不可能是女人的问题!你又没赶他走,对吧?你有让他做那事吧?"

吉薇尼拉眼睛一转。"你认为呢?我知道我必须静静地仰面躺在那儿,我温和地抱住他……我还要怎么做啊?"

"那可不是我能做的,"海伦说,"也许你还需要时间,毕竟,你比我年轻。"

"年轻就容易得多,"吉薇尼拉叹了口气说,"我妈就是这么说的。说不定是卢卡斯有什么问题呢?'软鸡巴'是什么意思?"

"吉薇,你怎么能这么说!"听到如此不堪的表达竟然出自朋友口中,海伦震怒不已,"那可不是你该说的东西啊!"

"帮工谈论卢卡斯的时候说的,当然趁他没注意听的时候。要是我知道那是什么意思就好了……"

"吉薇尼拉!"海伦站起来拿炉子上的茶壶。就在这时,她紧紧抱着肚子,一声尖叫,"哦,不!"

海伦脚下马上流了一摊水。"坎德拉太太说,这就是要生了!"她大叫道,"可现在是上午不到十一点,这多让人为难啊……你能把它擦干净吗,吉薇?"她倒在椅子上。

"羊水破了,"吉薇尼拉说,"别那样,没什么难为情的。我把你扶到床上,然后派桃乐西去把玛塔霍拉接来。"

海伦疼得拳头紧握。"好痛啊,吉薇,好痛!"

"很快就会过去。"吉薇一边安抚她,一边用力抓住海伦的手臂,把她带到卧室。她帮海伦脱掉衣服,穿上睡衣,让她镇定下来,然后跑到畜栏,吩咐桃乐西去毛利村寨。女孩突然哭起来,没头没脑地跑出畜栏。千万要走对方向啊!吉薇尼拉在考虑,自己骑马去会不会更妥当。可是,姐姐不是花了好几个小时才把婴儿生出来吗,海伦十有八九也一样。吉薇尼拉肯定比一把鼻涕一把泪的桃乐西更能安抚海伦。

于是,吉薇尼拉把厨房擦干净,重新煮了壶茶,端到海伦床边。她现在正处在阵痛期,每隔几分钟就尖叫、紧张一下。吉薇尼拉握住她的手,用舒缓的语气跟她说话。一个小时过去了,桃乐西和玛塔霍拉在哪呢?

海伦好像没留意到时间在一点点过去,但吉薇尼拉越来越不安。桃乐西要是迷路了怎么办?两个多小时后,听见门口有人,吉薇尼拉初很害怕,还好,是桃乐西,她还一直在哭。她没如期把玛塔霍拉带来,却带来朗格·朗格。

"她不能来!"桃乐西啜泣着,"她还没来……"

"又有一个宝宝要诞生了,"朗格平静地说,"很辛苦,现在还早,妈妈会很难受,必须坚持住。她说,奥基弗太太很强壮,宝宝会很健康。我会帮忙。"

"你?"吉薇尼拉问。朗格不过十一岁。

"是的。我看过毛利妇女生孩子,还在一边帮过忙。我家有好多小孩!"

在吉薇尼拉看来,她不是理想的助产士,但她比身边任何一个女孩和女人都有经验。

"好吧,我们现在该做什么,朗格?"她问。

"不用做什么,"小女孩回答说,"就等,等上几个小时。玛塔霍拉说,快要生的时候,她就过来。"

"那才是真正的帮助。"吉薇尼拉舒了口气,"好了,我们等吧。"她不知道还能说什么。

朗格是对的。时间过去好几小时。很剧烈的时候,海伦会痛得尖叫,接着就平静下来,好像还能睡上几分钟。可是,从晚上开始,疼痛变得越来越剧烈,而且中间的间隙越来越短。

"这很正常。"朗格说,"我能做些糖浆薄饼吗?"

桃乐西很担心这小东西只想着吃的东西,吉薇尼拉倒觉得这主意不错。她也很饿了,说不定还可以让海伦也咬上几口。

"去帮她吧,桃乐西!"她吩咐。

海伦绝望地看着她。"要是我死了,婴儿会怎么样?"她低声说。

吉薇尼拉擦去她额头的汗水。"你不会死的。首先,得把宝宝生出来,然后才来考虑我们该干吗。你们家奥基弗先生哪去了呀?都这个时候了,他不是该回来了吗?他回来后,才好骑马到基沃顿站去,告诉他们我要晚点才能回去,免得他们担心我!"

尽管疼得厉害,海伦还是差点大笑起来。"霍华德?他要是会骑马到基沃顿站去,复活节和圣诞节都可以在同一天进行了。可以让雷蒂……或其他孩子去……"

"我可不让他骑伊格莱恩。你那头蠢驴辨认方向还不如一小孩呢。"

"人家是一骡子……"海伦呻吟着纠正,"千万别叫它驴,不然它会记仇的……"

"我知道你喜欢它。听着,海伦,我得撩开你的睡衣,看看下面。说不定小东西正要把头伸出来呢……"

海伦摇摇头。"我会有感觉的。不过……不过现在……"

海伦忍受着一阵疼痛。她想起坎德拉太太说的,要用力推,于是,她痛苦地呻吟着试了试。

"现在可能是……"在下轮阵痛发作前,她弯起膝盖使劲推。

"把膝盖放下,会更好,小姐。"朗格满嘴食物,她刚端了一盘薄饼进来,"在周围走走会有帮助的,因为宝宝得掉下来,你明白吧?"

吉薇尼拉帮呻吟着、不愿意走动的海伦站起身来。她只走了没几步,阵痛就让她受不了了。吉薇尼拉撩开海伦的睡衣,跪下来一看,有个黑乎乎的东西在她两腿间。

"就要出来了,海伦,就要出来了!我现在该怎么办呢,朗格?它要是现在就掉下来,会掉到地板上的呀!"

"不会那么快掉下来的。"朗格说着,又往嘴里塞了一块薄饼,"嗯嗯,味道真好。宝宝一生下来,奥基弗太太就可以吃了。"

"我要回床上去!"海伦嚎啕着。

虽然觉得这么做不太明智,吉薇尼拉还是把她扶回床上。海伦站着的时候,分娩速度显然快得多。

就在这时,来不及反应,海伦发出另一声刺耳的尖叫,吉薇尼拉刚才看见的那个黑乎乎的头顶,现在是婴儿的整个脑袋,从里面挤了出来。吉薇尼拉回忆起牧羊人帮助许多羔羊分娩、自己躲在一边偷看的情景,那经历也许对眼下这种情况有帮助。她鼓起勇气,伸手把婴儿的头接住,再用力拉,海伦呼哧呼哧喘着气痛苦尖叫,这时候,小脑袋全都出来了。一看见婴儿的肩膀,吉薇尼拉再次用力一拉——宝贝突然就出来了,吉薇尼拉定睛看着那张皱皱巴巴的小脸。

"剪吧,"朗格平静地说,"把脐带剪断。真是个漂亮的婴儿,奥基弗太太,是男孩!"

"小男孩?"海伦呻吟着说,试图坐起来,"真的?"

"你瞧……"吉薇尼拉说。

朗格拿来一把她早早备好的刀,剪断脐带。"这样就可以呼吸了!"

小东西不仅开始呼吸,还马上大哭起来。

吉薇尼拉满面笑容。"看上去很健康呀!"

"肯定健康啦……我说过……会很健康……"声音从门口传来。原来是玛塔霍拉——那个毛利巫师进了屋。为了抵御寒湿,她用毛毯裹住身体,再用一条腰带将毯子系牢。这位老妇因为寒冷,也可能因为疲劳,所以脸色苍白,脸上的刺青比平时更清晰了。

"我很抱歉,可是另外一个婴儿……"

"另外一个婴儿也很健康吗?"海伦疲倦地问。

"不。死了。还好,妈妈还活着。你儿子真漂亮!"

玛塔霍拉现在掌管托儿所。她将小家伙清洁干净,吩咐桃乐西烧水给婴儿洗澡。在做其他事情之前,她先把宝宝放在海伦怀里。

"我可爱的儿子啊……"海伦低声说,"他好小啊…… 我要给他取名叫鲁本,随我的父姓。"

"在这方面,不是得奥基弗先生说了算吗?"吉薇尼拉问。在她的生活圈子里,一般说来,男孩的名字至少要父亲认可。

"霍华德在哪呀?"海伦轻蔑地问,"他明明知道孩子这几天就会出生,他不呆在家里陪我,反而跑去客栈酒吧喝酒,把自己卖羊赚的钱都喝光了。他无权给我儿子起名字!"

玛塔霍拉点点头。"对。他是你的儿子。"

吉薇尼拉、朗格、桃乐西一起给宝宝洗澡。桃乐西终于不哭了,正目不转睛地看着小婴儿呢。

"他好可爱啊,小姐!你看,他都会笑了!"

吉薇尼拉对宝宝的面部表情关注得不多,倒是比较在意他的出生过程。除了用时较长,其实婴儿的出生跟小马驹或小羊羔没多大区别,连卸胞衣都差不多。玛塔霍拉建议海伦把胞衣埋在一个特别漂亮的地方,并在那儿种上一棵树。

"大地向着大地——泥土。"玛塔霍拉说。

海伦答应尊重传统,而吉薇尼拉还在一边苦思冥想。

要是一个孩子的出生跟一只动物一样,那十有八九怀孕也都一样。当一切都渐渐变得清晰时,吉薇尼拉脸红起来。不过,她现在已经很清楚,卢卡斯到底在哪方面出了问题……

最后,海伦幸福地躺在新铺的床上,熟睡的宝宝抱在臂弯里。他已经吃过东西了——玛塔霍拉坚持让婴儿靠近海伦的乳房,尽管哺乳对她来说很难为情,她原来是想让宝宝喝牛奶长大的。

"母奶对婴儿有好处，牛奶对奶牛有益。"玛塔霍拉果断地声明。

这是人类与动物的又一个共同之处。这个晚上，吉薇尼拉学会了许多东西。

这个时候，海伦有时间去思考别的事情。吉薇尼拉真棒，要是没有她的援助，她该怎么办呢？现在，她得抓住机会报答她了。

"玛塔霍拉，"她转过身对毛利巫师说，"这是我们最近说到的那位朋友。有那……那个……"

"就是以为自己不会怀小孩的那个？"玛塔霍拉问，并向吉薇尼拉投去探寻的目光，上上下下打量着她的乳房、阴部，结果让她很满意。"不错，不错，"她最后宣告说，"多漂亮的女人啊，很健康，可以生很多孩子，健康的孩子……"

"可是，她试了这么长时间……"海伦不解地说。

玛塔霍拉耸耸肩。

"和别的男人试试咯。"她轻描淡写地建议。

吉薇尼拉不太确定，这个时候该不该骑马回家。天黑很久了，外面很冷，雾蒙蒙的。可是，要是不回去，卢卡斯和其他人会担心死。霍华德·奥基弗回到家，尤其是在喝醉酒、发现家里来了个沃顿家的人之后，又会说什么呢？

后一个问题的答案自动呈现，好像有人在畜栏里忙着——霍华德·奥基弗一般是会很用力敲自家门的，而这位来客显然下了决心要礼貌地出现在大家眼前。

"开门，桃乐西！"海伦迷迷糊糊地吩咐。

吉薇尼拉已经走到门口了。是卢卡斯来找她吗？她跟他提起过海伦，他的态度还是挺善意的，甚至还表示想见见她朋友。沃顿和奥基弗家的世仇对他来说好像不算什么。

来者是詹姆斯·麦肯齐，不是卢卡斯。他站在门前。

看见吉薇尼拉，他眼睛一亮，虽然他刚才在畜栏就已经知道她肯定在这里，因为伊格莱恩在马厩等着呢。

"沃顿太太，谢天谢地，我终于找到你了！"

"麦肯齐先生……快进来。你来接我，真是太好了。"

"来接你，很好，是吧？"他生气地问，"我们这是在闲话家常是吗？你怎么想的啊，一去就一整天？沃顿先生担心得快疯了，煞费苦心一个个地审问我们。我跟他讲了你经常拜会的一个霍尔顿朋友，然后，赶在他派人去坎德拉太太家了解情况之前，骑马来到这儿……"

"你真是一位天使，麦肯齐先生！"对他苦口婆心的劝诫，吉薇尼拉嬉皮笑脸地说，"要是他知道我帮忙接生他仇家的儿子，不用说该有多严重了。进来啊，见见鲁本·奥基弗！"

吉薇尼拉带了个陌生男人进房间里来，海伦有点尴尬，还好詹姆斯·麦肯齐举止无可挑剔，很礼貌地跟她打招呼，并对小鲁本表现出无比欣喜。吉薇尼拉此前在他眼中无数次看到过这样的光芒，詹姆斯·麦肯齐好像每次都总是大喜过望地迎接每一只羔羊或小马驹来到这个世界。

"你们自己负责这一切？"他深受感动地问。

"海伦也作出了那么一点点微乎其微的贡献。"吉薇尼拉大笑着说。

"不管怎样，你们还是成功地把他拉了下来！"詹姆斯笑眯眯地说，"你们俩都一样！现在，我很高兴能陪你回家，小姐！毫无疑问，这对你来说，再好不过，夫人……"他转身对海伦说，"你丈夫……"

"肯定会很不高兴沃顿家的人替他儿子接生。"海伦点点头，说，"千恩万谢，吉薇！"

"哦，不用谢，说不定有朝一日你就可以报答我了。"吉薇尼拉朝她使了个眼色。她不知道为什么突然对自己不久以后就会怀上孩子充满信心，反正今天的全部见闻给她插上了自信的翅膀。既然已经知道问题的根源，她相信一定能找到解决办法。

"我已经为你装好马鞍了，小姐，"詹姆斯说，"我们真的该走了……"

吉薇尼拉笑笑。"那快点吧，这样公公就心平气和了！"她说。她意识到詹姆斯一直对卢卡斯只字不提，难道丈夫一点都不担心她吗？

吉薇尼拉跟着詹姆斯·麦肯齐离开的时候，玛塔霍拉的目光一直追随着他们。

"和这个男人就可以生出一个健康的孩子。"她断言道。

9

"沃顿先生能想到筹备一个这样的露天派对，真是太好了。"坎德拉太太说，吉薇尼拉刚刚给她送来新年派对邀请函。因为新西兰的新年时间是在盛夏，所以派对会安排在花园里进行——午夜的烟花则将派对推向高潮。

海伦耸耸肩。像往常一样，她和丈夫是不会收到邀请函的。尽管杰拉尔德可能不受任何一个小农民及其他人尊重，吉薇尼拉也没让人觉得，她和坎德拉太太一样为聚会而兴奋。她被料理整个基沃顿站庄园这个工作压得喘不过气来，聚会对组织者的能力和专长要求很高。此外，当时她正忙着做鬼脸、挠痒痒，逗鲁本笑呢。海伦的儿子已经四个月大了，那头骡子纳普穆克偶尔驮着母子俩跑跑短途来到镇里。儿子刚出生几周时，她不敢冒险进行这样的旅行，所以再一次觉得自己与世隔绝。不过，有了宝宝陪伴，孤独不会太强烈。刚开始的时候，小鲁本会让她忙碌一整天，她还是对他方方面面都感到高兴。小婴儿不怎么烦人，这四个月以来，他一般整晚都安睡着——特别是躺在妈妈身边睡的时候。可是，这让霍华德很不适应，他很想恢复和海伦每天晚上的"乐趣"。可他一靠近她，鲁本就开始大声哭闹，听得海伦心都碎了，但她还是顺从地躺在那里，直到霍华德完事，只有这种时候，她为这个宝宝感到焦虑。霍华德既不喜欢吵闹的背景音，也不喜欢海伦显而易见的紧张和缺乏耐心。结果，鲁本一哭，他就撤退下来，要是晚上回家晚了，而且看见海伦怀里抱着孩子，他就会直接去畜栏睡。海伦对此觉得很内疚，但仍然对鲁本充满感激。

大白天的时候，宝宝几乎从来不哭，海伦给毛利孩子上课时，他就安安静静地躺在摇篮里，他不睡觉，只是严肃认真地看着这位老师，好像知道他们在干什么。

"他将来会是一名教授。"吉薇尼拉大笑着说,"他完全像你,海伦!"

至少,在外貌上,她说得没错。鲁本的眼睛,开始时是蓝色,渐渐变成海伦那种灰色,头发虽说像霍华德的黑发,但是直的,不是卷的。

"他像我父亲!"海伦很肯定地说,"他随他姓,你知道。但霍华德决定要他将来做个农民,而不是教士。"

吉薇尼拉咯咯地笑。"其他人以前就犯过那样的错误,想想沃顿先生和卢卡斯就知道。"

吉薇尼拉去霍尔顿派送邀请函时想起那番对话。严格说来,新年派对不是杰拉尔德的主意,而是卢卡斯的——初衷是让杰拉尔德觉得开心、热闹。家里的气氛是一触即发的紧张,每个月都不见吉薇尼拉怀孕,紧张关系不断加重。现在,杰拉尔德用赤裸裸的攻击来回应没有子孙后代的状况,尽管他并不知道,夫妻俩到底谁该负此责任。吉薇尼拉现在是独善其身,而且也渐渐习惯了家中事务,这让杰拉尔德几乎没了攻击她的渠道。此外,她对他的情绪了如指掌,要是他一大早就批评小松饼做得不好——他就会用威士忌而不是茶将松饼咽下去,这种事越来越频繁地发生——她会很识时务地马上消失到畜栏去,宁愿整天和狗儿、羊儿在一起,而不想成为杰拉尔德情绪低落的避雷针。但是,卢卡斯就得面对他父亲所有盛怒,而这些坏脾气通常都来得出其不意。杰拉尔德经常硬生生地把卢卡斯从全身心投入的事情上拉出来而毫不内疚,然后逼着小伙子去做对农场有用的事情;在原本该去监督剪羊毛工作的时间,要是看见卢卡斯抱着一本书在房间里看,他甚至会走上前去把书撕掉。

"除了计数,你什么事都别做,他妈的!"杰拉尔德暴怒地说,"要不然支付给剪羊毛工人的费用就太高了!刚才,三号仓库里有两个家伙,因为双方都要求支付剪一百头羊毛的酬薪而吵了起来,可是没谁能公断此事,因为没人给他们计数!我分配你到三号仓库去,卢卡斯!现在就去,看你该怎么把事情安排妥当!"

吉薇尼拉倒是很乐意去接管三号仓库，可作为家庭主妇，她该操心的是一家人的饮食起居，而不是监管那些雇用来剪羊毛的民工。出于这个原因，这帮男人得到极好的照顾：吉薇尼拉一次又一次地跑来给他们送茶点，因为她看工人剪羊毛看不够。在施克罕家，剪羊毛是一件非常悠闲的事情，几百只羊都是由牧人自己用几天时间剪完。可是，在这里，他们有数千只羊要剪，先得把羊从辽阔的牧场赶回来，然后一起关入围栏中。剪羊毛这件事是专业性很强的工作，最好的工作组每天能剪八百只羊。像基沃顿站这样大规模的剪羊毛作业中，一定会有一场竞争——今年，詹姆斯·麦肯齐获胜在望，他和一号仓库顶尖的剪毛工不分仲伯，尽管他还要负责监督二号仓库的其他剪毛工人。吉薇尼拉每次过来，都会替他监管一会儿，以此减轻他的负担。她的出现，似乎总能让他精力倍增，剪子立马从羊身上流畅地飞驰而过，快得让这些畜牲想咩咩叫几声，以抗议自己受到的粗暴对待都来不及。

卢卡斯觉得这样对待羊儿实在野蛮。这些动物被逮住，任人抓着后背扔来扔去，然后，身上的毛被一剪而光。万一剪毛工人没经验，或羊儿拼命挣扎，甚至连皮肤都经常被剪伤。他对羊儿此番遭遇，总是深表同情。让卢卡斯无法忍受的，还有弥漫在整个剪毛仓库里的羊毛脂气味，因此，剪完羊毛后，他经常都没把羊赶去冲洗——其作用在于清除创口、杀死寄生虫，而是故意让羊溜走。

"牧羊犬不听我指挥啊。"为了对付父亲又一次怒火重燃，他总是这么说，"它们就听麦肯齐的，可我每次唤它们……"

"你不用叫唤这些狗，卢卡斯！吹口哨就是了！"杰拉尔德气爆了，"只需要三四声口哨，你本来老早以前就已经学会的。你不是觉得自己的音乐天赋很了不起吗！"

卢卡斯颇感侮辱地顶嘴道："父亲，绅士……"

"别跟我讲什么绅士就不能吹口哨！是这群羊为你的绘画、弹钢琴，以及所谓的研究……提供经费的。"

吉薇尼拉不经意听到父子间这番对话，赶紧溜进最近的一间仓库，她很讨厌杰拉尔德当着她的面向丈夫发号施令——要是麦肯齐或别的农场帮工亲眼目睹父子间的对抗，那就更糟糕了。他们不仅让吉薇尼拉觉得难堪，而且好像对她和卢卡斯夜间床笫之事上的"努力"会有负面影响——而此事失败的频率正日渐增加。既然与种马和母马传宗接代没什么根本上的区别，吉薇尼拉已经把两个人共同下功夫当成生育的第一步。然而，她还是没抱什么幻想：就她自身而言，机会还多得是。她渐渐开始考虑替代方案，尽管父亲家那头老公羊的影子——那是一头因为总是交配不成功而被父亲报废的公羊——时不时地从脑海里冒出来。

"和别的男人试试吧。"玛塔霍拉曾说过。每次回想起这些话，吉薇尼拉都会感到一阵内疚。对于一个施克罕家族的人来说，欺骗自己的丈夫是匪夷所思的。

露天派对日渐临近，卢卡斯全身心投入准备工作中。就光筹划烟花燃放就需要好几天，到克莱斯特彻奇订货之前，他花费了好些精力去研读商品目录；他还得负责花园景观美化以及桌椅的安排。不同于盛大宴会的是，羊肉都必须放在火上烤食；根据毛利传统，青菜、家禽肉和贝类则必须在石器上烹饪；沙拉及别的菜肴搁在长桌子上，为需要的客人准备着。齐丽和莫纳已经熟练掌握了类似聚会的工作，她们再次穿上为了婚礼而特地为她们定做的制服。吉薇尼拉说服她们答应穿鞋子。

另一方面，她们不得参与准备工作。父子之间，需要非同一般的圆滑机智和外交手腕，才能作出各项决定。卢卡斯非常享受做各项准备工作，并渴望得到认可。可杰拉尔德却觉得，儿子费功夫做的事太"无男子气概"，宁可交由吉薇尼拉全权负责。就连工人们都不屑于卢卡斯如此热衷家务事，这是杰拉尔德和吉薇尼拉都不可能没察觉到的。

"软鸡巴在叠餐巾纸呢。"詹姆斯·麦肯齐问起卢卡斯人在哪儿时，波克·利文斯顿回话说。

吉薇尼拉装着没听懂。她对于"软鸡巴"这个词的意义，已经有了相当精确的理解，却无法彻底了解畜棚里这些男人是如何推断出卢卡斯的床上功夫一败涂地的。

派对前一天，基沃顿站花园洒满阳光，卢卡斯已将彩灯搬了出来，毛利仆人设置好火炬。晚上，宾客光临之际，仍有足够的光线，让他们无比惊叹欣赏到玫瑰边饰、修剪整洁的树篱、曲径通幽的草地，一切皆按经典的英式花园模式布置。杰拉尔德重新安排了一场牧羊犬表演——这次表演不仅仅是要展示牧羊犬当下的传奇才能，同时也当成某种产品宣传。"守护神"和"舞蹈家"所产的首批幼崽可以拿出来卖了，本地养羊户会慷慨地为博德牧羊犬买单，甚至与杰拉尔德原有的那些老牧羊犬杂交的品种也很紧俏。杰拉尔德的员工不再需要吉薇尼拉和克里奥的协助，就可以展示一场美轮美奂的表演。随着詹姆斯·麦肯齐的一声哨响，幼犬将羊顺顺当当地聚集到越障训练场。吉薇尼拉身穿优雅的宴会礼服，那梦幻般的带金色孔眼贴花天蓝色丝绸依然洁净；克里奥也只是跟随在表演场的边线，似乎受到侮辱一般呜咽着，它的幼崽终于断奶了，小狗正在寻找新的任务。可是，今天，它再次被流放到马厩。卢卡斯不希望任何一只狗四处走动，吉薇尼拉为了款待宾客而无暇顾及别的——虽说在客人之间走动以及和克赖斯特彻奇的女士们攀谈让她越来越觉得是一场严酷考验。宾客们既好奇又同情地评说她依然苗条的体型时，她感觉到众人的目光齐聚在自己身上。开始时，她只是偶尔听到几句评论，可后来，绅士们——尤其是杰拉尔德——开始喝威士忌，杯中之物很快就让他们的舌头放肆起来。

"呃，夫人，你结婚都快一年了！"巴灵顿勋爵拖长声音说，"还要多久才会有小家伙呢？"

吉薇尼拉不知如何应答，她像子爵一样羞红着脸，而他父亲的行为同样让他尴尬无比。他改变话题，向吉薇尼拉问起伊格莱恩和默克多，他一直惦记着它们，因为在这片新的国土，他还没找到可以与之相比的马儿。吉薇尼拉马上活跃起来。马已成功繁殖，她很乐意卖一头小马驹给这位小巴灵顿。她抓住时机，带着子爵去牧场，由此躲过巴灵顿勋爵。一个月前，伊格莱恩已产下一头黑雄马，非常漂亮，杰拉尔德已经把马厩安置在距离住处很近的地方，以方便客人赏马。

在母马和小马驹正在吃草的牧场旁边，詹姆斯·麦肯齐正在监督帮工派对的准备工作，基沃顿站的员工还有事要做，不过，等客人用餐完毕，舞会开始的时候，他们就可以有自己的娱乐。杰拉尔德慷慨地为他们的派对提供了两头羊以及足量的啤酒和威士忌，烹肉的火也已经点燃。

詹姆斯向吉薇尼拉和子爵打招呼，她则利用这个机会为他的出色表现向他道贺。

"我相信沃顿先生今天能卖出五只狗。"她赞许地说。

詹姆斯微笑着说："还是没法跟你家克里奥的表演相比，小姐。当然了，我也很怀念其女主人的魅力……"

吉薇尼拉将视线挪开，他的眼睛再次闪烁着一种令她既愉快又不安的火花。他为什么要当着子爵的面赞美她呢？她担心他这么做很不妥。

"下次穿套结婚礼服试试。"这种情况之下，吉薇尼拉试图说点幽默的。

子爵窃笑。"为什么，他爱上你了，我的女士。"他继续以其十五岁的年少轻狂咯咯地笑着说，"当心你丈夫找他决斗噢！"

吉薇尼拉用责备的目光看了男孩一眼。"别胡说八道，子爵！你自己知道，这里的闲言碎语散布得有多快！万一类似的谣言传出去……"

"别担心，我会保守你们的秘密！"这淘气鬼大笑着说，"顺便问一下，你有没有在骑行服上剪开一条缝？"

吉薇尼拉很高兴舞会终于开始了，因为这让她从社交义务中解脱出来。一如既往地，在卢卡斯优雅娴熟的引领下，他们在花园特设的舞池里翩翩起舞，卢卡斯雇来的乐师比他们婚礼时来演奏的人好多了，所选的舞曲也比较正统。听到欢快的小调从员工派对飘过来，吉薇尼拉都有点羡慕了，有人在那边拉小提琴——虽然不是很完美，却很真实，且精神饱满。

吉薇尼拉一个接一个和贵宾们共舞，还好，对杰拉尔德就免了，他早就醉得无法自持，哪还能跳华尔兹。派对非常成功，但吉薇尼拉仍然希望快点结束，这一天太漫长了，款待宾客之事，从早上开始，至少要持续到第二天中午，有的还打算呆得更久些，直到后天才走。吉薇尼拉得从头到尾陪到放完烟花才可以退出。早些时候，卢卡斯倒是给自己找了个借口，说要最后检查一次燃放装置，于是离开了一个小时；小哈迪·肯诺怕他万一喝醉，所以扶着他一块去了。吉薇尼拉去检查香槟储备，正好看见维缇从冷藏酒品的冰桶拿了一瓶酒出来。

"希望不会伤到人。"他关切地说，香槟瓶子被开启时，软木塞砰的一声，一直让这位毛利仆人紧张不已。

"这根本不会伤到人的，维缇！"吉薇尼拉试图让他别紧张。"你多开几次就……"

"对，什……什么时候……有更……更充分的理由时！"是杰拉尔德的声音，他刚刚跟跟跄跄退到储酒间，新开了一瓶威士忌，"但你没给我们任……任何庆祝的理由，我的威尔……威尔士公主！想想，你也不是那么守规矩的人，看……看起来热情似火，完全可以让卢……卢卡斯激动，那个软……那冰块！"杰拉尔德含糊不清地咕哝着，更难听的话正要说出口时，突然就住嘴了，眼睛盯着香槟，"可是，到现在……一年了，吉薇……吉薇尼拉，还没孙……"

杰拉尔德的唠叨被噼噼啪啪冲向天空的烟花打断，吉薇尼拉如释重负地舒了口气——那是精彩表演前的一次试燃。维缇紧张地闭着眼睛，砰的一声把瓶塞打开。看到灼热的闪光，吉薇尼拉想起马儿。伊格莱恩和其他母马此前从未亲历过烟花燃放，小牧场相对较小，万一牲口恐慌起来怎么办？

吉薇尼拉瞄了一眼大钟，那是专门拿到花园来，被高高地挂在看得见的地方的。说不定把马牵回马厩还来得及。她很自责，怎么没提前吩咐詹姆斯·麦肯齐去做这事。吉薇尼拉一边独自检讨，一边匆匆穿过人群，朝马厩跑去。可是畜棚里空荡荡的，只有一匹麦肯齐正要牵进去的母马。吉薇尼拉心扑通扑通地跳，难道他心有灵犀？

"我担心牲口会焦躁不安，所以最好还是把它们牵进来。"吉薇尼拉为他和马打开马厩门时，詹姆斯对她说。这时，克里奥也朝主人扑上来。

吉薇尼拉大笑,"太有趣了,我的想法跟你一样。"

麦肯齐得意地看了她一眼,挑逗与顽皮兼具。"我们应该想想怎么会出现这么心有灵犀的事,"他说,"难道我们是灵魂伴侣吗?印度人相信灵魂轮回。谁知道呢,也许上辈子我们是……"他假装在苦思冥想。

"作为虔诚的基督徒,我们不应该有这种想法。"吉薇尼拉严厉地打断他说,但詹姆斯只顾大笑。一派和谐融洽,水乳交融中,两人将马儿的干草架填满,吉薇尼拉还扔了些胡萝卜在畜栏给伊格莱恩吃。

忙完这一切,裙子看上去已不那么干净了,她自怜地全身打量了一番。好吧,幽暗的提灯之下,没人会注意到的。

"好了吗?我就在此祝我的帮工新年快乐吧。"

詹姆斯笑笑。"你可能还有时间跳舞吧?烟花什么时候开始燃放?"

吉薇尼拉耸耸肩。"十二点的钟声一响,欢呼声隐去后,马上就放。"她微笑着说,"或者,最佳时间是全世界的人彼此祝福的时候,虽然卢卡斯没这样打算。"

"好,好,小姐。今天很滑稽吧?多么精彩的派对啊!"詹姆斯试探地看着她。吉薇尼拉心里也明白这个表情的含义——这让她骑虎难下。

"恰到好处的幸灾乐祸可以调味!"她叹了口气,"接下来的几天,每个人嘴巴都会闲不住,沃顿先生则会火上加油——就凭他说话的方式。"

"你说的'幸灾乐祸'是什么意思?"詹姆斯问,"基沃顿站现在的状况是顶呱呱的,有了卖羊毛获得的利润,沃顿先生每个月都可以来一次这样的派对!他有什么不开心的?"

"噢,咱不谈这些……"吉薇尼拉低声说,"聊些愉快的事情开始我们新的一年吧。你刚才说到一支舞曲是吗?只要不是华尔兹……"

安迪·麦克艾伦用小提琴拉了一支欢快的爱尔兰吉格舞曲,两个毛利仆人打鼓伴奏,尽管不太协调,却非常有趣。波克·利文斯顿和戴夫·奥图尔绕着毛利女孩转,莫纳和齐丽被人拉着跳起外国舞来,包括较文雅的仆人在内的其他几个舞者,要么跟吉薇尼拉不太熟悉,要么根本就不认识她。基沃顿站的员工大喊大叫向吉薇尼拉打招呼时,巴灵顿夫人的英国女仆很不以为然。詹姆斯伸出手，牵着她到跳舞的地方，吉薇尼拉接受了，而且再一次感觉到轻微的电波在身上流过，好像每次碰触到詹姆斯都会发生。他大笑着，扶着有点站不稳的她。接着，他向她鞠躬——那是一曲华尔兹开始前很普遍的礼数，她都跳了一晚上了。

"她那么漂亮，她那么可爱，她是贝尔法斯特市女王！"波克和其他几个男人愉快地唱着，詹姆斯带着吉薇尼拉一圈又一圈地旋转，她都转晕了，每次忘情地旋转过后，再快速回到他的怀抱，她都会看到他眼里闪烁着的光芒，饱含着爱慕和……呃，是什么呢？欲望？

跳到中途，预示着新年的一声炮响直冲天际——接着，壮丽的焰火发射升空。围在安迪·麦克艾伦身边的男人停下吉格舞，波克开始唱起"友谊地久天长"。所有移民都加入此行列，毛利人也轻哼着附和，虽完全不着调，却满腔热情。只有詹姆斯和吉薇尼拉耳朵听不见歌声，眼睛看不见烟火。乐声已止，他们依旧手牵着手，凝固在半空，谁都不想对方离开，两人像伫立在一个荒岛，远离泪水欢笑。那里只有他。那里只有她。

最后，吉薇尼拉抽身出来。她不想打破这美妙的一刻，可是，她知道，他们的情感在此时难觅归处。

"我们应该……去看看马。"她语气平淡地说。

詹姆斯牵着她的手，朝马厩走去。

在入口处，他停了下来。"你看，小姐！"他低声说，"我从未见过的，像是流星雨！"

卢卡斯的烟火盛况壮观，可吉薇尼拉却只看见詹姆斯眼里的星星。她做的这一切是愚蠢并严格禁止的，也是完全不合礼仪的，但她还是靠在了他的肩膀上。

詹姆斯温柔地拨动她飘垂到脸上的秀发，他的手指轻如羽毛地抚摸着她的脸颊、她的双唇……

吉薇尼拉决心已定。这是新年，所以可以亲吻他人。她轻轻地踮起脚尖，亲吻着詹姆斯的脸。"新年快乐，麦肯齐先生。"她温柔地说。

麦肯齐揽她入怀，慢慢地、无比温柔地——吉薇尼拉随时都可以释放自己，可她没有，即便在他的双唇触到她的双唇时，也没有。吉薇尼拉本能且热烈地沉醉在狂吻中，感觉像回到家——那里，有一个奇妙而惊喜的世界在等待她。

他最终放开了她，像某个魔咒被施放在她身上一样。

"新年快乐，吉薇尼拉。"詹姆斯说。

客人们在派对上的反应，尤其是杰拉尔德的打击，坚定了吉薇尼拉的决心——她决定在没有卢卡斯协助的情况下达到怀孕目的。这跟詹姆斯以及他们在午夜的吻当然没什么关系——那是一个错误，到了第二天，吉薇尼拉甚至不知道曾发生过什么。所幸詹姆斯·麦肯齐表现得跟平时没什么两样。

怀孕的事，要处理得不受个人感情干扰才好，只当是传宗接代好了。想到这点，她忍不住觉得荒唐可笑。光觉得荒谬还不行，她得依据现状，冷静思考一下谁能成为孩子父亲的合适候选人。从某种程度上说，这是可以自由选择的事情，但最重要的是继承权的问题。对沃顿家族的人，尤其是杰拉尔德来说，继承人必须是自己的血脉这点，是不容许有丝毫疑问的。至于卢卡斯，那样的事是有点复杂，但如果他明白事理，他肯定会维持该有的平静，吉薇尼拉倒不太担心。她丈夫本来就过分小心，拘谨，不喜欢面对压力，却从来没表现出不理性。再说，旁人以他俩为牺牲品的冷嘲热讽如果从此戛然而止，对他也有好处。

吉薇尼拉开始很认真地细想，她和卢卡斯的孩子可能会长成什么样子。她母亲和几个姐姐都是红头发，那是遗传所致。卢卡斯的头发是淡黄色的，可詹姆斯是棕色头发……不过，杰拉尔德也是棕发呀，连眼睛也是棕色的。如果孩子长得像詹姆斯，可以说长相随爷爷。

眼睛的颜色：蓝灰……如果要考虑到杰拉尔德，应该是蓝棕；体型……这倒不成问题，詹姆斯和卢卡斯高度大致相同，杰拉尔德则矮胖得多，她自己显然也比较矮。不过，必须正好是个男孩，而且理所当然长得像父亲。现在，她只是要说服詹姆斯……可是为什么一定是詹姆斯呢？吉薇尼拉决定将计划延迟一段时间，毕竟，说不定明天想起詹姆斯·麦肯齐时,心跳不会加快了呢。

第二天,她得出一个结论:除了詹姆斯,没有谁可以担任自己孩子的父亲。当然话说回来,她是不是应该考虑某个陌生人呢?她想起廉价小说中的"寂寞牛仔",他们来无影去无踪,如果两人只是一夜风流,那个男人永远不会知道孩子的事……某个剪毛工可以吗?不,她没法让自己这么做。另外,剪羊毛的人每年都还会回来,万一这个人沾沾自喜地说起自己曾和基沃顿站某位女士一起睡过,那就别提有多糟糕了。不,这万万不行。她需要一个自己信任的男人,一个通情达理、言行谨慎的人,而且,还必须是一个能传承优良品质给孩子的人。

吉薇尼拉在心里反复斟酌所有候选人,她说服自己——在这件事情上,感情,不是起作用的因素。

她选择了詹姆斯。

10

"好吧,首先……我不会爱上你!"

吉薇尼拉不太肯定,这样的启齿方式是不是最好的,但后来单独和詹姆斯·麦肯齐在一起的时候,这句话突然冒了出来。新年派对过后一周,最后一批客人头一天走了,吉薇尼拉终于得以重新回到马背上;卢卡斯开始创造新的油画,那是灯火通明的花园给他的灵感,他要把派对现场画出来;杰拉尔德整个星期除了喝酒,几乎没做别的事,现在还宿醉未醒;麦肯齐打算把曾用来表演的那些羊赶回高原牧场。在过去一周里,牧羊犬不止一次展示了它们的技艺,有五位来宾总共买走八只小狗,不过克里奥的幼崽不在其中,它们将作为良种家畜留在基沃顿站,所以现在,在需要去放羊的时候,它们还陪伴在母亲身边。虽然偶尔还会自己绊倒,但它们的天资是毋庸置疑的。

吉薇尼拉加入到放羊行列,这让詹姆斯很欣慰。只不过当她默默无语地和他并驾齐驱时,他变得很小心谨慎。最后,她深吸了口气,开始了这场谈话。他好像觉得她说的话有点滑稽。

"你当然不会爱上我了,小姐。我哪会有这样的非分之想呢?"他勉强地笑着说。

"请别嘲笑我,麦肯齐先生!我有非常严肃的事情要和你谈……"

詹姆斯吃惊地看着她。"我伤害到你了吗?我不是有意的,我以为你也想……我是说,亲吻。但如果你想让我走……"

"把那吻忘了吧,"吉薇尼拉说,"我要说的是一件跟这无关的事,麦肯齐先生……呃哼,詹姆斯,我……想请你帮个忙。"

詹姆斯让马停了下来。"无论你想要什么,小姐,我永远在所不辞。"

他直勾勾地看着她的眼睛,看得她很难继续说下去。

"可这事非常……不正派。"

詹姆斯笑了笑,"我根本不在乎什么叫正派,我不是绅士,小姐,这点,我们以前应该说起过。"

"这事很丢人,麦肯齐先生,那是因为……我想请你做的……这事要求一位绅士谨言慎行。"

吉薇尼拉脸红起来。一旦把心里的话说出来,会有什么事情发生呢?

"或许一个讲信义的人就可以了,"詹姆斯斗胆说道,"一个信守诺言的人。"

吉薇尼拉想了想,然后点点头。

"那你必须答应不告诉任何人你……我们……有没做过这件事。"

"你的期望也是我的要求,我会为你做任何你要我做的事。"那深情的目光,再一次在詹姆斯眼里闪烁,只是,此时不再是嬉戏,而是祈求。

"你这样不太明智,"吉薇尼拉责怪他说,"你还不知道我要你做什么呢,要是我叫你去谋杀某个人呢。"

詹姆斯忍不住大笑道:"那,你说吧,吉薇!你想怎么样?要我去把你丈夫杀了吗?这很值得考虑,那样一来,我就可以将你占为己有了。"

吉薇尼拉惊惧地看着他，"别胡说八道！太可怕了！"

"杀了你丈夫可怕，还是委身于我可怕？"

"都不是……两者……哎呀，你把我弄糊涂了！"吉薇尼几乎想要放弃了。

詹姆斯吹哨唤了一声牧羊犬并从马背上下来，接着，他扶着吉薇尼拉从马鞍上下来。她很顺从，靠在他怀里的感觉既刺激又欣慰。

"好了，吉薇，我们在这儿坐坐吧，你可以轻轻松松告诉我你心里的想法，然后我再同意或拒绝。我不会笑你的，我保证！"

麦肯齐从马鞍上拿来一条毯子，铺开，示意吉薇尼拉坐在上面。

"好了，挺好的，"她温柔地说，"我必须生个孩子。"

詹姆斯笑笑，"没人能强迫你啊。"

"我想要生个孩子，"吉薇尼拉改口说，"所以我得给孩子找个父亲。"

詹姆斯皱着眉头说："我不明白……你已经结婚了呀。"

吉薇尼拉感觉到他的亲切，也感觉到身体之下的土地的温暖。像这样坐在太阳下，是那么的惬意；把藏在心里的话说出来，也是那么惬意。可她还是忍不住突然哭了起来。

"卢卡斯……他没法达成这件事。他是一个……不，我不能说。总之……我一直没出血，而且也从来没痛过。"

麦肯齐微笑着揽她入怀，轻柔地吻她的太阳穴。"我不能保证一定会痛，吉薇，我宁愿让你享受它的美妙。"

"最重要的是你行之有效，让我怀上小孩。"吉薇尼拉低声说。

詹姆斯再次亲吻着说："请你相信我。"

"这么说，你以前做过？"吉薇尼拉正色地说。

詹姆斯憋住没笑出声。"一两次，吉薇。我说过，我不是君子。"

"好吧。你懂的，这事必须速战速决，否则很有可能会被人发现。我们什么时候做？到哪去做？"

詹姆斯抚摸着她的头发，亲吻她的额头，用舌尖挑逗她的上唇。

"不要速战速决,吉薇尼拉。再说,即使我们不出任何差错,你也没法保证一次就奏效。"

吉薇尼拉很不解,"为什么不能?"

詹姆斯叹了口气,说:"喏,吉薇,你知道动物……母马和种马是怎么回事吗?"

她点点头。"时机准确的时候,一次就够了。"

"时机准确的时候,这就对了。"

"种马能感觉到时机……这么说,你感觉不到是吗?"

詹姆斯不知道自己该笑还是该觉得被侮辱。"是的,吉薇尼拉,在这方面,人与动物不同。人类很多时候都想做爱,不是专门在女人能怀孕的那天。所以,我们可能必须多试几次才行。"

詹姆斯朝四周看了看,这里的位置特别好,距离高原牧场很远,不会有人骑马经过。羊群分散在四处吃草,牧羊犬密切照看着它们。他把马拴在一棵树上了,树下一片阴凉。

詹姆斯站起身来,向吉薇尼拉伸出手。她稀里糊涂地站起来,他把毯子铺在树荫下,紧拥着吉薇尼拉,然后把她抱起来,放在毯子上;他小心翼翼地解开她的上衣,热吻着,他的热吻让她激情荡漾;一触到她最私密的部位,他便迸发出一种吉薇尼拉从未感到过的冲动,让她无比销魂;当他最后终于推进她的身体时,有一丝瞬间即逝的疼痛,接着,痛感很快消融在极度兴奋之中。这是她一直寻觅的人,现在终于找到了——好像他们真的就是他近日跟她说笑所提到的那个"灵魂伴侣"。完事后,他们半裸着的身体,紧挨在一起躺着,虽筋疲力尽,却快乐无比。

"如果我们还得做几次,你会反对吗?"詹姆斯问。

吉薇尼拉笑意荡漾。"我想说,"她用一种恰到好处的语调郑重其事地回答说,"需要几次,我们就做几次。"

他们一有机会就做爱,吉薇尼拉特别害怕被捉住,所以哪怕有轻微风险,她也会选择放弃。要找到两人同时消失的借口很难,所以用了好几个星期,吉薇尼拉才怀上。这是她今生最快乐的几个星期。

下雨的时候,詹姆斯会把她带到剪羊毛仓库去做爱,因为羊毛剪完后,那些库房就废弃了。他们相拥在一起,倾听屋顶雨点的嘀嗒声;他们温暖舒适地依偎着,向对方讲述种种故事。詹姆斯觉得毛利传说中的地母和天父很好笑,并建议说继续做爱,以安抚诸神。

出太阳的时候,他们就在山里那丝般柔滑的金色草地上做爱,马儿有节奏的吃草声在一旁伴奏;在平原上,他们会躲在大石头的阴影下亲吻,吉薇尼拉聊起被施过魔法的士兵,詹姆斯则坚持说,威尔士的石圈是爱情魔咒的一部分。

"你知道特里斯坦和伊索德的故事吗?他俩彼此相爱,但她丈夫并不知情,于是,小精灵在他们野外的床边围了一圈石头,把他们从世人的目光中搬离。"

他们也在冰冷、剔透的山地湖滨做爱,有一次,詹姆斯甚至说服吉薇尼拉把衣服脱光,和他一起下水。吉薇尼拉羞得浑身通红,自童年以后,她记得自己从未如此赤身裸体过。可詹姆斯告诉她说,她是如此美丽,要是她继续站在天父坚实的土地上,地母肯定会嫉妒得把她拖进水里。她在水里将他紧紧夹住,并发出刺耳的尖叫。

"你不会游泳吗?"他不太相信地问。

吉薇尼拉吐出一口水。"我到哪去学啊?在施克罕庄园的浴缸里吗?"

"你乘船周游了半个世界,居然不会游泳?"詹姆斯摇了摇头,然后紧紧将她抱住,"你不害怕吗?"

"要是非让我去游泳,我肯定更害怕!别说话了,教我怎么游吧!没那么难吧,甚至克里奥都会!"

吉薇尼拉很快就学会了如何让自己浮起来,后来,累得趴下了,便躺在湖边,身体快冻僵了,詹姆斯从水里抓来几条鱼,架在火上烤。每次他在野外找到可以吃的东西并当场做给她吃,她都很喜欢,她称此为"野外生存"游戏。詹姆斯很懂得如何将游戏发挥到极致,野外对于他来说,好像是一顿丰盛的自助餐。他会射鸟和野兔,抓鱼,收集一些根茎和奇奇怪怪的水果,从这个意义上来说,他是吉薇尼拉梦想中的开拓者形象。她有时候会想,要是嫁给他,并像海伦和霍华德一样,经营一个小农场,那将会是什么样子。詹姆斯不会整天留下她独自一人的,相反,他们会一起分担工作。她梦想着用马耕地,在园子里并肩劳作;梦想着看詹姆斯手把手地教红发少年钓鱼。

这段时间,她严重忽略了海伦。詹姆斯骑马去了高原牧场后,吉薇尼拉穿着沾满奕草的裙子神采奕奕地登门造访,海伦倒是对此只字未提。"我得骑马去趟霍尔顿,请先帮我把裙子刷干净吧,有点脏……"

吉薇尼拉自称每周要骑马去霍尔顿三四次,说是加入了一个主妇俱乐部。杰拉尔德对此满心欢喜,吉薇尼拉的确确每周都带回一些新的食谱,那是她让坎德拉太太匆匆忙忙为她制作的。卢卡斯好像觉得此事有点蹊跷,但他没有提出任何异议,他乐得独自清静。

詹姆斯丢了羊,吉薇尼拉会谎称把羊捐赠给缝纫妇女会了,以此为他申辩。他们俩会为最喜欢的野外幽会地点虚构名字,然后在那儿彼此等候。工作日,他们就在山间做爱;雾蒙蒙的日子,他们则在詹姆斯用自己的蜡质外套临时搭起的帐篷下风流。曾有一次,在一对来偷食他们野餐的鹦鹉好奇的目光注视下,吉薇尼拉假装浑身发抖;另外一次,两个新西兰人把詹姆斯掉在泥地里腰带偷走了,他就半裸着身子。

"像喜鹊一样做贼!"他哈哈大笑着喊道,"难怪人家会把移民说成喜鹊……"

吉薇尼拉不解地看着他。"我认识的大多数移民都是很值得尊重的人啊。"她反对说。

詹姆斯冷冷地点了点头。"对别的移民是这样,但你要看看他们对毛利人的所作所为。你相信基沃顿站的土地是以公道的价格买来的吗?"

"怀唐伊条约签订以来,不是所有的土地都归属英皇了吗?"吉薇尼拉问道,"女王当然不会让自己被宰割咯!"

詹姆斯大笑。"这不太可能。我所听到的是,她很有商业头脑,因为这样,土地依然属于毛利人,英皇只不过拥有优先购买权,这就让大家有一定的价格底线保证。但首先,那不是这个世界的游戏规则;其次，即使到现在，也不是所有的首领都签了这个条约，据我所知，像卡伊·塔胡，就还没签署……"

"卡伊·塔胡是我们的人吗？"吉薇尼拉问。

"你说对了，"詹姆斯回答说，"当然，准确地说，他们不是'我们的人'，他们只是因为上当受骗，不小心把自己村庄所在地卖给了沃顿先生。这件事本身就显示毛利人受到多么不公平的待遇。"

"可他们看起来很快乐啊。"吉薇尼拉反对说，"他们一直对我很好，而且他们也不总是呆在一个地方。"有时，整个毛利部落会长途跋涉到别的猎场和渔区。

"他们还不知道自己被骗了多少钱，"詹姆斯说，"但整件事情是个定时炸弹，要是毛利部落有个学会了读和写的首领，事情就麻烦了。现在，还是把这一切都忘了吧，宝贝。我们再来一次，如何？"

听他这么说，吉薇尼拉大笑起来。这是卢卡斯在他们行床笫之事时常说的一句话，可是，卢卡斯和詹姆斯太不一样了！

和詹姆斯在一起的时间越多，吉薇尼拉就越享受做爱这种生理行为。开始时，他很温柔、文雅，可当他意识到吉薇尼拉体内唤醒的激情时，他就喜欢在她身上如狼似虎地交欢。吉薇尼拉对疯狂的做爱情有独钟，她喜欢詹姆斯在她里面快速抽动，将他们的鱼水之欢推向高潮。约会频频，她渐渐将所谓的礼仪抛在一边，一次比一次彻底。

"换成我躺上面，你在下面，能行吗？"她有一次问，"你有点重，你知道……"

"你天生是个骑马的，"詹姆斯大笑着说，"我知道我很重啊。坐在上面试试，这样你就可以随意抽动了。"

"你怎么懂这么多？"吉薇尼拉狐疑地问。陶醉在快乐之中时，她把头依偎在他肩膀上，身体里的骚动慢慢退去。

"你没必要知道。"他避而不答。

"我要知道。你爱上某个女孩了？我是说，在你内心深处……爱得特别深，所以你愿意为她去死，就像书上写的一样？"吉薇尼拉叹息道。

"没有，到现在为止没有。人很难学会一生不变地爱。当然啦，这是一门必须交学费的功课。"

"在这类事情上，男人可以接受指导吗？"吉薇尼拉好奇地问。这肯定是被卢卡斯遗漏的功课。"女人就只能被动地面对困境么？严格说来，詹姆斯，没有人告诉我们，等待我们的将会是什么。"

詹姆斯大笑。"哦，吉薇，你太天真了，对于某些特别重要的事情，人有一种本能。可以想象，这样的教学职位会很受追捧。"接下来的一刻钟，他就如何获得爱给吉薇尼拉上了一课，吉薇时而觉得厌恶，时而听得入迷。

"至少，女人可以顺其自然，"最后，她说，"但首先要男人能行！"

他们之间的风流韵事进行到第三个月，吉薇尼拉没来月经，她简直难以置信。当然，她已经留意到某些迹象——比如肿胀的乳房，比如饭桌上没有味道独特的卷心菜时那股强烈的渴望。当她完全可以确定已经怀孕时，第一感觉是欣喜，但随之而来的是即将失去詹姆斯的苦涩。既然已经怀孕，所以就没有理由继续对自己的配偶不忠了。她再也不会接近詹姆斯了；再也不会赤裸裸地躺在他身边、亲吻着他，体会他在她身体里的感觉；再也不会在欲望高潮袭来时，纵情尖叫了……这念头让她心如刀割。

吉薇尼拉没有勇气马上把消息告诉詹姆斯。开始两天，她守口如瓶，并把詹姆斯的每一个偷偷抛过来的温柔的眼神都像珍宝一样收藏起来。以后，当着众人的面相遇，他随口低声地对她说"日安，小姐"或"当然啦，小姐"的时候，再也不会偷偷朝她使眼色了。

他再也不会在没人的时候，飞快地偷偷亲吻她，而她也不会因为他的冒冒失失而责备他了。

她将吐露真相的时间越拖越后。

可事情不能一直这样继续下去。吉薇尼拉骑马刚回来，詹姆斯朝她挥了挥手，然后微笑着把她拉进一个空畜栏。他想亲她，可吉薇尼拉从他怀里挣脱开来。

"别在这个地方，詹姆斯……"

"那就明天吧，在勇士石圈那儿，我要去放牧羊。如果你愿意，可以一起去。我已经跟沃顿先生提过，我完全可以使唤克里奥。"他意味深长地朝她使了个眼色，"那可不是说谎。我们把羊留给克里奥和'守护神'看管，我们俩就可以玩一玩'野外生存'游戏。"

"对不起，詹姆斯。"吉薇尼拉不知该如何宣布那个消息，"我们以后再也不能做这事了……"

詹姆斯皱着眉头，"我们再也不能做了？你明天很忙吗？另有一拨客人要来吗？沃顿先生没提起过啊……"

最近几个月，杰拉尔德·沃顿好像越来越寂寞，邀请来基沃顿站的客人越来越多，一般是羊毛商或最近发家的移民。白天，他向他们炫耀他得意的农场；晚上，他和他们一醉方休。

吉薇尼拉摇摇头。"不是的，詹姆斯，可……我怀孕了。"就这样，真相被道破了。

"你怀孕了？太好了！"詹姆斯冲动地把她抱进怀里，不停地摇晃。"哦，是的，你身体已经变重了，"他戏弄说，"过不了多久，我就抱不动你们两个了。"

见她面无表情的，他立刻变得严肃起来。"怎么了，吉薇？你不高兴？"

"我当然高兴了，"吉薇尼拉红着脸说，"可我又有点难过，和……和你在一起很开心。"

詹姆斯大笑。"呃，没理由马上就停止啊。"他试着亲吻她，但她把他推开。

"这与欲望无关！"她严肃地说，"与道德有关。我们不能再继续了。"她看着他，眼神饱含遗憾，却无比果断。

"吉薇，我没听错吧？"詹姆斯吃惊地问，"你想终止关系，把我们在一起的一切都丢掉？我还以为你爱我呢！"

"与爱无关，"吉薇尼拉平静地说，"我已婚，詹姆斯，不许再爱上别人，你只是帮我……赐给我一个孩子，这点从一开始我们就约定好了的。"她真讨厌自己把话说得那么伤感，可是，她真的不知道还能怎表达。无论如何,她都不想哭。

"吉薇尼拉,我第一次看到你,就爱上你了,就……像雨或阳光一样自然而然,这样的事情你是无法改变的。"

"下雨的时候,你会找避雨的地方。"吉薇尼拉温柔地说,"出太阳的时候,会找阴凉处。我阻止不了雨水或炎热,但我可以不把自己淋湿,也可以不把自己晒黑……"

詹姆斯把她拉进怀里。"吉薇尼拉,我知道你也爱我。跟我走吧,我们离开这里,到别的地方从头开始……"

"我们能去哪呢,詹姆斯?"为了不让自己听起来那么绝望,她用嘲讽的语气问。

"要是大家都知道你拐骗了卢卡斯·沃顿的老婆,你还能在哪个牧场找到工作?整个南岛的人都知道沃顿家族,你以为杰拉尔德会放过你吗?"

"你嫁的人是杰拉尔德还是卢卡斯啊?再说,不管这两个家伙中哪一个——没有一个能对付我!"詹姆斯捏着拳头说。

"真是这样吗?那你打算怎么和他们较量呢?用拳头还是手枪?然后,我们落荒而逃,躲进荒野里靠坚果和浆果生活?"吉薇尼拉不喜欢和他吵架,她真希望能用一个吻——像命运一样,既甜蜜又苦涩且无比沉重的吻,将一切平静地结束,就像布尔沃·利顿小说里写的一样。

"可你很喜欢荒野的生活啊,要不就是你以前撒谎?你真的很适合基沃顿站的奢侈生活吗?当绵羊大亨的老婆、操办大型派对、过富有的生活……这些对你很重要吗?"詹姆斯试图把话说得暴躁一点,可相反,他言语里充满苦涩。

吉薇尼拉突然觉得很累了。"詹姆斯,我们别争执了。你知道,这些对我都不重要,但我保证过,我是绵羊大亨的老婆,我会坚守这个身份,哪怕我是乞丐的老婆也一样。"

"你跟我同床共枕的时候,你就已经违背诺言了!"詹姆斯突然发起火来,"你已经对你丈夫不忠了!"

吉薇尼拉后退了一步。"我从没和你同床共枕,詹姆斯·麦肯齐,"

她说，"你很清楚，我从来没把你带进家门。那……那件事……是两码事。"

"那，那算什么？吉薇尼拉！别告诉我，你只是为了生育把我当动物。"

吉薇尼拉就想快点结束这次谈话，她再也无法忍受他哀求的目光了。

"我求过你，詹姆斯，"她温柔地说，"所有条件，你都答应过。这不是我想要什么的问题，而是怎么做才对的问题。我是施克罕家族的人，詹姆斯，我不能弃我的义务不顾。不管你能不能理解，无论如何，这都是无法改变的。从现在开始……"

"吉薇尼拉？怎么了？十五分钟前，你不是很想见我吗？"

卢卡斯走进畜栏，吉薇尼拉和詹姆斯急忙分开。他很少自愿来这些地方，但前一天，吉薇尼拉答应他在第二天静静地坐着让他画。她出于对他的愧疚而同意这么做——杰拉尔德再次让他心烦意乱。吉薇尼拉知道，只要她一句话，就可以结束一切折磨。可在把消息告诉詹姆斯之前，她无法让自己开口说怀孕的事。于是，她想到给卢卡斯当模特，以此来安慰他。况且，在头几个月，她有大把时间和空闲静坐在凳子上。

"我这就来，卢卡斯。我有……一个小问题，麦肯齐先生刚帮我处理。谢谢你，麦肯齐先生。"吉薇尼拉努力把话说得镇定自若，并对詹姆斯亲切地笑了笑，可詹姆斯希望她看起来不会那么心烦意乱。要是詹姆斯能让她的感情不这么难以控制多好！他绝望、受伤的表情让她心碎。

还好卢卡斯没注意，他只是看着那张照片，那是正要为吉薇尼拉画的速写。

那天晚上，吉薇尼拉告诉卢卡斯和杰拉尔德说，她怀孕了。

杰拉尔德大喜过望，卢卡斯尽了自己作为绅士的职责，让吉薇尼拉相信他很开心，还正式地吻了她的脸。几天后，一串昂贵的珍珠项链从克莱斯特彻奇抵达，卢卡斯把它当成代表感谢和欣赏的礼物送给她。杰拉尔德还骑马到霍尔顿去，庆祝自己终于可以当爷爷了，那天晚上，还为酒馆的所有客人埋了单——除霍华德·奥基弗之外，还好他没喝醉，所以匆匆从酒馆离开。当海伦从霍华德那儿得知杰拉尔德当众宣布吉薇尼拉已怀孕时，感到自己很没面子。

"你不觉得这事对我来说很为难吗？"吉薇尼拉问。那是两天后，她去拜会海伦，得知好朋友已经听说了这个消息。"他这个人就是这样，跟卢卡斯完全相反！让人觉得这两个人根本没什么关系。"说完，马上撅着嘴。

海伦笑笑。"只要他俩都相信那是……"她含糊地说。

吉薇尼拉笑笑。"反正，躲也躲不掉。你得告诉我，接下来的几个月，我需要做些什么，这样才不会出什么岔子。我要织些宝宝服，你觉得我九个月内能学会吗？"

11

吉薇尼拉的妊娠期平安无事，就连前三个月讨厌的早孕反应都不怎么明显。她母亲从婚礼那天开始，就不断叮嘱她不要骑马，但她感觉良好，所以觉得没必要把她的告诫看得那么严重。相反，吉薇尼拉充分利用每个天气晴朗的日子去拜会海伦或坎德拉太太，以此回避詹姆斯。开始时，每次见到他都很痛苦，所以他们尽量完全不与对方碰面。要是难免遇上，两人都会尴尬地扭头看别处，想方设法不去看对方眼里的痛苦和悲伤。

这么一来，吉薇尼拉大部分时间都和海伦及小鲁本在一起，学习给他换尿布、唱摇篮曲，海伦则替吉薇尼拉织宝宝服。

"不要粉色的！"看到海伦用剩余的毛线织一条漂亮的连体裤，吉薇尼拉好像吓坏了。

"现在哪知道是男是女？"海伦回话说，"女孩也很可爱啊。"

吉薇尼拉很担心生出来的不是男孩，对于孩子，她以前从未有过这么多想法。直到这段时间，她帮忙照顾鲁本，每天都能感受到这小家伙对自己想要什么、不想要什么，喜欢什么、不喜欢什么，其实已经很有自己的想法，这让她渐渐很明白——自己不仅要给基沃顿站传宗接代，正在肚子里成长的，应该是一个有自己个性的小生命，可能是女孩，也可能是男孩。不管怎样，她已经为了它而背一辈子欺骗之罪。每当吉薇尼拉为此胡思乱想时，都会为肚子里的宝宝感到良心上的极度痛苦——孩子将永远不知道自己真正的父亲是谁。还是不要对此耿耿于怀为好，吉薇尼拉便把自己的精力都投入到帮助海伦料理没完没了的家务中。吉薇尼拉会挤牛奶，毛利儿童学校已重新开办，海伦现在教两个班。让吉薇尼拉吃惊的是，她居然在班里看到三个半裸着、平时常在基沃顿站的湖里泼水嬉戏的孩子。

"那是酋长和他兄弟的几个儿子，"海伦解释说，"他们的父亲想让他们学点东西，所以把孩子送到村寨里的亲戚家。这是一件很不容易的事，对孩子来说太艰难了。想家的时候，他们就走路回去！小一点的那个，经常想家！"

她指着一个黑卷发的英俊小生说。

吉薇尼拉想起詹姆斯说过有关毛利人的事，要是他们的孩子得到良好教育，对白人来说将会很危险。

吉薇尼拉跟海伦说起这事时，海伦耸耸肩说："即使我不教他们，别人也会教；即使这一代人不读书，下一代会读。况且，不让人接受教育是不可能的！"

"先别激动。"吉薇尼拉举手做了个和解的手势，"我是最后一个试图反对并阻止你的人，但冲突总归不是什么好事。"

"嗯。毛利人很爱好和平啊，"海伦拒绝接受这个想法，"他们希望向我们学习，我觉得他们已经意识到，有文化，日子就过得更舒适。何况，这里跟其他殖民地不同。毛利人不是原居民，他们本身也是移民。"

"真的?"吉薇尼拉有点惊愕，她以前从没听说过这事。

"是真的。当然，他们生活在这里的时间比我们长很多很多，"海伦说，"但不是从太古时代开始。十四世纪早期，他们坐着七对独木舟来到这里，他们现在还记得。每个家庭都可以将自己的血统追溯到其中一条独木舟上的船员身上……"

海伦的毛利语已学得很好,越来越能理解玛塔霍拉讲的故事。

"这么说,这里的土地也不是属于他们的?"吉薇尼拉满怀希望地问。

海伦双目一转,"到时候,双方可能会声明发现权,我们期待他们能和平解决就是了。我打算教他们数学——不管这对我丈夫和沃顿先生合不合适。"

除了吉薇尼拉与詹姆斯之间的僵局,基沃顿站的气氛还是很愉悦的。将要出世的孙子让杰拉尔德的步履轻松,他再次把注意力更多地集中在农场,还卖掉好几匹种公羊给别的养羊户,从中赚了一大笔钱。詹姆斯利用这个机会,到公羊新主人那里去放牧,这样就可以暂时离开基沃顿站几天。杰拉尔德下令开辟更多土地作为牧场。等到要算计哪条河可以用作饮水槽、哪块木头比较有价值时,卢卡斯的数学能力显得非常有用。他虽为林木的损失发牢骚,但也没提出强烈抗议——毕竟,杰拉尔德的嘲讽已经停止,他也挺高兴的。他从来没问起,孩子是从哪来的,也许,他希望那是一次意外;或者,他可能根本不想知道。不管怎么,他们很少呆在一起很久,所以这种尴尬话题就无从说起。吉薇尼拉宣布怀孕之后,卢卡斯马上放弃了他的夜间造访,毕竟,他的"尝试"无甚乐趣可言。不过,他倒是很喜欢画他美丽妻子。吉薇尼拉端庄地坐在那儿让他画肖像,杰拉尔德对她这么装模作样不止一次窃笑不已。作为下一代的母亲,吉薇尼拉的画像当仁不让应该摆在他亡妻芭芭拉的画像旁边。大家一致认为,已完工的油画非常成功,只有卢卡斯不太满意,他觉得他没把吉薇尼拉"神秘的表情"完美地刻画出来;还有,作品的光线处理也没达到让他心动的理想效果,不过每个看画的人都赞不绝口,布莱尼格勋爵甚至恳请卢卡斯为他妻子画像。吉薇尼拉知道,这个行当要是在英国,可以赚很多钱,但要是从邻居或朋友那儿收取那么高的报酬,卢卡斯肯定会觉得有损情面。

吉薇尼拉觉得,卖画跟卖羊和马没什么区别,不过她未作任何争辩；她还欣慰地注意到，杰拉尔德也没有责怪儿子没有生意头脑，相反，他好像第一次为卢卡斯感到骄傲。家里阳光满屋，一派和谐。

随着分娩期临近，从克莱斯特彻奇找来的医生计划离开这个城市，有好几周没医生，杰拉尔德只好到处徒劳地为吉薇尼拉另找。吉薇尼拉倒觉得，没有医生也没什么问题。看过玛塔霍拉处理这类事情之后，她准备找个毛利助产士帮忙。可杰拉尔德表示无法接受，卢卡斯也果断地坚持同样的态度。

"将你托付给那些野蛮人，这怎么能行！你是个淑女，就该得到相应的照顾。那样太冒险了，你应该到克莱斯特彻奇去生。"

这话又引起杰拉尔德的争论。他声明，基沃顿站的继承人应该在农场出生，而不是在别的地方。

在这件事上，吉薇尼拉最终还是信赖坎德拉太太的，虽然她担心坎德拉太太到时候不肯让桃乐西来帮忙。这位商人的妻子的确不同意，不过还是提出了更好的解决办法。

"霍尔顿的助产士有一个女儿，经常给母亲当帮手，据我所知，她已经可以单独给人接生了，问问她愿不愿意去基沃顿站呆几天。"

弗朗辛·海沃德，助产士的女儿，确实是一位聪明、乐观的二十岁女子，一头金发，一张幸福的圆脸，鼻子短扁上翘，淡绿色眼睛很迷人。她从一开始就和吉薇尼拉处得很好，毕竟，她们俩年龄相仿。刚喝了两杯茶，弗朗辛就向吉薇尼拉透露，自己暗恋坎德拉的大儿子；吉薇尼拉则告诉她，自己还是女孩的时候，是多么倾慕西部牛仔和印第安人。

"有部小说里写到一个女人，印度安人把房子包围后，诞下婴儿！而且她一直和丈夫及女儿在一起……"

"呃，倒不觉得那有多浪漫，"弗朗辛说，"相反，换做我，那会是一场噩梦。想象一下啊，丈夫在枪林弹雨和婴儿的襁褓之间来回奔走，还不停地轮番叫喊'用力推，亲爱的！'、'我宰了你们，该死的印第安佬！'"

吉薇尼拉咯咯笑道："当着女士的面，我丈夫永远说不出那样的话来。他很可能会说:'请稍等我一会儿,亲爱的,我得赶紧把其中一个野蛮人除掉。'"

弗朗辛噗嗤一笑。

既然母亲同意这样安排,这天晚上,弗朗辛便安然地坐在吉薇尼拉身后骑马回到基沃顿站。她轻松无畏地坐在伊格莱恩的裸背上,根本不理会卢卡斯的训诫——"两个人骑一匹马,那多冒险啊!我们可以去接那位小姐的!"让人刮目相看的是,她还大大方方搬进了一个客房。接下来好几天,除了陪吉薇尼拉等待"皇太子"降生,没别的事情要做,她很享受这样的闲暇时光。闲来无事的等待期间,她满腔热情地开始缝制金色皇冠,用以装饰各种针织、钩编物品。

吉薇尼拉公开表示,这些金皇冠挺尴尬的。"你是贵族中的一员。"弗朗辛解释说,"所以,孩子必须列入英国王位继承人的行列!"

吉薇尼拉希望杰拉尔德没听见,如果这些皇冠意味着看见他孙子坐在宝座上的话,她可没有行刺女王及其继承人的企图。不过,杰拉尔德暂时还没在基沃顿站的商标上添加一个小皇冠,他最近买进几头奶牛,需要注册一个商标。卢卡斯根据杰拉尔德要求的规格,画出一个盾徽略图,与吉薇尼拉带盾徽的小皇冠结合在一起,作为沃顿的名称标志。

弗朗辛机智诙谐,神采奕奕,她的陪伴对吉薇尼拉很有益处,她不允许新生儿到来之前有任何忧虑。吉薇尼拉真的很嫉妒弗朗辛能把坎德拉家那个男生忘掉,自己却难以遏制对詹姆斯·麦肯齐的魂不守舍。

"他对我很有兴趣,这点毫无疑问!"她兴奋地说,"每次看见我,他都会问我很多问题,先问我的工作,然后问你好不好。他真讨人喜欢!很明显,他总是想找些让我感兴趣的话题来聊!要不然他怎么会问你什么时候生孩子呢!"

吉薇尼拉突然想到好几种理由。她觉得,要是詹姆斯对这事表现出那么明显的关心,会让人觉得很鲁莽。尽管如此,她还是很想念他并渴望得到他的抚慰,她多么希望能感觉到他的手抚摸着她的肚子,和她一起屏住呼吸,分享婴儿在她子宫蠕动的快乐啊。无论什么时候,只要那小东西在里面"拳打脚踢",她都会想起,詹姆斯第一次看到新生儿鲁本时是多么开心；她回想起在畜棚里发生的一幕，那时伊格莱恩就快要生了。

"你能感觉到小马驹吗，小姐？"他笑嘻嘻地问她，"它在里面动呢，这种时候，母亲应该跟它说说话，小姐！这样，它出生的时候，就能辨出她的声音。"

她现在常跟婴儿说话，而且婴儿床也都准备好了，摇篮就放在她床边，被窝是齐丽根据卢卡斯的指点，用最好的蓝色和金黄色丝绸做的；名字也已经定好了：保罗·杰拉尔德·特伦斯·沃顿——保罗是随杰拉尔德的父亲。

"第二个儿子就可以随你祖父姓了，吉薇尼拉，"杰拉尔德慷慨地宣布，"但大儿子得遵循既定传统……"

吉薇尼拉对名字不太在乎。婴儿变得一天比一天重，差不多该出生了。她数着日子，并将时间拿来跟前一年自己所冒的险对照。"要是今天出生，那肯定是在湖边怀的……如果下周才生，那就是大雾天怀上的了……在石圈处，一个小勇士被创造出来了……"詹姆斯款款柔情的每个玄妙之处，吉薇尼拉都历历在目，有时，她会在睡眠中因为思念而哭泣。

十一月底的一天，遥远的英国还是六月天气。一连下了好几星期的雨后，明媚的阳光出来了；花园里的玫瑰盛开，吉薇尼拉喜欢的那些五彩缤纷的花儿全都美丽地绽放着。就在这个时候，阵痛开始发作。

"太漂亮了！"弗朗辛赞不绝口，她正在吉薇尼拉屋里，把餐桌摆在飘窗前，"我要说服我妈种些花，我们园子里只种了蔬菜。不过总是会有粗壮的铁心灌木长出来。"

吉薇尼拉正要回答说，自己一到这里，马上就喜欢上繁花簇锦的铁心灌木，却突然感觉到阵阵剧痛。很快，羊水就破了。

吉薇尼拉并非顺产，因为她是那么的健康，下身肌肉发育很好。虽然她母亲曾以为，马骑太多会导致流产，可相反，骑马使婴儿很难穿过产道盆骨处。弗朗辛不停地向她保证一切顺利，告诉她胎位很好，可这并未让吉薇尼拉停止尖叫——或诅咒,不过她说什么卢卡斯一句没听清。还好,至少没谁在床边哭哭啼啼的——吉薇尼拉不太确定自己能否控制得了桃乐西的眼泪。在一旁协助弗朗辛的齐丽,倒是镇定。

"婴儿很健康,玛塔霍拉说,没事的。"

然而,在婴儿降生前,该死的,一切都松懈了下来。开始时,杰拉尔德很紧张,继而有些焦虑,那天快要过去的时候,他对任何一个来到身边的人大发雷霆,因为喝酒已经喝到大脑一片空白了。儿媳分娩的最后几个小时,他在客厅扶手椅上睡过去了。卢卡斯也很焦虑,像平时习惯的一样,他也适量喝了点酒,最后倒头睡着了,虽然只是小睡了一会儿。任何时候,只要吉薇尼拉下身有什么动静,他就会抬起头,一个晚上问起齐丽好几次有什么新情况。

"卢卡斯先生真体贴!"她告诉吉薇尼拉。

詹姆斯·麦肯齐眼睛都没合一下,他一整天都心神不宁,那天晚上,他偷偷溜进花园,来到吉薇尼拉窗外,他是唯一听见她哭喊的人,可只能握住拳头,满眼泪水,无助地等待。没有人告诉他一切是否顺利,吉薇尼拉每叫喊一次,他都为她的性命忧心。突然感觉一个毛茸茸、软乎乎的东西在身上蹭过,那是同样被人遗忘的克里奥。弗朗辛毫不留情地将它逐出吉薇尼拉的房间,卢卡斯和杰拉尔德都没注意到它,听到吉薇尼拉的尖叫,它发出呜呜的哀鸣声。

"对不起,吉薇,我很抱歉……"詹姆斯轻轻贴近克里奥丝般柔滑的毛发说道。

他抱着狗,突然听到另一声叫喊,声音稍微柔和些,但比吉薇尼拉的强劲、高亢,是婴儿向清晨第一道曙光的问候,伴着吉薇尼拉最后一声痛苦的尖叫。

詹姆斯如释重负,贴着克里奥柔软的毛哭了。

齐丽抱着婴儿踏上楼梯平台,卢卡斯马上醒过来。她像一个演员一样,充满角色意识地站在那儿。卢卡斯有些纳闷,为什么不是弗朗辛本人把宝宝抱过来给他。齐丽喜气洋洋,满面笑容的,所以他确定母子平安。

"一切……顺利吧?"他还是朝这位青年女子站起身来,很尽责地问。

杰拉尔德跌跌撞撞地站起来。"他出来了?"他问,"健康吗?"

"很健康,沃顿先生!"齐丽高兴地说,"一个漂亮的婴儿,漂亮极了!红头发,像妈妈!"

"一个小火把!"杰拉尔德大笑着说,"他是第一个红头发的沃顿子嗣。"

"我想,不是'他'"齐丽纠正说,"应该说'她',是个女孩,沃顿先生,漂亮女孩!"

弗朗辛建议给小孩取名"波莱特",但杰拉尔德不同意,"波"是为男性子孙预留的。卢卡斯一如既往地显示出绅士风范,孩子出生一小时后,就带着一支玫瑰来到吉薇尼拉床前,并语气谨慎地向她保证,他觉得孩子很可爱。吉薇尼拉只是点了点头。她正骄傲地抱在怀里的完美的小东西,其他人会怎么描述呢?宝宝独特的小指头、扁鼻子、大大的蓝眼睛四周长长的红睫毛,她怎么看都意犹未尽。婴儿头发已经长得很长了,清一色地像妈妈一样是红发。吉薇尼拉轻抚着宝宝的手,小东西还会去碰妈妈的指头。她的健壮令人惊讶,她肯定很有把握可以控制缰绳……吉薇尼拉想尽早教她骑马。

卢卡斯提出给她取名"罗斯",并让人拿一束超大的红、白玫瑰到吉薇尼拉房间里来,空气里霎时弥漫着玫瑰迷人的芳香。

"亲爱的,我很少看见玫瑰开得像今天这么夺人心魄,就像整个花园都在为我们女儿的诞生而百花盛放。"弗朗辛将宝宝放在他怀里,他笨拙地抱着,好像不知拿她怎么办,不过,嘴里倒是很自然地说着"我们的女儿",似乎未存任何疑心。

吉薇尼拉想起戴安娜的玫瑰园,便说:"她比玫瑰漂亮多了,卢卡斯!她是世界上最漂亮的小东西!"

她从他怀里把孩子抱过来。她居然感觉到有某种嫉妒,真是疯了。

"那你自己想个名字吧，亲爱的，"卢卡斯温和地说，"我相信你会想出最合适的来。我得离开一会儿，去看看父亲，他还没法完全面对宝宝不是男孩的事实。"

过了好几个小时，杰拉尔德才得以充分恢复冷静。他过来看望吉薇尼拉和宝宝，半心半意地向母亲表示祝贺，还打量了一下孩子。宝宝眨着眼，小手紧紧抓住他的手指，而后，在他亲吻中微微一笑。

"很好，至少鼻子是鼻子、眼睛是眼睛的。"他勉强地嘟囔道，"下次必须生个男孩，反正现在你俩知道该干吗……"

沃顿一走，克里奥就悄悄溜了进来。它小跑上来，屁颠屁颠爬到吉薇尼拉床上，前脚趴在被子上，对她露出柯利犬最灿烂的微笑。

"你刚才躲在哪里啊？"吉薇尼拉摸着狗狗，高兴地问，"听着，我要把你介绍给一个人！"

她让狗狗嗅宝宝，这可把弗朗辛吓坏了。就在这时，吉薇尼拉注意到有人在克里奥的项圈上，牢固地绑了一束春意盎然的鲜花。

"多么有创意啊！"吉薇尼拉小心翼翼地把花束解下来，弗朗辛在一边说，"你觉得那人会是谁呢？是某个帮工吗？"

吉薇尼拉很清楚是谁，但什么都没说，心里溢满幸福。这么说来，他已经知道了他们女儿的情况——所以，他才会挑那些野花而不是带刺的玫瑰。

花儿轻抚过鼻子，宝宝打了个喷嚏。吉薇尼拉笑了。

"我准备给她取名芙蓉蕾特。"

第三部

恨悠悠……

坎特伯雷——西海岸

一八五八 —— 一八六〇

1

爬坡上了骑马专用道后，乔治·格林伍德有点轻微气喘。他慢慢地喝着在利特尔顿和克莱斯特彻奇之间的最高处出售的姜汁啤酒，尽情享受着尽收眼底的城镇及坎特伯雷平原风光。

这就是海伦的新家园了，她从英国离乡背井到这儿来……乔治承认，这是个美丽国度。克莱斯特彻奇以及附近那个城镇——他猜测海伦一定是住在那——都应该是发展得很不错的地方。去年，首批移民在新西兰安家的时候，便获得特许执照，现在，这里也成了一个主教辖区。

乔治回想起海伦的最后一封信，信里，她幸灾乐祸地汇报了无情的鲍尔温教士未实现的愿望。坎特伯雷的大教主反而让一个名叫亨利·奇蒂·哈珀的牧师坐上主教的交椅，这位牧师携家人从故乡直奔这个目的而来，他好像深受早期教区居民爱戴，不过，他人品方面的事情，海伦并未多言，这让乔治觉得奇怪。再怎么说，他以为，从她信里写到的所有教会活动中，她应该早就对这位牧师略知一二了。

海伦·奥基弗加入到妇女基督教圈子里，负责本地儿童工作。乔治希望她不会像他母亲一样，因为参与各项类似的活动，变得固执己见，自以为是。他无法想象海伦穿着丝质女装出席委员会会议的样子，但她信里所说的，听起来好像大部分时间都和孩子及他们的妈妈在一起。

他还能想起海伦的模样吗？那么多年过去了，这些年，他有过数不胜数的经历。上大学，先是跨越欧洲到印度，然后到了澳大利亚——这一切，原本足以抹去一个比他年长许多、有着闪亮的棕发和清澈灰眼睛的女人留在他记忆里的形象。可是，乔治依然能看见她，就在自己面前，就像前天刚刚离开一样：她瘦长的脸，她一本正经的发型，她笔直的步态——甚至她疲惫时的样子。乔治记得她面对他母亲和弟弟威廉时，内心隐藏着怒火和竭力克制的不耐心；也还记得，他每次识破她自我克制的伪装时，她掩饰的微笑。到后来，他几乎可以洞悉潜藏在她内心的每一种情绪——它们被深藏在她面对这个世界时所展现出来的镇定自若的表情背后。静若止水的表情掩盖下的那一腔激情，曾因为来自世界另一端的宣传单而燃烧。她真的爱那个叫霍华德·奥基弗的男人吗？她在信里满怀敬意地说到自己的丈夫，说他为了让她过上舒适的生活、为了让农场多赚钱而辛勤劳作。不过，乔治还是在字里行间读出，她丈夫的事业一直不怎么兴旺。乔治·格林伍德曾积极参与父亲的生意，所以他知道，新西兰首批移民几乎全都成了富人，无论他们从事捕鱼、贸易，还是动物养殖的行当，生意都发展得很好。起步起得好的人，每个人最后都获得不少收益。杰拉尔德·沃顿这个南岛最大的羊毛生产商，就是最好的例子。到基沃顿站去拜会他是头等大事，也是吸引罗伯特·格林伍德的儿子双脚踏上克莱斯特彻奇的原因，格林伍德家族计划在这里创办一个国家贸易分公司。新西兰羊毛交易利率见涨，轮船很快就将在英国和这个岛国之间通行。乔治自己就是乘坐蒸汽外加传统帆篷驱动的轮船漂洋过海而来的。现在的航行已经不再受无风带反复无常的风左右了，轮船行驶八个星期就可以抵达。

甚至连马道都不像海伦在第一次写给乔治的信里描绘的那么陡峭了，路面已经拓宽，货车都可以通行，乔治自己走路，轻而易举就完成了这个艰辛的旅程。不过，经过一番舟车劳顿、长途跋涉，他现在真想舒活舒活筋骨。踏着海伦的足迹旅行，对他来说也是很兴奋的事情。乔治在读书期间，就已被新西兰深深地吸引，要是很长一段时间没收到海伦的来信，他甚至会如饥似渴地到处查找有关这个国家的讯息，以此而觉得自己与她息息相关。

一番休整之后，现在，他神清气爽地开始下坡。说不定第二天就可以见到海伦了！要是能租一匹马，海伦的农场真的像她信里暗示的那样就在城市附近的话，他一定会毫不犹豫地去她家作一番礼节性拜访。不管怎样,他很快就要抵达基沃顿站了,那是距离海伦很近的地方,而且,她和基沃顿站的女主人吉薇尼拉·沃顿还是好朋友呢,由此可见,这两处庄园之间肯定不会超过一次短途骑行的距离。

横渡艾芬河后,乔治步行走完剩下的数公里,抵达克莱斯特彻奇,并在当地旅馆订了一个房间。客房简单却整洁——不出所料,旅馆经理人是沃顿家。

"当然,杰拉尔德和卢卡斯·沃顿来克莱斯特彻奇做生意的时候,都住在这里。他们是很有教养的绅士,尤其是小沃顿和他漂亮的老婆!沃顿太太的衣服都是在克莱斯特彻奇定做的,所以我们每年都能见到她两三次。"

不过,旅馆老板没听说过霍华德及海伦·奥基弗,他们谁都没在这里住过,而且他也不知道他俩是教会成员。

"可是,他们那儿不可能是我们教会的一部分,如果他们是沃顿的邻居,"旅馆老板解释说,"他们一定属于霍尔顿地方教会,那儿最近建了自己的教堂。那地方路程太远,所以没法每个礼拜都骑马过来。"

乔治好奇而专注地听着这个消息,接着问起租赁马厩的事。接下来的这天,他安排的第一件事是去趟澳大利亚联合银行,也就是克莱斯特彻奇的第一家银行。

银行主管非常礼貌,对格林伍德在克莱斯特彻奇的计划也感到很高兴。

"你先跟皮特·布鲁斯特谈谈,"他建议说,"他一直在负责本地羊毛交易。不过,我听说,他要搬到昆士敦去——那里掀起淘金热,你知道的。布鲁斯特自己肯定是不会去挖金子啦,不过很可能心里盘算着做金子生意。"

乔治皱了皱眉。"你觉得那比羊毛生意更有利可图吗?"

这位银行家耸耸肩。"依我看:羊毛每年都会长,但奥塔戈地下到底有多少黄金,谁都不知道。布鲁斯特年轻、有创业精神,而且,他还有家庭原因,他妻子的家人就在那边,他们是毛利人,她继承了部分土地。你把他在这边的客户都接管过去,他无所谓,这样,你的生意起步就容易多了。"

乔治对此表示赞同,对他的指点表示感谢,他还利用这个机会打听了一下沃顿和奥基弗的事情。提到沃顿家族,这位主管自然赞不绝口。

"老沃顿是个老兵,但对养羊略知一二!小沃顿唯美主义者的成分多些,农活方面不怎么样,那就是老沃顿那么渴望有一个孙子、能更好地经营农场的原因,但到现在还是运气不济。虽说那位年轻的妻子非常漂亮,很难以启齿的是,她生育有困难。迄今为止,结婚差不多六年了,就生了个女孩……当然咯,他们还年轻,还是有希望的。至于奥基弗嘛……"银行主管想找些比较合适的用词,"怎么说呢?这是银行机密,你懂得……"

乔治能理解。霍华德·奥基弗显然不是一个信誉良好的客户,他可能欠了债。从克莱斯特彻奇骑行到他农场要两天,这么说来,海伦在信里说到的城市生活其实是在撒谎——至少,也是夸大其词。距离基沃顿站最近的移民居住地霍尔顿,也不过是一个小村庄而已。她还有别的什么不能说的秘密吗?她为什么要这么做呢?难道是她对自己的生活感到尴尬?还是她不想见到他?可他必须见她!上帝啊,他可是跋涉了一万八千英里来看她的!

皮特·布鲁斯特果然相当殷勤友善,他马上邀请乔治第二天共进午餐。乔治不得不将自己的计划推后,因为拒绝这个邀请是很不合乎礼仪的。会面很融洽,布鲁斯特的妻子安排了一顿传统的毛利膳食,有艾芬河鲜鱼和制作巧妙的白薯。席间,他家小孩连珠炮似的向客人问到英格兰美好的旧日时光;而皮特则对沃顿和奥基弗两家的事了如指掌。

"千万别跟其他人说哦!"他大笑着提醒说,"他们就像猫和狗一样,想想他们曾经是搭档就知道,基沃顿站以前是属于两个人的,所以才会有这个名字:'基'和'沃顿'。但他们俩都是赌徒,霍华德·奥基弗输掉了他自己的份额,其他更进一步的事情就没人知道了,但他们俩对整件事还依旧耿耿于怀。"

"站在奥基弗的角度,这无可厚非,"乔治说,"但按理说,赢家不应该对这事念念不忘地计较啊！"

"就像我刚才说的，没人知道细节。最后，霍华德还是留有足够的农场，但他没什么诀窍，那一年，他的小羊差不多全都没了——就在羊群刚被聚拢在一起不久，最后一次风暴之前，有些是冻死的，虽然那时已经没有深冬的暴风雪了。可是，他怎么会在十月初把羊赶到高原地带去呢……？难道想让上帝来拯救啊！"

乔治想起来，这里的十月相当于三月，那时，威尔士高原地区也还非常寒冷。

"他为什么会那么做？"他很不解地问。其实他真正费解的是，为什么海伦会让她丈夫犯那么荒唐的错误。她从来对农活没什么兴趣是事实，但如果自己的经济命脉依赖于农场，她怎么着也应该介入其中啊。

"噢，那是一种恶性循环。"布鲁斯特叹了口气，拿出一支雪茄给客人，接着说，"要是养上一定数量的牲口，那个农场实在太小，土地也太贫瘠了。可是只养寥寥数只，又没法维持生计，所以就只能靠运气。天年好的时候，牧草就富足；天年不好的时候，一到冬天，草料就用完了，所以只好去多买一点——这样一来，钱又不够用了；或者，把羊赶到的高原地带牧放，期望老天不再下雪。我们聊些愉快的事情吧。你对接管我的客户有兴趣是吧，很好，我很乐意把你介绍给他们，转让费问题，我们肯定是要达成协议的。克莱斯特彻奇及利特尔顿的办事处和仓库，你有兴趣吗？我可以把楼房租给你，并保证购买权……或者，我们可以合伙，我作为匿名股东，保持部分业务，这样，万一淘金热冷却了，我在经济上还有些保障。"

两个男人花了一个下午核实那些财产，乔治被布鲁斯特的经营深深吸引住了。他们同意在乔治游历完坎特伯雷平原之后商议接管事宜。乔治精神抖擞地离开这位生意伙伴，并马上写了封信给父亲。格林伍德企业从未在一个新的国家以这样的速度、费这么少的周折建起一个分公司，现在，唯一未解决的问题是找个能干的主管。布鲁斯特本人当然很理想，但他正准备离开这里，不是吗……

乔治暂时把这些事情放在一边，第二天就可以无忧无虑动身前往霍尔顿,很快就能见到海伦了。

"很快就有另外的客人要来?"吉薇尼拉不情愿地问。她早就打算在春光灿烂的日子去看望海伦。芙蓉蕾特已经唠叨了好几天要和鲁本一起玩;再说,母女俩的阅读材料都看完了,芙蓉蕾特对故事很着迷,每次海伦大声念给她听,她都很喜欢,坐在海伦课堂上旁听的时候,就已经开始尝试抄写字母了。

"就像她父亲一样!"每次吉薇尼拉订购新书来念给这个小东西听,霍尔顿的人都这么说,坎德拉太太还不断地发现她与卢卡斯在体格上的相似之处。女孩像吉薇尼拉一样,个子修长,红头发,但她原本的蓝色虹膜已被带琥珀斑点的浅棕色所代替,这样,芙蓉的眼睛就像吉薇尼拉的一样迷人。她一兴奋,里面的琥珀色就像火花一样闪烁;而当这小女孩不高兴的时候,则像突然点燃的火苗一样——这样的事时有发生,这点连她亲爱的母亲都不得不承认。芙蓉蕾特不像鲁本那么平和、容易满足,她爱抱怨、常提出一些苛刻的要求,一不合她的意就生气,然后大声叫嚷,涨得满面通红,极端的时候甚至吐唾沫。总之,这个差不多四岁大的芙蓉蕾特·沃顿绝对不是个淑女。

不过,她跟父亲的关系倒是很好。卢卡斯对她的坏脾气一点也不反感,对她的种种情绪极其迁就。他很少刻意去纠正她的行为,而且好像很满足地将女儿归到"非常有趣的研究对象"范畴。这样一来,基沃顿站现在住着两个活宝,一个热衷于收集、描绘、观察沙蚕;另一个即芙蓉,她则喜欢看着这些虫子能跳多远,而且还觉得用鲜艳的颜色来描绘它们是个不错的主意;吉薇尼拉显露出非同一般的才能,她能将这些巨型昆虫成功装进采集瓶。

现在,她不知道怎样向孩子解释她承诺过的骑马外出将无法实现。

"是,另一位客人!"杰拉尔德咆哮着说,"来自伦敦的商人,他晚上住在比斯利家,今晚会到这儿。承蒙雷金纳德·比斯利好意,派来一个信差,这样我们就可以好好接待这位贵客了。当然咯,只要你高兴就行!"

杰拉尔德摇摇晃晃地站起身来。时间还不到正午，可他自头天晚上到现在，好像就没清醒过。他喝得越多，对吉薇尼拉说的话就越冷酷无情。近几个月，她成了他最热衷嘲笑对象——这无疑跟冬天这个季节有关。在冬季，杰拉尔德会宽限儿子更多自由时间呆在书房，不用去照料农场，所以，更多时候，他有事都找吉薇尼拉，因为阴雨天她都呆在家里。要是夏天，羊儿要剪毛、产羔羊，而且还有其他农活等着要干，杰拉尔德就又会把注意力集中在卢卡斯身上，这种时候，吉薇尼拉就可以名正言顺去骑行——其实是偷偷去看海伦。近几年来，吉薇尼拉和卢卡斯对这样的循环已了如指掌，但即便这样，还是挺难熬的。打破这种循环唯一的可能性是：吉薇尼拉为杰拉尔德生一个他渴望得到的继承人。但在这点上，随着时间的推移，卢卡斯似乎越来越无能为力。吉薇尼拉也不想去激发他，她没考虑怀另外一个小孩。卢卡斯在夫妻性生活方面越来越无能，要吉薇尼拉像怀芙蓉一样再次弄虚作假是不可能的。无论如何，吉薇尼拉对这种可能性都不抱任何幻想，詹姆斯·麦肯齐不可能会再次同意这种协定。她也知道，自己没法和他再一次苟合。芙蓉蕾特出生前，只要一碰触到詹姆斯或只是远远看见他，渴望与绝望就会摧残吉薇尼拉，她用了好几个月时间，好不容易摆脱这种痛苦。碰触是不可避免的——要是詹姆斯有一天突然不再伸出手去把她从马车上扶下来，或者，她把伊格莱恩牵进马厩后，他不再帮她卸马鞍，肯定会让人觉得怪怪的。他们的手指在此过程中一旦碰触，爱意和默契会像炸弹一样爆发，然后被不断重复的"再也不能，再也不能"驱散——这种自我抑制的话简直让吉薇尼拉头痛欲裂。熬过一定时间，情况让人渐渐好受些，谢天谢地，吉薇尼拉已练就了非凡的自我控制力，往日的记忆渐渐消失，一切重来是不可想象的。找另外一个男人？不，她不会让自己受这种折磨。在詹姆斯之前，她可以不在乎，对她而言，男人都差不多。可是现在……？没指望了。奇迹不会出现，杰拉尔德只能面对芙蓉是他唯一孙辈的事实。

吉薇尼拉自己倒无所谓。她打心眼里爱着芙蓉，就像她爱与詹姆斯·麦肯齐有关的一切。芙蓉喜欢冒险，聪明伶俐，任性又机灵。多亏了她那些毛利玩伴，她的毛利语掌握得很流利；她喜欢海伦的儿子鲁本胜过任何一个人，大一周岁的鲁本在她心目中是英雄和偶像，和他在一起，她甚至可以很听话地坐在海伦的课堂上，始终不出声。

算啦，今天的情况就不是那样了。吉薇尼拉叹了口气，吩咐齐丽清理早餐桌。这是齐丽原本就应该想到要做的事，最近她因为嫁人，老惦记着老公，其他事就不上心了。吉薇尼拉正等着她宣布怀孕的消息——这也就等于等着杰拉尔德又一阵狂轰滥炸。

接着，吉薇尼拉得苦口婆心让齐丽把银器擦亮，然后，还得跟莫纳商量一下晚餐吃什么。有羔羊肉什么的，约克郡布丁也不错，可是，先得安顿好芙蓉啊……

父母在吃早餐的时候，芙蓉蕾特也没闲着。她想赶快出发，这就意味着该上马鞍或套笼头了。吉薇尼拉常带着女儿骑伊格莱恩，芙蓉蕾特坐在她前面，但卢卡斯更喜欢他的"小姐们"坐马车，他买了个轻便双轮马车，专门送给吉薇尼拉，而且她已经掌控得很好了。轻便的两轮马车非常适合在地形不平的地区行驶，伊格莱恩可以毫不费力地拉着它穿越崎岖的小道。可是，它不能偏离道路，人也不能在里面蹦蹦跳跳，这就意味着穿过灌木通往海伦家的捷径就不能走了。不出所料，吉薇尼拉和芙蓉更喜欢骑马，那也是芙蓉蕾特那天决定要做的事。

"你能给伊格莱恩上马鞍吗，麦肯齐先生？"她问詹姆斯。

"上侧马鞍还是另外一种呢，小小姐？"詹姆斯郑重地问，"你知道你父亲怎么说的。"

卢卡斯很认真地考虑从英国引进一匹矮种马给芙蓉蕾特骑，这样，她就可以好好学习坐在侧马鞍上骑行了。吉薇尼拉却声称，等马儿抵达，对于矮种马来说，她已经太大了。吉薇尼拉开始教女儿两腿分开骑默克多，这匹公马性情温和，问题在于这事必须保守秘密。

"上一个成人马鞍！"芙蓉声明。

詹姆斯忍不住大笑。"一个真正的马鞍，你已经学会了，我的小姐！你打算今天自己一个人骑吗？"

"不，妈咪马上就来，可她还得当爷爷的'移动靶子'。她跟爹咂说的，他真的会朝她开枪吗，麦肯齐先生？"

如果我帮得上忙，就一定不会，詹姆斯坚定地想。杰拉尔德折磨儿媳妇的事，对农场的人来说，并不是什么秘密。工人们对卢卡斯怀有某种忿恨，与之形与成鲜明对比的是，吉薇尼拉却让他们同情。每当大伙在一起取笑老板缺乏男人气概，小伙子们有时会冒险提起事实真相。"如果小姐有一个真正的男人，"他们开始发表评论说，"那老男人早就当了数十次爷爷了！"

接着，伙计们通常会炫耀一下自己作为"雄性动物"的功夫，他们还彼此都不服输地想出各种办法，说自己可以如何做到让可爱的女主人和她公公皆大欢喜。

詹姆斯想设法终止这种下流的玩笑，但没那么容易，只有卢卡斯自己在农场做出点努力才管用！可他从来不懂这些，而且每当杰拉尔德强迫他到畜棚或地里干活，他的固执、抵触越来越强烈。

詹姆斯一边给伊格莱恩上马鞍，一边跟芙蓉聊天。虽然他隐藏得很好，但他非常爱自己的女儿，不情愿把她当成沃顿家的人。这个红发、机敏的小家伙是他的孩子——至少，他不在乎她"只是"一个女孩。他在一旁耐心地等着，直到她爬上条板箱，从箱子顶部她可以轻拂伊格莱恩的尾巴。

詹姆斯正系着马鞍，吉薇尼拉进了马厩，四目相对时，她的反应像往常一样不由自主。她目光闪烁，脸颊潮红……然后，坚韧的控制力再次强行将自己的情绪压下去。

"噢，麦肯齐先生，你已经上好马鞍了吗？"吉薇尼拉难过地说，"我可能没法和芙蓉一起骑马出去了，我们在等一个客人。"

詹姆斯点点头。"啊，好了，是一个英国商人吧，我本该记得你今天会很忙的。"他走过去，把母马背上的马鞍卸下来。

"我们不骑马去学校了吗？"芙蓉伤心地问，"那我只能一声不响地呆着了，妈咪！"

那是她最近为了一有机会就能骑马去海伦家常用的理由，这话海伦曾经用在经常逃课的毛利孩子身上,没想到深深印在了芙蓉脑海里。

詹姆斯和吉薇尼拉忍俊不禁。

"好了,我们不能冒险啊。"詹姆斯貌似严肃地说,"如果你同意,小姐,我带她去学校。"

吉薇尼拉惊讶地看着他,"你真的有时间吗?"她问,"我还以为你要呆在畜棚料理放羊的事呢。"

"呃,反正顺路。"詹姆斯一边解释,一边朝她使眼色。畜棚的位置并不在去霍尔顿的主干道上,而是在吉薇尼拉那条穿过荒野的秘密捷径旁边。"当然,我们得骑马去,套马车太浪费时间了。"

"求你了,妈咪!"芙蓉一边哀求,一边做好大发脾气的准备——只要吉薇尼拉敢拒绝她。

还好,她母亲不难说服。那个垂头丧气、满脸不高兴的孩子不在身边,家里那些她平时不想操心的工作就能进行得顺利得多。"好吧,"她说,"玩得开心,我真希望能一起去。"

看着詹姆斯牵出他那匹阉马,然后把芙蓉托起来,把她安置在马鞍前面,吉薇尼拉心生羡慕。小女孩心情愉快,身子笔直地坐在马背上,红头发随着马的步伐跳跃着。詹姆斯轻轻松松坐到自己的位置上。吉薇尼拉有点不放心这对冤家骑马离去。

难道她是唯一一个留意到男人和女孩之间那些相似之处的人吗?

卢卡斯·沃顿,一个画家兼训练有素的观察者,从窗户看着两个骑手,并注意到吉薇尼拉站在院子里那个孤独的身影,他相信,他能读懂她的思绪。

他很乐于呆在自己的世界,但有时……有时,他很想去爱那个女人。

2

乔治·格林伍德在坎特伯雷平原受到友好接待。皮特·布鲁斯特的名字很快就让这里的农人向他敞开大门,不过,即使没谁引荐,他们可能也会欢迎他。他以前去过的澳大利亚及非洲农场，让他对这种现象了如指掌——任何一个生活在那种与世隔绝之地的人，一般都很高兴见到外面世界来的访客。出于这个原因，他很耐心地倾听了比斯利太太的对帮工们的抱怨，并对她的玫瑰大加赞赏，还和她丈夫一起骑马穿过牧场，对他们家的羊也赞不绝口。比斯利家曾竭尽全力让他们的农场变成英国的一部分，比斯利太太告诉乔治，为了永久禁止甜薯进入自家厨房，她做出很大努力，乔治只好笑了笑。

他很快就意识到，基沃顿站就不一样了。房子和花园呈现出独具风格的组合：虽然这里有人在很努力地再现英国乡村绅士生活方式，但这里也同样彰显着毛利文化气息。比如，花园里，南岛香花和玫瑰紧挨在一起，各自宁静地盛开；巨朱蕉下的长凳，也是以典型的毛利雕刻作装饰；工具棚则根据毛利传统，以尼考棕榈叶盖顶。为乔治开门的女佣穿着端庄的仆人制服，但没穿鞋；男管家笑脸相迎，并友好地道一声 haere mai，那是毛利习语，意为"欢迎"。

乔治回想起传说中的沃顿家族。年轻的女主人来自英国贵族家庭——从室内陈设判断，很明显，她品位不凡，而且，在推进生活方式英式化方面，她甚至比比斯利太太更不遗余力：想想，有几个客人会把名片留在前厅精致小桌上那个银托盘里呢？乔治还是不嫌麻烦地这么做了，这个举动让正好进来的红发女主人笑容满面。她身穿优雅的米黄色长袍，上有亮蓝色刺绣装饰，与她眼睛的颜色相配；不过她的肤色没伦敦小姐流行的那么白皙，脸呈淡淡的古铜色，而且，看得出，她没费什么工夫去淡化脸上的雀斑，也没有煞费苦心把发型弄得特别得体，甚至有几缕已经松落下来。

"我们会一直把名片保存在那，"她看着卡片说，"这让我公公特别高兴！谨祝日安，欢迎亲临基沃顿站。我叫吉薇尼拉·沃顿。请进来，不必拘礼，我公公一会儿就来。要不，你先洗漱一下、换上晚礼服？这顿饭的规格看来不小……"

吉薇尼拉明白，随口向客人暗示这么重要的事情是越界的，可是，看样子，这位后生根本没预料，在走访这样的偏僻乡村期间，要赴如此过程复杂的晚宴，东道主还为此刻意穿上晚礼服。他要是就穿着身上这套马裤和皮夹克出席，卢卡斯肯定会惊得目瞪口呆，杰拉尔德也可能会觉得客人很不敬。

"乔治·格林伍德。"乔治微笑着自我介绍。还好，他好像并不气恼，"谢谢你提醒，我很高兴有空隙可以先洗漱一番。你的家真漂亮，沃顿太太。"他随吉薇尼拉来到客厅，好奇地站在奢华的家具和大壁炉前。

吉薇尼拉点点头。"我个人觉得大了点，但我公公找了最有名的建筑师来设计，家具都是从英国买来的。克里奥，下来，别把你的垃圾弄到丝绸毯子上！"

吉薇尼拉在跟一只胖乎乎的柯利犬说话，它正躺在壁炉前一张精致的东方地毯上，这时，傲慢地站起身来，唧唧歪歪蹭到另一张显然不值钱的小地毯上。

"它一怀孕就觉得自己很了不起，"吉薇尼拉爱抚着狗狗说，"不过它有这个权利，它产下的牧羊犬是这个地区最棒的，坎特伯雷平原现在有很多小克里奥呢，虽然大部分都是它的孙辈，因为我不常让它繁殖后代，我可不希望它变得大腹便便！"

乔治很惊讶。听了那位银行主管及皮特·布鲁斯特的描述，他脑海里那个基沃顿站几乎无儿无女的主妇应该是个一本正经且中规中矩的人，但眼前这个吉薇尼拉跟他说起狗的繁殖时却非常自然，她不仅让牧羊犬呆在家里，还让它躺在丝质地毯上！甚至，连仆人光着脚，她都未置一词。

这位年轻女人一边无拘无束地闲聊着，一边带着客人来到客房，并吩咐男管家帮他拿挂包。

"请告诉齐丽把鞋穿上！光着脚服侍大家，卢卡斯会发脾气的！"

"妈咪，我为什么一定要穿鞋呢？齐丽都不穿啊！"

乔治正准备去就餐的时候，在房间外的走廊碰见吉薇尼拉和她女儿。他已按照晚礼服的派头将自己好好打扮了一番，浅棕色西服虽然有些皱,但裁剪非常帅气,比他在澳大利亚买的皮裤和上蜡的夹克舒服多了。

吉薇尼拉和那个正在大声争吵的漂亮红发小姐也都打扮得非常优雅。

吉薇尼拉的穿着虽然不是最新流行的款式,但一件蓝绿色的晚礼服显得异常精致,即便在伦敦最好的名流集会,也会引起轰动——尤其是有吉薇尼拉这么漂亮的女人当模特。小女孩穿着一件淡绿色直筒连衣裙,不过裙子几乎被她那头浓密的金红色发丝罩住了;芙蓉的头发松散地垂下来的时候,有点卷曲,就像金箔天使的头发;精巧的绿色小鞋与可爱的小裙子很搭配,但这小东西宁愿用手拎着,不愿穿在脚上。

"鞋子夹得脚好痛!"她抱怨说。

"芙蓉,鞋子不会夹脚!"妈妈对她说,"四星期前才买的,那时候穿还有点大呢。你长得又不是很快!即使真的夹脚,有一点点痛,女孩也应该稍稍忍受一下,不要抱怨!"

"像印第安人吗?鲁本说,在美国,印第安人会打赌,闹着玩把自己弄伤,看谁是最勇敢的。这是他爸爸告诉他的,但鲁本觉得那很愚蠢,我也这么认为。"

"说到'淑女样',她的想法就是这样。"吉薇尼拉指望乔治能帮忙,接着说,"来,芙蓉,这是一位绅士,他从英国来,就像鲁本的妈妈和我一样。你要是举止得体,他就会亲你的手跟你打招呼,并称你为'亲爱的小姐',不过,你得穿上鞋子!"

"麦肯齐先生一直叫我'亲爱的小姐'啊,我光着脚走路也一样。"

"那他肯定不是从英国来的,"乔治很配合地说,"而且他肯定从来没被介绍给女王……"一年前,这种荣誉曾被授予格林伍德家,这件事乔治母亲后半生可能会一直念叨。对此,吉薇尼拉倒不以为然,但对她女儿却产生了奇妙作用:"真的吗?女王?你看到公主了吗?"

"我看到所有公主,"乔治说,"她们都穿着鞋子。"

芙蓉叹了口气,"好吧。"她匆忙把鞋子穿上。

"谢谢你,"吉薇尼拉会心地看了乔治一眼,说,"你帮了个大忙。

这段时间，芙蓉搞不清楚要当一名西部印第安女王，还是要嫁给一个王子，并在他宫殿里饲养小马。除此之外，她还觉得罗宾汉很有吸引力，所以她还在细想过一种亡命天涯的生活呢，我最担心的就是这个了。她喜欢用手拿点心吃，而且，她已经开始练习箭术。"鲁本最近给自己和小朋友芙蓉做了一把弓箭。

乔治耸耸肩。"噢，你肯定知道，梅德·玛丽安①是用刀叉吃东西的。还有，在舍伍德丛林②，没鞋寸步难行。"

"有待探讨！"吉薇尼拉大笑着说，"请进，格林伍德先生，我公公肯定在那边恭候您呢。"

三人肩并肩愉快地走下台阶。

詹姆斯·麦肯齐陪同杰拉尔德·沃顿进了客厅，这种情形平时是不常见的，不过今天有几笔从霍尔顿带回来的账单要签，杰拉尔德希望尽快了结——坎德拉家急着要回这笔钱，詹姆斯天一亮就要出发，去接下一宗货物。基沃顿站一直在建设之中，现在，有间牛棚在建。自从奥塔戈淘金热以来，养牛业一片繁荣——淘金矿工得吃喝啊，再说，哪有比上好的牛排更宝贵的东西呢。坎特伯雷的农民每隔几个月，就把牛群都驱赶到昆士敦。此时，杰拉尔德正坐在壁炉边，仔细查看账单。詹姆斯闲来无事，他环视了一下设计奢华的居室，想象着生活在这里会是什么感觉——光彩照人的家具、精致柔软的地毯……壁炉让整个屋子温暖舒适，而且，不必一回家就手忙脚乱点燃炉子，要不然，仆人是用来干吗的？詹姆斯觉得这一切既充满诱惑，又让人觉得陌生。他不需要，而且也绝对不渴望这一切，但吉薇尼拉不一样。是啊，如果他想设法赢得她，他就必须拥有像这样的一个家，并像卢卡斯和杰拉尔德一样硬把自己塞进西服里。

楼梯那边传来说话声。詹姆斯不安地抬起头，看见吉薇尼拉穿着

---

① 梅德·玛丽安（Maid Marian），英国古时莫利斯舞中的人物，罗宾汉的情人。
② 舍伍德丛林（Sherwood Forest），英国举世闻名的森林，罗宾汉劫富济贫的地方。

晚礼服，他像中了邪一样，心跳加快——看见他们的女儿时也一样，他很少见她穿礼服。起初，他以为跟她们在一起的那个男人是卢卡斯——举止得体，棕色西服非常优雅——后来他才知道是别人。他觉得自己早该知道这点，因为他从未见过吉薇尼拉在卢卡斯身边的时候，如此轻松地谈笑风生。看来那位先生让她很开心，吉薇尼拉好像正在戏弄他或女儿，要不就是他们俩一起被她调侃，他则机敏地还击。这家伙是谁啊？他怎么可以跟自己心爱的吉薇尼拉开玩笑？

这位陌生人很英俊，清瘦、好看的脸庞，机灵的棕色眼睛略带一丝嘲讽；他身材瘦长，但挺拔、结实；他动作敏捷，举止坚定、自信。

吉薇尼拉呢？在客厅撞见他，詹姆斯注意到她眼里惯常闪烁的亮光，可那是每次遇见时旧爱死灰复燃的火花，还是单纯的吃惊？詹姆斯的不信任感油然而生。吉薇尼拉对他带怒气的举动置若罔闻。

"格林伍德先生！"杰拉尔德也看见他们三人下台阶，"请原谅我没在家恭候你的大驾，看来吉薇尼拉已经里里外外带你参观过了！"杰拉尔德向客人伸出手。

噢，对，这位就是英国来的商人，他的到来把吉薇尼拉一整天的计划都打乱了。不过，她对此未再表露出不悦之色，还热情招呼乔治就座。

詹姆斯却被撂在一边站着……嫉妒立马变成愤怒。

"账单，沃顿先生。"他提醒说。

"哦，对，账单。井然有序啊，麦肯齐，我马上签。来杯威士忌如何，格林伍德先生？你得让我们重温一下古老英格兰的优良习惯！"

杰拉尔德在文件下方草草签了个名，注意力转移到客人——还有威士忌酒瓶上。一到下午，他不离身的那个小长颈瓶肯定已经空空如也——杰拉尔德也随之变得心情恶劣。安迪·麦克艾伦已告知詹姆斯，杰拉尔德和卢卡斯在牛棚吵架吵得很凶，那是因为有一头产犊母牛得了并发症，卢卡斯像以前一样，没作出任何努力，他连看到血都受不了。出于这样的原因，老沃顿觉得让卢卡斯去负责母牛产犊并不是什么好主意，但詹姆斯认为，农场的管理工作很适合卢卡斯。很明显，卢卡斯动脑能力远比动手能力强，涉及收益计算、肥料分配、有关农场机器购买的成本效益分析，他纯粹从盈利方面考虑。

咩咩叫的动物产仔，这可让卢卡斯抓狂。那天下午，情况又一次到了非常紧急的关头，还好，吉薇尼拉比较幸运，杰拉尔德正朝卢卡斯宣泄他的暴怒，她幸免于难，显然，她对自己充当的角色已驾轻就熟。客人看来非常自得其乐。

"还有别的事吗，麦肯齐？"杰拉尔德问道，一边给自己倒了些威士忌。

"你看见了吗？"芙蓉问，"我像公主一样穿着鞋子呢。"

詹姆斯大笑着，顿时轻松了许多。"鞋子真可爱，亲爱的小姐。当然咯，不管穿什么鞋子，你的样子都很迷人。"

芙蓉皱了皱眉头。"因为你不是绅士，你才会那么说。"小姑娘断言，"绅士只尊重穿着鞋子的小姐，格林伍德先生说的。"

平时，她这样的言辞只会把詹姆斯逗乐，可现在，他的怒火再一次涌了上来。这家伙知道女孩在跟谁抬杠吗？詹姆斯几乎难以自控。

"好吧，亲爱的小姐，你应该多关注真正的男人，而不是穿着西装的冷冰冰的大人物！因为要是他们的尊重跟鞋子有关，那最好赶紧跑！"他的话是有意说给被吓坏的小孩听的，却字字句句都敲击在照看孩子的吉薇尼拉心里。

她不安地看着他，但詹姆斯只是怒视了她一眼，而后转身返回畜棚。今晚，他肯定也会喝一大杯威士忌一醉方休。她则毫不犹豫地和那位花花公子痛饮。

这顿饭的主菜是羔羊肉和焙甜薯，都是杰拉尔德事先过目的。女仆现在是穿着鞋子，没有任何疏漏地招待大家，不过对于吉薇尼拉来说，传统荣耀其实真的没那么重要。仆人对庄园主杰拉尔德·沃顿毕恭毕敬得近乎畏惧，而这位老绅士显然不是省油的灯：酒至微醉时，他就激奋地大谈上帝、世道，对每一个话题大发议论。相比之下，少东家卢卡斯·沃顿显得默不作声，神情苦闷。只要父亲一发表那些让他觉得过于激进的看法，他就浑身不舒服。另外，吉薇尼拉丈夫的身份，让他不得不在每方面都表现出愉悦、有教养的绅士风度。他和蔼、细致地纠正女儿的坐姿——事实上，应对孩子方面，他还是挺有本事的。芙蓉常跟她妈妈吵架，但跟他却不会这样。吃饭的时候，芙蓉有模有样地把餐巾摊开在膝盖上，用叉子把羊肉送到嘴里，而不是像舍伍德森林里的骑士一样用手抓。可这也许是因为杰拉尔德在场，只要这个老头在，其实没人敢大声说话。

尽管大家都静静的，那个晚上，乔治还是挺享受的。杰拉尔德很懂得如何眉飞色舞地谈论农场生活，乔治进一步确信克莱斯特彻奇的人对他的评价。老沃顿确实对羊和羊毛行业很了解，而且抓住了很合适的时机购进牛群，保持了自己农场的良好态势。乔治倒是很想继续和吉薇尼拉聊聊，卢卡斯也不像皮特·布鲁斯特和雷金纳德·比斯利说的那么让人讨厌。吉薇尼拉早些时候就透露过，客厅里的画像是她丈夫自己画的，她向他说这些的时候，语气中有些犹豫、嘲笑的意味。乔治带着尊重的态度看待那些油画，没有别的，因为他从未把自己当成是艺术鉴赏家，虽然在伦敦的时候，经常被邀请去参加某些私人展览和艺术品拍卖。像卢卡斯·沃顿这样的艺术家肯定能在那些场合找到追随者，运气好的话，他甚至有可能从此名利双收。乔治在考虑付钱买他几幅画带回伦敦去是否合适，他很肯定能在那边把画卖掉。但另一方面，这么做有可能破坏掉他和杰拉尔德·沃顿关系，这老头显然打心眼里不希望家里有个艺术家。

当晚的谈话未涉及艺术。杰拉尔德从头到尾独占着这位来自英国的客人，在此期间，他喝了整瓶威士忌，卢卡斯提前离开他也没留意。吃完饭，吉薇尼拉也趁给小孩盖被子的机会，早早溜了。他们没给芙蓉雇保姆，这点乔治觉得挺奇怪的。毕竟，杰拉尔德·沃顿的儿子肯定是以良好的英式教育抚育长大的，为什么杰拉尔德没给孙女一样的待遇？难道她生出来之前他就不喜欢吗？还是因为芙蓉"只是"个女孩？

第二天早上，乔治有更多机会和这对年轻夫妇交谈。杰拉尔德不下来吃早餐——至少不会在正常时间下来,这位酒神头天晚上就交代过了。吉薇尼拉和卢卡斯觉得轻松多了。卢卡斯询问了一下伦敦的文化状况,乔治居然能尽述其详而不仅仅是用"崇高"、"熏陶"这样的冠冕之词,这让卢卡斯大喜过望。听着乔治对其画作的赞许,他充满自豪,并邀请客人去自己书房。

"只要你愿意,非常欢迎你来!我知道你上午要去看农场,不过下午……"

乔治不太肯定地点点头。杰拉尔德答应骑马去农场走一趟,乔治对此很有兴趣,因为南部岛屿的其他业务基本上全都可以依据基沃顿站而作出评估。可是,杰拉尔德不见踪影……

"噢,我可以跟你一起去骑马!"乔治谨慎地表达了自己的意思,吉薇尼拉自告奋勇地提议说,"当然,卢卡斯也行……不过我昨天一整天都没出门,要是你觉得我一起出去合适的话……"

"你跟谁一起出去会不合适呢?"乔治殷勤地问道,不过,他对跟一位女士骑马出去没有什么更多期待,因为他一直是依靠信息量丰富的评价及对牲口饲养与牧场管理的观察来作出判断。所以,没过多久,在马厩遇到吉薇尼拉的时候,他尤为吃惊。

"请替我给摩根上马鞍,麦肯齐先生。"她吩咐这位工头说,"这马还需要训练,但芙蓉在身边的时候,我不想骑,它太冲动了……"

"你觉得伦敦来的那位年轻人能把握你的冲动吗,小姐?"牧人讽刺地问。

吉薇尼拉皱皱眉。乔治不知道她为什么不教训教训这个厚颜无耻的乡下人。

"我希望他能,"她说,"要不然他就得在跟在后面,这样才不会摔下来。我把克里奥留在你这里可以吗?它肯定不愿意,但骑行路程的确远了点,它身子已经很沉了。"这只与吉薇尼拉形影不离的狗狗似乎明白了主人的意思,于是把尾巴盘在两腿间。

"这是你最后一次生小狗,克里奥!我保证!"吉薇尼拉安慰它说,"我要跟格林伍德先生骑马到石圈勇士那边,去看看能不能遇见几只公羊。有什么需要我顺便料理的吗？"

听到她这么说，年轻的乔治看上去表情挺难受的。詹姆斯这是在嘲笑她吗？她主动请缨到农场帮忙，他就这样回报人家？

乔治没吭声，当他从其他农场帮工身边经过的时候，有人回她的话。

"噢，对，小姐，有一头小公羊，是迷人的小沃顿先生答应给比斯利先生的，它老是单独离开。一群母羊围着它转，导致整个羊群乱哄哄的。你能将它带回牧群吗？或者，把准备给比斯利的两只带回来，这样，我们就好管理了。这主意还行吧，詹姆斯？"

这位工头点点头。"反正那两只下周就要送走。你要把'守护神'带去吗，小姐？"

詹姆斯"守护神"一出口，那只黑色大狗马上站起身来。

吉薇尼拉摇摇头。"不，我带卡桑德拉和凯特莉奥娜去，它们已经训练很长时间了，检验一下结果如何。"

这两只狗样子很像克里奥，吉薇尼拉像介绍女儿一样，把它们介绍给乔治。她那匹充满活力的母马，也是她从大不列颠带过来的两匹马的下一代。乔治留意到，工头詹姆斯将母马牵给吉薇尼拉时，她表情有些变化。

"我可以用横座马鞍啊。"吉薇尼拉说，在伦敦来客面前，她心甘情愿恪守礼仪。

乔治没听清那个男的说了些什么，但他明明看见吉薇尼拉气得脸都红了。

"我来吧，昨晚，这个农场很多酒鬼都喝多了！"她大声说道，并气冲冲地催着母马小跑起来。乔治感到莫名其妙地紧随着她。

詹姆斯·麦肯齐一动不动呆站在马厩。怎么会如此失控呢？他真该踢自己几脚。刚才那些鲁莽无礼的话已经在他心里反反复复叨咕好多遍了——"请原谅，你女儿昨天说，她喜欢'成人'马鞍，不过，如果小姐您今天把自己当成小女孩，想坐横座马鞍的话……"

这根本就没法原谅！要不是吉薇尼对英式行为礼仪有自己的想法，

乔治肯定会向她展示一番。

她平静下来，并让马儿放慢脚步，好让他那匹租来的马与自己并驾齐驱。吉薇尼拉一路上为乔治提供了大量技术方面的信息，这让他颇感意外。很明显，吉薇尼拉对基沃顿站前前后后的养殖经营了如指掌，对于每个动物的血统、对动物养殖的成功与失败的看法，她都能给他详尽的信息。

"我们还养了纯种威尔士山羊，并让它们与切维厄特羊杂交——创造出非常完美的结合，两种羊都是软毛类的，有了威尔士山羊的种，就保证了每磅原毛可获取三十六至四十八股羊毛；与切维厄特羊杂交后，数量就扩大到四十八至五十六这个范围。它们彼此互补，羊毛品质一致，美利奴细毛羊就没这么理想了。我们一直把这经验说给想要纯种威尔士山羊的人听，但他们中多数人都自以为比我们聪明。美利奴羊产的'好毛'能保证每磅原毛可获六十至七十股羊毛，没错，但你没法在这个地方养殖纯种美利奴，因为它们不够强壮，要是跟别的品种结合，还不知道会杂交出什么东西来。"

她所说的这些，乔治只是一知半解，但她广博的知识却让给他留下深刻印象——当他们顺利登上公羊仔自由牧放的高地时，这种感觉愈甚。吉薇尼拉的牧羊犬先把羊群聚集在一起，然后将两只已卖掉的公羊单独分开——吉薇尼拉一眼就辨认出来了——接着，引导它们稳健地走下山谷。吉薇尼拉减慢了马的步伐，与羊的速度保持一致。乔治抓住时机，最终由与羊有关的话题中，问起了一个在他心里变得越来越急切的问题。

"在克莱斯特彻奇的时候，我听说你认识海伦·奥基弗……"他小心翼翼地说。他很快就会与这位基沃顿站的夫人进行预先安排好的再一次相会。他打算告诉杰拉尔德，他想第二天骑马去霍尔顿，吉薇尼拉要带芙蓉去海伦的学校，所以可以陪同他走一部分路程。其实，他是想一直跟着她到奥基弗的农场去。

乔治的心都跳到嗓子眼了。明天终于能见到她了！

3

若非要海伦描述过去几年来的生活——诚实地描述,并用她过去常常安慰自己、也希望给英国收到她信的人留下深刻的印象的大实话——她应该选择"生存"这个词。

她刚来的时候,霍华德的农场似乎前景可观,但从鲁本出生后就开始走下坡路了;饲养的羊数量虽然在增加,但羊毛质量却越变越糟糕;年初的损失让农场支离破碎。看到杰拉尔德养牛那么成功,霍华德也想养一群牛试试。

"疯了!"吉薇尼拉对海伦说,"牛需要的青草和冬天吃的饲料比羊多得多,"她解释说,"这在基沃顿站不成问题,就靠已经开垦出来的草地,就够维持比现在多两倍的羊群。但你们的土地那么贫瘠,地势又不太平坦,不可能长出那么多草,所以只够维持你现有的羊群,牛就免谈了!没这个可能。你可以试试山羊,但最好先把你现在那些东跑西跑的牲畜都清理掉,然后买些品种好的羊重新开始,质量比数量更重要!"

对于海伦来说,羊永远只是羊,听到吉薇尼拉关于繁殖和杂交的长篇大论,起初觉得很无趣,但最终还是渐渐多了几分兴致。如果朋友说的话可信,那么霍华德在买羊的时候肯定上了某些可疑的牲畜经销商的当——要么,仅仅是因为他不想花钱买品种好的牲口。总之,他们家的羊是混血的野种,它们身上,永远长不出品质一致的羊毛,无论你多么精心地选择饲料、如何卖力地喂养它们。

"光从它们的毛色就可以看出来,海伦!"吉薇尼拉说,"它们看上去五花八门,但我们的羊就没什么分别。如果你想卖大批高品质的羊毛并卖得好价钱,你就必须这么做。"

海伦能理解这些道理,甚至尝试着跟霍华德提起此事。可他对她的提议并不太虚心接受,她每次说到这个话题,他都是草率地训斥几句了事。他无法接受别人的批评——这让他在牲畜交易商和羊毛买家中都交不到朋友,甚至几乎跟他们大家都发生过纠纷——除了那位颇有耐性的皮特·布鲁斯特以外。布鲁斯特确实没用高价去买他那些劣质羊毛,但他一如既往地让霍华德的羊毛脱手。海伦不敢想象,要是布鲁斯特家搬去了奥塔戈,后果将会怎样。如果那样,他们就只能依靠布鲁斯特的后继者了,霍华德的外交手段是靠不上的。新的买家将会大发慈悲,还是直接把他们家的农场排除在未来采购对象之外呢?

他们家现在维持在仅够糊口的境况,所幸还有毛利人不断把猎捕来的食物、鱼或蔬菜送给他们,当成海伦给孩子们上课的报酬,没有他们的帮助,海伦都不知道该怎么办。雇用额外的农场帮工及管家是不可能的——事实上,因为霍华德连一个毛利帮手都雇不起,海伦现在不得不多干些农活。可糟糕的是,农场里很多零零碎碎的杂务,海伦常常干得一败涂地。羔羊产仔时,她每次都只顾羞红着脸,而不是卷起袖子来帮忙;或者,屠宰牲畜时,她忍不住泪如泉涌,霍华德总是严厉地责备她。

"别那样!"他大喊大叫道,并强迫她抓住刚从母体露出来的小羊羔。海伦忍住阵阵恶心和恐惧,努力按照他的要求去做。可是,他以同样的方式对待儿子时,她就无法忍受了。这样的事情越来越频繁地发生。每当鲁本在农活方面表现得比她好不了多少时,霍华德就觉得没法指望他会长大成一个"有用"的人。这孩子在体格上秉承了霍华德一些特点——个子修长、头发浓密黝黑,将来肯定会长得很壮实,不过,却有着像母亲那种梦幻般的灰色眼睛。以鲁本的天性,根本不适合农场这种粗糙的生活。他是海伦的骄傲和快乐;他友善、有礼貌,与人相处愉悦,而且,非常聪明。五岁的时候,这个小男孩就已经能很流畅地读书,可以独自如饥似渴地博览像《罗宾汉》和《艾凡赫》这样的书籍。在学校,他也显示出令人吃惊的聪慧,布置给十二三岁孩子做的数学题他都能解答,还说得一口流利的毛利语。不过,需要动手操作的行当却不是他的强项,手工制作、还有发射他们专为玩罗宾汉游戏而制作的弓箭,就连小芙蓉都比他熟练。

不过鲁本很好学,无论海伦叫他做什么,他总是尽力而为之。然而,霍华德粗暴的言语却让他害怕,父亲为了让他变得更坚韧而讲给他听的故事，也让他恐惧。长此以往，鲁本和父亲之间的关系，随着时间的推移，渐渐变得越来越不好——海伦预料，他们之间的不和，将会像基沃顿站的杰拉尔德和卢卡斯一样——遗憾的是，他没有像卢卡斯那样的好命，可以雇用能干的管理人员协助。

想到这些，海伦有时很难过。以他们的婚姻而言，不可能再有更多孩子了。鲁本出生后，霍华德曾有一度还跟她同房，但他们一直没再怀上孩子。这可能跟海伦的年龄有关，也可能是因为霍华德没像结婚头几年那么频繁地和她一起睡。海伦显而易见的不情愿、孩子又在同一个卧室，加上霍华德酗酒一天比一天厉害，这一切，难以为男欢女爱制造良好气氛。现在的霍华德，在霍尔顿酒吧的赌桌上寻欢作乐多过跟妻子同床共枕。至于酒馆里是不是有女人——或他有没可能用赢来的钱去嫖娼——海伦根本不想知道。

不过今天是个好日子。霍华德从前天开始就没再喝酒，以保持头脑清醒，而且，天未亮就骑马进山去照看母羊了。海伦挤好奶，鲁本捡完鸡蛋，毛利孩子马上就要到学校来了。海伦一直期待吉薇尼拉的到来，要是再不让芙蓉来学校，她会大发脾气的——虽然年龄还小，但她急于学会识字，这样就不用依赖没耐心的妈妈，可以自己大声朗读了。她父亲在这方面倒是挺有耐心的，但芙蓉不喜欢他看的书。关于那些遭遇厄运和贫穷的小姑娘，最终因为运气和转机而克服困难的故事，她一点儿也不喜欢听。她宁可一把火烧光那些可怕的继母、养父母或女巫的房子，而不愿点燃他们的壁炉！她喜欢读有关罗宾汉及其骑士的书，或在书本里跟着格列佛一起畅游。海伦对这个旋风般敏捷的小东西的想法一笑置之，很难相信，那个温温顺顺的卢卡斯会是她的父亲。

马儿快速奔跑，骑得乔治·格林伍德腰都有点酸了。吉薇尼拉顾不上什么淑女礼仪，她将马儿套在马车上，优雅的母马伊格莱恩精力充沛地拉着两座马车，其速度完全可以轻易地在任何马车比赛中获胜。乔治租来的马只能费劲地勉强跟上，偶尔急速跑动一下，这让乔治觉得无比烦躁。一路上，吉薇尼拉倒是滔滔不绝，透露了许多让乔治很感兴趣的、有关霍华德和海伦·奥基弗的事情——那正是他尽管被弄得生痛，还是竭力跟上她的步伐的原因。

在抵达农场前不久，吉薇尼拉放慢了马的速度，她不希望马车辗到上学路上的毛利孩子。没人会从等在小溪浅滩一边的拦路盗窃者身旁经过，吉薇尼拉却似乎很期待这一幕的发生，但当一个黑头发、脸被涂成绿色的小男孩手拿弓箭从灌木丛中跳出来时，乔治着实吃了一惊。

"站住！你们跑到我们林子里来干什么？通报一下你们的名字和企图！"

吉薇尼拉大笑。"你认识我啊，不是吗，鲁本大师？"她大声说，"看看我！我是陛下心中那位小姐——芙蓉蕾特的侍女，不是吗？"

"不对！我是小约翰①！"芙蓉欢呼道，"而这位是女王的信使！"她朝乔治示意说，"他来自伦敦！"

"是我们尊敬的国王理查德派你来的吗？要么，你是来自约翰帮的篡位者？"鲁本狐疑地询问，"或者，是带着财宝等待国王裁决的埃莉诺女王的人？"

"正是！"乔治严肃地说。这个武装成强盗、言辞庄重的小男孩真是太可爱了，"今天，我必须继续前往圣地，所以，你能让我们通行吗，先生……？"

"鲁本！"小男孩自报家门说，"鲁本汉愿意为你效劳！"

芙蓉从马车上跳了出来。

"他什么财宝都没有！"她道出真相，"他只是想拜访你妈咪，不过他真的是从伦敦来的！"

吉薇尼拉驾着马车继续走，孩子们可以自己回农场。"那就是鲁本，"吉薇尼拉向乔治解释说，"海伦的儿子，非常聪明的男孩，你觉得呢？"

乔治点点头。她在这方面做得很好，他想。他再次回想起海伦已经决定离开的那些下午，他和绝望的弟弟威廉一起，漫无边际的黯然神

---

① 小约翰（Little John），英国传说中的侠盗罗宾汉手下。

伤。来不及多说什么,奥基弗的农场已呈现在眼前。就像六年前海伦初次见到农场时的感觉一样,眼前的一切让乔治惊骇不已,更何况,小屋已比那时陈旧了许多,已初现破败之相。

"这可不像她信里描述的那样。"他轻声说道。

吉薇尼拉在木屋前停下马车,为母马解开缰绳。乔治趁此当儿环顾了一下四周,看见几个稀稀疏疏散落着干草的小畜棚、一头瘦弱的奶牛,还有一只盛年不再的老骡子;他还看见院子里的井——毫无疑问,海伦肯定还得用木桶提水到屋里——还有用来劈柴的砧板。那个一家之主能为日常所需负责吗?海伦需要取暖的时候,难道还得自己动手拿斧头劈柴吗?

"来吧,学校在那边。"吉薇尼拉打断了乔治的思绪,并走到木屋后,"我们得穿过草丛走几段路,毛利人在海伦家与他们村子之间的树林里建了几间新的临时小屋,不过从这里看不见——霍华德不喜欢跟小孩子靠得太近,他也不支持开办学校,他只希望农场多几个帮手。还好现在这种方式,算得上两全其美。要是霍华德急需帮手,海伦就派个年龄大点的男孩去帮忙,他们很喜欢干那些活。"

这样的境况,乔治完全可以想象。他甚至能勾勒出海伦忙家务的情景。海伦还会阉割公羊或照料奶牛分娩么?那可是她一辈子都没做过的事啊!

通向树林的小径崎岖不平,即便在此处,乔治依然能看见农场悲凉的景象。几只公羊和母羊立在畜棚,这些牲口简直不堪目睹——体型瘦弱、毛色杂乱肮脏。栅栏也破旧不堪,铁丝松松垮垮,篱笆门东歪西倒,与比斯利的农场和基沃顿站完全没有可比性。总之,这里的一切,远不是荒凉二字能形容的。

不过,树林里依然传来孩子们的笑声,听起来大家好像都很开心。

"起初,"有人用奇怪的口音高声朗读,"上帝创造了天堂和人间,地母和天父。"

吉薇尼拉对乔治笑笑。"海伦又在捣鼓毛利语版的创世神话,"她说,

"故事相当有趣，但孩子们总是用这样的方式表达，海伦也不再觉得难为情了。"

有个学生正在眉飞色舞地大谈渴望着爱的毛利神灵，乔治透过树林，窥视了一下用棕榈叶盖顶的敞开的木屋。孩子们坐在地上，听一个小女孩大声朗读有关创世记第一天的内容。接着，轮到另一个小孩。最后，乔治终于看见了海伦，像他印象中的场景一样，坐在临时讲台边，身子挺拔修长。她穿着破旧但整洁的高领上衣——至少，从这个角度上，她是他印象中那个非常得体、自信的女家庭教师。就在这时，她面朝着乔治的方向，把另一个学生叫到前面，乔治的心狂跳起来。海伦……在乔治看来，她美丽依旧，而且，无论她如何变化，无论她看上去有多老，她的容颜永远不变。这个念头让他吓了一跳。海伦·达文波特·奥基弗最近几年明显老了很多，太阳毫不客气地将她精心保养的白皙肌肤晒成了古铜色；她那曾经娇小的脸庞，现在已棱角分明，几近憔悴；不管怎样，她的头发倒是依旧散发着栗色光泽，她把它编成又粗又长的辫子，垂在后背，只有几缕发丝散落出来，海伦和学生们嬉戏的时候，会随意用手把它们从脸上拨开——乔治有点嫉妒地注意到，她现在比以前与自己和威廉在一起时更喜欢开玩笑。海伦显得比以前灵活多了，与毛利孩子的互动似乎让她很开心，她那个小主人鲁本显然也是她的开心果。鲁本和芙蓉偷偷溜进教室，他们迟到了，企图不让海伦发现。当然，她还是注意到了。讲完创世记第三天之后，她停了下来。

"芙蓉蕾特·沃顿，见到你真开心。可是，你不觉得一个淑女在公共场合就坐的时候，应该有礼貌地跟大家打声招呼吗？还有你，鲁本·奥基弗——你是不是生病了？如果不是，你的脸怎么那么绿？赶紧到水井边洗把脸，这样看上去才像个绅士。你妈妈呢，芙蓉？难道你又是跟麦肯齐先生来的吗？"

芙蓉本想摇头，却又庄重地点了点头。"妈咪和一个……好像叫伍德的先生在农场。"她无意说漏了嘴，"不过我是飞快赶到这里来的，因为我以为你已经讲了很多故事了。我们的故事，不是胡说八道些地母和天父的事。"

海伦明眸一转。"芙蓉，你应该利用每个机会，听听创世记故事！这里有些小孩确实不了解这些，尤其是基督教版本的。现在就坐下来听，看看接下来我们做些什么……"海伦想叫另一个孩子到前面来，芙蓉这时正好看见母亲。

"他们在那，妈咪和……先生。"

海伦朝林子里看去——当她一眼认出乔治·格林伍德时，整个人僵住了。她脸上一阵煞白，转而又变得通红。是喜悦？是惊讶？还是羞愧？乔治希望那是因为喜悦。他微笑着，海伦荒乱地合上书。"朗格……"她的目光在孩子们中间游移，最后定格在一个年龄稍大的女孩身上。那女孩到现在为止一直没有专心听课，她肯定早就听过创世记故事，她应该更喜欢浏览新书，就连芙蓉都觉得那有趣得多。"朗格，我得离开教室几分钟，因为有客人来访。请你来替我上课好吗？一定要让孩子们正确朗读，不要光讲故事——要他们一字不漏地读。"

朗格·朗格点点头并站起身，能当老师的助教，她心里充满自豪。她走到讲台边坐下来，点名让一个女孩站起来。

那个女孩开始吃力地朗读创世记第四天的故事，海伦便朝吉薇尼拉和乔治走去。乔治像往常一样，对她的举止充满敬畏。换做别的女人，一定会赶紧把头发整理好，或者是把衣服弄平整，不管怎样，好歹会把自己打扮整齐些。可海伦懒得管这些，她泰然自若地快步朝客人走上来，并向他伸出手。

"乔治·格林伍德！见到你真是太高兴了！"

乔治神采奕奕，样子还跟十六岁时一样，乐观、热忱。

"你还认得出我呀，小姐！"他高兴地说，"你还没忘记以前那些啊。"

海伦微红着脸。她明察秋毫地注意到，他是说没忘"那些"而不是"我"，指的是他当初的承诺、他那傻乎乎的爱的宣言，还有他从她一开始选择新生活就试图阻止她的那种绝望。

"我怎么会忘记你呢，格林伍德先生？"她和蔼地说，"你是我最有前途的一个学生，而且你现在已经实现了自己环游世界的梦想。"

"还不能说是全世界,小姐……我是不是该叫你奥基弗太太?"乔治像以前一样,目光狡黠地看着她。

海伦耸耸肩。"他们都叫我'小姐'啊。"

"格林伍德先生是来这里建自己的分公司的,"吉薇尼拉解释说,"皮特·布鲁斯特一家搬去奥塔戈后,他将接管他的羊毛贸易生意……"

海伦苦笑了一下。她不知道,这是否能给霍华德带来好处。

"那……太好了,"她欲言又止,"那么,你大驾光临是为了见客户是吗?霍华德要晚上才会回来……"

乔治微笑着对她说,"我来这里,最重要的是与你见一面,小姐。奥基弗先生可以等以后再拜会。我以前对你说过会来见你,但你不想听。"

"乔治,你应该……我是说,真的!"依然是女家庭教师的口吻。乔治在等着她接下来说出"你太鲁莽了!",但海伦不仅没把这话说出来,反而好像挺吃惊自己不经意间叫了他一声"乔治"而不是"格林伍德先生"。乔治不知道这是不是和吉薇尼拉刚才的介绍有关。海伦对羊毛的新买主有什么担忧吗?就像他听说到的某些事情一样,她心里好像有什么事。

"你家人都好吗,格林伍德先生?"海伦尝试着转换话题,说,"我很想跟你好好聊聊,可是孩子们走了三公里路来到学校,我不能让他们失望,你有时间等一下吗?"

乔治微笑着点点头,"你知道的,我可以等,小姐。"乔治话中有话说,"我一直都很喜欢上你的课,我可以和他们一起听吗?"

海伦似乎轻松了许多。"教育对任何人都有益无害,"她说,"请加入我们吧。"

毛利孩子有些惊讶地让出位置,乔治和他们一起席地而坐。海伦用英语和毛利语向大家介绍说,他是以前的学生,从英国远道而来,所以他是到校的所有学生中,走的路最远的。孩子们大笑起来,乔治再一次留意到,海伦作为老师,说话的语气已经有所改变,她以前可没这么有乐趣。

孩子们用自己的语言向他们的新同学打招呼,乔治首次学会了几个毛利语词汇。一节课下来,他甚至会读创世记故事的第一章了,尽管同学们时不时地笑着纠正他的读音。后来,年龄大点的学生被允许向他提问,乔治给他们讲到自己上学时代的故事——开始和海伦在伦敦的家中,后来在牛津的大学里。

"你更喜欢在家还是在大学?"其中一个男孩厚着脸皮问。海伦叫他雷蒂,他的英语说得很好。

乔治笑道,"当然是更喜欢和奥基弗小姐在家学功课咯。天气好的时候,我们会坐在室外,就像现在这样。我母亲坚持让奥基弗小姐和我们玩槌球游戏,但她一窍不通,老是丢球。"他边说边朝海伦使眼色。

看样子雷蒂一点都不觉得奇怪。"她刚到这里的时候,连牛奶都不会挤。"他透露说,"槌球游戏是什么,格林伍德先生?在克莱斯特彻奇工作,就得会玩这个游戏吗?你知道的,我希望有一天能和英国人共事,让自己富起来。"

这个说法给乔治留下深刻印象,他铭记在心里,并决定和海伦谈谈这个有出息的年轻人。精通两种语言的毛利人,对格林伍德企业太有用了。"如果你希望别人把你当成有修养的人,而且希望结识某位女士,你至少得学会在玩槌球游戏时丢球丢得有尊严。"他回答说。

海伦明眸一转,吉薇尼拉注意到,她好像突然变得年轻了许多。

"你能教我们玩吗?"朗格·朗格问,"反正女士肯定也得学会。"

"当然可以!"乔治认真地说,"不过我还不能确定有没有足够的时间。我……"

"我可以教你们怎么玩啊!"吉薇尼拉突然插话说。这真是个意外的好时机,要玩这个游戏,海伦就不用上课了。"今天我们暂时不读书和算数了,我们来做槌棒和篮圈,怎么样?我会教你们怎么做,奥基弗小姐就有时间陪客人了,她当然要带他参观参观农场啊。"

海伦和乔治向她投去感激的目光。吉薇尼拉是不是真的对那个慢节奏的游戏那么感兴趣,海伦很是怀疑,不过玩游戏总比呆在海伦和乔治身边当电灯泡好。

"现在，我们需要一个球……不，不是那样的大球，鲁本，要小一点的……对了，我们也可以用石头，加上一个小篮圈……好主意，给他们穿上线，塔尼。"

孩子们都投入到自己的任务之中，海伦和乔治便离开了。海伦顺着他刚才和吉薇尼拉走过的路，将他带回家里。

对农场的状况，她好像挺不好意思的。

"冬天过后，我丈夫一直没时间修缮畜棚。"经过牧场时，她歉意地解释说，"我们在高原地区养了很多牲畜，散布在整个牧场，现在是春季，正是小羊羔出生的时节……"

乔治没说什么，但他很清楚，新西兰的冬天气候温和，即使是在最冷的月份，霍华德要修缮畜棚也应该没什么困难。

这一点，海伦自然也心知肚明，她沉默了一会儿，然后突然朝他转过身来。

"噢，乔治，真不好意思！看到这里的一切，与我在信里写的相比，你肯定会对我有什么想法……"

她脸上的表情让他心疼。

"我不知道你指的是什么，小姐。"他温柔地说，"我看到一个农舍……不大，不豪华，但建得很好，且配备得让人倍感亲切。真的，牲畜确实不敢恭维，但至少有人给牲口提供食物，还有奶牛产奶。"他眨了眨眼睛，"那头骡子好像挺喜欢你的！"

他们经过骡子的围栏时，纳普穆克习惯性地发出动人的嘶鸣。

"当然，我还了解到，你丈夫是一个对家庭很尽心的绅士，农场经营方面也值得效仿，你大可放心，小姐。"

海伦不太相信地看着他，然后微笑着说："你太过乐观地看待事情，乔治！"

他耸耸肩，"你让我觉得很开心，小姐，无论你在哪，我都能看见你的善良和美丽。"

海伦马上脸红起来。"乔治，拜托，你真的应该把那件事抛开。"

乔治咧着嘴笑。他抛开过吗？在某种程度上，是的，他不否认这点。再次看见海伦，他的心狂跳不止。能再次见到她、再次听她到的声音、再次感觉她在礼仪与真实之间不断地寻求平衡，他倍感欣喜。以前，他很想知道亲吻她、向她示爱是什么滋味，可现在，他不会为此苦苦挣扎了。如今，对站在自己面前的这个女人，他只感到一种模糊的柔情。要是当初她没有拒绝，他也会有这种感觉吗？难道他的激情已转化为友谊和责任感了吗？在他还没完成学业之时与她结合，他们的婚姻可能会牢靠吗？他当初真的该娶她吗？还是说，他只是希望有朝一日，在别的女人身上，也能感觉到这种激情燃烧的爱？

乔治没法肯定地回答任何一个问题——除了最后一个。"我说永远的时候，我的本意就是永远。但我不能因此而胡搅蛮缠，反正你是不会跟着我跑的，对吗？"他依然像往常一样狡黠地露齿而笑。

海伦摇头，并拿出胡萝卜喂纳普穆克。"我永远不会离开这骡子。"她眼含泪水地开玩笑说。乔治还是那么可爱、那么天真无邪。接受他诺言的女孩，该多么幸福啊！

"请进来吧，跟我聊聊你家里的情况。"

小屋内部如乔治所料：简单的陈设，因为一位爱干净的勤快主妇而变得温馨；桌子用鲜艳的桌布和一个插满鲜花的水罐装饰，用自制的靠枕铺着的椅子显得很舒适；海伦那把旧摇椅旁边的壁炉前立着一架纺车，她的书本整齐地摆在书架上，还另外添了几本新的，乔治不知道，那是霍华德送给她的礼物呢，还是从吉薇尼拉那里"借"来的？虽然乔治想象不出杰拉尔德会不会看书，不过基沃顿站的确有个完善的图书馆。

海伦在一边忙着备茶，乔治汇报了一下伦敦那边的情况。她背对着他，无疑是不想让他看到自己粗糙不堪的手。他当初那位家庭教师柔软、修剪整齐的纤指，早已无迹可寻。

"母亲还在监管慈善委员会——那次丑闻之后，她一就个人离开了孤儿委员会。那件事，她一直对你持对抗态度，海伦，那些女士一致认为是你在航行途中把那几个女孩惯坏了。"

"我做什么了？"海伦目瞪口呆地问。

"我引用一下她们的说法,'你那不受约束的方式'让女孩子们忘了自己该有的谦卑和对雇主的奉献,流言蜚语正是来源于此。当然,没有人提到造成这个事实的人是你,而是向索恩教士打小报告的人。鲍尔温太太什么都没说。"

"乔治,那是一群身陷困境的小女孩!他们把一个小女孩从一个火坑送到另一个火坑,其余的则卖给别人当奴隶。一个有八个孩子的家庭,乔治,所有家务都指望一个小女孩——不超过十岁……全权负责打理!还要负责当助产士,这些小女孩不逃跑才怪!劳里所谓的雇主实在好不到哪去。我到这里后还听说到那些让人难以忍受的事:莱文达太太说,'不,如果我们要两个,她们在一起,肯定整天都在说话不干活'。那个小女孩整天放声痛哭……"

"你还听说了那几个女孩别的什么事情吗?"乔治问,"你在信里从来没提过她们。"

他这么说,让海伦觉得他对自己写的每封信都烂熟于心。

海伦摇摇头。"每个人都知道的是,玛丽和劳里在她们分开正好一星期之后失踪了。有人怀疑她们老早就计划好了,不过我不信。玛丽和劳里两人从来就不用计划什么事情,她们总是很清楚对方在想什么——这事近乎怪异,打从那天起,就没谁听到她们任何消息。我担心她们死了。两个小女孩各自孤零零地在荒山野岭……这可不像两人住在相距两公里路的地方,能轻而易举地碰面。这些……这些基督徒。"她吐出这个词。"他们把玛丽送到霍尔顿后面一个农场,而劳里呆在克莱斯特彻奇,这两个地方中间隔着五十公里的荒地。这俩孩子会有什么遭遇,我想都不敢想。"

海伦倒好茶,挨着乔治在桌边坐下来。

"另一个女孩呢?"他问,"她怎么了?"

"达芙妮?哦,几个星期后,我们弄清楚了那件事情的经过。她逃跑了,走之前,她朝雇主泼了一盆开水,泼得那个叫莫里森的家伙满脸都是。起初,他们说他会没命,最后,他好歹还是挺过来了,不过眼睛瞎了,脸因为疤痕而成了畸形。桃乐西说,莫里森看上去一如既往地像个怪物。莫里森一家到霍尔顿购物时，她见过他一两次。他出了这次……事故后，妻子跟在他身后，确实显得如花似玉。他们还在搜找达芙妮，但如果她不踏入克莱斯特彻奇并自己走进警察局，他们是找不到她的。在我看来，她有足够的理由做她所做的一切。我现在只是担心她前途未卜……"

乔治耸耸肩。"即便是在伦敦，等待她的，也许是一样的命运。可怜的孩子。可孤儿委员会已经知道后果了，索恩教士明白这点。那位鲍尔温……"

海伦近乎得意地笑了笑。"地狱就在前面等着他呢，他想成为坎特伯雷主教的美梦就到此为止了。对这件事，我确实幸灾乐祸！还是继续说说你自己吧，你父亲……"

"……他在格林伍德企业供职，和以前一样。公司现在不断发展壮大，生意蒸蒸日上。女王支持我们的对外贸易，我们计划到这边殖民地赚大钱，虽然这必须以当地人为代价，这一点我已亲眼目睹……你们这里的毛利人应该觉得自己够幸运的，因为白人殖民者，还有他们本身，都趋向于用和平的方式解决问题。但我父亲和我无法改变既定的事情——开发这些乡村，我们从中获利。在英国，工业蓬勃发展，不过其发展结果是我比较愿意看到的，因为不像我在海外看到的那样采用强制手段，而且还有些工厂的条件很可怕。在这些事情上，我觉得新西兰比别的地方更合适。不好意思，我越说越远了……"

乔治想回到原来的话题上，这时才意识到，自己说的最后一句话其实不是为了让海伦高兴，他确实喜欢这个国家：正直、平和的民众，群山环绕的辽阔疆土，养得肥肥胖胖的羊儿遍布在广阔的农场，牛群在丰沛的草原牧放——而克莱斯特彻奇则在世界的另一端，渐渐将自己建成典型的英式主教所在地及大学城。

"威廉在做什么？"海伦问。

乔治望着天花板，叹了口气。"威廉最后没去上大学，不过你确实没预料到会有这种情况发生，是吧？"

海伦摇头。

"他的家庭教师一个接一个,教不了多久就被打发——首先是被我母亲请辞,因为她觉得他们对威廉太严厉了;接着是我父亲,因为他们根本没教会他任何东西。他去年一直在公司工作,如果那也能叫工作的话。其实他基本上是在那里消磨时光,他从来不缺同伴,男的女的都有。出了酒吧,他就去找女人,唉,都是些从大街上招来的,他根本不去分辨她们什么身份,正儿八经的小姐他倒是敬而远之,那些随随便便的女人反而能讨他欢心。我父亲被他气得都生病了,母亲却依然没有意识到这个问题,要是哪天……还不知道会怎么样呢。"

他没再说下去,不过海伦很清楚他在想什么:要是哪天他父亲去世了,两兄弟必然要继承这个公司,那时候,乔治要么买下他弟弟的全部财产——这对格林伍德家族的生意,必将是一种破坏——要么继续容忍他弟弟。海伦觉得,对于后一种情况,乔治不太可能维持多久。

两人陷入沉默,静静地喝着茶,前门突然打开,芙蓉和鲁本闯了进来。

"我们赢了!"芙蓉一边挥舞着临时制作的槌球棒,一边微笑着说,"鲁本和我是赢家!"

"你作弊,"吉薇尼拉跟在两个孩子身后,责备说。看样子,她心情挺愉快的,身上稍微弄脏了点,但感觉似乎非常享受。"我明明看到你把鲁本的球偷偷投进最后一个篮筐!"

海伦皱皱眉头。"是真的吗,鲁本?你什么都没说?"

"那球棍是闹着玩的,很难准……准……地投进去,那个词怎么说了,鲁本?"芙蓉问道,她在为自己的朋友开脱。

"准确,"鲁本替她把话说完,"不过方向是正确的!"

乔治笑笑。"我回到伦敦时,给你们寄好的球棍过来,"他承诺说,"不过,到时候就不许作弊了!"

"真的?"芙蓉问。

另有一些想法在鲁本大脑中冒出来。他扑闪着一双聪慧的褐色的眼睛,看着海伦和她那位客人——他们看起来显然很亲密。

"你是从英国来的。你是我真正的父亲吗?"

吉薇尼拉喘了口气,海伦则脸红起来。

"鲁本!别胡说。你很清楚你只有一个父亲!"

海伦歉疚地转身对乔治说:"我希望你不要误会!这是因为鲁本……他跟他父亲关系不是很好,最近,他脑子里尽想着霍华德……嗯,他在英国某个地方可能还有另外一个父亲。我推测,这可能跟我总是说起他外祖父有关,鲁本很像他,你知道,于是乎他就弄糊涂了。马上道歉,鲁本!"

乔治笑笑。"不必道歉,相反,我倍感荣幸,能和鲁本汉这个勇敢的小骑士兼熟练的槌球选手攀上关系,谁能不高兴呢!你觉得怎么样,鲁本,我可以当你叔叔吗?每个人都可以有不止一个叔叔。"

鲁本作深思熟虑状。

"鲁本!他会送我们球棍!有一个这样的叔叔很不错啊。你可以当我的叔叔,格林伍德先生。"芙蓉真够现实的。

吉薇尼拉眼睛一转。"她要是能在理财方法上保持现在这么开明的心态,将来肯定很容易嫁掉。"

"我要嫁给鲁本,"芙蓉辩解说,"鲁本也想要娶我,对吧?"她挥动着球棍,鲁本最好别拒绝她的要求。

海伦和吉薇尼拉无奈地看着对方,而后大笑起来,乔治也笑了。

"我什么时候能见见骑士的父亲呢?"看见太阳渐落西山,他开口问道,"我答应了沃顿先生回去吃饭,我得说话算数。看来明天才能和奥基弗先生面谈了。他明天上午可以见我吗,小姐?"

海伦咬咬嘴唇。"我很乐意告诉他这件事,不过,霍华德有时……嗯,挺固执的。如果他知道你打算在他身上增加一倍税收……"显然,谈到霍华德的固执和逞能,她有点难以启齿,她甚至不好意思承认,他的情绪和策略经常是被反复无常的性格或威士忌左右。

说话的时候,她一如既往地平静而克制,但乔治依然能读懂她眼神里的东西——就像以前在格林伍德家的餐桌上时一样,他能看见她深藏的愤怒和反感、绝望与蔑视。那时候,这些情绪是针对他那位浅薄的母亲的——现在,这一切却留给了海伦曾坚信自己会爱上的丈夫。

"别担心,小姐。你不必告诉他我从基沃顿站来,只要跟他说我准备去霍尔顿,中途在此逗留——我想顺便看看农场,提一些生意上的建议。"

海伦点点头。"我试试……"

吉薇尼拉和孩子们已经骑着马到外面去了,海伦听见两个孩子在为马梳和刷子叽叽喳喳地吵。乔治似乎并不急着离开,他看了看小屋四周,而后,挪了一下脚步打算道别。海伦内心在挣扎,不知道是否该坦诚相告,也不知道他会不会误解她的请求。末了,她决定最后提一次有关"霍华德"的话题。乔治一旦接管当地羊毛贸易生意,她的全部经济来源都只能依赖他了。霍华德可能会斥责这位英国来访者。

"乔治……"她欲言又止,"明天和霍华德谈的时候,请宽容些。他这个人很自负,动不动就生气。他时运不济,很难控制自己,他……他……"

"不是一个有教养的人,"她想这么说,但又说不出口。

乔治摇摇头,笑了。在他一如既往地带着戏弄的眼睛里,她看见了温柔,看见了往日的爱的影子。"什么都不用说了,小姐!我相信我和你丈夫会达成彼此满意的协议,我毕竟在最好的学校读过外交学……"他看着她说。

海伦怯怯地微笑道:"那明天见咯,乔治。"

"明天见,海伦!"乔治想和她握下手,但念头马上一转——一次,仅此一次,他想吻吻她。他伸手把她搂住,用嘴唇舔她的脸颊。海伦顺从他——然后,把头转开,在他肩膀上靠了一会儿。也许,有一天,她身边的那个人会变得强大;也许,有一天,那个人会履行自己的诺言。

4

"你看,奥基弗先生,我已经到这一地区的农场参观多次了。"乔治说。他和霍华德·奥基弗坐在海伦那个小屋的走廊上,霍华德给自己倒了些威士忌。让海伦觉得心安的是,她丈夫只和他喜欢的人一起喝酒,由此可见，他们早些时候在农场逛的那一圈颇为顺利。"我不得不承认，"乔治言词谨慎地说，"我有点担心……"

"担心？"霍华德不满地说，"你什么意思？这里可以为你提供充足的羊毛，你确实不必担心。如果你对我所提供的东西不满意……无所谓，你不必勉强跟我合作，我会找别的买家。"他将杯子里的威士忌一饮而尽，然后又续上一杯。

乔治疑惑地蹙起眉头。"我为什么要拒绝你的产品呢，奥基弗先生？相反，我很乐意与你合作，这正是我关心的。你知道，我已经走访了好几个农场了，我感觉有些牧场主正在谋求垄断，基沃顿站的杰拉尔德·沃顿首当其冲。"

"你说得对！"奥基弗说着，挪了挪身子，另一杯酒下肚，"这些家伙就想独自占领整个市场……最好的羊毛才能卖最好的价格……即便他们自称的所谓绵羊巨头也一样！一群狂妄的家伙！"

霍华德伸出手去拿威士忌。

乔治点点头，啜了一口杯中酒。"我倒没把事情看得这么尖锐。不过从原则上说来，你说得没错。说到价格，你够精明的——沃顿和其他经营者都在抬高价格，当然，他们同时对产品质量的期望值也在提高，但就我而言……好吧，如果出现其他变化，我的谈判立场理所当然会更坚决。"

"那你打算从小牧场主那儿多买一些是吗？"霍华德急切地问，眼神因为既关切又怀疑而发亮。有哪个贸易商会故意去买质量低廉的羊毛呢？

"我倒是愿意这么做，奥基弗先生，但质量应该跟价格匹配。依我看，小农场现在陷入了恶性循环，这种循环必须打破。你自己应该很清楚——你没有多少土地，却养了不少低质量的牲口，产量可以接受，但质量乏善可陈，结果，挣下的钱远远不足以买进更优良的牲畜，也就无法持久地提高产品质量。"

奥基弗急切地点了点头。"你说得完全正确，这正是我多年以来试图让克莱斯特彻奇的银行人员明白的事情！我需要一笔贷款……"

乔治摇头，说道："你需要一流的育种材料，不仅仅是你，其他小型农场也一样。一笔资金的注入会有帮助，但不是长久解决之道。设想一下，你要是买了一头数一数二的公羊，可第二年冬天它对你没什么用处了，结果怎样……"

乔治真正担心的是，霍华德要是有了一笔贷款，他很可能会在酒馆把它输光，而不是用来投资在公羊上。还好，他很仔细地反复考虑过自己的论证。

"那倒是，的确有点风……风险。"霍华德说话的语气渐渐弱了下来。

"那可是你承担不起的风险，奥基弗。你有家室！你不能冒倾家荡产的风险。不，我个人的看法跟你有点不同。我在考虑让我的公司，格林伍德企业，购进一批最好的羊，然后以借用的方式提供给牧场主，至于如何偿还，我们会拟定一个协议。你们来管理这些牲畜，一年后，完好无缺地归还——在这一年中，公羊可以与你们已有的母羊配种；或者，给你们两头纯种母羊产小羊羔，这就为你们的新羊群奠定了基础。你对这样的安排有兴趣吗？"

霍华德咧嘴笑笑。"要是沃顿突然发现他附近的农民都有了纯种动物，表情肯定会很难堪的。"他拿起杯子，有点要跟乔治干杯的意思。

乔治严肃地朝他点点头。"好了，沃顿先生终究不会饿死，不过你和我却将有更好的商机，你同意吗？"他向海伦的丈夫伸出手。

海伦透过窗户看到霍华德握住了乔治的手。她没听见他们说了什么，但霍华德的神情难得这么愉快。乔治脸上流露着过去那种狐狸般聪明狡猾的表情，像往常一样朝着她的方向眨了眨眼睛。昨天，她还挺自责，不过现在，她倒是希望自己亲吻过他。

乔治第二天离开基沃顿站返回克莱斯特彻奇时，对自己感到非常满意，即便是那个看上去脏兮兮的粗鲁马夫詹姆斯·麦肯齐也没能破坏他的心情。那家伙没给他套好马，而且在前一天，乔治要和吉薇尼拉一道前往海伦的农场时，因为他的疏忽，已经出现过一次同样的事情。吉薇尼拉吩咐过他备马，因为她要和客人一起骑马出去，詹姆斯只把她那匹套着横座马鞍的母马牵出来。沃顿太太为此生气地批评他，他却反唇相讥，乔治听到的唯一一个词是"淑女风范"。听他这么说，吉薇尼拉气愤地把芙蓉——麦肯齐已经抱她骑在伊格莱恩背上——硬塞到乔治前面。

"让芙蓉跟你一起骑好吗？"她嘴巴甜得跟喝了蜜一样，并得意地看了那个放羊的一眼，"我没法坐着横鞍带她。"

乔治环着手臂抱住小女孩，以保证她的安全，詹姆斯·麦肯齐恶狠狠地盯着他。这个男人与基沃顿站太太之间，肯定什么事要发生……不过他很肯定，万一吉薇尼拉感觉受到欺骗，她会特别注意的。乔治决定不介入，而且，与杰拉尔德或卢卡斯·沃顿闭口不提此事，因为事不关己——何况，他希望杰拉尔德尽可能保持良好的精神状态。一顿丰盛的告别宴及三杯威士忌下肚之后，乔治主动向他们提供一群纯种威尔士山地绵羊。一个小时后，他成了一名拥有一笔巨款的穷人，但海伦的农场很快就将拥有新西兰最好的种畜。现在，乔治只需找多几个小农场，用以防止计划启动时，霍华德起疑心。要找到其他小农场并不难，皮特·布鲁斯特已经给了他几个名单。

新的事业——乔治只能用这样的说法来解释自己进军养羊业——意味着乔治必须延长在南岛的逗留时间，因为涉及羊群分配和相关牧场主考察问题，后者也许没多大必要，因为按理布鲁斯特会推荐几个熟悉这方面工作并无辜背债的合伙人。但如果想要长期帮助海伦，霍华德就需要不断指导和监督——从外交的角度进行包装，同时帮助、忠告他防备主要对手沃顿——因为奥基弗不太可能听从简单的指导，尤其是如果这些忠告出自格林伍德雇用的经理人之口。所以，乔治必须暂住下来——骑马穿行在空气清新的坎特伯雷平原，这个念头让他觉得无比愉悦。呆在马鞍上数小时，还可以有时间考虑自己在英国那边的处境。共事仅一年之久，弟弟威廉就已让他彻底失望，父亲故意睁一只眼闭一只眼，乔治不常往来伦敦，但一来就会发现他弟弟的劣迹以及时不时给公司带来的巨大损失，旅行之所以带给乔治愉悦，追根究底，有部分原因是他没法对身边的事情袖手旁观。他一踏上英国的土地，主要职员和经理就向这位主管提出许多相关问题："你得采取措施，格林伍德先生！""我怕被指控违反信托，格林伍德先生，事情如果像这样继续下去的话。我应该怎么做呢？""格林伍德先生，我把资产负债表拿给威廉先生了，但他好像没看。""请转告令尊，格林伍德先生！"

自然，乔治曾努力去做，但于事无补。父亲一次又一次满足威廉的意愿把他招进公司，可没限制儿子的不良影响，反倒委以重任，希望这样能把他引到正道上。但乔治受够了，而且，他担心父亲退休后，自己得收拾烂摊子。

不过，新西兰这个分公司能带来转机——如果他能说服父亲把克莱斯特彻奇的生意全权交给自己去打理，作为提前接受继承，该多好！要是那样，他就可以在这里积累一些不受威廉劣迹影响的东西。在这里生活，刚开始时可能会比在英国低调些，豪华的基沃顿站的庄园在这片新开发的土地上，明显很不相称。另外，乔治已经不需要奢侈品了，有一处舒适的小住所、一匹可以骑行四周的好马、一个可以让人轻松自在交谈的酒吧就好了——这些，在克莱斯特彻奇当然都可以找到。当然咯，要是有一个家就更好了。此前，乔治从来没想过要成家——至少自从很久以前海伦拒绝他以来。不过现在，再次见到自己的初恋，除了罗曼蒂克的梦想，他想不到别的。在新西兰开始一段婚姻——一个能打动他母亲并促使她支持他计划的"爱情故事"……当然，最重要的是，这是留在此地绝佳的借口。乔治打算过些时间到克莱斯特彻奇看看，也许还可以向布鲁斯特和其他银行主管征求些建议，他们甚至还听说过某个合适自己的女孩，不过，他还是得先找个住的地方，怀特·哈特旅馆还凑合，但不适宜他在这个新国土长期居住。

次日，乔治找到当地房地产服务营业处。他在怀特·哈特旅馆度过了一个焦躁不安的夜晚，有个乐队在楼下房间里莺歌燕舞，几个男人和女孩子们吵了起来——这让乔治深深意识到，在新西兰找老婆是挺冒险的。他突然发现自己现在可以从完全不一样的角度看待海伦当初的应征。就连找一个安身之处都不容易,搬来这里的人一般都不买房,而是自己建房。建好的房子很少会拿来卖,而且,相对来说比较贵,就连布鲁斯特家的房子也在乔治抵达前就租出去很长时间了。他们不想卖,因为他们在奥塔戈的前途还不明朗。

乔治走访了银行、怀特·哈特旅馆,还有那些酒吧的人提到过的几个处所,可大部分都很破旧。有些家庭或年长的女士单独居住的地方在找分租人,这对那些刚刚踏入这片新国土的殖民者来说,毫无疑问是一个适宜、合理的可选住处,但对乔治却无可取之处,因为他习惯了更高档的住宿条件。

他灰心丧气地走完沿艾芬河而建的新公园。夏天,这里会举行小艇赛,周围还有些观景点和风景胜地。不过,时下是春季,这里显得空荡荡的。春天依然变幻无常的天气只允许人们在河边长凳上短暂逗留,只有主道上有人来人往。走在这里,乔治觉得恍如在牛津或剑桥。保姆们带着她们看管的小孩在散步,孩子们在草地上玩球,还有几对夫妇找到树荫遮凉。此番情景虽未把乔治完全从幻想中拉出来,却让他的心境渐渐平静。他看完了列表里最后一套房子,很难想象,那样的棚屋也能叫住宅,要把它翻新,至少得花上跟新建一座房子一样多的钱,而且,位置也不是很好。既然没有意外惊喜,第二天开始,乔治只好去找地皮,打算干脆建一幢新房子。这事该如何向父母解释,他还没想好。

他情绪低落、疲惫不堪,一边继续漫无目的地走,一边看着河里的鸭子和天鹅。这时,他突然发觉一个年轻的女子在附近照看两个孩子,小的那个大概七八岁,胖嘟嘟的,一头浓密的黑发,一边和保姆开心地聊着,一边搅拌着面包喂码头附近的鸭子。那个金发小男孩调皮得让人担心,他离开码头,跑到河岸上玩泥巴。

保姆关切地说:"罗伯特,不要离河太近!我告诉过你多少次了?南希,看着你弟弟!"

年轻女子——乔治猜她不过十八岁——样子很无助地站在泥泞地带边缘。她穿着整洁的黑色蕾丝鞋,鞋子擦得发亮,简单地系着深蓝色的带子。要是跟着男孩走进水中,两只鞋子肯定得毁了。她前面的小女孩却不一样,她穿着干净优雅,很听话地没把自己弄脏。

"他不听我的,小姐!"小女孩尽责地说。

男孩已经把身上的海军装从头到脚弄得污迹斑斑。

"你给我做一只小船我就回来!"他调皮地回应保姆,"那样我们就可以去湖里看鸭子游水了。"

那个"湖"不过就是一个大水池,冬天的时候水位依然很高,看上去不太干净,但至少,水流不危险。

那位年轻女士犹豫不决,她当然很清楚,跟他讨价还价是错误的,但她确实不想费力地穿过那片泥泞,强制性地把小男孩拉回来。于是,她还是决定跟他还价。

"不过我们先得练习方程式!我不希望你父亲问起问题来,你一无所知。"

乔治摇了摇头。类似情形,海伦是从来不会妥协的,但这个女家庭教师还很年轻,显然没海伦在格林伍德家做事时那么有经验。她好像很无助,简直拿那小孩没办法。尽管她脾气有点躁,但还是很有魅力的:心形的脸,皮肤苍白,清澈的蓝眼睛,亮粉色嘴唇;发质很好,呈古铜色,绑在脖子后面,松松垮垮的,可能是她头发太柔软,很难固定,也可能是这女孩不太会打理头发。她头上戴着一顶跟衣服搭配的软帽,装束虽然简单,但不是仆人那种制服。乔治纠正了自己的第一印象,这女孩肯定是家庭教师,而不是保姆。

"我会解题,我可以得到一艘小船!"罗伯特自信地大喊道。他发现了一个非常破旧的防波堤,从那儿,可以通到河流更远的地方。他在堤坝上保持身体平衡,显得很开心。乔治很担心,到目前为止,这小男孩一直都肆无忌惮,可眼下这样子,真的很危险,因为河流很湍急。

那位家庭教师也明白这点,但却不想轻易妥协。

"你得先解三道题。"她声明,声音听起来很勉强。

"两道!"这个差不多六岁大的男孩在木板上左右摇晃。

乔治实在看不下去了。他穿着厚重的马靴,可以轻而易举地下到那片泥巴地。他几步脚便走到防波堤,把那一脸不高兴的男孩清洁一番,然后带他回到家庭教师身边。

"给,我猜这小子从你身边逃跑了!"乔治大笑。

年轻女人刚开始有点犹豫——面对这情景,有点不知所措,但后来还是面带微笑,如释重负。再看看罗伯特被一个陌生人用手臂拎着,双脚悬空,乱蹬一番,像淘气的小狗,觉得很搞笑。男孩的姐姐也开心得咯咯直笑。

"回答三道题,小伙子,我就把你放下来。"乔治说。

罗伯特顺从地哭着,这时,乔治把他放了下来。家庭教师马上拉着他的衣领,把他推到公园旁边空着的凳子上。

"谢谢你。"她谦恭地低着头说,"我刚才真担心,他经常这样顽劣……"

乔治点点头,准备继续往前走,却好像有什么东西阻止他这么做。于是,他在距家庭教师不远处找到一张长椅坐下来。她正安抚着那个被托给她照顾的小孩,把他按在凳子上,耐心地引导他解答数学题——即便给不出答案——至少要有些反应。

"二加三——等于多少,罗伯特?我们用积木做过的,你还记得吗?"

"不知道,我们现在可以做船吗?"罗伯特烦躁地说。

"先做完算术。瞧,罗伯特,这里有三片叶子,另外再加两片。一共是多少?"

只要数一数就行了,可男孩就是不听话,一点也不感兴趣。眼前这家伙,让乔治再次想起威廉。

年轻的家庭教师耐着性子。"数数啊,罗伯特。"

男孩不情愿地数起来,"一,二,三,四……四片,小姐。"

家庭教师叹了口气,小南希也是。

"再数,罗伯特。"

孩子不仅不听话,还默不作声地呆在那儿。看着家庭教师一点一点费力地给他解释答案,乔治对老师的同情油然而生。一味地慈爱并不是那么容易的事,罗伯特嚷嚷着"做船,做船!",这女教师只是无可奈何地笑笑。最后，男孩终于解答完第三道最容易的题，她便妥协了。可是，折纸船的时候，她显得既没耐心，也无技巧，罗伯特最后得到的纸船模型看起来没法航海，小男孩马上故伎重演，南希接下来的算术课被他扰乱。姐姐很气愤，她很擅长数字，与她老师不一样的是，她似乎很在意旁边这位观众，她每次机关枪扫射似的给出一个答案，都会得意地往乔治的方向看一眼。可乔治的注意力却集中在年轻家庭教师身上。她悦耳而大声地问了女孩一个问题，很矫情地发字母 S 的音——像一个有追求的英国贵族成员，或一个小时候口齿不清、现在有意识地矫正自己口音的女孩，这让乔治觉得很迷人，他可以听她说话听上一整天。可是罗伯特又来扰乱她和他姐姐的平和、宁静。乔治很清楚那小女孩是什么感觉，而且，他在那位家庭教师眼睛里，看到以前海伦经常表现出来的那种勉勉强强的忍耐。

"它沉下去了，小姐！给我做个新的！"罗伯特将他那只湿淋淋的纸船塞进老师膝盖，并开始发号施令。

乔治打算再插一次手。

"过来，我知道怎么做，"乔治自告奋勇地说，"我教你怎么折，以后你就可以自己做了。"

"你真的不必……"年轻女子一副无奈的表情，"罗伯特，给这位绅士添麻烦了。"她严厉地说。

"别客气，"乔治做了个无所谓的手势，"再说，我喜欢叠纸船，我有差不多十年没叠了，趁现在还没全忘掉，正好试着折一个。"

年轻女子继续和南希做数学方程式——南希还时不时地偷偷看乔治一眼——他麻利地将一张纸叠成小船，并试着让罗伯特自己动手，可这小男孩只对叠好的现成品有兴趣。

"来吧，我们让它起航！"他邀请乔治，"到河里去！"

"别到河里！"家庭教师跳起来，只要罗伯特不要再跑到那么危险的地方，她可以陪他去"湖边"，虽然这么做南希会很不高兴。乔治并肩与她同行，对她从容、和蔼的举动感到很惊讶。这个家庭教师不像前一天晚上在怀特·哈特酒店跳舞的乡下女孩，她显然是一位淑女。

"这男孩很难缠,对吧?"乔治同情地说。

她点点头。"南希就很可爱,可能罗伯特长大以后会……"她满怀希望地说。

"你这么认为吗?"乔治问,"你有这方面经验?"

女孩耸耸肩,"没有,这是我第一份工作。"

"教学研讨班毕业之后?"乔治有点好奇,她看上去比受过培训的教师年轻得多。

女孩摇摇头,尴尬地说:"不,我没参加过研讨班,新西兰根本没有——至少南岛这里没有。不过我熟悉阅读和写作,还懂一点法语和相当多的毛利语;我还读过经典名著,虽然不是拉丁文的。再说,这些小孩很长一段时间内,不会去上大学。"

"那么?"乔治问,"你喜欢这份工作吗?"

女孩看着她,皱皱眉头。乔治朝"湖"边一张空着的长椅示意,很愉悦地看着她坐下来。

"喜欢?你是说教书?呃,不总是喜欢。可是有什么工作能让你赚钱又总是让你觉得很享受呢?"

乔治在她身边坐下,决定采取大胆行动。

"我们既然都已经开始聊了,请允许我自我介绍一下:乔治·格林伍德,来自格林伍德企业——伦敦及悉尼公司,最近在建克莱斯特彻奇公司。"

她没让他看出是否被这番话打动,而是平静且自豪地告诉他自己的名字:"伊丽莎白·高德温。"

"高德温?听起来像丹麦语。可是你没有斯堪的纳维亚口音啊?"

伊丽莎白摇摇头。"是,我来自伦敦,但我养母是瑞典人,她收养了我。"

"就一个母亲?没有父亲?"乔治觉得自己真不该这么好奇。

"我来的时候高德温太太已经很老了。可以说,我是给她作伴的。后来,她想把房子留给我,对她来说,最简单的办法就是收养我。遇到高德温太太是我身上发生过的最幸运的事情……"年轻女子忍住眼泪。

乔治眼睛朝别处看,尽量不让她尴尬,并同时留意着那两个小孩。南希在摘花,罗伯特正卖力地把第二只纸船沉到水里。

伊丽莎白拿出手绢,恢复镇定。

"请原谅。她去世不到九个月,我还很伤心。"

"可是,你的生活如果过得去,怎么还会去当家庭教师呢?"乔治问。刨根问底真是不应该,可这女孩让他神魂颠倒。

伊丽莎白耸耸肩。"高德温太太有一笔退休金,我们就靠这个生活。她去世后,我们还有一栋房子。起初,我们想把它租出去,但这事总弄不好,因为我缺乏必要的威严,管家琼斯也一样。租房子的人粗鲁无礼,不仅不付租金,把房子弄得乱七八糟,还对琼斯和他老婆发号施令,真是难以忍受。这个家已经不像是我们的家了。于是,我找到这份教书的工作,我非常喜欢照顾小孩,再说,我只需白天和他们在一起,晚上可以回家。"

这么说,她晚上倒是有空。乔治不知道自己该不该请求她再见面,到怀特·哈特共进晚餐或一起散散步。不——她肯定会拒绝的。她无疑是个有良好教养的女孩,在这公园里的交谈已经有了交际上的突破,没有一个关系融洽的人做中间人、没有合适的方式,进一步邀请是完全不可能的。可是,该死的,这又不是伦敦!这是世界的另一端,他不希望再也见不到她了,得抓住机会。她肯定敢……管它呢,海伦都敢冒这样的险!

乔治转过身,极尽其魅力和风度,专注地看着女孩。

"高德温小姐,"他小心翼翼地说,"我想跟你说的事情超越了约定俗成的习惯。其实,我可以一直呆在这里,在你不知不觉的情况下跟踪你,然后查明你雇主的名字,并让某个克莱斯特彻奇社区有名望的人把我带到你雇主家——然后,我们俩就等着他们很正式地介绍对方。可到那时候,有可能有别的人已经跟你结婚了。所以,如果你不希望一辈子都在费尽心力对付像罗伯特这样的小孩,那就请听我说:你正是我想找的人:漂亮、迷人、有教养,在克莱斯特彻奇有房子……"

三个月后,乔治·格林伍德迎娶了伊丽莎白·高德温,新郎的父母未到场。罗伯特·格林伍德因为商务在身，只好放弃前往，他向这对新人表达自己的祝福和最美好的祝愿，并签字把新西兰和澳大利亚的所有分公司当成结婚礼物送给乔治。母亲把儿子迎娶瑞典上校女儿的消息告诉了所有亲朋，并暗示其与瑞典王室的家庭关系，殊不知，伊丽莎白是出身皇后区并被所在地孤儿院委员会流放到新西兰这个新大陆的，而且，从她的举止中，也没有任何迹象表明这个年轻的新娘继承了多少遗产。穿着白色蕾丝裙，罗伯特和南希乖乖地跟在后面挽着裙裾，伊丽莎白显得非常妩媚动人。海伦一直目光锐利地看着罗伯特，乔治也就放心男孩终究搞不出什么恶作剧了。乔治最近作为羊毛贸易商而出名，高德温太太理所当然成了这个社区的重要人物，主教坚持亲自为这对新人证婚。仪式完毕后，婚礼庆典在怀特·哈特大厅进行，场面浩大，杰拉尔德·沃顿和霍华德·奥基弗各自喝得烂醉。尽管觉得厌恶，海伦和吉薇尼拉都不想为此生气，只是用心看着鲁本和芙蓉一起撒花瓣。看到他们俩在一起，杰拉尔德·沃顿似乎第一次意识到，霍华德·奥基弗的婚姻被赋予一个强壮结实的儿子，这让他兴致陡然低落下来。奥基弗那个破烂的农场居然后继有人！吉薇尼拉却还瘦得皮包骨，像一根竹竿子一样。看到杰拉尔德一心扑在威士忌酒瓶上，在父亲的怒气狂风暴雨般发作之前，卢卡斯便高兴地和吉薇尼拉退回酒店房间。那天晚上，他再次尝试和吉薇尼拉亲热，她一如既往地心甘情愿，并尽可能地鼓励他。可是，卢卡斯再次失败了。

5

詹姆斯·麦肯齐和吉薇尼拉的关系，在乔治到来之后很久才恢复正常。吉薇尼拉很生气，詹姆斯也恼怒。不过，最重要的是，很明显，他们都很清楚，彼此之间的关系没有真正结束。吉薇尼拉看到詹姆斯绝望地看着自己时，心里依然隐隐作痛，而詹姆斯每每想到吉薇尼拉在别人怀抱里时，更是受不了。可是重新开始以前的关系是不可能的——吉薇尼拉明白，如果自己再靠近詹姆斯，即便只是一次，就永远无法分开了。

基沃顿站的生活渐渐变得难以忍受，杰拉尔德每天都喝得醉醺醺的，卢卡斯和吉薇尼拉得不到片刻安宁，甚至有客人在场，他也忍不住冷嘲热讽。吉薇尼拉日渐心烦意乱，最后终于忍不住鼓起勇气和卢卡斯谈起他的性功能障碍。

"哎，亲爱的。"有个晚上，卢卡斯睡在她身边，再次因为欲行房事而不举而筋疲力尽，羞愧难当，于是她轻声对他说。吉薇尼拉很羞怯地提议，她可以爱抚他的阴茎，激发他的性欲——这是男女在一起所做的最正常不过的事，但这还是和詹姆斯在一起时的经验，它给了吉薇尼拉一丝希望。可是，即便她用自己光滑、细嫩的肌肤，轻柔爱抚，尽情地煽动他的欲望，卢卡斯还是很难被调动起来。她必须采取措施了。于是，吉薇尼拉决定唤起卢卡斯的想象，"如果你不喜欢我的样子……因为我的红头发，或者因为你更喜欢丰满的……你可以想象其他女人啊？我不会介意的。"

卢卡斯轻吻着她的脸颊。"你这么可爱，"他叹气道，"这么善解人意，我自愧不如。对这一切，我深感抱歉。"他羞愧地想转过身去。

"抱歉又不能让我怀孕！"吉薇尼拉轻描淡写地说，"你就在脑子里想象某件能激起你欲望的事情吧。"

卢卡斯试了试，但脑海里突然萌生的映像让他无比厌恶，他马上从震惊中清醒过来。不可能！他做不到和一个女人睡在一起，脑子里却想着那个身材修长、衣着入时的乔治·格林伍德。

十一月，一个酷暑难耐、一丝风都没有的晚上，家里的紧张局势进一步升级。这样的天气在坎特伯雷平原是很罕见，烦躁、闷热让基沃顿站的人神经变得紧张。芙蓉哭哭啼啼的，杰拉尔德整天都让人难以忍受。一大早，他就因为母羊还没上山而对工人们大发脾气——接着，又指挥詹姆斯，让他在最后一只羊羔出生后，把羊群赶到高地牧场。那天下午，他还诅咒卢卡斯，因为他和芙蓉坐在花园里画画，没去马厩干活——最后，矛头指向了吉薇尼拉，她解释说，那会儿没啥事可做，因为烈日炎炎的下午，让牲口静静地呆着是最好的。

大家都渴望着降雨，一场暴风雨好像就要来临。但日落西山，人们准备吃晚餐时，天空依然未见一丝云彩。进到闷热的房间换衣服时，吉薇尼拉叹了口气。她一点都不饿，只想坐在花园阳台上，等待着黑夜让自己轻松一些。也许她能够感觉到第一场风暴——或亲自去求雨，因为毛利人相信气象魔法——吉薇尼拉绕来绕去走了一整天，有一种奇怪的感觉，好像自己是天地的一部分，是掌握生死的女主人，每次亲临现场迎接一个新生命到来，她都深深地体会到一种由衷的欣喜。她清楚地记得，鲁本出生的时候，她第一次有这样的感觉。出于同样的推理，克里奥今天产下五只漂亮、健康的小狗。现在，它躺在阳台篮框里，给小狗哺乳。它当然很希望有吉薇尼拉的陪伴和赞美，但杰拉尔德非要她呆在餐桌旁——用餐时三个漫长且气氛紧张的常规程序，指不定杰拉尔德又要说点什么或做点什么。吉薇尼拉和卢卡斯早已学会言辞谨慎、斟词酌句地应对杰拉尔德，因此，吉薇尼拉很清楚，最好闭口不谈克里奥生下的小狗，而卢卡斯也知道，千万不能提起自己前天送去克莱斯特彻奇的水彩画。乔治·格林伍德想把画送到伦敦的画廊，他很肯定卢卡斯的天赋会在那里得到赏识。不过，他们得在餐桌上商量一些事情——不然，杰拉尔德肯定有自己的话题要谈——结果肯定令人很不愉快。

吉薇尼拉情绪低落地脱掉休闲外衣，她厌倦了总是为了一顿晚餐而换衣服，讨厌胸衣闷热地裹在里面。不过今天她可以不穿胸衣，因为身材已经够单薄了，可以直接穿宽松的、不带胸衣的夏裙。没有鱼骨胸衣的束缚，她立刻觉得轻松多了。她麻利地整理好头发，跑下楼梯。卢卡斯和杰拉尔德站在壁炉前，各自端着威士忌，正等着呢。气氛似乎很平和，吉薇尼拉朝他俩笑笑。

"芙蓉已经睡了吗？"卢卡斯问，"我还没跟她道晚安呢……"

这无疑是哪壶不开提哪壶。吉薇尼拉赶紧转换话题。

"她累坏了。你在花园给她上的画画课肯定很有趣，但这么炎热的天气，肯定也很累人。下午因为太热，她没睡觉。噢，那群小狗当然也很令人兴奋……"

吉薇尼拉咬了咬嘴唇。真是弄巧成拙。不出所料，杰拉尔德马上借题发挥。

"这么说，那只狗又生了一窝幼崽，是吗？"他嘟囔道，"没什么并发症，对吧？要是它的女主人能从它身上学到点东西多好！动物繁殖总是那么快！发情、交配、怀孕！你们俩怎么啦，我的小公主？难道你从来不发情，还是……"

"父亲，该吃饭了。"像往常一样，卢卡斯语气谨慎地打断了他。

"请你镇定一下，不要对吉薇尼拉无礼。这件事，她无能为力。"

"那，问题是出在你身上咯，你……完美的绅士！"杰拉尔德唾沫四溅地说，"你完全不记得你妈对你绅士修养方面的培养了吗，啊？"

"杰拉尔德，别在帮工面前说这些。"吉薇尼拉说，她看见齐丽进来给他们上第一道菜。那是小食，一盘色拉，她知道杰拉尔德对这玩意没什么胃口。她希望这个晚上因为这样的菜式而快点过去，晚餐一结束，她就可以撤退。

可这回，和蔼又让人信赖的齐丽引发了一场意外。这女孩忙了一整天，累到极点，上菜时候，看起来很疲惫。吉薇尼拉想提醒提醒她，但还是断了那个念头，因为和帮工亲密交谈也是激起杰拉尔德怒火发作的一件事。所以，对齐丽的笨手笨脚，她什么都没说。毕竟，每个人都有状态不好的时候。

如今，莫纳已经成了一名熟练的厨师，她很了解主人需要什么。她知道吉薇尼拉和卢卡斯偏爱夏天的小食，也知道杰拉尔德至少必须要有一道肉菜。羔羊肉是主菜，齐丽看上去比刚才拿菜出来的时候更疲惫、懒怠了。烤肉的味道混合着卢卡斯摘来的玫瑰浓重的花香，吉薇尼拉觉得这种组合让人受不了，甚至有点恶心。齐丽好像也有同感，她走过去、把一份羊肉放在杰拉尔德面前时，突然站不住脚。女孩在杰拉尔德椅子旁倒下，吉薇尼拉震惊地站起身来。

她在齐丽身旁跪下，摇晃着女孩，没来得及细想这么做是否得体；卢卡斯则在一边试图将盘子碎片、地毯上的肉汁暂时清理干净。整个过程维缇都看到了，他过来协助主人，并把莫纳叫来。厨师匆匆忙忙跑过来，拿了一块浸过冰水的碎布，敷在齐丽的前额降温。

杰拉尔德阴沉着脸看着这场面，恶劣的心情因此变得更暗淡了。该死！基沃顿站本该是一个名副其实的高贵家庭，有谁听说过伦敦庄园里有女仆晕倒，接着，包括男女主人在内的一半家人都像佣人一样，为她跑前跑后的？

这显然不是什么严重的事，齐丽已渐渐苏醒过来，惊恐地看看四周被自己弄得一派狼藉。

"对不起，沃顿先生！不会再发生这样的事了，我发誓！"她怯怯地转向一家之主，他正目光无情地看着她。维缇正在清理杰拉尔德身上被弄脏的西服。

"不是你的错，齐丽，"吉薇尼拉温和地说，"这种天气，出现这样的情况很正常。"

"不是天气的原因，小姐，是胎儿。"莫纳解释说，"齐丽冬天就怀上小孩了，所以今天会觉得难受，闻不得肉味。我告诉过她别过来伺候了，可……"

"真对不起，小姐……"齐丽呻吟着说。

吉薇尼拉无声地叹了口气，心想，这个晚上，真是糟糕到极点了。那个倒霉的家伙干吗非要在杰拉尔德面前脱口而出——告诉大家这个消息啊？对那一阵阵恶心，齐丽束手无策，吉薇尼拉勉强微笑着安慰她。

"没理由要道歉，齐丽！"她体贴地说，"你该感到高兴才是，接下来的几个星期可别紧张，有空就回家躺下歇会儿。维缇和莫纳会打理这里……"

齐丽在杰拉尔德跟前至少行了三次屈膝礼，嘴里叨念着道歉的话，然后退下。吉薇尼拉以为这样能让他缓和下来，但他一直黑着脸，没对那女孩说一句宽慰的话。

莫纳试图给他补上一份主菜，但杰拉尔德不耐烦地把她赶开了。

"走开，母畜！反正我已经没食欲了。从这里滚出去，去找你朋友……或自己怀个小孩。让我安静安静！"

老头站起身来，朝酒柜走去，又喝了两杯威士忌。吉薇尼拉可以感觉到等着卢卡斯和自己的是什么，可仆人肯定没意识到。

"你们留意他的动静，莫纳……还有你，维缇。主人给你们一个晚上休息时间，不用操心厨房的事。要是想吃甜点，我自己会去拿。明天再打扫地毯，今晚就好好歇着吧。"

"村里的人在跳祈雨舞，小姐，"维缇说，有点为自己的离开辩护的意思，"那很管用的。"为了证明自己说的，他打开荷兰式两截门通向平台的上半部分。吉薇尼拉真希望有一阵风吹来，可是，外面炎热的空气纹丝不动。击鼓声和乐声从毛利村落的方向传来。

"你去吧，"吉薇尼拉和蔼地对仆人说，"去村庄里，总比呆在这里有用处。去吧，沃顿先生人不太舒服……"

门在这个男管家身后关上，她舒了口气。莫纳和维缇不会浪费一点时间，除非要收拾厨房。他们麻利地收拾好自己的东西，几分钟就不见人影了。

"来杯雪莉酒，平和一下心情吧，亲爱的？"卢卡斯问。

吉薇尼拉点点头。她不止一次地希望能像男人一样，不受约束地喝一次。但杰拉尔德不会给她片刻宁静，让她享受她的雪莉酒。他吞下一大口威士忌，血红的眼睛盯着他们俩不放。

"这个毛利贱妇现在也怀孕，老奥基弗有一个儿子，附近每个人都会生儿育女，咩咩声、尖叫声、呵斥声无处不在，唯独你们俩什么动静都没有。问题出在哪了，假正经的小姐，还是软弱无用的先生？谁的问题？"

吉薇尼拉窘迫地往杯子里瞅。最好充耳不闻，外面依然有鼓声传来，吉薇尼拉努力把注意力集中在鼓乐声上，把杰拉尔德忘在一边。卢卡斯则冷静地设法安抚父亲。

"父亲，我们不知道问题出在哪，这肯定是上天的意愿。你也知道，不是每对夫妻都被赋有孩子，你和母亲也只有一个小孩，你知道……"

"你母亲……"杰拉尔德再次伸手去拿酒瓶，他已经懒得把酒倒到杯子里了，直接提起酒瓶就喝，"你的好母亲心里只有你，臭小子，你……她每天晚上在我耳边唠叨，最厉害的淫棍的性欲都会被赶跑。"

杰拉尔德恶狠狠地看了一眼亡妻的画像。

吉薇尼拉在一旁越来越担心地看着他们。这老头是永远不会让自己忘乎所以的,直到这时候,卢卡斯的母亲还是高度尊重地被人提起。吉薇尼拉知道,卢卡斯在记忆里也是将她奉若神明。她想找个借口离开,却无计可施。总之,杰拉尔德不会听她说什么,他再次将矛头指向卢卡斯。

"但我没失败!"他含糊不清地说,"因为你是男人而不是别的……或者,至少看上去是那么回事!但你是真正的男人吗,卢卡斯·沃顿?"杰拉尔德站起来,凶巴巴地走近卢卡斯。吉薇尼拉看出他眼里的怒火在燃烧。

"父亲……"

"你回答我,软蛋!你知道我在说什么吗?要么,你压根就是一个他们在马厩那边谣传的鸡奸?哦,对,他们谣传,卢卡斯!小约翰尼·奥兹甚至声称,你对他抛媚眼,他几乎躲都躲不开你……是真的吗?"

杰拉尔德对儿子大发脾气。

卢卡斯的脸羞得通红。"我没对任何人抛媚眼。"他小声说,至少,他从来没有意这么做。难道是那些家伙对他最隐私的事情捕风捉影,而后生出邪念?

杰拉尔德吐了口唾沫,接着将注意力转移到吉薇尼拉身上。

"你呢——我假正经的小公主?你难道不懂怎么激发他吗?可是你是知道怎么向男人放电的。我还记得在威尔士的时候,你是怎么打量我的……有点儿轻佻,我觉得,这对英国贵族来说,是一件羞耻的事……这样的女人需要一个真正的男人。马厩那帮家伙跟你眉目传情,公主!那些家伙都迷恋着你,你知道吗?你也很怂恿他们这么做,嗯?可你对自己文雅的丈夫却冷若冰霜!"

吉薇尼拉深陷在椅子里,老头怒火燃烧的目光让她觉得羞辱。她真希望此时自己穿的是一件更为保守的裙子,杰拉尔德的目光从她苍白的脸游移到胸口,要是再往近一点,他可能会注意到……

"这是怎么回事？"他轻蔑地说道，"今天没穿束腹是吗，公主？你是不是巴望着你那软蛋丈夫独自躺在床上的时候，某个真正的男人从你身边经过？"

杰拉尔德朝她伸出手，吉薇尼拉跳了起来，本能地往后退，杰拉尔德跟上去。

"啊哈，看到一个真正的男人，你倒是跑开了。我也想……女人！你让我拜倒在你石榴裙下！真正的男人是不会放弃的……"

杰拉尔德一个箭步朝她胸前扑过去，步步紧逼，吉薇尼拉绊倒了。卢卡斯冲上去挡在他们俩之间。

"父亲，你忘了自己的身份了！"

"哼？我忘了身份？不，亲爱的儿子！"老头一拳打在卢卡斯前胸，卢卡斯不敢还手，"把这匹良种小母马买回来给你的时候，我一定是疯了。丢人现眼啊，丢人现眼……我当初直接把她留给自己就好了，那样我就有个牢靠、圆满的继承人。"

杰拉尔德朝吉薇尼拉俯下身，吉薇尼拉跌坐在椅子上。她努力想站起来逃走，但他一下子将她绊倒在地，她还没来得及坐起来，他已将身子压在她身上。

"我现在就做给你们俩看看……"杰拉尔德呼哧呼哧地喘着气，他已喝得酩酊大醉，说话语无伦次，但意志却很坚定。吉薇尼拉在他眼神里看到赤裸裸的情欲。

惊慌失措中，她绞尽脑汁地想，在威尔士到底发生过什么？她挑逗过他吗？他一直都用那样的眼光看待她吗？自己真的那么麻木没看出来吗？

"父亲……"卢卡斯力不从心地从后面抓住他，但杰拉尔德的拳头挥动得很快。无论是酒醉与否，他的暴怒是实实在在的。卢卡斯被推倒在后面，有几秒钟失去知觉。杰拉尔德解开裤子，吉薇尼拉听见克里奥在阳台狂吠，惊慌地抓着门。

"我现在就做给你们俩看看，公主……我来教教你那是怎么回事……"

他撕破她的裙子和丝质内裤，野蛮地用力将自己插进她身体里，吉薇尼拉啜泣着。威士忌味、汗味，还有他衣服上溅到的酱汁味扑鼻，一阵恶心袭来。她看见杰拉尔德邪恶的目光里充满了憎恨和得意。他一手摁住她，一手揉捏着她的乳房，并贪婪地亲吻她的脖子。他试图将舌头塞进她嘴里，她咬了他一口。她从最初的震惊转而开始奋力反抗，不顾一切地护着自己，他只好抓住她的双手，把她压在下面，生殖器依然猛力插入她下身，疼痛几乎难以忍受。这时她才体会到海伦之前说的是什么意思，她牢牢记住好友的话："幸好很快就过去了……"

绝望中，吉薇尼拉静止不动地听着外面的鼓声，还有克里奥歇斯底里的吠叫，希望它不会拼了命从那半截门上跳过来。吉薇尼拉强迫自己保持平静，很快就会结束的……

杰拉尔德注意到她开始顺从并默默接受。"现在……你喜欢这个，是吗，公主？"他呼哧呼哧地喘着气，下身抽动得更用力了。"你喜欢！从来……没满足过，是吗？这很不一样……一个真正的男人，比如我，嗯？"

吉薇尼拉没力气诅咒他，疼痛和羞耻似乎没有尽头，几秒钟的时间漫长得像过了好几个小时。杰拉尔德呻吟着、喘息着，嘴里喷出些含糊费解的话语，和外面的鼓声、狗叫声，混合成刺耳的喧嚣。吉薇尼拉甚至都说不清自己该尖叫还是在沉默中忍受煎熬，她只是希望杰拉尔德从自己身上下来，如果那就意味着他……

他终于把自己排空在她体内，吉薇尼拉感到最后一阵狂暴之波，肮脏、污浊、凌辱。他在她身上无力地坐下，气喘吁吁的，还把一张发烫的脸往她脖子上贴，她绝望地转过头去。他沉重的身体把她压在地上，让她几乎无法呼吸。她想推开他，却被压在下面难以动弹。他干吗还一动不动的？难道就死在她身上了吗？如果他真死了，她一点都不会感到难过。如果手上有把刀，她恨不得刺穿他的肠子。

这时，杰拉尔德动了动，他自顾自地站起身来，没看她一眼。他什么感觉？满意？还是羞愧？

老头摇摇晃晃地站在那儿，伸手去拿酒。

"这是给你们俩一个教训……"他轻描淡写地说,其口气似乎有点懊悔,而非得意。他斜视了吉薇尼拉一眼,她躺在下边,哽咽着。"要是觉得痛就很不好了,不过最后你还是很享受,对吧,公主……?"

杰拉尔德一不留神绊倒了。吉薇尼拉默默地流泪。

最后,卢卡斯在她身边弯下腰来。

"别看我!别碰我!"

"可是,我什么都没干,亲爱的……"卢卡斯想扶她起来,她却把他赶开。

"滚出去,"她哭泣着说,"太迟了,现在你做什么都没用了。"

"可……"卢卡斯支支吾吾地说,"我该怎么做啊?"

吉薇尼拉是可以想出不少办法的,他甚至不需要刀——他身边那个火钩就能把他父亲打倒了。

但卢卡斯根本连这个念头都没有,他想的是别的事情。"可是……你不喜欢是吗?"他温和地问,"你不是真的……"

身上每一块肌肉都很疼痛,但愤怒让她坐起身来。"即便是,你……你是软蛋?"她对着卢卡斯大发脾气,心里从未有过如此羞辱、不忠的感觉。这个白痴怎么会以为她很享受这样的凌辱呢?忽然间,她别的什么都不想了,就想让他好好受一次伤。"要是还有比他做得更好的人怎么样?你会找他算账并跟他决斗吗,芙蓉的父亲?如何?要么,你继续把你的鸡巴缩起来,就像你刚才对付那老头一样?我是你沉重的负担!就像你父亲一样让你吃不消!'鸡奸'到底是什么意思,卢卡斯?难道是另一件人们不愿向女士透露的事情吗?"吉薇尼拉看到他眼里的痛苦,于是忘了自己的愤怒。她这是干吗呀?为什么要把对杰拉尔德的怒气撒在卢卡斯身上?卢卡斯也拿自己没办法。

"好吧,也好,我不想知道了,"她说,"从我眼前走开,卢卡斯,消失吧,我不想再见到你。我谁都不想见。滚出去,卢卡斯·沃顿!滚!"

她深陷悲伤和疼痛,没听见他出去。她努力把注意力集中在鼓乐声中,避免胡思乱想敲击大脑。后来,她想起她的狗。克里奥已经不再吠叫了，只是呜咽着。吉薇尼拉拖着身子来到平台门边，将克里奥放进来，并将小狗躺着的毯子拖到入门处，因为外面已下起第一阵雨。她聚精会神地听着大雨冲刷地板砖的声音……天母哭了，克里奥则将她脸上的泪水舔干。

吉薇尼拉也哭了。

她费力地拖着身子朝自己房间走去。暴雨横扫着基沃顿站，空气渐渐凉下来，她头脑也渐渐清醒。最后，她紧挨着克里奥和小狗们，在卢卡斯很多年前为她挑选的松软淡蓝色地毯上睡着了。

卢卡斯黎明前就离开家里了，她没注意到。

齐丽第二天早上到吉薇尼拉房间里来的时候，对自己看见的那一派狼藉未置一词：那个原封不动的床、被撕破的裙子，以及吉薇尼拉脏兮兮且血迹斑斑的身体，她什么都没说。是的，这次，她确实出血了……

"去洗个澡，小姐，以后就没事了。"齐丽同情地说，"少东家肯定不是故意这样的，男人喝醉了，天气又很躁，糟蹋的一天……"

吉薇尼拉点点头，任由自己被带到浴室，齐丽帮她放好水，准备再添一些花露，但吉薇尼拉阻止了她。昨晚那些玫瑰花恶心的花香还在泛滥。

"我把早餐拿到房间来，好吗？"齐丽问，"新鲜华夫饼，莫纳做的，说是向沃顿先生表示歉意，可沃顿先生还没醒来……"

吉薇尼拉在想，她该如何再次面对杰拉尔德·沃顿。用肥皂在身上擦了数遍，彻底洗净了杰拉尔德沾在自己身上的汗臭味之后，她感觉稍微好点了。然而疼痛还在继续，哪怕挪动一步都锥心。身体的痛会过去的，她知道，但蒙羞感将伴随终生。

最后，她用一件轻薄的睡衣把自己裹起来，离开浴室。齐丽已把卧室窗户打开，被撕破的衣服不见了。经过暴风雨的冲刷，外面的世界格外清新，空气清透凉爽。吉薇尼拉深吸了口气，试图让思绪也停下来歇会儿。昨天的经历令人厌恶——但还不至于比每个晚上都遭罪的女人糟糕。如果继续努力，她完全可以把这事忘掉，表现得像什么事都没发生过一样……

可是，一听见开门声，她还是害怕地往后退。感觉到吉薇尼拉的焦虑，克里奥叫了起来。还好，是齐丽和芙蓉。小女孩情绪很不满，吉薇尼拉没责怪她。平时，是她自己亲吻着孩子把她叫醒，然后带着芙蓉和卢卡斯一起吃早餐。这种"家庭时光"杰拉尔德不在场，因为那个钟点他一般宿醉未醒，这对于他们来说，是极其神圣的时刻，一家三口都很享受。这个早上，吉薇尼拉以为卢卡斯已经见过芙蓉了，但看得出来，这小姐被单独留在一边。她今天服装相对前卫些，身上穿的是一条纽扣错搭、形似雨披的裙子。

"爸爸已经走了。"小女孩说。

吉薇尼拉摇了摇头，"不，芙蓉，爸爸没走，他可能去骑马了。他……我们……我们昨天和爷爷吵架了……"她不情愿地承认，但亲眼目睹自己和杰拉尔德的交锋，对芙蓉来说是司空见惯的事情，所以一点都不会让她觉得吃惊。

"哦，对，爸爸可能去骑马了，"芙蓉说，"是骑着弗莱尔去的。我是说，弗莱尔也不见了，麦肯齐先生说的。可是，爸爸为什么还没吃早餐就去骑马呀？"

对此，吉薇尼拉也很纳闷。穿过原野、以最快速度将大脑清空，这是她的风格，而不是卢卡斯的。而且，他很少自己动手套马。干农活的时候，他坐在马背上，让牧人指挥他的马，帮工还为此开过玩笑。他怎么会挑那匹最老的役马呢？虽说卢卡斯骑起马来不算狂热，但骑得也很不错。现在，只有芙蓉会偶尔骑骑弗莱尔，因为骑着这匹老马实在太沉闷了。也许芙蓉和詹姆斯都搞错了，弗莱尔和卢卡斯的消失根本互不相干，马可能是自己逃脱，这样的事情时有发生。

"爸爸肯定很快就会回来，"吉薇尼拉说，"你去他书房看过吗？先过来吃块华夫饼吧。"

齐丽把餐桌摆在床前，给吉薇尼拉倒了些咖啡，芙蓉也喝了点奶加得比较多的咖啡。

"他不在他房间,小姐,"女仆对吉薇尼拉说,"维缇去看过了,床都没动过,可能在农场什么地方吧。因为……有点难为情吧。"她意味深长地看着吉薇尼拉。

吉薇尼拉开始担心。卢卡斯没理由觉得难为情……他会吗?杰拉尔德所做的一切让她觉得羞辱,就不会让他觉得丢脸吗?她自己……她这样对待卢卡斯,确实无法原谅。

"我们马上去找他,芙蓉,肯定能找到。"吉薇尼拉说。她不知道,这么说是为了安慰自己还是孩子。

她们在房间和农场都没找到卢卡斯,弗莱尔也没再出现过。据詹姆斯说,有一个旧马鞍和一个打过补丁的马辔不见了。

"有什么我应该知道的事吗?"他一边悄悄问吉薇尼拉,一边看着她苍白的脸,并留意到她走起路来有点困难。

吉薇尼拉摇摇头,她承认自己已经把卢卡斯伤透了,现在又开始伤害詹姆斯:"不关你的事。"

她很清楚,詹姆斯要是知道,会把杰拉尔德杀了。

6

卢卡斯消失已经好几个星期了,让人无比惊讶的是,这种情形反而促成了吉薇尼拉和杰拉尔德关系正常化——毕竟,他们中间还有芙蓉要照顾。卢卡斯离开最初几天里,因为担心他到底出了什么事、会不会想不开,所以两人有共同关注的事情。他们曾尝试根据他的足迹去寻找,但最后一无所获。想来想去,吉薇尼拉觉得他还不至于用自杀来了结自己。她将卢卡斯的东西全部查看了一遍,确定有些衣物不见了——让她吃惊的是,不见的东西都是她丈夫最不喜欢的。卢卡斯把工作服、雨具、内衣裤和数量很少的一点钱都包起来了,这做法跟他选择那匹老马及旧马鞍很相符:显然,他不想从杰拉尔德那里拿走什么东西,这次分开,是想要一刀两断。他一声不吭地走了,这让吉薇尼拉很伤心。她看得出来，能让他想起自己和女儿的东西，除了她曾买给他当礼物的折叠小刀，别的什么都没带，这就证明，对于他来说，自己根本不算什么。把这对夫妻绑在一起建立起来的短暂情谊，对于他来说，还不值一封道别信。

杰拉尔德在霍尔顿四处打听他儿子的下落——这理所当然为那些喜欢传播流言蜚语的人提供了素材——在乔治·格林伍德的指引和帮助下，他还去克莱斯特彻奇打探过，但哪儿都没有他的消息，卢卡斯·沃顿连个影都没有。

"上帝才知道他去了哪里，"吉薇尼拉向海伦吐苦水，"奥塔戈、淘金人的帐篷、西海岸，甚至北岛，杰拉尔德都找过了，但没有任何希望。如果他不想被人发现，那就一定找不到。"

海伦耸耸肩，顺手放上茶壶。"这可能是件好事，完全依赖杰拉尔德，肯定对他不利。现在，他可以证明自己——杰拉尔德以后就不敢没完没了要求你再生一个小孩了。可他为什么突然就不见了呢？真的没什么原因吗？没吵架？"

吉薇尼拉嘴里说没有，脸却红了起来。她被强奸的事，她没有告诉任何人，甚至自己最好的朋友。她希望，如果她守口如瓶，记忆最终会消退，到那时，那天晚上的事就像从未发生过一样，仅仅是一场噩梦而已。杰拉尔德似乎也是这态度，他现在对吉薇尼拉格外礼貌了，几乎不敢正眼看她，甚至尽量提都不提她。他们会在吃饭时间碰面，这样做的目的是不给仆人留下话柄，而且，这种场合，他们还会无话找话，简单聊聊。杰拉尔德还像以前一样嗜酒，但现在一般会等到吃完饭、吉薇尼拉走后才喝。吉薇尼拉把海伦最喜欢的学生，现年十五岁的朗格·朗格接来当自己的贴身侍女，并坚持让她睡在自己房间，随时跟在身边。她希望能抵挡杰拉尔德再次来袭，但她多虑了，杰拉尔德的行为从那以后，一直无可指摘。从这个意义上说，到了一定时候，吉薇尼拉也许会把夏天那个灾难性的夜晚忘掉。然而，这事其实还是带来一定后果。她有两次月经没来，朗格·朗格给她穿衣服时，意味深长地笑笑，并用手抚摸她的腹部。吉薇尼拉不得不承认自己怀孕了。

"我不想要这个孩子！"吉薇尼拉骑着马飞快地来到海伦家，哭着对她说。没等海伦放学，就迫不及待把这事告诉了她。海伦从惊惧的表情可以看出，一定有什么可怕的事情发生过。她早早让孩子们回家了，并让芙蓉和鲁本到外面去玩，然后拉着吉薇的手。

"你们找到卢卡斯了吗？"她平静地问。

吉薇尼拉莫名其妙地看着她。"卢卡斯？卢卡斯怎么啦……哦，比这更糟，海伦，我怀孕了！我不想要这个小孩！"

"你脑子混乱了吧。"海伦讷讷地说，一边带着朋友进屋，"来，我泡壶茶，坐下来慢慢聊。到底为什么呀，有小孩了，你不开心吗？你都盼了好些年了，现在……你是不是担心小宝宝来得太迟了？不是卢卡斯的吗？"海伦不解地看着吉薇尼拉。她有时会怀疑，芙蓉的出生是一个秘密——吉薇尼拉看到詹姆斯·麦肯齐时熠熠生辉的眼神，没有哪个女人留意不到。但她很久没看到他们俩在一起了，吉薇尼拉不会傻到偏偏在自己丈夫离开后跟情人在一起吧！或者，难道卢卡斯是因为她有了情人才离去的？海伦无法想象。吉薇尼拉是个贵妇，虽说不是完美无瑕，但绝对言行谨慎。

"孩子是沃顿的，"吉薇尼拉坚定地回答说，"这点毫无疑问，但我还是不想要！"

"但这事不需要你批准。"海伦眼睁睁地看着她说，她没法跟上吉薇尼拉的思维，"你一怀孕，你就是孕妇……"

"废话！得找个办法那它拿掉。流产是时有发生的事。"

"是，但像你这么年轻的健康女人就不同了！"海伦摇头，"去问问玛塔霍拉吧？她会告诉你胎儿健不健康。"

"说不定她可以帮我……"吉薇尼拉满怀希望地说，"说不定她知道有什么药或别的东西。以前在船上的时候，达芙妮就跟桃乐西说过'堕胎'的事情……"

"吉薇尼拉，那样的事你想都不要去想！"海伦在利物浦听说过"堕胎"的传言，她父亲还埋过几个被堕的胎儿，"实在太邪恶了！而且很危险！搞不好孕妇会死。你到底为什么……"

"我去找玛塔霍拉！"吉薇尼拉说，"别拦着我，我不想要这个孩子！"

玛塔霍拉示意吉薇尼拉来到小区住宅后面的一排石头旁，在这里，她们可以单独谈话。她从吉薇尼拉的表情看出，一定发生了非同小可的事情。不过这次，她只能在没有人帮忙翻译的情况下去分辨她的意思，因为吉薇尼拉把朗格·朗格留在家里了。她最需要的是另一个同谋者。

玛塔霍拉让吉薇尼拉坐在一块石头上，表情含糊，虽说看起来挺友好的，甚至还有一丝笑容，但让吉薇尼拉有点害怕。这个老巫医脸上的刺青似乎随着面部表情变化而变化，她的身子在阳光下投射出奇怪的阴影。"婴儿，我已经从朗格·朗格那儿听说了，健壮的胎儿……非常强壮，但也非常愤怒……"

"我不想要这个孩子！"吉薇尼拉目光向着别处大声说道，"你能帮忙吗？"

玛塔霍拉看着这个年轻女人，"我该怎么做？把胎儿弄死吗？"

吉薇尼拉畏缩起来，她没胆量把那个词如此明白地说出来，但归根到底，那正是她的意思。负罪感油然而生。

玛塔霍拉专注地看着她，认认真真地端详着她的脸和身体。像往常一样，她似乎想通过眼前这个人，窥视某个只有她自己知道的遥远的角落。

"婴儿的死对你很重要吗？"她平静地问。

吉薇尼拉突然感觉到一股愤怒在身体里涌出。"要不是这样，我来这里干吗？"她冲口说道。

玛塔霍拉耸耸肩。"很强壮的胎儿，如果他死了，你也会死。够重要了吧？"

吉薇尼拉浑身哆嗦。玛塔霍拉凭什么这么肯定？不管她说的有多荒谬，怎么没有人怀疑她呢？她真的能洞悉未来吗？吉薇尼拉开始思考。胎儿呆在她子宫，她觉得没什么，她最厌恶和仇恨的，只是他的父亲。

但再怎么仇恨，也不值得为他去死啊！吉薇尼拉还那么年轻，还要享受人生呢。此外，还有人需要她。要是再失去一个亲人，芙蓉会成什么样？吉薇尼拉决定顺其自然，也许，她可以把这个不幸的孩子生下来，把其他一切都忘掉？杰拉尔德是必须对这事负责的人。

玛塔霍拉笑了，"我知道你不会死，你会活着，胎儿也会活着……不是很开心，但活着。有谁想……"

吉薇尼拉蹙着眉，不解地问："谁想要什么？"

"有人想要这个小孩。终于，传宗……接代……"玛塔霍拉用手指比划了一个圆圈，然后翻遍了自己的包，终于从中拿出一个圆形翡翠，交给吉薇尼拉。"拿着，给宝宝的。"

吉薇尼拉接过那块小石头，谢了她。不知道为什么，她感觉好多了。

吉薇尼拉并未因此而停止尝试任何一种可以导致流产的办法。她在园子里总是弯下腰劳作直至筋疲力尽；吃未熟的苹果，导致消化不良，差点要了她的命；训练伊格莱恩刚产出的一头非常难对付的小母马。让詹姆斯惊讶的是，她甚至坚决要求由自己去教这头难驾驭的动物套横座马鞍——那是最后一次几近绝望的努力，因为吉薇尼意识到，横座马鞍一点都不会使骑行不安全，反而更稳妥。坐横座马鞍出现的意外基本上都是由马绊倒和骑马的人没能让自己从鞍座上脱身而滚落所致，这种事故常常会导致死亡。但小母马维维安的步子像她妈妈一样稳健——吉薇尼拉也没打算跟着胎儿一起死去。她最后寄希望于让马小跑，以引起大震荡，这是坐横座马鞍无法避免的。全速骑行半小时后，她身子两侧痛得几乎没法坐在马背上了，可这对胎儿好像没有一点影响。胎儿顺利地经受住了头三个月的危险，看到日渐隆起的肚子，吉薇尼拉生气地流泪。刚开始时，她会设法把饰带拉紧，把腹部曲线隐藏起来，但这种办法维持不了多久。最后，她屈从了自己的命运，以最美好的祝福让自己坚强面对不可避免的洪流。有谁会知道，这个正在自己子宫里成长、极不受欢迎的小沃顿是谁呢？

霍尔顿的女人自然很快就知道了吉薇尼拉怀了孕,而且马上开始转变了之前的传言。沃顿太太怀孕和沃顿先生的逃离——谣言相继四起。吉薇尼拉置之不理,她担心的是杰拉尔德会说些什么。但最重要的是,她害怕詹姆斯·麦肯齐的反应。用不了多久,他必然会注意到此事,或至少,会听到别人说,她不能告诉他真相。自从卢卡斯失踪后,她就避免跟他碰面,因为他眼里有太多质疑,现在,他肯定会问她要答案。吉薇尼拉对他的谴责和愤怒已做好心理准备,但却不知道如何面对他真正的反应。事情终于在她毫无防备的情况下发生了。那是一天早上,她在马厩撞见他穿着骑行服,披着雨衣——因为外面又开始下起了毛毛雨——鞍囊也整理好了,他正把皮箱绑在那匹瘦骨嶙峋的灰马后背。

"我要走了,吉薇。"她疑惑地看着他,他平静地对她说。

"你要走?"吉薇尼拉不解地问,"去哪儿?什么……"

"我要离开这里,吉薇尼拉。我要离开基沃顿站,去找别的工作。"詹姆斯转过身背向她。

"你要离开我?"话已出口,想收住都来不及。痛苦来得太突然——这个打击深入到她骨髓,他怎么可以把她丢下呢?她需要他,比任何时候都需要!

詹姆斯大笑起来,不过笑声里苦涩多于愉悦。"你觉得很意外吗?你以为你有权要求我吗?"

"当然没有。"吉薇尼拉倚靠在马厩门上好让自己站稳,"可我以为你……"

"你现在不会是真的很期待爱的宣言,对吧,吉薇?尤其在你做过那些事之后。"詹姆斯装着很随意地一边聊,一边继续套他的马鞍。

"可我什么都没做!"吉薇尼拉辩护说,但她知道这话听起来很失常。

"哦,什么都没做!"詹姆斯转过身来,用冷漠的眼神打量她,"看来那是无沾成胎说的一个新版本咯。"他朝她隆起的肚子示意。"别编故事,吉薇尼拉!我喜欢听真相。公马是谁?他来自比我那个更好的马厩是吗?有更优良的血统?更好的机遇?说不定还有贵族头衔?"

"詹姆斯，我从没想过……"吉薇尼拉不知该说什么好。她是很想将真相全盘托出，以卸下心里的重负，可如果那么做，他会找杰拉尔德算账，结果肯定要出人命的，至少会有人受伤，接着，全世界都会知道芙蓉是从哪来的。

"是格林伍德，对吧？一位真正的绅士，一个帅小伙子，有教养，有礼貌，而且谨言慎行。遗憾的是你和我……那时你还不认识他。"

"不是乔治！你怎么会那么想呢？乔治是为海伦而来的，而且他现在在克莱斯特彻奇有老婆。无论如何，你始终都没理由吃醋。"吉薇尼拉真讨厌自己说话的语气里充满哀求。

"那个人是谁？"詹姆斯朝她走近一步，有点胁迫的意味。一股怒火蹿上来，他抓住她的上臂，摇晃着，"告诉我，吉薇！是克莱斯特彻奇的什么人吗？那个巴灵顿少东家？你喜欢他，是吗？告诉我，吉薇，我有权知道！"

吉薇尼拉摇摇头，"我不能告诉你，你也无权知道……"

"卢卡斯呢？他知道了，是吗？他捉到你们了吗，吉薇？捉奸在床？那个人同意让别人看着你们干那勾当，是吗？你和卢卡斯出什么问题了？"

吉薇尼拉绝望地看着他，"不是你想象的那样，你不懂……"

"那你告诉我啊，吉薇！告诉我为什么你丈夫会在深夜离开你，不仅丢下你，还有老人和小孩，甚至继承人的身份不管。我想知道……"尽管詹姆斯还抓住她不放，但他的脸渐渐变得柔和了些。吉薇尼拉不知道为什么，一点都不觉得害怕，因为她从来没怕过他。抛开其猜疑和气愤，她依然在他眼里看到爱。

"我不能，詹姆斯，我不能给你解释这点，别生气，而且，请你别离开我！"吉薇尼拉倒在他肩膀上，她就想靠着他，不管自己受不受欢迎。

詹姆斯并没把她推开，却也没张开双臂拥抱她，只是松开了她的手，用肘轻轻推开她的手臂，让她完全不碰到自己。

"无论发生了什么，吉薇，我都不能呆在这里了。如果你愿意解释这一切，也许我可以留下来……要是你真的信任我的话。但照目前的情况看，我无法理解你。你对名望和财产这些东西顽固不化，念念不忘，所以你现在还想着忠实于你的丈夫……即便已经有了别人的孩子……"

"卢卡斯没死！"吉薇尼拉大声说道。

詹姆斯耸耸肩。"这不是重点。他是死是活，你不必跟我说，我管不了那么多。我不能天天见到你，也没权要求你。五年来，我一直在努力，你每次进入我的视线，我都想抚摸你、亲吻你，和你在一起，而不是装模作样叫一声'沃顿太太'和'麦肯齐先生'。你彬彬有礼，遥不可及——虽然任何人都能看出你内心和我一样充满期待。这种感觉让我受不了，吉薇。你要是能忍，我也就忍了。可是现在……太过分了，吉薇。你怀孕这事实在太过分了，至少告诉我孩子是谁的！"

吉薇尼拉再次摇了摇头。她的内心快被撕裂了，但她还是不能透露真情。"对不起，詹姆斯，我不能说。如果你因为这样非要走，那就走吧。"

她强压住自己没哭出来。

詹姆斯将缰绳套好，把马牵了出去。"守护神"像以往一样跟在他身后，詹姆斯轻轻摸了摸狗狗。

"你会把它带走吗？"吉薇尼拉哽咽着说。

詹姆斯说不。"它又不是我的。我不能把基沃顿站最好的育种狗带走。"

"可它会想你……"吉薇尼拉心疼地注意到，那只狗和他形影不离。

"我会怀念的东西太多了，可我们大家都要学会忍受。"

詹姆斯动身离开马厩，狗在一旁吠叫，不让他走。

"我把它送给你吧。"吉薇尼拉突然想留个纪念品给詹姆斯，纪念她和芙蓉，纪念他们在草原度过的日子，纪念婚礼上牧羊犬的表演，纪念他们曾在一起做过的一切、分享过的思想……

"你不能拿它送人，它又不是你的，"詹姆斯轻声说，"那是沃顿先生从威尔士买来的，你不记得了吗？"

吉薇尼拉当然记得，而且她也还记得当时她和杰拉尔德彼此彬彬有礼的问候。那时，她还以为他是一个修养良好的人，也许还有几分异国情调，让人尊敬。当然，她也记得最初和詹姆斯在一起的日子，那时，她教他驯小狗的技巧，虽然她还是个小女孩，但他很把她当回事……

吉薇尼拉往旁边看了看，克里奥的幼崽很快就要被拿去卖了，不过现在它们还跟在母亲身后，急急忙忙朝吉薇尼拉跑过来。她弯下腰，从里面挑出一头最大、最漂亮的，这是只小母狗，全身黝黑，面带克里奥那种典型的柯利牧羊犬笑容。

"这些是我的，可以送人。它们都属于我。带一个吧，詹姆斯，请你把它带去！"她用力把狗塞到詹姆斯手上，小狗马上就想舔他的脸。

詹姆斯笑着眨了眨眼，羞愧的泪在眼眶里打转。"它叫'星期五'，对吗？'星期五'，鲁滨逊孤独时的伙伴……"

吉薇尼拉点点头。"你别觉得孤单……"她温柔地说。

詹姆斯拍了拍小狗，"以后就不会了，谢谢你，小姐。"

"詹姆斯……"她走近一步，抬起头，脸对着他。

"詹姆斯，我希望它就是你的孩子。"

詹姆斯轻轻吻了吻她的嘴，动作像卢卡斯以前那样温和、平静。

"祝你好运，吉薇，祝你幸福。"

詹姆斯一走，吉薇尼拉禁不住泪流满面。他骑着马穿过田野，那只小狗坐在他前面。她伫立在窗前目送着他，他一转身，朝山岳处远去。难道他这是要经由她常走的便道到霍尔顿去吗？这已与吉薇尼拉无关，她已经失去他了。她失去两个男人。除芙蓉之外，就剩下杰拉尔德，还有肚子里可恨、多余的胎儿。

杰拉尔德·沃顿对他儿媳怀孕的事三缄其口，即便到了大家一眼就看得出的时候，他也未置一词。因此，生孩子的事就未得到商议，家里没请助产士，也没请教医生了解妊娠是否正常。吉薇尼拉自己也尽可能不去理会目前这种状况。到怀孕最后几个星期为止，她连最烈性的马都骑过了，尽量不去想生小孩的事。要不是有专科医生帮助，也许这个孩子就不会活下来了。

出乎海伦意料的是,吉薇尼拉对这个孩子的感情在整个怀孕过程都没改变。她们当初各自有了鲁本和芙蓉时,对新生命最初的萌动那种无比喜悦的心情,这一次她连提都没提起过。胎儿第一次有力的踢腿,吉薇尼拉叫了一声,但之后对这个未出生的婴儿良好的健康状况一句话都没说。相反,她只是很生气地说:"今天又烦我了,我真希望这感觉消失!"

海伦不知道吉薇尼拉这么说是什么意思。婴儿一诞生,不仅这种感觉会消失,而且还会憋足了劲一声大哭宣布自己的到来。也许到了那时,吉薇尼拉最终会母性大发。

齐丽临盆的时间较早,这位年轻的毛利女人为将要出生的宝宝乐得屁颠屁颠的,还时不时地拉着吉薇尼拉分享自己的喜悦。她对比了一下两个人的腹围,还开吉薇尼拉的玩笑说,她的胎儿月份可能比较小但块头肯定大得多。吉薇尼拉的腹围确实很大,她一直努力尝试着把大肚子藏起来,但有时,在她心情灰暗的时候,她真担心自己怀的是双胞胎。

"不可能!"海伦说,"要是那样,玛塔霍拉应该会注意到的。"

连朗格·朗格都觉得女主人的担心挺好笑的,"不,里面只有一个宝宝,很漂亮,很壮实,不容易生哦,小姐。不过没什么危险,我奶奶说胎儿长得好极了。"

齐丽的阵痛一开始发作,朗格·朗格就不见人影了,作为玛塔霍拉一名虔诚的学生,她虽然年少,却是一名极受欢迎的助产士。她在毛利村呆了好几个晚上,上午回来的时候,看起来很开心。齐丽生了一个健健康康的女孩。

三天后,齐丽自豪地把婴儿抱来给吉薇尼拉看。

"我给她取名玛拉玛,这是给一个漂亮宝宝的漂亮名字,意思是'月亮',我带她一起来上班,这样就可以跟小姐的宝宝一起玩了!"

对这事,杰拉尔德·沃顿按理会有自己的主张,但吉薇尼拉什么都没说。有那么一阵子,吉薇尼拉觉得,现在要公然跟她公公作对已经不是什么很难的事情,杰拉尔德渐渐默默地退让了,吉薇尼拉还没真正弄清原因，基沃顿站的权力关系就已经转移了。

这一次，吉薇尼拉痛苦地躺在床上，再也没有人站在花园，也没有人焦急地在客厅等候。吉薇尼拉不知道有没有人通知杰拉尔德自己即将临盆，不过，无论他知不知道，她都无所谓。这个晚上，老头可能又在自己房间，与酒作伴——喝到最后，他一定已经丧失了理解这个消息的能力。

像朗格·朗格预言的一样，分娩进行得不像当初生芙蓉时那么顺利。胎儿确实很大——而且，生他又非吉薇尼拉所愿。芙蓉出生的时候，她殷切期盼，助产士的话她句句上心，并很努力让自己成为母爱的光辉典范。这次分娩，她任一切在稀里糊涂中进行。阵痛的时候，她就忍着；不痛的时候，不屑一顾。整个过程，她一直都被一种痛苦记忆折磨——这个孩子就是那种痛苦的产物。

她觉得自己再一次体验到杰拉尔德压在自己身上的重量，甚至闻到他身上的臭汗味。阵痛间隙，她呕吐了好几次，感觉非常虚弱、颓废，最终因为愤怒和痛苦而大声叫喊。最后，精力终于被完全消耗殆尽，她除了死，别无所求，甚至，最好连那个紧紧吸附在她子宫里、像邪恶的寄生虫一样的东西也死掉。

"快给我出来！"她呻吟，"赶紧出来，让我安静……"

经过整整两天的折磨——以及她对伤害过她的人近乎疯狂的仇恨——最后，吉薇尼拉生出一男婴。她感觉自己终于解脱了。

"多漂亮的小男孩啊，小姐！"朗格笑着说，"像玛塔霍拉说的。等等，我先把他洗干净，这样你就可以抱他了。给他点时间，然后再剪脐带……"

吉薇尼拉疯了似的摇了摇头，"不，赶紧剪掉，朗格。把他带走，我不想抱他。我想睡……我得休息……"

"你过一会儿就可以去睡了，先看看宝宝。瞧，很可爱不是吗？"朗格熟练地把婴儿清理干净，让他躺在吉薇尼拉乳房旁边。他正要做出吸第一口奶的动作，吉薇尼拉马上把他推开。好吧，他是很健康，小手指小脚趾都完完整整的,但她还是不喜欢他。

"把他抱开,朗格!"她威严地命令道。

朗格不解。"可我把他抱到哪去啊,小姐?他需要妈妈!"

吉薇尼拉耸耸肩。"把他交给沃顿先生,他很想要一个继承人,现在他如愿以偿了,他会想办法怎么处理。让我安静地呆着就是了!这很费时间吗,朗格?噢,上帝,不,又开始痛了……"吉薇尼拉呻吟着,"可千万别再痛上三个小时才能把胞衣排出来……"

"小姐现在很累,这很正常。"朗格抱着小孩焦急地跑进厨房的时候,齐丽用安抚的口气对她说。齐丽和莫纳正忙着清理杰拉尔德独自一人用餐过后的饭桌,小玛拉玛在小篮子里睡得正香。

"这不正常!"朗格反驳说,"玛塔霍拉已经将数以千计的孩子带到这个世界,但没一个母亲像沃顿太太一样。"

"噢,每个母亲都不一样……"齐丽尽力维护主人说。她回想起那天早上,她看见吉薇尼拉躺在地板上,裙子被撕破,这足以表明这个孩子就是那个晚上怀上的。吉薇尼拉肯定有自己不爱他的原因。

"我哪知道要怎么办啊?"朗格犹豫地说,"我不能把他抱给沃顿先生吧,他不喜欢小孩围绕在他身边。"

齐丽笑了。"婴儿要的是奶,不是威士忌。很快就会好。不,不,朗格,就把他放在这里吧。"她心平气和地解下仆人服,露出浑圆的乳房,从朗格手里把孩子抱过来。"现在好了。"

新生儿马上开始贪婪地吸奶,齐丽抱着他轻轻地晃着。最后,他含着她的乳头睡着了,她把他放在篮子里,睡在玛拉玛一边。

"告诉小姐,孩子照顾得很好。"

吉薇尼拉根本不想知道。她睡过去了,甚至第二天早上都没问起宝宝的事。只当齐丽捧着一束花进来,并示意挂在花上的一张卡片时,她的反应才完全暴露出来了。

"沃顿先生送的。"

既厌恶、憎恨又威严的表情掠过她的脸,她将卡片撕开。

谢谢你生了保罗·杰拉尔德·特伦斯。

吉薇尼拉尖叫起来,猛地将鲜花抛在房里,将卡片撕得粉碎。

"维缇!"她命令已经受惊的男管家,"朗格,要不你去,你传话比较顺溜!马上去沃顿先生那儿,告诉他,这孩子只能叫保罗·特伦斯,否则我把他掐死在婴儿床上!"

维缇不解,而朗格看起来很惊骇。

"我会告诉他的。"她轻声地应承道。

三天后,沃顿的继承人被命名为保罗·特伦斯·卢卡斯并接受洗礼。母亲因身体不适,完全置身于庆典仪式之外。其实她的仆人很清楚,那个孩子,吉薇尼拉甚至连看都还没看一眼。

7

"你打算什么时候把保罗带来给我看看呢?"海伦有些急躁地问。吉薇尼拉刚生完小孩,当然不能马上骑马,现在,四个星期过去了,她还是跟芙蓉一起乘马车过来。可是,这已经是她第三次来访,从所有表征看上去,她都已经从分娩的伤痛中恢复过来了。海伦只是纳闷,她怎么不把小宝宝一起带过来。芙蓉出生后,吉薇尼拉可是迫不及待想把宝贝女儿带到好朋友眼前炫耀一番。这个儿子,她几乎提都没提起过,直到现在,每次海伦问起他,吉薇尼拉都只是做个手势表达她的不屑。

"哦,以后吧,抱着他走来走去太烦人了,你一把他从齐丽和玛拉玛那儿抱开,他就不停地哭。跟她们在一起,他才觉得安全,我有什么办法?"

"好吧,可至少,我总得见一次吧。"海伦妥协说,"你怎么了,吉薇?他是不是有什么不对劲?"

吉薇尼拉一到,芙蓉和鲁本就跑出去疯玩了,毛利孩子那天也不会来上学,因为他们村里有庆典活动。海伦琢磨着,想让吉薇尼拉说出实情真相,这应该是个理想的日子。

她摇了摇头,"他能有什么不对劲?一切完好无损,他可健壮了——何况又是个男孩。我已经圆满完成了别人对我寄予的希望。"吉薇尼拉把玩着手里的杯子,"好了,告诉我最近有什么新鲜事吧。给霍尔顿教堂买的风琴已经到了吗?既然找不到男风琴手,教士最终同意由你去演奏了吗?"

"把那愚蠢的风琴忘了吧,吉薇!"海伦用不耐烦又让人觉得很无助的话语将这事支吾过去,"我问你宝宝的事呢!到底发生什么事了?你说起你们家小狗都比谈到保罗兴奋,他是你儿子呀,你知道……你应该高兴得心花怒放才是!他那得意的爷爷怎么样?霍尔顿的人都在议论,说这孩子有什么地方不对劲,因为杰拉尔德未曾买一圈牌来庆祝孙子的出生。"

吉薇尼拉耸耸肩,"我不知道杰拉尔德在想什么。我们能聊聊别的吗?"

她真想轻轻松松地享受一番,于是,吃了一块佐茶点心。

海伦很想轻推她一下。

"不,我们不能这样,吉薇!你现在就告诉我,到底怎么了!你,小孩,或杰拉尔德,一定发生了什么事情!你是生气卢卡斯离开你吗?"

吉薇尼拉摇头。"噢,那都是陈芝麻烂谷子的事了。他肯定有自己的原因。"

事实上,该如何看待卢卡斯离家出走,连她自己都不知道。虽然她很生气他把自己扔下独自面对现在的困境,但她能理解他的不告而别。再说,自从詹姆斯离开和保罗出生后,吉薇尼拉很多事情都置若罔闻,就像把自己的思想和感情都封存到某个钟形容器里了。麻木,就不容易受伤。

"他出走的原因跟你没任何关系吗?跟这个小孩呢?"海伦穷追不舍地问,"别对我说谎,吉薇,你需要把这些事情澄清,要不然大家会议论纷纷。霍尔顿的人已经传得沸沸扬扬了,连毛利人都在嚼舌头。你知道,他们的孩子是社区共同抚养的,'母亲'这个词对于他们的意义跟我们不一样。齐丽替你照顾保罗,她自己觉得不奇怪,但你对自己襁褓中的婴儿显得毫无兴趣……你应该向玛塔霍拉寻求一些建议!"

吉薇尼拉摇摇头。"能指望她给我什么建议？她能把卢卡斯带回来吗？她能……"她欲言又止，因为她已经不打算让这个世界上的任何一个人知道这个秘密。

"也许她能让你更融洽地和这个孩子相处。"海伦说，"你为什么不给他哺乳？你没奶吗？"

"齐丽的奶够两个小孩……"吉薇尼拉不屑一顾地说，"我是贵族夫人，在英国，像我这样的女人一般都不会给孩子喂奶的。"

"你疯了，吉薇！"海伦摇了摇头，渐渐有点生气了，"至少，找个好点的借口行不行？没有人相信你所谓的贵妇论。好吧，我再问一次：卢卡斯离开，是因为你怀孕吗？"

吉薇尼拉摇头。"卢卡斯对这婴儿一无所知……"她平静地说。

"这么说，你骗了他？霍尔顿的人就是这么说的，这事要是继续传下去……"

"我得跟你说多少次？该死！这该死的孩子是沃顿家的！"吉薇尼拉所有的愤怒顷刻爆发。她哭了起来，她不应该遭受这一切。她那么谨慎地怀上芙蓉，没有人，完全没有谁怀疑她的来历，可这回，真正是沃顿家的种，倒是被认为是私生子？

吉薇尼拉在一边抹泪，海伦仔细想了想。卢卡斯对她怀孕的事一无所知——自从有了这个孩子，吉薇尼拉的问题就一直存在，在玛塔霍拉看来，跟这小孩有关。如果是沃顿家的某个人让她怀上这个小孩，那么……

"上帝啊，吉薇……"海伦知道自己永远不会把这个怀疑说出来，但现在，她对整件事已心知肚明。肯定是杰拉尔德·沃顿让吉薇尼拉怀孕的——而且，看样子并未经她这位朋友的同意。她把好友揽入怀里安抚一番。

"哦，吉薇，我太蠢了。我早该明白过来的，怎么还一直拿这么多问题折磨你呢。可你……你现在必须把一切都忘掉！不管保罗是怎么来的，他毕竟是你儿子啊！"

"我恨他！"吉薇尼拉哭着说。

海伦摇摇头。"傻姑娘，你不能恨一个小婴儿，保罗无法左右发生过的事情，他有权拥有一个母亲，吉薇，就像芙蓉和鲁本一样。你知道怀上他对于我来说有多滑稽吗？"

"至少，你是心甘情愿的！"吉薇尼拉盛怒地说。

"孩子不在意，吉薇，至少，希望你试试，把小家伙带在身边，让霍尔顿那些女人见识见识——让自己多少有点以他为傲！这样，母爱就渐渐萌发了！"

哭出来对吉薇尼拉很有好处，海伦得悉事由却未对她说三道四，这让她如释重负。好友显然从未想到，吉薇尼拉会在非自愿的情况下和杰拉尔德睡到一起——自怀孕以来，这场噩梦一直折磨着吉薇尼拉。詹姆斯走了以后，这方面的谣言在马厩四周传开，吉薇尼拉庆幸的是，詹姆斯·麦肯齐逃离了这一切。她招架不住詹姆斯在这件事上对她的质问。吉薇尼拉的"自动繁殖"这一说法，可能会使雇员和朋友津津乐道。卢卡斯的性障碍已经是公开的秘密，和杰拉尔德怀上一个孩子作为继承人也不是坏事。当初给第一个孩子搜罗父亲的时候，这个想法怎么从来没在脑子里闪过呢，吉薇尼拉感到很奇怪。也许是因为卢卡斯的父亲对她表现得太具攻击性，所以她畏惧跟他进行的每一次对话、跟他呆在一起的每一分钟。但杰拉尔德自己倒是很有可能有过这样的想法，那也许就是他终日嗜酒、动不动就生气的原因了：一切都源于他被压抑的欲望——做自己"孙子"的父亲这种畸形的想法——于是就冒出来了。

驾着马车回家的时候，吉薇尼拉陷入沉思之中。还好，她不用留出空隙来管芙蓉，她正得意而开心地坐在自己身边驾着轻便马车呢。小保罗接受洗礼的时候，乔治·格林伍德送给他一匹小种马——他肯定在得悉吉薇尼拉怀孕的消息时，提前计划好的，所以他还在英国的时候就预订了。芙蓉理所当然马上就将这匹马占为己有，而且从一开始就和小马相处得非常好。即便保罗长大了，要她放弃也是不可能的。吉薇尼拉得想个办法，不过不用着急，时间有的是。眼下当务之急是，她必须解决保罗在霍尔顿被人当成私生子这个问题，确实不能让沃顿的子嗣如此被谣传。吉薇尼拉必须捍卫自己的荣誉和名声。

一回到基沃顿站，她径直朝自己的房间去找小宝宝。不出她所料，婴儿床是空的。四处找了一遍之后，在厨房看到齐丽和两个婴儿，一人一边，正喝着奶呢。

吉薇勉强挤出一丝笑容。

"我的宝贝在这儿呢，"她亲切地说，"喂完奶，我能……我能抱抱他吗，齐丽？"

这个要求即便让齐丽觉得惊讶无比，她也不会表现出来的。她只是对吉薇尼拉笑笑。"当然咯，看到妈妈，他不知有多开心呢！"

可保罗完全不乐意，吉薇尼拉一把将他从齐丽手上抱开，他就开始大哭。

"他不是故意那样，"齐丽尴尬地说，"只是不习惯。"

吉薇尼拉轻轻地摇着怀里的婴儿，努力克制住自己的不耐烦。海伦说得对，孩子是无辜的。她心平气和地看着他，发现保罗还是个小帅哥，长着一双又大又圆的蓝眼睛，大理石般清澈；头发深色、卷曲、松散；贵族的嘴型让吉薇尼拉想起卢卡斯。要喜欢上这个小婴儿倒不难……但当务之急是必须先清除流言。

"我经常抱抱他，他就会习惯。"她对既惊讶又高兴的齐丽说，"我明天带他去霍尔顿，你愿意的话，跟我一起去吧，当他的保姆……"

这样安排，万一他在亲生母亲怀里呆不到半小时，最起码不会总是哭闹个不停，吉薇尼拉想。她把他放回临时准备的篮子里——齐丽本来时不时就要把两个小孩带在身边，但在需要工作的时候，杰拉尔德不允许那样做——小家伙渐渐安静下来。莫纳一边做饭，一边唱歌给孩子们听。对于毛利人来说，每个有亲缘关系的适龄女性都被当成母亲。

坎德拉太太和桃乐西很高兴终于见到沃顿家的孙子。坎德拉太太给了芙蓉一个棒棒糖，芙蓉便尽情地和保罗玩耍。吉薇尼拉很清楚，保罗的身体状况正需要接受检测，所以她很高兴让老朋友把保罗从篮子里抱出来，用手臂垫垫他的重量。小家伙精神饱满，他和玛拉玛很享受马车的颠簸，两个小孩在路上睡得很香，到目的地之前，齐丽再次把他们喂饱，现在两个小家伙都醒了。保罗一双大眼睛专注地看着坎德拉太太，两条小腿活蹦乱跳的。霍尔顿的家庭主妇对于婴儿可能有残缺的猜疑因此不攻自破，最后只剩下亲子关系问题了。

"黑头发！长睫毛！就像他祖父一样！"坎德拉太太轻声说道。

吉薇尼拉还让大家看保罗的唇形，还有他明显的双下巴，这些都是卢卡斯和杰拉尔德共有的特征。

"他父亲知道这个好消息了吗？"另一位主妇插嘴说，她是放弃了上街购物专门来看小孩的，"要不然他怎么还……哦，对不起，真不关我的事！"

吉薇尼拉快活地笑笑，"当然！虽然他还没来得及把美好的祝愿传递回来，因为远在英国，布伦那曼太太——没我公公的同意，一切保密，你知道的。卢卡斯接到一个知名艺术馆的邀请，去那里展出他的作品……"

这不算是一个谎言。其实，经过乔治·格林伍德努力，伦敦几间艺术馆对卢卡斯的作品都有兴趣——虽然吉薇尼拉是在卢卡斯离开基沃顿站后才知道这件事的，但没必要跟他们说那么多。

"哦，那太好了，"坎德拉太太高兴地说，"我们还以为……噢，别介意！他那得意的爷爷呢？酒馆的人还没让他请客呢！"

吉薇尼拉勉强让自己装出一副轻松而关切的样子。

"沃顿先生最近龙体欠佳。"她解释说。这话也不算假，因为她公公每天都在跟头一天晚上的宿醉作斗争。"不过，他还是会安排一次聚会的，因为洗礼仪式太过简单，他可能会再办一个大型的露天招待会。我们就弥补一下咯，对吧，保罗宝贝？"她从坎德拉太太手上把儿子抱过来，嘴里叨唠着谢天谢地，孩子没哭。

就这样，她将谣传挽回，坊间的闲聊现在已从基沃顿站转移到桃乐西和坎德拉小儿子酝酿中的婚礼，时间正好是她大儿子和年轻的助产士弗朗辛结婚两年后。二儿子已经到外面的世界探险去了，坎德拉太太告诉大家说，家里已经收到二儿子从悉尼写来的信。

"我觉得他也在热恋。"她孩子似的笑着说。

吉薇尼拉真心为这对年轻人感到高兴,虽然她完全可以想象,这一次,坎德拉太太即将面临什么。相比"利昂·坎德拉要娶一个从博特尼湾来的囚犯"这样的谣言,"卢卡斯·沃顿要在伦敦办画展"的传闻就黯然失色多了。

"请叫桃乐西到我那里来拿婚纱礼服,"吉薇尼拉说着,并向大伙儿友好地告辞,"我曾答应过到时候把婚纱借给她。"

希望婚纱能给她带来好运,吉薇尼拉一边想,一边张罗齐丽和两个小家伙回到马车上。

好了,一切顺利。

现在,该考虑一下说服杰拉尔德了……

"我们要举行一次宴会!"吉薇尼拉一回到家就宣布,并表情坚定地把杰拉尔德手里的酒瓶拿开,锁进酒柜里,"我们马上就开始计划,你得保持头脑清醒。"

杰拉尔德已经喝得云里雾里,尽管目光呆滞,但他还是乖乖听吉薇尼拉的。

"什……有什么要庆祝的呢?"他醉醺醺地问。

吉薇尼拉目光锐利地盯着他,"庆祝你'孙子'出世!"她说,"要是你还想得起来,就知道大多数人认为这是件大喜事!霍尔顿的人都等着你恰到好处地为此庆祝一番呢。"

"了……了不起的宴会……在他母……母亲生闷气,父……父亲远走他乡的时候……"杰拉尔德自嘲。

"无论是卢卡斯的出走,还是我热情尽失,你都有责任!"吉薇尼拉反驳说,"可你也看到了,我已经不生气了。我会亲临现场,面带微笑——到时候你还要大声读一封卢卡斯写来的信,他因为还在英国,很遗憾没能参加庆典。事情总得平息下来,杰拉尔德!霍尔顿的人想击败我们,有谣传说保罗……呃,不是沃顿家的种……"

宴会三星期后举行，基沃顿站花园再一次推杯换盏，觥筹交错。杰拉尔德表现得和蔼可亲，频频笑纳客人的祝贺；吉薇尼拉始终面带微笑，并趁机向现场的宾客们透露，保罗是以他曾祖父的名字命名的；她还特意向社区全体民众展示保罗与杰拉尔德的相似之处。保罗则在保姆的怀抱里甜蜜地睡着，吉薇尼拉自己尽量不去抱他，因为到现在，她抱的时候，他还是会哭，她还是会表现出生气又没耐心来。她很清楚，她必须让这个孩子融入这个家庭并让他的地位得到保护——但她还是对他没有更深的感情。保罗与她依然很疏远，更糟糕的是——她每次看着他的眼睛，都会想起怀上他的那个晚上，杰拉尔德色迷迷的嘴脸。宴会结束后，吉薇尼拉溜进马厩，抱着伊格莱恩柔软的鬃毛，痛痛快快地哭了一场，就像小时候有什么事情让自己觉得很无望那样。吉薇尼拉真希望一切都没有发生过，她很想念詹姆斯，还有卢卡斯。她依然没得到丈夫一丝消息，杰拉尔德四处寻找，也一无所获。这个国家实在太大了，谁想玩失踪都不会被人找到。

8

"用力打就是，卢克！再来一次，击它下巴后面那个东西，它没什么感觉的！"就在罗杰说话当儿，他朝另一头被抛弃的小海豹击去——依照海豹捕杀行业的规则，杀死动物时，必须保持其毛皮完好无损，捕杀者一般都是用棍棒击打海豹头部，直到血从海豹的鼻孔流出来。流完后，他们就开始剥它的皮，根本不去管动物死没死。

卢卡斯·沃顿举起棍棒，可却不忍心伤害那只正用孩子般信任的眼神看着他的小动物。母海豹在附近哀鸣，却挽救不了小海豹。捕猎的人就是冲着小海豹柔软而贵重的毛皮而来的，他们出没在母海豹哺育幼崽的浅滩，就在母海豹眼皮底下捕杀她们的幼崽。海豹的鲜血染红了陶兰加湾的礁石——卢卡斯强忍住阵阵恶心，他无法理解人们为什么那么无情，动物遭受的痛苦他们根本熟视无睹；他们甚至开玩笑说，这些海豹是那么慷慨地眼睁睁等着猎人来捕杀它们。卢卡斯是三天前加入这个捕猎团体的,但至今未杀死一只动物。开始的时候,大伙儿好像没怎么注意,他只在给海豹剥皮和把毛皮存放到马车和平房里的时候帮一下忙。可现在,他们坚决要求他参与屠杀,卢卡斯觉得无比恶心。难道这种凶残就能造就一个男人吗?与画画和写作相比,通过捕杀无辜动物来赚钱的事情真的那么正当吗?然而,卢卡斯已经厌倦了对自己提出诸如此类的问题,他来这里,是想要证明自己,并下决心沿着父亲曾经走过的路,为自己奠定财富基础。起初,卢卡斯受雇于捕鲸船,但最后却以不光彩的败退告终,他不愿意承认一点,不过还是逃离了——尽管事实上,他已经签了合同,而且,真的很喜欢那个雇用他的人……

卢卡斯在格雷茅斯一间酒馆遇到科珀,一个高大、棱角分明的黑发男人,有着"航海人"典型的饱经风霜的脸。卢卡斯从基沃顿站出走的时候,心怀着对杰拉尔德的满腔愤怒与仇恨,以至于无法清晰地思考,匆匆忙忙就去了西海岸。那里是"硬汉子"们的理想黄金国,他们骄傲地自称为"航海人",靠捕鲸和猎海豹为生,最近几年,他们还淘金。卢卡斯想让大家都知道——自己可以挣钱,以此证明自己是"真正的男人",这样,他就可以在某个时候衣锦还乡,行囊里满是……满是什么呢?黄金?如果想要那样,他就应该拿起铲子和淘金盘,历尽艰辛去深山里,而不是在捕鲸船上签约。不过,卢卡斯没想太远,他只想离开,走得远远的,最好到海上去——他想以其父之道,还自其父之身,于是,骑着马,历经一番翻山越岭的冒险后,他来到格雷茅斯这个贫穷的小村落,这里除了一个小客栈和码头,什么都没有。不过,尽管如此,客栈里还有一席干爽之地,可供卢卡斯搭帐篷。这些日子以来,他还是第一次有遮阴蔽日之处可容身。历经了那么多个露宿荒野的夜晚,毯子潮湿肮脏。他真想洗个澡,但格雷茅斯这样的地方是不会有这种设备的,卢卡斯一点不觉得奇怪,"真正的男人"好像不用常洗澡,他们需要大量的啤酒和威士忌浇灌,而不是水。几杯酒下肚,卢卡斯将自己的计划告诉了科珀,科珀没有挥手将他打发,他便鼓足了信心。

"你看起来不太像捕鲸的人!"他久久地审视着卢卡斯瘦弱的脸和温

和的灰眼睛，断言道。"不过，也不像一个懦夫……"那家伙伸手摸了一下卢卡斯的上臂，看看他肌肉是否结实。"没问题，可以啊，像很多男人一样学会拿鱼叉。"他大笑道。但是，接着，他审视的目光变得锐利起来，"可是，独自生活三四年你扛得住吗？你不会怀念港内那些漂亮的女孩吗？"

卢卡斯早就听说，时下一旦受雇于某条捕鲸船，你就得签二至四年的约。捕鲸的黄金时代，抹香鲸在南岛海岸很容易找——毛利人乘独木舟就可以捕猎到那些动物的时代——过去了。现在，近海的鲸鱼差不多灭绝了，捕鲸人必须航行到远海才能发现它们的影子，通常要花上好几个星期，甚至几年去搜寻，卢卡斯对此倒并不太上心。那些同伴对他来说更有吸引力，只要他不像在基沃顿站当老板儿子时么引人注目，就相安无事，他会顺利渡过难关的——不，他甚至可以赢得他们的尊重和认可！卢卡斯决心已定，科珀没有拒他于千里之外，相反，他似乎对他饶有兴味，还用他一双船工和捕鲸人饱经风霜的手，拍了拍他的肩膀和手臂。相形之下，自己那双修剪整齐、没有老茧的手，以及收拾得干干净净的手指甲，让卢卡斯感到有些羞愧难当。在基沃顿站，那些伙计们偶尔会拐弯抹角地议论他定期清洁双手的事，但科珀什么都没说。

卢卡斯跟着新朋友上了船，然后被引荐给船长，并签下一份把自己约束在一艘叫风速的船上三年的合同，这条梨形的帆船虽小，但却像其主人一样坚韧。船长罗伯特·米尔福德短小精悍，科珀对他敬重有加，而且对这位主叉鱼手的技术赞不绝口。米尔福德用力握住卢卡斯的手表示欢迎，并告知他将得到的报酬——酬薪让卢卡斯觉得惊人的低廉——接着，指派科珀把他带到一个铺位。风速很快就要扬帆起航，卢卡斯只有两天时间把马卖掉，把行李带上捕鲸船，在紧邻科珀的铺位住下来。这对他来说再好不过，即便杰拉尔德派出搜索队，消息还来不及传到偏远的格雷茅斯，他就已经起航远行了。

然而，船上的生活很快让他清醒过来。第一个晚上，甲板下的跳蚤让他无法入睡；更糟糕的是，他不得不与晕船作斗争。卢卡斯竭尽全力控制自己，但每当船在波浪中摇晃，他的胃就翻江倒海。呆在船内黑暗的房子里比在甲板上更难受,所以最后只好试着整夜都在外面度过。可寒冷和潮湿不久就驱使他回到住处,他也意识到,一旦出了海,在外面睡是不可能的,因为海水会冲刷甲板。伙计们再次嘲笑他,不过这次他已经不那么介意了,因为科珀很明显在护着他。

"咱卢克是彬彬有礼的小勋爵!"他和蔼地说,"人家还不适应,不过,等接受过鲸脂的洗礼后就习惯了。他很快就适应了,相信我!"

科珀颇受全体船员尊重,他不仅是能干的船工,还是一流的捕鲸手。

他的友谊让卢卡斯受益匪浅,偶尔偷偷摸摸与科珀的身体接触似乎挺愉悦的。要是风速船上的卫生条件不那么可怕,卢卡斯甚至会觉得这里的生活很享受。这里饮用水受到限制,根本没人想浪费水去洗澡。他们很少刮胡子,也没什么换洗衣服。几个晚上过去,捕鲸的伙计们以及他们的住所发出的恶臭比基沃顿站的牲口棚都难闻。卢卡斯万不得已试着用海水洗澡,但做起来不容易,而且会引起其他船员嘲笑。船上其他人虽然好像挺喜欢这个同伴,而且他们好像不太在意不干净的身体发出的恶臭,但自己一身脏兮兮的、到处被跳蚤咬过的样子却让卢卡斯很难为情。他知道没必要考虑别人什么心情,但忍不住为此困扰。

大家都无所事事。这条船原本承载不了现在这么多人,只有等到捕猎开始后,每个人才都有事可做,所以,一群人只好呆在封闭的船上打发时间。他们讲故事、肆无忌惮地吹牛、唱些下流的歌,或打牌消磨时间。卢卡斯很鄙视毫无绅士风度地打扑克、玩二十一点,不过他熟知生存的规则,所以也就随大流跟他们玩了。遗憾的是,他并未继承父亲玩牌的天赋,他不懂故意卖关子,也不懂假正经,只要看他一眼,就知道他脑子里在想什么,这点在男人中间和赌场上,可不是什么优点。他从基沃顿站带来的为数不多的钱很快就输光了,而且亏损还在继续。要不是科珀伸出援手,他肯定很难对付那帮人。上了年纪的科珀如此奉承讨好,让卢卡斯渐渐感到疑惑。虽然没觉得不愉快,但早晚会引起别人的注意。在基沃顿站的时候,因为他更喜欢和年纪较轻的戴夫·奥尔图呆在一起,跟那些老练男人呆的时间少些,那些牧羊人就含沙射影,想到这些，卢卡斯现在还心有余悸。不过，风速捕鲸人的议论还是在适当限度内，其他船员之间也存在亲密关系，有时，半夜三更就能听到他们从铺位发出的声音，这让卢卡斯尴尬得面红耳赤——不过，这同时也激起了他体内某种欲望和羡慕。难道这就是他在基沃顿站渴望的东西？他尝试着和吉薇尼拉做爱时想到的就是这种感觉吗？卢卡斯知道，这之间肯定有联系，不过，这种环境下，他不会更多地去考虑做爱的事情。恶臭、不洁的身体相拥，无论男人或女人，都没什么好兴奋的。卢卡斯内心深处唯一向往的典范——那个希腊理想中的良师门托耳，他收留了一个英俊少年，不仅给他爱，还给他传授智慧和人生经验——跟现在这个场景没有丝毫共同之处。

说实话，卢卡斯觉得呆在这条船上的每一分钟都很讨厌，很难想象自己要在风速呆上四年，可又没可能取消合同。船好几个月都不可能入港，任何逃离的想法都是徒劳的。卢卡斯唯一能想到的，是渐渐习惯这个狭窄的住处，习惯风大浪高的海面和散发恶臭的环境。习惯船上的恶臭算是最容易的，没过几天，他已经觉得科珀和其他人身上的味道没那么恶心了——大概是因为他自己身上已经开始散发同样的臭味。晕船的现象也渐渐减少，好几天才吐了一次。

然而，第一次捕猎终于开始了，紧随着一切都改变了。

启航后两星期，在一次不寻常的天上掉馅饼的好运中，风速的舵手发现了一条巨头鲸，他激动的叫喊声惊醒了船上每一个人，大清早的，他们当时还躺在铺位上呢。大伙儿马上跳起来，闪电似的朝甲板冲去。捕猎开始，他们既紧张又兴奋。这也难怪，一旦捕杀成功，捕鲸人就可以得到额外的奖励，那份微薄的薪水就可以提高。卢卡斯来到甲板上，看见船长站在舷外盯着那头巨头鲸，它正在新西兰海岸看得见的海浪上嬉戏呢。

"漂亮的家伙！"米尔福德高兴地说，"庞然大物也！我真希望能将它拿下！如果这样，我们今天就可以把一半的桶都装满了！它肥得像待宰的猪！"

伙计们欢快地吼叫着。卢卡斯还是第一次遇见鲸鱼,目睹着如此彪悍、无惧的动物作为猎物呈现在眼前,他有点不安。

这头强劲的巨头鲸,跟风速差不多大,它优雅地在海浪中穿梭,时不时地跳出水面,像脱缰的野马,在空中翻腾跳跃,悠然自得。他们该怎么弄死这个庞然大物呢?他们为什么要破坏此番美景?尽管巨大无比,这条鲸所展示的优雅和轻灵却让卢卡斯怎么看都看不够。

可是,其他人却视而不见。他们已经分成了几个小分队,每个小分队配备了小船指挥官。科珀朝卢卡斯招手,显然,他也是被选出来负责小分队的。

"就是这个了,伙计们!"船长一边兴奋地在甲板上跑来跑去,一边给每个小分队下达命令,他的核心船员表现得像一支训练有素的队伍。伙计们熟练地把小而坚实的划艇放到水面上——每条小船六个桨各就各位,紧接着,各分队指挥官和鱼叉手也到位,有的小船上还有捕鲸艇舵手。在卢卡斯看来,相比他们想要猎获的动物,鱼叉手们实在太渺小了。不过,卢卡斯表达出这个意思时,科珀只是笑笑。

"从尺寸上是这样,伙计!当然,仅仅一次单发射击只会让这头畜牲觉得痒,但射击六次,它就会倒下,然后,我们将它拖到船上,从它身上切下肥肉。所有努力都是值得的,船长不会那么贪心,若把这条鲸鱼搞定,我们大家都能拿到双倍的额外酬薪。好好干吧!"

那一天的大海不太汹涌,划艇很快就靠近了鲸鱼。它好像没打算逃走,反倒觉得小船在自己周围阵阵骚动挺有趣的。接着,还特地跃起几次,颇有为观众表演的意趣——直到第一把鱼叉击中其要害。

一位鱼叉手举起长矛刺向巨头鲸鱼翅,鲸鱼受了惊吓,恼怒地翻腾了几下,而后直接朝科珀的小船方向游去。

"小心它的尾巴!它要是严重受伤,会用尾巴拼命拍打,别靠太近,伙计们!"

科珀一边瞄准鲸鱼胸腔,一边指导队友。接着,他成功地再次击中目标，比第一次还精准，鲸鱼好像渐渐疲软了。现在，鱼叉像雨点一般围攻这条鲸，它开始暴跳并试图逃走，可为时已晚。卢卡斯既好奇又震惊地看着。鱼叉都绑在绳子上，这样就可以把鲸鱼拖到船上。因为剧痛和恐惧，巨头鲸现在几近疯狂，它拼命撕扯着绳子，偶尔还能拔掉一两个鱼叉。血从数不清的伤口里流出来，周围的水泛起红色泡沫。眼前场景以及这个雄壮的生灵遭受的无情杀戮让卢卡斯作呕。这个庞然大物和对手的斗争持续了数小时，捕鲸的男人们用尽了吃奶的力气划船、投掷鱼叉，最后用绳子制服这条鲸鱼。卢卡斯没注意到自己的手已经起泡，即便科珀为了出风头而靠近那条垂死挣扎的鲸鱼时，他也没感觉到任何恐惧。除了恶心，除了对这头勇敢奋战到只剩最后一口气的动物深表同情，卢卡斯什么感觉都没有了。他甚至难以理解，自己怎么会参与这场不公平的战斗，却又无法弃队友们于不顾。现在身在此处，自己的人生也在此处，等待着鲸鱼被击垮。这一切，只能等以后细想……

最后，鲸鱼一动不动地浮在水里。卢卡斯不知道它是真的死了，还是仅仅因为疲惫无力，但不管怎样，大家可以把它拖到船边。接下来的事情——如果可能——更让人不忍目睹。捕鲸人开始用长刀割鲸鱼的脂肪，切下的脂肪直接被拖到船上，变成鲸脂。第一块肉从鲸鱼身上扯下来丢到甲板上时，卢卡斯希望这只动物真的死了。几分钟后，他们脚下已是血肉成河。有人打开鲸鱼的头，掏出最受欢迎的鲸脑油。科珀告诉卢卡斯，蜡烛、清洁用品和护肤品都是用鲸脑油制成的。其他人开始在鲸鱼内脏里找更有价值的龙涎香，那是香水行业必备的基础成分。鲸鱼内脏散发着兽粪的恶臭，想到在基沃顿站时自己和吉薇用的古龙香水，卢卡斯浑身哆嗦。他从未想到，香水里面居然含有从某个被残忍杀戮的动物内脏里取出来的东西。

此时，一口口大锅下，柴火已经点燃，腥臭的肥肉正被加工、装船。空气里弥漫着脂肪的味道，卢卡斯每吸一口气，就感觉到这股味道好像堵在呼吸道上。他将身子靠在护栏上，弯下腰，但还是避不开鱼和血发出的恶臭。要不是胃里长时间没东西，他肯定会吐的。早些时候，他还觉得口渴，但现在，他想起任何东西都觉得其味道像鲸脂。他模糊地记得，还是小孩子的时候，有人跟他描绘过鲸鱼的加工过程，他当时就觉得非常可怕。现在，他陷入噩梦中，梦里全是被扔进臭气熏天的锅里的那些鲸鱼脂肪和肉。锅里加工好的鲸脂将被倒进滚筒里，负责把鲸脂装入木桶并密封的人喊卢卡斯过去帮忙，卢卡斯照做了。他尽量不去看那些大锅，锅里正在煮大块大块的鲸鱼脂肪。

船上别的人没表现出对这份工作有丝毫嫌恶，腥臭味好像反而让他们食欲大增，他们显然对以新鲜肉为主食膳食无比期待。他们很遗憾无法保留更多鲸鱼肉，因为这些肉很快就会腐烂。于是，肥肉都切完后，他们会把剩下的部分都丢进海里。接下来，厨子要花两天时间把鲸鱼肉切下来，确保船上的人可以饱餐一顿。卢卡斯心里很清楚，他一块都不会吃。

最后，该把鲸鱼遗体从船上解开了，它的内脏大部分都被取出来了，甲板上依然铺满切好的脂肪，船员们在黏液和血液之中走来走去。鲸脂的烹煮还得持续好几小时，卢卡斯知道，好些天之后，甲板才可能被清理干净。卢卡斯甚至怀疑，他们会像平时那样，随便把甲板扫扫，然后再用水冲冲——都有可能。也许，他们干脆就等下次暴雨来临的时候，让洪水淹没甲板，然后把宰杀鲸鱼留下的痕迹清理掉。卢卡斯确实渴望一场暴雨，想起这一天目睹的一切，恐慌的感觉油然而生。旅途中的生活条件、狭窄的统舱、从不洗澡的身体，他最终会适应，可是，永远无法适应像这样的日子！无法适应对这些庞大却和平的动物残忍的杀戮、肢解。接下来的三年怎么熬，卢卡斯真的不知道。

风速捕获的第一头鲸入"网"后，工作终于如他所愿宣告结束。米尔福德船长决定到韦斯特波特港着陆，将战利品出手后再启航。在那儿，新鲜鲸脂肯定能卖得好价钱，而且，为了下阶段的捕猎，应该把滚筒空出来——这些工作只需要几天时间。伙计们开始庆祝，金发矮个子瑞典人拉尔菲被韦斯特波特的女孩弄得神魂颠倒。

"那儿有点乱七八糟，但已在蒸蒸日上的建设之中，目前，只有捕鲸手和猎海豹的人，还有三两个淘金者会来，想成为那里真正的山里人——对于开采煤矿，有人这么说。不管怎样，这里好歹有间酒馆、几个你情我愿的女孩!告诉你们吧,我曾经和那里一个让男人很爽的红发女人在一起!"

卢卡斯斜靠在栏杆上,觉得疲惫、恶心。科珀走了过来。

"你也在盘算去逛窑子?还是想就在这里庆祝捕鲸成功?"科珀先是把手放在卢卡斯肩膀上,接着,又近乎爱抚地慢慢滑到他手臂。科珀说的引诱的话,卢卡斯听得一字不漏——但他还不确定。毫无疑问,科珀对他有恩,这位年长者一直对他很好。自己不是一直想跟一个男人同床共枕一辈子吗?当自己自慰以及——上帝作证——和妻子躺在一起的时候,脑子里不是总出现男人的映像吗?

可这……卢卡斯读了古希腊和罗马作品,那时,男性身体是美的理想典范;只要男孩不是被强迫的,男人和小伙子之间的爱不会引起异议。卢卡斯对那个时期创造出来的雕塑图片无比惊叹,它们是那么光滑、那么干净、那么诱人……真是美极了!卢卡斯站在镜子前,将自己的身体与塑像对比,并试着摆出那些青少年装模作样的姿势,幻想着自己在门托耳的怀里——这位良师的样貌当然完全不同于捕鲸者。虽然他为人友好且心平气和,却浑身邋遢,臭气熏天。在风速的日子,是没可能洗澡的。伙计们在沾满汗水和污秽、已被鲜血和黏液玷污的甲板上走来走去……卢卡斯避开了科珀充满诱惑的眼神。

"我不知道……漫长的日子……我累了……"

科珀点点头。"别担心,回到铺位去吧,小伙子。冷静一下,说不定晚些时候我可以……好了,我可能带点东西给你吃。运气好的话,附近甚至能买到威士忌……"

卢卡斯咽了一下口水。"下次吧,科珀,到韦斯特波特之后。你……我……别误会,我必须洗个澡。"

科珀爆发出一阵爽朗的大笑。"我的小绅士!好的,很好,我敢保证,肯定有女孩会吸引你去洗澡——要是我们俩一起,就更胜一筹了!我可以好好受用一番!你想不想?"

卢卡斯点点头,最重要的是,这个老男人今天能让自己单独呆着。他现在对自己、对与己为伍的这帮男人,都充满憎恶,所以,他宁可退到布满跳蚤的铺位上。说不定鲸脂和汗水的恶臭会将跳蚤驱散！这个期望很快被证明是无用的。结果正好相反，恶臭无非是吸引了更多臭虫而已。大把大把臭虫被身体压死，卢卡斯觉得那里更脏了。他清醒地躺在那儿，听着甲板上的大笑和高喊声——显然，船长在请大家喝酒——接着传来伙计们酒醉的歌声。一个计划在卢卡斯脑海里酝酿——到了韦斯特波特，他就离开"风速"。他不在乎是否违反合同。这里的生活实在让人无法忍受。

他竟然轻而易举就溜走了。唯一的问题是，他个人物品只好都留在船上。他们只是在船长许可之下上岸休假，要是把铺盖和衣物带走，会引起人家的怀疑。他只拿了几件换洗衣服——毕竟，科珀答应让他洗个澡，所以有理由这么做。科珀笑他多此一举，但他不在乎。他只想伺机逃走。就在科珀和一位迷人的红发女孩商量到附近找个浴盆那会儿，机会来了。酒馆里其他人没太注意卢卡斯，他们心里只有威士忌和女孩子丰满的身体曲线。卢卡斯没点任何喝的东西，他不希望自己偷偷溜出酒馆、躲进马厩之后，还留下未付的账单。后来，卢卡斯发现后面有一个出口，于是走出后门，偷偷摸摸穿过一个铁匠铺的院子，接着又走过一个棺材制作棚、几间未完工的宅院。韦斯特波特是个乱七八糟的地方——他说的没错——但也确实在蒸蒸日上的建设中。

村庄位于布勒河岸边，这条河宽广而平静地流入大海。卢卡斯看出，一个布满石头的浅滩将沙滩隔断。更重要的是，一个长满蕨类植物的林地从韦斯特波特港延伸开来，深绿色的原野看上去完全未开发过。卢卡斯看了看四周，不见人迹，显然，没有其他人找到房屋前这片空地来，他完全可以在不被发现的情况下逃走。行动方案已定，他马上沿着河边跑去，而且只要有可能，就尽量把自己隐藏在蕨类植物间。沿着河的上游走了一个小时后，他觉得已经走得够远了，可以稍微放松一下。船长不会那么快就想起他，因为风速要第二天早上才离开。科珀肯定会找他，但不会跑到河边来，至少开始时不会。随后，卢卡斯环视了一下河堤，而后很肯定地知道，自己会被限制在韦斯特波特附近范围。他很想立刻朝丛林深处跑去，但因为讨厌自己一身污秽，只好停下来，先洗洗干净。他脱光衣服，打着寒战把脏衣物藏在岩石后——他只是想把它们洗干净后再带走，可是，想到要擦洗上面的血和脂肪，他有点不寒而栗。于是，他只穿着内衣，很想把衬衫和裤子丢掉。可遗憾的是，如果他还敢跟人接触，除了身上穿的东西，他已一无所有。当然，无论做什么，都比在风速屠宰鲸鱼好。

最后，卢卡斯潜入冰冷的布勒河水中。虽寒冷刺骨，清澈的水却把他身上的脏东西都洗净了。卢卡斯蹲下身，潜入深水，摸出一块鹅卵石来拭擦肌肤。他使劲搓揉着，直到全身像螃蟹一样泛红，而且也不觉得水冷了。然后，他离开小河，穿上干净的衣服，找到一条穿过丛林的小路。这里的林地挺可怕的——潮湿而浓密，长满了不熟悉的植物——还好，卢卡斯在家乡时对动植物群的兴趣派上用场。他在教科书上看过许许多多巨型蕨类，叶子有时像毛毛虫一样卷起来，看上去像真的毛毛虫。他试着给它们命名，并渐渐不再觉得恐惧。这些都是没毒的植物，最大的树螽都不像船上的跳蚤那么具有攻击性。各种各样的动物噪音充斥在密林四处，但他并不害怕。这里除了昆虫和鸟，没有别的东西，而鹦鹉占其中多数，林地里充满了它们奇特的叫声，但它们完全是无害动物。那天晚上，卢卡斯用蕨类植物搭了个露营，很轻松就入睡了，而且睡得比在船上那几个星期安稳得多。虽然失去了一切，但第二天早上醒来的时候，觉得无比神清气爽——在丢掉工作、违约、欠了一屁股赌债的情况下，这感觉确实令人讶异。另外一件让他觉得有趣的事是，过不了多久，就不会有人称自己为"绅士"了！

卢卡斯很想留在林地里，但这儿除了该死的大片大片的绿色植物，什么吃的都找不到，至少，卢卡斯没这个能力——但对毛利部落的人或游骑兵来说可能就不一样了。不过最终，他咕咕叫的胃迫使他去寻找居民区。可到哪去找呢？韦斯特波特是不可能了，那里的每个人现在肯定都已经知道，船长在找一名弃船潜逃的水手，说不定风速还在等他呢。

他回想起科珀几天前曾提到过陶兰加湾。那是海豹出没的海滩，距离韦斯特波特十二英里。猎海豹的人对风速肯定一无所知，而且也不可能去关注。陶兰加湾的捕猎业应该很繁荣,他肯定能在那儿找到工作。卢卡斯高高兴兴地朝着那个方向前进。猎海豹不可能比捕鲸糟糕……

陶兰加的伙计们还真的很欢迎他,他们营地里的臭味也还可以忍受。毕竟,他们是户外露宿,大家不用关在一起。卢卡斯多少有点不对劲,伙计们显然也都看出来了,但对于他衣衫褴褛、两手空空且一文不名,他们什么都没问。至于为何如此狼狈,卢卡斯的解释他们一挥手就忽略过去了。

"不用担心,卢克。你这种情况我们见多了,发挥自己的作用,多弄几头小海豹就是了。周末的时候,我们会把生毛皮拿到韦斯特波特去,到那时你就有钱了。"那位最年长的猎人诺曼一边吸着烟斗,一边和蔼可亲地对他说。卢卡斯私下里有点怀疑,也许自己还不是唯一一个出于某种原因逃到这里来的人。

要不是捕猎本身——如果看着那些无助的小海豹在惊恐的母海豹眼前活生生被屠宰也可以叫做"捕猎"的话,卢卡斯甚至会觉得跟这些沉默寡言、悠闲散漫的人在一起还挺舒服的。他总是怀疑地看着手里的棍棒和眼前的小海豹……

"好,打呀,卢克!把毛皮拔下来!你想想,因为你跟我们一起把皮剥下来,到了星期六,在韦斯特波特,这些东西就可以拿来换钱了。我们来到这里,大家互相帮助,但你只能得到你自己卖毛皮的钱!"

卢卡斯看不到别的出路。他闭上眼睛,挥动棍棒。

9

到那周周末,卢卡斯已经猎获了三十张海豹皮——比在风速更为惭愧和自责的感觉,让他备受煎熬。他决定周末去一趟韦斯特波特后,就不再回海豹滩。韦斯特波特是个新兴的居民区,那里肯定有不会让人遭受这种自我折磨的职业可找——即使那里的工作意味着必须承认自己不是真正的男人。

毛皮买家是一个矮小、结实的男子，他在韦斯特波特还经营杂货店，是个非常乐观的人。如卢卡斯所期望的一样，他并未把海豹滩这个新猎手与从风速逃走的捕鲸人联系在一起，也许是他的思维没法让他想到过去那么久的事情——或者，他根本没在意。不管怎样，他以每张海豹皮几分钱的价格支付了卢卡斯，接着很热心地回答了他在韦斯特波特另找工作的问题。当然，卢卡斯不敢明说自己觉得捕杀动物很让人难以忍受，他只是谎称海豹滩的生活很孤独，而且同伴都是男性，这让他渐渐吃不消。

"这次，我想到镇里来生活，"他解释说，"说不定可以找个老婆，成个家⋯⋯而不是天天看着那些死海豹和鲸鱼。"卢卡斯把买睡袋和衣物的钱放在桌上，那位商人兼新朋友大笑。

"好啊，找工作容易，可找女人？这里的女人都在酒馆上面乔兰达开办的场子里。她们正值待嫁年龄！"

大伙儿只把卢卡斯的话当玩笑，所以笑个不停。

"你现在就可以亲自去问问她们！"诺曼和蔼地说，"你正准备去酒馆，对吧？"

卢卡斯无法推辞。就那么一点可怜的工资，他真希望能省省，可是，买瓶威士忌喝喝感觉挺不错——酒精可以让他忘掉海豹的眼睛和鲸鱼绝望的挣扎⋯⋯

毛皮商列举出另外几个在韦斯特波特能找到的工作，比如，铁匠铺可能需要帮手。卢卡斯以前跟铁打过交道吗？卢卡斯真恨自己，以前在基沃顿站的时候，怎么从来没想一想詹姆斯·麦肯齐是怎样钉蹄铁的，这方面的手艺本可以让他在这里赚钱的，但铁锤和钉子之类的东西，他摸都没摸过。他会骑马——仅此而已。

诺曼适时地打断卢卡斯的沉默。"当帮工不合适，是吗？除了捕猎海豹，什么都没学过，搞建筑还是有可能的！木工活永远都需要帮手，他们不愿签合同，布勒河边现在正好大兴土木，我们这里很快就要变成一座真正的城市了！不过这种工作薪水不高，跟你现在做的这行没得比！"他指着海豹皮说。

卢卡斯点点头,"我知道,不过,不管怎样,我会问问看。我……一直都跟木材打交道。"

酒馆很小而且不太干净,但这里没有一个老顾客还记得他,这让卢卡斯松了口气。他们甚至看都没多看这个风速水手一眼,倒是那位再次为他服务的红发女孩,一边擦着桌子准备为诺曼和卢卡斯摆好酒杯,一边狐疑地看着他。

"不好意思,这里看上去乱得像猪舍。"女孩说,"我告诉过乔兰达太太那个中国人打扫不干净……"她说的"中国人"是另外一个长相颇有异国情调的酒馆招待员。"可是,如果没人抱怨……你们只喝威士忌还是再要点吃的东西?"

卢卡斯很想吃点东西,当然是闻起来没有海和海藻味道,也没有血腥味的东西,而且不是那种捕海豹的人用火即时烤得半熟就咽下肚子的东西。那个女孩好像挺讲究卫生的,也许厨房不会像他第一眼看到时所担心的那样肮脏。

诺曼大笑。"宝贝,来点可以慢慢嚼的如何?不,我们可以在营地吃那些东西,但像你这样的甜点那儿却没有……"他捏了一下女孩的屁股。

"那得付点钱,你懂的,是吧,宝贝?"她问,"如果我告诉乔兰达太太,她马上会在你账单上加上这笔费用。不过我不想那样做——用那些钱,你还可以抓这里。"红发女孩指着自己的乳房说。他尽情地摸了一番,另外一个伙计乔勒也过来凑热闹,女孩却熟练地推开他的手,"付完钱,还有更多服务。"

她挺着胸走开,几个男人大笑。她穿着诱人的红色高跟鞋和深浅不一的绿裙子,衣服虽然旧,而且补过不止一次,却很干净,性感的蕾丝饰边很仔细地上过浆,压得硬挺挺的。她让卢卡斯想起吉薇尼拉。当然,她是淑女,而这个未完全长大的女孩是一个妓女。可她也有卷曲的红头发,白皙的皮肤,从她扑闪着的眼睛看得出她并不完全屈从于自己的命运,这里并不是这个女孩人生的终点站。

"确实是个小甜心，对吧？"诺曼说，他察觉到卢卡斯的目光，却曲解了其含义，"她叫达芙妮，是乔兰达太太马厩里最好的马，而且，还是她最得力的助手。没有她，这里根本经营不下去，我告诉你，她可以把所有事情都打点妥当，要是那个老太婆聪明点，她应该把这个可爱的小东西收养过来，可她只想到自己。总有一天，女孩会带着最有吸引力的客人跑掉的。你认为呢？她是你的首选？还是，你更喜欢野性一点的？"他看着其他人，使了个眼色。

卢卡斯不知道说什么好。

还好，达芙妮拿着第二轮威士忌返回来了。

"女孩们在楼上都准备好了，"她一边传着酒杯一边说，"尽情地喝个痛快吧——我很乐意把酒瓶带着——待会儿上来哦！"她忐忑地微笑着，"可别让我们等太久哦，你们知道的，小酒能激起欲望却又会减弱功力……"诺曼正要伸手捏她屁股，她迅速去抓他两腿间的东西作为报复。

诺曼往后一跳，而后大笑起来。

"你这么做，我也可以收费吗？"

达芙妮摇摇头，任由红发飘扬。

"亲一下可以吗？"她咯咯笑着，诺曼还来不及应答，她已悄然离去。伙计们在她身后吹起一阵口哨。

卢卡斯喝着威士忌，有点晕晕乎乎的。他如何才能再次顺顺当当地从这里滚出去呢？达芙妮根本激不起他的欲望，虽然她好像一直直勾勾地看着他。就刚才，她的目光还在他的脸上游移，而且还往他虽修长但比其他人强健结实的身体上扫射。卢卡斯很清楚，女人都会觉得自己很迷人——这一点对韦斯特波特的妓女和克莱斯特彻奇的主妇没什么不一样。诺曼要是真的希望他和大伙儿一起到楼上去，他该怎么做呢？

卢卡斯再次想到偷偷溜走，可那是不可能的。没有马，就没机会离开韦斯特波特，他暂时还得呆在这个小镇。既然跑不了，当下最重要的是抓住时机，准备随时躲过这个红发妓女。

达芙妮再次出现并邀请他们上楼时，其他大部分人还有点犹豫不决,但大伙儿都没喝醉,卢卡斯要是不在场,没有一个不会注意到。达芙妮这会儿又把目光停留在他身上……

她领着大家走进用绒毛家具装修的客厅,里面有几张无论摆在哪都显得粗俗的小桌子。四个刻意穿着睡衣的女孩正在那儿等他们。乔兰达太太也在,她是个矮胖女人,眼神冷漠,她二话不说,先收了每个客人一块钱。"这样,就可以保证没人不付钱就跑了。"她平静地解释说。

卢卡斯咬牙切齿地付了自己那份,他这个星期赚来的钱很快就要用完了。

达芙妮把他带到一个红色座椅上,然后再递上一杯威士忌。

"好了,新来的,我怎样才能让你开心呢?"她微微喘着气说。她是唯一一个未穿睡衣的女孩,不过此时已貌似不经意地把胸衣解开。"你喜欢我吗?可我警告你:我可是像一团火一样热情!我已经点燃好几个……"她一边说,一边把绑头发的长线从脸庞撩拨来撩拨去。

卢卡斯没反应。

"不喜欢?"达芙妮在他耳边低声说,"还是害怕?啧啧,啧啧,那,好吧,说不定你喜欢其他风情的,来我们这儿的,每个人都有收获,火一样热情的,空气般飘逸优雅的,水样温柔的,大地般质朴结实的……"她一个接一个地朝三个女孩示意,这会儿她们正忙着招呼别的伙计。她指的第一个女孩脸色苍白,一头淡亚麻色直发,样子飘逸而优雅,虽然身材娇小,骨瘦如柴,但薄衬衫下丰满的乳房却隐约可见。卢卡斯觉得那令人作呕,他永远无法克服这种厌恶感而后跟这个女孩做爱。另一个穿着蓝衣服的金发、黄宝石色眼睛女孩,呈现出"水"的风情,显得非常有活力,这会儿正和兴致盎然的诺曼开玩笑。"大地"风情的女孩有着棕色肌肤,黑长发,毫无疑问,她是乔兰达太太手头最具异国情调的人,即便算不上漂亮,她的脸部轮廓让她看上去很坚韧,而身材则健壮结实,她让刚刚跟她调情的男人很是神魂颠倒。像平时那样,卢卡斯觉得那些男人选择女伴的标准真让人惊讶。达芙妮是所有女孩中最漂亮的,要是她选择了自己,卢卡斯应该倍感荣幸。只要他稍微引诱一下,说不定她……

"告诉我,你这里还有年龄更小的吗?"卢卡斯最后问。他这么问要的不是结果,而是,如果今晚要保住面子,最好有机会和一个苗条的假小子类型女孩在一起。

"比我还小?"达芙妮吃惊地问。她是对的,自己差不多还是个孩子呢,卢卡斯猜她顶多十九岁。他还没来得及应答,她已将他细细端详了一遍。

"我现在知道了,我以前见过你!你是那个从捕鲸船上逃跑的家伙!那个胖子同性恋科珀那时候还为你和他自己要了一个浴盆!我都快笑死了——大男人要用什么香皂,那就没办法了!那是单相思,嗯……不过你确实喜欢男生,对吗?"

卢卡斯酒后泛红的脸让他免去回答她将信将疑的提问。

达芙妮笑笑——笑容里有一点狡猾,也有一点理解的意味。"你的好朋友不知道这事,是吗?而你也不想让人知道。听着,朋友,我有样东西给你。不,不是爷们,爷们我们这里一个没有,是某种很特别的东西——但只许看,她们不是交易品。有兴趣吗?"

"有……什么?"卢卡斯结结巴巴地问。达芙妮的提议似乎给了他一条出路。某种特殊而受人尊重的东西,不会要求他跟别人一起睡?卢卡斯有点担心的是,剩下的钱很可能就因此全花光了。

"是一种……呃,艳舞。两个仅十五岁的小姑娘,是双胞胎。我保证:那是你从来没看过的!"

卢卡斯把自己交给命运。"多少钱?"他迫不得已开口问道。

"两块!"达芙妮不假思索地回答,"一块钱给女孩,另外一块你已经付给我了。我不会让俩姑娘单独和男人在一起,你懂的!"

卢卡斯清了清嗓子,说:"她们……呃哼,跟我在一起,不会有丝毫危险。"

达芙妮笑起来,笑声听起来年轻而清脆,让卢卡斯很吃惊。"我相信。好啦,我就破例一次,不用你付一分钱,行了吧?你的全部财产都留在风速了吧?你是真正的英雄!你现在可以走了,一号房,我会派女孩过去。我自己还得去讨诺曼开心呢。"

她一摇一摆朝诺曼走去，让金发的"水"风情女孩即刻黯然失色。达芙妮，毫无疑问，光芒四射——更了不得的是，她是那种很容易让人接近的类型。

卢卡斯进了一号房，如他所料，房间布置得像三流酒店，里面摆了一张绒毛大床……他是该张开四肢躺在上面吗？这会不会把女孩吓跑？卢卡斯最后半倚在绒毛椅上，因为那张床的卫生给人感觉很可疑，毕竟，他刚刚摆脱风速上的跳蚤。

双胞胎伴随着身后"客厅"里一片唏嘘和羡慕声而来，她们穿过客厅，来到他的房间。显然，这个房间被视作奢华之处——有幸钦点那对双胞胎——那是一种殊荣。达芙妮再次交代，这两女孩处在自己的保护之下。

众目睽睽之下，双胞胎好像有些难为情，虽然有一块特意加的地幔遮蔽她们的身体，挡住好色之徒的目光。她们头上披着硕大的盖头，并肩进了房间，感觉自己到了这个房间，安全了，才掀起盖头……金发碧眼的双胞胎低下头去，她们平时可能是一直保持这样的姿势，直到达芙妮进屋介绍她们。不过今天却不是这样，其中一个女孩抬起头。卢卡斯意识到自己正在窥视她那张狭长的脸，还有一双多疑的淡蓝色眼睛。

"晚上好，先生。您的邀请让我们倍感荣幸。"她说，很容易听得出，这是反复排练过的语言，"我叫玛丽。"

"我叫劳里。"另一个女孩说，"达芙妮告诉我们说你……"

"我只看，不用担心。"卢卡斯温和地说。他永远不会碰这些孩子，即使从某方面来说，她们确实满足了他的期望：玛丽和劳里把盖头丢在地板上，赤裸裸地站在那儿，他看到她们的身体是那么稚气、纤细。

"我们的表现，希望你喜欢。"劳里一边牵着姐姐的手，一边礼貌地说。这是一种让人放心的姿态，自我防卫的成分多过色情表演。卢卡斯不明白，这些女孩是如何陷入这个行当的。

女孩挪到床上，但没有钻进被子里。她们只是面对面跪在那儿，然后拥抱、亲吻对方。接下来的半小时，卢卡斯看到不断变换的姿势和体位，她们的表演简直让他羞愧难当，血流凝固。女孩相互之间那些动作实在有失体统，但卢卡斯不觉得反感，它深深唤起了自己想跟某个身体结合在一起的梦想——那是一种高贵的结合，而且彼此尊重。卢卡斯不知道两女孩是否从淫秽的动作得到快感，而且也不敢想象她们表现出来的东西。从她们彼此的表情、相互触摸时那种内在的温柔看得出来，她们是彼此爱慕的。色情表演让观看者意乱情迷——随着时间的推移，她们的身体分界线渐渐模糊，两个女孩太像了，所以，到了某一时刻，她们让人产生一个错觉，以为眼前是一个四条手臂、两个头的舞蹈女神。卢卡斯记得以前看过来自英国直辖殖民地印度的类似场景图片。虽然他喜欢画女孩而不喜欢和她们做爱，却发现这个场景对自己有着出奇的诱惑力。她们的舞蹈有某种艺术美感，两人最后紧紧拥抱，定格在床上，直到卢卡斯鼓掌才分开。

迷幻之舞结束，劳里用探究的目光扫视了一下他的裤门襟。

"你喜欢吗？"她有些不安地问，因为她看见卢卡斯的裤门襟还好端端地扣着，而且他脸上没有一丝迹象显示他刚才手淫过。"我们……我们也可以抚摸你，但……"

从女孩的表情可以看出，她们不太喜欢那种事情，但有的客人因为没有达到高潮，所以会向她们索回所付的钱。

"不过达芙妮倒是经常这么做。"玛丽补充说。

卢卡斯摇摇头。"没那个必要，谢谢你。我很喜欢你们的舞蹈，就像达芙妮说的——那是很特别的东西。可是，你们怎么会干起这行当呢？在这样的场子，人们没料到会看到这样的表演。"

女孩如释重负地舒了口气，一边裹好盖头，依然坐在床沿，显然，她们不再觉得卢卡斯对自己有什么威胁。

"噢，那是达芙妮的主意！"劳里如实相告。两个姑娘嗓音甜美，像小鸟一样叽叽喳喳——这是她们刚刚进入青春期的另外一个标志。

"我们必须赚钱，"玛丽接着说，"可是我们不想……我们不能……为了钱向男人撒谎是罪恶的，你知道。"

卢卡斯想知道，她们这一套是不是跟达芙妮学的。不过，看来她们自己也不是很赞同这种做法。

"虽然有时必须这么做！"劳里为自己的同事辩护说，"但达芙妮说，你的激情需要靠这个来调动。但——乔兰达太太不这么认为，所以……"

"所以，达芙妮就在她一本书上找到点什么道理，那是一本充满……下流内容的占卜书。可是乔兰达太太说，如果你……那本书到底从何而来并没有罪过。"

"不管怎样，我们所做的没什么罪过！"玛丽坚定地说。

"你们是好女孩，"卢卡斯表示赞同。他突然很想多了解她们一些，"你们从哪来的？达芙妮不是你们的姐姐，对吗？"

劳里正要回答，门开了，达芙妮走了进来。看见女孩盖着盖头，正和陌生的客人相聊甚欢，她显然松了口气。

"表演让你开心吗？"她问，并同样毫不避讳地朝他的裤门襟看了一眼。

卢卡斯点点头。"你这俩小朋友干了一件让我很愉快的好事，"他说，"她们正要告诉我她们是从哪来的呢。你们都是从某个地方逃过来的，对吧？还是说，你们父母都知道你们在这里干这一行？"

达芙妮耸耸肩。"就看你相信什么咯。如果我妈妈和她们的妈妈正坐在云端弹竖琴，我想，她们应该会看见我们。但如果她们长眠在我们的同类长眠的地方，她们就只能从地下看到小萝卜了。"

"这么说，你们的父母都过世了。"卢卡斯说，并未在意她那番嘲讽，"很抱歉。你们最终怎么会到这里来的？"

达芙妮在他面前自信地挺直身子，"听着，卢克，还是叫什么名字的家伙，要是有什么让我们很讨厌的话，那就是爱打听别人的事情。懂吗？"

卢卡斯本想说自己并无恶意，可脑子里总想着怎么才能帮助她们脱离已陷入的悲惨处境。劳里和玛丽还不是很糟糕，但对于像达芙妮这样能干又聪明的女孩来说，必须别有选择。然而，这个时候，他跟三个姑娘一样，身无分文——达芙妮和两个双胞胎已经赚了三美元，说不定她们的钱比自己还多点——他在想，乔兰达留给她们的，可能不超过一块钱。

于是，卢卡斯只是说："对不起，我没想冒犯你。听着，我……我今晚需要一个地方睡觉，我不能呆在这儿。这房间是很诱人……"他手一挥，指着乔兰达太太的钟点房。达芙妮银铃般大笑起来，两个双胞胎也内敛地咯咯笑起来。"可肯定超出我的价格范围。马厩或者这一带别处有地方可睡吗？"

"你不打算回海豹滩了吗？"达芙妮惊讶地问。

卢卡斯摇头，"我想找一份没那么血腥的工作，有人告诉我说木匠要招人。"

达芙妮看了一眼卢卡斯那双纤细的手，不错，的确不如一个月前修剪得那么整齐，但还是不像诺曼和科珀的手那样粗糙且长满老茧。

"那就得当心，别时不时地把自己的手弄伤了，"她说，"锤子砸到手指比用棍子打海豹会出更多血——可你的皮又没海豹皮那么值钱，朋友！"

卢卡斯只好笑起来，"我会当心的，谢谢，只要跳蚤不把我血吸干就行。是我弄错了，还是这个地方也有跳蚤爬过？"他不加掩饰地开始挠肩膀——绅士当然是永远不会这么做的，但绅士也不会花那么多时间对付昆虫呀。

达芙妮耸耸肩，"可能是从客厅带过来的，一号房我们天天打扫，应该很干净的，毕竟，要是带着满身脓包表演，双胞胎肯定会分心的，这也是我们不会让那些脏兮兮的家伙睡在这儿的原因，无论他们付多少钱都不行。你最好去看看还有没有畜栏可租住，那是很多路过的男人过夜的地方。大卫把那里打理得很整洁，你会喜欢的，不过可别骚扰他！"

说完，达芙妮离开，并嘘了一声让双胞胎一起离开房间。卢卡斯继续呆了一会儿，外面的伙计们正等着他去泡妞呢，他先得把衣服穿好。等他再次回到客厅，快要喝醉的家伙发出一阵欢呼声，诺曼端起酒杯向他祝贺。

"真有你的，卢克！和三个最好的姑娘在一起，结果就像刚从鸡蛋里孵出来一样！我好像听到里面有什么动静？伙计们，赶紧给自己找乐子去，别让他把你们的女人也夺走了！"

10

卢卡斯任由他们起哄,过了一会儿才离开酒馆,去找出租的畜棚。马棚给人感觉挺干净的,这点达芙妮倒未言过其实。马的味道肯定是闻得出来的,不过畜栏间的通道打扫得很干净,马在撒满干草的围栏里站着,马具间里的马鞍和缰绳很旧了,不过保存完好,一盏马灯将内部空间沐浴在微弱的光线中——柔光足够让他确定方向并看清夜色中的马匹,却又不会亮得让牲口不舒服。

卢卡斯四下里张望,想找个可以睡觉的地方。看来他是唯一的过夜客,他没开口询问周围有没有人,就准备开始搭铺睡觉,就在这时,一个尖锐得让人害怕的声音从黑暗的马厩传来:"谁啊?报出姓名,说说你来干什么,陌生人!"

卢卡斯紧张地举起手,"卢克……嗯啊……我没什么不良意图,只是来找个地方睡觉。那个女孩,达芙妮小姐说……"

"我们只为把马寄放在这里的人提供住宿。"说话的声音渐渐近了,最后,业主出现在眼前,那是个金发男孩,大约十六岁,他伸长脖子往畜栏墙外瞅,"你没马呀!"

卢卡斯点头。"是,不过我可以付点钱,我不需要整间,一个角落就可以了。"

男孩点点头。"没马,你怎么来这里啊,先生?"他好奇地问,并往旁边挪了挪,这样,他的样子就完全看得清了。男孩个子挺高的,不过很瘦,还一脸稚气。卢卡斯注视着他明亮的圆眼睛,微弱的灯光下,看不清是什么颜色。男孩样子坦率、亲切。

"我是从海豹滩过来的。"卢卡斯说,好像这样就可以解释一个翻山越岭远道而来的人怎么没骑马。不过,说不定男孩自己也看得出客人肯定是坐船来的。卢卡斯希望他不会由此立刻联想到风速的逃兵。

"你是捕海豹的吗?我以前也想过干那行,可以赚很多钱。但我没法做……那些海豹可怜巴巴看着捕猎者的样子……"

卢卡斯心里有一丝暖意。

"正是因为这样，我才想找另外一份工作。"他解释说。

小男孩点点头，"你可以到木匠那儿当帮手或伐木工，他们那儿有很多活可以干，星期一我带你去，我也是做建筑的。"

"我以为你在这儿当马童呢。"卢卡斯有点意外，"你叫什么名字？是大卫吗？"

男孩耸耸肩。"那是他们叫的，我的真名叫斯坦伯格。斯坦伯格·斯格勒弗森，但这里没人会发这个音，所以那个女孩，就是达芙妮，开始叫我大卫，源自大卫·科波菲尔，这个人可能写过一本书或别的。"

卢卡斯笑笑，再次对达芙妮感到吃惊。难道她是一个读过狄更斯的酒吧侍女？

"哪里的人会给孩子起名'斯坦伯格·斯格勒弗森'呢？"卢卡斯问。大卫将他带到一个临时棚屋里，他已经把那儿收拾好，可以住人了。秸秆捆当桌椅，干草堆在搁板上，角落里还有另外一堆。大卫示意卢卡斯，他得用干草当床睡。

"冰岛。"他回答说，并热心地帮卢卡斯铺床，"我就是从那里来的。我父亲是捕鲸的，但我母亲是个爱尔兰人，她总是想离开。除了回到自己岛上，她对别的都没兴趣，但后来她家移民到了新西兰，她就想来这里，因为可以不用再忍受冰岛的天气了，那里总是又冷又阴暗……她在来新西兰的船上生病去世，在一个阳光明媚的日子，对她来说，这样的日子很重要，我觉得……"大卫偷偷抹了下眼睛。

"你父亲离你不远吧？"卢卡斯和蔼地问，一边把睡袋铺开。

大卫点了点头。"不过很长时间不在一起。他听说这里也有捕鲸业，就满怀希望跑来了。我们离开克莱斯特彻奇，去了西海岸，在那儿，他毫不犹豫地跟另一条捕鲸船签下雇用合约。他想把我带在身边当甲板员，但他们不需要。就这样。"

"他把你单独留在这儿？"卢卡斯很惊讶，"你那时才多大？十五岁？"

"十四。"大卫平静地说，"我父亲觉得我可以独立生存下去了，可我根本不会说英语。不过，你也看到了，他是对的，我在这儿，过得好好的——我觉得我成不了优秀的捕鲸手，父亲每次带着一身鲸脂味回到家里，我都觉得很恶心。"

他们俩舒服地躺在被窝里，男孩很随意地聊起他在西海岸跟一帮硬汉在一起时的那段经历，看得出，跟那伙人呆在一起，他的感觉跟卢卡斯一样，很不舒服，能找到一份马童的工作，他觉得很开心。以打扫马厩作为交换，他被允许睡在那儿，白天则干建筑方面的活。

"我真的很想当木匠，设计房屋。"他向卢卡斯承认。

卢卡斯笑笑，"要设计房屋，得当建筑师，大卫，那可不容易。"

大卫点点头。"这我知道，而且得花钱，因为必须到学校去学很长时间。可我不笨，我还识得一些字呢。"

卢卡斯决定把手头另一本《大卫·科波菲尔》送给他。那一晚，两人蜷缩在被子里，互道过晚安后，他感觉到一种说不清的愉悦。卢卡斯听着男孩的熟睡声、呼吸声，想象着他瘦长的四肢轻微挪动，还想起他欢快、爽朗的嗓音。他就喜欢这样的男孩……

大卫遵守诺言，第二天一大早就把卢卡斯介绍给了马厩主人，主人很乐意腾出一个地方免费提供给他住。

"在畜栏给大卫帮帮手就行了，这孩子挺辛苦的。马厩里的事情，你多少懂一点吗？"

卢卡斯表示自己懂得打扫卫生、套马鞍，还会骑马。这话不假，而且畜栏主人觉得这就可以了。大卫一般都是在星期天全面打扫畜栏，因为平时他抽不出时间做这些。卢卡斯很高兴能帮上忙。干活的时候，男孩会滔滔不绝地说这说那，比如他的冒险行动啦，他的期望啦，还有梦想什么的，卢卡斯则是位忠实的听众，挥舞着干草叉干起活来，竟然格外有冲劲、有乐趣，这种感觉以前可从来没有过。

星期一，大卫带卢卡斯去建筑公司，木匠师傅直接把他安排到伐木场，他们要把树林子清理出来建新房子，砍下来的木料要么保存在韦斯特波特，留着以后当建材；要么卖到岛上其他地区，甚至英国。木材价格很高,而且还在攀升。此外,现在轮船常在英国和新西兰之间进进出出,就连大宗货品的出口都变得很简单了。

可是,韦斯特波特的木匠除了下一幢房子的建造,想不到别的。实际上,这些木匠没有一个正式学过这门技艺,更没听说过建筑其实是一门学问。他们只建简单的木房,然后一成不变地配备同样简单的家具。毁灭那些独特树木,卢卡斯觉得很可惜。在树林里工作很辛苦,也很危险,锯切、砍倒树木时,经常会受伤,可卢卡斯毫无怨言,自认识大卫后,生活变得轻松、安定多了,而且,他感觉到自己始终情绪高涨。更可喜的是,男孩看来也很依赖自己的同伴,他跟卢卡斯聊天,一聊就数小时,并很快就感觉到这位长者知识渊博,他能回答的问题比身边任何人都多。卢卡斯希望不要泄露太多有关自己出身方面的事情,可经常觉得很难做到。表面看来,他和其他海员几乎没什么两样,衣衫褴褛,几乎一文不名,想让自己看上去整洁些,还得有两下子功夫才行。大卫对个人卫生也挺讲究的,且常到河里洗澡,这点让他很高兴。这小家伙好像不怕冷,卢卡斯刚触到河水就开始冷得发抖,大卫已经笑嘻嘻地游到对岸去了。

"不冷啊!"他取笑卢卡斯说,"改天你应该到冰岛的河里去试试!冰块还在水上漂的时候,我就牵着马游过河去!"

男孩游到岸上,裸着湿漉漉的身子,卢卡斯感觉好像看见自己心爱的希腊男孩雕塑复活了。在他眼里,他不是狄更斯笔下的大卫,而是米开朗基罗创造的大卫。对于那位意大利画家兼雕刻家以及那位英国作家,男孩知之甚少,不过这方面卢卡斯可以帮他。他用笔飞快地在一张纸上勾勒一幅著名雕塑的素描。尽管对那个大理石雕刻的男孩的兴趣还不如卢卡斯画出来的图,大卫还是忍不住惊叹不已。

"我常想画房子,"他向自己的忘年交透露,"可我总是画得不太像。"

跟大卫解释他存在的问题,然后给他介绍透视绘画艺术时,卢卡斯的心狂跳着。大卫学东西很快,从那时起,他们一有空就学习这些东西。木匠师傅有一天看见他们,马上把卢卡斯从伐木场调出来,安置在建筑工地。在那之前，卢卡斯对建筑结构和建筑式样略知一二——那是每个真正的艺术爱好者必然懂得的基本知识，如果他们对罗马教堂或佛罗里达宫殿有兴趣的话。这点上，他显然比当地大部分涉足建筑行业的人了解得多；再加上卢卡斯是个有天赋的数学爱好者，所以很快就在建筑方面找到自己的用武之地，除了制作建筑图纸，给锯木厂制定的方法也比建筑人员此前定的精准得多。说实话，跟木头打交道，他确实不太熟练，但大卫在这方面却很有天赋，很快就敢尝试根据卢卡斯的设计制作家具。当卢卡斯和大卫把首批家具呈现在他们眼前时，新房子未来的居住者——木材商及其妻子——简直抑制不住自己的喜悦。

自然而然，卢卡斯常想着和自己的学生兼朋友有身体上的接触。他梦想着亲密的拥抱，而后在勃起的情欲中醒来，甚至，湿透床单。但他一直压制着自己的冲动。在古希腊，男孩和导师之间的肉体关系完全是正常的；在现代的韦斯特波特，这种事情要是发生，师生都会遭人唾弃。即便如此，大卫还是没去想那么多，和自己的朋友越来越亲密。游完泳，他赤裸着身体躺在卢卡斯旁边，而且常常一边摩擦着手臂或腿，一边在微弱的日光中把自己晾干。冬天过后，天气渐暖，连卢卡斯都在水里撒欢，男孩便怂恿他和自己玩起摔跤比赛来。他没想到用腿去夹卢卡斯，或用下半身去压卢卡斯的后背。卢卡斯很高兴布勒河的水在夏天依然冰凉，所以他的勃起瞬间就消失了。和大卫一起进入梦乡已经是很圆满的结局了，卢卡斯知道，自己不能太贪心，他现在体验到的东西已经远远超出曾经的期待，再奢望别的事情就有点痴心妄想了。卢卡斯也清楚，自己的好运不可能持续到永远，大卫总有一天会长大，说不定就爱上某个女孩，把跟自己有关的一切全都忘了。卢卡斯希望，到那时，男孩已经学会了很多东西，足够让他当个经济上有保障的木匠。他会为此尽一切努力，把算术的基本知识教授给这个孩子，不仅把他培养成一个好工匠，还要培养他成为一名精明的商人。卢卡斯无私、专注、温和地爱着大卫，和他在一起的每一天都很开心，只要不去考虑不可避免的结局。大卫还很年轻，他们还有好几年时间可以在一起。

大卫——或者说，斯坦伯格，因为暂时只想到自己——没能分享卢卡斯那样的喜悦。这孩子聪明、勤勉，渴望着成功和生存，更重要的是，他已在恋爱之中，那是一个从未与人分享过的秘密，就连和卢卡斯这位慈父般的朋友也没有。斯坦伯格的恋情也是他欣然接受自己新名字的原因，也是他只要有空就克服一切困难苦读《大卫·科波菲尔》的理由，他想用这个作为借口，以便于和达芙妮说话——既自然，又单纯——没有人会猜疑他有多爱慕这个女孩。当然，他很清楚，他不可能和她在一起。即使他努力攒够了钱，她可能也不会把他带到自己的房间。对达芙妮来说，他只不过是个小屁孩，她理当像保护其他女孩一样保护他，但决不会把他当顾客。

但男孩不希望自己只是一位顾客，他不愿看到达芙妮当妓女，而是幻想着她是自己身边令人尊敬的妻子。有朝一日，他会赚很多钱，从乔兰达那里把她赎出来，并设法让达芙妮相信自己可以过体面的生活了。她可以把双胞胎带过来——梦想中，养活她们是轻而易举的事。

要让一切如愿，大卫必须有钱，许多钱，而且要尽快。看到达芙妮在酒馆招待客人，然后与某个嫖客上二楼，他心如刀割。她永远不会再做这行了，最重要的是，永远不要呆在这种地方了。达芙妮诅咒乔兰达对她的奴役，她迟早会消失，尝试换一个地方重新开始。

除非大卫在她离开之前闯进她的生活并向她求婚。

他很清楚，当建筑工人，或者甚至做个豪华家具制作人，都是赚不到足够的钱的。他必须快速致富，运气好的话，机遇某一刻会突然在南岛出现。韦斯特波特附近已经发现了金矿，就在布勒河上游几公里处，已有许多矿工带着自己的粮食、铁锹和淘金盘涌入这个城镇，而后分散到树林中或大山上。起初，没人把他们当回事，可当第一拨人马腰间亚麻布袋藏满值钱的金块，面带自豪，欢天喜地归来时，韦斯特波特周围哪怕最稳定的航海贸易商都被淘金热吸引住了。

有一天，他们在河边看着一批金矿勘探人员划着划艇从身边经过，大卫问道："卢克，我们为什么不去试试呢？"

卢卡斯刚好在向他讲解一种特殊的绘画技巧，他惊讶地抬起头，

"为什么不去试试什么？挖金子？别傻了，大卫，那不适合我们。"

"为什么不适合？"大卫那又大又圆的眼睛里渴望的表情让卢卡斯心跳加快。他们根本不具备老练的淘金人那种贪婪，在新消息把他们吸引到韦斯特波特来之前，那些人已经辗转过好几个站点，他们还未曾历经种种失望与艰辛——荒原营地里漫长的冬天、酷热的夏天，没日没夜开挖、引流，看着没完没了的沙子慢慢在网筛上过滤，期待、期待、再期待——直到有人发现手指一般大的金矿或在石头里找到金脉。不，大卫看起来差不多就像玩具店里的小男孩，他似乎看到自己拥有了一笔新财富——只要那位不愿做任何买卖的父亲不要阻挠他的计划就行。卢卡斯叹了口气，要是自己能实现这个孩子的愿望，他真的会很高兴，可是，成功的可能性微乎其微。

"大卫，我们对淘金一窍不通，"他轻声说，"我们连到哪去找都不知道，再说，我既不是矿工，也不是喜欢冒险的人，我们怎么可能会成功呢？"

说实话，从风速逃出来之后在丛林里度过的那几个小时，卢卡斯已经受够了。这个地区的奇花异草确实让他着迷，但他很紧张随时都有可能会迷路。那个时候，这条河让他确定自己的方向。现在，如果要重新开始一次新的冒险，他们必须远离此地到别的地方去。他们确实可以沿着这条溪流往前走，但卢卡斯并不苟同大卫很看好的那个计划——他以为金子会乖乖地大把大把掉在自己身上。

"求你了，卢克，我们至少可以试试呀！我们暂时不需要放弃什么，用一个周末就可以！米勒先生已答应借我一匹马，我们周五晚上骑到上游去，周六就可以在那里到处找找看……"

"'那里'应该是哪里呢，大卫？"卢卡斯温和地问，"你已经想好了？"

"罗奇福德在莱伊尔湾和布勒峡谷找到金子，莱伊尔湾距离上游四十英里……"

"那些淘金人可能早就挤到那里去了。"卢卡斯不太相信地说。

"我们不一定要到那里去找！每个地方都有可能有金子，我们应该有自己的判断！去吧，卢克，别扫兴了！就一个周末而已！"大卫开始恳求——卢卡斯受宠若惊，这孩子完全可以加入任何一个淘金者的队伍，但他还是想和他在一起。不过，卢卡斯还是有点犹豫，这样的冒险风险太大了，骑马沿着不熟悉的小路穿越热带雨林，直往下一个遥远的居民区去，这种危险让他面有惧色。要不是诺曼和其他几个猎海豹的伙计正好来到他们租住的畜栏，他也许永远不应该答应。他们和善地向卢卡斯打招呼——并趁机让大家想起他和双胞胎在一起的那个晚上。诺曼愉快地拍了拍他的肩膀，说："兄弟，我们还以为你对自己没什么信心呢！你在这儿做什么呢？听人家说，你在建筑工地可是个了不起的人物！不错嘛，不过干这一行别想发财。听好了，我们打算到布勒河上游去找黄金！你不想跟我们一起去吗？一起去试试看能不能暴富，如何？"

大卫已经租好了马鞍和鞍囊，这会儿正好拿了拖鞋出来给诺曼穿，听到这老头这么说，他两眼放光地看着他，"你以前做过吗？我是说淘洗金沙取金子？"他兴奋地问。

诺曼摇头，"我没有，乔倒是在澳大利亚那边干过，他会教我们。应该不是很难，拿住水里的盘子，金块就会浮在上面。"他大笑道。

卢卡斯兀自叹了口气，他已经猜得到要发生什么了。

"你听听，卢克，大家都说很容易！"大卫颇有先见之明地谈论道，"我们试试吧，拜托啦！"

诺曼在这男孩眼里看出了十二分诚意，他对卢卡斯和大卫截然不同的表情哈哈大笑。"瞧，这小子走火入魔了！你已经很难阻止他了，卢克！那你们俩有什么打算？是跟我们一起，还是需要再考虑考虑？"

跟整一群人一起去淘金，卢卡斯倒是没想过。从某个方面来说，把一切交给别人去安排，或者说，至少可以在这个群体中坐享其成，还真是挺爽的，他们当中有些人说不定还有在森林里活动的经验。然而，大家都没有矿物学知识，即便能找到金矿，也纯粹是碰运气，到那时，明争暗斗是不可避免的。卢卡斯拒绝了。

"我们不能说走就走，"他解释说，"不过，早晚的事……再见，诺曼！"

诺曼笑笑,而后伸出手来握别,卢卡斯的手指被捏得痛了好几分钟。

"再见,卢克!到时候说不定咱俩都发财了,谁知道呢!"

天不亮,他们就出发了。畜棚主人米勒先生借给大卫一匹马,鞍囊留着也没别的用途,大卫顺手把它丢到马背上,自己则坐在卢卡斯后面。马儿虽然健壮,但前进的速度有点慢,因为蕨类植物丛太浓密,小跑或急速前行都是不可能的。卢卡斯起初还挺不情愿的,不过没走多久就开始觉得很享受。最近几天下过雨,现在阳光明媚,一团团薄雾笼罩着灌木丛,一片奇异、梦幻般的光将山巅隐匿,将大地环绕。马儿稳健而平和。卢卡斯很喜欢大卫的身体紧挨在自己身后的感觉,因为必须紧贴着他坐稳,男孩只好双臂抱着卢卡斯的腰;卢卡斯能感觉到男孩肌肉的移动,男孩在他脖子后均匀的呼吸让他有一种要起鸡皮疙瘩的舒适感。最后,大卫头沉在卢卡斯肩膀上,打起瞌睡来。雾渐渐散去,河流在太阳下闪烁着亮光,河水差不多已涨到岸边,波光时不时反射在石壁上。走到最后,岩石纵横,道路变窄,再也没法沿着这个地方继续走下去了,卢卡斯只好往回骑,另外找一条能向上绕过去的路。结果,他发现了一条羊肠小道——可能是毛利人踩出来的,也可能是早些时候经过这里的淘金人踏出来的——沿着这条小道,就可以顺着从悬崖直奔下来的河流走。于是,他们慢慢地在内陆地带前行。先前的淘金队伍已经在这一地带发现了金子和煤矿,可卢卡斯还不知道,金子到底在哪儿、要怎么找。眼前的一切看上去都一样:由许多长满蕨类植物的小山组成的山地景观,随处可见岩石堆积,一直向上延伸到高原地带;偶尔有些溪流横在眼前,溪水汇成大大小小的瀑布,朝布勒河倾泻而去。他们偶尔会发现河岸边有些小沙丘,吸引他们去闲逛。卢卡斯在想,这次远足要是乘划艇,是不是不如骑马好。沙丘的沙子里说不定就藏着金子,但卢卡斯不得不承认自己没这方面的知识,以前要是对地质学或矿物学而不是植物和昆虫产生兴趣该多好!从大地的形态、土壤、岩石类型等,应该可以推断哪里能找到金矿。可惜他不懂这些,他只会画沙螽!卢卡斯渐渐意识到，自己身边的人——尤其是吉薇尼拉——其实并不是完全不对，无利可图的艺术决定了他的经济利益，没有父亲在基沃顿站赚的钱，他确实一无所有，而且，由自己去经营农场，成功的可能性微乎其微。杰拉尔德是对的：卢卡斯在哪方面都很失败。

卢卡斯正沉迷于自己灰暗的思绪之中，大卫在身后醒来。

"嘿，我刚才睡着了！"他高高兴兴地说，"噢，哥们，卢克，好漂亮的风景啊！那是布勒峡谷吗？"

羊肠小道下面，河流在岩石峭壁间蜿蜒，河谷和周围山脉的风光险峻，美丽得让人窒息。

"我想是，"卢卡斯说，"可在这里找到金子的人，都不会在这里做上记号告诉别人怎样才找得到。"

"要是那样，就太容易！"大卫信心十足地说，"那这里岂不是什么都被淘没了，我们可是过了很久才来的！喂，我饿了！我们停下来歇会儿吧？"

卢卡斯耸耸肩。他们现在经过的地方怪石嶙峋，又没有草喂马，实在不适合歇脚。于是，他们说好再骑半小时，找一个好点的地方。

"你不觉得这里看起来好像有金子吗，"大卫说，"要是在这里下马，我就去找找看。"

他们的耐心在他们刚到达高原不久就有了回报。高原上不仅长满蕨类植物，还有茂盛的野草可以给马吃。布勒河在高高的山谷下顺流而去，在他们正下方，有一个小河滩——上面尽是金黄色的沙子。

"依你看，有没有人想去那儿淘金？"大卫咬了一口面包，这念头跟卢卡斯刚才想的一样。"说不定沙子里全是金块呢！"

"哪有这么轻巧的事？"卢卡斯笑笑，男孩的热情让他振奋。大卫依然固执地坚持自己的想法。

"你说得对！就因为这样，所以还没人去尝试过。你说，要是我们轻而易举就在那片河滩上淘到几块金子，他们会不会眼红啊？"

卢卡斯大笑。"要试，也得到容易够得着的地方试，那个河滩就别想了，除非你能飞过去。"

"这也是没人敢去的原因!可那正是我们找到金子的地方,卢克!我确信!我爬下去!"

卢卡斯慈爱地摇摇头,这孩子像着了魔似的。"大卫,有一半的淘金人过这条河,他们早就途经这里,说不定也在我们现在歇脚的河边停留过,那儿没有金子,相信我!"

"你怎么知道!"大卫跳起来,"我还是相信我的运气!我这就爬下去看个究竟!"

大卫瞄准了一个合适的地点准备往下爬,卢卡斯站在悬崖上惊恐地看着他。

"大卫,至少有五十码呢!底下很险!你没法爬到那儿的!"

"我肯定行!"说着,大卫消失在悬崖边缘。

"大卫!"卢卡斯近乎恐惧地尖叫,"大卫,等等!至少也得绑条绳子在身上啊!"

卢卡斯不知道他们带的绳子够不够长,但他还是手忙脚乱地把它从鞍囊里拉了出来。

大卫等不及,他不觉得有什么危险,攀爬对他来说是一种乐趣,他不知道什么叫晕头转向。不过,他并不是一个经验丰富的登山者,无法断定岩架哪块是安全的,哪块可能会断裂;而且,表面看起来安全的土层是靠不住的,因为上面长着草,被雨水浸泡得又湿又滑,他不应该那么大意,将整个身体的重量支撑在上面。

卢卡斯还没弄好绳子,就听到一声尖叫。他第一个冲动是跑到悬崖边,可就在这时,他估计大卫已经死了,这么高的悬崖,没人能幸免于难。卢卡斯浑身发抖,头靠着马背上的鞍囊,好几秒回不过神来。他不知道自己有没有勇气往下看他心爱的人支离破碎的躯体⋯⋯

突然,他听见一丝微弱、窒息的声音。

"卢克⋯⋯救救我!卢克!"

卢卡斯跑过去。这不可能是真的,他难以⋯⋯

接着,他看见男孩在下面一块突出的岩石上,距离自己约二十码的高度。大卫眼睛上方一个伤口正流着血,腿扭曲着。万幸,他还活着。

"卢克，我感觉腿摔断了！好痛啊……"

大卫强忍住眼泪，听声音好像很害怕。不管怎样，他还活着！而且他现在所处的位置暂时不是很危险，突出的岩石有那么大，可以容纳一两个人。卢卡斯可以拉着绳索下去，抓住那小子，协助他爬上来。他在考虑能否利用那匹马，但因为马犄角上没有撑托的东西，绳子没法在上面打结，所以指望不上；另外，他不了解这牲口，他们俩悬在绳子上时，万一它跑掉了，那可是要他俩的命。因此，他只能把绳子系在石头上！卢卡斯在绳索一端打了个圈，绳子长度够不着峡谷底部，到大卫待的那个绝壁却绰绰有余。

"我来了，大卫！冷静！"卢卡斯从石壁上滑了下去，心跳加快，汗水湿透衣衫。他从未攀爬过高山峭壁——高度让他心惊胆战。还好，往下滑比想象中容易。岩石凹凸不平，卢卡斯每前进一步，都在岩壁上找到能抓手的地方，这让他有了爬回去的勇气。不过，他还是不敢往下看……

大卫把自己挪到岩石边缘，张开双臂等待卢卡斯。可卢卡斯算不准他们之间的距离，虽然现在和大卫在同一高度，但却在岩石左侧失手了。他要是能让绳子在空中轻轻摆动，大卫就可以抓住绳索。想到这，他有点晕眩，因为至少暂时，他还可以抓住岩石，把自己稳住，但为了让绳子摆动起来，他得把自己从悬崖边推出去。

深呼吸。

"我来了，大卫！抓住绳子，拉住我，我一着地，就快速跨在我身上，我会抓住你，再紧紧抱住，别怕！"

大卫点点头。他脸上苍白，流着泪水，不过依然把自己控制得很好。他那么能干，抓住绳子应该没问题。

为了能尽可能贴近大卫并让绳索摆动，卢卡斯的手从岩石上松开，用力一推。第一次尝试，不巧方向不对，结果俩人离得更远。他用脚摸索着立足点，然后再试了一次，这回终于成功了，卢卡斯的脚一撑住，大卫就抓住了绳子。

可就在这时，绳子松了，上面的悬崖边缘肯定被扯动了，要么就是卢卡斯笨手笨脚打的结打滑。刚开始的时候，卢卡斯的身体只是往下滑了几英寸，他尖叫一声——接着，就几秒钟光景，一切成为永恒。绳子在悬崖上方完全松开，卢卡斯摔了下去，大卫则还紧握着绳索。男孩拼命想托住卢卡斯，可是俯卧的姿势让他无能为力。绳子越来越快从他指间滑过。要是一直这么下去，不仅卢卡斯会摔到地上，就连大卫最后也失去希望。有绳子，他还有可能降落到河边；没有，就只能饿死或渴死在岩架上。卢卡斯身体往下坠，大脑里好几个念头在飞转。他必须作出决定——大卫没法依靠他了，如果在谷底着地后还有一口气，肯定也是遍体鳞伤，要是那样，那条绳子对两人都一无是处。卢卡斯决定要作出人生中唯一一次正确的抉择。

"抓住绳子！"他朝大卫喊，"无论你想做什么，无论发生情况，一定要紧紧抓住绳子！"

身体重量导致绳子往下坠，并飞速从大卫指间滑过，手指头都被磨伤了，但情急之中，只有忘掉疼痛。

卢卡斯抬头看见他珍爱的大卫那绝望却英俊的脸——他准备为他牺牲。于是，他松开手。

锥心的痛像刀子一样直刺卢卡斯后背。他没死，但每一秒都那么痛苦难熬，他真希望自己死了，死神也许很快就降临。从约二十码高的地方坠落后，卢卡斯重重地摔在大卫那片"金河滩"上，双腿无法动弹，左臂摔断了，破碎的骨头刺破了皮肤。要是一切马上结束该多好……

卢卡斯咬紧牙关，不让自己叫出来，这样才能听见大卫的声音。

"卢克，挺住，我来了！"

男孩抓住绳子，在岩架上找到稳当的地方。卢卡斯祈祷大卫不会像自己一样坠落下来，还好，他心里很清楚，大卫打的结撑得住……

他在剧痛中战战兢兢地注视着男孩随着绳子往下降。尽管大腿骨折、手上被擦伤，大卫还是熟练地从岩石上荡了下来，最后在河滩上着地。他用没受伤的那条腿，很小心地移动身体，摸索着爬向卢卡斯。

"我得找根拐杖，"他装出很轻快的样子说，"然后，我们就可以顺着这条河回家……或者，需要的话，骑着马过河。你感觉怎样，卢克？

你人没事，我真高兴！手臂还能动，而且……"

男孩蹲在卢卡斯身旁，检查了一下他的手臂。

"我……快死了，大卫，"卢卡斯低声说，"不光是手臂的问题，你……你让它复位。答应我，你不会放弃……"

"我永远不会放弃！"大卫说，却没法强颜欢笑，"还有你……"

"我……听着，大卫，你会……你能……抱住我吗？"这个愿望终于冲口而出，再也不能藏在心里了。"我……很想……"

"你很想看那条河是吗？"大卫亲切地问，"河很漂亮，像金子一样闪闪发光。可……你最好还是别动……"

"我要死了，大卫，"卢卡斯又说了一遍，"分分秒秒的事……请……"

大卫把他扶起来，一阵剧痛后，痛感突然消失，除了大卫搂着自己的双臂、大卫的呼吸以及让他斜靠的肩膀，卢卡斯什么感觉都没了。他闻着他的汗味，感觉比基沃顿站玫瑰园还芳香；他听着他难以抑制的啜泣，任由自己的头垂落在一边，并不动声色地将双唇贴在大卫胸口。男孩没感觉到他的亲吻，反而将怀里这个垂死的人抱得更紧。

"没事的！"他喃喃地说，"没事的，你只是想睡一会儿，然后……"

像小时候他母亲所做的那样，斯坦伯格·斯格勒弗森摇晃了一下奄奄一息的卢卡斯。过不了多久自己就会被孤零零抛下，身上伤痕累累，在这片沙地上，没有毯子御寒，也没有食物充饥，只有这样亲密的相拥让他觉得安慰，让恐惧减轻一些。他把脸贴在卢卡斯的头发上，把他抱得更紧些，悲痛欲绝地流着泪。

卢卡斯闭上眼睛，让自己淹没在与大卫亲密相拥的无限愉悦中。一切都很圆满，他已得到梦想的一切，这是他的归宿。

11

乔治·格林伍德策马直入韦斯特波特的租用马厩，并吩咐业主将马喂饱。业主看上去是个值得信任的人，马厩的设施给人感觉修缮得很好。乔治很喜欢布勒河出口处这个小镇，长久以来，这里人烟稀少，是不足两百个居民的家园，但近来，有大批淘金人涌入——煤矿最终也被挖掘，乔治对这种特殊原材料的兴趣比黄金大得多。发现煤矿的人正在寻找投资者，让他们为矿场的建设提供资金，但他的首要任务是筹措资金建铁路，因为没有办法高效运输煤炭，煤矿是没法盈利的。乔治计划利用去西海岸处理事情的机会，亲自去感受一下韦斯特波特的风貌以及修建铁路或公路的可能性。对于一个商人来说，实地视察是个好主意——在克莱斯特彻奇日渐壮大的企业允许他无牵无挂、一个接一个地悠游牧场。现在是一月份，羊毛刚剪完，最紧张的产羔阶段也结束了，他甚至敢冒险让霍华德·奥基弗——一个他永远放不下心的主——自行安排几个星期。想到海伦这个不可救药的丈夫，乔治一声叹息！多亏了乔治的支持，为他提供有价值的种畜，并精心指导，霍华德·奥基弗的农场最终扭亏为盈。霍华德自己对于投资没有坚定的立场，而且生性敏感，又嗜酒，还不喜欢采纳别人的建议——即使采纳，也只听乔治本人的，对手下的人，尤其是雷蒂——海伦以前的学生，现在已渐渐成为乔治的得力助手——他一概不听。结果，人家和他每次沟通、每次劝勉都无效。比如，手下建议他四月份把羊群赶到低洼地带，以免在突发的疫情中损失牲口，类似的事情，都得乔治骑马从克莱斯特彻奇赶到霍尔顿来才能解决。尽管乔治和伊丽莎白都喜欢和海伦在一起，但乔治这个年轻的成功商人除了每日例行管理小农场，偶尔还有别的事要做。另外，霍华德的固执以及他与海伦和鲁本之间的摩擦让他觉得气愤，母子俩尽受霍华德的闲气——以霍华德自相矛盾的想法，那是因为对农场的事情，海伦瞎操心，而鲁本则不上心。海伦一直以来都觉得，乔治的帮助不仅保证了他们家的经济稳定，而且还大大地提高了他们的生活质量。她可不像丈夫那样，她能够理解乔治的各种建议和动机，她不断向霍华德争取让她参与工作，他一直置之不理。要是乔治什么时候站出来维护她，夫妻之间的关系就更紧张，小鲁本对"乔治叔叔"的喜欢也成了他的肉中刺。格林伍德很慷慨地给这男孩买来他想要的各种书籍，还有放大镜和植物学家们用的器皿，激发他对科学的兴趣。霍华德觉得这很荒唐——鲁本将来是要接管农场的,只要学点阅读、书写、算术的基本知识就够了。可鲁本对农活一点兴趣都没有,对动植物也只是有点点好奇而已。小朋友芙蓉大力鼓动他在这些领域进行"研究"。鲁本秉承了母亲在人文科学方面的天赋,他已经开始读经典名著正本,良好的是非观似乎让他注定要成为一名牧师或研读法律。乔治怎么看他都不像一个农民——父子之间的剧烈冲突是不可避免的。格林伍德担心,就连自己和奥基弗的合作最终都可能会失败——至于海伦和鲁本的结局,他想都不敢想。当然,这些担心都是以后的事,眼下到西海岸的考察对他来说是一次度假,他希望一番考察之后能更多了解南岛,并发现新的市场。此外,那场离奇的父子悲剧也是他前来此地的动力:其实他一直在寻找卢卡斯,虽然未对任何人说过。

基沃顿站的继承人失踪已一年多,霍尔顿的闲言碎语已平息多了,关于吉薇尼拉儿子的谣言也归于平静,人们普遍接受了她丈夫暂时旅居伦敦的说法,反正镇里很多人从来就没见过卢卡斯·沃顿,他们不会想起他的。再说,区域银行业者也不是那么缜密,卢卡斯在经济上获得巨大成功的新闻很快流传开来,霍尔顿人理所当然觉得那是卢卡斯画画挣来的钱。可事实上,伦敦那边的画廊只出售手头的画作。在乔治的请求下,吉薇尼拉又挑了几幅水彩画和油画让人送到伦敦。这些画卖得好价钱,所得收入,乔治分了一部分——那是他除了出于自己一番好意之外,另一个想找到那位失踪画家的充分理由。

当然,好奇也是其中一个因素。乔治·格林伍德觉得,杰拉尔德所谓寻找儿子,做的都是表面文章,他搞不懂老沃顿为什么没派信差去找卢卡斯,或者干脆亲自去追踪,要做到这点,对杰拉尔德来说轻而易举,因为他对西海岸了如指掌,真要较劲,卢卡斯在那儿根本找不到"藏身之处",除非他在某个地方伪造了相关身份文件——这点,乔治觉得不太可能——他根本没离开南岛,看轮船乘客名单就知道,卢卡斯的名字从未出现过;而且,他也从未到东海岸任何一个牧场寻求过藏身之处,要不,一定会有消息传开来的。至于毛利部落,卢卡斯完全在英式生活环境中长大,他不可能适应毛利土著的生活方式,而且,他一个毛利语单词都不会说。就剩下西海岸了——那儿定居点不多,杰拉尔德怎么不到那儿去排查一下呢?到底是什么想法促使老沃顿摆脱自己儿子而后快——最近他孙子出生,他为什么表现得那么无动于衷呢?乔治很想知道。韦斯特波特是他寻找卢卡斯下落的第三个居民点。他该向谁打听呢?马厩主人?可以从这里入手。

租借畜棚的业主米勒摇了摇头。

"一个年轻的绅士?我不知道。我们这附近从没有绅士来往。"他笑道,"反正我从没听说过这个人。到现在为止,我这里只有一个马童,可他……呃,说来话长。不管怎样,他很可靠,而且,经常帮忙照顾路过的人。最好去酒馆问问,没什么事情能逃过小达芙妮的眼睛,我保证……至少,跟男人有关的事情她没有不知道的!"

米勒显然是在说笑,虽然不太明白他什么意思,乔治还是礼貌地笑了笑,并付了小费道谢。无论如何,他还是打算到酒馆跑一趟,一来,他们那儿肯定有房可租;二来,肚子很饿了。

酒吧间给人一点惊喜,就像出租的畜棚一样,在管理和卫生状况上,这地方也太王婆卖瓜了,不过,酒馆与妓院之间,好像多少还是隔开了点。前来为乔治服务的红发少女浓妆艳抹的,穿着酒吧妖艳的侍女服。

"一杯啤酒,一些吃的东西,如果有的话,还要一个房间,"乔治说,"另外,我要找一个叫达芙妮的女孩。"

红发女孩微微一笑。"我马上给你拿啤酒和三明治,不过我们只出租钟点房,如果你连我一起预订,而且出手大方,我可以让你晚上住在这里。你一进来就点名找我,是谁那么热心引荐呢?"

乔治也笑了笑,"那你就是达芙妮喽,很抱歉让你失望了,人家向我特别推荐你,不是因为你的明辨力,而是因为你对周围过往的人比较了解。卢卡斯·沃顿这个名字听起来耳熟不?"

达芙妮皱了皱眉头。"脑子里完全没印象,可听起来模模糊糊有点耳熟……我去把吃的东西拿来再想。"

乔治从口袋里掏出几个硬币,想以此让达芙妮更愿意提供信息。不过,看来多此一举,女孩好像一点也不扭捏作态,相反,从厨房出来的时候,还满脸堆笑呢。

"我从英国来这里的船上,有个叫沃顿的人!"她兴奋地说,"我只记得我在哪听过这个名字,但那个人不叫卢卡斯,叫杰拉尔德什么的,人有点年岁了。你干吗要打听这个?"

乔治凉了半截,他不希望听到这样的结果。好吧,达芙妮和她家人像海伦和吉薇尼拉一样,都是乘都柏林号航行到克莱斯特彻奇的,真是惊人的巧合,可这点对他没什么帮助。

"卢卡斯·沃顿是杰拉尔德的儿子,"乔治回答说,"他个子高瘦,亚麻色头发,灰色眼睛,举止非常得体,他很可能在西海岸某个地方辗转。"

达芙妮的表情由坦率转为怀疑。"你跟踪他到这里来的?你是干什么的,警察?"

乔治摇头。

"朋友,"他解释说,"一个带来好消息的朋友,我相信沃顿先生见到我,一定会喜出望外。要是你知道点什么……"

达芙妮耸耸肩。"没什么相干,"她轻声说,"但如果你真的想了解,这里有个叫卢克的——我不知道他姓什么——跟你的描述很吻合。可现在没什么相干了,我说过。卢克已经死了。但如果你有意,可以跟大卫谈谈……要是他愿意的话。到现在为止,他对谁都不肯开口,他陷得太深了。"

乔治吓了一跳——同时,也相信女孩说的是真的,西海岸不会有很多像卢卡斯·沃顿这样的人,她的观察力又很敏锐。乔治站起身来。达芙妮端上来的三明治看上去味道不错,但他已毫无食欲。

"我到哪去找到大卫?"他问,"如果卢卡斯……我想知道他是不是真的死了,马上。"

达芙妮点点头。"我很遗憾,先生,如果他真的是你要找的卢卡斯。那家伙挺不错的,有点冷淡,但人挺好。来吧,我带你去找大卫。"

乔治很惊讶，想不到她不是把他带出酒馆，而是爬上梯子，旅馆的钟点房肯定在上面……

"我猜你肯定不是以小时租住的。"他说。女孩带着他穿过豪华大厅，里面并排着好几个标着门牌号码的房间。

达芙妮点点头。"正是因为这样，我把大卫带上来的时候，乔兰达要命似的尖叫。可他伤成那样，能去哪儿呢？我们这里没有医生。理发店的师傅把他的腿用夹板夹住，但他发烧，而且饿得半死，不能就这样把他扔在畜栏里！所以我把我的房间给他，我自己则和米拉贝尔合用一个房间接待客人，这老女人收了我一半工资作为租金，即便如此，客人乐意付双倍报酬，我也就没什么损失。呵呵，那个老女人是个吝啬鬼，不过我反正很快就走人。大卫一恢复，我就带着我的孩子们另谋高就。"

这么说，她已经有孩子了，乔治叹息一声，这个女孩肯定历尽沧桑。这时，乔治的注意力集中在达芙妮正要进去的房间里，一个小青年正躺在床上。

大卫差不多还是个小男孩，躺在舒适的双人床上显得很小，夹板和沉重的绑带包扎的腿用复杂的装置和绳子支撑着，给人印象很夸张。男孩闭着眼睛躺在那儿，散乱的金发下，是一张英俊而苍白的脸。

"大卫？"达芙妮高高兴兴地叫了一声，"有个客人找你。一位先生，来自……"

"克莱斯特彻奇。"乔治帮她把话说完。

"他认识卢克，大卫。卢克姓什么？你知道的，对吧？"

乔治将房间打量一番，对于他来说，这个问题早就有了答案。男孩床头柜上有一本写生簿，上面的画作与卢卡斯的风格完全一致。

"他姓沃顿。"男孩说。

一个小时后，乔治已得悉详情。大卫告诉了他，卢卡斯最后几个月是如何成为一名建筑工人和绘图员的；最后，大卫还描述了寻金过程中遭到的噩运。

"都是我的错！"他绝望地说，"卢克根本不想去的……后来是试图攀岩到下面去。是我害了他！我是凶手！"

乔治摇摇头。"你犯了一个错误，孩子，也许还不止一个。但如果事情是像你告诉我的那样发生的，那是意外。如果卢卡斯把绳子系牢些，他可能还活着。你不要没完没了自责，这样对谁都无益。"

他心里暗自觉得，这起事故好像是为卢卡斯量身定做的，他是一个艺术家，在实际生活中笨得无可救药。这样的天才，不过是一个废物！

"你最后是怎样得救的？"乔治问，"我的意思是，如果我没弄错的话，你们俩去了离这里很远的地方。"

"我们……我们没走太远，"大卫说，"我们俩判断失误，我以为我们至少骑了四十英里，但其实还不到十五公里。我没法走路回来……腿受伤了。我以为我快要死了，但首先……首先我得把卢卡斯埋好，就埋在沙滩上，不太深，我担心，不过……不过那个地方不会有狼，对吗？"

乔治向他保证，新西兰没有野兽会去挖尸体。

"后来，我就等……等着自己死去。三天，我以为……曾有一度，我失去知觉；后来，我还发烧，再也没法挪到河边去喝水……还好，那几天，我们的马回家了，看到马，米勒先生觉得有点不对劲。他想马上派人来救援，可人家都笑他。卢克……卢克对马不是很老练，你知道。大家都以为他没把马拴好，让它自己跑掉了。但后来，我们一直没回来，他们才派了一艘船出来，理发师傅跟着一起来了。他们很快就找到我，他们说，只划了两个小时。我完全失去知觉，等我醒来的时候，就在这里了……"

乔治点点头，用手抚摸着孩子的头发。大卫看上去还那么年轻，这个时候，乔治帮不上忙，却让他想起伊丽莎白肚子里正怀的孩子。也许几年后，他也会有一个像大卫这样的儿子——热情、勇敢——但生来比眼前这个小伙子幸运。卢卡斯心里把大卫当什么呢？他一直希望得到的儿子？还是亲密恋人？乔治不是傻瓜，又是从大城市里出来，同性恋倾向对于他来说，不是什么新鲜事，卢卡斯的举止——和吉薇尼拉在一起多年无子女——他早就有理由怀疑小沃顿对男孩比对女人更感兴趣。当然，这不关他的事。至于大卫，从他看达芙妮时充满爱意的眼神就可以肯定他的性取向。不过,达芙妮并未以同样的眼神回应,这对大卫是另一种失落。

乔治思忖一会儿。

"听着,大卫,"他说,"卢卡斯·沃顿……卢克·沃顿……在这个世界上并不像你想象的那么孤独。他有家室,我觉得他妻子有权知道他是怎么死的。等你感觉好了,出租棚里有一匹马等着你,骑着这匹马到坎特伯雷平原,在基沃顿站找吉薇尼拉。你能做这件事吗……为卢克?"

大卫认真地点点头。"要是你觉得他也希望我这样做的话。"

"他当然希望,大卫。"乔治回答说,"做完那事,你就骑马到克莱斯特彻奇,到我办公室来,格林伍德公司。那里没有金子,但你可以找到一份工作,薪水比当马童好得多。如果你是个聪明的男孩——你肯定是,要不然卢卡斯不会把你庇护在自己的羽翼下——几年内或许你就会变得很富有。"

大卫再次点点头,不过有点勉强。

达芙妮的表情倒是很支持。"你会给他一份能让他坐着做的工作,是吗?"她一边问,一边带客人出来。"理发师傅说他以后一直会一拐一拐的,因为腿瘸了,他再也没法在工地或畜棚做事了。如果你能在办公室帮他找到一个职位……到那时,他对于女孩子的想法也会改变,这有益于他走出对卢克的迷恋,但他的新娘不是我。"

她平静且毫无怨恨地说。这个活泼、聪明的小东西是个女孩,乔治颇感遗憾,若是一个男人,达芙妮一定会在这个新国度发财的,但作为女孩,她在这里也只能像在伦敦一样——当娼妓。

大半年后,斯坦伯格·斯格勒弗森骑着马,踏上去基沃顿站的路。在床上躺了那么久之后,男孩只好再次一步一步学习走路。此外,尽管那些天达芙妮及两双胞胎一直提醒他该上路了,和她们告别却是一件很艰难的事。最终,因为呆在那儿无所事事,乔兰达也很明确地要求他离开达芙妮的房间,虽然米勒先生同意他继续在畜棚安营扎寨,但他无以为报。一个跛子在韦斯特波特是找不到事做的——海员的艰辛已经是摆在他面前赤裸裸的事实。尽管四处走动已没什么障碍，但他依然还瘸得厉害，而且不能站太久。所以，最后还是决定离开——如今，站在卢卡斯·沃顿曾经住过的庄园前，感觉有点晕眩。他还不知道自己的朋友为什么会离开基沃顿站，但放弃这么奢华的生活，一定有很重要的原因。吉薇尼拉·沃顿肯定是个泼妇！斯坦伯格——离开了达芙妮，他没理由留着"大卫"这个名字了——他毫不犹豫地想到用回自己原来的名字。谁能想象得到，卢卡斯的妻子会说什么呢？说不定她会要他为卢卡斯的死负责。

"你来干什么？通报你的姓名和你来的目的。"

斯坦伯格刚要开口，突然听见身后一声尖叫从下面的灌木丛传来，这个冰岛少年——从小就相信世上有仙女和小精灵——第一反应是怀疑遇到幽灵。

接着，一个坐在矮种马马背上的小女孩在身后出现，虽然骑手和骏马像小精灵一样可爱，不过并未给他留下什么特别的印象。故乡冰岛的马儿个子也不大，但斯坦伯格还没见过这么小的马。这匹小巧的栗色母马——其毛色与其骑手那一头金红色头发绝妙地和谐一致——看样子是已完全发育成熟的袖珍版。女孩故意引着马朝他走过来。

"走开！"她粗鲁地说。

斯坦伯格笑起来。"我叫斯坦伯格·斯格勒弗森，我来找吉薇尼拉·沃顿女士。这里就是基沃顿站，对吧？"

女孩严肃地点点头。"是啊，可他们现在忙着剪羊毛，所以妈咪不在家。她昨天监管三号仓库，今天在二号仓库和领班谈生意。爷爷负责一号仓库。"

斯坦伯格听不懂女孩在说什么，但全当她说的都是真的。

"你能带我去见她吗？"他问。

女孩皱皱眉头。"你是客人，对吧？所以我得把你带回家，你必须先把名片放在银托盘里，尔后，齐丽会来迎接你，接着是维缇；然后，你去小客厅喝杯茶……哦，对了，按奥基弗小姐的说法，我得接待你，也就是跟你聊聊天，谈谈天气什么的。你是个绅士，对吧？"

斯坦伯格还是什么都听不懂，但无可否认，女孩挺有意思的。

"对了，我叫芙蓉蕾特·沃顿，这是明蒂。"她指着矮种马说。

小女孩立刻激起斯坦伯格的兴趣。芙蓉蕾特·沃顿——他肯定是卢克的女儿！这么说，他连这个可爱的孩子都弃之不顾了……斯坦伯格对自己的朋友越来越难以理解。

"我可不认为我是绅士，"他告诉女孩，"反正我没名片，我们可否……我是说，你能不能带我去见你妈妈？"

芙蓉蕾特对谈话礼不礼貌、别人相不相信自己似乎无所谓。她把自己的马骑到斯坦伯格的马前面，让它在后面拼命追才赶得上。小明蒂急促地迈开大步，芙蓉蕾特信马由缰地骑着。在骑往剪毛棚的路上，她告诉她的新朋友，自己刚放学。通常情况下，大人不允许她独行，但那时大家都忙于剪毛工作，没人陪她。她还跟他说起自己的朋友鲁本和小弟弟保罗——她觉得保罗很笨，不会说话，只会叫叫嚷嚷——特别是芙蓉蕾特抱着他的时候。

"我们大家他都不喜欢，只喜欢齐丽和玛拉玛。"她说，"瞧，那就是二号仓库。妈咪一定在里面，我们来打赌？"

剪毛棚是几个围栏搭成的棚屋，无论刮风下雨，剪毛工人都可以在里面工作。棚屋前后还有别的围栏，未剪毛的羊群就在那里等候，已经剪过的则等着被赶回牧场。斯坦伯格对羊几乎一无所知，不过在故乡见过很多——而且能判断现在看到的是顶级的羊。剪毛前，基沃顿站的羊看起来很像一只只长着腿的、干净、蓬松的羊毛球。为了卫生，它们会被赶去洗浴，冲过水的羊看上去营养良好、神采奕奕，只是有点不太高兴。芙蓉蕾特从马背上下来，熟练地打了个结，把马拴在仓库前。斯坦伯格把马拴好，跟着她往里面去。仓库里到处散发着粪便、汗水和羊毛脂的臭味，让他觉得特别呛。芙蓉蕾特从混乱的人堆和羊群中挤过去，似乎没留意到这些味道。斯坦伯格出神地看着剪毛工人飞快地抓住牲口，将它们仰面按在地上，然后迅速剪下它们身上的羊毛。大家你争我赶完成任务，然后隔一会儿就会得意地相互告知自己已经剪过的羊的数目,以便让工头登记。

记账的人必须一字不落地跟上进度。不过那位穿梭在人群中登记的少妇好像不觉得有压力,看起来还很轻松,还跟剪毛工人开着玩笑呢,记账对她来说显然没什么挑战性可言。吉薇尼拉·沃顿穿着一件简单的灰色骑马服,长长的红头发很随意地编成一条辫子。她个子虽然不高,但像她女儿一样精力充沛——此时,她的脸正好朝着斯坦伯格的方向,她的美貌让他惊呆了。这样一个女人,卢克怎么会想到弃之不顾呢?她高贵的气质、性感的双唇、妩媚的靛蓝色眼睛……斯坦伯格几乎无法一一饱览。他没意识到自己一直盯着她看,直到她脸上的表情从微笑变成蹙眉,他才马上移开自己的眼睛。

"这就是妈咪,这是斯坦……斯坦……斯坦什么就是啦。"芙蓉试图以正式的社交方式介绍。

斯坦伯格已恢复镇定,一瘸一拐地朝吉薇尼拉走过去。

"沃顿小姐是吗?斯坦伯格·斯格勒弗森。我来自韦斯特波特,格林伍德先生叫我……呃,我和你前夫……"他向她伸出手去。

吉薇尼拉点点头。"是沃顿太太,不是小姐。"她握住他手,机械地纠正说,"欢迎。乔治多少提起过……我们到别的地方去说吧。请等一会儿。"

这位少妇四下里看了看,最后目光落在一个年长、黑发的剪毛工身上。跟他交代几句后,她便向仓库里的其他工人宣布,由安迪·麦克艾伦暂时负责监管。

"我希望大家继续保持我们的进度!我们这个仓库现在已遥遥领先于一号、二号库房,可别让他们超过我们了!大家都知道,获胜的仓库可以得到一桶最好的威士忌!"她欢快地朝大伙儿挥挥手,而后转身对斯坦伯格说,"请跟我来,我们到家里聊。我们得先去找一下我公公,他也应该听听你要说的事情。"

斯坦伯格跟着吉薇尼拉和她女儿出了仓库去牵马。吉薇尼拉不费吹灰之力爬上一匹强壮的棕色母马,男孩还注意到几只和她形影不离的小狗。

"你不是应该呆在别的地方吗,芬,佛罗拉?克里奥,走开,回仓库去。"少妇把两只柯利犬赶回剪毛处,另外一只年龄较大、鼻子四周渐渐泛灰的狗则加入到骑行队伍中。

一号仓库坐落在距主屋一英里处的西面,杰拉尔德在里面监管。吉薇尼拉骑着马静静地走进去,斯坦伯格没吭声,芙蓉像平常一样兴高采烈、自得其乐地讲述学校里发生的事——今天好像有人吵架。

"奥基弗先生对鲁本很生气,因为过几天就要剪羊毛了,他去上学,没到农场帮忙。奥基弗先生的羊还在高原牧场,鲁本本来应该去把它们赶回来,一提起羊他就心情不好!我告诉他:明天我来帮你。我会带上芬和佛罗拉,它们赶起羊来像闪电一样神速……"

吉薇尼拉一声轻叹。"要是沃顿家的人带着施克罕家的柯利犬去帮他们家赶羊,而自己的儿子却在学习拉丁文,奥基弗会很不高兴的……当心他把你毙了!"

斯坦伯格感觉这位母亲说的东西跟她女儿一样奇怪难懂,不过芙蓉能听明白。

"他觉得鲁本必须去做这些,因为他是男孩。"芙蓉蕾特说。

吉薇尼拉再次叹了口气,然后在一个样子跟先前那个差不多的仓库前停了下来。"他又不是唯一一个。这边……请过来,斯坦伯格先生,这是我公公工作的地方。要不,你在这儿等等,我去叫他出来。里面很乱,跟刚才我那个地方一样……"

斯坦伯格已从马背上下来,他跟在她身后,进了库房。在畜棚里向一个长者打招呼应该不太礼貌吧,况且,他不喜欢别人因为他腿脚不方便而被区别对待。

这个仓库跟吉薇尼拉分管的那个部门一样嘈杂、混乱,但气氛完全不一样——明显紧张得多,而且没那么友好。工人好像没什么积极性,更多的是觉得不堪重负。那位权威的老人在剪毛工中间走来走去,对他们挑三拣四而不是跟他们说笑。他把工人的工作量记在一块木板上,木板旁摆着半瓶威士忌、一副眼镜。吉薇尼拉走进去跟他说话时,他正准备再喝一杯。

斯坦伯格看到一张浮肿的脸，一双布满血丝的眼睛，很明显，威士忌已经将这个男人灌坏。

"你来干吗？"他厉声对吉薇尼拉说，"二号仓库已经剪了五千头羊了？"

吉薇尼拉摇摇头。斯坦伯格注意到她既担心又责怨地看了酒瓶一眼。

"不，杰拉尔德，安迪在负责。我被叫出来了，你也得出来一下。杰拉尔德，这位是斯坦伯格先生，他是来告诉我们有关卢卡斯的死讯的。"她介绍了一下斯坦伯格，但老头脸上的表情只有一丝鄙夷。

"你就是为这离开库房的？就为了听你那鸡巴丈夫的娈童说三道四？"

公公口出此言，吉薇尼拉惊呆了，还好，客人好像不太理解那话什么意思，吉薇尼拉松了口气。她早已注意到他的北欧口音——杰拉尔德说的话，他要么没听清，要么听不懂。

"杰拉尔德，这位年轻人是最后一个见到卢卡斯的……"她尽量心平气和地说，但老头还是劈头盖脸数落她。

"还跟他吻别，是吗？请原谅，我不想听那些故事，吉薇，卢卡斯已经死了，他应该安息了，请让我也安安静静呆着吧！我不想让这男孩进我的家门！"

杰拉尔德转身离开，吉薇尼拉面带歉意地把斯坦伯格带出来。"请原谅我公公醉话连篇，他一直都没接受卢卡斯……呃，他怎么会是那样一个人，也没法接受他从农场一走了之……将杰拉尔德苦心经营的一切弃之不顾，天知道，其实他也尽了他的义务，不过那是过去的事。非常感谢你能来，斯格勒弗森先生。我们到家里去吧，你可以吃点点心……"

斯坦伯格几乎没勇气踏入庄园一步，他觉得自己犯了一连串错误。卢克过去偶尔会提醒他注意某些餐桌姿势和礼仪规范的细节，而且甚至连达芙妮都知道这些琐事，可他却一无所知，所以很担心在吉薇尼拉面前出丑。她倒是大大方方地把他领进侧门，接过他的外套，然后按响门铃，目的显然不是叫仆人，因为保姆齐丽就在客厅，一进门就打照面了。杰拉尔德最近下了禁令,不准齐丽在打扫卫生或料理别的家务时身边带着孩子,最后,他意识到,如果他不让齐丽进厨房,保罗就可以在客厅长大。

吉薇尼拉与齐丽笑脸相迎,并从摇篮里抱出一个婴儿。

"斯格勒弗森先生,这是我儿子保罗。"她说,不过最后一个词淹没在宝宝刺耳的哭闹声里。保罗好像不喜欢人家把他从玛拉玛身边抱开。

几件事情都让斯坦伯格陷入沉思。保罗还是个婴儿,那肯定是在卢克离开后出生的。

"我还是算了吧。"吉薇尼拉叹了口气,把宝宝放回摇篮里,"齐丽,劳驾把孩子抱开——把芙蓉也带走吧,她要吃点东西,我们俩要聊一些不适合小孩听的事情。另外,麻烦你给我们俩来壶茶——还是咖啡呢,斯格勒弗森先生?"

"请叫我斯坦伯格……"男孩羞涩地说,"或大卫也行。卢克就叫我大卫。"

吉薇尼拉打量了一下他的容貌、他凌乱的头发,然后笑了笑,"他一直很羡慕米开朗基罗。"稍稍停顿了一会儿,又说,"进来吧,请坐。你骑了那么远的路……"

斯坦伯格没想到,和吉薇尼拉·沃顿沟通其实一点不难。起初,他还担心她不了解卢卡斯的死亡情况,看来乔治·格林伍德已经说过点什么,吉薇尼拉早已从失夫之痛中缓过来。她只悲怜地问起斯坦伯格和她丈夫共度的时光,问他们如何相识以及他生命的最后几个月发生过什么。

最后,斯坦伯格讲述了他身亡的过程,并再一次责怪自己。

但吉薇尼拉像格林伍德一样看待这件事,并很强烈地表达了自己的想法。"卢卡斯没把绳子系紧,你也没办法。他是个好人,天可怜见,我多么珍视他。事实证明,他是一个有天赋的艺术家,但无可救药地缺乏生活常识,而且……我觉得他很渴望当一回英雄。最后,他还是做到了,不是吗?"

斯坦伯格点点头。"谈到他,大家都充满敬意,沃顿太太。他们在考虑用他的名字命名那处岩石。就是那……我们从上面坠下的地方。"

吉薇尼拉很感动。"我想,他并未希望得到这些。"

斯坦伯格担心她随时都会放声大哭,他又确实不太懂怎样安抚女士。还好,她渐渐恢复平静,继续问了些问题。他很惊讶,她依然很清楚地记得达芙妮,而且还问起很多有关她的事情。格林伍德回来汇报说曾遇到一个女孩,之后,海伦马上写信到韦斯特波特,但一直没回音。斯坦伯格让他们更确信,韦斯特波特的红发女孩达芙妮其实就是海伦多年前负责照顾的那位。他还告诉她双胞胎的情况,说起劳里和玛丽,吉薇尼拉很震惊。

"这么说,达芙妮找到那两个女孩!她是怎么做到的?她们现在干得不错是吗?是达芙妮在照顾她们吗?"

"挺好的,她们……"斯坦伯格脸红起来,"她们……自己做点事,跳舞。我这儿……有,卢克给她们画的素描。"男孩拿出鞍囊,在里面找出一个文件夹,放好,并开始翻阅。就在他把素描抽出来的时候,突然想到,这些画作不太适合给女士看。可是,吉薇尼拉目光落在素描上时,根本眼睛都没眨一下。为了向伦敦的画廊提供画作,她整理过卢卡斯的书房,看到他画的东西,已经不会像几个月前那么无知了。卢卡斯以前就画过人体——先是画男孩,他们摆着跟大卫一样的姿势,还有成年男子,他们的动作更清晰些,其中一幅画上有被频繁使用过的痕迹,肯定是卢卡斯一次又一次地把它拿出来,看着它,并……

吉薇尼拉注意到双胞胎的裸体写生,但细看达芙妮的素描,上面有手指压痕。卢卡斯画的?难以置信!

"你喜欢达芙妮,是吗?"她谨慎地问这位年少的客人。

斯坦伯格脸通红通红的。"噢,是,很喜欢!我想娶她,但她不要我。"从小伙子此番吐露中,她听出一个被心爱的人抛弃的所有痛苦。这个小青年,根本不是卢卡斯的"娈童"!

"你会娶到一个不一样的女孩的,"吉薇尼拉安慰他说,"你……你喜欢女孩子?"

斯坦伯格的表情清楚地显示,他觉得这个问题是世界上最愚蠢的问题。接着,他欣然对她讲述了自己对未来的打算,他想先去找乔治·格林伍德，然后到他那儿工作。

"我更喜欢建房子，"他有点难过地说，"我想成为一名建筑师。卢克说我有这方面天赋，但必须先到英国去上学，我又负担不起。请收下，这些都是给你的……"斯坦伯格把卢卡斯的素描本合上，交给吉薇尼拉。"我把卢克的画带给你，这些画……格林伍德先生说，可能很值钱，但我不想用这些东西去发财。要是能让我保留一幅，一张达芙妮的……"

吉薇尼拉笑笑。"你完全可以把全部保留起来，毫无疑问，这也是卢卡斯希望的……"她简单地说，好像想作出什么决定，"我们走吧，把外套穿上，大卫。我们骑马到霍尔顿去，那里还有另一件卢卡斯必定很想做的事情。"

从霍尔顿的银行主管的表情看，他似乎觉得吉薇尼拉疯了，所以提出了上千种理由来拒绝她的要求，但最终还是因为她无法改变的决心退让了。主管很不情愿地把卢卡斯卖画的收入转到斯坦伯格·斯格勒弗森的名下。

"你会后悔的，沃顿太太！这些钱会渐渐变成一笔财富，将来你小孩……"

"我小孩已经有一笔财富了，他们是基沃顿站的继承人，我女儿对艺术一点兴趣都没有，我们不需要钱，但这男孩是卢卡斯的学生，也是他的……灵魂伴侣，可以这么说吧。他需要钱，他懂得珍惜这笔财富，他应该拥有！大卫，你签个名，要全名，这很重要。"

看到那笔数额，斯坦伯格有点喘不过气来。吉薇尼拉和蔼地对他点头，"嗯，签吧，我得赶回剪毛棚去为我的孩子增长财富！你自己好好琢磨琢磨画廊，这样，你把其他画作卖出去的时候，他们才不敢欺诈你。你现在好歹算是卢卡斯艺术遗产的经理人了，好好利用这个机会！"

斯坦伯格·斯格勒弗森不再犹豫，在文件上签下自己的名字。

卢卡斯的"大卫"终于找到了自己的金矿。

第四部

抵达

坎特伯雷——奥塔戈

一八七〇——一八七七

1

"保罗，保罗，这次你又藏到哪去了？"

海伦在找班上最桀骜不驯的学生，其实她知道，他根本听不见。在那个紧邻的临时校舍，保罗·沃顿才不会安安静静跟毛利孩子一起玩呢。要是他突然不见了，说不准又有什么麻烦——要么跑到某个地方和他的死对头——族居基沃顿站的毛利部落首领的儿子汤加——打架了；要么趴在某个地方等着鲁本和芙蓉蕾特，以便跟他们玩点恶作剧。他玩的把戏有时很无趣，鲁本最近被弄得很烦，因为保罗把整个墨水瓶倒在他新书上了。鲁本对此尤其恼怒的是，这本法律纲要是他渴望了很久，多亏乔治·格林伍德帮忙才从英国买来的，而且，这本书格外有价值。虽说吉薇尼拉为此赔偿了鲁本，但她像海伦一样对保罗此举感到震惊。

"他都这么大了，不该那么无知了！"她大声说着，并尽量让自己态度威严。十一岁的保罗站在旁边，毫无愧疚的样子。"保罗，你知道那本书很贵！你是故意的！你以为钱会从基沃顿站的树上长出来是吗？"

"不会，但羊身上有！"保罗顶嘴说，一点没觉得自己有什么错，"需要的话，我们随便什么时候都买得起那样一本又笨又脏的破书！"他恶狠狠地瞪着鲁本。男孩很清楚坎特伯雷平原的经济状况，确实，在格林伍德企业的庇护下，霍华德·奥基弗的状况好多了，但距离像杰拉尔德那个羊毛大亨的头衔还远着呢。基沃顿站的羊群和财富在过去十年大幅度增长，保罗·沃顿要什么有什么。他对书本没什么兴趣，他更喜欢跑得最快的小马、手枪之类的玩具武器——要不是乔治·格林伍德每次去英国下订单时都"忘记"，他甚至都有一把气枪了。保罗的成长，让海伦很忧心,她觉得必须有人给这个男孩更强有力的限制。吉薇尼拉和杰拉尔德都只会给他买昂贵的礼物,在其他方面却不重视。现在,保罗已经长大,"干妈"齐丽已经没法约束他了。长久以来,他接受的是祖父观点,觉得白种人优于毛利人,这也是他没完没了跟汤加打架的原因。这个部落首领的儿子跟绵羊大亨的继承人一样自信,两个男孩为毛利人和沃顿家族共同居住的土地到底是属于谁的而争斗,互不相让,这点也让海伦很恐慌。汤加很有可能成为父亲的继承人而掌权,保罗也很可能成为祖父的继承人。他们之间的仇恨若持续下去,结果就很难预料了。两小孩当中任何一个流着鼻血回家,都会让他们之间的裂痕加深。

所幸还有玛拉玛,总算让海伦放心些。齐丽的女儿,也就是保罗的"干姐",对两个男生之间的对抗有某种直觉,常常亲临战场当裁判。有她在,几个朋友就会天真地玩跳房子游戏,保罗和汤加都不会惹麻烦,这个时候,玛拉玛会偷偷朝海伦诡秘地笑笑。她真是个可爱的孩子,至少达到海伦的标准。她的脸比大多数毛利孩子的小,柔和的肤色像巧克力一样醇和。她身上还没文刺青,很可能永远不会按风俗去给她文身了。毛利人渐渐进步,并开始放弃某些礼制,甚至很少有人穿传统服饰了。他们显然是在努力适应白种人的生活——这在一定程度上让海伦感到高兴,但偶尔也会让她模模糊糊觉得有点遗憾。

"保罗在哪,玛拉玛?"海伦扭头问女孩。保罗和玛拉玛通常是一起从基沃顿站来学校的,要是保罗因为什么不开心,早早骑马回家去了,她肯定知道。

"他骑马走了,小姐,他去跟踪一个秘密。"玛拉玛透露,说话声清晰明亮。这小女孩以后会是一个很棒的歌手,一个被人珍视的天才。

海伦叹气。他们刚读过一些讲述海盗和寻宝、隐匿之国和秘密花园的书,现在,女孩子都在找被施过魔法的玫瑰,男孩则兴奋地画起寻宝地图。鲁本和芙蓉他们在这个年龄的时候,也玩过这些,但轮到保罗的时候,她知道,这些秘密游戏就没以前那么天真无邪了。他最近把芙蓉蕾特最钟爱的马米内特——也就是母马明蒂和种马默多克的后代——偷偷藏在基沃顿站玫瑰园里,芙蓉担心得快疯了。卢卡斯死后,玫瑰园几乎没人打理，谁都想不到去那儿找马。更离谱的是，米内特不是在马厩里被找出来的，而是在奥基弗的院子里。想到杰拉尔德必定会为丢失的珍贵牲口找她丈夫负责，海伦简直烦躁极了。最后，还是米内特自己在院子里嘶叫，并到处乱撞，才有人注意到它。可这是数小时之后的事情，在此之前，它已经在杂草丛生的玫瑰园饱餐了一顿，那时候，绝望的芙蓉蕾特还误以为她的马在高原草场走失了或被偷马贼偷去了呢。

平日里，小偷和偷马贼……在坎特伯雷平原，这是多年来让农户忧心的话题。虽然早在十年前，新西兰人曾为自己不像澳大利亚人那样沦为犯罪分子后裔而自豪，而且建立了一个有道德标准的殖民地，但现在，这里的犯罪分子渐渐浮出水面。这一点都不奇怪——像基沃顿站这样富裕的畜牧场数量增多，牧场主的财富稳定增长，人的贪欲被激发。另外，攀登社会阶梯对一个新移民来说，并不是那么简单，有社会地位的家庭已经确定，土地不再免费或接近免费被拥有，鲸鱼和海豹捕猎殆尽。不过，偶尔还会有让人眼睛发亮的黄金被发现，所以还存在由穷到富的可能性——只不过不在坎特伯雷平原罢了。畜牧巨头家的山麓、羊群和大量牲口，以及大亨们本身，已经成为残忍的小偷和偷马贼关注的中心。这一切，始于一个人，就是海伦和沃顿家的旧识：詹姆斯·麦肯齐。

霍华德从酒馆回来，一直在指名道姓地诅咒杰拉尔德家的前工头，海伦一开始还不太相信。

"天知道沃顿怎么会解雇他，但现在我们都得付出代价。那些工人说起他，简直把他当英雄。他们说，他只偷那些财主牧场里最好的牲口，不光顾小农场。真荒唐！他以为这有多大区别呢？但那些人对此却津津乐道。这家伙就是聚集一帮盗贼在身边，我也不觉得奇怪。"

"就像罗宾汉一样"，这是海伦第一个念头，但接着，她又觉得自己犯了浪漫主义的错误。偷马贼的传奇色彩只不过是人们想象的结果。

"一个人是怎么做到的，"她对吉薇尼拉说，"把畜群聚拢在一起，从中把最好的挑出来，再把牲口翻山越岭带走……这得有一帮人手啊。"

"要么有像克里奥那样的牧羊犬……"吉薇尼拉心神不定地说。她想起分手时自己送给詹姆斯的那只幼犬,詹姆斯·麦肯齐颇有驯狗天赋,"星期五"肯定已不亚于它母亲——甚至很可能早就超过它了。现在,克里奥在渐渐变老,耳朵也差不多听不见了,它依然像保护伞一样,庇护着吉薇尼拉,但再也不能为主人牧羊了。

没多久,詹姆斯·麦肯齐和他那只出色的牧羊犬开始声名远播,"星期五"名字一出口,吉薇尼拉的猜测便得以证实。

所幸杰拉尔德对詹姆斯作为牧人的能力,还有那只突然不见的小狗都未置一词。当时他本该留意到詹姆斯离职的,可那个决定命运的年头,他和吉薇尼拉心里装着别的事,这位绵羊大亨很可能根本就把那只小狗忘了。不管怎样,他每年都有几头牲口损失在麦肯齐手上——霍华德、比斯利,还有别的大养羊户也一样。海伦其实很想知道吉薇尼拉的想法,但她从未提起过詹姆斯·麦肯齐。

漫无目地找保罗,海伦已经受够了。不管他来不来,她都准备开始上课,不管怎样,他最后还是很可能会来的。保罗很尊重海伦,她也许是唯一一个说话让他听得进去的人。有时,她觉得,他时不时地对鲁本、芙蓉蕾特和汤加动手,可能是因为嫉妒。那位聪明、专心的酋长之子是她最喜欢的学生之一,无疑,鲁本和芙蓉蕾特在她心目中也占有很特别的位置。保罗,虽然不算笨,但确实不太勤奋好学,尤其喜欢扮演班级小丑的角色——这让海伦挺难做的,他自己也一样。

无奈,那天保罗并没有在上课期间回到学校来,他跑得太远了。一注意到鲁本悄悄接近姐姐芙蓉,他便紧紧跟在后面盯着他们。秘密嘛,他太了解了,总是包含这某种被禁止的东西,对于他来说,抓到姐姐的把柄是一件再好不过的事情。干泄露秘密这样的事,从来不会让他感到良心不安,即使最后结果很少如他所愿。齐丽对小孩从来不严厉。有时候,芙蓉因为玩一些异想天开的游戏而把玻璃制品或花瓶打破,然后撒谎,连保罗母亲也表现得宽容大度。保罗很少经历那么不幸的事。他天生敏捷,加上他基本上都是在毛利人的环境里长大,早就学会了毛利猎手那种游离式步态,以及他们完全不动声色地靠近猎物的能力——就像他的对手汤加一样。毛利人对白人和自己的后代一视同仁，只要孩子们在一起，大人就会关心他们。向年轻人传授技巧对于猎手们来说是一种责任，就像女人教导女孩一样。保罗一直都是他们最有天赋的学生，现在，那些技能使他能够悄无声息地靠近芙蓉蕾特和鲁本，一点不会被察觉。遗憾的是，他们俩的悄悄话说的是小奥基弗的秘密而不是他姐姐不可告人的事情。对于儿子做错的任何一件事情，奥基弗太太都是大声训斥，鲁本只能乖乖听着，以此作为惩罚，不达目的不罢休。保罗要是把鲁本出卖给他父亲，肯定能收到更好的效果，但他本人并不信任霍华德·奥基弗，他知道海伦的丈夫跟祖父不和，保罗不想与杰拉尔德的仇人通敌，这是一个信誉问题。保罗只是希望祖父赏识自己，他努力想得到祖父的关注，但老沃顿对他几乎视而不见。保罗并没有因此耿耿于怀，因为祖父有比跟小孩玩耍更重要的事情要做——在基沃顿站，杰拉尔德·沃顿就像上帝一样。不过总有一天，保罗会做出某些引人注目的事情，到那时候，杰拉尔德就会关注了。除了祖父的称赞，这小男孩别无所求。

至于鲁本和芙蓉蕾特——他们想隐瞒什么呢？鲁本没有骑自己的马，而是坐在芙蓉前面，骑着米内特出去的时候，保罗就开始怀疑。米内特背上没有套马鞍，所以有空间可以让两个人一起骑。这是多么奇怪的骑法啊！鲁本抓住缰绳，而芙蓉蕾特则坐在他身后，身体上半部分都靠着他身上，脸颊紧贴在他后背，闭着眼睛。她那卷曲的金红色发散落在肩膀上——保罗记得，有个牧人曾经说过，她样貌可爱得让人想咬一口。这么说来，那家伙是想对她"做那事"咯——虽然保罗对这想法还很模糊，但有一点很肯定：芙蓉蕾特是唯一一个会让他想到这件事的人。保罗想不出更美丽的词来形容他姐姐。她干吗和鲁本贴得那么紧？难道是担心从马上摔下来吗？不太像——芙蓉蕾特是一个极其自信的骑手。

保罗拼命想靠近点，听他们俩在嘀咕什么，可还是听不清。他的小马明蒂真是太笨了，跑得那么急促！为了不引起注意，他必须让它与米内特保持一定速度。不管怎样，芙蓉蕾特和鲁本还是没注意到。他们本来应该能听见小马的脚步声的，只是注意力都集中在自己的事情上了，只有芙蓉的牧羊犬格蕾丝——像克里奥一样，和自己的主人形影不离——这时，怀疑地朝灌木丛看了一眼。不过格蕾丝不会发起攻击，毕竟，它认识保罗。

"你觉得我们能找到那些该死的羊吗？"鲁本突然问，声音听上去很紧张，甚至有点好怕。

芙蓉蕾特只好满不高兴地把脸从他后背抬起来。

"能，当然。"她轻声说，"别担心，格蕾丝眨眨眼睛就可以把它们赶到一起。我们……应该还有时间，可以休息一下。"

保罗有些慌张地注意到，她双手在鲁本衬衫上游移，手指滑过他的纽扣，摩挲着他赤裸的前胸。

男孩没表示出不情愿，只是把手伸到后面，摸了摸芙蓉的脖子，说："嗨，我不知道……羊……要是找不回来，我父亲会把我宰了。"

原来如此。羊再次在鲁本手上弄丢，保罗甚至猜得出是哪几只羊。前天，在上学路上，他曾看见圈小公羊的栅栏修补过，不过修得很不专业。

"至少栅栏关好了吧？"芙蓉问。他们俩蹚过一条小河，来到一个长满青草、有大石头和棕榈树掩映的美丽浅滩。芙蓉蕾特把那双棕色的纤纤细手从鲁本胸前挪开，敏捷地接过缰绳，让米内特停下脚步，然后从马背上跳下来，让自己直接滚到草地上，并懒洋洋地躺在那儿，有点煽情。鲁本把马拴在一棵树上，然后躺到她身边。

"系牢一点，要不然她马上就跑掉了……"芙蓉对他说。她眼睛半闭着，但还是注意到鲁本系马的结打得不牢。这小姑娘很爱自己的小情郎，但是，就像吉薇尼拉过去很苦恼芙蓉叫他父亲的那个人一样，芙蓉也很头疼鲁本缺乏实践技能。鲁本没有艺术作借口，却想着去但尼丁正在建的一所大学研读法律。海伦很支持儿子的愿望——父亲的态度需谨慎观望，所以他还没跟霍华德提出自己的计划。

男孩勉强站起身来，去看看马。他并不反对芙蓉这种独断的天性，他对自己的弱点很清楚——而且，对芙蓉的实际能力充满敬畏。

"我明天好好把栅栏料理一下。"他低声说,保罗很不解地摇了摇头。要是鲁本再次把公羊关在破烂的畜栏里,它们早上照样会跑掉。

芙蓉蕾特大概表达了一下这个意思。"我可以帮你,你知道的。"她自告奋勇地说。接着,两人安静下来。保罗很恼怒什么都没看到,于是,蹑手蹑脚爬到石头附近,近距离窥视。这下倒好,眼前的一切让他大喘了口气。芙蓉和鲁本在树下亲吻、爱抚着彼此,这就是保罗所谓的"做那事"了!芙蓉躺在草地上,头发像发光的网一样散开,脸上表情非常快乐。鲁本解开她的上衣,亲吻、爱抚着她的乳房,保罗怀着极大兴趣凝视着。姐姐的裸体,他还是五年前看过。鲁本看来也很愉悦,他不慌不忙的,没像保罗以前在远处看到的一对毛利男女一样,用下半身反复插入。他也没趴在芙蓉上面,只是紧靠在她身边——看来,他们实际上还没"做那事"。不过,保罗很肯定,杰拉尔德·沃顿会很感兴趣。

芙蓉蕾特双臂环绕着鲁本,轻抚着他的后背,指尖慢慢游移到他马裤下,爱抚他下身。鲁本愉快地呻吟着,爬上她身体。

啊,他们这是在……

"不,亲爱的,不是现在……"芙蓉蕾特轻轻推开鲁本,表情看上去不是害怕,而是非常果断,"我们要把这事留到新婚之夜……"她眼睛已经睁开,对着鲁本微笑,小伙子也冲着她笑。鲁本是个英俊小生,多少遗传了他父亲冷峻、阳刚的特征,头发也是深色自然卷,其他方面则更像海伦,脸比霍华德的窄长,眼睛灰白朦胧。他个子很高,身材瘦长,但肌肉结实。他眼里充满欲望,但样子更像在期待,而不是毫无克制的情欲。

"要是举行婚礼……"鲁本有些担心地说,"我估计你祖父和我父亲一定不乐意。"

芙蓉蕾特耸耸肩。"可我们的母亲不反对啊,"她乐观地说,"其他人也就慢慢接受了。他们为什么会相互对立?这么多年了一直不和——真是疯了!"

鲁本点点头。他生性比芙蓉平和,不像她那么容易着急上火。他不排除芙蓉蕾特将来可能会忍受一辈子的怨恨,鲁本很容易想象芙蓉蕾特剑张弩拔的样子。他笑了笑，然后又变得严肃起来。

"我知道内幕！"他向心爱的人透露，"乔治叔叔在霍尔顿某个多嘴的银行家那儿得知隐情，并告诉了我母亲。你想听吗？"鲁本把玩着芙蓉那金红色的头发问道。

保罗竖起耳朵。越来越精彩了！看来他不仅可以知道芙蓉和鲁本的秘密，还能了解家族历史的详情。

"你在开玩笑吧？"芙蓉蕾特问，"我太想知道了！你怎么到现在才告诉我？"

鲁本耸耸肩。"我们早该做的事，多着呢，是吧？"他淘气地一边说，一边亲吻着她。

保罗轻叹。别再延误了，拜托！如果想差不多准时到家，他得马上离开，要是玛拉玛独自回家，齐丽和母亲一定会问的——那她们肯定就会发现他逃课。

芙蓉也一样迫不及待想听这个故事而不是甜言蜜语。她轻轻推开鲁本，坐起来，依偎在他身边听他说。他先把她上衣纽扣重新扣上，就在这时，她好像突然想起，这个时候他们应该去找羊。

"所以，我父亲和你祖父四十年代已经到这里了，那时移民还不多，只有捕鲸和捕海豹的猎手。但那时，那些行业还有很多钱可赚。他们俩扑克牌和二十一点都玩得很好，不管怎样，他们刚到坎特伯雷平原时，口袋里都挺有钱。我父亲正准备前往奥塔戈地区，因为听人私下里说那儿有黄金。但你祖父却盘算着经营一个牧场——所以试图说服我父亲把钱投到牲畜和土地方面。杰拉尔德马上和毛利人建立了良好关系，并开始跟他们讨价还价。卡伊·塔胡不太情愿，他们部落以前把土地卖掉了，他们和购买者相处得都很好。"

"然后呢？"芙蓉问，"他们买了土地……"

"没那么快。谈判一直拖延着，我父亲做不了决定该干点什么，他们那时和别的移民同住在一起——就是被称为巴特勒家族的人。伦纳德·巴特勒有一个女儿，叫芭芭拉。"

"那是我祖母！"芙蓉说，兴致倍增。

"对，其实她原本应该是我母亲。"鲁本解释说，"我父亲爱上了她，她也爱我父亲，但她父亲不太支持，我父亲便以为，他必须用更多的钱来打动他……"

"于是，他去了奥塔戈，并找到了黄金，但就在那时，芭芭拉嫁给了杰拉尔德，是吗？哎呀，鲁本，好悲情哦！"芙蓉哀叹着她预想中的浪漫故事。

"不完全是这样。"鲁本摇摇头，"当时父亲很想赚钱。事情最后归根到他和杰拉尔德的一场扑克游戏上……"

"他输了？祖父把钱全赢过来了？"

"芙蓉蕾特，你让我说完！"鲁本严肃地说，并等着芙蓉点头认错。她显然很没耐心听。

"父亲已公开宣布准备成为杰拉尔德绵羊公司的合伙人——他们其至为这个牧场起好了名字：基沃顿站，取自沃-顿和奥-基-弗。可是后来，他不仅把自己的钱花光了，杰拉尔德让他付给毛利人的买地钱也没了！"

"哦，不！"芙蓉叫道，马上明白杰拉尔德会那么愤怒，"难怪我祖父想要他的命！"

"事情演变成相当丑陋的事件，"鲁本说，"最后，巴特勒借了些钱给杰拉尔德——这样他才不会在毛利人面前丢脸，因为他们已经答应把土地转让给霍华德和杰拉尔德。结果，杰拉尔德得到一部分土地，就是现在的基沃顿站。但我父亲不甘落后，他仍然对娶芭芭拉抱有希望，所以他把剩下的钱都投到一块贫瘠的土地，那里只有几只饿得半死的羊，就是我们现在那个牧场。但那时，芭芭拉已与杰拉尔德订婚，她父亲借给你祖父的钱就算是她的嫁妆。后来，她继承了老巴特勒的土地，这就是杰拉尔德以流星的速度，崛起为绵羊大亨的原因。"

"就因为那样，你父亲恨死他了！"芙蓉断言，"多悲催的故事啊！可怜的芭芭拉！她爱过祖父吗？"

鲁本耸耸肩。"这方面乔治叔叔什么都没说。但如果她最初是想嫁给我父亲……应该不可能马上就爱上杰拉尔德。"

"因为这样,所以祖父对你父亲有成见,要么,就是他对被迫娶芭芭拉为妻耿耿于怀?不,太可怕了!"芙蓉脸色苍白,戏剧性的故事总是引起她的共鸣。

"不管怎样,这就是基沃顿站的秘密。"鲁本最后说,"虽然存在宿怨,我们不久还是要面对我父亲和你祖父,告诉他们我们想结婚。这是吉兆,你觉得呢?"他苦笑道。

万一杰拉尔德事先听到风声,就该是凶兆了,保罗幸灾乐祸地想。跑到山脚下的这趟旅程比他预想的还有收获,不过眼下,他得想办法赶紧溜走。于是,他悄无声息地偷偷回到马上。

2

一放学,保罗就到了奥基弗的牧场。他没敢走海伦那条道,所以只好在附近第一个弯道等基沃顿站别的学童。玛拉玛欢快地对他笑笑,什么都没问就爬上马背,坐在他身后。

汤加气急败坏地看着他们。保罗拥有一匹骏马,而他只能走路去学校,要么在上学期间就只能到别的部族借居,这可是他伤口里的盐。

汤加更喜欢做领头人物,因为他喜欢处在风口浪尖,而且时刻需要对手。玛拉玛对保罗的情谊是他肉中另一枚刺,他觉得她对保罗的喜欢是一种背叛——但部族的成年人没几个会这么想。对于毛利人来说,保罗是玛拉玛的干弟弟,她自然而然是喜欢的。他们没把白种人当成对手,对待他们的孩子也一样。汤加却有不同看法,他最近开始眼红保罗和其他白人理所当然拥有的东西,比如马匹、书籍、有趣的玩具,并住在像基沃顿站那样豪华的地方。他的家庭和部族——包括玛拉玛——对此很不理解,但汤加觉得被出卖了。

"我要告诉奥基弗小姐你逃课!"保罗骑马走开,他在后面朝死对头喊,但保罗一笑了之。汤加气得咬牙切齿。他或许不会去告密,那不符合酋长儿子的身份,对保罗轻描淡写的惩罚不足以解恨。

"你去哪了?"两人已骑到距离汤加很远的地方,玛拉玛用优美的嗓音问。

"我在学习探秘!"保罗自命不凡地说,"你肯定无法相信我发现了什么!"

"你发现宝藏了?"玛拉玛悄悄说道,这些好像激不起她太大兴趣。像大多数毛利人一样,白人视作珍宝的东西,她不觉得是多大的事。要是有人手上拿着一块金条、一块翡翠给玛拉玛,她很可能会选择后者。

"不,我只是说,一个秘密!鲁本和芙蓉的秘密。他们做那事!"保罗满怀期待地等着玛拉玛的表扬,可事不如愿。

"哦,我早知道他们做爱,大家都知道啊!"玛拉玛若无其事地回答。她也许真觉得他们两人用身体表达爱意是完全正常的现象,毛利人信奉的性道德是很宽松的,只要两人是在私下里做爱,没人在意的。如果他们在礼堂一起打铺盖,则会被认为完成了婚配,完全出于自然,不需要锣鼓喧天,一般也不用父母谈婚论嫁,盛大的婚礼就更不常见了。

"可他们没法结婚!"保罗强调利害关系,"因为我祖父和鲁本的父亲之间长期不和。"

玛拉玛大笑。"又不是沃顿先生和奥基弗先生结婚,傻瓜,是鲁本和芙蓉!"

保罗噗嗤一笑,"你不懂!事关家庭荣誉!芙蓉这是背叛祖先……"

玛拉玛皱起眉头。"祖先跟这事有什么关系?祖先守护着我们,他们希望我们一切如意,我们不会背叛他们呀,至少我认为不会,而且我也从来没听过这样的事情。再说,根本还没提到婚礼嘛。"

"那是早晚的事!"保罗不怀好意地说,"只要我把芙蓉和鲁本的事告诉爷爷,马上就会像炸开了锅似的议论纷纷!真的!"

玛拉玛叹气,她真希望那时候她不在那个大房子里,因为她担心杰拉尔德·沃顿会气疯。吉薇尼拉喜欢她,芙蓉也是,她不明白保罗为什么要跟芙蓉过不去。但这一家之长……玛拉玛决定先回村里帮忙做饭,暂时不去基沃顿站给母亲当帮手。也许,她得去和汤加缓和一下,刚才她爬上保罗的马时,他是那么气愤地看着她。别人不喜欢自己时,玛拉玛会很不舒服。

吉薇尼拉在客厅等儿子，那地方已经被她拿来当类似办公室使用。已经没有客人在那儿放名片并边喝茶边等待主人接待了，她便把这房间改作他用。她不用再担心公公有什么反应，家里的事情，他已经交由她去决定，只有牧场生意上的事，他偶尔会反对她瞎弄。杰拉尔德和吉薇尼拉两人都是天生的农场主、畜牧养殖业主，他们俩在这方面合作很默契。早几年，杰拉尔德在牧场增加了牛只，他们两人很容易就把责任分开，各自承担：杰拉尔德负责长角牛，吉薇尼拉则管理绵羊和马匹。后者工作较繁重，但因为杰拉尔德经常烂醉如泥，没法及时作出复杂的抉择——不过大家对此心照不宣。另外，当事情无法直接禀报业主时，工人们只要找吉薇尼拉就可以了，而且，从她这里，他们反而能得到更明确的指导。吉薇尼拉已与自己的生活以及杰拉尔德这个人握手言和，尤其在得悉他与霍华德·奥基弗的恩怨之后，她不能再让自己像保罗刚出生那几年那样恨他了。吉薇尼拉知道，他从未爱过芭芭拉·巴特勒，她的标准、她生活在庄园主宅邸的愿景、她把儿子养育成一名绅士……刚开始时，也许让他有点入迷——但最后却让他心灰意冷。杰拉尔德缺乏乡绅气质，他只是一个赌徒，一个老兵，一个投机商人——一个彻头彻尾的能干农民和生意人。他从来就不是一个体贴的"绅士"，芭芭拉也是被迫放弃真爱之后，基于利害关系而跟他步入婚姻——而且，他也没想过要做什么"绅士"。他刚遇到吉薇尼拉的时候，才知道他真正渴望什么样的女人——卢卡斯根本不知道要怎样对她，必然让他大光其火。杰拉尔德把她带到基沃顿站的时候，吉薇尼拉就确信，他对自己必定有些爱意。她怀疑，十二月那个可怕的晚上，他不仅仅是想发泄对卢卡斯的愤怒，同时也是压抑的情感借机宣泄——这么多年，自己想要的女人只当自己是一位"父亲"。

吉薇尼拉也知道，杰拉尔德对自己那次举动很后悔，虽然从他嘴里未冒出过一句道歉的话。他毫无节制地酗酒、他物质上的储备以及对她、还有保罗的迁就——不言而喻。

她从有关牧场的文件上抬起头，看着儿子闯进房间。

"啊，喂，保罗！你怎么那么急匆匆的？"她微笑着问。看到保罗回家，她很难感觉到那种发自内心的高兴，与杰拉尔德和平共处是一回事，和保罗的关系是另一回事，她就是无法让自己爱这个孩子，而对芙蓉的爱，是那么自然而且毫无保留。如果想让自己找到点感觉，她总是需要理由：他很帅气，有着蓬松的赤褐色头发，可惜只遗传了吉薇尼拉的头发颜色而没遗传其浓密度，他的头发不是一绺一绺的卷发，而是像杰拉尔德的一样蓬松；他的脸让人想起卢卡斯，虽说他看起来更坚定些，样子没那么温和；棕色的眼睛清澈而冷酷，不像他同父异母哥哥的那么柔和、朦胧。他很聪明，但他的天赋在数学领域而不是在艺术方面，他肯定会是一个优秀的商人，值得胜任。牧场有这样的继承人，杰拉尔德别无所求了。吉薇尼拉觉得他对牲口不怎么有兴趣，但对于基沃顿站的人来说，她更应该做的是消除那些心理，她应该去发掘保罗的优点，应该去爱他。可是，每次看着他，她感觉跟看汤加没什么区别。是的，他是一个好孩子，聪明伶俐，而且以后必定不负众望，但这不是她对芙蓉的那种深厚、揪心的爱。

她希望保罗没感觉到这种缺失，她一直对他极为宽容、耐心。就像此时，他招呼都不打就径直从自己身边走过，她也可以原谅。

"发生什么事了吗，保罗？"她关切地问，"学校有什么事让你心烦是吗？"吉薇尼拉知道，海伦不会总是让保罗那么闲散度日，而且，他和鲁本、汤加的冲突也是常有的事。

"不，没有，我想跟爷爷谈谈，母亲。他在哪？"保罗直截了当地说，免去一切客套。

吉薇尼拉看了一眼摆在书房一堵墙边的落地大摆钟，距离吃饭时间还有一小时，杰拉尔德肯定已经在喝餐前酒了。

"这个时间，他一定在老地方，"她回答说，"客厅，你很清楚，这个时候最好不要去打扰他，尤其是浑身脏兮兮、头发都没梳的家伙。听我的没错：见他之前，先去房间换好衣服。"

没错，长期以来，杰拉尔德都没有真正改变过晚餐前的习惯，而吉薇尼拉却渐渐只是换下畜棚工作服，过去喝下午茶时穿的礼服吃饭时穿也是完全可以接受的，但杰拉尔德对孩子们却很严格——更准确地说，他习惯于在这种时候找茬、吵架。正餐开始前是最危险时段，等晚餐都端上来，杰拉尔德的酒精量也达到一定高度，已经不太可能吹胡子瞪眼地发脾气了。

保罗犹豫了一下。要是带着新闻直接去见杰拉尔德，爷爷真的会发飙——但因为"受害人"不在场，效果就大打折扣了。最好是芙蓉在场的时候告密，那样的话，保罗就有机会听到接下来的每个激烈冲突的细节。再说，母亲说的没错：万一杰拉尔德真的心情不好，就可能不会给保罗发布消息的机会，反而会把躁怒发泄在保罗身上。

于是，男孩决定先回房，穿戴整齐后再出来吃饭，而芙蓉势必要迟到——而且还穿着骑马服。他会在她结结巴巴地找借口的时候，说出自己掌握的重大新闻！保罗自鸣得意地上了楼。他住在父亲以前住的房间里，现在里面塞满了玩具和钓鱼用具而不是艺术用品和书籍。他精心换好餐服，一心想着接下来的行动。

芙蓉蕾特说到做到，她和鲁本一找到走失的羊，她的小狗格蕾丝就飞快地把它们聚拢。还好，没费多少工夫就找到那几只羊，小公羊准备往高原草场去，因为有母羊在那儿。它们聚在格蕾丝和米内特两侧，乖乖地返往牧场。格蕾丝不容羊儿嬉闹，敏捷地把那些试图出列的羊聚集到群里。小小的群羊，很容易跟带，芙蓉想在天黑前设法把牧场大门关上——更重要的是，要赶在霍华德·奥基弗从周转仓库返回牧场前。他去仓库看管最近买进的一批牛群，那是霍华德想作为潜在第二收入来源，在不顾乔治·格林伍德反对的情况下，不断坚持，最后才买进的。奥基弗站根本没有适合养牛的土地，只有绵羊和山羊可以在那儿茁壮成长。

芙蓉蕾特看着太阳的位置，时间不算太晚，但她之前已应承鲁本，要帮他把栅栏修好，若是这样，她就赶不回去吃晚饭了。虽然晚回也没那么糟糕——吃完饭，喝过最后一杯威士忌后，爷爷一般都回房了，母亲和齐丽肯定会留点吃的给她。可是，芙蓉讨厌为帮忙而帮忙，而不是因为不得已而为之。此外，芙蓉想到有可能正好撞上霍华德，然后——

讨厌之中最为讨厌的是——在晚餐中途闯进屋里。另一方面，留下鲁本一个在这里修栅栏，她又做不到，弄不好，那些公羊改明儿不费吹灰之力又跑到山岳地带去了。

还好，鲁本的妈妈来找他们了，芙蓉蕾特松了一口气。她骑着那头温顺的骡子，上面载满了修栅栏的工具和材料。

海伦朝她挥手。"回家去吧，芙蓉，我们自己打理就好了。"她和蔼地说，"多亏了你帮鲁本把羊带回来，本来一个人在外面做好事，回到家就没理由被惩罚，要是你回去太晚了，那就说不定了。"

芙蓉感激地点点头。"那明天见咯，奥基弗太太！"她大声说。事实上，她基本上还算是完成了学业的，但上学是每天和鲁本在一起的借口。她数学学得很好，能读会写，已经阅读了许多经典名著，或至少，读过这些名著的前几页，尽管不是像鲁本一样，读源语言版本。芙蓉觉得没必要非懂希腊语和拉丁文不可，所以，海伦能教她的东西所剩无几。卢卡斯死后，吉薇尼拉把他的大部分植物和动物学方面的书籍都捐给海伦的学校，芙蓉倒是饶有兴味地读起这些书来。鲁本则专心于自己的书籍，如果想要继续自己的学业，他下一年就必须到但尼丁去。海伦还想不出怎样把这个计划告诉霍华德，让他听起来顺耳些。此外，家里没有余钱供他读书，鲁本只能靠乔治·格林伍德鼎力相助——至少，供到他自己有本事赚奖学金。可是，到但尼丁读书会让鲁本和芙蓉分开一段时间。海伦像玛拉玛一样，早就察觉到他们俩明显在恋爱，而且也和吉薇尼拉商量过这件事。大致上，两位母亲一点也不反对这样的结合，但她们肯定担心杰拉尔德和霍华德的反应。她们一致认为，这对年轻人应该等上三两年，之后才可以考虑百年之好。鲁本刚满十七岁，芙蓉还不到十六，海伦和吉薇尼拉都觉得这个时候定下终身还太小了。

之前为了适合两人骑行，马鞍被卸下来，现在，鲁本帮芙蓉重新套好。在她爬上马背时，他偷偷亲了她一下。

"我爱你，直到明天！"他悄悄说道。

"只到明天吗？"她笑着回吻他。

"不，直到永远，比永远还多几天！"鲁本的手轻抚着她的手，芙蓉蕾特微笑着骑出院子。鲁本看着她的背影,直到她金红色头发和马儿栗色尾巴的光亮都消失在夜幕中。海伦的声音让他从幻想中回过神来。

"过来,鲁本,栅栏不会自行加固,我们最好在你父亲回来之前把它修好!"

芙蓉蕾特策马扬鞭,马儿飞快地跑,差不多准时回到基沃顿站,赶上晚饭。可是马厩里没人,她没法把米内特交给谁,只好自己照料。这时候,该给这匹母马刷毛、喝水、喂草料了。第一道菜肯定已经上桌了,芙蓉一声叹息。她完全可以偷偷溜进屋,不吃晚饭,可又怕保罗看见她骑马进院子:她已经从他窗户后面发现了他的动静,毫无疑问,他一定会告密的,所以芙蓉只能认命,反正她也想吃点东西,在山上忙了老半天,都快饿死了。她决定乐观地面对现实,面带笑容进了饭厅。

"晚上好,爷爷;晚上好,妈咪!我今天回来有点晚,因为我没算准要花多少时间去……呃,去……"

笨死了,她脑子里根本没想好找什么借口,又不能说用了一天时间去帮霍华德·奥基弗赶羊。

"去帮你那花花公子追赶羊群是吗?"保罗表情嘲讽地问。

吉薇尼拉大发脾气说:"保罗,你这是胡说八道些什么呢?你不取笑你姐姐就不舒服是吧?"

"你去了还是没去?"保罗粗鲁地问。

芙蓉蕾特脸红起来。"我……"

"你和谁去追赶羊群了?"杰拉尔德问,他已有几分醉意,本来可能不会当众大吵大闹,但保罗说的事情引起他的关注。

"和……嗯,和鲁本。有几只公羊跑掉了,奥基弗太太又……"

"你的意思是说,你去帮他和他那个了不起的父亲了!"杰拉尔德嘲笑说,"老霍华德那个愚蠢、吝啬的笨蛋,怎么能圈得住牲口呢,那小花花公子就只好请女孩子帮忙啰……"

老头大笑。

保罗皱着眉头。这情形非他所料。

"芙蓉和鲁本搞在一起!"突然冒出这一句,震得大家目瞪口呆、面面相觑了好几秒。

吉薇尼拉先反应过来。"保罗,这种话你是从哪学来的!你必须马上请求原谅并……"

"等……等等!"杰拉尔德打断她,语气很不淡定却很大声,"什……刚才这孩子说什么?她……做那事……和奥基弗的儿子?"

吉薇尼拉只希望芙蓉坚决否定,但只要看看女孩的表情就知道,保罗恶意的断言至少有几分真实。

"不像你想象的那样,爷爷!"芙蓉强作镇定地说,"我们……呃,我们……唔,当然没做那事。我们……"

"哦,没有?那你们做什么了?"杰拉尔德怒吼道。

"可我都看见了!我看见了!"保罗叫道。

吉薇尼拉厉声呵斥,让他安静。"我们……我们在恋爱。我们想结婚。"芙蓉解释说。这倒好,她都把话说出来了——虽然这不是宣布这件事最理想的时刻。

吉薇尼拉试图替女儿缓和一下局面。

"芙蓉,我的宝贝,你还不到十六岁!鲁本明年就要离开这里去读大学……"

"你想干吗?"杰拉尔德咆哮道,"结婚?和奥基弗的兔崽子?你疯了,芙蓉蕾特?"

芙蓉耸耸肩。不管别人会说什么,她不能让人觉得自己懦弱。"这不是你能选择的,爷爷。我们彼此相爱,这就够了,没人能改变。"

"那我们就试试看是不是没法改变!"杰拉尔德发飙,"你永远别见那小子了!别再上学——我一直觉得奇怪,奥基弗的婆娘还有什么好教你的!我马上骑马到霍尔顿去找奥基弗把事情了断!维缇!把我的枪拿来!"

"杰拉尔德,你反应过度了!"吉薇尼拉尽量保持平静地说。或许在他作出某些轻率举动之前,她没能说服杰拉尔德放弃找鲁本——要么霍华德——算账的疯狂想法。"女孩还未满十六岁,第一次恋爱,结婚的事，根本提都没谁提……"

"这女孩肯定是要继承基沃顿站一份遗产的，吉薇尼拉！老奥基弗当然想联姻了，我得彻彻底底、一劳永逸地把这事了结！你把那丫头锁起来，马上！不用吃什么东西了，她应该斋戒，应该好好反思自己的过失！"杰拉尔德接过维缇战战兢兢拿来的枪，匆忙穿上一件短风衣，猛地冲了出去。

芙蓉起身想追上他。"我得去提醒鲁本！"她说。

吉薇尼拉摇头说："你到哪去找马？乘用马都在马厩里，我不许你骑没上马鞍的矮种马在荒山野岭跑……不，你和马的脖子都会摔断的，而且，杰拉尔德早晚会追上你。就让那小子自己解决吧，我相信不会有人受伤。如果他撞上奥基弗先生，他们肯定会大吵一架，还有可能会打伤对方的鼻子……"

"如果他遇到的是鲁本呢？"芙蓉脸色苍白地问。

"那他会把他宰了！"保罗幸灾乐祸地说。

他犯了一个愚蠢的错误，这时，母女俩都把矛头指向他。

"你这个告密的杂种！"芙蓉蕾特大吼，"你知道自己干了什么好事吗，你这个肮脏的卑鄙小人？要是鲁本有什么事我……"

"芙蓉蕾特，别激动。你朋友没事的。"吉薇尼拉安慰她，嘴里说得很坚定，心里却没那么有把握。她知道杰拉尔德的火爆脾气，加上喝得酩酊大醉。还好鲁本是那种四平八稳的性子，不会轻易被激怒，这给了她一点希望。"你，保罗，马上回房去，我不想在餐厅再见到你，最快也得到后天才可以出来，我得把你软禁起来……"

"芙蓉也一样，芙蓉也一样！"保罗不依不饶。

"那是另外一回事，保罗。"吉薇尼拉严厉地说。又一次，对这个自己亲生的孩子，她哪怕连一点同情心也找不到。"爷爷惩罚芙蓉是因为她跟不合适的男孩恋爱，我惩罚你是因为你坏透了，监视别人还泄露秘密——居然还以此为乐！绅士是不会做这种事的，保罗·沃顿，孽子才会这么做！"说出那个词的那一刻，吉薇尼拉知道，保罗永远不会原谅她。但容忍已到了极限，这个强加于自己的并最终导致卢卡斯死去的孽种，现在又要坏事做尽，破坏芙蓉的生活，打乱海伦脆弱的家庭和谐，她对他只有恨。

保罗看着妈妈，脸色苍白如僵尸，她眼里的愤怒深不可测，这是她对芙蓉生气时所没有的。吉薇尼拉好像是有意这么说的，保罗开始啜泣，虽然一年多以前他就下决心要做一个男子汉，有泪不轻弹。

"你还在这里干吗！滚！"吉薇尼拉讨厌自己出口刻薄，却无法自控，"回房去！"

保罗冲了出去。芙蓉蕾特目瞪口呆地看着母亲。

"太无情了。"她冷冷地说。

吉薇尼拉颤抖着手去拿酒杯，突然想到另一件事，于是走到橱柜前，给自己倒了杯白兰地。"你也要来一杯吗，芙蓉蕾特？我想我们两个人都需要喝点什么，镇定一下紧张的神经。我们只能等。杰拉尔德最终是要回来的，如果路上没从马上跌下来摔断脖子的话。"

她喝下一大口白兰地。

"至于保罗……对不起。"

杰拉尔德·沃顿疯了似的穿过荒野，他对小鲁本·奥基弗怒火中烧。这个晚上之前，他一直未把芙蓉蕾特当成女人，在他眼里，她还是个小孩子，是吉薇尼拉的宝贝女儿，有点可爱，又有点调皮。可小女孩如今已出落得如花似玉了，像当初十七岁的吉薇尼拉一样，会高傲地仰起头，会自信地顶嘴。而鲁本那个小屁孩，竟然敢接近她！一个沃顿家族的人！他的财产！

到了奥基弗的农场，看到他破旧的谷仓、畜棚，以及他自己住的地方，杰拉尔德心里多少平静了些。霍华德可能没想到，杰拉尔德的孙女竟会想嫁到这样的地方。

他看见窗户亮着灯，霍华德的马和骡子立在屋前。这么说，那个王八蛋肯定在家，他那败家子也在，因为杰拉尔德看见小屋里面有个人影。他胡乱地把缰绳绕在栅栏柱上，从枪套里拿出枪，走近房子，有只狗开始吠叫，可屋里的人没反应过来。

杰拉尔德把门撞开，如他所料，霍华德、海伦和他们的儿子都坐在桌前，炖汤刚端上桌。他们三个齐齐盯着被撞开的门，惊呆了，一时反应不过来。杰拉尔德趁此机会，猛然冲进屋里，朝鲁本跳过去，桌子都撞翻了。

"你有何居心，臭小子！你对我孙女做了什么？"

鲁本被他紧紧扭住，说："沃顿先生……我们能不能……理智地谈谈？"

杰拉尔德勃然大怒。面对这种情形，自己那个不孝子要是能有这样的反应就好了。他用拳猛击，鲁本刚想跑出房间，杰拉尔德用身体左侧将他撞倒，海伦尖叫一声，与此同时，霍华德也动手打起来——可是不太奏效，因为霍华德刚从霍尔顿的酒馆回来，喝得迷迷糊糊的。杰拉尔德轻而易举就把他甩开，继续对付鲁本。鲁本流着鼻血从地上爬起来。

"沃顿先生，请……"

杰拉尔德正准备再次对鲁本动手，霍华德在后面把他击倒。

"好吧，行了！我们冷静地谈谈吧！"霍华德嘘了一声，"究竟怎么回事，跑到这里来撒野，沃顿，凭什么打我儿子？"

杰拉尔德试图转过头来看着他。"你该死的兔崽子引诱我孙女！就这么回事！"

"你做什么了？"霍华德转向鲁本，"现在就告诉我，这不是真的！"

鲁本的表情胜过千言万语，就像芙蓉一样。

"我当然没有引诱她！"他说，这是事实。"只是……"

"只是什么？你只不过让她失去童贞？"杰拉尔德怒喝。

鲁本面色苍白。"我拜托你不要对芙蓉这么说！"他不急不缓但语气坚决，"沃顿先生，我爱你孙女，我打算娶她。"

"你打算干什么？"霍华德瓮声瓮气地说，"我看是那个小巫婆把你的大脑控制住了……"

"你绝不可能娶芙蓉蕾特，你这个小混蛋！"杰拉尔德暴怒。

"沃顿先生！也许，我们可以心平气和地谈。"海伦努力想让他平静下来。

"不管怎样,我要娶芙蓉蕾特,不管你们说什么……"他平静而坚定地说。

霍华德像刚才杰拉尔德那样抓住儿子的衬衫。"闭嘴,臭小子!你,沃顿,给我滚出去!管好你孙女那小婊子。我再也不想在我们这附近见到她,听懂了吗?跟她说清楚,要不我亲自告诉她,省得她勾引别人……"

"芙蓉蕾特没有……"

"沃顿先生!"海伦站到两个男人中间把他们隔开,"请你走吧,霍华德不是有意的。至于鲁本……我们大家都很尊重芙蓉蕾特,两个孩子可能只是互相吻了吻,但……"

"不许你再碰芙蓉蕾特一下!"杰拉尔德又想过去揍鲁本,但他已被父亲虎钳般的手抓得牢牢的,一动不能动,杰拉尔德只好放弃。

"他再也不会碰她一下了,我保证,现在请出去!我自会把这事解决,沃顿,你放心吧!"

海伦突然不太确定是不是真的希望杰拉尔德走,霍华德说话的声音听起来很吓人,她很担心鲁本的安危。杰拉尔德来之前,霍华德已经很生气,因为海伦和鲁本修的栅栏,根本没考虑到羊会为了自由自在,会擅自跑出去,他从外面回到家时,还得趁公羊没溜到山里,赶紧把它们赶回畜栏,这个额外的任务使他的心情变得更糟。离开小屋的时候,杰拉尔德恶狠狠地看着鲁本。

"这么说,你一直跟沃顿家的丫头搞在一起咯,"霍华德说,"你还有别的大计划,是吧?刚才在酒馆遇到格林伍德公司里的毛利男孩,他向我祝贺,说但尼丁的大学准备录取你了!法学院!哦,你没听说?你不是写过信给你亲爱的乔治叔叔吗!不过,我现在就让你断了那个念头,臭小子!如意算盘打得不错啊,鲁本·奥基弗,你长本事了啊。法学,是研究公平正义的,对吧?有仇必报,以牙还牙!那我们现在就来研究研究。这巴掌是因为那群羊!"

他挥手狠狠打了鲁本一下。"这巴掌,是因为那臭丫头!"右手重重一拳。"这巴掌,是因为那个乔治叔叔!"左手又一拳。鲁本倒在地上。

"还要去读什么法学院！"霍华德用脚踢他肋骨。鲁本呻吟着。

"以为自己比我有本事是吧！"又是野蛮的一脚，这次是踢在腰上。鲁本蜷缩着身子，海伦试图把霍华德拉开。

"你也欠揍，因为你总是替这个小混蛋说话！"霍华德一巴掌打在海伦上唇部位。她倒在地上，却依然拼命护着儿子。

霍华德似乎渐渐恢复知觉。海伦脸上的血顿时让他清醒过来。

"你们俩，何苦呢……你们……"他结结巴巴地说，然后摇摇晃晃走到橱柜前，海伦把上好的威士忌而非便宜货都放在这里，以备招待客人，乔治·格林伍德和霍华德一起工作的时候，经常要喝上一杯。霍华德拿起酒瓶，喝了好几大口才放回去，就在准备关上橱柜门时，一转念，又把酒瓶拿出来带走。

"我睡畜棚！"他宣布，"再也不想见到你们……"

他消失在门外，海伦松了口气。

"鲁本……伤得重吗？你……"

"没事，妈妈。"鲁本低声说，但样子看上去很糟糕，血从眼睛上方、嘴唇上面流出来，鼻血更是流得一塌糊涂，人都站不起来，左眼肿得都闭合起来了。海伦扶着他起身。

"来，在床上躺下，我帮你把受伤的地方清理一下。"她说，鲁本却摇摇头。

"我不想躺床上！"他一边固执地说，一边吃力地挪到火炉边那张简陋小床上。冬天的时候，他喜欢睡在这个地方，而夏天，则在畜棚过夜，这样就不会打扰父母。

海伦拿了一碗水和一块布过来给他洗脸，他身子在发抖。"没事，妈妈……天哪，我希望芙蓉没事。"

海伦轻轻地把他嘴唇上的血擦掉。"芙蓉没事。他是怎么发现这件事的？我要是对保罗留个心眼就好了！"

"他们最终还是会知道的，"鲁本说，"然后……我明天离开吧，你做好思想准备，我一天都不想呆在这个屋子里了……"他朝霍华德的方向示意。

"明天你还得养伤，"海伦说，"我们别把事情搞砸了，乔治……"

"乔治叔叔不会帮我们了，妈妈。我不去但尼丁，我去奥塔戈，那儿有黄金。我……会淘到金子的，然后再回来接芙蓉，还有你。他……以后再不许打你了！"

海伦没说什么，她用清凉药膏给儿子擦伤口，而后坐在他身边，直到他睡去。看着他，想起无数个夜晚，他因为生病或被噩梦惊醒时，非要她像现在这样守在身边。鲁本一直都给她带来快乐，但现在，霍华德连这点都破坏了。海伦一宿未眠。

只有伤心泪流。

3

芙蓉蕾特也一样，在睡梦中哭泣。吉薇尼拉，还有保罗，听见杰拉尔德很晚才回来。第二天早上，只有吉薇尼拉一个人像往常一样下楼吃早餐，杰拉尔德宿醉未醒，保罗也不敢轻易露面，除非有机会让爷爷护着，解除软禁。芙蓉蕾特蜷缩在床角，紧紧抱着格蕾丝，就像她妈妈以前抱着克里奥一样，既担惊受怕又百无聊赖，满脑子胡思乱想。直到安迪·麦克艾伦向女主人报告说畜棚有位客人突然来访时，吉薇尼拉才发现芙蓉蕾特还在床上。吉薇尼拉先去确定了一下杰拉尔德和保罗都没策划什么阴谋诡计，然后才蹑手蹑脚溜进女儿房间。

"芙蓉蕾特？芙蓉蕾特，九点了！你还赖在床上干吗？"吉薇尼拉摇了摇女儿的头提醒她，就跟平时芙蓉睡过了头错过上学时间一样，"马上穿衣服，快点，有人在马厩等你。他等不了多久。"

她诡秘地朝女儿笑笑。

"有人在那儿！"芙蓉蕾特跳起来，"谁啊？是鲁本吗，妈咪？噢，如果是鲁本，说明他还活着。"

"当然还活着咯，芙蓉蕾特。你爷爷是一点就着的火爆脾气，而且动不动就用拳头解决问题，但他不是杀手！至少开始时不是——但如果不巧正好让他看见那小子在我们家畜棚里，我就不敢保证了。"吉薇尼拉帮芙蓉套上骑马服。

"你能保证他不会出来,对吧?而且保罗……"芙蓉蕾特像怕祖父一样有点怕她弟弟,"他只是个小屁孩!你别以为我们真的……"

"我觉得那小子应该是聪明人,不会冒险让你怀孕。"吉薇尼拉冷淡地说,"你跟他一样聪明,芙蓉蕾特。鲁本要去但尼丁,你还得再长大几岁再考虑结婚的事。鲁本将来很可能成为一名年轻律师,然后到乔治·格林伍德那儿去工作,这种可能性可比做一个勉强糊口的农民儿子大得多。等会见到他的时候,一定要记住这点。虽然……照安迪·麦克艾伦的说法,他几乎不可能让女人怀孕……"

吉薇尼拉最后一句话触到芙蓉恐惧的底线。她连雨衣都懒得找——外面正在下雨——匆匆忙忙披了个围巾在肩上,冲下楼去。她还没梳头发,因为解开头发要费很长时间。她平时喜欢在晚上梳头,上床睡觉前把辫子编好,可头天晚上没心情做这些。现在,一头乱发在她瘦长的脸上飘舞,但在鲁本看来,她依然是最美丽的女孩。一看见自己的情哥哥,芙蓉蕾特无比惊骇。他倚在一捆干草上,动弹一下就痛得难受,脸肿了,一只眼睛闭着,伤口还渗着血水。

"哦上帝,鲁本!是不是我爷爷干的?"芙蓉蕾特想抱住他,可鲁本将她推开了。

"小心,"他呻吟道,"我的肋骨……我不知道是断了还是仅仅受了伤……反正痛得要命。"

芙蓉蕾特轻轻地抱住他,并在他身边蹲下来,把他受伤的脸靠在自己肩膀上。

"让魔鬼把他带走!"她咒道,"我还以为他不会杀人呢,可他差点要了你的命!"

鲁本摇头。"不是沃顿先生,是我父亲。他们相互攻击的时候谁都滴水不漏!他们俩可能是死对头,但对我们俩的事,他们俩的态度完全一致。我要走了,芙蓉。我再也受不了了!"

芙蓉蕾特不知所措地看着他。"你要走?你要离开我?"

"难道我就在这里等他们把我们俩宰了?我们再也没法偷偷摸摸约

会了——尤其在你家里有那个告密者在情况下。是保罗出卖了我们,不是吗?"

芙蓉点点头。"他还会那样做。可是你……你不能独自离开!我就来!"她果断地作出决定,心里已经想着打点行装了。"你,在这儿等着,我不会去太久。我们一小时内就可以离开!"

"哦,芙蓉,那不行。我不会离开你,我每分、每秒都会想着你,我爱你。但我没办法带你一起去奥塔戈……"鲁本笨拙地轻抚着她,而芙蓉则疯狂地想着私奔。要是和他一起逃走,他们必须策马驰骋,因为一旦他们发现她不见了,杰拉尔德肯定会派出搜索队去追他们。可现在这种状况,鲁本是没法快马加鞭的……他怎么说起奥塔戈来了呢?

"你是说去但尼丁吧?"她一边亲吻他前额,一边问。

"我已经改变主意了,"鲁本解释说,"我们总是以为,一旦我成了一名律师,你爷爷就会同意我们结婚。但经过了昨天晚上,我很清楚,他永远不会同意。如果想考虑我们的今后,我就得去赚钱,不是一点小钱,而是一大笔财富。奥塔戈已经发现了黄金……"

"你想去淘金?"芙蓉惊讶地问,"可是……谁知道你找不找得到?"

鲁本心里很清楚,这个问题问到点子上了,因为他自己都不知道该从何找起。但是,管他呢,别人已经成功了。

"在昆士敦附近地区,每个人都可以找到金子,"他坚持说,"那里的金块有手指甲那么大。"

"金子都撒在地上吗?"芙蓉蕾特疑惑地问,"难道不需要申请所有权?装备呢?你带了钱吗,鲁本?"

鲁本点点头。"带了一点,我存了一些。去年在乔治叔叔办公室帮忙,雷蒂忙不过来的时候,我负责把毛利语翻译给他听,他给了我薪水。当然不多。"

"我一分钱没有,"芙蓉关切地说,"要不然我会给你的。那马呢?你打算怎么去瓦卡蒂普湖?"

"我骑我妈的骡子。"鲁本说。

芙蓉蕾特眼睛睁得老大,"纳普穆克?你要骑着纳普穆克翻山越岭?

它都多老了？二十五岁？那是不可能的，鲁本，骑一匹我们家的马去！"

"那你爷爷还不把我当盗马贼穷追猛打啊？"鲁本苦涩地问。

芙蓉蕾特摇头，"骑米内特吧，它个子小但很力气大，而且它是我的，我把它借给你，谁都别想阻拦。不过你要好好照顾它，听见了吗？你必须把它带回来还我哦。"

"只要有可能，我就会回来，你懂的！"鲁本挣扎着站起来，将芙蓉蕾特拥入怀里。亲吻时，她舔了舔他唇上的血。"我一定会来接你的，我的承诺日月可鉴！我会找到金子，然后回来接你！你肯定是相信我的，对吧，芙蓉蕾特？"

芙蓉蕾特点点头，并极尽其温柔，小心翼翼地抱着他。她深信他的爱，要是对他未来的财气也能这么肯定多好……

"我爱你，我会等你的。"她静静地说。

鲁本再次亲吻她。"我得快点去，昆士敦的淘金人还不是很多，因为这消息还没怎么公开，所以现在时机正好，那儿还有大量金子……"

"但即使找不到黄金，你也会回来，对吗？"芙蓉蕾特很想要一个肯定的答复，"我们可以再想别的办法！"

"我会找到的！"鲁本坚持说，"因为别无选择。我已经在这儿呆了很长时间，得走了，万一你爷爷看见我……"

"我妈妈在把风。你在这儿等着，鲁本，我去给米内特套上马鞍，你连站都站不稳，最好找个可以让自己恢复一下元气的地方藏身。我们可以……"

"不，芙蓉蕾特，我们不再冒险，就不会太久分离。事情没想象的那么艰难，我会成功的。你想办法把骡子送回去给我妈妈。"鲁本瘸着腿，想帮芙蓉套马。就在这时，齐丽出现在门口，手里拿着两个鼓鼓囊囊的鞍囊。她对芙蓉蕾特笑笑。

"喏，这是你妈妈拿来的，那男孩不在这里，你给他吧。"按吉薇尼拉吩咐，齐丽假装没看见鲁本，"里面是路上吃的东西，还有一些你父亲留下的衣服。你妈妈觉得他用得着。"

鲁本正想拒绝，但毛利女仆把包裹放下就走了，就当不知道他在畜棚里。芙蓉蕾特把包袱绑在马鞍上，然后把米内特牵了出来。

鲁本艰难地爬上了马鞍，却不忘俯下身来和芙蓉蕾特吻别。

"你会爱我多久？"他悄悄地问。

她笑笑，"永远，比永远还远。希望尽快见到你！"

"我会尽快回来见你！"鲁本重申。

芙蓉蕾特看着他的背影，直到他消失在雨幕中。那一天的雨挡住了视线，她看不见远处的山。看着鲁本紧贴在马背上，心里加倍疼痛。两人一起私奔注定是不会有好结果的——鲁本只能没有负担地独自前行。

鲁本骑着马离去的时候，保罗也一直在注视着。他早早就在窗户边坚守岗位，现在正考虑要不要叫醒杰拉尔德。就在他左右盘算的时候，鲁本已渐行渐远——再说，他母亲肯定在监视他的一举一动。头天晚上她火山爆发般泄愤的情形依然历历在目，他一直以来的疑惑现在已确定无疑：吉薇尼拉爱姐姐胜过爱自己。他永远别指望从她那里得到什么，但只要杰拉尔德在，就还有希望。祖父这方面倒可以预见，若是保罗能学会讨他欢心，他肯定会把保罗庇护在自己羽翼下。保罗决定从这点入手，沃顿家族将会出现彼此对立的两派：他母亲和芙蓉，杰拉尔德和保罗。他只需要让杰拉尔德相信自己有多能干就行。

知道米内特突然不见的原因后，杰拉尔德勃然大怒，吉薇尼拉好不容易阻止他揍芙蓉蕾特的冲动。

"不管怎样，那小子现在离开了！"他说，并尽量让自己的怒气缓和下来，"不管他是去了但尼丁还是别的什么地方，我不管。如果他再次出现在这里，我会像毙一条疯狗一样毙了他。你最好明白这点，芙蓉蕾特！而且你也不能再呆在这里了，我要把你嫁给一个普通人，马马虎虎能凑合就行了！"

"她还这么小，哪能嫁人。"吉薇尼拉说。从内心上，她也很庆幸鲁本离开坎特伯雷平原，去到芙蓉蕾特说的那个地方。但她心里很清楚，现在的淘金热，就像卢卡斯那时的捕鲸和捕海豹狂潮一样，每个想发横财、想证明自己是条汉子的人都跑到奥塔戈去了。可是，她对鲁本在挖掘金矿方面的能力,和芙蓉一样持悲观态度。

"她不小了,既然会与那个王八蛋一起躺在野地里,就可以和一个光彩的男人同床共枕了。她多大?十六?明年就十七,可以订婚了。我记得那个姑娘来新西兰的时候就是十七岁……"

杰拉尔德紧紧盯着吉薇尼拉看,她脸色煞白,心慌意乱。她十七岁的时候,杰拉尔德爱上了她——并漂洋过海把她带来给儿子。难道这老头现在就开始用不一样的方式对芙蓉下赌注了?在此之前,吉薇尼拉从未想过女儿跟自己有多像。芙蓉蕾特除了头发比母亲长得更精致些,头发颜色深些,眼睛颜色与母亲不同,要是忽略这几方面,别人甚至会误以为芙蓉蕾特就是吉薇尼拉年轻的时候……难道保罗那个白痴泄露的秘密让杰拉尔德也意识到这点?

芙蓉蕾特一边啜泣,一边准备勇敢地回驳杰拉尔德,告诉他自己决不嫁给除了鲁本·奥基弗之外的任何人,吉薇尼拉泰然自若地摇头并用手势制止了她。现在吵架无济于事,而且,找一个"马马虎虎能凑合"的人可能没那么容易。沃顿家在南岛是资格最老、最受人尊重的家庭之一,只有几个家族能在社会和经济地位上与之相提并论,那些家庭的儿子有两种情况——要么已经订婚,要么年纪比芙蓉蕾特还小。例如,巴灵顿勋爵的儿子,刚满十岁;乔治·格林伍德最大的孩子才五岁。杰拉尔德只要火气一消,他自己都很清楚这种状况。对吉薇尼拉来说,家里的危机比这更让人担心,不过她可能多虑了。他们一起生活这么多年,杰拉尔德只碰过她一次,而且是在烂醉如泥又赶上情绪激烈的时刻,他似乎也为那天的事懊悔不已。什么端倪都没有,她没必要紧张。

吉薇尼拉强迫自己平静下来,并努力让芙蓉蕾特也冷静下来。过几个星期,这件让人痛苦的事情就会被人遗忘。

但她错了。事实上,开始时什么都没发生,但鲁本走后八个星期,杰拉尔德前往克莱斯特彻奇开畜牧养殖业主会议。杰拉尔德所说的这次"觥筹交错的盛宴"的召开,官方的原因是坎特伯雷平原愈演愈烈的牲畜盗窃发生率。过去几个月,这一地区有一千只羊消失不见。詹姆斯·麦肯齐的名字一如既往地被盛传。

"天晓得他带着偷来的牲口去了哪里！"杰拉尔德抱怨道，"但他肯定在幕后操纵，这点毫无疑问！这家伙对高原牧场了如指掌。我们应该派出更多巡逻队，成立一支自卫队！"

吉薇尼拉耸耸肩。想起詹姆斯·麦肯齐，她依然心跳加快，希望没人注意到这点。想到他声东击西的进攻，想到他与山区巡逻队的人伶牙俐齿的周旋，她心里暗自发笑。这个地区的山麓只有几个地方得以开发，还有很多地方可能隐藏在山谷和草场里，即使农场主例行常规，派出牧羊人，在那样的地方看守牲口是不可能的。那些牧人在专门为这个目的而建的小屋里呆半年，而且基本上都是两个人结伴，这样他们才不会孤单得发疯。他们靠玩纸牌、捕猎、钓鱼打发时间，很多人未经雇主批准就开溜。他们当中比较负责的才会留意羊群，其他人很可能从来都不去管它们，身边带着良种牧羊犬的人一天可以赶走几十头牲口而不会马上被发现。詹姆斯要是找到一个无人知晓的藏身之处以及一条销赃途径，绵羊大亨们是永远找不到他的——除非碰巧遇到。

詹姆斯·麦肯齐的行踪依然是人们茶余饭后议论的话题，而且也是召开畜牧业主会议或进入山区探险的绝好理由。这次照样有许多闲谈，但大部分与此无关。吉薇尼拉很高兴自己从未被邀请参加。虽然她是基沃顿站非官方养羊权威，但人们只把杰拉尔德当回事。看着他骑马离开牧场，她如释重负地舒了口气，只是很吃惊他居然带着保罗一起去。上次与鲁本和芙蓉之间的那段插曲过后，这小子跟祖父越来越亲密。杰拉尔德最终也明白了，继承人不是生出来了就行，他必须将基沃顿站未来的主人引领到生意上来——同时还必须把他介绍给他未来的同行。看着保罗骑着马伴同杰拉尔德而去，芙蓉蕾特终于稍微轻松了一点。杰拉尔德还是那么严格地规定哪里可以去、几点得回家，而且有保罗监视，若有违抗他命令的地方，就算是鸡毛蒜皮的小事，保罗也会汇报。被警告过几次后，芙蓉蕾特已经学会很淡定地忍受对自己的种种限制，不过，不管怎样，依然让她觉得无比厌恶。还好，新马给她带来快乐。吉薇尼拉把伊格莱恩产下的小母马妮妮安交给了她，这匹四岁的马儿性情和外貌跟它母亲是一个模子里出来的——看着女儿骑在妮妮安背上穿过草地，吉薇尼拉脑海里又闪过上次在客厅感觉到的不安：杰拉尔德肯定也注意到自己正盯着另一个小吉薇尼拉看，她是那么可爱，那么天真，骨子里的神情跟吉薇尼拉还是个女孩时完全一样。

他的反应让吉薇尼拉再次暗自担心，他的态度甚至比平时更恶劣，经常莫名其妙地对周围人生气，酒喝得也比平时多了。那样的夜晚，只有保罗能让他平静下来。

要是知道爷孙俩在书房里都讨论了些什么，吉薇尼拉的血都会凝固。

通常，先是杰拉尔德让保罗说些学校里的事情以及他在野外的冒险经历，最后话题总是要涉及芙蓉——他当然不会提到她在吉薇尼拉那个年龄特有的迷人、天真之处，而是历数其娇宠、无情、不值得信赖。杰拉尔德可以忍受自己对孙女压抑的性幻想——但他很清楚自己得想办法尽快摆脱这丫头。

实现这个计划的机会终于在克莱斯特彻奇出现。畜牧养殖业主会议结束，他们与雷金纳德·比斯利结伴返回。

吉薇尼拉亲切地接待了这位家族老朋友并对其妻子故去表示慰问。比斯利太太前一年年底突然过世——在她心爱的玫瑰园里中风身亡。吉薇尼拉觉得，虽然这些事情都过去了，老太太死得也算无与伦比的唯美，但这一切却无法消除丈夫对她深深的怀念。吉薇尼拉吩咐莫纳准备了一桌特别的菜色，并找来一瓶最好的酒。雷金纳德·比斯利是有名的美食家，也是一位品酒行家。看着维缇拔开酒瓶塞子，他那浑圆、红润的脸马上发亮。

"我也刚从开普敦弄了一船好酒回来。"说着，转过身，面朝芙蓉说，"里面有些酒特别清淡可口，女士一定会喜欢。沃顿小姐，你喜欢哪种？白葡萄酒还是红葡萄酒？"

芙蓉蕾特从来没认真想过这个问题，她很少喝酒，即使喝，她也只是桌上有什么酒就品尝什么酒。海伦倒是教过她一些喝酒礼仪。

"主要看什么类型了，比斯利先生，"她彬彬有礼地回答说，"红葡萄酒一般都比较浑厚，而白葡萄酒则可能偏酸。至于哪种酒比较好，我觉得还是你来选择比较合适。"

比斯利先生对这个回答似乎很满意，接着，他详尽地描述了自己喜欢上南非葡萄酒而不喜欢法国葡萄酒的原因。

"而且开普敦离这里近得多。"吉薇尼拉也顺着这个话题说，"酒的价格也就合理得多。"

芙蓉暗自发笑。这是母亲最先想到的理论，可海伦曾教过她，跟绅士说话的时候，淑女是无论如何不能提及钱的，母亲显然没有受过类似的礼仪教育。

雷金纳德·比斯利啰啰嗦嗦地解释说，经济方面的因素其实不那么重要；然后，又絮絮叨叨地说起他最近进行的种种高额投资，比如又进口了一批绵羊啦，扩大了牛的存栏数啦……

芙蓉蕾特搞不懂这个不起眼的绵羊大亨一双眼睛怎么一直盯着她看，好像她对他的切维厄特绵羊数量很感兴趣似的。其实她对他说的东西一点兴趣都没有，直到话题转向养马。雷金纳德·比斯利一直都在培养纯种马。

"当然，我们可以让它们和你的短腿马杂交，沃顿小姐，如果你驾驭不了纯种马的话。"他热情地向芙蓉蕾特解释说，"这办法一定很有意思。"

芙蓉蕾特皱起眉头。她无法想象，纯种马跑起来就一定比她的妮妮安更有动力——虽然纯种马确实天生就跑得比较快。可是，他凭什么料定她一定会对骑纯种马感兴趣啊？在母亲看来，在茫茫荒野长途跋涉，纯种马显得实在太脆弱了。

"英国倒是经常这么做。"吉薇尼拉打断他，她像芙蓉蕾特一样对这个客人的行为很不解。她才是这个家庭的育马人！他为什么不跟她谈杂交繁殖的事？"杂交的马有的变成了很好的狩猎乘马，但这些马既有短腿马冷峻和固执的一面，又兼有纯种马的烈性和易受惊的倾向。那可不是我想给我女儿的东西。"

雷金纳德·比斯利和蔼地笑笑。"哦，这只是一个提议，沃顿小姐当然完全可以自行决定自己想要什么马,我们也可以再安排一次狩猎,最近几年,我完全疏忽了诸如此类的事情,不过……你喜欢打猎吗,沃顿小姐?"

芙蓉蕾特点点头,"当然,为什么不?"她颇有兴致地说。

"外面的狐狸已不多,"吉薇尼拉微笑着说,"你考虑过引进一些吗?"

"我的天!"对于猎物的不足,杰拉尔德刚才还懒得掺和,现在他们的谈话转到新西兰本土动物的不足这个议题上。

在这个话题上,芙蓉蕾特功不可没,晚餐在热热闹闹的交谈中结束。芙蓉马上找借口回到自己的房间,她早就开始把每个晚上都用在给鲁本写长信上,尽管她把信拿到霍尔顿投递时满怀希望,邮差却没那么乐观。"鲁本·奥基弗,昆士敦金矿"这个地址在他看来不够具体,但至今,寄出去的信件尚未退回。

吉薇尼拉先去料理了一下厨房,后来决定陪他们一起坐坐。她到客厅给自己倒了一杯波特酒,然后端着酒杯往隔壁房间去,他们喜欢在吃完饭的时候,到那个房间抽烟、喝酒,有时也打打牌。

"你说得对,她很迷人!"

听到雷金纳德·比斯利的说话声,吉薇尼拉在半开的门前僵住了。

"起初,我还有点不信——那样一个小姑娘,差不多还是个孩子。但现在看到她,已经出落成一个妙龄少女了,很有教养!地地道道的小淑女。"

杰拉尔德点点头。"我告诉你,她现在正待字闺中。就我们俩之间的事,你一定要记住。你自己也明白,农场这些男人都什么德性。发情的猫,很容易失去理智的。"

雷金纳德·比斯利咯咯地笑道:"可她才……我是说,别误会,我不会朝思暮想,不然,我会找一个……呃,说不定找个寡妇,跟我年纪比较接近的。不过,要是他们在那个年龄就开始早恋……"

"雷金纳德,对不起!"杰拉尔德严厉地打断他说,"芙蓉的名誉是无可指责的,我正在考虑为她举行一场婚礼,宜早不宜迟,这样就可以留住好名声。苹果熟了，该摘就摘。你知道我的意思吧！"

雷金纳德再一次笑着说："好一幅天堂美景！那姑娘还有什么话说？是你向她转达我的求婚，还是我……我自己去表明我的意愿呢？"

吉薇尼拉简直无法相信自己的耳朵。芙蓉蕾特和雷金纳德·比斯利？这老兄都五十好几，甚至六十出头了，老得可以当芙蓉的爷爷了！

"交给我来办吧，我好好张罗一下。这事会让她感到很意外，但她会同意的，别担心！毕竟，像你说的，她是个淑女。"杰拉尔德又倒了一杯酒。"为我们两家联姻干杯！"他笑着说，"为芙蓉干杯！"

"不，不，决不！"

芙蓉蕾特的尖叫声从杰拉尔德和她谈话的书房，经客厅直传到吉薇尼拉的工作室，听起来不太像一个淑女——更像完全发育成熟的芙蓉蕾特在爷爷面前闹脾气。吉薇尼拉选择暂时不直接介入这件事，要是杰拉尔德做得太过分了，她准备在关键时候插手干预，从中斡旋。毕竟，拒绝雷金纳德·比斯利时必须保证对他毫无伤害，回绝得断然一点对他也没什么损失。他怎么会想娶一个十六岁的新娘呢！杰拉尔德把芙蓉叫进书房的时候，吉薇尼拉就确定，他不是酒后胡言，她甚至提前提醒过女儿。

"记住，芙蓉，他没法强迫你，虽然话已经说出去了，在这种情况下，流言蜚语是免不了的，但我向你保证，克莱斯特彻奇人已经习惯接受类似的绯闻了，你只要保持镇定，明确自己的立场就行了。"

可芙蓉偏偏不是那块可以保持镇定的料。

"我应该乖乖顺从是吗？"她还击杰拉尔德说，"我根本不需要考虑！嫁给那个老头前我先把自己溺死！我是认真的，爷爷，我去投湖自尽！"

吉薇尼拉忍不住笑。这些喜剧用语芙蓉是从哪学来？大概是从海伦书上吧。把自己扔进基沃顿站周围的湖对她几乎没什么伤害，水很浅，而且，托她那些毛利朋友的福，芙蓉游泳的功夫非常了得。

"要不我去当修女！"芙蓉蕾特继续说。其实新西兰那个时候还没有女修道院，但情急之下，那也算是一根救命稻草。争执至此，吉薇尼拉觉得情况有点滑稽，可就在这时，她听见杰拉尔德的声音，心里开始有些惊慌。他开始说脏话……这老头肯定喝得比吉薇尼拉想象的醉。她一直在为芙蓉准备着，说不定在那一刻，芙蓉只是孩子气地威胁一下祖父？

"你根本不会想去当修女，芙蓉蕾特！那是你最不想做的事情，要不然你怎么会那么喜欢和那个下贱的臭小子偷鸡摸狗呢！你等着，臭丫头，会有人拜倒在你石榴裙下的，你需要男人，芙蓉，你……"

芙蓉蕾特已感觉到凶多吉少。"反正妈妈还不想让我嫁人……"她说，声音明显弱了下来。这话让杰拉尔德火上加油。

"我想怎样，你妈就得怎样！我会改变你的态度的，等着瞧！"就在芙蓉蕾特打开门想冲出去的时候，杰拉尔德猛地将她拉了回来，"你早晚得任我摆布！"

出于担心，吉薇尼拉已经走近书房，听见里面的声音，她冲了进去。芙蓉蕾特被扔到椅子里，战战兢兢地啜泣着。杰拉尔德猛地扑过去，手上的酒瓶掉下来，碎了一地。酒倒没撒出来，因为瓶子已经空了，吉薇尼拉突然想起来，酒瓶里原先还有四分之三的威士忌。

"这只小母驴还真难对付，是这样吗？"杰拉尔德厌恶地嗤笑道，"还没被马嚼子碰过？很好，咱现在就试试，你一定能学会顺从骑在你身上的人……"

吉薇尼拉把他从她身上扯开，愤怒和担心让她积聚了超乎想象的力量。杰拉尔德眼里的欲火，她再熟悉不过了。从保罗出生到现在，它总在深夜的噩梦里挥之不去。

"连她你也敢碰！"她怒骂道，"马上放开她！"

杰拉尔德哆嗦一下。"让她滚出我的视线！"他咬牙切齿地说，"把她软禁起来，直到同意嫁给比斯利为止。我已经把她许配给他了！我不能失信！"

雷金纳德·比斯利一直在楼上房间里等着，书房里的场面自然逃不过他的注意。他走到门口,非常尴尬地遇见吉薇尼拉和她女儿。

"沃顿小姐……沃顿太太……请原谅!"

雷金纳德·比斯利此时异常清醒,与头一天晚上判若两人。芙蓉蕾特稚气的脸上那焦虑不安的表情以及她母亲眼里饱含的愤怒让他心里很明白,娶芙蓉简直就是痴心妄想。

"我……我没料到事情会那么……呃哼,你们那么难以接受我的求婚。你们看,我确实不再年轻了,但也没那么老,而且我……我会很珍惜你……"

吉薇尼拉冷冰冰地盯着他说:"比斯利先生,我女儿现在要的不是珍惜,她最需要的是长大,长大以后,她才会考虑一个年龄适合的男人——至少,是一个会自己向她求婚而不是派某个老色鬼去强迫她上他床的人。我的话够明白了吧?"

她本想保持最基本的礼貌,但杰拉尔德把芙蓉蕾特扔在椅子上时脸上色迷迷的表情让她彻底心寒了。现在,最要紧的是必须摆脱掉这个老不死求婚者,这倒不难;接下来,她得想办法对付杰拉尔德。她甚至没意识到,自己正身处一个随时都会爆炸的火药桶里。但为了保护芙蓉,她准备豁出去了。

"沃顿太太,我……我说过,沃顿小姐,我很抱歉。在这种情况下,我准备终止婚约。"

"我才不要跟你订婚呢!"芙蓉用颤抖声音说,"我甚至不,我……"

吉薇尼拉将女儿拉开。"您的决定让我很高兴,为此我对您表示尊敬。"她勉强微笑着对雷金纳德·比斯利说,"您心地善良,说不定愿意把这个决定告诉我公公,这样,我们大家都可以把发生过的不愉快忘掉。我一直都很尊重您,而且不想失去您这样一个世交。"

她高傲地从雷金纳德·比斯利身旁走过去。芙蓉蕾特跟在她身后,好像还想再说几句,吉薇尼拉阻止了她。

"千万别告诉他有关鲁本的事情,否则会伤到他的自尊心。"她朝女儿嘘了一声,"现在,到你自己房间呆着——最好一直呆到他离开。看在上帝的分上,你爷爷还酒醉不清醒的时候,不要走出房间半步!"

吉薇尼拉颤颤巍巍地把女儿房门关上。灾难暂时算是躲过去了，杰拉尔德晚上肯定会继续和雷金纳德喝酒，没必要担心他进一步爆发。明天，他必定会对今天干的事感到羞愧难当。可接下来又会发生什么呢？杰拉尔德的自我谴责能让他远离孙女多久呢？要是他又喝醉，并自欺欺人地说服自己必须为芙蓉未来丈夫"让这丫头破身"，她的房门能够安全地把他挡在外面吗？

吉薇尼拉下定决心把女儿送走。

4

可是将计划付诸实施确实很难，她既找不到借口把女儿送走，也找不到合适的家庭收留她。吉薇尼拉一直在考虑或许可以把孩子送到某户人家家里生活——当时，克莱斯特彻奇还缺乏这方面的管理，像芙蓉这么妩媚又有教养的女孩要是去帮人做家务换取膳宿，应该很受新派家庭欢迎。但实际上，只有巴灵顿和格林伍德家有可能——而且，吉薇尼拉小心翼翼地试探过安东尼亚·巴灵顿，这个莫可名状的女人马上拒绝了。吉薇尼拉又不能因为这事对她有成见，因为少东家看到芙蓉蕾特的第一眼就让人断定她终归会从一个小火坑跳到另一个大火坑。

伊丽莎白·格林伍德本来是愿意接纳芙蓉的，乔治·格林伍德对她的忠诚和爱无可挑剔。芙蓉把他看作"叔叔"，住在他家，她还可以学学记账和商务管理。可不巧的是，格林伍德一家正打算坐船去英国，他父母想见孙子孙女，伊丽莎白对此行无比激动。

"我只希望他妈妈别认出我来。"她向吉薇尼拉透露说，"她一直以为我是瑞典人，要是得知……"

吉薇尼拉微笑着摇摇头。别人绝对认不出眼前这个穿戴整齐、举止优雅而且已成为克莱斯特彻奇社会标杆的女人，会是二十年前离开伦敦时那个腼腆、半饥半饱的孤儿。

"她会喜欢你的。"她笃定地对这位少妇说，"千万不要去做假冒瑞典口音这种傻事，就说你是在克莱斯特彻奇长大的，这是事实嘛，这也正好可以解释你为什么会说英语。"

"但他们还是听得出我的伦敦腔。"伊丽莎白不安地说。

吉薇尼拉笑道:"伊丽莎白,跟你相比,我们大家的英语都很烂——当然,海伦除外,她的语音你也听得出来,所以,你根本不用担心。"

伊丽莎白迟疑地点了点头。"好吧,乔治也说,我反正不用说那么多话,聊天的时候他妈妈喜欢由她自己唱主角……"

吉薇尼拉笑笑。和伊丽莎白相聚总是让人耳目一新,她的聪慧,胜过举止得体、但多少有点沉闷的桃乐西,也胜过已开始从事养父面包业的小露丝玛丽。她经常想,其他三个一起乘都柏林号来到此地的女孩是否别来无恙。韦斯特波特有位乔兰达夫人,海伦曾在信里听她不耐烦地说起达芙妮带着两个双胞胎——以及整一个星期挣来的收入——消失得无踪无影。那个女人居然厚颜无耻地向海伦索要所损失的钱,但海伦没有回复她的来信。

吉薇尼拉最后由衷地向伊丽莎白告别——此前,她还给伊丽莎白列了一个购物清单,那是每个新西兰女人回家乡时都会捎带过来给朋友的东西。其实,通过乔治的公司就可以订购伦敦出售的任何物品,但有些私人物件主妇们不想委托给信差。伊丽莎白答应为吉薇尼拉去伦敦市场扫荡一番,吉薇尼拉心情愉快地回家了——可芙蓉的事情依然没有着落。

接下来的几个月,基沃顿站的状况渐渐趋于安定,杰拉尔德上次对芙蓉的冒犯现在让他完全醒悟过来。他尽量回避孙女——吉薇尼拉也确定,芙蓉蕾特平安无事。与此同时,老头不遗余力地把保罗引领到家族生意上来,他们经常要去牧场,早出晚归。回来之后,杰拉尔德照样沉湎于威士忌,但再也没像以前终日狂饮的时候那样喝得烂醉。在祖父的撺掇下,保罗开始仗势欺人,对此齐丽和玛拉玛颇为担心。吉薇尼拉偷听到儿子和玛拉玛之间一次谈话,让她非常不安。

"维拉姆不坏,保罗!他工作勤奋,是一个好猎手,也是一个好牧人。解雇他,是你不对!"

玛拉玛正在花园里清理银器,她很享受这个特殊任务,这点跟她母亲不一样,她喜欢闪闪发光的金属。有时,她会一边干活一边唱歌,但杰拉尔德受不了毛利音乐。吉薇尼拉也有同感,不过那是因为这样的音乐会让她想起那个宿命之夜的鼓声。她喜欢玛拉玛用甜美的嗓音唱出来的民歌,奇怪的是,保罗好像也很喜欢。不过,他今天急于向玛拉玛炫耀前一天和杰拉尔德一起去过的地方。他们俩到山脚下检查牧草,正好遇到那个毛利男孩维拉姆,他正拿着钓鱼所得战利品返回安扎在基沃顿站的部落。钓鱼这事,本来是无可厚非的,没理由受到责罚,但杰拉尔德最近成立了一个巡逻队,想彻底终结詹姆斯·麦肯齐的猖狂,而这个维拉姆正好是巡逻队的一员,因此,他本来应该呆在高原上而不是回村里去看望母亲。杰拉尔德大发脾气,并狠狠地训斥了那小子一顿,接着,他让保罗考虑对其处罚,保罗便决定开除维拉姆,此决定立即生效。

"爷爷不是雇他来钓鱼的!"保罗严苛地说,"他应该坚守自己的岗位!"

玛拉玛摇摇头。"可我觉得吧,巡逻队反正是要四处走动的,所以维拉姆偶尔不在固定的位置上,问题也不是那么严重。男人都喜欢钓鱼,他们要靠捕猎和垂钓为生,要不然,你能给他们提供粮食吗?"

"问题当然严重了!"保罗高声说,"麦肯齐不会跑到家门口附近来偷羊,要偷也是在高原上偷,巡逻队要巡查的就是那地方。是,他们可以打猎、钓鱼,以获取日常所需,但不是全村的人都这样。"保罗固执地坚持自己是对的。

"不是这样的!"玛拉玛不打算就此妥协。她竭尽所能地想让他清楚地知道她那个部族人的观点,她不明白要说服他怎么那么难,保罗好歹是在毛利人的环境中长大的,他怎么可能对捕猎、打渔之类的事一无所知呢?"他们刚在附近发现有个地方,从来没谁在那里捕过鱼,现在拦截游鱼的堤坝水满了,他们一时半会吃不完那么多鱼,可是又不能把堤坝的水放干——因为他们还要去巡逻,如果没人回村里看管,鱼可能就白白跑光了，那该多可惜呀，保罗，这你是知道的！我们不能浪费食物，上天会不高兴的！"

毛利巡逻队让维拉姆回村里料理那些鱼并告知村里的长辈他们刚刚发现的水域里那些数量可观的鱼，估计周围区域应该也相当富饶，有丰富的物产可供猎狩，他们的部族可能很快就会安排时间到那儿去捕鱼、打猎，这对基沃顿站来说是一件好事，因为要是有毛利人看着，就没人来这个地区偷牲口了。可是，无论是杰拉尔德还是他孙子，都想不到，也不愿想那么远，相反，他们生毛利人的气，偷羊贼肯定会从山里面那些维拉姆部族的人眼皮底下被忽视，巡逻工作必定会松懈。

"汤加的父亲说，他打算为自己以及部族认领新的土地，"玛拉玛继续解释说，"维拉姆会带他去那儿，沃顿先生过去要是对他好点，他要带去的人肯定是你，那样，你就可以叫人去勘察那块土地了！"

"我们早晚会找到那块地的！"保罗坚持说，"我们才不要左一个右一个去讨好那些王八蛋呢。"

玛拉玛摇摇头，想辩解说维拉姆不是王八蛋，而是首领颇为尊敬的侄子，但还是把话咽了回去。"汤加说他们准备登记克莱斯特彻奇的财产，"她接着说，"他像你一样会读书、写字，又有雷蒂协助。解雇维拉姆是愚蠢的，保罗，实在愚不可及！"

保罗愤怒地站起来，将玛拉玛已经清洁过的盛银器的银托盘撞倒。正常情况下，他不是那种笨手笨脚的人，这是故意的。"你一个丫头片子，又是毛利人，你怎么知道什么事情是愚蠢的？"

玛拉玛笑着静静地把银器捡起来，她可不是轻易就会动怒的。"那你等着瞧，看谁能得到那片土地！"她冷静地说。

他们这次交谈印证了吉薇尼拉的担心。保罗这是在无故树敌，他将冷酷与力量混为一谈——他这个年龄犯这样的错误也许很正常——可杰拉尔德应该教育而不是怂恿他啊。他怎么可以让一个刚满十二岁的小屁孩去决定是否要开除某个帮工呢？

芙蓉蕾特的生活恢复到往日的样子，乃至频繁出入奥基弗站去见海伦——当然，只是在确定杰拉尔德和保罗都在别处，而霍华德也不会突然出现的时候。吉薇尼拉觉得这么做太不谨慎了，把纳普穆克送还给海伦后，大家最好在霍尔顿相聚。

芙蓉蕾特继续往昆士敦写长信，但一直杳无音讯，海伦也没得到鲁本任何消息，心里可担心了。

"要是他去的地方是但尼丁就好了。"她叹息道。霍尔顿最近新开了一家茶馆，良家妇女经常会坐在里面交换各自的新闻。"他本该找一份办公室助理的工作的，可淘金……"

吉薇尼拉耸耸肩。"他想发财，运气好的话说不定会如愿的，据说那里的金矿资源无比丰富。"

海伦不以为然地说："吉薇，我爱儿子胜过一切。金子不会长在树上并砸中他的脑袋让他去找。他像我父亲——只有坐在书房，沉浸在古希伯来语文字中才觉得开心。我认为他应该去当一名好律师或法官，即使做一个商人也行。乔治说，他跟客户关系处得很好，因为他讨人喜欢。但跋山涉水去淘金、开凿渠道诸如此类的事并不适合他。"

"为了我，他可以做到。"芙蓉说，脸上表情充满怀念，"他会为我做任何事情，至少，他会竭尽所能！"

眼下，霍尔顿人涉及鲁本·奥基弗淘金的话题倒是不多，大家更关注的是詹姆斯·麦肯齐愈演愈烈的牲口偷盗。最近，一个名叫约翰·赛德布鲁森的大牧场主遭到麦肯齐的劫掠，损失惨重。

约翰·赛德布鲁森居住在高山地区的普卡基湖西岸，他很少到霍尔顿来，也从未去过克莱斯特彻奇，他在山脚下拥有大面积的土地，他的牲口都卖到但尼丁，所以他不是乔治客户群里的牧场主。

不过杰拉尔德好像跟他相熟。据说赛德布鲁森打算到霍尔顿与志同道合的牧场主们会面，商讨采取措施，严惩詹姆斯·麦肯齐。得知这个消息那天，杰拉尔德像学童一样迷惑不解。

"他确定麦肯齐躲藏在这一带！"杰拉尔德一边啜饮着餐前必喝威士忌，一边说，"就在湖区上面某个地方。约翰说，詹姆斯肯定发现了新的地方，而且必定会隐匿到某个我们不知道的地方去。他建议对这一带采取地毯式搜查行动,我们必须联合各方人手,将这个家伙彻底揪出来。"

"赛德布鲁森说这些,不会不知天高地厚吧?"吉薇尼拉保持自己的姿态质疑道。近几年来,坎特伯雷平原几乎所有的牧业大亨都闭门造车酝酿类似的抵抗计划,但基本都一事无成,因为大家都只顾自扫门前雪。要将各自打自己算盘的牧场主联合起来,雷金纳德·比斯利的个人魅力还不够。

"当然啦!"杰拉尔德咕哝道,"你想象不出约翰·赛德布鲁森有多大胆!我还在捕鲸时就认识他了,那时他还只是个不起眼的小鬼,像保罗这么大……"

保罗竖起耳朵。

"他跟着他爸,作为甲板员被雇用,但那老头嗜酒。有一天,捕鲸行动开始了,鲸鱼疯了似的拼命翻腾,并把他从船上撞了出去——准确地说,是把整条船都撞翻了,大家都从船上跳了出去,唯独这个小男孩在甲板上坚持到最后,在翻船之前还在投掷鱼叉,最后,是约翰·赛德布鲁森将鲸鱼击倒了!才十岁啊!鲸鱼击败了他父亲,但他并未就此罢手。后来,他成了西海岸最厉害的捕鲸手。就在他准备离开时,听说韦斯特波特有金矿,于是,他在布勒河附近来回寻金,每每得手,最后在普卡基湖买了地,还买了最好的牲口,有些甚至是从我这里买去的。如果我没记错的话,那时混蛋麦肯齐还在替我放牧呢,时间过去快二十年了……"

十七年,吉薇尼拉心想。她记得,詹姆斯答应去放牧,主要是想避开她。难道那时候他就在周围逡巡并由此滋生出梦想?

"我这就写封信告诉他我们可以在这里开会协商!没错,有办法了!我另外再邀请几个人,最终一定能把那个眼中钉赶回老巢!我们一定能拿下那个卑鄙小人,没问题。只要约翰想做什么,一定能做到!"杰拉尔德想盼咐下人拿纸、笔,立刻写信,但齐丽正忙着上菜。为了不打消念头,第二天一大早他就将自己的计划付诸行动。想到他们伟大的惩罚计划实施前,自己又该忙着张罗宴会的吃吃喝喝,吉薇尼拉一声轻叹。不过，能和约翰·赛德布鲁森会面，她还是很兴奋的，杰拉尔德在饭桌上讲的故事，哪怕只有一半是真的，约翰也算是个耐人寻味的人物了——而且，他还有可能成为詹姆斯·麦肯齐最危险的对手。

这一地区差不多所有的畜牧业主都接受了杰拉尔德的邀请。看样子，这次宴会不仅仅是一次饮酒作乐，詹姆斯·麦肯齐显然把事情做得太绝了。看来约翰·赛德布鲁森确实有能耐领导这帮人，吉薇尼拉完全被他折服了。他骑着一匹强壮的黑雄马——跟他本人很相称——不过马很听话，很容易驾驭，说不定察看草场、监管牧放的时候，他也是骑着这匹马。因其充满智慧的大脑，他甚至可以傲视最强大的男人；他的躯体被训练得肌肉发达，脸庞呈棕褐色，棱角分明；黝黑的头发浓密卷曲，留得有点长，更加衬托出他坚韧的外表；他个性热情奔放，魅力十足。他很快就掌控了这次男人聚会的话语权，与一帮老朋友握手拍肩，和杰拉尔德谈笑风生，像喝水一样畅饮威士忌。对吉薇尼拉和几个陪同丈夫的女宾，他显得尤为恭谦。不过，尽管他貌似完美无瑕，吉薇尼拉还是不喜欢他，她也说不清是什么原因，从一开始，她就觉得有点讨厌他。难道是因为他的嘴唇薄而冷酷，笑的时候，眼神里却看不出笑意？还是眼睛本身的有问题——因为深邃，看上去像黑夜一样阴冷莫测？他朝她张望，吉薇尼拉注意到，他的目光明显在揣摩——并非停留在她脸上，而是打量着她依然苗条性感的身材。作为一名少妇，她理当羞得满脸通红，但她没有，反倒以其坚定的自信回敬。她是这里的女主人，他是客人，她对超出此外的任何关系都不感兴趣，而且，她还想让芙蓉蕾特远离杰拉尔德这帮喝得酩酊大醉的新朋旧友。可是，女孩得出席当天的晚宴，所以不可能如她所愿。吉薇尼拉连提醒女儿的念头都打消了，因为要是那样做，芙蓉蕾特肯定会想方设法把自己打扮得难看些——这样，必定会再次激起杰拉尔德的愤怒。因此，芙蓉从楼上下来的时候——穿得像自己初来基沃顿站那个晚上一样光彩照人、优雅得体，吉薇尼拉只能对那些陌生的来客留着心眼。芙蓉身穿米白连衣裙，映衬着她浅棕色肌肤；裙子袖口、领口和腰部饰以金棕色金属环网眼刺绣，与她亮褐得接近金色的眼睛非常配衬。她没有把头发绑起来，只是在左右两侧编了几条辫子，然后在后面把它们全绑在一起，样子非常可爱，而且，这样弄有个很实用的效果，头发不会老是飘到脸上。芙蓉蕾特打理自己的头发，从小女孩时期开始就不需要女佣帮忙。

娇小的身材、散漫的头发让芙蓉看起来像个精灵，虽然她长得像母亲，性情也跟母亲差不多，但身上还是散发着自己独有的光芒。这女孩比吉薇尼拉年轻时更亲和、更柔顺，眉宇间透着的是一股热情而非挑衅的光芒。

她一进来，屋里的男人们都目不转睛、如痴如醉地看着她，有的甚至像被施了魔法一般，吉薇尼拉在约翰·赛德布鲁森眼神里，看到赤裸裸的欲望。他礼貌地跟女孩打招呼，久久地拉住她的手不放。

"赛德布鲁森太太来了吗？"看到宾主们都坐了下来，吉薇尼拉问。她把自己安排在约翰·赛德布鲁森身边陪客，但那家伙对她未多看一眼，眼睛只盯着芙蓉不放，芙蓉却忙于应付和长辈巴灵顿勋爵说话。勋爵已经把克莱斯特彻奇的企业移交给他儿子，从羊、马养殖还算成功的坎特伯雷平原农场隐退。

约翰·赛德布鲁森像刚留意到吉薇尼拉的存在一样，匆匆看了她一眼。

"不，再也没有赛德布鲁森太太了，"他回答说，"我妻子三年前生儿子时去世。"

"我对此深表遗憾。"吉薇尼拉说，她很少这么真诚地用这种陈词滥调，"同时也对那个孩子深表遗憾——他还活着，我没理解错吧？"

这位农民点点头，"是的，我儿子现在给毛利人带，这不是个好的办法，不过他还小，暂时也还凑合，以后，我还得到处找人，要找一个合适的女孩不容易……"他一边说，一边再次盯着芙蓉，这让吉薇尼拉很恼火、气愤。这好色的老东西说起女孩子来，神情就像在说一条短裤！

"你女儿许配给人家了吗？"他干巴巴地问，"看起来是个受过良好教育的女孩。"

吉薇尼拉听得大吃一惊，不知说什么是好。这家伙可真是开门见山！

"芙蓉蕾特还小……"她闪烁其词地回答说。

约翰·赛德布鲁森耸耸肩，"年龄不是问题，我一直认为，结婚不要太早为好，年龄太小，想法还很愚蠢。生孩子倒是年轻一点比较容易，这是玛丽莉难产去世时助产士告诉我的。玛丽莉已经二十五岁了。"

说到最后几个字时，他的注意力从吉薇尼拉这边移开，杰拉尔德不知道说了些什么引起他的兴趣，他很快投入到与其他几个牧场主的热烈交谈中。

吉薇尼拉表面显得很平静，但其实怒火中烧。女孩因为传代或经济原因被追求，而不是她们自身因素，这点她已经习惯了，但这家伙太过分了，就连谈起亡妻的方式都让人不舒服："玛丽莉已经二十五岁了。"听起来好像在说她反正很快就会因为年老而死，她有没有给自己丈夫生孩子都一样。

后来，客人三五成群到客厅继续高谈阔论。在女士们退到吉薇尼拉的客厅喝茶和饮料，男士去杰拉尔德的私人空间抽雪茄喝酒之前，约翰·赛德布鲁森径直朝芙蓉蕾特走去。

吉薇尼拉和巴灵顿太太正聊着，脱不开身，他和芙蓉说话时，她很紧张地看着。表面看来，他彬彬有礼地施展着自己的魅力，芙蓉蕾特刚开始还羞涩地微笑着，但后来已经完全轻松自在地融入谈话中。从芙蓉脸上的表情，吉薇尼拉判断，他们俩正在聊狗狗和马匹，要不然，芙蓉不可能那么专注、热情。吉薇尼拉最后终于从巴灵顿太太身边脱开身，她旁若无人地大步朝他们走过去，她的猜测得到证实。

"当然，我很乐意带你去看我的小马，你要是愿意，我们明天可以一起去骑马，我看见你的马了：很可爱！"芙蓉蕾特似乎挺喜欢这个客人。"你明天要走吗？"

在场的大部分客人第二天一般都会骑马回到自己的农场，惩治行动组已经确定，大伙儿建议在这一地区增加人手，大家积极参与。还有几个牧场主愿意合作，其他的则答应贡献全副武装的骑手。

约翰·赛德布鲁森摇摇头，"不，沃顿小姐，我会在这里住几天，我们商定，先把克莱斯特彻奇来的客人安排妥，然后一起骑马去我农场，那里将是采取进一步行动的大本营。情况既然这样，你的邀约我就笑纳了。对了，我的公马有阿拉伯血统，我几年前在但尼丁买到一匹阿拉伯马，然后让它与农场的马杂交，结果非常好——虽然产出来的马偶尔重量不足。"

吉薇尼拉如释重负。只要他们谈论的只是马，他还算守规矩。也许芙蓉确实喜欢他，约翰·赛德布鲁森是个备受尊重的人物，拥有的土地不比杰拉尔德·沃顿少，虽然不如他的好。对于芙蓉来说，他年龄大了点，但依然在可接受的范围内，只要她对他的感觉不会不舒服就好！如果看起来不会那么冷漠无情就好了！当然，还有鲁本·奥基弗那档子事，不经历一番矛盾争斗，芙蓉蕾特肯定不会离开她心爱的人。

不过，接下来的几天，芙蓉似乎很高兴在约翰·赛德布鲁森的公司逗留。他是个敏捷的骑手，芙蓉就喜欢这样的人。他会讲令人兴奋的故事，而且也是一名忠实的听众。此外，他身上具备女孩认为很有吸引力的魔力和率性，和杰拉尔德玩双向飞碟射击的时候，约翰·赛德布鲁森没瞄准自制的靶子，却击中了花园里一朵凋零的玫瑰，逗得芙蓉大笑不止。

"玫瑰中的玫瑰！"他说——准确地说，这话不怎么有创意，却把芙蓉哄得很开心。可保罗看上去心情却不大好，听杰拉尔德说起约翰·赛德布鲁森的经历之后，他一直对他钦佩不已，现在，亲眼看到他本人，保罗崇拜得五体投地，可约翰·赛德布鲁森却未多看他一眼。他要么忙着和杰拉尔德喝酒、聊天，要么极力讨好芙蓉。保罗盘算着怎么揭穿姐姐的真面目，但显然一直没机会。

约翰·赛德布鲁森生性鲁莽、冲动，心里想要什么就一定要得到。他刚开始选择在基沃顿站动员坎特伯雷平原的牧场主，但认识芙蓉蕾特·沃顿后，他很快决定着手处理另一件更重要的事情，他想续弦——没想到在这里遇到那么合适的人选。她年轻，楚楚动人，家庭出身好，而且接受过良好教育,至少刚开始几年,他可以省下一笔为小托马斯请家教的钱。与沃顿家族联姻,也为步入克莱斯特彻奇和但尼丁社会高层打开了方便之门。如果他没记错的话,芙蓉蕾特的母亲就是英国贵族出身。女孩多少有点野性,她妈妈明显有些专横。约翰·赛德布鲁森是断然不会让自己的妻子参与农场经营的,更不必说管理牧场了!但这是沃顿的问题,他很快就会把芙蓉蕾特摆到合适的位置。即便如此,她还是可以把她自己喜欢的动物都带在身边——母马会产出优良的小马驹,牧羊犬也一定能获利。但芙蓉蕾特一旦怀孕,就不能接触动物了。他打算悉心关照、取悦格蕾丝——这会在赢取芙蓉蕾特芳心时给自己加分。三天后,这位农民确信,芙蓉不会拒绝他的求婚。小姑娘能嫁给那么好的人家,杰拉尔德·沃顿应该很高兴。

约翰的求婚令杰拉尔德心里五味杂陈。这回,女孩好像不是那么勉强——杰拉尔德甚至觉得孙女跟他那位老朋友经常打情骂俏而毫无羞涩之色。不过,他如释重负之中夹杂着一丝妒意,约翰将拥有自己所不能拥有的,他不需要靠武力得到芙蓉,她会慷慨地把自己交给他。杰拉尔德把这些不该想的东西淹没在威士忌里。

朋友在基沃顿站住到第四天跑来宣布他结婚意图的时候,杰拉尔德已有心理准备。

"你知道的,我可以供养她,老朋友。"赛德布鲁森说,"莱昂内尔站很大,当然,主屋没这里豪华,但很舒适。我们雇用了一大帮仆人,你们家姑娘从头到脚都会被照料得很好。当然,她得亲自照顾我儿子,我相信她自己很快也会生一个——照顾两个跟一个一样轻而易举。对我的求婚,你有什么异议吗?"约翰给自己倒了一杯威士忌。

杰拉尔德摇头,让约翰也给自己倒了一杯。约翰是对的,他的求婚是最好的解决办法。"我没意见,农场可以拿来当嫁妆的流动资金不多,用一群羊陪嫁,你会不会嫌少?我们也可以考虑两匹育种的母马……"

接着,两个男人花了一个小时就芙蓉蕾特的嫁妆问题进行和平谈判。有关家畜方面的讨价还价,他们俩都熟谙其窍门,双方拉锯式地出价。在外面偷听到他们的谈话后,吉薇尼拉心里不再忐忑:听上去,他们好像是要为莱昂内尔站注入新的血液,芙蓉蕾特的名字反倒再也没被提起。

"不过,我必……必须警告你!"两人最后达成协议,确定了嫁妆数量,并握手言欢、举杯庆祝后,杰拉尔德说,"那丫……丫头可不是那么简……简单哦,她跟邻居男孩相好……真是荒唐。这阵子那臭小子已经……滚到别的地方去了,不过你知……知道女流之辈是怎么回事的……"

"我不觉得芙蓉对我冷淡啊。"赛德布鲁森有点惊讶。虽然他们刚喝光了一瓶威士忌,但他还是一如既往地清醒。"咱何不趁热打铁去问问她?去,叫她过来!我正想着给她一个订婚之吻呢!明天其他农场主也都会回来,我们正好可以趁机宣布这个消息。"

芙蓉蕾特刚骑马回来,正准备换上晚宴服,听到维缇腼腆地敲门,有点意外。

"芙蓉小姐,沃顿先生有话要对你说。他……怎么说呢?他吩咐你马上到他房间。"这位毛利仆人斟酌着是否要说多几句,最后补充说,"你最好快点,他们喝了很多酒,没什么耐心。"

经过那天晚上雷金纳德·比斯利的求婚事件后,芙蓉对杰拉尔德的突然召见很疑惑,于是本能地决定别把自己打扮得那么漂亮。她不想穿齐丽已经帮她熨好的那件绿色丝质礼服了,而是再次将骑行装扣紧。她本想叫上母亲一起去,但又不知道吉薇尼拉在哪。母亲要花很多时间应对那些精于农场事务的来客,虽说现在这个时候没太多事情要做——一月份,剪毛和产羔都已经完成,羊群大多数时候都自由自在地在高山草原地带游荡——但这个夏天异乎寻常地潮湿,所以牧场要不断地修修补补,收割干草也要靠运气。芙蓉决定不等吉薇尼拉,也不浪费时间去找她了。不管杰拉尔德想怎么样,她得自己去应付,没必要担心他动粗,毕竟,维缇说的是"他们",赛德布鲁森肯定在场,他会从中调停的。

芙蓉穿着骑行服,头发乱糟糟地进了书房,约翰·赛德布鲁森觉得很意外，也很不悦——她怎么着也得把自己弄整洁一点啊。不过，她样子依然很迷人。不，她这副样子很轻易就唤起了他一丝浪漫情怀。

"沃顿小姐，"他说，"请允许我开口好吗？"约翰正式向女孩鞠了一躬，说，"这件事对我来说比任何事情都重要，我不是那种喜欢委托别人去执行自己的旨意的人。"

他看着芙蓉吃惊的眼睛，并把她眼神里闪烁的紧张不安理解成鼓励。

"没错，我三天前才第一次见到你，沃顿小姐，但从那刻开始，我就被你迷住了，我对你美丽的眼睛和温柔的微笑着迷。这些天来你对我的好意给了我希望，这说明我的样子没让你讨厌。因此——我是个大胆果断的人，沃顿小姐，我想你会喜欢我这点的——所以，我就决定请求你祖父的同意，他高兴地答应了我们之间的婚事，有了你监护人的应允，我就可以正式向你求婚了。"

约翰微笑着单膝跪在芙蓉面前，看她一双眼睛不知道往哪儿瞅，杰拉尔德忍俊不禁。

"我……赛德布鲁森先生，你人挺好的，但我另有所爱。"她最后说道，"我爷爷应该告诉你的，而且……"

"沃顿小姐，"他充满自信地打断说，"无论你觉得你喜欢谁，只要在我怀里，你很快就会把他忘掉。"

芙蓉蕾特摇头，"我永远不会忘掉他，先生！我答应过要嫁给他……"

"芙蓉，别提那个坏蛋！"杰拉尔德咆哮，"约翰才是最适合你的人！他年龄不大不小，大家都能接受，家境也富裕，你还要什么？"

"我得爱我要嫁的人才是！"芙蓉蕾特暴躁地叫嚷道，"我……"

"爱会如期而至。"约翰解释说，"所以，答应吧，小姑娘！你跟我度过了三天时间，我没让你觉得那么讨厌吧。"

他神色已有点不耐烦。

"你……你是不让人讨厌，但……但，正是那样，我不能……嫁给你。我觉得你挺好的，先生，可……可……"女孩结结巴巴地说。

"别扭扭捏捏的了,芙蓉蕾特!"约翰顾不上女孩的反对,打断她说,"你就答应吧,这样我们就可以开始去办各种手续,我打算秋天就举办婚礼——跟詹姆斯·麦肯齐之间这件破事一解决就办。说不定你可以马上骑马到莱昂内尔站……当然,得由你母亲陪同。我们必须合情合理地张罗这事……"

芙蓉蕾特深吸了口气,她被气愤和惊慌憋得喘不过气来。见鬼,怎么没人听她说?她下定决心用十分明确的言词再申明一次,让那两个臭男人明白现实状况!

"赛德布鲁森先生,爷爷……"芙蓉蕾特提高嗓门说道,"我已经说过好多遍了,我讨厌再重复,我不会嫁给你的,先生!谢谢你的求婚,感谢你对我的关注,但我已经表明自己的态度了。请原谅我不想吃晚饭,爷爷,我不舒服。"

芙蓉蕾特努力克制自己没从屋里冲出去,她慢慢转过身,仰起头,很有分寸地离开,而且没有砰的一声把门关上,不过逃离客厅上楼梯的时候,却是怒气冲冲的。她巴不得把自己关在房间里,直到约翰·赛德布鲁森离开基沃顿站。她不喜欢他眼神里表现出来的东西,自己想要的东西得不到,这家伙显然不习惯。某种迹象显示,事情如果不按他的计划进行,他什么事都做得出来。

5

第二天,基沃顿站人马云集,坎特伯雷平原的绵羊大亨们都履行他们的承诺:随着参与者数量增加,"惩治行动组"发展壮大为一支军事连队。吉薇尼拉并不太关注杰拉尔德那些报名参加的朋友,他们当中的毛利牧人和农场雇用人员极少。牧场主们好像在酒馆和新迁来的移民中雇用了人手,他们中大多数都指望着吉薇尼拉,他们更像是财富的追逐者,而非普通的乌合之众。由于这个原因,她很高兴接下来的几天芙蓉蕾特能远离畜棚。从另一方面,杰拉尔德来也算没有自食其言,他将自己私藏的酒搬了出来。大伙儿在剪毛棚里畅饮、庆祝,基沃顿站的牧人大多数都是詹姆斯·麦肯齐的朋友，他们都躲得远远的，大家心里很不安。

"天哪，小姐，"安迪·麦克艾伦总结了一下大家的想法，然后对吉薇尼拉说，"他们打算像猎捕疯狂的狼一样搜找詹姆斯，他们还说要把他击毙！他其实不值得这帮人渣派人穷追不舍，无非是偷了几只羊而已！"

"这帮人渣分不清高原地区的东南西北，"吉薇尼拉说，不知道是想安慰这些老牧人还是自己，"他们只会跟在别人屁股后面，对这帮家伙，麦肯齐先生肯定会笑破肚皮。我们等着瞧，他们最终会筋疲力尽的。要是他们马上就上路多好！我可不喜欢这伙人在院子里进进出出。我已经将齐丽和莫纳支开，玛拉玛刚刚也走了。我希望毛利人好好看守他们的营地。你们有留神我们的马匹和马具吗？我可不希望丢失什么。"

没想到，令吉薇尼拉感到非常不愉快的是，一大帮人已经走路过来，而且杰拉尔德——他那可恶的宿醉才开始，中午又喝上了，还不断对芙蓉蕾特再一次不听话发火——已经应承大家把基沃顿站的马奉献出来。可他却没马上告知吉薇尼拉，所以她根本来不及叫人把马从夏季牧场送走。那天下午，那帮家伙骑在她那群珍贵的短腿马上，一路叫嚣。芙蓉蕾特站在卧室窗户边，眼巴巴看着他们一个个试图想骑上她的妮妮安，爱莫能助。

"妈妈，他不能把妮妮安交给他们！它是我们的！"她哭着说。

吉薇尼拉耸耸肩，"他只是借给他们，他们不会带回去养的。不过即便这样，我也很反感。这群野兽根本不懂怎么骑马，不过这样也好，待会儿你就能看到我们的马怎么把他们摔下来。不过等他们回来，我们就得再次驯服这些马儿了。"

"可是妮妮安……"

"我也爱莫能助，亲爱的。他们还想骑摩根呢，我看明天能不能跟杰拉尔德说说，不过今天他已经失去理智了。赛德布鲁森这个家伙简直就把这里当成自己家：他在指手画脚安排客人，指使佣人跑上跑下，当我不存在似的。这群傻瓜一走，我就谢天谢地了。不管怎样，今晚的宴会你不要参加,我已经向他们解释说你不舒服。我不希望赛德布鲁森再看见你!"

吉薇尼拉暗地里计划好了,晚上要把马匹藏到安全的地方,无论如何都不让搜索队把她宝贵的种母马带到高原地带去。她和安迪·麦克艾伦、波克·利文斯顿以及其他信得过的工人商定,那天晚上把马牵走。只要它们昂首阔步走出了草场,以后,她会有足够的时间把它们重新聚在一起。那帮男人就只能乖乖骑役马出发了,大不了一大早的时候会引起一点骚乱,但约翰·赛德布鲁森肯定不会因为马不一样而推迟他们的行动。

这件事她连芙蓉都瞒着,她担心这丫头会强烈要求参与这次藏马行动。

"妮妮安最迟后天就会回来,"她安慰芙蓉说,"它会把准备骑它的人扔下来,然后回家,它才不会容忍那群废物呢。我得去换衣服了,招待武装队头目的晚宴就要开始了,每个人头都得花上一大笔开销!"

吉薇尼拉退了出去,芙蓉蕾特留下来,气恼地沉思着。她不打算就此坐以待毙。把妮妮安送给客人骑,杰拉尔德纯粹出于泄愤。芙蓉酝酿着一个计划,她想趁他们在客厅喝得醉醺醺的时候,把自己的马牵到安全的地方。要实现计划,她就必须趁客厅里没人的时候溜出房间,因为通向马棚的每一条路都得经过客厅。当晚出席宴会的宾客正在换衣服,外面肯定一片混乱。如果用一块大手帕把头发包起来快步走出去,她肯定不会被人发现。从厨房门到牲口棚就几步脚,万一有人看见,也会以为她是厨房里的仆人。

要不是保罗看到姐姐,芙蓉的计划差点就成功了。这家伙再次情绪低落,偶像约翰·赛德布鲁森对他置之不理,杰拉尔德又拒绝了他参加武装队的请求。因为无所事事,所以就在马棚附近瞎逛。发现芙蓉躲在牲口棚里,他显然很感兴趣。芙蓉到底想做什么,保罗猜得八九不离十,不过他更希望稍后她被杰拉尔德当场逮个正着。

克制着自己熬过晚宴,吉薇尼拉调动了自己全部耐心。她是唯一到场的女人，他们无一例外地从一坐下来开始就喝得酣畅淋漓，正式吃东西前，就已经痛饮好几杯了，接着继续觥筹交错。很快就有人胡言乱语，他们讲着愚蠢的笑话、脏话，彼此取笑、叫嚣，在吉薇尼拉面前粗俗尽显，毫无教养。

晚宴最后，约翰·赛德布鲁森突然走到她身边来，她才开始真切切地感到不舒服。

"我们必须谈谈，沃顿太太。"他用他典型的直截了当的方式说，在一群醉鬼中再次显得异常清醒。不过，吉薇尼拉对他已有一定了解，看出他其实已喝醉。他眼皮微垂、目光多疑、诡异，而不是冷静、疏远。虽然他依然约束着自己的情绪，但仅仅是表面功夫而已。

"我没猜错的话，你应该知道我昨天向你女儿求婚了，芙蓉蕾特拒绝了我。"

吉薇尼拉耸耸肩，"她有这个权利，在这个文明社会，出嫁之前，女人都会被求婚，如果芙蓉不喜欢你，我也没办法。"

"你可以替我美言几句，夫人……"赛德布鲁森说。

"恐怕无济于事。"说完，她自己的情绪也慢慢表现了出来，"我本身也不愿那样做，我不了解你，赛德布鲁森先生，但就我所看见的而言，我也不喜欢……"

约翰·赛德布鲁森作痛苦状，"好吧，瞧！居然会有女士不喜欢我！你讨厌我什么，沃顿太太？"他冷冰冰地问。

吉薇尼拉叹了口气。她不想讨论这个问题……不过，好吧，如果他喜欢的话。

"跟一个独身男人针锋相对，"她开始说，"不是我的作风。你这样会对其他农场主产生不良影响。要是没有你撺掇，巴灵顿勋爵是不会那么沉迷于加入正安扎在外面的那个流氓组织的。你对我举止无礼，还让芙蓉蕾特不敢露面。赛德布鲁森先生，处在你这种地位的绅士理当设法让女孩子回心转意，你反倒兴师动众，利用这些马，公然得罪芙蓉蕾特。这都是你的主意，不是吗？杰拉尔德喝酒都喝糊涂了，他是干不了这种阴谋勾当的！"

吉薇尼拉充满愤怒地一口气把话说完，这个时候，任何事情都可能触到她敏感的神经。还有跟他们掺和在一起的保罗，也让她火上加油。

约翰·赛德布鲁森大笑。"讲得好，亲爱的！教训得痛快。我不喜欢人家不听我的话，你等着瞧，我一定会把你们家小姑娘搞到手。等我们回来时，我会继续求婚，必要时，有可能会违背你的愿望！"

吉薇尼拉想结束这次谈话。"那我祝你好运。"她生硬地说，"还有你，保罗，跟我到楼上来。我讨厌你鬼鬼祟祟跟踪我，偷听我说话！"

那小子缩到一边，不过刚才偷听到的事情也值母亲这番训斥了。对于他所获取的有关芙蓉蕾特的信息，说不定杰拉尔德还不是最佳听众，要是由眼前这个人去阻止她"偷偷转移马匹"，她会更痛苦。

吉薇尼拉回到房里，保罗急忙掉头去找约翰·赛德布鲁森。农场主们看起来愈发无聊，难怪——除他之外，其他人都喝得烂醉。

"你……你想娶我姐姐？"保罗找到他说。

赛德布鲁森低眉看了他一眼，有点猝不及防。

"呃，我是有这意图，你也反对是吗？"他逗趣地问。

保罗摇头。"就我个人而言，你完全可以拥有她，不过你应该先了解她。芙蓉蕾特一直装清白，但其实她早就有情人了，是鲁本·奥基弗。"

赛德布鲁森点点头。"我知道。"他冷漠地说。

"但她不会把什么都告诉你！"保罗决定孤注一掷，"她不会告诉你，她和他干过那事，可我看见了！"

赛德布鲁森兴趣大增，"你说什么？你姐姐已经不是处女了？"

保罗耸耸肩。他并不知道"处女"是什么概念。

"你自己去问问她，"他说，"她现在就在牲口棚里！"

约翰·赛德布鲁森在妮妮安的畜栏里找到芙蓉蕾特，她正在考虑自己的最佳行动步骤。直接把妮妮安驱赶到外面去合适吗？这样做存在一定危险，它很可能不会从马棚跑远，而是和别的马匹呆在一起。说不定骑着它走远，然后让它远离围场会更好。可是，那也有风险，因为她得途经一幢幢外屋,走路去把它找回来,而外屋里全是那些喝醉的搜查队成员。

她一边苦思冥想采取什么措施,一边挠了挠马儿额头的鬃毛并和它说话。其他的马突然变得兴奋起来,格蕾丝嗅了嗅稻草。趁芙蓉蕾特没注意,有人悄悄打开了畜棚门。格蕾丝意识到有什么事情要发生了,并开始狂吠,可是太晚了。约翰·赛德布鲁森站在马厩通道上,对着芙蓉蕾特皮笑肉不笑。

"小姑娘,今晚,咱俩都偷偷溜到马厩来了,嗯?在这个地方单独遇见你,很意外。"

芙蓉蕾特吓了一跳,本能地躲到马后面。

"这是我们家的马厩,"她大胆地回答说,"我想什么时候来就什么时候来。我用不着偷偷摸摸溜出来,我来看我的马。"

"你来看你的马,好感人啊……"赛德布鲁森向前跨出一步,他这动作让芙蓉想起捕食者偷偷靠近自己的猎物,那种可怕的神色再次在他眼里闪烁。"心里没有别的想幽会的了吗?"

"我不知道你在说什么。"芙蓉蕾特希望自己说话声铿锵有力。

"你很清楚我在说什么,你装得像个清纯的女学生,把自己许给一个小兔崽子,其实,你早就和他野合了!别急着否定,芙蓉蕾特,我有可靠的消息来源,虽然今天没当场抓到你们。你运气好,小甜心,二手货我也要,其实,我对扭扭捏捏的保守女人不感兴趣,要把她们的衣服脱下来还真麻烦。所以,别烦恼,你可以在婚礼上穿白色婚纱,不过我可以提前尝尝鲜,对吗?"

他一伸手就把芙蓉蕾特从马后拉了出来。妮妮安受惊退到畜棚一个角落里,格蕾丝开始吠叫。

"走开!"芙蓉蕾特大叫,一边朝对方踢去。可约翰·赛德布鲁森只是大笑,他用强有力的手臂将她推到墙角,双唇压在她脸上,让她快要窒息。

"你喝醉了,放开我!"芙蓉想咬他一口,但尽管喝了那么多威士忌,约翰的反应还是很灵敏。他猛地松开手,并一巴掌打在她脸上。芙蓉往后摔了出去，重重地倒在稻草捆上，她还来不及起身，赛德布鲁森骑在了她身上。

"现在，咱就看看，你是什么货……"赛德布鲁森撕开她的衬衫，欣赏着她依然娇小的乳房。

"好可爱啊……差不多正好一只手握得住！"他一边大笑着，一边伸出手去。芙蓉蕾特努力想踢开他，但他压住她的膝盖，把她牢牢地控制住了。

"别像没驯服的马一样乱踢乱撞了，就让我……"他摸索着找她的裙子纽扣，因为裙子上面穿着裁剪得体的骑马服，他一时半会找不到。芙蓉蕾特想尖叫并咬他的手，他却将她的嘴遮住。

"我就喜欢女人忍气吞声！"他爆发出一阵狂笑。

芙蓉哭了起来，格蕾丝歇斯底里地吠叫。接着，一个刺耳的声音打破了马厩内的骚乱。

"在我发飙前，赶紧放开我女儿！"吉薇尼拉站在门口，手里拿着一把来复枪，正对着赛德布鲁森。芙蓉看见安迪·麦克艾伦和波克·利文斯顿跟在母亲身后。

"好，好，很简单，我……"约翰放开芙蓉蕾特，举起手以示投降。

"我们稍后谈谈，赛德布鲁森先生。芙蓉，他对你做了什么吗？"吉薇尼拉把枪交给安迪，将女儿抱在怀里问。

芙蓉蕾特摇摇头，"没有，他……他刚刚抓住我。噢，妈咪，太可怕了！"

吉薇尼拉点头。"我知道，宝贝，现在没事了。赶紧进屋，我估计客厅里的聚会结束了，不过你爷爷可能还在书房和几个人喝酒，所以要小心。我一会儿就过去。"

芙蓉蕾特一点就通，她哆嗦着把撕破的衬衫拉起来遮住胸部，然后跑出马厩，冲向厨房，两个帮工毕恭毕敬地给她让路。她就想马上回到自己安全的房间里——母亲相信她会像一阵风一样飞快地穿过客厅……

"赛德布鲁森跑哪去了？"杰拉尔德·沃顿问。在他看来，这个晚上根本还没结束，他像其他书房里端着酒杯的客人一样，早就烂醉如泥了，但酒醉没阻挡他提议玩一圈扑克游戏。雷金纳德·比斯利难得喝这么多，他同意玩牌的提议，巴灵顿勋爵也有此意，所以，现在就三缺一了。说到玩二十一点，约翰·赛德布鲁森多年来一直是杰拉尔德最喜欢的对手。

"他早就出去了，可能去睡觉了。"巴灵顿说，"再……再也撑不住了，那个兔崽子……"

"玩牌这事，约翰·赛德布鲁森还从未推辞过！"杰拉尔德为朋友辩护说，"喝酒把大伙儿都喝到桌子底下去了，他肯定在附近什么地方……"杰拉尔德醉得迷迷糊糊地朝桌底下找赛德布鲁森。比斯利朝客厅扫视了一遍，但只看见保罗坐在那儿，头埋在一本书上，其实是在等待着什么。姐姐和约翰·赛德布鲁森也该回来了。眼下这状况为他提供了一次迫使姐姐进一步妥协的机会。

"你在找赛德布鲁森先生吗？"他礼貌地问，声音那么洪亮，以至于书房每个人都听见了。

"他正和我姐姐在马棚里呢。"

杰拉尔德·沃顿猛然冲出书房，在威士忌的作用下，义愤填膺。

"这该死的小娼妇！起初还装模作样不屈不挠的，现在倒是在干草堆偷偷摸摸跟约翰搞上了！她难道不知道，这么做是要增加嫁妆价码的，那家伙要是得逞，我的农场有一半都得归他！"

雷金纳德·比斯利跟在他身后，和他一样愤怒。她当初拒绝了他的求婚，现在却跟赛德布鲁森那家伙交欢？

两个男人一时不知道是该冲向正门入口还是厨房门到牲口棚去捉奸。他们沉默了好一会儿才作出决定，正要动身，却听见厨房门打开的声音，芙蓉蕾特拖着脚步进了客厅——呆若木鸡般站在爷爷和他醉醺醺的同伙面前。

"你这不道德的小荡妇！"杰拉尔德一挥手，她挨了今晚第二个耳光，"你偷的汉子呢，嗯？约翰在哪？他故意在我眼皮底下把你拉下水，真是下作！是人就不会这样做，芙蓉蕾特，肯定不会这样做！"他朝她胸部挥起拳头，还好她站稳了，可却没法拉紧被撕破的衬衣，破碎的布片从手里垂下了，两只乳房在两个男人面前暴露无遗，她哭了起来。

杰拉尔德一下子清醒过来。要是他一个人在场，他肯定不会觉得羞愧难当，而是另有某种别的感觉，可现在，商业利益可比他的欲望重要得多，出了这样的事，他很难担保芙蓉蕾特能嫁给正直的人了。约翰·赛德布鲁森必须娶她，这至少可以保住她一半名声。

"穿好衣服到房间去！"他一边命令，一边把眼睛挪开，"明天我们就宣布你们的婚讯，就算我不得不拿装满子弹的枪去强迫那无赖。你干的这事！没什么大惊小怪的！"芙蓉蕾特听得目瞪口呆，无言以对。她拖着衬衣，快步上楼。

一个小时后，吉薇尼拉看见她躲在被子里哭，浑身哆嗦。吉薇尼拉自己也在打抖，不过那是因为愤怒，为了对付赛德布鲁森并把马转移到安全地带，所以没在第一时间陪着芙蓉蕾特回屋，她为此而生自己的气。并不是说那样做就能起什么作用，但至少，杰拉尔德咆哮时，母女俩可以在一起，而不是分开整整一小时。那帮男人都还没去睡觉，在马厩被吉薇尼拉训斥过后，约翰·赛德布鲁森重新回到那群人中，并对发生的事装聋作哑。杰拉尔德正等着吉薇尼拉，想向她施加类似的威胁和指责。他对事情的另一面和"目击者"看到的东西都没兴趣，他坚持芙蓉和约翰必须在第二天上午订婚。

"呃，最……最糟糕的是，他说得对……"芙蓉结结巴巴地说，"现在没人会……会相信我。他们……他们会到处传播。如果我现在说'不'，在牧师……面前，大家都会取笑我。"

"就让他们笑好了！"吉薇尼拉坚定地说，"你一定不能嫁给这个赛德布鲁森，千万不能！"

"可……可爷爷是我的监护人，他会强迫我。"芙蓉蕾特哭着说。

吉薇尼拉作出一个决定，她必须让芙蓉离开这个地方。一旦吉薇尼拉对他说出真相，她一定会走的。

"听着，芙蓉，杰拉尔德·沃顿不能强迫你做任何事情，他，严格地说，不是你的监护人……"

"可是……"

"他以为自己是你的监护人，因为他把你当成他孙女。但他不是，卢卡斯·沃顿不是你父亲。"

就这样，她终于说出来了。吉薇尼拉咬了咬嘴唇。

芙蓉蕾特的哭声卡在嗓子里。

"可是……"

吉薇尼拉坐在她身边，将她揽在怀里。"听着，芙蓉，卢卡斯是好人，但他……呃，他不会生小孩。我们一直在尝试，但没有用。你祖父……因为基沃顿站后继无人，杰拉尔德把我们的生活弄得像人间地狱。所以我……我就……"

"你背叛了我父……你丈夫，我应该这么说吧？"芙蓉蕾特很不解。

吉薇尼拉摇头，"如果你明白我的意思，你应该知道，这不是我的本意，我只是想要一个小孩。从那以后，我对他一直忠诚。"

芙蓉蕾特皱皱眉，吉薇尼拉马上就明白她脑子里在想什么。

"那保罗是谁的？"她最后问道。

吉薇尼拉闭上眼睛。太复杂了……

"保罗是沃顿的血脉，"她说，"我们现在不谈保罗，我觉得你是时候离开这里了……"

芙蓉好像没听见。

"我父亲是谁？"她平静地问。

吉薇尼拉想了一会儿，最后下定决心说出真相。

"我们以前的领班，詹姆斯·麦肯齐。"

芙蓉蕾特一双大眼睛看着母亲。

"就那个麦肯齐？"

吉薇尼拉点点头，"没有别人。对不起，芙蓉……"

芙蓉蕾特一时无语，后来却笑了。

"真刺激，太浪漫了。你还记得我和鲁本小时候经常扮罗宾汉吗？你现在居然告诉我，我是……那个强盗的女儿！"

吉薇尼拉眼睛一转，"芙蓉蕾特，别那么幼稚！高原地区的生活不是那么浪漫的，而是充满艰辛和危险。你知道，要是他被抓住，赛德布鲁森什么事都做得出来。"

"你爱过他吗？"芙蓉蕾特扑闪着双眼问，"詹姆斯，我是说。你真的爱他吗？他离开的时候你伤心吗？他到底为什么要走啊？因为我吗？不，不可能。我记得他，他个子高高的，棕色头发，对吧？他让我和他一起骑在马背上，常常大笑不止……"

吉薇尼拉痛苦地点点头，对芙蓉蕾特的浪漫情怀却不敢苟同。

"我没爱过他，那只是一种策略，一种……我俩之间的交易，你一出生交易就结束了，他的离开跟我没什么关系。"

严格说来，这不算是一个谎言。这事跟杰拉尔德有关，跟保罗有关，吉薇尼拉依然为他的离去而痛苦，但芙蓉蕾特没必要知道这些，她不懂！

"咱就此打住吧，芙蓉，天很快就会亮，你必须在他们明天张罗订婚庆典、事态还没变得那么严重之前离开这里。收拾一下，我到办公室拿钱给你，这些钱够你用了，但不是很多，因为我们赚的钱大部分直接打到银行了。安迪还没睡，他会去把妮妮安牵过来，你得快马加鞭，趁那帮家伙宿醉未醒之时，能走多远就走多远。"

"你不反对我骑马去找鲁本吧？"芙蓉蕾特呼吸急促地问。

吉薇尼拉叹了口气。"要是我有把握你能找到他，我也就放心多了，可这是我们唯一的选择，特别是在格林伍德去英国没回来的时候。小畜牲，我真该让你随他们一起走！可惜已经来不及了。去找鲁本吧，嫁给他，开开心心的！"

芙蓉拥抱着她，"那你呢？"她平静地问。

"我就呆在这里。"吉薇尼拉说，"农场得有人料理，我喜欢做这些，你知道的。至于杰拉尔德和保罗……算了，我会面对现实去接受的。"

一个小时后，芙蓉跨上妮妮安，朝山里飞驰而去。她和母亲商定，不要骑到昆士敦，怕杰拉尔德断定她去那儿找鲁本，而后派人去追。

"先在高原上躲几天，芙蓉，"吉薇尼拉吩咐她，"然后沿着山脚骑到奥塔戈，说不定会在路上遇到鲁本。据我所知，昆士敦不是唯一发现有金矿的地方。"

芙蓉蕾特不太有把握，"可赛德布鲁森也会骑马到高原去，"她担忧地说道，"如果他找到我……"

吉薇尼拉摇头，"芙蓉，去昆士敦的路很破烂不堪，但高原那么辽阔，他找不到你的——那简直就是干草堆里找针，你放心去吧。"

最后，芙蓉接受了母亲推理所得的路线，但引马上路之时，她还是怕得要死。她朝霍尔顿方向前进，然后直奔赛德布鲁森农场附近的湖区。

那是父亲安营扎寨的地方……这个想法让她有种莫名的开心。在这个茫茫高原，她并不孤单，詹姆斯·麦肯齐也正被人搜捕呢。

6

特卡波湖、普卡基湖以及奥豪湖上方，风景优美，芙蓉蕾特被晶莹剔透的湖水和小溪征服了。奇特的岩层，天鹅绒般柔软的绿草，后面是绵延的山脉。约翰·赛德布鲁森说的没错：很可能有隐蔽的湖泊和山谷遍布在这一带，只是还没被人发现而已。芙蓉蕾特情绪高涨地引着母马朝山里骑去。现在自己与基沃顿站已有一定距离，可以减慢速度好好享受一下了，说不定还可以找到金子呢！虽然不知道该到哪去找。她在冰冷的山涧小溪捧了一把水喝，用水洗了一把脸，并仔细检查了一下这里的水，没有发现任何金矿的迹象。她抓到几条鱼，三天过去，才敢生火烤鱼。起初，她还担心赛德布鲁森的人会突然在某个地方冒出来，后来，渐渐接受了母亲的想法：这个区域实在太辽阔，根本不可能搜遍。追捕她的人不知道要从哪追起，加上这时候天下着雨。即便用上侦探猎犬——基沃顿站没这玩意——她的足迹可能早就被雨水冲刷掉了。

芙蓉开始在高原上慢悠悠地走。她以前经常跟同龄的毛利小孩一起玩耍，而且常常到他们村子里去，所以她知道如何在野外觅食，如何抓鱼、生火，而且，做这一切都不留任何痕迹。她小心翼翼地用土把营火灰烬掩盖，把垃圾埋起来。她很肯定没人尾随自己。接下来的几天，她将往东面走，直奔昆士敦所在的瓦卡蒂普湖区。

如果不是一个人孤零零的该多好！骑行两周后，芙蓉感到很孤独。晚上温暖地抱着格蕾丝，感觉真好，可她很渴望有人相伴。

不光是她怀念自己的同伴，妮妮安有时也会像迷失的羔羊一样嘶鸣，虽然它很忠实地听从芙蓉蕾特的指令。最后，倒是格蕾丝找到自己的同伴。妮妮安试探着脚下满是碎石的路，这只小狗就跑在前面，芙蓉蕾特也把注意力集中在路面上，好几分钟没朝前看。她们从一块大岩石后面经过，此处地貌由之前的怪石嶙峋变成了一马平川、绿草如茵，就在这时，眼前所见让她无比吃惊——两只三色的狗正和另一只玩得正欢。开始，芙蓉蕾特还以为是自己的幻觉，但如果是幻觉，看到的东西应该是成双成对的，两个格蕾丝的动作应该方向相同，可它们是彼此朝对方扑过去，追逐对方，有同伴一起玩，显得很高兴。它们的样子酷似对方！

芙蓉蕾特骑上前去唤格蕾丝，等她靠近一看，才辨认出两条狗其实不完全一样。另一只狗比格蕾丝个子大得多，鼻子也长一点，不过同样是纯种的博德牧羊犬，这点毫无疑问。这是谁的狗呢？芙蓉蕾特明白，这博德牧羊犬不可能是流浪狗，也不可能是被人追捕的狗，没有主人在身边，它不可能走那么远跑到高原上来。再说，这只小动物似乎被照料得很好。

"'星期五'！"一个男人的声音，"'星期五'，你在哪啊？该去赶羊了！"

芙蓉环顾四周，没看见那个唤狗的人；再往西面看，那里平原一望无际。要是小狗主人在那个方向，芙蓉蕾特应该看得见的。很奇怪，"星期五"好像很不情愿离开格蕾丝。这时，格蕾丝突然闻出气味，双眼放光地看着芙蓉蕾特和母马——接着，像被无形的绳子牵引似的，和"星期五"一起跑开了。

芙蓉紧随着它们，刚开始好像没有既定方向，但很快就发现自己受到视错觉的误导,草原并不是向地平线延伸,而是呈阶梯状下降。"星期五"和格蕾丝向下冲,芙蓉这才知道是什么东西魔法般地吸引两只小狗。

走到最后,梯田已一目了然,有大约五十头羊在吃草,一个牵着骡子的牧人在放羊。看见"星期五"和格蕾丝结伴走过来,他似乎像芙蓉一样有些迷惑不解——满腹狐疑地看着小狗来的方向。芙蓉蕾特让妮妮安放慢脚步,此时,她心里的好奇多过害怕。毕竟,这位陌生的牧人看起来一点不危险,只要她坐在马背上,他就不能拿她怎么样。真要追赶起来,那头不堪重负的骡子肯定跑不动。

此时,格蕾丝和"星期五"已经开始赶羊了,它们像一对搭档一样配合巧妙、自然。

看着芙蓉蕾特跳下马来,那位牧人站在那儿像一块石头一样一动不动。

芙蓉看见一张瘦削而饱经风霜的脸,上面有浓密的棕色胡子,棕色头发中间杂着白发。男人壮实但瘦削,衣服破破烂烂的,骡子背上的鞍座也破损了,不过还很耐用,而且料理得很好。牧人棕色的眼睛盯着芙蓉,好像看到幽灵一样。

"不可能是她。"她在他面前把马停下时,他轻轻地说,"那是不可能的……狗狗也不可能。她……都快二十岁了,天哪……"他似乎很难理解,于是伸出手,扶在鞍座上,以此来支撑住自己。

芙蓉耸耸肩。"我真的不知道你说的我不可能是谁,先生。你的狗真不赖。"

男人好像缓过神来,能控制住自己了。他深呼吸着,不过还是难以置信地看着芙蓉。

"谢谢你的赞誉。"他说,言语已利索得多,"它……受过训练?我是说,被训练成牧羊犬。"

男人对格蕾丝很感兴趣,芙蓉却没什么感觉。他好像很想记起某个时间,大脑却飞速运转着。芙蓉点了点头,正想找个机会展示一下训练有素的小狗。接着,她微笑着给格蕾丝一个指令,小狗飞快地冲了出去。

"右边那只大公羊。它想把它从岩石堆带到这边来。"芙蓉蕾特走近岩石,格蕾丝已经把公羊隔开,等待着下一个指令。"星期五"蹲在它身后,聚精会神地看着,随时准备跳到它身边。

格蕾丝却不需要任何帮助,公羊乖乖地从岩石群那边小跑过来。

男人微笑着点点头,显得轻松自在多了。他心里显然已明白了什么。

"后面那边那只母羊,"他指着后面一头胖乎乎的牲口,向"星期五"吹口哨。小狗一个箭步飞奔而去,将羊群聚拢,再把指定的羊分离出来,然后引导着它朝岩石那边走去。不过这头母羊没格蕾丝那头公羊听话,"星期五"尝试了三次才成功地把它带到岩石边。

芙蓉蕾特愉快地笑着。

"我赢了!"她宣布。

男人眼睛亮了许多,芙蓉从中感觉到某种亲切、柔和的东西。

"顺便说说,你的羊很可爱。"她补充说,"我看得出来。我是在……牧场出生的。"

男人再次点点头,"你是基沃顿站的芙蓉蕾特·沃顿。"他说,"亲爱的上帝,刚开始我还以为我看见幽灵了!吉薇尼拉,克里奥,伊格莱恩……你和你妈妈长得简直一模一样!骑起马来也一样优雅。我早该知道是你,我还记得你小时候,不让你骑马你就嘀嘀咕咕的。"他笑着说,"不过你肯定不记得我了,让我自我介绍一下吧……詹姆斯·麦肯齐。"

这回轮到芙蓉蕾特惊异地盯着他了。最后,她笨拙地垂下眼睛。这个男人想从她这里得到什么吗?她应该装着从来没听过他作为盗马贼的传闻吗?不提起他就是自己亲生父亲这个事实吗?

"我……听着,先生,我不希望你以为我……我是来拘捕你或做类似事情的……"她最终还是开口说道,"我……"

詹姆斯·麦肯齐爆发出一阵大笑,接着镇定了一下,然后像当初回答那个四岁小丫头提出的问题一样,回答眼前这个成年的芙蓉,"我永远不会那样以为,沃顿小姐。你一直都对土匪有偏好。有一阵子,那个鲁本汉不是经常陪伴你吗?"她从他眼里看出一种顽劣淘气的神情,突然想起他以前的样子。小时候,她记得自己叫他麦肯齐先生,记得他曾是自己很特别的朋友。

芙蓉蕾特的迟疑渐渐消失了。

"我现在还一样啊!"她回答说,"鲁本汉和我彼此相许……那正是我怎么会在这里的原因。"

"啊哈,"詹姆斯说,"你这帮人不断发展壮大,舍伍德森林很快就不够用了。"好了,这事我可以帮忙解决,沃顿小姐……不过,我们得先把羊群转移到安全的地方,我对这个地方总有一种不好的感觉。你介意跟我作伴,顺便告诉我你和你妈妈的近况吗,沃顿小姐?"

芙蓉蕾特满腔热情地点头,"很高兴。不过……最好离开这里,到一个真正安全的地方,先生。说不定只要把羊送回去就没事了,赛德布鲁森先生率领的搜查队已经上路了……我妈说,足足有半个部队。祖父也参加了,他们想抓捕你,我……"

芙蓉蕾特警惕地朝四周看了看。这个时候,她感觉是安全的,但如果约翰·赛德布鲁森的推测没错的话,她现在是在莱昂内尔站,约翰·赛德布鲁森的地盘。说不准他已经知道麦肯齐现在躲在哪里。

詹姆斯·麦肯齐又大笑起来,"你,沃顿小姐?你都干了些什么,让人家派一个搜查队找你?"

芙蓉叹息道:"噢,说来话长……"

麦肯齐点点头,"好了,那咱就等到了安全的地方再说吧,跟我来,你的狗可以帮'星期五'一把,我们很快就可以从这里消失。"他朝"星期五"吹了一声口哨,看样子"星期五"很清楚主人要它做什么。它赶着羊群,从梯田侧边朝西边山脉走。

麦肯齐骑上骡子,说:"别担心,沃顿小姐,我们现在经过的这一带绝对安全。"

芙蓉蕾特骑在他旁边,"叫我芙蓉就好了,"她说,"这个名字太……很别扭,但要是别人叫……呃,像你一样叫我'小姐'时,感觉就更别扭了。"

麦肯齐表情有些锐利。

他们俩默默并肩而行了好长一段时间，牧羊犬赶着羊群，过了那片岩石遍布的崎岖地段，那儿水草稀少，路径陡峭。芙蓉不知道詹姆斯·麦肯齐是不是要带她进山，却难以相信事情会到这地步。

"你是怎么……我是说，怎么会变成……"她脱口而出地问道。此时，妮妮安正熟练而小心地在多石的路面试探着前行，小路在一条狭窄的河床上方盘旋，四周都是悬崖峭壁，渐渐变得崎岖难行。"你以前是基沃顿站的领班，对吧，而且……"

詹姆斯·麦肯齐冷笑。"你是想说，为什么一个受人尊敬、薪水不错的工人会变成一个盗马贼吧？这也说来话长……"

"而过程也很漫长。"

麦肯齐再次近乎温柔地看了她一眼。

"好吧，芙蓉。我离开基沃顿站的时候，其实是打算自己买些地，从事养羊业。我有一点积蓄，而且几年前，我确实干得不错。但最近……"

"最近？"芙蓉问。

"想以合理的价格买到牧场几乎不可能了，大牧场主们——沃顿、比斯利、赛德布鲁森——牧草地渐渐都被他们认领了。这些年，毛利人的土地也被归为英国政府的财产，没有总督的同意，毛利人不能卖地，只有选定的土地潜在购买群得到许可。而且，所买土地边界不精确，比如，湖泊和山脉之间的牧场属于赛德布鲁森，但他一直都宣称刚才我们碰面的那个梯田区也是他的。如果有人另外发现了新的土地，他就会把它当成自己的圈起来，没谁提出异议，除非毛利人联合起来为自己争取。但他们从来没这么做，毕竟，他们对土地的理解跟我们完全不同。他们会在夏天到某个地方捕鱼、打猎，住上几个星期，但很少在这些山区长住，牧场主不会阻拦他们——至少聪明的牧场主不会这么做。但有些不够精明的人会生气，他们之间的争执就是人们常说的'新西兰土地之战'。"

芙蓉点点头。海伦·奥基弗谈起过这种争斗，不过这些事情主要发生在北岛。

"不管用什么办法,那时候都找不到土地,手头的钱只够买一个小小的农场,买完农场就买不起牲口了,所以我决定到奥塔戈去淘金——其实我只是想重新规划自己的生活。加入到澳大利亚淘金行列后,我成了一名很不错的淘金手。在去奥塔戈的路上,我突然想,绕道到这一地区,四处转悠一遍也无妨……就这样,我发现了这个地方。"

麦肯齐伸出手臂,朝眼前的山山水水豪迈地一挥,芙蓉把眼睛睁得老大。河床至此已渐渐变宽,狭长的小道向高处的平原延伸。她眺望着苍翠繁茂、绵延到山腰的辽阔草原,羊儿分散在山坡上。

"请你批准——麦肯齐站!"詹姆斯大笑着说,"到目前为止,这里只住着我和毛利部落的人,他们每年来一次,和赛德布鲁森先生相安无事。换句话说,他把大面积的牧场用篱笆围了起来,这样就把毛利人从自己的住地分隔出去了。不过他们对我很友好,我们一起安营扎寨,交换礼物……他们不会出卖我。"

"你的羊都卖到哪去?"芙蓉好奇地问。

詹姆斯笑道:"你什么都想知道,对吧?还好,我认识但尼丁的一位商人,遇到上乘的牲口,他不会东问西问。我只卖我自己养的,烙过印的羊我不卖,留在这里产仔,我可以卖羊羔。来吧,这就是我的帐篷,很简陋,我可不想搭棚屋,以防万一某个牧人不经意遛到这儿来。"詹姆斯把芙蓉蕾特领进帐篷。"你可以把马拴在那儿,树上有绳子,周围有大量牧草,马和骡子呆在一块挺不错的。这马真漂亮,是吉薇的母马产的吧?"

芙蓉蕾特点头说:"是,格蕾丝是克里奥生的,它们样子很像。"

詹姆斯大笑,"名副其实的家庭团聚,'星期五'也是克里奥生的。吉薇把它当离别礼物送给我的……"

说起吉薇尼拉,他的眼神再次温柔起来。

芙蓉沉思着。她怀孕真的是一桩交易吗?詹姆斯脸上的表情显示的可不是这样。吉薇尼拉给他一只小狗当告别礼物——她可是一直把克里奥的后代当宝贝啊。芙蓉对一切已了然于心。

"我妈妈肯定很喜欢你……"她小心谨慎地说。

詹姆斯耸耸肩。"应该不是那么……你倒是告诉我啊,芙蓉,你怎么样?还有老沃顿呢?我听说小沃顿已经死了,可你还有个弟弟?"

"我真希望没这个弟弟!"芙蓉蕾特狠狠地叫嚷道,话一出口,便意识到一种让她高兴的事实——保罗只是她半个弟弟而已。

麦肯齐笑道:"这,也是一言难尽。喝杯茶吧,芙蓉?还是,来杯威士忌?"他生起火,把水放在上面烧,又从鞍囊里取出一瓶酒。"呃,我自己也想喝一杯,看见幽灵了,得压压惊!"他往杯子里倒了一杯威士忌递给她。

芙蓉蕾特沉思片刻。"来一口。"她说,"妈妈说,酒的作用有时候像药……"

詹姆斯·麦肯齐是个忠实的听众,坐在火炉边,他觉得轻松了许多。芙蓉叙说鲁本和保罗的事,还有如何拒绝雷金纳德·比斯利和约翰·赛德布鲁森的求婚。

"你急急忙忙往昆士敦去,原来是因为这样。"他说,"去找鲁本……天哪,要是你妈妈当初能这么破釜沉舟就好了……"话一出口,赶紧闭上嘴,接着,他又说,"你愿意的话,我们可以结伴骑马去,跟赛德布鲁森的这些瓜葛听起来有点危险。我可以把羊带到但尼丁,然后消失几个月。我们到那时候再见面,说不定我可以去淘金,试试运气!"

"噢,那太好啦。"芙蓉嘟哝道。提起淘金,詹姆斯很明白自己的意图——要是她能设法让他跟鲁本共事,说不定这次冒险会取得成功。

詹姆斯·麦肯齐向她伸出手,"好,那就合作愉快!不过你应该很清楚自己会卷入什么状况,万一他们抓住我了,一切就完了。因为我是盗贼,依据法律,你应当去告发我。"

芙蓉摇头,"我没必要告发你,"她纠正说,"尤其是作为一家人。我只会告诉他们,你是……你是我父亲。"

詹姆斯·麦肯齐喜形于色,"这么说,吉薇尼拉告诉你了!"他神采奕奕笑道,"她还跟你说过我们俩的事吗,芙蓉?她是不是告诉你说……她有没有说她爱我?"

芙蓉咬着下唇思量。她不能将吉薇尼拉说的复述给他听——虽然她现在已经很肯定，母亲没跟她说实话。她曾在母亲眼里看见詹姆斯眼神里那种爱的光芒。

"她……她很担心你。"她说，这是事实。"我相信她很想再见你一面。"

那晚，芙蓉蕾特在詹姆斯的帐篷里度过，他睡在火炉边。他们打算第二天一早出发，去之前还要花点时间去溪边钓鱼并烤些面包在路上吃。

"我们至少要过了湖区之后才能停下来休息。"詹姆斯解释说，"我们得骑一整个晚上，并在天未亮的时候经过居民区。路很难走，芙蓉，但到目前为止，那段路从来都没什么危险。大农场离道路很远，小农场嘛，那里的人都睁一只眼闭一只眼，有时，作为一种回报，他们会发现自己的羊群里多了一只优质的羔羊——羔羊是在这里出生的，与大牧场无关。湖区周围的小畜群的质量一直保持得很好。"

芙蓉大笑。"穿过河床的小道是这个片区的唯一出路吗？"她问。麦肯齐摇头，"不，还可以沿着山脚往南骑，那条路比较好走，从这里开始下坡，你只要顺着河流的方向往东就可以了。不过，因为要经过峡湾，所以路上花的时间比经过坎特伯雷平原长。那是一条疏散通道，不太合适作日常使用，所以，马鞍要牢靠。我们要赶在赛德布鲁森发现我们的踪迹之前不停地赶路。"

詹姆斯·麦肯齐好像并不是很担心，他把羊群聚拢——数量还挺可观的——赶回他们前一天来的地方。被从熟悉的草场赶走，这些羊儿好像很不情愿。牧羊犬把它们聚到一起时，詹姆斯·麦肯齐"自己的"羊咩咩地叫以示抗议。

在基沃顿站，约翰·赛德布鲁森分秒必争，纵马驰骋。他才不管大家骑的是役马还是——只要能上路就行。发现芙蓉蕾特逃跑后，这事对他尤为重要。

"我要把两个家伙都拿下！"他情绪激动地声明，"那个王八蛋和那个死丫头，在我们的婚礼上把他绞死当祝贺！好了，我们这就行动起来。沃顿，我们骑——不，不能在吃过早饭后才出发！我想趁那小畜牲的脚印还清晰的时候去追。"

他的希望泡汤了，芙蓉走得不留痕迹。他们骑马朝着湖区和莱昂内尔方向去的时候，唯一希望的是没走错路。不过杰拉尔德怀疑芙蓉已经躲到高原地区去了。他的确派了几个人，快马加鞭到昆士敦去了，但他们会不会有收获，他也不敢肯定。妮妮安不是比赛用马，如果想把追捕的人甩掉，芙蓉只能躲进山里。

"你具体打算到哪去找麦肯齐？"大批人马最后骑到莱昂内尔站时，雷金纳德·比斯利失望地问。莱昂内尔站建在湖边，颇有一番田园牧歌风情；农场后面一望无际的山脉延绵起伏，詹姆斯·麦肯齐藏在哪都没问题。

约翰·赛德布鲁森咧嘴而笑，对大伙儿说："我们去侦查侦查！我认为他已经向我们透露方向了，我走之前，他还……怎么说呢……他有点不配合……"

"侦查？"巴灵顿问，"别卖关子了，伙计！"

约翰·赛德布鲁森从马背上跳下来。"在前往平原地区前，我派了个毛利男孩去高原上牵几匹马回来，但他找不着，他说那些马都跑了。于是，我们试着……呃，从他口里套出更多东西，后来，他提到有一条路，还有一个河滩之类的事，总之，那后面肯定还有没被认购的土地，他明天会带我们去，要不然，在太阳落山之前，除了面包和水，什么都别给他！"

"你把那男孩锁起来了？"巴灵顿有点震惊地问，"他们部落的人会怎么说呢？可别惹那些毛利人……"

"哦，那小子替我做事已经好多年了，很可能不是当地部落的人，即便是，有谁管啊？他明天会带我们去认那条路。"

男孩原来是个面黄肌瘦的小个子，心惊胆战的弱智。约翰·赛德布鲁森不在的时候，他就呆在阴暗的牲口棚里，现在，在众人面前，紧张得战战兢兢的。巴灵顿试图说服约翰先放那孩子走,约翰无所谓地大笑。

"如果我现在让他走,他马上会跑掉。等明天带我们去认路之后,他马上就可以卷铺盖走人。我们明天一早就出发,先生们,天一亮就走,如果酒量不行,就少喝点!"

类似的豪言壮语并未吸引这帮农场主离开平原地带,以巴灵顿和比斯利为代表的农场巨头,对这位叱咤风云的领导人早已失去热情。跟以往追捕詹姆斯·麦肯齐的行动不一样,这次不太像是轻松愉快的短程游览,而更像是一次军事行动。

约翰·赛德布鲁森安排大家有系统地对坎特伯雷平原以上山麓进行地毯式搜索。他把人员分成几个小组,并严密地监督他们。直到这时候,这帮农民才意识到这次行动是为了搜捕詹姆斯·麦肯齐。可是现在,约翰已经明确判断出那名盗贼的藏身之处,这让他们感觉其实是在追踪芙蓉蕾特·沃顿,有部分成员觉得这是在浪费他们的时间,有一半人则认为,芙蓉蕾特过不了多久就会自动现身。如果她不愿嫁给约翰·赛德布鲁森,那也没什么,那是她的权利。

不管怎样,他们还是很不情愿地服从了这位农民领袖的指示,放弃了到哪去好吃好喝一顿的念头,直到将麦肯齐捉拿归案。

"我们会好好庆祝的,"赛德布鲁森胸有成竹地说,"在逮住他之后!"

第二天上午,约翰在马厩等其他人,那个脏兮兮的毛利男孩哭哭啼啼地站在他身边。约翰·赛德布鲁森让他走在前面,并告诫他说,要是他胆敢逃跑,就等着接受可怕的惩罚。

逃跑似乎是不可能的,毕竟,他们大家都骑着马,而男孩只是徒步。

不过,男孩还是跟他们拉开很长的距离,脚步轻快地跃过道路崎岖的山脚,这种地形对巴灵顿和比斯利的纯种马来说,确实寸步难行。

到了某一地点,男孩一时不太确定方向,但约翰·赛德布鲁森几句刺耳的话就把他降服了。毛利男孩带着搜查队,从石壁间像一把刀一样的河床干涸处穿过河流。

要是牧羊犬不把羊群赶到河床一个稍稍变宽的弯道上和他们撞个正着,詹姆斯·麦肯齐和芙蓉说不定就成功逃离了。羊儿还在撕心裂肺地咩咩叫——这为追踪者提供了另一个有利因素。看见羊群,他们在河床上以扇形散开,目的是切断他们的去路。

詹姆斯·麦肯齐的目光落在队伍前面的约翰·赛德布鲁森身上。盗羊贼的骡子停下脚步,他坐在骡背上,整个人僵住了。

"他们在那儿!两人都在!"队伍中有人突然大叫道。这一呼声把詹姆斯从恍惚中唤醒,他拼命在四周寻找逃亡路线,要是掉头,可能对他比较有利,因为搜查队的人肯定得先穿行于拥挤在河滩上的三百头羊之间。遗憾的是,他们都骑着快马,他却只能骑骡子,而且,糟糕的是,骡子还驮着他的全部家当。没有出路了。可芙蓉蕾特……

"芙蓉,掉头!"詹姆斯喊道,"快跑,按我告诉你的路线。我会设法挡住他们。"

"可你……我们……"

"快跑,芙蓉蕾特!"詹姆斯·麦肯齐迅速把手伸进口袋,有几个人已朝他开枪——还好,他们只是随便应付,没有瞄准目标。詹姆斯抽出一个小包,用力朝女孩抛过去。

"接着,带上它!快点骑,该死,快!"

此时,约翰·赛德布鲁森已经骑着公马穿过羊群,来到麦肯齐面前。接下来的几秒钟,他肯定看见躲在岩石后面的芙蓉蕾特。女孩克制住自己想留在麦肯齐身边的强烈愿望,他是对的:逃脱无望了。

虽心有不愿,但大脑很清楚,看见詹姆斯·麦肯齐慢慢朝约翰·赛德布鲁森骑去,她调转了妮妮安。

"这些羊是谁的?"牧场主恶狠狠地说。

詹姆斯平静地看着他,"什么羊?"

透过眼角余光，芙蓉蕾特只知道约翰·赛德布鲁森把他从骡子上拉下来，狠狠地打。后来，她跑远了，妮妮安没命地朝"麦肯齐高原"飞驰而去，格蕾丝紧随着，可"星期五"没跟上来，芙蓉严厉地自责没叫上它，可现在为时已晚。妮妮安的脚步踏上草地时，她舒了一口气——马儿已将最危险的石路抛在了身后。她纵马朝南方骑去。

再也没有谁能追上她。

7

奥塔戈昆士敦位于瓦卡蒂普湖滨一个天然港湾边，四周环绕着高低不平、雄伟壮观的群山。气势宏伟的钢青色大湖，繁茂的蕨类植物和一望无际的草场，还有庄严而原始、几乎未被开发的山脉，这就是昆士敦风光。城镇本身很小，相比这里迅速建起来的为数不多的两层楼房，霍尔顿简直就算是个大城市。唯一比较显眼的建筑是一幢三层木结构楼房，上面标着"达芙妮旅馆"字样。

沿着落满尘土的主街前行，芙蓉蕾特竭力说服自己别感到失望。她曾以为这里是一个很大的居住区，毕竟，那时，昆士敦被认为是奥塔戈的淘金中心。不过，在街道上是不可能淘到金子的，矿工都居住在城镇附近的荒原上。这么小的地方，要找到鲁本应该会比较容易。芙蓉冒冒失失地在旅馆前停下，把妮妮安拴在门前。她以为旅馆会有自己的马棚，但一走进里面，就看出这个地方跟她偶尔和家人一起去住的克莱斯特彻奇的旅馆很不一样。这里没有接待处，只有一个小吧台，旅馆有点像酒馆。

"我们还没营业！"芙蓉往里走，一个女孩的声音从柜台后传来。她看见一个年轻的金发女孩，正忙着打理杂务。她看了芙蓉一眼，而后惊讶地打量起来。

"你是……新来的女孩？"她大吃一惊地问，"我原以为她们乘长途汽车来，要下星期才到……"年轻女子有一双柔和的蓝眼睛，肌肤非常白皙娇嫩。

芙蓉蕾特对她笑笑。

芙蓉被这奇怪的接待方式弄得有点沮丧。"我要一间房。"她说,"这是旅馆,对吗?"

年轻女子惊讶地看着芙蓉蕾特。"你要……现在?就一个人?"

芙蓉脸红起来。她知道,她这个年龄的女孩独自一人跑到这里来,确实有点不寻常。

"是,我刚到,我来这里找我的未婚夫。"

女孩看起来终于放心了。"那你……未婚夫马上就会来吧?"她说"未婚夫"这个词的时候,感觉芙蓉是随便说说的。

芙蓉弄不清,是自己的到来真的那么让人觉得不可思议,还是这女人心智不正常?

"不,我未婚夫不知道我在这儿。我还不太清楚他在哪,正是因为这样,我必须先订一个房间,至少我得确定晚上有地方住。我会付房费的,我带了钱……"

此话不假,芙蓉蕾特不仅随身带着母亲给她的钱——而且,詹姆斯·麦肯齐的钱袋也在最后关头扔给了她,袋子里有一小笔金元——那是父亲这几年盗窃牲畜所"挣"的全部。芙蓉不知道该为他保存好还是自己留着用,不过这事以后再操心吧,眼下,她住旅馆的费用不成问题就行。

"那你是想住一整晚咯?"那个女孩显然有点不对劲。"我帮你叫达芙妮过来!"金发女孩松了口气,转而消失在厨房。

几分钟后,一位年纪大点的女人来了。女人脸上皱纹初现,过度熬夜、喝酒的迹象也显露出来,不过亮绿的眼睛依然生气勃勃,浓密卷曲的头发俏皮地绑着。

"真好看,红发女郎!"看见芙蓉,她笑着说,"还是金色眼睛,真是稀世珍宝!好了,你要是想从我这里开始学起,我可以马上雇用你。可劳里说你只是想要一个房间……"

芙蓉蕾特再次告诉了她自己的经历。"我的确不明白你的雇员对此怎么会觉得那么奇怪。"最后,她有点不悦地说。

女人大笑,"一点不奇怪,那只是因为劳里从来没接待过旅客。哎,小姑娘,我不知道你从哪来,不过我猜应该是克莱斯特彻奇或但尼丁人,那里的有钱人会在高档酒店下榻,我们这里主要是'上床',不知你明不明白我的意思。客人只租用几个小时,我们为他们提供搭档。"

芙蓉蕾特开始脸红起来,原来自己投奔的是一个淫窝!这是一个……她甚至连那个词都不愿去想。

达芙妮面带微笑看着她。芙蓉转身往外冲,达芙妮却紧紧抓住她,说:"喏,等一下,孩子!你以为你还能去哪呢?你不用害怕,这里没人强奸你。"

芙蓉停了下来。从这里跑出去也许太不理性了,再说,达芙妮的样子一点都不可怕——刚才那个女孩也一样。

"那我可以住哪里呢?你还有……一个……"

"一个体面的住处?"达芙妮问。"恐怕没有。路过这里的人都在收取租金的马棚里过夜,紧挨着他们的马睡。要不然,他们就直接骑到金矿勘探营地,那里会有地方给新来的伙计住。"

芙蓉点头。"好吧,呃……那我也像他们那样,说不定还可以在那里找到我未婚夫。"她果断地拿起背包,再次转身离开。

达芙妮摇摇头,说:"我觉得还是不妥,亲爱的!像你这样的小孩单独住在一两百号如饥似渴的男人中间——毕竟,他们赚的钱只够在我这里最多半年泡一次女人!他们可不是谦谦君子,小姐。你'未婚夫'——他叫什么名字?说不定我认识。"

芙蓉蕾特再次脸红起来,这次是因为愤慨。"鲁本绝不会……他绝不会……"

达芙妮笑道:"那他就是这伙人中罕见的例外了!相信我,孩子,他们全都逃不过这一关,除非是同性恋,当然,我们不对你的情况妄下结论。"

芙蓉不知道她这么说到底是什么意思,不过她很肯定,鲁本绝对不会涉足这种场所。不过,她还是把他的名字告诉了达芙妮。达芙妮想了很久,最后还是摇摇头。

"从来没听说过这个人,我对名字记性很好。所以,我估计你的心上人还没赚到钱。"

芙蓉点头。"要是赚到钱了,他肯定早就回来找我了!"她信心满满地说,"我得走了,天很快就黑了。你刚才说那些淘金营地在哪?"

达芙妮叹气。"我不能把你送到那儿去,小姐,凭良心,尤其是在晚上,绝对不行。要是去,我敢肯定,你不可能完好无损。所以,我唯一能做的,就是租一间房子给你,住一整个晚上。"

"可我……我不想……"芙蓉不知道该如何远离这一切,可是,除了这里,似乎别无选择。

"孩子,房间是有门的,门上装了锁。你一个人一个房间,就睡平时双胞胎那间,她们很少接待客人。来吧,我带你去。这狗……"格蕾丝此时正躺在芙蓉前面,用它那柯利犬特有的目光深情地看着她。达芙妮见她有些犹豫不决,便补充说,"你可以带着。"接着,她们爬上楼梯。

芙蓉蕾特紧张地跟在后面,还好,达芙妮旅馆的第二层不太像所多玛或蛾摩拉城①,却与克莱斯特彻奇的怀特·哈特酒店比较类似。另一个金发女子——跟楼下那位长得惊人的相像——正在擦地板,看见达芙妮带着客人经过,很惊讶地向她们打招呼。

达芙妮对她笑笑。"这是……小姐,忘了,你叫什么名字来着?"她问,"要把这个房间出租超过一小时,我得去拿正规登记簿!"她眨眨眼睛说。

芙蓉苦思冥想,告诉她真实名字显然不妥。"芙蓉蕾特,"她回答说,"芙蓉·麦肯齐。"

"你跟詹姆斯有亲缘关系还是婚姻关系?"达芙妮问,"他好像也有一只这样的狗。"

芙蓉马上脸红。"嗯……我想不是那样的……"她结结巴巴地说。

"他们把他抓住了,那可怜的家伙。莱昂内尔站那个赛德布鲁森想把他绞死。"达芙妮说着,又想起芙蓉的自我介绍,"听见了吧,玛

---

① 所多玛和蛾摩拉城是《圣经》的两个罪恶之地。

丽——芙蓉·麦肯齐。她租了一个外间。"

"住……一整晚?"玛丽也问。

达芙妮叹了口气,"整个晚上,玛丽,我们这里要成为一个正正当当的旅馆了。这是一号房,进来,姑娘!"

她打开房间,芙蓉蕾特走进去,居然是一间很体面的小房子,里面家具简单,都是原生木制的,床很宽,做工精细。这间旅馆其实没什么特别之处,就是比较干净、整齐。芙蓉下定决心不去想别的。

"很好!"她真心实意地说,"谢谢你……小姐,还是……夫人?"

达芙妮摇摇头,"小姐。我们这行,女人很少成为良家妇女。不过,根据我对男人的经验——已经有很多人从事这一行了,亲爱的——我没落掉什么事情没交代清吧,那,我们走了,你可以洗漱一下。玛丽和劳里会拿水过来给你。"她正要关门出去,芙蓉叫住她。

"是……不……我要先去看看我的马。你刚才说那个出租马棚在哪? 我兴许能在那儿打探到一些有关……我未婚夫的线索?"

"出租马棚在拐角处,"达芙妮告诉她,"你可以到那边问一下,不过老罗恩可能啥都不知道,那家伙不是那么精明,他对客户一向不怎么关注,顶多照料一下他们的马。伊桑可能知道,他是邮递员,还自己开了间杂货店和电报局。你可别走过头了,就在街对面,赶紧去,因为伊桑差不多要关门了,他总是第一个到酒馆来的。"

芙蓉蕾特再次谢过达芙妮,并跟着她下了楼梯。她得走快点,希望酒馆一开始营业她就能躲回自己房间。

杂货店很容易找,伊桑这个骨瘦如柴的秃顶中年男人正在收拾货物准备关门。

"是,所有勘探金矿的人我都认识,"他回答说,"毕竟,我给他们送邮件,地址一般都不具体,只有像'昆士敦,约翰·史密斯'这样的简单信息。他们必须到这里来取,有时会有三两个小伙子为收件人为'约翰·史密斯'的信件争吵……"

"我朋友名叫鲁本·奥基弗。"芙蓉急切地解释说,可是她的大脑却告诉她,这里没什么指望。如果伊桑说的是实话,她的信最终肯定落在他手上，可是，显然从来没人来取。

这位邮差想了一会儿。"没有，小姐，很抱歉。我知道这个名字——一直有他的信件寄来，全都在我这儿，但他本人……"

"可能他改名了！"这个想法让芙蓉释然些，"有没有叫达文波特的？鲁本·达文波特？"

"我认识三个达文波特，"他随口说道，"但没有叫鲁本的。"

芙蓉彻底失望了，正准备离开，后来又突然决定最后再试一次。"有可能你记得他的长相。一个高个、瘦削的男人……呃，一个大男孩，十八岁，眼睛是灰色的，有点像下雨前的天空那种灰；零乱的深棕色头发，有点接近栗红色……他从来不好好梳头。"她如梦似幻，面带微笑描述他的样子，可邮差的表情再次让她心里凉了半截。

"不认识。罗恩，你呢？知不知道？"伊桑问一个刚进来并站在柜台边等着的矮胖男人。

胖子耸耸肩，"他骑什么骡子来着？"

芙蓉蕾特想起达芙妮说过，出粗马棚的主人叫罗恩，心里有了一丝新的希望。

"他有一匹马！一匹母马，很结实，像我那匹一样……"她朝窗外示意，妮妮安依然立在旅馆前面。"比这个小一点，栗色的，叫米内特。"

罗恩若有所思地点点头。"那是一匹好马！"他断言道，不知道他说的是妮妮安还是米内特。芙蓉蕾特着急得按捺不住了。

"听着像是鲁布·凯斯，就是那个想在沙特欧瓦河边认领地盘的小子。你认识斯特，他是那个……"

"那家伙总是抱怨我的工具一无是处！哦，对了，我记得那个人，还有另外一个，他话不多。没错，他们的马就是那个样子。"他转向芙蓉，说，"今天太晚了，没法骑到那儿，小姐，进山至少要两个小时。"

"他想见你吗……？"罗恩不太乐观地问，"这本来轮不到我来说，可是，一个人要是隐姓埋名隐藏到奥塔戈最偏远的角落躲着你……"

芙蓉蕾特脸红起来，这一发现让她太高兴了，顾不上生气。

"他当然想见我啦，"她笃定地说，"不过今天确实太晚了。我可以把马留在你那儿吗,先生……?"

芙蓉在达芙妮旅馆度过一个出奇平静的夜晚。其实,她能听见下面有人弹钢琴,而且,有人在跳舞——大厅一直人来人往,热闹到半夜——不过,她尽量让自己不受干扰,最终沉沉地睡去。第二天很早就醒来,旅馆没有一个人起床,她倒不觉得奇怪。可奇怪的是,其中一个金发女孩在等她下楼。

"我应该给你弄早餐,麦肯齐小姐。"她很尽责地说,"达芙妮说,你接下来要骑很远的距离到沙特欧瓦去见你未婚夫。劳里和我都觉得这事挺浪漫的!"

原来是玛丽。芙蓉谢谢她提供的咖啡、烤面包和鸡蛋。玛丽还给格蕾丝端了一碗剩饭,然后毫不见外地坐在芙蓉身边,芙蓉也不觉得烦。"很可爱的狗狗,小姐。我以前见过一只这样的小狗,不过是很久以前……"玛丽带着怀念的表情,似乎根本不在乎芙蓉是怎么看待妓女的。

"我们过去也常以为能找到一个好男孩,"玛丽爱抚着格蕾丝继续说,"这想法很愚蠢,一个男人怎么可能娶两个女人。我们不想分开,所以必须找一对双胞胎。"

芙蓉大笑,"我觉得你们这个行业的人是不会嫁人的。"她重复达芙妮前一天的说法。

玛丽一双圆圆的蓝眼睛认真地看着她。"但那不是我们干的行当,小姐。我们是良家女孩,大家都知道的。我们只是跳舞,不做任何肮脏的事,呃,跟污浊之事无关,跟男人无染。"

芙蓉蕾特感到吃惊。难道这么小的一个地方,达芙妮雇得起两个厨房女工?

"我们也为伊桑先生以及理发师福克斯先生做清洁工作,赚些生活费,但我们一直都做正经工作。这里达芙妮会负责,如果有人试图打我们的主意,她会给他们好看的,决不手软!"玛丽孩子气的眼睛有一种朦胧的表情,看上去,她确实有点迟缓,达芙妮就是因为这样才照顾她们的吗？该上路了，管不了那么多。

芙蓉准备付房费，玛丽摆手回绝。"你回来的时候再跟达芙妮算吧，万一找你朋友的事情……不如愿……"

芙蓉蕾特充满感激地点点头并对自己笑了笑。她已然成了昆士敦街谈巷议的人物，社区的人并不看好她此番浪漫之举。不过，芙蓉蕾特心情还是很愉快，她骑着马朝南，沿湖区穿过城镇，然后往西转向那条宽阔的河流。一路上都没看到金矿开采营地，而建在旧牧场的那些，大多数比较靠近昆士敦，距离鲁本的营地较远。他们在那里建起简陋的棚屋，在玛丽眼里，这些屋子更像新型的所多玛和蛾摩拉城，她甚至详细描述过其种种细节，看得出，她懂《圣经》。芙蓉很高兴不用在这群粗野的男人堆里找鲁本。她骑着妮妮安沿着河岸，愉快地沐浴在干净、清冷的空气里。这是夏末，坎特伯雷平原的天气依然温暖，但这个地区地理位置较高，沿路的树木颜色已呈现即将来临的秋意，几个星期后，鲁冰花就要绽放了。

这个地区人烟如此稀少，芙蓉倒是觉得奇怪。要是有人在这里圈下地盘，应该会有勘探人员蜂拥而上啊！

邮差伊桑对每个圈地的位置有一份精确的记录，他向她详细说明了鲁本和斯特的圈地位置，应该不会很难找。他们在河边安营扎寨，格蕾丝和妮妮安比芙蓉更先察觉到那个地方。妮妮安的耳朵竖起来并发出震耳的嘶鸣，回声在耳边回荡。格蕾丝捕捉到鲁本的气息，飞快地朝他奔去。

芙蓉一眼看见米内特，它被拴在一头骡子旁边，此时正兴奋地看着芙蓉。芙蓉看见河边有一堆营火，还有一个简易帐篷，离河流那么近，这个念头飞速从脑海闪过：要是沙特欧瓦河突然涨水——河床被山洪填堵这种事时有发生——帐篷就会被冲走。

"米内特！"芙蓉蕾特唤了一声母马，米内特以悠长欢快的嘶鸣回应。妮妮安急忙奔过去，芙蓉从马鞍上下来，紧紧抱住米内特。可鲁本在哪呢？营地后面的稀疏的林子里传来锯木和锤击声——声音戛然而止，芙蓉微微一笑，格蕾丝肯定找到鲁本了。

他们已经从林子里飞奔出来,对于芙蓉蕾特来说,似乎所有梦想都在这一刻变成了现实。鲁本就在那儿,她终于找到他了!一眼看上去,他别来无恙,瘦长的脸被晒成棕褐色,看见她,眼睛一如既往地熠熠生辉。她张开双臂抱住他,却触到他的肋骨,他实在太瘦了,脸上也刻着身心疲惫的烙印。鲁本显然还是不擅长体力活。

"芙蓉,芙蓉!你怎么来了?你怎么找到我的?你是不是等不及就跑了?你太可怕了,芙蓉蕾特!"他大笑。

"我想我还是靠自己的双手发财为好。"芙蓉回答说,并把父亲的钱袋从骑马服口袋掏出来,"瞧,你不必找金子了。不过,这可不是逃出来的原因……我……"

鲁本没管那钱袋,只顾抓住她的手,说:"待会儿再说,先带你看看我的帐篷,这里挺漂亮的,比刚来时住的那个糟糕的牧场好多了……"

他拉着她朝林子方向走去,芙蓉却摇了摇头。

"我们得先把马拴好,鲁本!这几个月你怎么没把米内特弄丢?"

鲁本露齿而笑,"是它很小心,没把我弄丢,那可是它的职责,还记得吗?你嘱咐过它要看好我啊!"他抚摸着咕咕哝哝在他身边活蹦乱跳的格蕾丝。

妮妮安安稳地呆在米内特和那头骡子身边,芙蓉蕾特紧跟着兴奋的鲁本走进帐篷。

"这是我们睡觉的地方……很简陋,但很干净。你不知道农场是什么样子……这里有条小溪,就是金子流动的地方!"他指着那条流入沙特欧瓦河的狭窄而清新的小溪说。

"哪有金子啊?"芙蓉问。

"看不见,只能感觉!"鲁本教她,"金子是淘出来的,我马上试给你看。这里正在蓄水,喏,在这儿,斯特!"

鲁本的同伴离开干活的地方朝他们走来。芙蓉蕾特从一开始就喜欢他,那是一个肌肉发达、浅褐色皮肤的大个子,宽宽的脸显得很友好,一双蓝眼睛满含笑意。

"斯图尔特·彼得斯,听候您的吩咐,女士!"他向芙蓉蕾特伸出有力的大手,立刻把她纤弱的手完全握在里面。"要是让我说,你跟鲁本描述的一样可爱!"

"你真是个马屁精,彼得斯先生!"芙蓉蕾特大笑着说,瞟了一眼斯特一直捣鼓的东西,那是一个木制的洗矿槽,放在砂岩层下,有水流注入。

"那就是洗矿槽!"鲁本热情地解释道,"往里面装上泥沙,让水流过,把沙子冲走,金块就附着在排水沟里……"

"是凹槽里,"斯图尔特纠正说。

芙蓉蕾特觉得挺了不起的。"你懂金块勘探是吗,彼得斯先生?"她问。

"斯特,叫我斯特就行了。呃,其实我是个铁匠。"斯图尔特说,"不过以前我就帮人做过这样的事情,其实很简单,虽然那边有些老矿工以为这是一门技术,因为水流速度和其他……缘故。"

"无稽之谈!"鲁本附和道,"有的物质比沙子重,被水冲走要花的时间会比较长,这是简单的逻辑,不管水流速度有多快,于是,金矿就留下来了!"

芙蓉蕾特不太苟同。水流要是急速,较小的黄金颗粒就会被水冲走,当然,要依黄金颗粒的大小而定,较大的金块是有可能被过滤出来。她礼貌地点点头,而后跟着他们俩回到营地。斯特和鲁本商定先休息一下,然后,他们开始用一种很原始的设备搁在火炉上冲泡咖啡,芙蓉蕾特留意到,探矿的人都严重缺乏各种炊具,这里只有一个锅,两个盘子,她只好和鲁本共用一个咖啡杯,这可不像有成就的采矿工作。

"行了,我们刚开始呢。"芙蓉稍稍表达了一下这方面的意思,鲁本便自我辩护说,"我们两星期前才认领这块地方,第一个洗矿槽还在制作中。"

"要是昆士敦那个拦路强盗伊桑能卖些好用点的工具给我们,工作进展就快多了。"斯图尔特诅咒道,"不是开玩笑的,芙蓉,我们两天内用掉三把锯条,昨天一个铁铲被我们用得都变形了,那可是铁铲啊!这些东西一般能用一辈子。我每隔一天就得换锹杆，而且杆子总是和铁锹头不吻合。我不知道伊桑从哪弄来的材料，又贵又不好使。"

"还好，我们圈到的地很不错，你不觉得吗？"鲁本满怀希望地看着河岸，芙蓉只好认同。要是见到金子了，她应该会觉得这块地确实很不错。

"谁……嗯，建议你们认领这块地的？"她谨慎地问，"我是说，这里好像只有你们俩，这里面有什么不能说的诀窍吗？"

"这是直觉！"斯图尔特得意地说，"我们看见了这个地方——我们赢了！这是我们的领地，我们会在这里发财的！"

芙蓉蕾特皱了皱眉头。"你是说……还没谁在这一带发现黄金？"

"不多，"鲁本承认，"不过也没什么人注意这里！"

两个男孩期待着她的赞扬，芙蓉勉强挤出一丝笑容，暗自决定亲自出马操持此事。

"你们至少试着淘过金吧？"她问，"我是说在这条河里。你们不想向我展示一下怎么淘吗？"

鲁本和斯图尔特同时点了点头。"我们用那种方法找到过稍许黄金。"说着，他们拿来一个淘金盘。

"我们教你怎么弄，然后，你可以去淘淘看，我们继续忙洗矿槽！"鲁本建议，"你肯定会给我们带来好运！"

芙蓉蕾特确定自己不需要两个老师，正好斯图尔特也想给他们俩单独在一起的机会，于是，鲁本这位同伴退到河流上游。接下来的几个小时，他们都没听到他说一句话——除了工具坏掉时偶尔骂几句。

芙蓉蕾特和鲁本利用这个只剩他们俩的时刻，体会相聚的欢愉，重温亲吻的甜蜜和彼此身体自然而然的反应。

"你想现在娶我吗？"芙蓉蕾特陶醉地问，"我是说……如果我们没结婚，我就不能和你们俩同住在这里。"

鲁本认真地点点头，"确实，那不行。可是钱……芙蓉，说实话，我到现在还没什么积蓄，我在昆士敦赚的几个钱都投到这里的设备上了，我们苦心经营到现在那少得可怜的收入都用来买新工具了。斯图尔特说得对，伊桑那家伙卖的都是些垃圾，有些矿工从澳大利亚买来的淘金盘和鹤嘴锄现在还在用，可我们在这里买的只能用几天，花费不小！"

芙蓉笑道："那我们就用这笔钱买点别的东西。"说着，再次掏出她父亲的钱袋。这次，鲁本往里面看了看——见到金元，甚是欣喜。

"芙蓉！太好了！你从哪弄来的？可别告诉我你掠夺了你祖父的钱财！竟然有这么多钱！我们可以用它完成洗矿槽，建一个小屋子，兴许还能雇用一些工人！芙蓉，有了这笔钱，我们就可以把这里的黄金都弄到手！"

芙蓉蕾特对这个打算未置一词，却把自己逃跑的经历告诉了他。

"我不敢相信！詹姆斯·麦肯齐是你父亲？"

芙蓉蕾特还以为鲁本早就知道了，毕竟，他们俩的母亲彼此间几乎没什么秘密，而且，一般来说，海伦所知道的事情都会透露给鲁本。他确实不知道这事，所以理所当然地觉得海伦肯定也不知道。

"我只想过保罗的身世是个秘密。"他说，"我妈好像知道点什么。"

他们一边说着话，一边开始在小溪里忙活起来，芙蓉在学习如何淘金，在此之前，她一直以为金子是被过滤出来的，但其实，分离金块的方法很简单，把别的东西都冲掉，剩下金块就是了。轻轻拍打、摇晃淘金盘需要一定技巧，这样，泥土里比较轻的成分就会被冲掉，最后只剩下黑色的块状物，就是所谓的"黑沙"。直到这时，金子才会冒出来，散发出光芒。鲁本觉得挺难的，但芙蓉很快就掌握了，鲁本和斯图尔特都对她的天赋钦佩不已。芙蓉自己却没什么热情，因为不管淘得多么有技巧，最后附着在淘金盘上的金子都少得可怜。她精力集中地忙乎了六个小时，直到天黑。在此期间，两个男生在捣鼓他们的洗矿槽，又用坏了两个锯条，工作却没有实质性进展。芙蓉觉得，通过洗矿槽弄到黄金简直就是徒劳，所以根本无所谓。她那天淘出来的零零星星的些微黄金，只不过是溪流通过洗矿槽时侥幸留下的，值得他们这样卖命吗？她那天淘到的金子，斯图尔特拿它当宝，其实值不到一美元。

在烤芙蓉从溪里抓来的鱼时，两个男人依然对找到一座金山热情不减。就算卖鱼，都能比淘金赚到更多钱，芙蓉失望地想。

"明天我们得到昆士敦去买些新锯条。"斯图尔特长叹一声说,而后,再一次退下,给这对年轻夫妻腾出私人空间,并坚持说他可以睡在树下,躺在马匹旁边,跟帐篷没两样。

"结婚吧!"鲁本将芙蓉揽入怀里,很认真地说,"要是我们提早度过洞房花烛夜,你会不会觉得不妥?"

芙蓉摇摇头,依偎在他身上,"咱不要告诉别人!"

8

山巅的日出好像是专门为这个大喜日子准备的,群山焕发着绚丽的金红和淡紫色光芒,树木和花草的清香弥漫在空气里,小溪的低语伴着河流哗哗的声响——混合成独一无二的庆祝乐章。在鲁本的怀抱里醒来,将头探出帐篷外,芙蓉蕾特幸福而满足。格蕾丝用湿润的亲吻向她表示问候。

芙蓉蕾特爱抚着它,"不好的消息,格蕾丝,我发现有人吻得比你好!"她大笑着说,"去吧,叫醒斯图尔特,我做早餐。今天有很多事要做,格蕾丝!可别让那两个家伙在这大喜日子睡过头了哦!"

斯图尔特敦厚地注意到,芙蓉蕾特和鲁本备马的时候,两个人的手几乎没分开过。让两个男生觉得奇怪的是,芙蓉坚持把营地里大半东西都带走。

"我们最迟明天就会回来!"斯图尔特说,"当然,要是真的要四处购买采矿用品,可能花的时间会长些,但……"

芙蓉摇摇头。昨夜,她不仅体验到新婚之夜爱的愉悦,同时也从头到尾思考了他们现在的处境。她不可能把父亲的钱投到一个没有希望的矿业上,不过,这事首先得向鲁本说清楚——以尽可能委婉的方式。

"听好了,小伙子们,历尽种种困难对付这个矿场根本无济于事,"她小心翼翼地地说,"你们说的对:物质条件不充足。现在既然我们有点钱,何不改变一下?"

斯图尔特吸了口气,"没机会,伊桑那家伙还会一直把那些没用的垃圾卖给我们。"

芙蓉点头，"所以，我们干脆趁热打铁。你是铁匠，能辨别出工具的好坏吧？不是在用过之后，而是买的时候？"

斯图尔特点点头，"这正是我想说的！如果让我选择……"

"好，"芙蓉插话说，"我们就到昆士敦租一辆四轮马车，或干脆买一辆，我们用短腿马拉车，一起出力的话，力气够大的！然后我们到……下一个大城镇叫什么来着？但尼丁是吧？然后我们到但尼丁去买工具以及别的探矿必需品。"

鲁本惊奇地点点头，"好主意。矿场跑不掉，不过我们也不必急着买货车，芙蓉，我们可以用骡子拉。"

芙蓉蕾特摇摇头，"我们要买短腿马拉得动，而且能装很多材料的大货车。我们要把全部材料拖到昆士敦，卖给矿工。他们对伊桑的杂货店肯定非常不满，我们应该能从中赚一大笔！"

那天下午，昆士敦的治安法官为芙蓉蕾特·麦肯齐和鲁本·奥基弗完婚。鲁本曾改名为凯斯，现在用回自己的真名。芙蓉蕾特穿着她那件长途跋涉之后依然平整的米色裙子，玛丽和劳里坚持要在婚礼前把它熨一熨，她们俩还热心地用鲜花装饰芙蓉的头发，还在妮妮安和米内特的缰绳上挂上花环，让他们骑到酒馆，因为没有教堂，也没有别的聚会地点，婚礼只能在酒馆进行。斯图尔特当鲁本的证婚人，达芙妮则负责芙蓉蕾特，玛丽和劳里感动得热泪盈眶。

伊桑把鲁本从去年到结婚时的全部信件都交给了他；罗恩在旁边转来转去，满怀骄傲，因为芙蓉蕾特告诉大家说，这次和丈夫幸福的重逢多亏了罗恩对马超人的记忆。最后，芙蓉蕾特掏腰包，邀请整个昆士敦镇的人庆祝她的婚礼——她这么做不是完全没别的动机，因为这样不仅有机会结识当地人，而且可以试探他们的意向。是的，确实没有人在鲁本的认领地附近发现过金子，理发师很肯定地说。这位理发师从建镇之初就生活在这里，他最初也是作为一个采矿者来的。

"总之，这里没太多钱可赚，奥基弗先生，"他说，"僧多粥少，当然，偶尔有人发现大的金块，但赚来的钱马上就花光了，能有多大价值？值两三百美元的金块，只有幸运的家伙遇得上，赚来的钱连买一个农场几头牲口都不够。那些头脑发热、把赚的钱都投到扩张领地上的家伙就更不用说了，洗矿槽越多，需要的毛利帮工也越多，本钱很快就没了，新的资金又还没到手。倒是理发师和外科医生……这个地区有数以千计的人，他们都得理发，而且，每个人都有可能会被锄头碰伤腿，要么有人打架，或者莫名其妙地受伤……"

芙蓉蕾特所见略同。她向找到达芙妮旅馆来喝免费威士忌的探矿人问起这些问题，往往会引发他们一顿发泄。最后，芙蓉确信，她不仅可以靠心里已经想好的经营五金店致富，而且还可以救人一命：要是没人采取措施，那伙人最终会把伊桑宰了。

芙蓉这边在打探情况，鲁本则和治安法官聊着。治安法官其实不是法学人员，而是做棺材兼承办殡仪事务的。

"总得有人做这事，"鲁本问起他选择的职业时，他耸耸肩回答说，"有的家伙以为我应该很费心去阻止他们彼此残杀，因为这样我就会省了很多麻烦……"

芙蓉饶有兴味地观察着他们的谈话。如果鲁本能在这里找到学法律的机会，那他们从但尼丁返回的时候，他就不会急着回领地去了。

芙蓉蕾特和鲁本在达芙妮旅馆一号房舒适的双人床上度过了第二个新婚之夜。

"以后我们就叫它蜜月套房吧。"达芙妮说。

"女人在这个地方失去贞操实属罕见！"罗恩咯咯笑道。

喝了不少威士忌的斯图尔特也在一旁窃笑。

"这事已经发生了！"

第二天中午，他们动身去但尼丁。鲁本从新朋友那儿弄来一辆货车——"勇往直前去实现你的梦想吧，小伙子！我可以用手推车把棺材送到墓地！"——此时，芙蓉则为了获取更多信息而继续跟人交谈——

这次是这个地区几个体面的女人：治安法官和理发师的老婆。离开的时候，她心里已经列好了第二张去但尼丁购物的清单。

两个星期后，他们满载而归，唯一欠缺的是一个做生意的地点，这个方面芙蓉蕾特没提前计划，只能指望天气继续晴好。然而，昆士敦的秋天多雨，冬天则大雪纷飞。近几个月，昆士敦过世的人寥寥无几，所以治安法官把棺材仓库借给他们当店铺。他是唯一一个不需要新工具的人，不过他还是让鲁本跟他讲解法律文本。至此，麦肯齐的财产被用掉一些。

店里的东西销路很旺，很快就把钱赚回来了。淘金热刺激了鲁本和斯图尔特的生意，第二天，所有工具都销售一空。女士们挑东西的时间要长一点——在某种程度上是因为治安法官的老婆起初有点犹豫，不太愿意把她家客厅拿来给这个地区的女人当试衣间。

"你们可以用仓库侧边那个房间嘛。"达芙妮和她那两个女伴迫不及待地想试穿芙蓉从但尼丁买回来的衣服和贴身内衣，治安法官老婆不太情愿看着她们说，"那是弗兰克用来放尸体地方……"

达芙妮耸耸肩。"要是那儿空着，我无所谓啊。好吧，要是——这些家伙没一个得到像样的送别仪式，你敢打赌吗？"

要说服斯图尔特和鲁本再去一趟但尼丁不难。在他们第二轮销售期间，斯图尔特深深爱上理发师的女儿，说什么都不愿回山区去。鲁本接管了小店的账簿后才惊愕地意识到芙蓉蕾特早就一清二楚的事实：他们每跑一趟，入账的钱比他们淘一年的黄金赚得还多，很明显，他做一个商人比去探矿合适得多。他丢掉铁铲、拿起笔杆六个月后，身上的水泡和手上割伤的地方都痊愈了，这时他才完全确信做生意的好处。

"我们应该建一个店铺，"他最后说，"类似于仓库，那样我们就可以扩大库存。"

芙蓉蕾特点点头。"进一些家居用品，女人非常需要那些适用的坛坛罐罐和好的餐具……可别小看这些东西，鲁本，随着时间的推移，这类物品的需求量会越来越大，因为这里的女人越来越多，昆士敦很快就要变成一个真正的城市了!"

六个月后,奥基弗夫妇举行了盛大的仪式,庆祝"奥凯大商场"在奥塔戈昆士敦开张。名字是芙蓉蕾特取的,她为此非常自豪。除了新的门市部,这个初露头角的企业还有两辆货车和六匹拉货马,这样,芙蓉蕾特就可以驾着她的短腿马,把这个社区的逝者体面地拉到墓地而不是躺在手推车里被推过去。斯图尔特·彼得斯已经加强了与但尼丁以及从大买家位置上退下来的人之间的买卖。他想结婚,又厌倦了频繁地在沿海来来去去。他用自己利润的一部分,开了一间铁匠铺,事实证明,这比任何一个地方的"金矿"都更有利可图。芙蓉蕾特和鲁本雇了一个老探矿工接替斯图尔特运输队长的位置。伦纳德·麦克邓恩性情随和,熟悉道路,懂得为人处世。芙蓉蕾特只担心女士用品的交付。

"我实在没法奢望他帮我挑内衣,他拿到我的产品目录就脸红,我每隔三两趟就得跟着一起去……"她对达芙妮抱怨说。她已把达芙妮当成朋友,这让镇上三个体面女人惊骇不已。

达芙妮耸耸肩,"叫两个双胞胎去就是了。她们可能不是最聪明的——你别指望她们全权负责讨价还价之类的事——但她们品位不错,我一直很欣赏这点。她们知道如何打扮得像淑女,当然也知道我们'旅馆'需要什么。再说,这也给了她们走出去自食其力的机会。"

刚开始,芙蓉蕾特还有一点犹豫,不过很快就被说服了。玛丽和劳里带回来的是朴素与妖娆相结合的衣服,像热香饼一样抢手,让芙蓉蕾特很意外——意外的不仅仅是那些妓女。斯图尔特那位害羞的新娘买了一条黑色束腹,有些矿工也认为,这些华美的内衣肯定可以讨好老婆。尽管芙蓉觉得那些东西不是很适合自己,不过生意归生意。正规的试衣间——里面配有大镜子,再也不是以前那些令人压抑的棺木——已布置妥当。

商店的工作给鲁本留有许多空余时间学习法律,他依然很喜欢这门学科,虽然他已经永久放弃成为一名律师的梦想。让他感到高兴又吃惊的是，他很快就把学到的东西应用到实践中：治安法官因为地方议会的事越来越频繁地找他，而且开始带他一起去参加审判。鲁本证明了自己的权威，正是因为参与了这些诉讼过程，在接下来的一次选举期间，现任治安法官的决定引起轰动。他没有让自己继任，而是提议让鲁本当他的继任人。

"请大家这样看待这件事！"这位上了年纪的棺材制造商在演讲时说，"一直以来，我都面临着公众义务与个人利益的冲突：如果我阻止人家相互残杀，就没有人买棺材。从这个角度上说，我的官职毁掉了我的生意。年轻的奥基弗就不一样，因为要是谁的脑袋被打破了，就再也不用买工具了，维护法律和秩序对他是最有利的。所以，大家投票选举他，让我休息一下吧！"

昆士敦的市民接受了他的提议，鲁本以压倒多数的票数被选为新一任治安法官。

芙蓉蕾特为他感到高兴，虽然她对前治安法官的逻辑推理不敢苟同。她低声对达芙妮说："人家也可以用我们的工具砸别人脑袋啊。我特别希望鲁本别动不动就阻止他的客户做那类好事。"

芙蓉蕾特和鲁本在淘金热日渐高涨的城市里幸福生活唯一的痛苦是没法与家人联系。他们俩都很想给自己母亲写信，但又不敢。

"我不想让父亲知道我在哪。"芙蓉蕾特准备写信给母亲时，鲁本态度很明确，"你最好也瞒住你祖父，谁知道他们脑子里又在盘算什么？我们结婚的时候，你还是未成年人，他们会想法子找我们的麻烦。还有，我担心我父亲会把气撒在母亲身上，这种事已经不止一次发生了。我离开后，一直不敢去想家里会发生什么。"

"可是我总得给他们报个平安！"芙蓉蕾特说，"你知道什么？我可以写信给桃乐西，桃乐西·坎德拉，她会转告我妈。"

鲁本抓着自己的头，说："你疯了？你要是写信给桃乐西，坎德拉太太也会知道，这就等于你在霍尔顿集市里大声宣布这个消息。如果真的要写，就写给伊丽莎白·格林伍德吧，我相信她还是比较谨慎的。"

"可格林叔叔和伊丽莎白在英国。"芙蓉反对。

鲁本耸耸肩。"那又怎样？他们总有一天会回来吧，我们的母亲只好忍耐到那个时候了。说不定你母亲已经从詹姆斯·麦肯齐那里知道点什么了，谁知道呢？我听说他被关在坎特伯雷某个监狱里，她很可能已经跟他取得联系。"

9

对詹姆斯·麦肯齐的审判在利特尔顿进行。开始时，大家还为这事吵吵闹闹的，因为约翰·赛德布鲁森希望审判在但尼丁进行。如果在那儿进行，他争辩说，他们就有机会将购买赃物的人一并抓获，以此根除整个犯罪团伙。

巴灵顿勋爵却强烈反对这个主意，在他看来，约翰·赛德布鲁森希望把詹姆斯拖到但尼丁，只是因为他跟那里的法官交情甚好，最后判这个盗贼绞刑就更有希望了。

一抓到詹姆斯·麦肯齐，他就希望马上把他绞死，他把这次胜利完全归功于自己，毕竟，是他击败了詹姆斯·麦肯齐并将他投进监狱的。其他人则认为，两个对手在河滩上的较量根本就是多余的，其实，要是约翰·赛德布鲁森不急着把这个盗贼从骡子背上击倒，并狠狠地揍他，其他搜捕队员就可以去追捕他的同犯。结果，第二个家伙——虽然搜捕队有人觉得那肯定是个女的——逃跑了。

其他牧业巨头也不赞成约翰像对待奴隶一样，把俘虏绑在一匹马上拖着走，他们觉得人都被打成那样了，既然有骡子可以骑，就没理由让他走路。头脑较冷静的人，比如巴灵顿勋爵和雷金纳德·比斯利，曾在某一时刻站出来责备约翰·赛德布鲁森的行为。既然詹姆斯主要是在坎特伯雷犯下罪行，搜查队的人基本上一致认为他应该就地受审。尽管约翰·赛德布鲁森反对，站在巴灵顿一边的人还是把这个牲口盗贼放了，同时要求他许诺不逃跑，然后让他自己轻松前往利特尔顿，到那里之后他就会被关押起来，直到开庭审判。可约翰坚持把他的狗"星期五"留下，这对詹姆斯来说，比被身上的青肿和手脚上的镣铐——那是晚上约翰·赛德布鲁森把他关进一个牲口棚时给他戴上的——更痛苦。他声音嘶哑地请求那帮人让"星期五"和自己呆在一起。

但约翰毫不妥协。"这只狗可以为我效劳，"他说，"有人能让它听话。像这种一流的牧羊犬很值钱，我要留着它，就当多少补偿一下这个王八蛋造成的损失。"

于是，"星期五"被留了下来，那伙人把主人带离农场的时候，它撕心裂肺地嗥叫着。

"约翰对它没多大兴趣，"杰拉尔德说，"这帮笨蛋上当受骗了。"

对于詹姆斯·麦肯齐该如何处置，杰拉尔德持中立态度。一方面，约翰是他老朋友；另一方面，他必须跟坎特伯雷这些人维持好关系。就像所有其他人一样，他本人对这个机灵的盗马贼心存几分敬意。当然，他也因为自己的损失而愤怒，但身为赌徒的他很清楚，为了谋生，人有时候只能不择手段，要是这家伙铤而走险超过十年而未被人抓住，确实让人刮目相看。

失去"星期五"，詹姆斯陷入痛苦的沉默之中，直到利特尔顿的牢房门在他身后被关上。

坎特伯雷的人很失望，他们很想亲耳听到他们的俘虏实施偷盗的真实过程，比如他跟谁合作，逃走的神秘共犯是谁。审判下个月将在尊敬的斯蒂芬法官的法庭里进行，他们迫不及待地等着。

利特尔顿已经有自己的法庭——很久以来，一些审判工作都只能在酒馆进行，刚开始几年在户外也是常事。坎特伯雷民众都想亲眼目睹那位声名远播的盗马贼受审，酒馆的空间确实太小，容纳不下那么多人，受到影响的牧业大亨们和他们的家人不得不早早到场找位置。为此，杰拉尔德、吉薇尼拉，还有兴奋的保罗下榻在克莱斯特彻奇的怀特·哈特酒店，以便能走专用道骑马到利特尔顿去。

"你不是打算骑马到那儿吗？"杰拉尔德向吉薇尼拉提出自己的安排时，她不解地问，"毕竟，那是骑马专用道啊！"

杰拉尔德愉快地笑道："那条路的变化，一定会让你吃惊。"他说："我们要乘马车，穿戴得体，轻轻松松的。"

审判当天，他穿了最好的一套西装，而保罗则第一次穿三件套，显得成熟了许多。

吉薇尼拉很烦恼该穿什么衣服，坦率地说，她为穿衣服这样的事纠结好多年了。尽管她无数次地告诉自己，一个中年妇女穿着什么去参加庭审并不重要，只要整洁而且不会引起别人注意就行，但想到再次与詹姆斯·麦肯齐见面，她的心还是七上八下的。更糟糕的是，他肯定会看见她并认出她来，那时，他会是什么感觉？他会像以前看见她不知所措时那样面露喜色吗？或者，他只会感到悲哀，因为她已人老珠黄，因为皱纹爬上她的脸，因为害怕和担心已让她饱经风霜？也许他只觉得漠然而已，因为她在他心里已渐渐远去，回忆已渐渐消失在十年荒凉的生活里。要是那个神秘的"共犯"真的是女人呢？那是他老婆吗？

吉薇尼拉搜索着存在心灵深处的记忆，和詹姆斯在一起的那些日子，就像是少女的白日梦。他曾经忘掉过湖边的日子吗？还有那些在石圈缠绵的时光？可是，他们还是因怨怼分手。他将永远无法原谅她生下保罗，这是被保罗毁掉的另一件事情……

最后，吉薇尼拉决定穿一件简单的深蓝色裙子加披肩，在前面扣紧，虽然玳瑁纽扣显得有点老气。齐丽将她的头发打理成庄重的样式，头上再大胆地戴一顶与裙子相配的小帽子，以此抵消发型的简朴。吉薇尼拉感觉在镜子前花了好几小时，东拉西拉一下发绺，调整调整帽子，理一理衣服袖子让玳瑁纽扣露出来。待他们最后终于坐上马车，她的脸色因交织着期待与担心而苍白——因为某种预感。这种状况要是再持续下去，进法庭前她就得用手把脸拧一拧，让自己看起来有点血色。可即便非常顾忌自己苍白暗淡的面色，吉薇尼拉还是希望与詹姆斯·麦肯齐久别重逢的时候不要脸红。她的身子在哆嗦，却告诉自己那是因为秋凉；她没法让手指保持静止不动，紧张得把马车窗的帘子都弄皱了。

"你怎么了，妈妈？"保罗问，吉薇尼拉只是缩到一边。保罗对人性的弱点有着细微的体察，他怎么都没想到，她和詹姆斯·麦肯齐之间曾经有过瓜葛。

"你为麦肯齐先生紧张是吗?"他好像已经看穿了她,"爷爷说你认识他,爷爷自己也认识他,他是基沃顿站的领班。他后来跑了,而且靠偷牲口为生,这不是疯了吗?"

"是啊,太疯狂了。"吉薇尼拉回答说,"我绝不……我们当中谁都没想到他会做出这样的事情。"

"现在,他很可能会被绞死!"保罗高兴地说,"他被处绞刑的时候,我们在场吗,爷爷?"

杰拉尔德哼了一声,说:"他们不会绞死那个坏蛋的,遇上那个法官,算他好运。斯蒂芬不是农民,麦肯齐给别人带来的损失对他没什么影响……"

吉薇尼拉微微一笑。据她所知,詹姆斯·麦肯齐的偷盗带给那些受到影响的人的损失不过九牛一毛。

"不过他会在监狱服几年刑,谁知道,说不定他今天会向我们透露一点幕后操纵的人,这件事情不像是他一个人单刀独斗干出来的……"杰拉尔德不相信有一个女人与詹姆斯·麦肯齐随行的传言,认为那是一个年轻的共犯,不过只看到一眼而已。

"他把偷来的牲口卖给什么人倒是一个有趣的问题,有关这方面,要是审判在但尼丁进行,我们就更有机会了解。赛德布鲁森是对的。说曹操曹操到!瞧!我就知道他不会错过这次庭审。"

约翰·赛德布鲁森那匹黑色种马在沃顿的马车旁飞驰而过,他礼貌地向他们打招呼。吉薇尼拉叹了口气,真不想再次见到奥塔戈这个绵羊大亨!

约翰·赛德布鲁森并未因为杰拉尔德站在坎特伯雷那帮人一边而对他抱有成见,甚至为他和他家人在法庭备好座席。他热情地向杰拉尔德表示问候,对保罗有点不屑一顾,对吉薇尼拉则冷若冰霜。

"你那个迷人的女儿后来还露过面吗?"她刚坐下——坐在四个位置中离他最远的地方,他就嘲讽地问。

吉薇尼拉没搭理他。保罗急忙替她回话,向其偶像保证再也没谁得到过芙蓉的消息。

"霍尔顿有人说，她肯定陷进某个贼窝了！"保罗说完，杰拉尔德严厉地呵斥了他。吉薇尼拉没作出什么反应，过去这几个星期，她对保罗渐渐麻木。这臭小子早已不受自己的影响——如果说她曾经想方设法希望能感化他的话。现在，他只听杰拉尔德的，甚至连海伦学校的课他都不去上了。杰拉尔德总是说要给他请个家庭教师，但保罗却认为，做一个农民兼畜牧养殖业主，他接受的教育已经足够了。说到农场的工作，他像海绵般吸收了牧人和剪毛工的知识。他毫无疑问是杰拉尔德希望得到的继承人——要说不是乔治·格林伍德理想的合伙人的话。乔治在英国期间，负责其公司事务的年轻毛利小伙子雷蒂向吉薇尼拉抱怨，在他看来，杰拉尔德这是在培养第二个愚昧无知的霍华德·奥基弗——一个更没经验却有更大权力的奥基弗。

"那小子谁的话都不听。"雷蒂哀叹道，"农场工人不喜欢他，毛利人恨透了他，可沃顿先生却让他为所欲为。有谁听说过一个十二岁的小屁孩监管整个剪毛棚的！"

这些话，吉薇尼拉早就听剪毛工人亲口说过，他们觉得自己受到不公平对待。为了显示自己的重要性、为了赢取剪毛棚之间一贯进行的比赛，保罗登记的剪毛数远远超过实际数字。这对剪毛工人是好事，他们可以根据剪羊毛的数量得到薪水。但后来，剪下的羊毛数目对不上，杰拉尔德发火，并怪到剪毛工人头上；其他剪毛工人则抱怨比赛时有人作弊，奖金发给了不该得奖的人。事情乱成一团糟，最后，杰拉尔德只好给大家发一笔佣金，以确保专业剪毛队的人来年还会回来。

吉薇尼拉对保罗的无耻行为忍无可忍。她本来觉得，最好把他送到英国寄宿学校去，或者但尼丁也行，但杰拉尔德根本听不进，于是，吉薇尼拉拿出自保罗出生以来她的一贯做法：对他置之不理。

现在，在法庭上，他至少还能保持安静，谢天谢地。他听着杰拉尔德和约翰之间的谈话，注意到其他绵羊大亨冷淡地跟这位奥塔戈来客打招呼。屋里很快挤满了人，吉薇尼拉向雷蒂示意，他是最后一批挤进法庭的人。有点麻烦的是，有几个白种人不愿给毛利人让路——但只要提及乔治·格林伍德的名字,任何大门都会向雷蒂敞开。

终于,十点的钟声敲响,尊敬的上诉法院法官斯蒂芬步入法庭,诉讼程序开始。对于大多数观众来说,被告被带入法庭前的程序都没什么意思。詹姆斯·麦肯齐一出现,庭内爆发出一片诅咒夹杂着欢呼的声音,詹姆斯均不理会,他只是把头垂得低低的,法官要求众人平静下来时,他好像松了一口气。

吉薇尼拉从后排偷偷看了就坐在她前面的农场帮工一眼——这个位置选择真不好,而杰拉尔德和保罗的视野就好多了。不过她还是希望坐得离约翰·赛德布鲁森越远越好。只要詹姆斯·麦肯齐待会儿坐到被委派的律师身边,她就可以看清楚了。詹姆斯一坐下,就突然抬起头来。

吉薇尼拉这些日子一直在问自己,再次近距离和詹姆斯呆在一起时,会是什么感觉。她还认得出他吗?她会在他身上看到曾经有过的……有过什么?让她刻骨铭心的?让她如痴如醉的?无论是什么,都遗落在了过去十二年里。也许,她的激情是错位的;也许现在,对她而言,他只是一个陌生人,一个走在街上她甚至认不出来的人。

但是,在被告席上看到这个高大的男人第一眼就否定她的种种臆想。詹姆斯·麦肯齐几乎没什么变化,至少在吉薇尼拉眼里是这样。根据报道他被捕的报纸上的画像,她曾预想可能会看到一个饱经风霜、胡子拉碴的家伙,可站在面前这个男人脸刮得很干净,穿戴简单而整洁。他身材依然修长、性感,但有些破烂的白衬衫下的肌肉显得很壮实;脸被太阳晒得黝黑——除了胡子遮盖的地方;嘴唇看起来不太饱满——那是他忧心忡忡的标志,吉薇尼拉过去常常看见这种表情,还有那双眼睛……没有,大胆、生动的神情没有丝毫变化,只不过,再也不见曾经那种嘲弄的笑意,只剩下紧张和类似于恐惧的东西;他脸部轮廓依旧,只是被岁月刻上了更深的烙印,就像他的举手投足已经变得坚韧、更成熟、更冷峻。吉薇尼拉一眼就认出他来,哦,是的,即便不是在全世界,但在南岛茫茫人海中,她不费吹灰之力就能把他挑出来。

"詹姆斯·麦肯齐!"

"法官大人?"

无论在哪里，吉薇尼拉都能听出他的声音，嗓音低沉、温暖，对手下或牧羊犬发号施令时既温柔又坚定且充满权威。

"麦肯齐先生，你因为在坎特伯雷平原及奥塔戈一带偷盗大量牲口被指控，你有什么要辩护的吗？"

麦肯齐耸耸肩，"那些地区有很多窃贼，我不知道那跟我有什么关系……"

法官深吸一口气，"法院有几个可信证人的证词，证明你在瓦纳卡湖以上地带料理一群被盗的羊。这点你承认吗？"

詹姆斯·麦肯齐再次耸耸肩，"叫麦肯齐的人大把，山上的羊也大把！"

吉薇尼拉差点笑出声，但紧接着却有点担心，詹姆斯的回答势必激怒尊敬的斯蒂芬法官，否认指控是没用的。詹姆斯脸上还残留着与约翰·赛德布鲁森搏斗的痕迹，估计赛德布鲁森当时也好不到哪儿去——约翰眼睛比詹姆斯的明显淤青得多，这让吉薇尼拉心里的满足感油然而生。

"庭上有谁能证明他就是盗马贼麦肯齐而不是某个碰巧同名的人吗？"法官叹气地问。

约翰·赛德布鲁森站起身来，"我可以证明。我们有证据可以消除任何疑问。"他转向法庭入口，他安排了一个助手站在那儿。"放开那条狗！"

"星期五！"一个黑色影子风一般穿过法庭，直奔詹姆斯·麦肯齐而去。他好像瞬间就把上法庭前计划好的表现忘了，弯下腰，抱起、爱抚着狗狗，唤了一声，"星期五！"

法官眼睛一转。"这就不是刻意能安排的了，诚心所愿。请将此人面对牧羊犬时的情形记录在案，他已经承认这只牧放盗来之羊的狗是他的。麦肯齐先生，你现在还想对我说这只狗也无独有偶吧。"

詹姆斯依然故我地笑笑，"不，"他说，"这只狗独一无二！""星期五"气喘吁吁地舔着詹姆斯的手。"法官大人，我们……我们不妨长话短说，只要你担保我可以保留'星期五'，我什么都可以说，并坦白一切,把我投进监狱也行。你瞧这只狗,自从离开我,显然几乎没吃什么东西。这狗……对约翰·赛德布鲁森先生根本派不上什么用场,它不会听其他人的话的……"

"麦肯齐先生,你的狗无需在这里接受审判!"法官严厉地说,"既然你愿意坦白,请问:莱昂内尔站、基沃顿站、比斯利农场以及巴灵顿站……所有这些地方的偷盗事件都可以归咎于你吗?"

麦肯齐依然习惯性地耸耸肩,"我说过,盗贼有很多,我也许偶尔偷一只羊……像这样的牧羊犬需要操练,你知道。"他朝"星期五"示意,这话引起庭内哄堂大笑。"可要是一千头羊……"

法官再次叹了口气,"好吧,很好,随你便。请传唤目击证人,第一位是伦道夫·尼尔森,比斯利农场领班……"

打从尼尔森的出现开始,后面有一连串的帮工和牧人无一例外地证明有成百上千头牲口在上述农场被偷,这些被偷的牲畜已在麦肯齐的羊群中找到。整个过程不胜其烦,詹姆斯本想缩短诉讼过程,但他太过倔强,对被盗牲口的事矢口否认。

证人这边历数着被盗牲口的数目和日期,麦肯齐则用手滑过"星期五"柔软的毛,轻拍、安抚着它。此时,他目光在庭内四周漂移。诉讼中涉及的事情远远超过他对绞刑的恐惧,审判在利特尔顿进行——坎特伯雷平原,相对靠近基沃顿站。她在吗?她会来吗?准备庭审那些日子,詹姆斯每个夜晚都在回忆,回忆每一件跟吉薇尼拉有关的事情,不管多微乎其微的事——从第一次在马厩相遇到分手,并把"星期五"送给他。詹姆斯想都不曾想到,她会对他不忠,自那以后,到底发生了什么?她选择了一个什么人替代他?他逼她说出来的时候,她怎么会那么伤心、绝望?她不是应该很开心吗?好歹,她和另一个家伙照样风流快活……

詹姆斯看见雷金纳德·比斯利坐在前排,旁边则坐着巴灵顿一家——他对这个少东家很怀疑,但他曾谨慎地问过一些事情,芙蓉蕾特的回答让他确信,巴灵顿的儿子跟沃顿家很少来往。如果他是她儿子的父亲,会对吉薇尼拉这么漠然吗?看样子,他对坐在身边几个孩子和那个不太可能是他老婆的人很关心。乔治·格林伍德没出席，但据芙蓉蕾特所说，他不可能是保罗父亲人选，虽然他与这一地区的农场一直保持正常联系，可他已收海伦的儿子鲁本做自己的被保护人。

她来了，坐在第三排，半隐在几个可能也是来提供证据的魁梧牧人身后。她正偷偷看着他，还稍稍把脖子偏到一边以便看得见他，她苗条而有弹性，不费吹灰之力就可以做到。哦，是的，她真漂亮！美丽、活泼、迷人，一如从前。她的头发从勉强扣住的头饰里掉了出来；她脸色苍白，双唇微张。詹姆斯不想与她四目相对，那会很痛苦。也许，过一会儿，他的心跳不再如此狂野，他不再担心目光会泄露自己的一往情深……他强迫自己将眼睛挪开，继续在其他观众身上游离。坐在吉薇尼拉身旁的，本以为是杰拉尔德，他却看见一个小孩，一个大约十二岁的男孩。詹姆斯屏住呼吸，显然，那是保罗，她儿子。男孩都长这么大了，可以陪祖父和母亲出入这样的场合了。詹姆斯看了他一眼，也许他的外貌多少能透露一点到底谁是他父亲……反正芙蓉蕾特长得跟他一点不像，真的，不过这也是司空见惯的事，坐在这里的这个人……

再仔细一看男孩的脸，詹姆斯·麦肯齐顿时僵住了。不可能！可却是真的……与保罗相貌最像的人就坐在他右边：杰拉尔德·沃顿。

麦肯齐发现，他们俩一样都是方下巴、警觉的棕色眼睛、丰满的鼻子；两个人都轮廓分明，老的和小的脸上都有一种坚定的表情。毫无疑问，男孩是沃顿家的种。詹姆斯心跳加快。如果保罗是卢卡斯的儿子，他那时为什么会匆匆离开跑到西海岸去？还是……

那一刻的顿悟像突如其来的一拳重击打在詹姆斯腹部。杰拉尔德的儿子！不可能是其他人的：他跟吉薇尼拉的前夫长得毫无相似之处，这应该就是卢卡斯出走的原因了。他没撞见妻子跟某个陌生人动淫念，却发现她和自己的父亲在一起……可是，这完全不可能啊！吉薇尼拉永远不可能心甘情愿把自己交给杰拉尔德，如果愿意，她完全可以周密安排，卢卡斯根本不可能听到什么风声。这么说……肯定是杰拉尔德强迫吉薇尼拉上他的床。

詹姆斯被深深的自责和愤怒击倒。他终于明白吉薇尼拉为什么闭口不谈此事,为什么面带羞愧、无助和忧心地出现在他面前。她不可能对他坦陈事实,否则他会把事情弄得更不可收拾,他肯定会把那老头宰了。

是他,詹姆斯,将吉薇尼拉抛弃,雪上加霜地丢下她独自面对杰拉尔德,独自养大那个让吉薇尼拉深恶痛绝的不幸的孩子。绝望在他心里油然而生,吉薇尼拉永远不会原谅他了。她拒绝提起的事,他本该不带任何质疑地去了解,甚至接受;他本该信任她的。但现在……

詹姆斯偷偷再看了她瘦长的脸一眼——当她抬起头,看着他,他惊慌起来。就在那一刹那,周围的一切都消失了,在他和吉薇尼拉眼里,法庭消失了,保罗·沃顿也消失了,只剩下詹姆斯和吉薇尼拉站在彼此面前,他似乎看见一个小姑娘,无畏地踏上新西兰冒险之旅,却因找不到百里香做英国菜而一筹莫展。他还清楚地记得,他交给她一大把药草时,她灿烂的笑;他还记得她出的奇怪的难题:他能不能当她孩子的父亲……记得他们一起在湖边和山间度过的日子;他还记得第一次看见芙蓉抱在她怀里时那种不可思议的感觉。

这一刻,历经长久分离后的默契将吉薇尼拉和詹姆斯紧紧联系在一起,永远不再分开。

"吉薇……"詹姆斯做了一个无声呼唤她名字的唇形,吉薇尼拉似乎明白了他的意思,轻微一笑。不,她丝毫没有责怪他,她原谅了他的一切——她心怀宽阔,最终,她对他宽宏大量。要是能跟她说说话多好!他们本该彼此拥有。要是没有这令人遗憾的诉讼多好!要是他也是自由人多好!要是他们不会把他绞死多好……

"法官大人,我觉得我们可以将诉讼过程缩短!"法官正要传唤另一位证人,詹姆斯·麦肯齐大声说道。

斯蒂芬法官满怀希望地抬起头,"你准备坦白了吗?"

麦肯齐点点头。接下来的时间,他心平气和地叙述了他偷盗的事实,还交代了如何把羊群卖到但尼丁。"您应该能理解,我没法告诉您从我手上买牲口的人是谁。他从来没问过我的名字,我也没问他叫什么。"

"但你总该知道他是谁!"法官很不满地说。

麦肯齐又耸了耸肩,"我知道一个名字,但是不是他就……?此外,我不会出卖别人的,法官大人。这个人从未对我怀有什么敌意,他给的价钱也很公道——请不要期望我失信。"

"那你的共犯呢?"法庭内有人大声说道,"从我们眼皮底下溜掉的家伙是谁?"

詹姆斯困惑地循声望去,"什么共犯?我一直独来独往,法官大人,除了我的狗。我发誓,千真万确。"

"那你被抓住的时候和你在一起那个男人是谁?"法官问道,"不过,有人觉得是个女的……"

詹姆斯点点头,"是的,没错,法官大人。"

吉薇尼拉脸部肌肉抽搐了一下。居然有个女人!詹姆斯结婚了,或者,至少是跟某个女人一起生活。可……他刚刚和她对视时……她还以为……

"'是的,没错'是什么意思?"法官问,对他的回答再次感到不满,"到底是男是女,还是幽灵?"

"是个女的,法官大人,"詹姆斯低垂着头,"一个和我一起生活的毛利女孩。"

"你让她骑马,而你自己却骑骡子,然后,她像被恶魔驱赶似的骑着马跑了?"法庭里有人大声说,接着是一阵哄堂大笑,"骗你奶奶去吧!"

斯蒂芬法官敦促大家保持肃静。

"我不得不承认,"他评判道,"我也觉得你的说法很牵强附会。"

"这女孩是我很珍爱的人,"麦肯齐平静地说,"最……是我最珍贵的东西,我一直把最好的马给她,我愿意为她做任何事情,我连我的生命都愿意给她。女孩就不应该会骑马吗?"

吉薇尼拉咬咬嘴唇。这么说,詹姆斯找到新欢了。要是这次可以幸免,他就会回到女孩身边……

"我明白了,"法官冷冰冰地说,"一个毛利女孩。那个丫头有名字和宗族吗？"

詹姆斯好像想了一会儿，说："她不属于某个部落，她……在这个地方解释这些太离题了，不过，她是一个男人和一个女人的结晶，可不管怎样，这对未成婚的男女应该得到祝福。生下她……就能……"他捕捉着吉薇尼拉的目光，"就能让某一位神不再流泪。"

法官皱着眉头说："好了，我不是要你介绍异教徒的怀孕过程，法庭里有小孩子呢！这么说，那个女孩是被她的宗族驱逐而且无名无姓咯……"

"不是无名无姓。她叫普阿……帕库帕库·普阿。"詹姆斯一边说着这个名字，一边看着吉薇尼拉，他希望这个时候没人注意她，因为她脸色先是一阵煞白，接着是羞红。假如她的猜测是对的……

接着，法庭休庭审议几分钟。她没来得及跟杰拉尔德和保罗告退就慌忙跑出观众席。她很想找到一个能证实自己想法的人，某个毛利语比她说得好的人。她气喘吁吁地朝雷蒂跑去。

"雷蒂！你在这儿啊，真是太巧了！雷蒂，普阿是什么……什么意思啊？帕库帕库呢？"

这位毛利人大笑，"你应该知道那个意思了呀，小姐。普阿的意思是'花儿'，帕库帕库……"

"是'小'的意思……"吉薇尼拉低声说。她松了一口气，真想大声尖叫、翩翩起舞。可她只是笑了笑。

那个女孩叫小花。现在，吉薇尼拉明白詹姆斯肯求的表情所包含的意思了。他一定见到芙蓉蕾特了。

詹姆斯·麦肯齐在利特尔顿被判处五年监禁，理所当然，他不被允许把狗留在身边，如果他愿意，约翰·赛德布鲁森将代为照看。斯蒂芬法官对此漠不关心。法庭，他强调说，不用对宠物负责。

接下来发生的事情挺触目惊心的。法警和庭警只能强行把詹姆斯和狗分开，约翰·赛德布鲁森正要给狗套皮带，狗咬了他一口。此后，保罗幸灾乐祸地描述那位盗马贼如何含泪离去。

吉薇尼拉不想听他说，而且宣判的时候也没在场，她怕自己太紧张，到时保罗看到她的样子肯定要东问西问，她害怕他那可怕的直觉。

所以，她借口出去呼吸新鲜空气、伸展四肢，来到庭外等待。为了躲开法庭门口等候宣判的拥挤人群，她走到法庭另一侧——在那里可以最后见詹姆斯·麦肯齐一面。定罪后的詹姆斯被两个粗壮的男人强扭着拖向等候在外的监狱运送马车。直到那时，他才苦苦地挣扎了一下，但一看到吉薇尼拉就平静了下来。

"我们一定会再见的，"他喃喃地说，"吉薇，我们会再见的！"

10

詹姆斯·麦肯齐被判刑差不多六个月后的一天，一个兴高采烈的毛利小女孩来拜访吉薇尼拉。她那时正忙着一天的工作，像往常一样，上午总是忙碌的，而且又一次因为与保罗不和而心情忧郁。那家伙得罪了两个毛利牧工——就在剪羊毛并把牲口赶进山里的工作迫在眉睫之前，他们最需要这两个帮手的时候。那两个牧工都是经验丰富又非常可靠的人，他们的职位是无可替代的，仅仅因为他们利用岁末的一点时间去参与他们部落的传统迁徙这么一点微乎其微的小事，就去冒犯他们，根本没道理嘛。毛利人储备起来过冬的物资用完了，他们就会到这个国家别的地区去打猎，这本来很正常。因为这样，有时候湖边的房子就会被闲置，除了几个信得过的帮工，没人来干活。新来的白种人刚开始觉得奇怪，但很多已安定下来的移民早就习惯了。那些部落不是随随便便消失不见的，他们只是在附近村落找不到食物，或者为了在白人那里赚到钱买东西的时候才离开的，田间播种时节到来以及有剪羊毛和牧放工作需要时，他们会回来的——吉薇尼拉那两个员工也一样，他们不解保罗为何那么粗暴地斥责他们。

"沃顿先生应该知道我们会回来的！"其中一位牧工生气地说，"他和我们在这个村子生活了那么久，小时候把他当儿子，玛拉玛的哥哥，但现在……动不动就发火，就因为跟汤加不和。他说我们不听他的，听汤加的,是汤加要我们走,真荒唐。汤加还没披袍、拿斧①……小沃顿先生也还不是农场主呢!"

吉薇尼拉叹了口气。这位牧工最后一句话让她知道该如何好好安抚他们。正如汤加还不是首领一样,这个农场还不属于保罗,他还没资格训斥任何人,更不必说开除谁了。作为道歉,吉薇尼拉给了他们足够的作物种子,他们接受并同意再次回来为吉薇尼拉做事。但一旦保罗接管了这里的事情,肯定会众叛亲离,汤加要是哪天最终获得酋长头衔,说不定会把整个部落迁走,永远不想见到保罗。

吉薇尼拉找来保罗并严加责备,但保罗只是耸耸肩,说:"要是那样,我雇用新西兰人不就行了,对他们发号施令容易多了!汤加没胆离开这里,毛利人需要在这里赚到钱,也离不开他们居住的地方。还有谁能解决他们的财产问题?现在,土地全部都属于白人了,他们可不需要老找麻烦的人!"

即便很恼火,吉薇尼拉不得不承认保罗说的没错。其他地方不会欢迎汤加的部落。可是,这个想法并未消除她的疑虑,反而让她担心将来事情该如何了结。汤加是个性急的人,要是保罗刚才说的变成事实,谁都不知道会发生什么。

说到那个小女孩,这会儿她来到马棚,吉薇尼拉正在那儿上马鞍。又是一个说话结结巴巴的毛利女孩,希望不是来投诉保罗的。

不过这女孩并不是附近部落的,吉薇尼拉认出,那是海伦的一个学生。她羞怯地朝吉薇尼拉走过来,像一个有礼貌的英国女学生一样行屈膝礼。

"沃顿小姐,奥基弗小姐派我来告诉你,奥基弗农场有人在等你,你最好趁天黑前奥基弗先生没回来的时候赶紧过去——万一他今晚不去酒馆。"女孩的英语说得字正腔圆。

"会有谁在等我呢,玛拉?"吉薇尼拉惊讶地问,"这是秘密!"她郑重其事地说,"我不能告诉任何人,包括你!"

---

① 披袍、拿斧在此指正式成为毛利部落首领。

吉薇尼拉的心狂跳起来,"芙蓉蕾特?是我女儿吗?是不是芙蓉蕾特回来了?"她简直不敢相信,毕竟,她希望女儿早已嫁给鲁本,在奥塔戈开始了新生活。

玛拉摇摇头,"不,小姐,是个男的……呃,一位绅士,他们要我告诉你,希望你快点过去。"说完,她又行了一个屈膝礼。

吉薇尼拉点点头,"好样的,小姑娘,走,快点,你自己到厨房拿点甜点,莫纳早早就把饼干烤好了。我去套马车,你待会儿跟我一起回去。"

女孩摇摇头,"我可以走路,小姐,你快去骑马,奥基弗小姐说,十万火急!"

吉薇尼拉不明就里,但还是乖乖地把马套好。这样一来,她今天就可以见到海伦而不用等到检查剪毛棚的时候了。那位神秘的来客是谁呢?她给雷文套上马鞍,那是母马摩根产的精力旺盛的雌马。雷文迈开步子小跑着出发了,很快就把基沃顿站的房子一幢一幢地抛在身后。两个农场之间的捷径对吉薇尼拉来说已轻车熟路,她几乎不用拉缰绳就可以控制好马儿,即便在崎岖的岔道也一样。雷文有力地一跳,便跃过小溪。吉薇尼拉想起上一次雷金纳德举办的狩猎活动,暗自得意。那位农民再婚,娶的是一个跟他年龄相仿的克莱斯特彻奇寡妇,一个非常擅长打理家务、照料玫瑰园的勤勉女人,可看起来却不是很热情——因为这样,比斯利继续在培养比赛用马上找乐子,让他咬牙切齿的是,吉薇尼拉骑着雷文每次追猎都获胜。他计划将来建一个赛马场,那样,她的短腿马就跑不过他那训练有素的纯种马了!

抵达海伦农场前,吉薇尼拉放慢马的速度,这样就可避免马儿踩到从学校出来的孩子。

汤加和另外两个来自湖边村寨的毛利孩子愤愤不平地与她相迎,只有玛拉玛一如既往地微笑着。

"我们在读一本新书,沃顿小姐!"她愉快地说,"一本成人读的书!布尔沃·利顿写的,他在英国很出名哦!这本书写的是罗马大本营,罗马人是英国非常古老的族群,他们的营地靠近一个火山,火山爆发了,太令人难过了,沃顿小姐……我希望至少有几个女孩能幸免于难,书中的格劳克斯爱上了约恩!要是大家学聪明一点就好了,肯定不能把营地安扎在火山边上嘛,有卧室,还有其他杂七杂八的东西的大营地就更不应该了!你觉得保罗喜欢看这本书吗?他最近一直没怎么看书,奥基弗小姐说这对一个有修养的人很不好。我待会儿去找他,把这本书带给他!"玛拉玛跑开了,吉薇尼拉独自笑笑,不觉已来到海伦院子里。

"你教的孩子还真有常识啊。"她逗海伦说。海伦听见马蹄声,已从屋里冲了出来,看见吉薇尼拉,她松了口气。"我一直弄不懂自己到底不喜欢布尔沃·利顿什么地方,但玛拉玛一下就弄清了:罗马人所做的是一种错误,如果他们不把房子建在维苏威火山边,庞培城永远不会被毁,布尔沃·利顿就可以少写五百页了。你应该让孩子知道,这整件事不是发生在英国……"

海伦勉强笑笑,"玛拉玛是个聪明的女孩。"她说,"快过来,吉薇,我们别浪费时间,要是霍华德看见他在这,会毙了他的。因为沃顿和赛德布鲁森组建搜查队的时候将他忽略了,他一直很生气……"

吉薇尼拉皱着眉头问:"什么搜查队?谁要毙了谁?"

"呃,是麦肯齐,詹姆斯·麦肯齐!噢,没错,我没告诉玛拉他的名字——安全起见。他就在这里,吉薇,他有话对你说,很急!"

吉薇尼拉两腿发软。"可……詹姆斯在利特尔顿服刑啊,他不可能……"

"他越狱了,吉薇!快去,把马给我,麦肯齐先生在谷仓。"

吉薇尼拉飞奔到谷仓,现在她脑子里什么念头都没有,只是在想:该对他说什么?他想告诉她什么?詹姆斯就在那儿……他在那儿,他会……

吉薇尼拉一进去,詹姆斯就把她拉进怀抱,她没法脱身,而且也不想脱身。伴着一声叹息,她依偎在詹姆斯肩膀上。十三年了,但感觉依然如从前。这是安全的港湾,无论发生什么——詹姆斯张开双臂抱住她,她觉得自己被深深呵护,不受外界干扰。

"吉薇,太久了……我不应该离开你。"詹姆斯俯近她发梢低语道,"我应该知道保罗是怎么回事的,可是……"

"我本该告诉你的,"吉薇尼拉说,"可是我说不出口……现在,我们都别道歉了。我们一直都知道我们想要什么……"她淘气地对他笑笑。詹姆斯来不及分享她脸上的快乐及骑马后的一身温热,他迫不及待地深吻着她的嘴,她欣然接受。

"好了,我们言归正传吧!"他认真地说,往日那种恶作剧式的眼神重现,"当务之急是,我们先得理清一件事情——我想知道你的真实想法,最真实的想法。你既然已经没有丈夫了,就不存在对他忠心这回事了,也没有哪个孩子需要隐瞒身世了,我问你:那时候我们之间仅仅是交易吗,吉薇?是不是仅仅因为那个孩子?还是,你真的爱我?哪怕就一点点?"

吉薇尼拉笑笑,接着皱了皱眉头,好像在思考这个问题。"一点点?嗯,是的,想起以前的事,我觉得还是有一点点爱你的。"

"很好。"詹姆斯依然一脸认真,"现在呢?既然你已经爱过,还养了那么漂亮一个女儿?你现在是自由人,吉薇。现在你想做什么,没谁能对你指手画脚?你还有一点点爱我吗?"

吉薇尼拉摇了摇头,"我不那么认为。"她慢慢解释道,"现在,我非常爱你!"

詹姆斯再次拥她入怀,她尽情地享受着他的亲吻。

"你对我的爱,足够让你下决心跟我走吗?"他问,"跟我走?监狱太可怕了,吉薇,我必须逃走。"

吉薇尼拉摇摇头,"你有什么打算?你想去哪里?你还想回去偷羊吗?要是再被他们抓住,会把你绞死的!他们还会把我也投进监狱。"

"他们花了超过十年的时间才把我抓住!"他为自己争辩说。

吉薇尼拉叹息着说:"因为你找到那块地方、那条小道,是很理想的藏身之处,他们把它叫做麦肯齐高原,即便再也没人记得约翰·赛德布鲁森和杰拉尔德是谁,他们说不定还是一样称呼那个地方。"

詹姆斯咧着嘴笑。

"不过你可千万别以为还能找到那么好的地方!你还得服五年刑,詹姆斯,等你真正自由了,我们再做打算。再说,我也不能撇下这里不管，这里的人、牲口、农场……詹姆斯，这一切全靠我在维持，整个农场。杰拉尔德喝得多，做得少，即便他真的想干活，也只是照料一下牛群而已，而且，就这么一点事，他也渐渐托付给保罗去做……"

"那男孩不怎么讨人喜欢……"詹姆斯嘟囔道，"芙蓉蕾特跟我透露过一点点，利特尔顿的警官也提起过。我之所以了解这事，完全是因为想念坎特伯雷平原。监狱看守觉得很无聊，而我是唯一一个能整天跟他唠嗑的人。"

吉薇尼拉笑笑。她在某个社交圈认识了那位狱警，知道他很喜欢聊天。

"保罗很难对付，那是事实，"她承认，"更加正当的理由是，这里的一切都需要我，至少现在是这样。五年后，一切都不一样了。那时，保罗差不多是一个法定成人了，我说什么他也不会听。我想我应该不愿意在保罗经营的农场呆下去，不过有可能我们会把土地分开，各自为政。我为基沃顿站做了这么多，有权这么做。"

"分出来就不够养羊了。"詹姆斯抑郁地说。

吉薇尼拉耸耸肩，"但还可以养狗或马，你的'星期五'很出名，我的克里奥……她还活着，虽然来日无多。你训练出来的狗，农民们会趋之如鹜的。"

"可是，五年，吉薇……"

"才四年半！"吉薇尼拉蜷缩在他怀里。她也觉得五年似乎遥遥无期，但想不到别的办法。无论如何，她都不愿逃到高原区去，也不想到淘金的矿工棚去生活。

麦肯齐叹息着说："好吧，很好，吉薇，但到那时，就只能看运气了！现在我自由了，回到监狱的事，想都不愿想。如果他们抓不到我，我就去淘金。相信我，吉薇，我会找到金子的！"

吉薇尼拉笑笑，"好吧，你找到了芙蓉蕾特，但别像在法庭上那样耍花招讲什么毛利女孩的故事！你刚开始说起你那伟大的爱时，我觉得我的心跳都快停止了！"

詹姆斯咧着嘴冲她笑，"那我还能怎样？告诉他们我有一个女儿？

他们不会去查找毛利女孩，因为他们很清楚自己根本找不到，虽然赛德布鲁森怀疑她带走了所有的钱。"

吉薇尼拉皱着眉头问："什么钱，詹姆斯？"

麦肯齐嘴巴咧得更大了，"好吧，既然沃顿家在那方面没法交差，我就让自己张罗给女儿一笔丰厚的嫁妆。那都是过去这些年卖羊赚的钱。相信我，吉薇，我也是个有钱人！我希望芙蓉合理利用它。"

吉薇尼拉微笑着说："这让我感觉舒服多了，我挺担心她和鲁本的。鲁本是个好小伙子，但他笨手笨脚的，他去采矿……就像让你去当治安法官一样。"

詹姆斯正色道："噢，我可是很有正义感的哦，小姐！你知道为什么他们会拿我跟罗宾汉比吗？我只偷财主的东西，不偷靠双手谋生的人！当然，我的风格有点离经叛道……"

吉薇尼拉大笑，"干脆说你没有绅士风度好了，跟你做了那些事情后，我也不再是淑女了。你知道为什么吗？我根本不在乎！"

他们再次亲吻，詹姆斯温柔地把吉薇尼拉拉到干草上。可是，海伦打断了他们。

"不好意思打扰你们俩，可刚才警方有人来过，把我吓坏了，还好他们只随便问了一下，并没有搜查整个农场的意思。看来，事情确实闹得很大，大农场主都听说你越狱了，麦肯齐先生，他们已经派人抓你了。天哪，你就不能等多几个星期吗？等到剪羊毛时节，就没人追踪你了，可现在，大把工人闲着没事好几个月了，他们正蠢蠢欲动想来点刺激的呢，你都知道啦。吉薇，你赶紧骑马回家，越快越好，以防你家人起疑心！这可不是闹着玩的，麦肯齐先生。刚才来的人得到命令，他们可以朝你开枪！"

吉薇尼拉恐惧地摇摇头，匆匆和詹姆斯吻别。她又得再次为他提心吊胆了——就在他们久别重逢之时。

自然，海伦也是劝他回利特尔顿，可詹姆斯未采纳她的建议，他打算直奔奥塔戈。先得把"星期五"要回来——海伦批评他"愚蠢透顶！"——然后去淘金地。

"你多少给他弄点吃的带上吧?"吉薇尼拉问陪同她出来的海伦,"太谢谢你了,海伦,我知道你这么做很冒险。"

海伦不见外地说:"孩子们要是一切如愿,他现在就是鲁本的岳父了……你是不是还不承认芙蓉蕾特是他的?"

吉薇尼拉笑笑,"你一直都知道的,海伦!你亲自送我去见玛塔霍拉,而且听到了她的建议。我这不是挑了条好汉吗?"

詹姆斯·麦肯齐当晚被捕,不过不幸中的万幸,他是由老朋友安迪·麦克艾伦和波克·利文斯顿领着,直接跑到基沃顿站的搜索队去的。要是遇上的只是他们俩,他们毫无疑问会让他走,但他们是和两个新来的工人一起,所以不敢冒险。他们没作出向他开枪的动作,但冷静的安迪想法跟海伦、吉薇尼拉一样,"万一比斯利或巴灵顿站的人发现你,他们会像处置一条狗一样处置你!就别提赛德布鲁森会怎么样了!沃顿——咱偷偷地说——那简直就是一无赖,他对你尚存一丝同情,但巴灵顿对你却失望透顶,毕竟,你保证过你不会逃跑。"

"可只是保证去利特尔顿的路上!"詹姆斯捍卫自己的信誉,"不代表在监狱的五年!"

安迪耸耸肩,"不管怎样,他很不高兴,比斯利正担心他又要损失羊只了,他从英国订购的育种马花了大价钱,农场因为这个负债累累。你没法得到他的原谅了!你最好乖乖服刑。"

詹姆斯回去时,警官一点都不心烦。

"都是我的错。"他嘟囔道,"下次我得把你锁起来,麦肯齐!那样的话,就是你的错了!"

詹姆斯又老老实实在监狱呆了三周,但后来这次越狱,因为某些情况,导致警察到基沃顿站去敲吉薇尼拉的门。

一群母羊以及它们产下的羔羊马上就要被赶到高原上去,吉薇尼拉正在进行最后一次检查,这时,她看见劳伦斯·汉森——坎特伯雷县执法部门首席法官——骑着马直奔家门口而来。因为皮带上绑着一只黑乎乎的小东西，劳伦斯·汉森只好慢慢走过来。那只狗顽强抵抗，可只挣扎了几步，就差点被勒死，接着，它四脚朝天赖在地上不走。

吉薇尼拉眉头紧蹙，难道是农场的狗跑出去了？这可前所未有啊，就算是，警察局长也不会亲自负责把它带回来。她麻利地让自己脱开身，另外指派了两个毛利牧工把羊赶到高原。

"入秋我就去看你们！"她对两个牧人说，他们将要和那些牲口在草场小棚屋里度过夏天，"千万小心，别让我儿子在入秋前看见你们在这里！"以为毛利人会在草场乖乖呆上一整个夏天，连老婆都不回来看看，实在是痴心妄想。但到那时，他们的老婆也可能跑到高原上去和他们呆在一起，要是部落迁到别的地方去了就难说了。吉薇尼拉只知道，无论是老公来还是老婆去，保罗都不赞成。

吉薇尼拉回屋迎接满头大汗的警察，他已走在她前头。他知道马厩在哪，很明显，他是想把马关进马厩。看样子他是不急着走咯，吉薇尼拉叹了口气。她有一大堆更重要的事情要做，哪有工夫陪警察局长聊天，不过，也许他会告诉她詹姆斯·麦肯齐的消息。

吉薇尼拉来到马厩时，劳伦斯·汉森已经把绑在他马鞍上的小狗皮带解开。一看就知道是只柯利犬，可样子很可怜，身上的毛暗淡无光，都成块状了，而且，它瘦得厉害，虽然毛很长，但瘦得可看见肋骨。警长在它面前一弯下腰，它就露齿狂吠，如此不友好的表情在博德牧羊犬中实属罕见。虽然如此，吉薇尼拉还是马上认出了这只狗。

"'星期五'！"她亲切地叫道，"让我来，警长，她可能还记得我，这本来是我家的狗，五个月大就送人了。"

看样子，劳伦斯很怀疑这条狗还记得这个最初教它牧羊的女人，不过"星期五"对吉薇尼拉的低声叫唤还真有反应。他没有阻止吉薇尼拉抚摸狗并解开绑在它肚子上的皮带。

"你在哪找到它的？这不是……"

警长点点头，"是的，是麦肯齐的狗，两天前出现在利特尔顿，已经筋疲力尽了，你看看它的样子就知道。麦肯齐透过窗户看见它，接着引起一阵骚乱。可我该怎么做呢？我不能把它带到监狱去吧！要是那样,我那儿成什么了?一个囚犯可以养狗,另一个就想要养只猫了,要是猫把第三个人的金丝雀吃了,就该引发监狱暴乱了。"

"好了,好了,也没那么糟糕。"吉薇尼拉微笑着说。利特尔顿大部分囚犯服刑时间没长到需要养个宠物来打发,大多数都是关在那里清醒一下头脑,第二天就被释放的。

"无论如何,这是不能接受的!"警长严肃地说,"所以我把它带回了自己家,可它不想在那儿呆,我差点打开门让它跑回监狱去了。这次,麦肯齐撬开锁,从屠夫那儿偷了肉给这只杂种狗,幸好没出什么事。后来屠夫坚持说那是一份礼物,免费的……第二天,我们再次抓住麦肯齐。这样的事总不能屡屡发生吧,那家伙为了这杂种狗,不惜铤而走险。所以我觉得,嗯……因为你家里养狗,而且老狗刚刚死……"

吉薇尼拉吸了口气,到现在,想起克里奥,她还忍不住落泪。她还没挑到合意的新狗,因为伤心犹在。但眼前这个是"星期五",而且跟它母亲长得一模一样。

"你的想法很正确!"她平静地说,"'星期五'可以留在这里,请告诉麦肯齐先生,我会好好照顾它,直到他来找我们……呃哼,找它。请进屋喝点东西,长官,骑了这么远的路,肯定渴了吧。"

"星期五"气喘吁吁地蜷成一团,它还用皮带绑着。吉薇尼拉弯下腰,解开绳索,她知道这么做很冒险。

"来吧,'星期五'!"她温柔地说。

狗狗紧随着她。

11

詹姆斯·麦肯齐被宣判一年后,乔治和伊丽莎白·格林伍德从英国返回,海伦和吉薇尼拉也终于有了两个孩子的消息。伊丽莎白非常认真地依照芙蓉的请求,驾着她的轻马车亲自来到霍尔顿,小心谨慎地把信带给朋友。她和海伦、吉薇尼拉在奥基弗农场会面,她出门的时候,甚至都没跟自己丈夫提起。海伦和吉薇尼拉连珠炮似的问这问那,这让她感觉比以前轻松、自在多了。

"伦敦真是太漂亮了!"她表情留恋地说,"乔治的妈妈,格林伍德太太有点……呃,需要一点时间来适应,不过她没认出我来,她觉得我很有教养!"伊丽莎白像小姑娘的时候等着海伦表演时一样笑容满面。"格林伍德先生很有趣,对小孩很好。我不喜欢乔治的弟弟,还有他娶的那个女人!太粗俗了!"伊丽莎白一边皱着小鼻子,一边折着餐巾布不屑地说。吉薇尼拉注意到,她还是按很多年前海伦灌输给她们的动作,很严格地做这些事。"我回来后发现这些信件,很抱歉我们的旅行拖延了那么长时间,"她歉意地说,"你们肯定等急了吧,奥基弗小姐,沃顿小姐。还好,看来芙蓉和鲁本干得不错。"

海伦和吉薇尼拉终于如释重负,不仅是因为有了芙蓉的音讯,还因为她在信中详细描述的达芙妮和两个双胞胎。

"达芙妮肯定是在利特尔顿某个地方和两个姑娘聚到一起的,"吉薇尼拉大声读出芙蓉其中一封信,"显然,她们在大街上生活,靠偷盗勉强维持生活;达芙妮接纳了她们俩并悉心照顾她们。奥基弗小姐应该感到自豪,虽然她是个……这个词只能拼为 WHORE①。"吉薇尼拉笑道,"你算是把你的小羊羔都找回来了,海伦。可这些信件我们要怎么处理啊?把它们烧了?我觉得太可惜了,可无论如何,千万别让这些东西落到杰拉尔德、保罗,还有霍华德他们手上!"

"我有一个藏东西的地方,"海伦说着,来到厨房一个餐柜前。这个柜子后面有一块松动的木板,海伦在里面藏了些私房钱,还有鲁本小时候的纪念品。把鲁本小时候画的一张画还有他的一绺头发拿给别人看,海伦觉得挺不好意思的。

"好可爱啊!"伊丽莎白说,并承认她自己也在项链小盒子里藏了一绺乔治的头发。

吉薇尼拉其实很羡慕这些证明爱的实实在在的东西,不过,她瞟了一眼躺在壁炉前的小狗,小狗正抬头敬慕地看着她。没有什么比"星期

---

① 意为"娼妓"。

五"更能把她和詹姆斯紧紧联系在一起的了。

又过了一年,杰拉尔德和保罗气鼓鼓地参加完克莱斯特彻奇一个畜牧业会议回来。

"州长根本不知道自己在做什么!"杰拉尔德一边给自己倒了杯威士忌,一边痛骂道。细想了一会儿,他给十四岁的保罗也倒了杯酒。"终身监禁!谁来把关?要是不喜欢在那儿呆着,就坐下一艘船回去嘛!"

"谁要回去?"吉薇尼拉问,稍微表示一点关心。一会儿就该吃晚饭了,她也跟着他们喝了一杯波特酒——以提防着点杰拉尔德,他常让保罗喝那些东西,这让她有点不悦。那小子很快就学会喝酒了,而且,他清醒的时候就没法控制自己的脾气,有了酒精的作用,就更难说了。

"麦肯齐!这该死的偷羊贼!州长居然给他减刑!"

吉薇尼拉感觉到热血涌上脸颊。詹姆斯自由了?

"条件是,他得尽快离开这个国家。他们送他乘下一班轮船去澳大利亚,听起来不错——如我所愿,他已经离我够远的了,可他在那边是自由的。谁能保证他不会回来呢?"杰拉尔德气势汹汹地说。

"这样做不是很不明智吗?"吉薇尼拉断言。如果詹姆斯真的去了澳大利亚,再也不回来……她为他减刑感到高兴,但这却意味着失去他。

"剩下三年,是的。"保罗说,他一边啜这威士忌,一边别有用心地观察母亲的反应。

吉薇尼拉努力保持冷静。

"三年后呢?"保罗继续说,"他本该在服刑,过多几年,就会受法律时效影响,那时,他要是聪明,就会回来,去但尼丁或利特尔顿……他还可以改名,毕竟,没人会在意旅客名单上写着什么。怎么啦,妈妈?你好像不太舒服……"

吉薇尼拉心里真希望保罗说的没错,詹姆斯会想办法回来找她的。她必须再跟他见一面!听他亲口告诉自己这个消息,这样她才可以对他抱以希望。

"星期五"依偎着吉薇尼拉,她茫然地抚摸着它,突然,心生一计。

这只狗,当然!吉薇尼拉打算明天就把狗带回利特尔顿警长那儿,那样的话,他肯定会在他被释放的时候,把它还给詹姆斯,那她就可以以打探"星期五"的名义问别人有没有看见詹姆斯了,毕竟,这只狗她已经照顾了近两年,相信警长不会否认这个事实,他是个性情温厚的家伙,而且不太可能会怀疑她和詹姆斯之间的关系。

只是,这就意味着要跟"星期五"分开一段时间!想到这个,吉薇尼拉肝肠寸断。可没有别的法子,"星期五"是詹姆斯的。

听到吉薇尼拉说打算第二天把狗送回去,杰拉尔德自然很生气。"你这么做,便于那家伙一到澳大利亚就可以开始偷盗,不是吗?"他嘲讽地质问,"你疯了,吉薇!"吉薇尼拉耸耸肩,"可能吧,可这只狗本来就是他的,带上它,要找到一份正经的工作会比较容易。"

保罗哼了一声,说:"他才不想找什么正经工作呢!狗改不了吃屎!"

杰拉尔德正欲附和,吉薇尼拉只是笑笑。

"我还听说过某些职业赌徒后来成为正经的绵羊大亨呢。"她不动声色地说。

第二天天刚破晓,她就动身去利特尔顿了。路很远,精力非常充沛的雷文还花了五个小时才步入马道。"星期五"快步跟在后面,看样子已筋疲力尽了。

"你可以到警署去休息,"吉薇尼拉关爱地对小狗说,"谁知道呢,也许汉森会让你直接去找你的主人,我得去怀特·哈特旅馆开间房,我就一天不在家,保罗和杰拉尔德还不至于惹太多麻烦。"

吉薇尼拉打开位于牢房后侧警署的门时,劳伦斯·汉森正在打扫办公室。她从来没去过那儿,此时她有一种令人激动的预感:说不定这时候能见到詹姆斯!差不多两年后第一次见面!

认出是她,汉森满面笑容,"沃顿太太!吉薇·沃顿!这是太意外了,我希望你的来访不是因为某些不愉快的事?你不是来报案的,对吧?"警官眨眨眼,显然,他觉得那几乎不可能——一个有身份的女人有什么事肯定会派家里的男人去办。"'星期五'变成这么漂亮的狗了!"

小家伙还好吧，你还想要我吗？"

他弯下腰，这次"星期五"很信任地靠近他。"它的毛皮真柔软！真的，沃顿太太，你让它得到最好的照顾！"

吉薇尼拉点点头，并对他的问候表示感谢。"我来这就是因为这只狗，警官，"她直奔主题地说，"我听说麦肯齐先生已减刑，很快就会被释放，所以我想把狗送回来给他。"

劳伦斯·汉森皱着眉头，一心希望能得到允许、马上到牢房去见詹姆斯的吉薇尼拉见此，顿时凉了半截。

"你真值得赞赏，"警官感叹道，"可惜你来晚了，'里莱昂斯'号今天早上已经出海往博特尼湾去了，根据州长的命令，我们必须把詹姆斯送到海外。"

吉薇尼拉很沮丧，"可他不想等到我再走吗？他……没带上狗，他肯定不想走……"

"你没事吧，沃顿太太？出什么事了吗？先请坐，我给你泡杯茶！"劳伦斯关切地为她拉了把椅子，然后才回答她的问题。

"是，狗没带在身边，他确实不愿意离开，他问过我，能不能让他去把狗要回来，可我当然不能允许。后来……他预感到你可能会来！我怎么都不会料到会发生这么多……为了这只流浪狗，而你居然也对它情有独钟！但麦肯齐肯定不舍得，他申请了延期，但无法递交申请。哦，对了，请等一下，他留了一封信给你！"警官马上开始翻找。怎么不早说呢？吉薇尼拉真想勒死他。

"在这，沃顿太太，我想他是想感谢你照顾这条狗……"警长递给她一个普通的未开启的信封，并期待地站在一旁等着，显然，他没提前打开它，因为他以为她会当着他的面前读信。可吉薇尼拉没那么做。

"那……你说的那个'里莱昂斯'号……你确定已经起航了吗？有没可能还停在海港？"吉薇尼拉顾不上那封信，而是茫然地将它放进骑马服口袋，"船有时会延迟离港……"

劳伦斯耸耸肩，"我不这么认为，不过如果真是那样，船也不可能停在码头，而是在海湾某处抛锚停泊，你没法过去的，除非自己划桨……"

吉薇尼拉站起来,"我自己安排,长官,别人无法理解的。不过,还是非常感谢你,也替……詹姆斯先生谢谢你,我想他应该知道你为他做的一切。"

汉森还没明白她什么意思,吉薇尼拉就已离开办公室。雷文正候在外面,她跃上马背,吹哨召唤"星期五","快点,我们去找他,到海港去!"

吉薇尼拉刚赶到码头,就知道来晚了,那儿并没有锚泊待发的船舶,而且,这里离博特尼湾超过一千海里。不管怎么样,她还是问了一个正在港口徘徊的渔民几个问题。

"'里莱昂斯'号已经起航了吗?"

渔民看了那个满头大汗的女人一眼,然后指着大海。

"你还可以看到它的背影,夫人!船正往前行驶呢,去悉尼,我想……"

吉薇尼拉点点头。她两眼灼热地盯着渐行渐远的船,"星期五"紧贴着她呜呜地叫,好像知道发生了什么。吉薇尼拉爱抚着它,然后从口袋里抽出那封信。

心爱的吉薇:

我知道你会在我这趟倒霉之行开始前赶来看我,但可能太晚了。你只能继续把我的影子藏在你心里了,无论何时,只要我想起你,你的容颜便浮现在我眼前,久久不能释怀。吉薇,往后几年,你我天地一方之遥,远非霍尔顿与利特尔顿之隔,但在我心里并无差别。我答应过你,我会回来,我将坚守诺言。等我,别灰心,只要没什么风险了,我马上就回来。你相信我,我一定会回来的!你只要和"星期五"在一起,看到它,就可以想到我。愿你如意、顺遂,亲爱的。如果有芙蓉的消息,请转达我对她的爱。

我爱你

詹姆斯

吉薇尼拉把信贴在胸口，眼睛再次盯着慢慢远去的、驶往塔斯马尼亚的轮船。他会回来的——如果他此次大难不死。她很清楚，詹姆斯是把流放当成一次机会，他宁愿在异国他乡自由，也不想呆在无聊的囚室。

"我们根本没机会和他一起走，"吉薇尼拉一边叹气，一边抚着"星期五"柔软的毛皮说："好吧，来，我们骑马回家，现在无论我们怎么使劲，都追不上轮船了！"

基沃顿站和奥基弗站的日子平静地过着。吉薇尼拉依然喜欢操持农务，海伦则一如既往地感到厌恶。可是，由于乔治·格林伍德竭力扶持，还是有越来越多的农活落在海伦肩上。

不过他去海伦农场的时候，几乎从来不提起鲁本，虽然他很久以前就看出，农场的事情不适合那男孩，但霍华德·奥基弗一直无法原谅儿子的失踪。他是理所当然的继承人，所以霍华德一直确信某一天他会回来接管农场的。此外，霍华德幸灾乐祸了好多年，奥基弗站后继有人——不像杰拉尔德·沃顿那个壮阔却后继无人的农场。但后来，杰拉尔德再次胜出，他的孙子保罗正骄傲地准备接管基沃顿站，而霍华德的继承人却消失得多年不见踪影。他一次又一次地强迫海伦透露儿子的下落，他相信她肯定知道点什么，因为她现在再也不像鲁本刚离开那年一样，每个晚上都泪湿枕头；相反，她好像变得自豪而自信起来。海伦从未透露过一个字，不管他怎么逼她，哪怕有时方式粗暴，尤其是深夜从酒馆回到家的时候——在酒馆那地方，他兴许看见杰拉尔德和保罗傲慢地斜靠在吧台上，和当地生意人就基沃顿站的需求进行谈判——霍华德只有回家撒气的份。

要是海伦愿意告诉他儿子的下落就好了！他一定会骑马去揪着他的头发把他拖回来，而且他一定会把他从那个紧跟着他消失、并不断向他灌输责任的小淫妇身边带走。只要一想到这件事，霍华德就拳头紧握。

目前，他也不着急等着鲁本来继承。等他回来，重建农场是他的事。只要重新用篱笆围住农场，并把剪毛棚的屋顶修缮一番就够了。这个时候，霍华德只想快点多赚些钱，这意味着要把原有羊群产下的幼崽都卖掉，而不是继续让它们繁殖，以减少在高原丢失的风险。遗憾的是，乔治·格林伍德，还有他器重的那个拖着鼻涕且总是想充当顾问的毛利男孩，均不苟同其想法。

"霍华德，上次剪下来的羊毛完全不符合要求！"乔治最近一次来农场时，向这位难以调教的合作人表达了自己的担忧。"质量勉强过关的羊毛不到半数，且其余的都很不干净。一直以来我们做得那么卖力！那些最好的羊你都弄到哪去了？"乔治竭力保持冷静——只是因为海伦憔悴而无助地坐在一旁。

"几个月前，我们把三只最好的公羊卖到莱昂内尔站了。"海伦怨恨地说，"卖给赛德布鲁森。"

"没错！"霍华德一边说，一边给自己倒了杯威士忌，"他铁了心要买，他觉得这几只羊比沃顿家卖的所有育种牲口都好！"他看着乔治，还等着他夸赞一番呢。

乔治·格林伍德叹了口气，"当然咯，吉薇尼拉·沃顿肯定会把最好的公羊留起来，她只会卖次等的，牛怎么样，霍华德？你又买进了不少，可我觉得你农场的土地不够……"

"杰拉尔德·沃顿养牛赚了大钱！"霍华德还是固执地坚持他那老掉牙的论调。

乔治强迫自己不要给霍华德泼冷水，霍华德根本不明白他这是在卖掉最好的种畜去给他的牛买饲料，然后以沃顿家的价格卖牛，换来的钱乍一看挺多，但只有海伦知道，他们家几年前刚有起色的农场，现在已接近破产的边沿，她心里很清楚，卖牛的利润其实微乎其微。

乔治·格林伍德更精明的生意合作伙伴——基沃顿站的沃顿家，最近引起他的关注。其实，养羊和养牛都一样可以蓬勃发展，但繁荣的背后，某种紧张关系却日渐增加。乔治首先注意到，杰拉尔德和保罗·沃顿不再让吉薇尼拉介入他们的商业谈判。根据杰拉尔德的意思，保罗必须涉足生意上的事，他母亲只会碍手碍脚，帮不上什么忙。"脱离控制,要是你明白我的意思的话!"杰拉尔德一边倒威士忌一边说,"她总是自以为比谁都懂,这让我厌烦。你觉得保罗会怎么想,他刚开始进入这行?"

在与他们俩的交谈中,乔治很快就发现,杰拉尔德很久没过问基沃顿站养羊这块了,保罗又缺乏对养羊业的理解和远见——对一个年仅十六的人来说也难怪,提到养殖,他只会捕风捉影地空想,全然不顾实际经验。他本想重新开始养殖美利奴羊。

"细羊毛是好东西,如果我们杂交繁育足量的美利奴羊,我们就可以获取一种新的杂交品种,那将是一场彻底的变革!"

乔治对此只能摇摇头,但一听到保罗这么说,杰拉尔德的眼睛直放光。吉薇尼拉可不一样,听说了他这主意,非常生气。

"要是让这小子接管,一切都将毁了!"乔治第二天找到吉薇尼拉,并关切地把他和杰拉尔德及保罗的谈话如实向她汇报时,吉薇尼拉大声骂道。"没错,他最终是要继承这个农场,到那时,我没什么可说的,但现在,他还得用好几年时间进入状态,杰拉尔德要是能稍微理性一点去影响他倒好!我不知道他到底怎么了,天哪,亏得他以前多少还懂得点养羊之道!"

乔治耸耸肩,"他现在只懂得买醉。"

吉薇尼拉点点头,"他把脑子都喝坏了,请原谅我这么说,但真相是无法粉饰的。我特别需要支持,保罗杂交繁育的计划还不是唯一的麻烦,事实上,这还只是小事一桩。杰拉尔德现在身体还健康——所以保罗接管农场还要好些年。即便有几头羊归他管,其损失还是可以弥补的。他和毛利人之间的冲突问题才真正迫在眉睫。毛利人没有法定成人这个标准,或者,他们的定义不同。不管怎样,他们现在已经推举汤加当首领……"

"汤加是海伦教过的男孩,我没记错吧?"乔治问。

吉薇尼拉点头,"一个非常聪明的孩子,也是保罗的死对头,我也不知道为什么,他们从小就开始吵架。我想这可能与玛拉玛有关。汤加喜欢她,但她从一起躺在摇篮里时就喜欢保罗,即使到现在,没有任何一个毛利人拿他有办法,但玛拉玛却可以搞定。她会跟他谈,在双方之间进行调解——保罗身在福中不知福!不管怎样,汤加就是恨他,而且我觉得他可能在计划着什么。自汤加当权以来,毛利人变得神神秘秘的,他们即便还会继续工作,但却不像以前那么卖力,不像以前……没恶意。我感觉到他们在酝酿着什么——不过大家都觉得我神经质。"

乔治深思。"我派雷蒂去看看,说不定能发现点什么,他们嘴巴关不严。基沃顿站和湖畔毛利部落双方的领袖人物会在灾难中了结恩怨。你需要这些工人!"

吉薇尼拉点点头。"更重要的是,我喜欢他们,齐丽和莫纳,我的女佣,大家都成老朋友了,但现在,她们几乎都不跟我交流个人的事情了。是的,小姐;不,小姐——我根本没法从她们嘴里知道任何事情。很讨厌这样,我一直在考虑亲自和汤加谈谈……"

乔治摇摇头,"我们先看看雷蒂能做什么吧。你即便背着杰拉尔德和保罗去进行任何形式的谈判,事情也不会有任何改观。"

乔治·格林伍德派出试探者,查出的事实让他非常惊恐,所以,一周后,他在雷蒂的陪同下,骑马赶到基沃顿站。

这次,他坚持要吉薇尼拉参与他和杰拉尔德及保罗的谈话,虽然他更喜欢和杰拉尔德、吉薇尼拉单独交流,可老沃顿硬是坚持叫上孙子。

"汤加已经向克莱斯特彻奇政府办公室提起诉讼,不过诉状最终会呈交到惠灵顿。他援引怀唐伊条约,依照这个条约,毛利人在基沃顿站收购事情上是受害方,汤加要求将土地所有权宣布无效,或者,至少达成妥协,这就意味着将土地返还或补偿报酬。"

杰拉尔德喝了一大口威士忌,"胡说!卡伊·塔胡那时根本连条约都没签!"

乔治点点头,"但即使这样也改变不了其有效性,汤加将证明该条约始终代表着白人的利益,现在,他要为毛利人要求相同的权益,尽管他祖父一八四〇年就确定了。"

"那个傻瓜!"保罗气愤地说,"我要……"

"你闭嘴!"吉薇尼拉厉声说,"要不是你跟这小子长期不和,永远不会出现这样的麻烦。毛利人有希望胜诉吗,乔治?"

乔治耸耸肩,"不可能。"

"还是有这可能性,"雷蒂接话说,"州长很重视毛利人与白人之间相处融洽,英王知道把冲突限制在一定范围内的重要性,他们不会为了某一个农场去冒毛利人暴乱的险。"

"仅仅是暴乱就太过便宜他们了!我们会拿起枪把这伙强盗轰出去的!"杰拉尔德激奋地说,"这就是他们对我们的回报,我让他们在湖区周围住了这么多年,在我的土地上自由走动,而且……"

"可他们的工作报酬一直低于基本工资。"雷蒂打断他说。

保罗恨不得向他扑过去。

"像汤加这么睿智的年轻人,肯定会发动群众揭竿而起,这点毫无疑问。"乔治说,"要是他煽动其他部落,必然从奥基弗站紧邻的地方开始,那块地也是一八四〇年之前征得的。比斯利家怎么样?即使不把他算在内,你觉得像赛德布鲁森这样的人,从毛利人手里获得土地之前有参照条约吗?如果汤加去看那些书,他必定会煽风点火,那时,我们就需要一个年轻人……"他看来保罗一眼,"或一个像赛德布鲁森一样暴脾气的人给汤加背后一枪,这样,就一切都摆脱了,州长必定会为安定社区而作出正确决定。"

"这些建议已经提出来了吗?"吉薇尼拉问,"你跟汤加谈过吗?"

"他想要社区占的那块地……"雷蒂说,这话马上引起杰拉尔德和保罗的抗议。

"就是那块紧邻农场的地?不可能!"

"我才不要跟那个王八蛋做邻居呢!一点好处都没有!"

"否则他必须拿到钱……"雷蒂继续说。

吉薇尼拉沉思。"行啊,要钱不难,我们把话跟他说清楚,也许我们可以进行一场交易,两个不共戴天的敌人相邻而居肯定是不明智的……"

"我听够了!"杰拉尔德发怒说,"你别真的以为我们会去跟那个小屁孩谈判,吉薇!我才不会考虑那么做呢,钱要不到,地也别想,就等着子弹从鼻梁穿过去吧!"

第二天,保罗撞倒一个毛利工人,冲突骤然升级。那个工人坚持说他是无辜的,他只是执行任务稍微慢了一点点。可保罗声称,那个工人傲慢无礼,还提起汤加的要求。另外有几个毛利人证实他们同族人的陈述,齐丽那天晚上不伺候保罗吃饭,甚至连温和的维缇都冷眼相对。再一次喝得醉醺醺的杰拉尔德稀里糊涂把家里所有工人都开除了。虽然吉薇尼拉希望他们别当真,但第二天,齐丽和莫纳都没来上班,其他毛利工人也没到马棚和花园干活。只有玛拉玛笨手笨脚在厨房做事。

"我做的不怎么好。"她向吉薇尼拉表示歉意,不过她还是设法做了保罗早餐最喜欢吃的松饼。可对于午餐,她已达到能力极限,只端上甜薯和鱼。晚上,还是甜薯和鱼,第二天的午餐,鱼和甜薯。

杰拉尔德气得直跺脚,第二天下午,他直冲毛利村而去,走到半路,遇到一支手持长矛的巡逻队,他们不能让他在这个时候过去,毛利人严肃地说,汤加不在村里,没人有权处理谈判事宜。

"这是一场斗争。"其中一个年轻的巡逻队员冷静地说,"汤加说,斗争就要开始了!"

"将来你不得不到克莱斯特彻奇或利特尔顿去找新员工。"两天后,安迪·麦克艾伦遗憾地对吉薇尼拉说。农场的活严重滞后,但只要一提起毛利人罢工,杰拉尔德和保罗只知道发火。"以后,周围毛利村的人影子都见不到了,直到州长对这块地作出决定。看好你儿子,小姐,天哪!小沃顿先生快要爆炸了,汤加也在村里勃然大怒。万一他们俩动起手来,必定会有一场血战!"

12

霍华德·奥基弗只顾捞钱,因为很久没进账,他很生气。要是今晚没去酒馆，他要么会窒息，要么会狠狠地揍海伦一顿——哪怕这次根本不是她的错。把毛利人激怒的事，应该由杰拉尔德·沃顿负责。霍华德那个不孝之子鲁本也是，谁知道他到底在哪里游荡，也不帮父亲料理一下剪羊毛及把羊群赶进高原之类的事。

霍华德不顾一切跑到厨房搜找。海伦肯定在哪里藏了私房钱——像她说的，那是她的应急基金，鬼才知道她是怎么在他们微薄的家庭预算中省下这些钱的，无疑这是不应该的，何况这些钱都是他的，这里的一切都属于他！

霍华德一边扯开另一个橱柜，一边诅咒乔治·格林伍德，这位羊毛贸易商那天传来更坏的消息说，一直以来都在坎特伯雷平原地区干活的剪毛工，他们通常都是先到基沃顿和奥基弗站帮忙，今年却不打算再来了。这些帮工在雷金纳德·比斯利农场完成任务后，想直接到奥塔戈去，其中有部分原因是许多毛利人拒绝为基沃顿站效力。虽然他们并没有什么矛盾是针对霍华德本人的，但在他农场，他们觉得很不受欢迎，而且以前他们承担的额外工作太多了，所以这次不打算绕道回来帮忙。

"被宠坏的家伙！"霍华德毫无理由地痛骂道——绵羊大亨们对剪毛工人太迁就了，他们自以为是农场最有价值的工人，大农场都通过奖励最优秀的剪毛工来相互攀比，他们还为工人提供一流的餐饮，工作完成后还举行派对庆祝。计件的剪毛工别的什么都不用做，只需挥动刀子：农场牧人在场负责集散羊群，包括第一时间把羊聚集到剪毛棚。可霍华德·奥基弗就没法维持了，因为他帮工少，而且都是几个从海伦学校雇来的、完全没有经验的年轻人，所以，剪毛工还得帮忙把羊聚拢，剪完毛再分配到牧场，这样才能腾出剪毛棚的空间。可霍华德只付剪羊毛的钱，其他工作都没给报酬，而且去年他还降低了他们薪水，因为羊毛质量不是特别好，他归罪到剪毛工身上。看来，他得为此付出代价了。

"你看看能否到霍尔顿找些帮工咯，"乔治耸耸肩说，"在利特尔顿雇人工资花费较低，但他们中有一半来自大城市，连羊都没见过，等你把他们都教会了，夏天就过去了，所以最好抓紧。沃顿他们可能也得到霍尔顿附近找帮工，但他们至少还有一定数量的老员工，他们都知道怎么剪羊毛。当然啦，他们家的羊毛要剪完，需要的时间比你们多三四倍，但沃顿太太会管理。"海伦表示，她可以亲自去请毛利人帮忙，那是最好的解决办法，反正汤加的部族在罢沃顿家的工，他们当中有许多经验丰富的剪毛工。霍华德嘟嘟囔囔的，因为他自己没想到这个主意，不过海伦出门去毛利人村子里时，他还是没说什么。他正准备骑马去霍尔顿——但首先需要钱！

他开始搜第三个橱柜，打破两个杯子和一个盘子。沮丧之下，他把最后一个吊柜里的全部餐具都摔到地上，反正都是些有缺口的茶杯……哦，不，等等，里面有东西！霍华德急切地将橱柜后面松动的木板挪开。嗯，不错，有三美元！他心满意足地把钱放进口袋。海伦还在里面藏了别的什么呢？有什么秘密吗？

霍华德瞄了一下鲁本画的画和那一绺头发，然后把它们推到一边。多愁善感的废物！不过那儿——有信。霍华德把手伸进去，拉出一袋绑得整整齐齐的信。

得有灯光才能辨认出手迹……该死的，小屋太暗了！

霍华德把信拿到桌上，就着煤油灯看，辨认出寄件人：奥塔戈昆士敦主街奥凯大商场，鲁本·奥基弗。

终于找到他了！还有她！他早就料到——海伦一直都跟那个兔崽子有联系！她居然瞒了他五年！这下好了，等她回来，有她受的！

好奇心驱使着霍华德。鲁本在昆士敦做什么呢？霍华德真希望他衣衫褴褛——理所当然，他肯定是这样，靠淘金发财的人寥寥无几，加上鲁本本来就不能干。他迫不及待地撕开最近一封信。

亲爱的妈妈！

很高兴告诉你，你的长孙女出生了，小伊莱恩·弗洛伦斯于十月十二日第一次睁开眼睛看这个世界。她的诞生很顺利，芙蓉蕾特表现得很好。婴儿那么小，那么纤弱，我都不敢相信，那小东西生龙活虎而且健健康康的。助产士向我们保证小宝贝一切安好，如果伊莱恩尖叫时的音量可以证明这点，我可以大胆地推测，她将来会像我爱妻一样，不仅容貌姣好，而且个性也很坚强。小斯蒂芬完全被他小妹妹迷住了，总是不厌其烦摇她的摇篮，芙蓉蕾特还担心他会一直摇个不停呢，但伊莱恩好像很喜欢，一摇她就呜呜呜地叫，晃得越厉害，叫得越开心。

生意方面只有一个好消息向您汇报，奥凯大商场生意很红火，尤其是女装部，芙蓉蕾特当初的苦心经营是对的。昆士敦逐渐发展成了一个城镇，女性人口数量在稳定上升。

治安法官的工作占去我余下的时间，我们这里很快就会有警察了——这个城镇各方面都在发展壮大。

我们的幸福生活中唯一缺乏的是和你及芙蓉蕾特家里人的接触，也许，我们第二个孩子的出生是最终让父亲共同分享的极好理由，要是听说了我们在昆士敦的成功，他将不得不承认，我当初离开奥基弗站是对的。商场一直以来的盈利比我在农场赚的多得多。父亲想将农场的活坚持干下去，我理解，但他应该接受我选择不同的生活。芙蓉蕾特也很想回去看看你们俩，她觉得格蕾丝实在闲得无聊，因为这些日子，它只是照看俩小孩而不是牧羊。

向您及父亲致以亲切的问候，
爱您的儿子鲁本、儿媳芙蓉蕾特及孩子们

霍华德愤怒地哼了一声，大商场！这么说，鲁本并没有把他当成榜样，相反地——怎么会这样呢——他的偶像，是那个乔治叔叔！乔治可能资助了他一些本钱——一切都做得密不透风，除了他每个人都知道！沃顿家肯定在嘲笑他！那个正好叫奥基弗的女婿在昆士敦，他们应该很高兴，毕竟，他们有他们的继承人！

霍华德将桌上的信件一把推到地上，跳起身。今晚，他想让海伦瞧瞧，那所谓的"爱您的儿子"和他那个"红火的生意"在他眼里算什么。不过，还是先去酒馆！到那儿看看能不能找到几个合适的剪毛工——顺便看看还有没有更好的事发生！要是沃顿正好在那闲逛的话……

霍华德把挂在门边的枪带上,让他知道他的厉害,让大家都知道他的厉害!

杰拉尔德和保罗·沃顿坐在霍尔顿酒馆角落一个桌子上,正专心与几个几分钟之前推销自己是剪毛工的年轻人协商,他们当中有两个年龄可能较大,另一个已经加入剪毛队开始工作了,但很快就被辞退,理由很简单:他往肚子里灌威士忌的动作比杰拉尔德快得多。可是,基于目前这种帮工难找的现状,他还是很值钱的,只是必须好好看住他。第二个工人在不同的农场放过羊并从中学会了剪羊毛,他剪得不快,但还可以用。至于第三个家伙,保罗对他没什么把握,他说了一大堆,却没有一句能证明他的本事。保罗决定先跟前面两个人签合同,第三个先试用。那两个人马上同意了他的提议,但第三个人却饶有兴味地往吧台方向瞅。

原来是霍华德·奥基弗正在那儿宣布他要找剪毛工。保罗耸耸肩,得了,这第三个家伙要是不想到基沃顿站试用,霍华德·奥基弗肯定会雇用他。

可是,霍华德眼睛却盯着他们首选的那个,乔·奇福斯,就是那个酒徒,看来,他们彼此认识。霍华德慢慢朝他们走过去,并向乔打招呼,对保罗和杰拉尔德却看都没看一眼。

"嗨,乔!我正想找几个优秀的剪毛工人,有兴趣吗?"

乔·奇福斯耸耸肩,"别的时候吧,我刚刚跟人家达成协议,价钱很不错,四个星期的固定薪水,外加每剪一头羊的奖金。"

霍华德气呼呼地站在桌子前。

"我付你更多!"他声明。

乔遗憾地摇摇头。"太晚了,霍华德,我已经答应人家了,我不知道竞争这么厉害,否则说不定我会等等……"

"可别被骗了哦!"杰拉尔德大笑,"站在这儿说话的家伙吹大炮,他去年的剪毛工钱都还没付!正是因为这样,今年没有一个人想帮他。何况,他的剪毛棚漏雨。"

"这样就得额外加薪!"那个没被杰拉尔德签约雇用的人说,"那会得风湿病的!"

大伙儿一阵哄堂大笑,霍华德气得要命。

"你以为我付不起吗?"他大吼道,"也许我的农场不像基沃顿站那样的大农场那样,可以大肆挥霍,但至少我不必强迫巴特勒的女儿上我的床!她向你苦苦哀求过要和我在一起吧,杰拉尔德?她有没有告诉你跟我在一起多快活?你有过快感吗?"

杰拉尔德跳起来,嘲笑地看着霍华德,"她有没有给过我快感?芭芭拉,那个爱哭的女人?那个无趣、懦弱的小东西?听着,霍华德,你原本可以跟我毫无瓜葛地得到她的!我本来跟她八竿子打不着,但你把农场赌输了!那是我的钱,霍华德!我辛辛苦苦赚来的钱。上天垂爱,爬到娇小的芭芭拉身上比上捕鲸船好多了!新婚之夜,我才不管她叨念着谁呢!"

霍华德突然扑向他,"她和我订过婚!"他朝杰拉尔德大声叫嚷道,"她是我的!"

杰拉尔德躲开他的拳头,他已经喝醉了,但还能设法躲过霍华德的大打出手,就在这时,他看见霍华德一直戴在脖子上的玉坠,他一把将它拉下,然后把那东西高高举起,好让酒馆的人都看见。

"你还一直戴着她赠送的礼物呢!"他嘲笑道,"多感人哪,霍华德!永恒的爱的信物!海伦·奥基弗太太会有什么看法呢?"

酒馆的人大笑,霍华德垂头丧气地想把纪念品夺回来,可杰拉尔德不打算还给他。

"芭芭拉没有跟任何人订婚,"他继续说,"无论你用多少小玩意都证明不了!你以为巴特勒会把她许配给你这样穷困潦倒的赌徒吗?因为侵吞钱财,你本该去坐牢才对!多亏我和巴特勒的宽容,你才有了自己的农场,有了一次机会!可你都干了些什么?最后就剩一间破败的房子,几头糟糕的羊!你娶回来的英国媳妇对你一文不值!难怪你儿子会离你远远的!"

"这么说,你已经知道了!"奥基弗摇摇晃晃地往沃顿的鼻子猛地一击,"每个人都知道我那活宝儿子和他的活宝老婆——是你给他们提供资金的吗，沃顿？就为了报复我？"

盛怒之下，一切猜测好像都是对的。没错，事情肯定是这样发展下去的！沃顿家在背后支持他们结婚，好让他与儿子疏远；他们还在背后支持他们那个大商场，使鲁本可以弃霍华德及其农场不顾……

霍华德躲过杰拉尔德的右勾拳，低下头重重地撞击杰拉尔德腹部，杰拉尔德弯下身子，霍华德利用这个机会一个拳头打在他下巴上，杰拉尔德身子抛了出去，头盖骨撞到桌子边角，撞出一条可怕的缺口。

他跌落到地上那刻，屋子里一片死寂。

保罗看见一股血流从杰拉尔德的耳朵淌出来。

"爷爷！爷爷，你听得见我说话吗！"保罗吓坏了，蜷伏在呻吟着的祖父身边，杰拉尔德慢慢睁开眼睛，目光掠过保罗和整个酒吧，然后挣扎着坐起来。

"吉薇……"他低声说，眼神渐渐呆滞。

"爷爷！"

"杰拉尔德！我对天发誓，我不是有意的，保罗！我不是有意的！"

霍华德·奥基弗站在杰拉尔德·沃顿尸体前，吓得要死。"哦，天哪，杰拉尔德……"

酒吧里渐渐躁动起来，有人叫医生，更多的人则注视着慢慢站起来冷酷地死盯着霍华德的保罗。

"你害死了他！"保罗冷冷地说。

"可我……"霍华德后退，保罗眼里的冷峻和仇恨咄咄逼人，霍华德好像从来没感到过这么恐惧。他本能地伸手去掏那把早就搁在椅子上的枪，但保罗眼疾手快。自从毛利人在基沃顿站反叛以来，他随时带着枪，这是为了自卫，毕竟，汤加随时都有可能发起进攻。不过直到现在，保罗还没动用过这个武器，即便此时，手脚也不是那么麻利，他可不是母亲小时候看过的那些廉价小说里的六发式左轮手枪男主角，而是一个冰冷的杀手——他慢慢从皮套里掏出枪，瞄准、射击。霍华德·奥基弗没有机会，子弹将他击倒时，眼神里尽是惊异和恐惧。还没倒地，人就死了。

"保罗，看在上帝的分上，看你都干了什么！"乔治·格林伍德进酒吧时，杰拉尔德和霍华德已经吵上了。他想从中调停，但保罗用枪对着他，怒目而视。

"我……这是正当防卫！你们都看见了！他正准备拿枪！"

"保罗，把枪放下！"乔治只想避免更多人员伤亡，"你可以向警官详细阐述，我们这就派人去叫汉森先生……"

宁静的小城霍尔顿依然没有自己的法治官员。

"汉森警官！这是正当防卫，这里每个人都可以证明这点。他害死了我爷爷！"保罗跪在杰拉尔德身边，"我替他报仇！这很公平。我替你报仇了，爷爷！"保罗的肩膀伴随啜泣声抖动着。

"要不要把他绑起来？"酒馆业主克拉克问众人。

理查德·坎德拉非常震惊地阻止了，"不行！他手上还有枪……我们可不想死！汉森会处理，我们先找个医生来。"霍尔顿确实有一个听候差遣的医生，他得到通知，马上就来到酒馆，并迅速处理好了霍华德·奥基弗的尸体，却不敢靠近杰拉尔德，因为保罗还把他抱在怀里，一边啜泣。

"你能不能让他松手放开尸体？"克拉克转向乔治·格林伍德问，他显然很希望尽快把尸体从他店里挪出去，可能的话，最好在打烊之前，枪击事件无疑给他带来了生意。

乔治·格林伍德耸耸肩，"随他吧，至少他哭着的时候不会再开枪，千万别再让他激动，他说那是自卫，就算是自卫好了，明天要怎么跟警官说是另一回事。"

保罗最终控制住自己，同意医生检查他祖父。他怀着最后一丝希望，看着米勒医生听老人的心跳。

米勒摇摇头，"很抱歉，保罗，没办法了，头盖骨断裂，他撞在桌子边上了，打在下巴那一拳不会致命，致命的是跌那一跤，这是意外，孩子，很抱歉。"他安抚地拍了拍保罗的肩。乔治想知道，霍华德是否已经死在男孩枪口下。

"把这两人交给承办丧事的人吧，汉森明天会明察。"医生吩咐说，

"有谁能把这男孩带回家吗?"

霍尔顿的市民很不情愿,于是乔治·格林伍德只好亲自出马。这里的人不习惯枪战事件,甚至酒吧斗殴都很罕见,所以他们很快就从这个是非之地散开,但杰拉尔德和霍华德之间以命换命的事已经成为人们关注的热点,去过酒馆的男人都迫不及待地想告诉自己的老婆这件事情。明天,乔治无奈地想,这件事就会成为街头巷尾的谈资。但这还不要紧,关键是,会进行沃顿谋杀案审理吗?乔治忍住不想,并希望还有别的解决办法。

他们从酒吧回来时,吉薇尼拉自然还在睡觉。最近几个月的晚上,她比以往疲惫得多,因为除了农场的活,她还要负责家务。杰拉尔德同意为农场雇用白人劳力,但不同意雇料理家务的仆人。结果,家里只有玛拉玛帮手——而且她还很不熟练。虽然这女孩从小就开始里里外外帮助母亲齐丽做家务,但这方面不是她的强项,她的天赋在艺术领域,她部族里的人已经把她当成小老师,指导其他女孩唱歌、跳舞,还跟她们讲一些富有想象力的毛利人和白人的传奇故事。她会打理毛利人的家务,生火,在滚烫的石头上做饭,但她不适合做类似家具抛光,地毯除尘,小心翼翼地上菜这样的事情。因为厨房对杰拉尔德来说很重要,为了不惹他生气,吉薇尼拉和玛拉玛一直在尝试用已故的芭芭拉·沃顿的食谱。还好,玛拉玛能流畅地看懂英文,所以厨房就不再需要圣经了。

那天晚上,保罗和杰拉尔德在霍尔顿吃的饭,玛拉玛和吉薇尼拉两人准备了面包和水果,坐在火炉边一起吃。

吉薇尼拉问起,毛利人罢工是不是因为她的缘故,玛拉玛说不是。

"很明显,是汤加犯傻,"她用银铃般的嗓音说,"他希望每个人都按他说的去做,但这不是我们部族的习惯,我们会为自己作出有利的决定,我还没跟他在大厅躺在一起,不过他认为那是早晚的事。"

"你父母没说什么吗?"吉薇尼拉问,她对毛利人的风俗还不是很了解,她觉得女孩子们自己选择丈夫,而且经常换好几个老公这种事很不可思议。

玛拉玛摇头，"没，妈妈只是说，如果我跟保罗睡一起，会让人觉得怪怪的，因为我们是吃同一个人的奶长大的。如果他是我们部落的人，就非常不成体统了，不过他是白人，而且，不同的是……毫无疑问，他不是部落成员。"

说到和那个十七岁的男孩睡在一起，玛拉玛显得那么自然，吉薇尼拉差点被雪莉酒呛到。不过，玛拉玛这么一说，她才开始猜疑，保罗为什么对毛利人那么咄咄逼人。难道他是想有朝一日能跟玛拉玛躺到一起？还是仅仅因为不想成为白种人中的"异类"？

"那你喜欢保罗，而不喜欢汤加，是吗？"吉薇尼拉谨慎地问。

玛拉玛点点头，"我爱保罗，"她真诚地说，"像兰奇爱帕帕。"

"为什么？"吉薇尼拉来不及咽回去，这个问题还是从嘴里冒了出来。她脸红起来，最终还是不得不承认，她没法从自己儿子身上找到一丁点儿可爱之处。"我是说，"她缓和了一下语气，"保罗很难……"

玛拉玛点点头，"爱谁都不容易，"她说，"保罗像一条奔涌的河，你必须很费力地淌过去，才能抵达最好的渔场，那是一条包含泪水的河，小姐，只有爱能将它平息。直到那时，他……才能成为一个完整的人……"

这小女孩的话让吉薇尼拉思考了很久。像往常一样，她为自己因为不爱保罗而对他所做的一切感到惭愧，而且，那样做的理由并不充分。她躺在床上辗转反侧，听见"星期五"开始吠叫——这很奇怪。接着，她听见男人的说话声从一楼传来，可是平时杰拉尔德和保罗回家的时候，狗是不会叫的。难道他们带了客人回来？

吉薇尼拉匆匆披上便袍，离开房间。天还不是太晚，可能他们还没喝太醉，想告诉她找到剪毛工人的好消息。要是他们跟某个喝醉的同伴一起回来，至少她知道第二天早上该干吗。

她蹑手蹑脚、无声无息地下楼，万一他们有什么让人讨厌的麻烦事，她可以悄悄退回房间而不被他们看见——让她吃惊的是，她看见乔治在客厅，他正领着看上去筋疲力尽的保罗进杰拉尔德书房，把灯点亮。吉薇尼拉跟在他们身后。

"晚上好，乔治……保罗。"她出声说道，"杰拉尔德躲哪了？发生什么事了吗？"

乔治·格林伍德没回她话，他煞有介事地打开展示柜，拿出一瓶白兰地，相比威士忌，这是他比较喜欢的。接着，他将三个酒杯倒满。

"给，喝一点，保罗，还有你，沃顿太太，你也来一杯。"他递了一杯给她，"杰拉尔德死了，吉薇尼拉。霍华德·奥基弗把他打死的，然后，保罗把霍华德·奥基弗杀了。"

吉薇尼拉需要点时间来消化这一切。她慢慢地喝着白兰地，乔治则向她叙述事情经过。

"那是自卫！"保罗再次为自己辩护说。他不知道此时应该哭泣还是顽固地自辩。

吉薇尼拉疑惑地看着乔治。

"也可以那么看，"乔治迟疑地说，"奥基弗确实准备拿枪，但其实他把枪举起来，松开保险杆，再扣动扳机，是需要一段时间的，其他人会及时让他放下武器。保罗只要用拳头就可以阻止他，或者把他的枪夺下。我担心目击者也会像这么描述。"

"那就算是报仇啊！"保罗吞下一大口白兰地叫嚣道，"是他先制造流血事件的！"

"一个拳头导致的不幸结果跟拿枪对准别人胸口是有区别的！"乔治说，现在，连他自己都有点被激怒了。趁保罗还没来得及继续给自己倒酒，他就把白兰地酒瓶收了起来。"奥基弗顶多被指控犯有过失杀人罪，如果他被起诉的话。酒吧大部分人可以证明杰拉尔德死于意外。"

"据我所知，法律上没有报仇这样的事情，"吉薇尼拉叹了口气说道，"你做了什么，保罗，法律就定论什么——那是该判刑的。"

"他们不能把我关起来！"保罗声音嘶哑地说。

乔治点点头，"噢，他们会的，警官明天就会，这正是我担心的。"

吉薇尼拉再次把酒杯递给他，她忘了她已经多喝了几口白兰地，但今晚，她需要酒。"那现在怎么办，乔治？我们能做什么呢？"

"我不能在这里坐以待毙！"保罗说，"我要逃走，逃到高原上去，我可以像毛利人一样生活！没人能找到我！"

"别胡说了，保罗！"吉薇尼拉大声吼道。

乔治·格林伍德转着手里的酒杯。

"也许他是对的，吉薇尼拉，"他说，"除了消失，没什么对他更有利的了，至少，草原上的草能掩盖很多事情，只要过一年左右，酒吧那些家伙就会忘记发生过的事，至于你们两家，我估计海伦·奥基弗没那么多精力追究这件事情。等保罗回来，整件事必然要提交法律审判，那时他再以正当防卫为由就更可信了。这里的人你是了解的，吉薇尼拉！明天，大家都还记得，有个人只带了把来复枪，另一个却是有左轮手枪的人，再过三个月，他们可能只会说，两个人都带着圣经……"

吉薇尼拉点点头，"至少，我们可以免去审判期间的骚乱，因为目前跟毛利人之间的事还没完，有了这件事，汤加就更大显身手了……请再给我倒杯白兰地，乔治。我真不敢相信，我们坐在这里讨论策略，而两个男人却已经死了！"

乔治倒酒时，又听见"星期五"的吠叫声。

"是警察！"保罗伸手掏枪，但乔治抓住他的手臂，"看在上帝的分上，别再惹事了，小子！你要是再对别人开枪——或只是威胁一下汉森——他们就会把你绞死，保罗·沃顿！那时，你的名望和你所有的财富都救不了你了！"

"不可能是警察。"吉薇尼拉说。她站起来，身子轻微摇晃了一下。即使霍尔顿的人连夜派信差到利特尔顿去，汉森也不可能在隔天下午之前抵达。

原来是海伦·奥基弗，她站在厨房通向客厅的门前，雨水打湿衣衫，瑟瑟发抖。她被书房的说话声弄糊涂了，所以不敢进去——此时，她茫然地看看吉薇尼拉，又看看乔治·格林伍德。

"乔治……你们在干吗……？不要紧，吉薇，今晚得烦劳你把我安顿在某个地方了。我可以睡畜棚，只要给我几件干爽的衣物就行。我湿冷刺骨，纳普穆克跑不快。"

"你怎么会来这儿？"吉薇尼拉用胳膊搂着朋友问。海伦以前从没来过基沃顿站。

"我……霍华德发现了鲁本的信……他把信件扔得到处都是，碟子也碎得一地了……吉薇，他今晚要是喝醉了再回来，会把我杀了的！"

当吉薇尼拉把霍华德的死讯告诉她时，海伦表现得非常平静。淌出的泪水只是因为自己所经历、所目睹的痛苦和折磨，对丈夫的爱很久以前就凋谢了，她关心的是，保罗可能会作为凶手被审判。

吉薇尼拉把家里能找出来的钱都集中在一起，叮嘱保罗上楼收拾自己的东西。她知道这个时候应该帮助他——他此时已迷乱、困顿到了极点，他没法再清晰思考了。然而，他在台阶上绊倒时，玛拉玛拿着一捆东西从另一个方向冒出来。

"把你的挂包给我，保罗，"她温柔地说，"到厨房去，我们得拿些东西带在路上吃，你觉得呢？"

"我们？"保罗勉强地问。

玛拉玛点点头，"当然，我跟你一起去，我是为你而来的。"

13

第二天，汉森警官发现保罗不在基沃顿站，倒是海伦在，非常惊讶。自然，这种情形让他颇为不满。

"沃顿太太，霍尔顿有人指控你儿子谋杀，现在他躲避调查，我不知道我应该怎么做。"

"我相信他会回来的。"吉薇尼拉解释说，"发生的一切……他祖父的死，海伦突然来这儿……他感到太惭愧了，承受不了这么多。"

"好吧，我们尽量往好处想，这事不是闹着玩的，沃顿太太，看样子，他是直接对准那个人的胸口开的枪，目击者一致认为，奥基弗其实没带武器。"

"可他确实激怒了他。"海伦说，"我丈夫——愿他灵魂安息——很容易惹怒别人，警长，而且，当时男孩的大脑肯定已经很不清醒。"

"也许那小子无法接受当时的情况，"乔治·格林伍德补充说，"他祖父的死让他彻底失控，看见霍华德·奥基弗在身上掏枪……"

"也不能把责任都推到受害人身上！"警长严肃地训斥他们，"那把老掉牙的猎枪几乎构不成什么威胁！"

"那倒是，"乔治退步说，"我想说的是……呃，当时的情况确实很糟糕，愚蠢的酒吧斗殴，可怕的意外伤亡，本来是可以调停的。我想还是等保罗回来再进一步调查吧。"

"如果他回来！"汉森厉声说，"我应该派搜查队去找。"

"我很高兴把我的工人交由你差遣，"吉薇尼拉说，"相信我——我宁愿看到我儿子处在你的安全保护下，而不希望他孤身一人在高原上躲躲藏藏。何况，他不会接受毛利人的任何帮助。"

她处理得很正确。警长延迟了调查，而且并没有为了组织搜查队，在剪羊毛的繁忙季节，把牧场主们的人手抽调出来。保罗有玛拉玛，不管跟他在一起是不是她自愿的，保罗好歹有汤加想得到的女孩在身边。现在，白人住宅的墙再也无法为他遮风避雨。保罗和汤加，再也不是富有的牧场主和人家不当回事的毛利男孩了，他们仅仅是生活在高原上的两个人。现在，保罗是汤加可捕的猎物，他正等待着时机；他不像愚蠢的白人，盲目追踪逃犯；他最终一定会知道保罗和玛拉玛藏身何处，然后把他们找出来。

吉薇尼拉和海伦将杰拉尔德·沃顿和霍华德·奥基弗入土下葬后，各自恢复了原有的生活，只不过吉薇尼拉略有改变而已。她继续安排剪羊毛工作，并给毛利工人提供了较合理的价格。

有了雷蒂担任她的口译员，她可以经常到毛利村庄闲逛并开始跟他们协商。

"你们将来可以拥有村子所在的土地。"她勉强微笑着说。汤加表情固执地站在她对面，身子斜靠着象征酋长地位的斧头，"在此之前，我们必须制定相关协议。我现在确实没有这方面的现金——等剪完羊毛，情况会有好转，我们可以出售一些投资项目。杰拉尔德的遗产我还没清理完毕，要不然……我们家用栅栏围起来的草场与奥基弗站之间那块地你觉得怎么样？"

汤加眉毛一扬，说："沃顿太太，我很感谢你为此付出的努力，但我不是傻瓜。我很清楚，你不可能出什么价钱，因为你不是基沃顿站的继承人——其实，农场是你儿子保罗的，你不是真的想告诉我们，他已授权给你代表他来谈判吧？"

吉薇尼拉低垂着眼睛，"不，他没有，不过，汤加，我们大家生活在这里，一直以来都和平共处……"

"你儿子破坏了和平！"汤加粗暴地说，"他侮辱我的民众……而且，沃顿先生欺骗了我部族的人，那是很久以前的事，我知道，但过了很久我们才发现，到目前为止，还从未道过歉……"

"我向你们道歉！"吉薇尼拉说。

"你们容不下我们部族的圣斧！我完全把你当成毛利人的老师来接受，沃顿太太，你比你们那帮人中大多数更懂得养羊，但在法律上来说，你什么都不是，什么都没有。"他朝附近一个正在玩耍的女孩作了个手势，说，"这个小孩能代表卡伊—塔胡部落说话吗？不，对于沃顿家族来说，你说的话没什么分量的，沃顿太太。"

"那我们该怎么办呢？"吉薇绝望地问。

"像以前一样，只能开战。我们不会对你们客气的，相反，我们会无所不用其极地损害你们。你不是不明白为什么没人愿意给你们剪羊毛吗？都是我们干的。我们还会封锁你们的道路，阻塞你们的羊毛运输通道——我们不会让沃顿家安宁的，沃顿太太，直到州长作出公正的裁决、同时你儿子也愿意接受为止。"

"我不知道保罗会离开多久。"吉薇尼拉无助地说。

"那我们也不知道我们的斗争会持续多久。我很遗憾，沃顿太太。"汤加说完，转身就走。

吉薇尼拉叹息道："我也一样。"

接下来的几个星期,吉薇尼拉一心操持着剪羊毛的事,多亏了帮工以及杰拉尔德和保罗在霍尔顿签下的那两个剪毛工的大力支持。乔·奇福斯经常需要监督,不过一旦远离酒精,他干的活是普通工人的三倍。海伦依然缺帮手,她很羡慕吉薇尼拉雇到这么能干的人。

"我打算让他转到你那儿去,"吉薇尼拉说,"可说真的,你一个人没法控制他,必须有一整群人一起干活才行,不过我们这里一完工,我就派人去帮你,糟糕的是,还要很长时间。你能撑那么久吗?"

剪毛期间,农场周围的牧草差不多都吃光了,所以夏天的时候必须把羊群赶进高原区去。

"勉勉强强吧,"海伦讷讷地说,"我给它们吃原来用来喂牛的饲料,乔治把牛卖到克莱斯特彻奇去了,要不然我连殡葬费都付不起。最终这个农场也会卖掉,我不像你,吉薇,我一个人对付不了。说实话,我根本不喜欢羊。"她笨拙地抚摸了一下吉薇尼拉送给她的牧羊犬,狗是受过正规训练的,在牧羊方面,帮了海伦很大的忙。可是海伦驾驭牧羊犬的能力有限,跟吉薇尼拉比,她唯一的优势是她和毛利人的关系依然很好,她的学生二话不说会帮她干农场的活,所以,海伦家里至少有青菜、牛奶、鸡蛋,那些小家伙要是有出去打猎,或家长们把鱼当成礼物送给老师,她经常还有新鲜肉类。

"你写过信给鲁本吗?"吉薇尼拉问。

海伦点点头,"可路上要花很长时间,信件先到克莱斯特彻奇,然后到但尼丁……"

"虽然到但尼丁后不久,奥凯大商场的货车就可以把信带回去。"吉薇尼拉说,"芙蓉最近在信里说,他们在利特尔顿有一笔货要交,所以她得派人去把货拉回来,派出去的人可能已经在路上了。对了,我们聊聊我那些羊毛的事吧——毛利人扬言说要堵塞我们去克莱斯特彻奇的公路,我没法躲着汤加偷偷把羊毛运出去——因为州长只会提前预付少量赔偿金给他。看来,我还是得想办法扫扫他的兴。把我们的羊毛搬到你农场,藏在你牛棚里,你肯接受吗? 等你的羊毛剪完,我们把羊毛一起从霍尔顿运出去? 我们会比其他牧场迟一点到市场,但只能这样了……"

汤加被激怒了，但吉薇尼拉的计划得手了。汤加派人在公路上看守，随着时间的推移，监控人员的热情渐退，乔治·格林伍德在霍尔顿接收基沃顿和奥基弗两个农场的羊毛。汤加向看守人许诺过丰厚的薪水，他们渐渐对这事很没耐心，因为往年这个时候，他们是在赚白人的钱。

"赚来的钱够一年用的了！"齐丽的丈夫抱怨说，"我们现在还得四处走动，像以前一样去猎取食物。齐丽可不想在高原上过冬！"

"说不定可以在那儿找到你女儿！"汤加生气地反驳，"以及她的白人丈夫。她可以向他抱怨——毕竟，是他的责任。"

汤加对保罗和玛拉玛的行踪还一无所知，但他很有耐心，慢慢等就是。后来，一辆有篷货车不幸落到他封锁的道路上，然而，那是从克莱斯特彻奇过来的，而不是基沃顿站，货车上装满了女人内衣而不是羊毛，所以没正当理由扣下，但汤加的人渐渐失控——他们做出来的很多事情汤加想都没想到。

伦纳德·麦克邓恩驾着重型车辆走在从克莱斯特彻奇到霍尔顿那崎岖不平的路上，因为雇主鲁本·奥基弗吩咐他带几封信到霍尔顿，并去看看那一地区的某个农场，所以他得绕道而行。

"请你千万不要引起别人的注意，麦克邓恩！要是我父亲知道我母亲跟我有联系，她会有一大堆麻烦的，我妻子觉得这很冒险，我也有点心神不宁……我不相信农场像我母亲说的那样，会突然兴旺起来。你到霍尔顿附近打听一下就可以了，那个村子里的大家相互都认识，杂货店店主很喜欢讲闲话……"

麦克邓恩和蔼地点点头，并笑着说，他可以藉此练习一下他那诡计多端的提问技术，将来，他开心地想，说不定有用得着的地方。他这是最后一次作为奥基弗家的司机出来运货，昆士敦市民最近推举他当上了警员，伦纳德这位性情温顺、体型端正、年龄五十岁左右的男人对此殊荣倍感荣幸,到现在为止,他已经为奥基弗家足足驾了四年的车,时间不算少了。

这一刻,他尽情地享受着这趟克莱斯特彻奇之旅,多亏两个愉悦的同伴受主人之托一路相随,左边坐着的是劳里,右边是玛丽——要么就是倒过来,到现在,他还是没法把两个双胞胎区分开来,虽然她们并不介意。她们俩都那么兴高采烈地跟他聊天、不厌其烦地问这问那;她们也都像孩子一样,充满好奇地看着周围风景。他知道玛丽和劳里为奥凯大商场承担了非常重要的采购代理任务,她们彬彬有礼,修养良好,甚至会读书写字,性情却很单纯;她们顺从而知足,但要是遇上不顺心的事,很容易情绪低落而难以自拔,当然,这样的事很少发生,她们俩通常都是乐呵呵的。

"待会儿我们是不是应该停一下,麦克邓恩先生?"玛丽欢快地问。

"我们买了些野餐用具,麦克邓恩先生!我们还在克莱斯特彻奇那个中国商行买了烤鸡腿……"劳里叽叽喳喳地说。

"那是鸡肉,对吧,麦克邓恩先生?不是狗肉?旅馆里有人说,中国人会吃狗肉。"

"你能想象吃格蕾丝是什么滋味吗,麦克邓恩先生?"

麦克邓恩宽厚地笑笑,垂涎三尺。克莱斯特彻奇的那个中国人林先生,应该不会把狗腿当鸡腿吧。

"像格蕾丝这样的牧羊犬太珍贵了,不可能拿来吃的,"他说,"你们篮子里还买了些什么?你们还去了面包房,是吧?"

"噢,是的,我们去看露丝玛丽,麦克邓恩先生,她跟我们乘同一艘船来新西兰的!"

"她现在嫁给了克莱斯特彻奇一个面包师,很令人激动吧?"

麦克邓恩倒不觉得嫁给一个克莱斯特彻奇的面包师有什么好激动的,但没说出自己的想法。他想找一个可以停车休息的地方,反正他们不赶时间。如果有怡人的地方可去,他就把马停在那儿吃草料,大家可以放松几个小时。

可后来,发生了一件匪夷所思的事情。道路一个急转弯,一口小小的湖呈现在眼前——其实是某种淤塞形成的洼地,有人用树干挡在路上,几个毛利斗士守护在一旁,他们看起来好斗而可怕,脸部完全被刺青和伪装油彩覆盖,赤裸的上身肌肤光亮,缠着的腰布垂至膝盖下。此时,他们正举着长矛威胁伦纳德。

"爬到后面去,丫头!"他对玛丽和劳里喊道,尽量不让她们受到惊吓。

最后,他停下马车。

"你来基沃顿站有何贵干?"其中一位斗士凶巴巴地问。

伦纳德耸耸肩。"这不是通往霍尔顿的路吗?我这是载货去昆士敦。"

"你撒谎!"斗士大叫道,"这条路是去基沃顿站,不是去瓦卡蒂普湖的。你这是给沃顿家送食物!"

伦纳德双目一转并心平气和地回话。

"我真的不是给沃顿家送食物,不管他们是什么人,我连普通日用品都没载,车上都是女人的衣服。"

"女人的……"守卫皱眉道,"拿出来看看!"

他迅速冲向马车,撕开盖帘,玛丽和劳里吓得尖叫起来,其他守卫则在一边喝倒彩。

"住手,住手!"麦克邓恩骂道,"你把东西全弄坏了!我可以打开给你看,可是……"

守卫抽出一把刀,把马车盖帘割了下来,让他那些伙计觉得好玩的是,马车底层一览无余地呈现在他们眼前——包括那两个双胞胎,她们正幽咽着紧挨着对方。

此时,伦纳德开始担心起来,身边什么可用的武器或重物都没有,虽然身上带了枪,但那伙人肯定会在他拔枪前先将他的武器解除。抢夺那个守卫的刀其实很冒险,而且,那几个家伙看上去不像是拦路抢劫的职业强盗,而是假装摆出一番对仗架势的牧羊人,眼下,他们并没表现出太多危险性。

毛利人从马车上抽出女式内衣,哈哈大笑地摆在自己胸前展示给其他同伴看。内衣下面藏着更危险的商品,那是装载着高级白兰地的酒桶,要是被发现,他们肯定会当场畅饮,事态很快就将岌岌可危。附近毛利村的其他人对这些白兰地也感到好奇,此时已有一些青年和长者渐渐走近,他们大多是穿着西部服饰,没有文身。其中一人从一堆内衣下抬起一箱博若莱红葡萄酒——奥基弗先生的私人订货。

"你带的!"其中一位来者严厉地说,"这酒是给沃顿家的,我曾经是他们家仆人,我清楚!我们要把你带到首领那儿!汤加知道怎么处置!"

想到要被介绍给高层首领,伦纳德·麦克邓恩颇为沮丧,虽然他不觉得自己的生命会面临危险,但他很清楚,马车一旦进了对方营地,车上的货物就一去不复返了——甚至连马车和马都没了。

"跟我来!"前仆人站出来命令道。麦克邓恩迅速扫视了一下周围地貌,主要是平地,后方有几百码空间,道路有分叉,他们可能弄错了方向。这条显然是私人小道,毛利人与其雇主长期不和。通向基沃顿站的路建得比公共道路好得多,所以伦纳德拐错了弯。想要直接穿过灌木丛冲到左边,他就得横过通向霍尔顿的官方道路……可惜,那个毛利守卫依然站在他前面,头上装模作样盖了个乳罩——一条腿踩在车夫座位上,另一条立在马车里面。

"要是受了伤,可别怪别人。"伦纳德一边转动马车,一边咕哝道。拖车的两匹夏尔马费了好一会儿工夫才动身,不过它们一旦起来,伦纳德知道,必定疾走如飞。马儿迈出第一步,他便挥动鞭子,朝左边方向策马奔腾。猛然间,头顶乳罩站在马车上的斗士身体失去平衡,还来不及挥动长矛,伦纳德就将他从马车上推了下去。劳里和玛丽尖叫,伦纳德只希望马车不要从斗士身上碾过。

"弯下身子,姑娘们!抓紧点!"长矛雨点般朝内衣箱子落下时,他朝后面喊道。还好,两匹夏尔马开始飞驰,马蹄震动着地面。一个毛利人骑着马,原本可以轻易追上马车的,让伦纳德如释重负的是,没人追上他们。

"你们没事吧,小姑娘?"他一边策马向前,一边对身后的玛丽和劳里叫道，心里还祈祷着前面的路不要突然变得崎岖不平，因为拖车马是没法急速停下来的，此时，他最不希望看到车轴破损。幸而地形依然平坦，另一条小道很快出现在眼前，伦纳德不确定是不是通向霍尔顿的，路狭窄而曲折，不过还是可以驾车通行的，路面还有马拉车的痕迹——虽然看上去更像轻型四轮马车而不像有篷大马车的车辙，马拉车夫似乎不担心车辙被不平的路面损坏的危险。不管怎样，他还是过去了。伦纳德快马加鞭，直到把毛利人的营地抛在身后至少有一公里了，他才放慢速度，轻松前行。劳里和玛丽爬到前面来，长舒一口气。

"怎么回事，麦克邓恩先生？"

"他们想干吗？"

"正常情况下，本地人很平和啊。"

"是啊，露丝玛丽说，他们平日里挺好的！"

两个女孩又开始有说有笑的了，伦纳德这才松了一口气。雨过天晴，他现在唯一要确认的是，这条道到底通向何方。

经过此番生存大冒险，玛丽和劳里已饥肠辘辘了，最后，三人一致认为，还是在货车上享受面包、鸡肉和露丝玛丽美味的饼干较为明智。伦纳德还没从毛利人的纠缠中镇定下来，他听说过北岛发生的暴乱，可这里也一样吗？就在平静的坎特伯雷平原中部？

道路向西部蜿蜒，那根本算不上是公路，看上去更像一条乡间小道，是人们来来往往多年后渐渐踩出来的。骑行者没有把周围的灌木丛砍掉，而是直接穿过去。一条小溪横在眼前……

伦纳德叹了口气。河滩看起来不危险，很肯定最近就有人走过，但没架这么重的货车。安全起见，他让女孩先下车，然后小心翼翼地领着马过河，接着再停下来，让女孩回到车上——听到玛丽尖叫声，他才跳上车。

"那儿，麦克邓恩先生！毛利人！他们在搞什么阴谋，肯定是！"

女孩惊恐地爬到遮蔽货车的帆布底下，麦克邓恩则朝毛利人方向扫视一番，看见两个孩子驾着一头奶牛走在他们前面。

看见货车，他们好奇地走上前来。

麦克邓恩对他们笑笑，孩子们害羞地挥挥手，接着，他们用很流利的英语跟他打招呼，这让他颇感意外。

"嗨，先生。"

"需要帮忙吗，先生？"

"先生，你是旅行推销员吗？我们最近刚好读到有关流浪者的内容！"两个女孩好奇地从货车帆布下偷看。

"噢，快点，基亚，沃顿家还有很多羊毛，奥基弗小姐答应把他们的羊毛都存放在她仓库里。"男孩一边说，一边熟练地操纵着奶牛，不让它跑。

"荒唐！剪毛工人来这里很久了，他们早把东西带在身边了。这位肯定是流浪汉！两匹马都没有斑纹，这就可以证明一切！"

伦纳德笑笑，"我们确实是推销员，小姑娘，但不是流浪汉。"他对那女孩说，"我们想去霍尔顿，但很可能迷路了。"

"没关系。"女孩让他放心。

"从房子这里上主干道，仅两公里就到霍尔顿了。"男孩解释得很精确。接着，他看着已不再害怕自己暴露的双胞胎，一脸疑惑，"两个女的怎么长得一模一样？"

"这倒是个好消息，"伦纳德没管男孩提的问题，"你们俩能告诉我这是哪儿吗？这里不会是……你们刚才把这地方叫什么？基沃顿站？"

孩子咯咯地笑，好像他在开玩笑似的。

"不，这里是奥基弗站，不过奥基弗先生已经死了。"

"沃顿先生开枪把他打死的！"女孩补充说。

作为一名法警，伦纳德感到很好笑，他没多问。霍尔顿的人爱讲闲话，鲁本说得没错。

"现在，他躲在高原上，汤加正在找他。"

"喂，基亚，你不能把这事告诉别人！"

"先生，你想见海伦·奥基弗小姐吗？要不要我们去把她叫来？她若不在剪毛棚，就在……"

"不，迈修，她在家里，你不知道吗？她说她要给大家做饭……"

"海伦？"劳里尖声说。

"我们的海伦？"玛丽随声附和。

"你们连说话都说一样的吗？"男孩惊讶地问。

"我觉得你最好先带我们去农场，"伦纳德最后说，"看来，我们已经找到了我们要找的东西。"

奥基弗已不再是障碍了，他冷笑着想。

一个小时后，马已经从马车上解开，关进海伦马厩里。海伦——因为意外和欣喜而兴奋不已——拥抱着她曾经照顾过的都柏林号上的双胞胎。原以为她们已经失踪，这会儿，她简直不敢相信过去那两个半饥半饱的孩子现在已经长成了开朗、丰满的女人。她们二话不说，赶忙帮她料理厨房里的事情。

"这些应该够所有的剪毛工吃的了吧，小姐？"

"差得远，小姐，我们得把它铺开。"

"那是要做小馅饼的吗，小姐？那最好加多点番薯，少放点肉。"

"伙计们应该吃饱了，否则早就吵吵闹闹了！"

双胞胎愉快地笑道。

"不能那样揉面，小姐！等一下，我们先泡茶！"

这几年，玛丽和劳里一直在达芙妮旅馆烧饭，为剪毛组的人提供伙食对她们来说不是问题。她们在厨房忙碌的时候，海伦和伦纳德·麦克邓恩坐在桌子边，他向海伦讲述了毛利人拦路抢劫的事，海伦则告诉了他霍华德死亡的详情。

"我现在理所当然还在为丈夫服丧。"她解释说，顺手理了理身上那件深蓝色裙子，自霍华德的葬礼以来，她几乎每天都穿这件衣服，因为没钱买黑色丧服。"但这也算是一种解脱……请原谅，你们可能会觉得我很无情……"

伦纳德摇了摇头，他一点都不觉得海伦·奥基弗无情，相反，看到她拥抱双胞胎，他再开心不过了。她那光亮的棕发、小小的脸蛋、清澈的灰色双眸，他觉得她魅力非凡，虽然她的确身心疲惫，肌肤苍白。看得出,她的处境远远超出她能应付的极限,厨房和农场的事情她都难以适应,毛利孩子自告奋勇帮她挤牛奶,她才放下心来。

"你儿子提起过,他父亲不是容易相处的人。你现在打算怎么处理这个农场?把它卖了?"

海伦耸耸肩。"如果有人想买……最好是合并到基沃顿站。霍华德肯定会在墓穴地诅咒我们的,但我不在乎。自个儿单打独斗,这个农场根本无利可图。土地是够多的,但还不足以饲养所有牲口,想要从中盈利,需要大量专业技能和资金投入。农场已一片惨淡,麦克邓恩先生,遗憾的是,我们已经没有别的出路。"

"你基沃顿站的朋友……是芙蓉·奥基弗的母亲,对吧?"伦纳德问,"她有兴趣接管吗?"

"兴趣,是的……哦,谢谢你,劳里,你们俩真是太能干了!没有你们,我都不知道会弄成怎样!"劳里端着刚泡好的茶来到桌边,海伦将自己的杯子递给她。

劳里按以前海伦在船上教她的方式,熟练地把杯子倒满。

"你怎么辨别得出来她就是劳里?"伦纳德惊愕地问,"我还不知道有谁能把她们俩区分开来。"

海伦大笑,"如果你让她们俩独自处理自己的事情,你就会发现,玛丽喜欢摆餐具,而劳里则喜欢负责伺候左右,稍加留意就知道——劳里比较开朗,玛丽稍显低调。"

伦纳德从未注意到这些,他对海伦的观察力钦佩不已,"对了,你朋友怎么样了?"

"唉,吉薇尼拉也有自己难念的经。"海伦说,"其实你们正好撞上了,那个毛利首领企图让沃顿家族屈服于他们,她没法用保罗的脑袋去化解矛盾,只能指望州长的最后决定了……"

"保罗这个家伙回来解决问题的可能性有多大?"伦纳德问。把所有麻烦都丢给两个女人处理,实在有点不公平。虽然他还未与吉薇尼拉会过面,但要是她的确像她女儿描述的那样,把野蛮人遍布的半个大陆交给她处理都没问题。

"解决问题不是沃顿家族男性的强项。"海伦勉强笑了笑说,"至于保罗回来……霍尔顿的氛围在慢慢改变,乔治·格林伍德说得对,刚开始时,他们恨不得用私刑将他处死,但现在,人们对吉薇尼拉的同情渐渐占了上风,他们觉得,农场需要一个男人,他们愿意忽略有关谋杀的小细节去成全她。"

"你有点愤世嫉俗,奥基弗太太!"伦纳德说。

"我说的是实话。保罗当着二十个目击证人的面,朝一个手无寸铁的人胸部开枪,但我还是不愿意看到他被处以绞刑,那样做有什么好处呢?无论如何,等到他回来,他和毛利人之间的纠葛必定会升级,那时,他可能会因为另外的罪名被绞死。"

"看来那小子是躲不过绳套了。"伦纳德叹息道,"我……"

他还没说完,有人敲门。劳里一开门,一只小狗就冲到脚边,"星期五"气喘吁吁地跳到海伦跟前。

"玛丽,快来!可能是施克罕小姐……沃顿!克里奥也来了!它还活着,小姐?"

吉薇尼拉没注意到两个双胞胎,她情绪太激动了,所以没认出她们俩。

"海伦,"她喊道,"我要把汤加杀了!我恨不得拿着枪骑马到他们村庄去!安迪说他们部落的人劫持了一辆带篷货车——不知道来人想找我们干吗,也不知道货车现在在哪里!听说村子里那些家伙玩货车上的乳罩和短裤玩得很开心……噢,不好意思,先生,我……"看到海伦在接待一位男客,吉薇尼拉脸红起来。

麦克邓恩大笑,"没关系,沃顿太太,女士内衣我并不陌生:我就是在村庄弄丢内衣的人,货车是我的,在下是奥凯大商场的伦纳德·麦克邓恩。"

"你们怎么不亲自去趟昆士敦?"几个小时后,伦纳德看着海伦问。

吉薇尼拉已平静下来,帮着海伦和双胞胎给饥饿的剪毛工人做饭。虽然大伙儿对羊毛低劣的品质感到很吃惊,但依然一直在剪,吉薇尼拉表扬了他们。他们听说过奥基弗生产出大量垃圾羊毛，但没料到情况会如此糟糕。现在，吉薇尼拉和海伦、伦纳德一起，坐在火炉前，他们打开一瓶幸免于劫的博若莱红葡萄酒。

"为鲁本及其不凡的品位干杯！"她高兴地说，"他从哪弄到的，海伦？这肯定是多年来在这个家打开的第一瓶酒！"

"我喜欢和学生一起读布尔沃·利顿勋爵的书，吉薇，在他的作品中，酒是拿来与有教养的同伴分享的。"海伦文绉绉地说。

伦纳德啜了一口，然后就昆士敦提出自己的建议："说真的，奥基弗太太，你确实很想去看看你儿子和孙辈，对吧？现在有机会了，我们过几天就能到那儿。"

"现在，忙着剪羊毛的时候？"海伦否定了这个提议。

吉薇尼拉大笑，"海伦，即使你成天在他们身边呆着，也别指望能剪出更多毛来！再说，你也没打算亲自把羊赶到高原上去，对吧？"

"可是……得有人给工人做饭……"海伦犹豫着。事情来得太突然，她还没法接受，不管确实很有诱惑力！

"他们可以到我农场自己解决，奥图尔炖的汤比莫纳做的还好吃，而且我也可以帮忙啊，我们可不指望你，你是我最好的朋友，海伦，但你不是大厨师……"

海伦脸红起来。对朋友这番评价，她自然没多想，可在伦纳德·麦克邓恩面前，突然觉得很尴尬。

"让伙计们宰几头羊，我们再给他们留几桶我舍命保住的酒，这些白兰地很值钱，给这些工人喝实在可惜了，不过，喝了这些酒，他们会永远记住你的！"麦克邓恩镇定地建议说。

海伦笑笑，"我没法决定……"她腼腆地说。

"可我可以决定！"吉薇尼拉果断地说，"我也很想去，但基沃顿站离不开我。我再次特此宣布，由你担任我们的使者，去一趟昆士敦，确定他们一切无恙。要是芙蓉蕾特没把那只狗调教好，你就数落她！另外，给我们的孙子带匹小马过去，他们长大后就不会像你一样骑马骑得那么差劲了！"

14

　　海伦目光落在浩瀚的瓦卡蒂普湖边第一眼，就喜欢上昆士敦这个小镇。湖面平滑如镜，波光闪耀，整齐、崭新的房屋倒映在水中；五彩缤纷的帆船并排在港湾，积雪盖顶的山峦点缀着如画的风景。最重要的是，海伦走了大半天都没看见羊。

　　"很惭愧，"她信任地对伦纳德·麦克邓恩说。和他一起在马车夫座位上相处了八天，她在他面前吐露的东西比她结婚期间跟霍华德在一起时还多，"很多年前来到克莱斯特彻奇时，我忍不住哭了，因为这个城镇跟伦敦完全不一样。现在，看到周围都是人而不是一群群反刍动物，我感到很兴奋。"

　　伦纳德笑起来，"噢，昆士敦跟伦敦很相似，你都看到了，这里日新月异，你能感觉到它的进步，就像来到国境边缘一样！克莱斯特彻奇很不错，不过还需保持更多旧习俗，让它看起来更像英国。看看大教堂和大学校园就知道了！他们觉得这里快要变成牛津了！但是，这里的一切都是新的，百废待兴。淘金者是一群野蛮人，给这里带来骚乱，可是距离最近的警局在四十公里外，真是太不可思议了！不过那些家伙给这个城市带来了黄金和生命力。你会喜欢这里的，奥基弗太太，真的！"

　　货车沿着主街咕咕隆隆地前行时，海伦就已经喜欢上这个地方了。像霍尔顿一样，街道没有铺石砖，但街上人头攒动：有个淘金人正在跟邮差争吵，因为邮差把他的一封信拆开了；两个女孩一边咯咯地笑，一边偷偷朝理发店看去，理发店里有个英俊的小伙子在剪头发；铁匠正在钉马掌，两个矿工三句不离本行地议论着一头骡子。"旅馆"正在重新油漆，一个红发女人穿着一条抢眼的绿裙子在监督油漆工，嘴里像个水手骂骂咧咧的。

　　"达芙妮！"双胞胎同时尖叫，差点从货车上摔下来，"达芙妮，我们把达文波特小姐……奥基弗太太带来了！"

　　达芙妮·奥洛克转过身来，海伦注意到自己正目不转睛地盯着那张长得像猫一样的熟悉的脸。达芙妮看上去老多了,也许是身上的穿着让她显得更糟,而且,妆也化得很浓。看到马车夫座位上的海伦,四目相对,达芙妮脸红起来,海伦好感动。

"嗨……嗨,奥基弗太太!"

伦纳德简直不敢相信,自信的达芙妮居然像个小姑娘一样,在老师面前行起屈膝礼。

"把马停下,麦克邓恩先生!"海伦喊道。她迫不及待地等着他放慢速度,然后从座位上跳下来,紧紧拥抱着达芙妮。

"不,奥基弗太太,要是有人看到……"达芙妮说,"你是淑女,别被人看见你和我在一起。"她低垂眼睛,"很抱歉,奥基弗太太,因为我现在的身份。"

海伦笑着再次拥抱她,"你现在的身份有那么可怕吗,达芙妮?一个生意人!双胞胎伟大的养母,这么好的学生上哪去找?"

达芙妮又脸红起来。"对于我……干的行当,也许没人能像你这么开明。"她轻柔地说。

海伦最后说:"所有行业都是供需关系,这点我是从我另一个学生乔治·格林伍德那儿学来的。至于你……这么说吧,要是市场需要圣经,我相信你一定会卖圣经。"

达芙妮咯咯笑道:"我非常乐意,奥基弗太太。"

达芙妮招呼两个双胞胎,伦纳德便带着海伦到奥凯大商场。见到达芙妮和双胞胎时是那么欣喜若狂,现在她最想做的就是紧紧地拥抱儿子、芙蓉蕾特和孙子们了。

小斯蒂芬一见到祖母便紧紧抓住她的裙子,而伊莱恩一看到小马就被迷住了。

海伦看着她的红头发以及那双比大多数婴儿蓝得更深的活泼可爱的眼睛。

"一看就知道是吉薇的外孙,"海伦说,"这小家伙没遗传我身上什么东西。你们等着瞧吧,三岁生日的时候,她就会要两头羊当礼物。"

伦纳德·麦克邓恩接任新岗位前,和鲁本·奥基弗小心翼翼地核对最后一次采购的账目。警察局已经粉刷好了,在斯图尔特·彼得斯的帮助下,监狱也建好了。海伦和芙蓉帮忙在小房间摆放从百货店拿来的床垫和被单。

"不打算摆些花瓶吗?"伦纳德喃喃地说,斯图尔特也这么认为。

"我保留一把多余的钥匙!"铁匠笑道,"以防万一有客人来镇里。"

"你愿意的话,现在就试试。"伦纳德威胁说,"说正经的——我担心今晚就人满为患。奥洛克小姐在筹备一个爱尔兰之夜,要不要打赌,她的一半顾客肯定会和另一半打起来?"

海伦皱着眉头。"不会太危险,对吧?伦纳德?你得当心自己!我……我们……我们希望我们的警员毫发无损!"

伦纳德笑容满面,海伦的关心让他格外高兴。

不到三星期后,伦纳德就面临非同寻常的问题,那就是淘金人之间的争斗。

为了寻求帮助,他一直在奥凯大商场等鲁本。说话声和欢笑声从后面的屋子里传来,但伦纳德不想贸然打扰。毕竟,他是因为公事上门的,这可不是普通人在等一个朋友,而是一名警官在寻求治安法官的帮助。鲁本终于有空出来见他,他长舒了口气。

"伦纳德!抱歉让你久等了!"鲁本精神抖擞地说,"我们有喜事要庆贺,我又要当父亲了!不过,先告诉我,你有什么事,我如何帮忙?"

"一件公事,某种法律困境。一个叫约翰·赛德布鲁森的人来到我办公室,他看起来是个富有的农场主,投资金矿,一直发展得很好,他说我应该去逮捕一个他在淘金营地看见的人,叫詹姆斯·麦肯齐。"

"詹姆斯·麦肯齐?"鲁本问,"那个盗羊贼?"

伦纳德点点头。"这个名字听起来很耳熟,很多年前他在高原地区被抓获,在利特尔顿被判入狱服刑。"

鲁本点头,"我知道。"

"你的记性真好,法官大人!"伦纳德敬佩地说,"那他们给麦肯齐减了刑你也知道吧？赛德布鲁森说他们把他遣送到澳大利亚去了。"

"他们把他驱逐出境，"鲁本纠正道，"澳大利亚最近，养牛和羊的大亨们希望看到他被发配到印度或类似远一点的地方，最重要的是，他们希望看到他被老虎吞进肚子里。"

伦纳德大笑，"赛德布鲁森也是这个意思，好了，要是他说得没错，麦肯齐虽然被流放，但现在又回来了，这正是赛德布鲁森这个家伙说我应该去拘捕他的原因。但我能拿他怎样？我连把他锁起来的权利都没有，五年监禁根本没什么意义——严格说来，五年期限已经过了，更不用提我能对他怎样了。你有什么建议，法官大人？"

鲁本假装在思考这个问题——不过伦纳德看得出他其实一脸喜悦。他是反对还是支持麦肯齐的呢？

"听我说，伦纳德，"鲁本说，"首先，调查清楚他是不是赛德布鲁森说的那个麦肯齐，然后，赛德布鲁森这家伙在镇里这段时间，把他关起来，并告诉赛德布鲁森，你正对那个人采取保护性拘留。赛德布鲁森在恐吓麦肯齐先生，而你不希望引起骚乱。"

伦纳德咧嘴而笑。

"不过千万别跟我老婆提起这件事！"鲁本急切地说，"对她来说太意外了。哦，对了，你把他关起来之前，有必要让麦肯齐先生刮好胡子，理好头发，他一到你的宝殿，就会有一位女士来看望！"

怀孕前几周，芙蓉蕾特本来就很想哭，在监狱里一见到詹姆斯，她就忍不住热泪盈眶，说不清是因为久别重逢，还是因为他再次被捕。

詹姆斯·麦肯齐自己却很淡然，他一直兴高采烈的，直到芙蓉蕾特放声大哭，他这才把她抱着怀里，笨拙地抚摸着她的背。

"好了，好了，别哭了，小东西，关在这里我反而没事！在外面才危险呢，我跟赛德布鲁森之间的瓜葛还没完！"

"你怎么避都不避一下，直接撞到他枪口上呢？"芙蓉蕾特啜泣着说，"你跑到淘金场干吗？你不会是想给自己立界标、圈地淘金吧？"

詹姆斯摇头。他的样子看上去不像是在金矿附近的旧牧场安营扎寨的冒险者，伦纳德其实没必要把他带到理发店里刮胡子、理发，也没必要用钱帮他摆脱困境。詹姆斯·麦肯齐的样子更像一个旅行中的富裕农场经营者，从他的衣着和整洁度判断，他跟他的死对头赛德布鲁森并无区别。

"我这辈子已经下了足够多的赌注了，而且，这次澳大利亚之行也让我赚了不少钱。成功的秘诀是，不要把找到的黄金马上花费在类似达芙妮那样的旅馆里以表庆祝。"他笑道，"在这里的淘金场，我一直在找你丈夫，结果发现他住在主街，而且对来往人群严格把控。"他朝芙蓉蕾特使了个眼色。见到女儿前，他已经和鲁本会过面，他对自己的女婿很满意。

"接下来会怎么样？"芙蓉蕾特问，"他们会把你送回澳大利亚吗？"

詹姆斯叹息道："我希望不会。我可以付路上的费用，那没问题……好了，好了，别那样看我，鲁本，钱是我正经赚来的！我发誓，我在那边没偷过一头羊！那太浪费时间了。当然，我是以别的身份再次返回的，我以后就不用因为与赛德布鲁森之间的纠葛而接受检查了，但如果呆在澳大利亚，就得让吉薇继续遥遥无期地等我，我相信她已经等得很辛苦了——就像我一样！"

"伪造证件不是解决办法，"鲁本说，"如果你想在昆士敦、西海岸或南岛某个地方生活，伪造证件没问题，但以我的理解，你是想骑马回到坎特伯雷平原去娶吉薇尼拉·沃顿，就因为这点——那里每个人都认识你！"

詹姆斯耸耸肩，"这倒是事实，如果那样的话，我得绑架吉薇才行，不过，我对这事没什么顾虑！"

"最好让你成为一名合法公民。"鲁本严肃地说，"我准备写信给州长。"

"但赛德布鲁森会先下手为强！"芙蓉蕾特像是又要大哭一场，"麦克邓恩先生已经说了，因为我父亲在这里受到贵族一样的待遇，赛德布鲁森像疯子一样大发雷霆……"

大约正午时分，约翰·赛德布鲁森经过警察局，那时双胞胎正在给警卫和囚犯张罗中饭。看到犯人被招待得那么好,他非常生气。

"赛德布鲁森是大农场主,也是一名无赖,如果他的言辞是针对我的,州长应该知道怎么做。"鲁本安慰她说,"我会将事情详细向他解释——包括你父亲的经济状况、家庭关系,以及他的结婚计划。另外,我会着重强调他的贡献和资历,虽然他的确偷过几头羊,但他发现了麦肯齐高原。赛德布鲁森现在就在这个高原放羊,他应该感谢你,而不是老想着处置你才对,詹姆斯!再说,你还是一个经验丰富的牧人,对基沃顿站来说,毫无疑问是一笔财富,尤其是杰拉尔德·沃顿死后的现在。"

"我们也可以给他提供一份工作!"海伦插话说,"你愿不愿意当奥基弗站的经理,詹姆斯?这也是一种选择,万一保罗那个活宝有一天把吉薇尼拉丢在大街上。"

"还有汤加。"鲁本说。他已经研究过吉薇尼拉在与毛利人的冲突中的法律地位,情况不容乐观,从法律的角度上说,汤加的要求是合乎情理的。

詹姆斯·麦肯齐耸耸肩,"对我来说,奥基弗站跟基沃顿站一样好,只要能跟吉薇尼拉在一起,去哪都一样——虽然我估计'星期五'希望有几头羊。"

鲁本第二天就把信寄给了州长,但谁都别指望能马上得到答复。于是,詹姆斯依然厌烦地呆在监狱里,而海伦则在昆士敦尽情享受天伦之乐。她和孙子们一起玩耍;芙蓉蕾特第一次把小斯蒂芬放在马背上时,她紧张而激动地在一边看着;而伊莱恩哭着表示抗议时,海伦则耐心安抚。做好最坏打算,她去一个刚开办的小学校了解了一下情况,要是能在那儿找点事做,她就可以一直呆在昆士敦了。可那时候,学校里只有十个学生,一个来自但尼丁的可爱女孩在当老师,她一个人就完全可以把这十个学生搞定。鲁本和芙蓉蕾特的商店也没什么事情可以让她做,而那两个双胞胎争先恐后地坚持不让她们心爱的前老师动手干任何举手之劳的事。海伦最后知道了达芙妮的全部经历,她邀请这个年轻女人去喝茶，即便这么做可能会让昆士敦的人说闲话。

"我接待了那个畜牲后的第一件事，就是去利特尔顿。"达芙妮说起她从色狼莫里森身边逃离的经历，"我本来想乘下一艘船回伦敦，可这显然不是明智的选择，没人会接纳我这样的女孩。我也想过去澳大利亚，但天晓得他们那儿……呃哼，找不到工作的水性杨花的女人太多了。后来，我找到双胞胎，她们也和我一样，正想离开这个地方——'离开'的意思是'乘下一艘船'。"

"她们是怎么找到对方的？"海伦问，"她们当时在完全不同的地方呀。"

达芙妮耸耸肩，"她们毕竟是双胞胎，一个人想什么，另一也想什么。真的，她们跟了我二十多年，我还是觉得不可思议。我没猜错的话，她们那时在跑马道上就遇见对方了。至于她们是如何步履艰难地走到那儿的，我就不知道了。我找到她们的时候，她们正在海港附近流浪，一起偷东西吃，并试图把自己藏在船上被带走。这根本不可能嘛，人家马上就会发现的。那我还能怎样？只能带着她们咯。我跟一位水手有点交情，他帮我弄到死于都柏林至利特尔顿途中一女孩的证件，所以从官方角度上说，我的名字应该叫布莱迪·奥洛克。因为有一头红发，大家都信以为真。可这两个双胞胎老是叫我达芙妮，所以，我把姓氏保留了下来，对于一个……来说，这是个不错的名字，我是说，这是圣经里的名字。有些事情是躲不掉的。"

海伦笑道："以后他们会把你的名字列入圣经的！"

达芙妮咯咯地笑，看起来像小女孩时那样。"后来，我们去了西海岸，刚开始时四处辗转，最后在一个……呃哼，一个叫乔兰达夫人的场子里落脚。那地方很破旧，起初，我只负责收拾收拾，这会让生意更好。你的朋友格林伍德先生就是在那儿找到我的，不过我并没有因为他而离开，促使我最终离开的是乔兰达的不满。有一天，她告诉我说，她打算下个周六开始安排双胞胎接客！她说，是时候让她们破身……呃，就像圣经里说的，他们知道。"

海伦大笑，"圣经上的东西你记得真牢，达芙妮。"她说，"那我们就测试一下你有关大卫·科波菲尔的知识好了。"

"于是，那个星期五，我最后一次踢掉脚上的高跟鞋，然后，带着现钞箱逃走，当然，这么做不太优雅。"

"那只能叫——以眼还眼，以牙还牙。"海伦评判说。

"后来，我们追随着'黄金的气味'来到这里。"达芙妮笑着说，"我们最终赚了一大笔！毫不吹嘘地说，这个地区百分之七十的金矿里的金子都进了我的腰包。"

给州长写的信发出六个星期后，鲁本接到一封貌似官方的信件，这封信让他迷惑不已，甚至心神不宁。邮差很隆重地把信交给他。

"从惠灵顿发来的！"他郑重强调，"是政府的信件！他们要授爵位给你是吗，鲁本？是不是女王要来了？"

鲁本大笑，"不可能，伊桑，绝对不可能。"他打消了马上把信拆开的念头，因为伊桑正在后面好奇地偷看，那个出租马厩的罗恩也在伊桑店铺里无所事事。

"待会儿见，二位！"他显得很轻松，但回百货店的路上，他就已经迫不及待把弄那封信了。走到警察局附近，他改变了自己的主意。这封信显然事关詹姆斯·麦肯齐，他应该最先知道州长的决定才是。

鲁本、伦纳德和詹姆斯很快就凑在一起急切地看公函，州长长篇大论的引言让他们很不耐烦，在引言中，州长强调鲁本为昆士敦的繁荣作出的所有贡献，最后，他才进入问题的核心：

……我们很高兴同意你关于进一步宽待盗马贼詹姆斯·麦肯齐的请求，你描述的情况让人大开眼界。我们的意见也和你一样——詹姆斯·麦肯齐能够对南岛的社区发展作出贡献，只要约束好自己，行为合法，将来，他无疑是一个不可多得的人才。我们的愿望与你一致，尤其希望他为吉薇尼拉·沃顿太太服务。可吉薇尼拉·沃顿太太现在涉及另一宗案件，还等着我们决断，她肯定要失望了。请对后面这件事情守口如瓶，因为判决书还未提交给相关方……

"该死,那是跟毛利人之间的事!"詹姆斯叹息道,"可怜的吉薇……看来,她依然在独自面对这一切。我应该马上到坎特伯雷去。"

伦纳德点点头,"我不拦你,"他咧嘴笑道,"相反,我会在大饭店订一个免费的房间!"

"我真该陪你一起去的,詹姆斯。"海伦遗憾地说。热心的双胞胎将告别宴最后一道菜端上来,芙蓉蕾特坚持,在父亲前往坎特伯雷前,至少要好好款待他一次,这一去也许就好几年。虽然他发誓一定尽快带吉薇尼拉回来看他们,但芙蓉对大农场的运作了如指掌:随时都可能发生点什么事,让管理人员无法脱身。

"这里真好,可惜我得回去照顾农场,我不想永远成为你们的负担。"海伦一边叠餐巾纸,一边说。

"你不是我们的负担!"芙蓉蕾特说,"相反!没有你,我们都不知道该怎么办,海伦!"

海伦大笑。"不用撒谎,芙蓉,你从来都不擅长此道。说真的,亲爱的,我很喜欢这里,同样,我也很希望重新找点事做!我教了一辈子书,现在这样闲坐着,偶尔逗逗孩子们玩,好像很浪费时间。"

鲁本和芙蓉蕾特看着她,不知道该说什么好。最后,鲁本开口了。

"好吧,事情还没完全确定下来之前,我们也不挽留,"他看着母亲说,"不过,你走之前,我们最好还是说明一下,芙蓉蕾特和我——还有伦纳德·麦克邓恩——一直在考虑你在这里能做点什么。"

海伦摇摇头。"我已经去看过那所学校了,鲁本,那儿……"

"别管那所学校,海伦!"芙蓉说,"你教书教的时间够长的了,我们在考虑……呃,我们计划在小镇外面买一个农场,或一所房子,我们没把农场当成买卖来经营,这个地方太嘈杂了,交通拥挤……我希望孩子们有更多的自由空间。你想象得到吗,海伦,斯蒂芬连沙蚤都没见过?"

海伦觉得，孙子没这些经历也一样可以好好成长。

"不管怎样，我们打算从这个房子里搬出去，"鲁本大手一挥，就把这幢舒适的两层城市住宅否定了，"这个房子去年刚建好，还没配备什么家具，我们可以把它卖了，不过芙蓉蕾特觉得，用来开旅馆，这个位置还是很理想的。"

"旅馆？"海伦不解地问。

"是啊！"芙蓉蕾特说，"因为一直觉得我们会有一个大家庭，所以弄了很多房间。我们要是在底层住，楼上就可以租出去……"

"你们想让我经营旅馆？"海伦问，"你们疯了吧？"

"就一张床，一顿早餐，人们想住多久就住多久，你只要这样想就行了。"伦纳德看着海伦，鼓励她。

芙蓉蕾特点点头，"别曲解我们说的旅馆的意思，"她赶忙说，"我们说的是一家体面的旅馆，不是达芙妮那种强盗和淫荡女人栖居的贼窝。不，我的意思是……有些值得尊敬的人来到镇上，比如医生或银行家什么的，得有体面的地方住啊，还有……一些青年女子。"芙蓉蕾特手里把玩着一份碰巧搁在桌上的报纸——克莱斯特彻奇英国圣公会教区时事通讯。

"不是我想象的那样，是吧？"海伦从她手中拿过报纸，报纸打开的页面上有一个小广告。

奥塔戈，昆士敦。如果你是一名女基督徒，具有坚定的信仰和积极的开拓精神，有志于与人格高尚、家境良好的社区成员步入婚姻生活……

海伦摇摇头，哭笑不得。"以前是捕鲸者，现在是淘金的人！这些受人尊敬的牧师太太和社区要员们真的知道自己这是在对那些女孩做什么吗？"

"呃，这是在克莱斯特彻奇，妈妈，不是伦敦。如果女孩不喜欢，她们三天后还可以回去。"鲁本试图让她平息下来。

"即使是这样,他们还应该信守诺言,保证女孩离开的时候依然贞洁、完好无损!"海伦嘲笑道。

"要是住在达芙妮的旅馆就很难说了。"芙蓉蕾特说,"我不是反对达芙妮——不过,几年前我刚到这里的时候,她确实想雇用我从事那种工作!"她笑道,"可是,要是女孩子们能住在一间干净、正派,由镇上显要人物海伦·奥基弗经营的旅馆呢?消息要是传开,人家就会告诉女孩子有这样一间旅馆,说不定连她们的受人尊敬的父母以及明智的女伴也会陪她们一起住进来。"

"这样,你就有机会让这些年轻人面对现实了,海伦。"伦纳德似乎很尊重像海伦这样的邮购新娘,于是发表意见说,"她们会看到目光灼热的游侠口袋里的金块——而不是男人搬迁到另一个金块区时,她们不得不入住的惨淡小屋。"

海伦漠然地说:"你相信好了!我可不想在三天后就当某个人的证婚人!"

"那么,你愿意管理这间旅馆了?"芙蓉热切地问,"你觉得你行吗?"

海伦不以为然地看了她一眼,"亲爱的芙蓉蕾特,我这辈子学会了教毛利人读圣经,学会了挤牛奶、杀鸡,甚至学会喜欢上一头骡子。区区一间小旅馆,我还是能打理的。"

众人大笑,接着,伦纳德故意将钥匙弄得叮叮当当地响,意思是商议到此结束。海伦旅馆尚未开办,所以他允许他的前犯人在自己的小屋里再呆一晚。一个有前科的人,无论改造得有多好,要是在达芙妮的旅馆过夜,没有不再次堕落的。

海伦本想把伦纳德送到门口,这样他们就可以在走廊上聊一会儿,但那天晚上,伦纳德特意要芙蓉蕾特送自己。詹姆斯向海伦和鲁本道别的时候,伦纳德在芙蓉面前变得有点羞怯起来。"我……呃哼,恕我冒昧,奥基弗太太,可……你知道,我很喜欢老奥基弗太太……"

芙蓉皱着眉头听他结结巴巴地说。伦纳德到底在想什么呀?要是求婚的话,他应该直接跟海伦说呀。

最后,伦纳德振作起精神,把问题抛了出来,"呃……呃哼,奥基弗太太,海伦说的那'骡子',到底是什么意思啊?"

15

保罗·沃顿从未这么开心过。

其实,他不知道发生了什么,毕竟,他从小就了解玛拉玛,她是他生命的一部分——虽然有时是很讨厌的一部分。他同意她陪自己逃到高原上,也是喜忧参半——第一天,因为她的骡子慢腾腾地跟在他的马后,他很生气。他一度觉得,玛拉玛是自己的负担,而且坚信自己根本不需要她。

现在,对于途中对她说过的那些话,保罗感到羞愧无比,不过玛拉玛没在意,保罗冷漠无情的时候,她从来都不放在心上,她只看他好的一面。他态度友好的时候,她会笑笑;他生气恼怒的时候,她默不作声。朝玛拉玛发火,他一点满足感都找不到,他打小就明白,这正是她永远无法成为他戏谑对象的原因。而现在……在一起几个月后的某一刻,保罗发现自己爱上了玛拉玛,而且,最终懂得了她在他面前既不会摆架子,也不会对他吹毛求疵,她如其所是地看待他,没有任何勉强。玛拉玛帮助他找到一个很好的藏身处,远离坎特伯雷平原,就在刚刚发现的、人们称之为麦肯齐高原边缘——不过对毛利人而言,那儿不是什么新大陆,玛拉玛说。她以前曾和部落同伴来过这儿——还是个小女孩的时候。

"你还记得你当时哭成什么样子了吗,保罗?"玛拉玛用银铃般的嗓音问,"那时我们总在一起,你像我一样,叫齐丽'妈妈',但后来那一年境况很糟,沃顿先生酒喝得更多了,常发泄怒气,没几个人愿意给他干活,这种状况持续了很长时间,直到剪羊毛季节……"

保罗点点头。为了让工人坚持到春季农忙时节,吉薇尼拉常预先支付工资给他们,可这么做是有风险的:有的帮工会留下来,而且还记得他们之前已经领过薪水,可另外有些人拿了钱就走,还有的根本忘了提前支付的事,最后很强硬地要求全额支付。因为这个原因,最后几年,杰拉尔德和保罗不同意这么做了,他们把毛利人打发了。到剪羊毛的时候,他们会回来,要是不行,就另外请别的帮工。保罗忘了,自己曾是这件事情的牺牲品。

"齐丽把你放在你母亲怀里,但你又哭又闹的,你母亲说,要是你肯跟我们,她不介意,但沃顿先生因为这事骂了她一顿,后来我什么都不记得了,保罗,但齐丽后来告诉我,她说,我们每次把你留下,你都很抵触,但我们又能怎样呢?沃顿太太也不想那样,她喜欢你。"

"她从未喜欢过我!"保罗冷酷地说。

玛拉玛摇头说:"不,你们只是两条流不到一起的小河,也许有一天,你们会找到彼此相容的方式,河流终归是要流入大海的。"

保罗只想搭一个简易的帐篷,可玛拉玛想要建一个像样的房子。

"我们没其他事要做,保罗!"她轻松地说,"你得在外面住很久,难不成我们要被冻成冰块?"

玛拉玛的骡子驮的沉重包袱里,有一把斧头,于是,鲁本砍了一些树,在耐心的骡子帮助下,他蹚过小溪,把木头拉到一块空地上,那是玛拉玛挑选出来的地方,四周有坚实的岩石围着。此地有幽灵游荡,她断言,不过,快乐的精灵对新来的人心怀好意。她叫鲁本在他们的屋子前刻些东西,这不仅好看,地父也不会觉得被冒犯。提议一获准,她就隆重地将保罗领进了宽大、空旷的套间。

"我现在把你当成我丈夫!"她严肃地宣布,"我和你并躺在睡房里——虽然族人不在场,不过我们的祖先会来作证的。我,玛拉玛,早年坐独木舟来到奥特亚罗瓦的部族后裔,将接纳你,保罗·沃顿!你们的人是这样说的吧?"

"比这稍微复杂点……"保罗说,他不知道该怎么想,说实话,玛拉玛那天看起来非常漂亮,她戴着鲜艳的头巾,一块床单缠在腰间,裸露着乳房。保罗从未见过她这个样子,她平时在沃顿家和学校时,总是穿着端庄的西方服饰,但现在,她半裸着站在他面前,光亮的浅棕色肌肤,双眸含情——他看着她,就像地父看着天母一样。她毫无保留地爱着他，不管他是什么人，做过什么。

保罗双手环抱着她，他不知道这种时候，毛利人会不会亲吻，不过，她正用鼻子轻轻地摩擦他的鼻子，一个喷嚏出来，她忍不住咯咯地笑。接着，她挪开床单，完全赤裸着站在他面前，保罗的呼吸霎时停住了。她身材比她部族的其他女人精致多了，而且臀围很宽，乳房很大，臀部很丰满。保罗抑制着自己，但玛拉玛已平静地躺在毛毯上，并把保罗拉进怀里。

"你很想做我丈夫，对吗？"她问。

保罗本应不假思索地回答，在此之前，他基本上没考虑过婚姻，有好几次，他想象过自己和白皮肤女孩的家庭包办婚姻——也许是格林伍德或巴灵顿的女儿，那会比较合适。可是，他会在她们那样的女孩眼中看到什么表情呢？她会像母亲那样憎恨他吗？至少，她会有所保留，尤其是现在，他谋杀了霍华德之后。她真的会爱他吗？人家不会一直心存戒备和嫌疑吗？

然而爱玛拉玛却很简单，她就在面前，心甘情愿，温柔可人，对他百依百顺……不，不对，她有自己的意愿，他永远无法强迫她做什么，当然他也从未想过要这么做。也许这就是爱：就是自由给予。强加在某人身上的爱，就像他母亲的爱一样，很不值。

于是，保罗点点头，但突然又觉得不妥，仅根据她的那个部落的仪式就确定他们的爱，这很不公平，他希望也用自己的规矩来认可。

保罗·沃顿试着回忆自己懂得的结婚誓言。

"上帝和祖先可鉴，我，保罗，娶你，玛拉玛，为我的合法妻子……"

从此刻起，保罗成了一个幸福的人，他和玛拉玛像毛利夫妻一样生活，他打猎、捕鱼，她做饭、耕作。她带了些种子——所以，她那头负重的骡子赶不上他的马是有原因的——种子萌芽的时候，玛拉玛像孩子一样开心。晚上，她会讲故事、唱歌给保罗解闷；她告诉他自己的祖先很久很久以前坐着独木舟从波利尼西亚来到此地的经历，每个毛利人——她向保罗介绍说——都对祖先乘坐的独木舟充满骄傲,政府甚至使用这艘独木舟的名字作为官方事件的名称,发现新国度的故事尽人皆知。"我们来自一个叫夏威基的地方,"玛拉玛解释,她的故事像歌曲一样动听,"那时,有个叫库佩的男人,爱上一个叫库那·玛洛·蒂尼的女人,但因为她已经和他的堂兄霍图拉帕在睡房并躺过,所以他不能娶她。"

保罗得知,库佩淹死了霍图拉帕,因此,他不得不逃离自己的国家,跟他一起逃亡的库那·玛洛·蒂尼看见一朵美丽的白云浮在大海上空,白云呈现出奥特亚罗瓦国的样子。最后,他们获得那片土地,库佩也回到夏威基,玛拉玛高度赞扬了他们与挪威海怪和幽灵的危险斗争。

"他和奥特亚罗瓦国的人们说起过那里,但他从未回去,他从未回去……"

"那库那·玛洛·蒂尼?"保罗问,"库佩离开她了吗?"

玛拉玛难过地点点头。

"是。她独自留下……还好她有两个女儿,那对她是最大的安慰。但库佩真不是好东西!"

最后这句话,她故意说得像奥基弗太太的模范学生,逗得保罗哈哈大笑,他将女孩揽入怀里。

"我永远不会离开你,玛拉玛,即使我有时也不是好东西!"

汤加从一名自莱昂内尔站及约翰·赛德布鲁森的强硬管制中逃出来的伙计那儿,得知保罗和玛拉玛的情况。那个伙计听说了汤加对沃顿家族的"反叛",急不可待地想加入到将要组建的游击队里,与白人作斗争。

"高原上还住着另外一个人,"他兴奋地汇报说,"带着毛利老婆。我是说,他们人很好,男的很热情,我们路过那里的时候,他会和我们分享他的食物,女的很会唱歌。上帝!可要我说,白人都是坏蛋!他们不应该拥有我们的女人!"

汤加点头,"你说得对,"他严肃地说,"没有哪个白人可以浊染我们的女人。你当我的向导,携酋长圣斧去打击这种邪恶的事情!"

伙计满脸堆笑。第二天一大早,他就带着汤加挺进高原。

汤加及其向导在保罗的屋里与之相遇。他正在收拾柴火,帮玛拉玛清理出一块可做饭的坑地,这不是她那个村子习惯的做饭方面,还好他们俩都听说过毛利人的风俗,现在想亲自尝试尝试。玛拉玛高兴地捡来石头,保罗则用铁锹铲着雨后依然柔软的泥土。

房子旁边有几块岩石,玛拉玛相信石头会让神感到满意。汤加从岩石后走出来。

"你在给谁挖坟墓呢,沃顿?你又开枪打死其他人了?"

保罗转过身,把铁锹伸出来,玛拉玛惊恐地低泣一声。她看上去很漂亮,身上只穿着裙子,头发随意用一个绣花头巾绑在后面;因为劳作,她皮肤散发着光亮,刚才她还一直笑着。保罗朝前迈了一步,把她挡在后面。他知道这很幼稚,但他不希望别人看到她穿得那么少——虽然他知道,毛利人并不觉得这样有失体统。

"你想干吗,汤加?你吓着我妻子了,从这里滚出去,这不是你的地盘!"

"这应该是我的,而不是你的,白种人!如果你想知道真相——你那个基沃顿站也不再属于你了,你们的州长已经作出对我有利的裁决。如果你买不起我的股份,我们就把土地分割!"汤加斜靠在圣斧上声明。他带着圣斧,以备作出重大决定时所需。

玛拉玛走到两个男人之间,她意识到汤加佩戴着勇士饰品,不仅仅涂着油彩——这位年轻的首领过去几个月请人给自己刺上了传统风格的文身。

"汤加,我们可以公平谈判。"她温柔地说,"基沃顿站很大,每个人都会得到自己的股份,保罗再也不想与你为敌,他是我丈夫,他属于我和我的族人,所以他也是你的兄弟。握手言和吧,汤加!"

汤加大笑。"他?我兄弟?那他就得像我兄弟一样生活!我们要没收他的土地,铲平他的房子,神会回收并重新利用他们的房屋用地,你们俩就只能住在我们部族的睡房里了……"汤加走近玛拉玛,目光色迷迷地游移在她裸露的乳房上。"但话说回来,到那时候,你可能会想跟别人同床共枕了,一切还没定数……"

"你这个该死的臭狗屎!"

汤加把手伸向玛拉玛,保罗猛扑过去。过了一会儿,两人扭打在一起,在地上争吵、尖叫、漫骂着;他们彼此拳脚相向,又撕又咬,拼了命要打败对方。玛拉玛无动于衷地看着他们打斗,她已经数不清看过他们打了多少次架了,从孩提时代起,两个活宝!

"别打了!"她最后尖声叫道,"汤加,你是个首领!注意一下自己的尊严;你呢,保罗……"

可他们俩都不听,继续顽固地扭打,玛拉玛在一边等着其中一方压制住另一方,可两人势均力敌,玛拉玛知道,孰胜孰负悬而未决——终其一生,她都没法确定,如果保罗打赢了,是否一切都将不一样。汤加最后还是被打倒了,保罗跨在他身上,气喘吁吁,脸上被抓损的地方流着血,但不管怎样,他赢了。他笑嘻嘻地挥起拳头。

"你还想质疑玛拉玛是不是我妻子吗,王八蛋?永远永远?"他摇晃着汤加。

与玛拉玛不一样的是,那个把首领带到那儿的年轻人充满愤怒和惊惧地看着他们打架,在他看来,这不是微不足道的拳头相向,而是毛利人和白人之间的权利之争——部落勇士对抗压迫者。玛拉玛说得对,一个首领不该这样跟人打架!汤加不应该像个小孩一样跟人厮打,而且还打输了!他把自己的尊严丢光了……这个年轻人无法容忍这样的事情发生。他举起长矛。

"不,不,你别!保罗!"玛拉玛尖叫,并试图抓住他的手臂,但太晚了,保罗·沃顿从对手身上滚了下来,倒在地上,胸部被长矛刺穿。

16

詹姆斯·麦肯齐愉快地吹着口哨,摆在他面前的任务很零碎,不过没任何事情能影响他今天的好心情。回到坎特伯雷平原两天了，与吉薇尼拉的重逢让他了却了所有遗憾，仿佛所有的误解和过去那些爱恋隔阻的年月都未曾存在。回想起那时吉薇尼拉压抑着自己不谈感情，詹姆斯傻笑起来！现在，她敞开了胸怀，威尔士公主那份矫情没有留下一丝痕迹。

　　现在，谁还会让吉薇尼拉感到难为情呢？暂时，沃顿的庄园还完全属于他们。现在，他不再是那个忍辱负重的雇员，而是以占据其中财产的身份步入那所房子，那感觉很陌生——客厅里的椅子、水晶杯子、威士忌，还有杰拉尔德·沃顿的极品雪茄都是他的了。来到厨房和马厩，詹姆斯感觉像在自己家里——那些毕竟是吉薇尼拉呆的时间最多的地方。家里依然没有毛利员工，白人牧工是那么重要、那么自负，他们是不会去干这些简单家务活的。所以，吉薇尼拉只好自己提水，侍弄园子里的蔬菜，到鸡笼子里捡鸡蛋；家里再也没有新鲜鱼和肉，她没时间去捕鱼，又没法自己撕断鸡脖子。詹姆斯刚生活在那儿时，菜单丰富了些，他很高兴能让她的生活变得轻松些，虽然在她女人味十足的卧室里，依然感觉像个客人。吉薇尼拉告诉他，房间是卢卡斯为她布置的，虽说蕾丝窗帘显得很俏皮，精致的家具也不是吉薇尼拉喜欢的风格，但她还是把它们当成丈夫的纪念品留了下来。

　　卢卡斯·沃顿肯定是个奇怪的人！詹姆斯现在才意识到，他对他是多么不了解，牧羊人心胸狭窄的评论其实是多么接近事实。但某些方面，吉薇尼拉的确爱过卢卡斯，至少，她尊重他；而芙蓉蕾特对于非亲生父亲的记忆也充满温暖。詹姆斯渐渐为卢卡斯感到遗憾和同情。他毕竟是个好人，虽然软弱，而且，在一个错误的时间出生在一个错误的地方。

　　詹姆斯骑着马朝湖边的毛利村走去，他可以走路的，但他是为一项公事而来，作为吉薇尼拉的谈判人说话，所以骑马感觉更安全——毕竟，更重要的是——四条腿的交通工具是白种人社会地位的象征，再说，他喜欢马。芙蓉蕾特把马给他：那是她那匹母马妮妮安与一匹阿拉伯血统的乘用马共同生的雄马。

在基沃顿站和毛利村之间，麦肯齐一直以为会遇到封锁，毕竟，伦纳德·麦克邓恩已经向他表达过那个意思，而且，吉薇尼拉也被激怒了，因为他们企图切断她通向霍尔顿的公路。

然而詹姆斯却畅通无阻地进了村庄，他刚经过村子最前面的建筑，大会议厅就映入眼帘，可村寨里的气氛显然很奇怪。

没有吉薇尼拉、安迪·麦克艾伦以及波克·利文斯顿所说的那种敌对性戒备和挑衅，更奇怪的是，因为州长的决定而获胜的感觉也没有，相反，詹姆斯倒觉得他们正在紧张地等待着什么。没有人蜂拥而上围住他，也不像以前他来村子里时那样，想亲切地和他交谈。他们看上去并没有威胁性，虽然他确实偶然看见几个文着战斗油彩的人，他们只穿着衬衫和裤子，而未配备传统装备和长矛。有几个妇女在料理日常家务，她们尽量躲着不与来访者目光交汇。

最后，齐丽从一个屋子里走出来。

"詹姆斯先生，我听说你回来了，"她正儿八经地说，"小姐应该很高兴。"

詹姆斯笑笑，他一直怀疑齐丽和莫纳知道他和吉薇尼拉的事。

但齐丽却笑不起来，相反，她只是诚恳地抬起头，看着詹姆斯，欲言又止，然后，小心翼翼地斟词酌句道："我是想说……很抱歉，莫纳和维缇也觉得对不住，现在要是相安无事了，我们很乐意回去做事。我们原谅保罗了，他变了，玛拉玛说，变成一个好男人了，也是我的好儿子。"

詹姆斯点点头。"那就太好了，齐丽，沃顿太太希望他很快就能回去。"可齐丽回避着走开了，他觉得很纳闷。

再没有其他人跟他说话，詹姆斯只好来到酋长室。他下了马，汤加肯定已经知道他来了，但这位年轻的首领显然打算让他进去求见。

詹姆斯提高嗓门，"汤加！我们必须谈谈！沃顿太太得到州长的消息，她愿意和谈。"

汤加从酋长室慢慢走出来，他全身武装，身上刺着斗士文身，但未持长矛，手上只是拿着酋长圣斧。詹姆斯从他表情里看出争吵过的痕迹。难道是首领的位置不保？难道部族里有了竞争对手？

詹姆斯伸出手，但汤加未理睬。

詹姆斯耸耸肩。好吧，在他眼里，汤加不过是一小屁孩，你能指望这么一个毛头小子什么呢？詹姆斯不打算跟他玩这套，所以依然表现得很礼貌，最起码，他不会漠视别人对他的尊重吧。

"汤加，你还很年轻，却当上首领，这说明你的子民把你当成一个讲理的人。奥基弗太太对你的评价也很高，你在州长那儿取得的成就很引人注目，你已经显示出勇气和韧性。但现在，我们必须达成一致。因为沃顿不在，沃顿太太将代替他进行谈判，她郑重声明，无论她作出什么决定，他都会支持。话说回来，他肯定得支持，因为州长已经作出决定。结束纷争吧，汤加！这样做也是为了你自己的人的利益。"詹姆斯伸出手，以示自己手无寸铁，汤加应该看得出他是为和平而来的。

年轻酋长站起来，高大的身躯挺得笔直。虽然他还是比詹姆斯矮一点，他比保罗也矮，这是困扰他整个青春期的事情，但他是大名鼎鼎的首领，没什么事值得他惭愧！即使是保罗的死……

"告诉吉薇尼拉·沃顿，我们已经准备好谈判。"他冷冰冰地说，"我们当然愿意保留她的契约，从上个满月之日起，沃顿太太就有沃顿家族的表决权了。保罗·沃顿死了。"

"不是汤加……"詹姆斯抱着吉薇尼拉，告诉她保罗的死讯。吉薇尼拉欲哭无泪，她为自己没流下一滴眼泪而自责。保罗是她儿子，可她居然哭不出来。

齐丽默默地为他们放了一壶茶在桌上，她和莫纳跟詹姆斯一起回到这里，好像是商量好了似的，她们像往常一样，各自接管了厨房和办公室事务。

"你不能把过失归咎于汤加，否则谈判可能会中断。我觉得责任在保罗自己，据我所知，是汤加的一名卫士失控，因为他看见自己首领的尊严受到威胁，所以刺死了保罗——从后背！汤加肯定感到羞愧难当，因为行凶者不是汤加部落的人，汤加不能拿他怎样，所以凶手没受到任何处罚，汤加只是把他送回了他自己的部族。如果有必要，你可以把这起意外交给警察去调查。汤加和玛拉玛是证人，不会在法庭上撒谎。"詹姆斯倒了一杯茶并往杯子里加了一大把糖，递给吉薇尼拉。

吉薇尼拉摇摇头。"那又有什么用呢？"她平静地说，"他看到自己的人尊严受到威胁，保罗觉得自己妻子的生命受到威胁，霍华德受到侮辱……事情就这样接踵而来，永无尽头。我已经厌倦了，詹姆斯。"她浑身发抖，"我真希望自己对保罗说过我爱他。"

詹姆斯把她抱紧，"他必定知道你言不由衷，"他温柔地说，"这是无法改变的，吉薇。"

她点头说："我只能这样苟且终生，我每天都为此恨透了自己。爱是很奇怪的事情，我对保罗没有一丝爱怜，但玛拉玛爱他……爱得像呼吸空气那么自然，毫无保留，不管保罗做过什么。她是他妻子，你说呢？她现在在哪？汤加没拿她怎样吧？"

"我猜她已经是保罗的合法妻子，汤加和保罗是因为她才争吵的。所以，保罗是认真的。我也不知道她现在在哪，我不懂毛利人的哀悼仪式，兴许她把保罗安葬后就离开了。我们得去问问汤加或齐丽。"

吉薇尼拉很自责，双手依然不停地颤抖。她抱着茶杯，让手指温暖，而后把杯子端到嘴边。"我们必须去了解，我不希望这女孩有什么不测，我得尽快到毛利村去，其他事情都暂时搁在一边，但不是今天。今晚不行，我想自个儿呆着，詹姆斯……我得好好想想。明天，太阳出来后，我就去找汤加谈，我必须为基沃顿站而斗争，詹姆斯！汤加别想得到它！"

詹姆斯将吉薇尼拉抱在怀里，轻柔地把她带到卧室。"你想怎样都行，但我不会单独把你留下，我会在你身边，今晚也一样，你可以说说保罗或为他痛哭……你们之间还是有过美好记忆的，你偶尔肯定也会为他感到骄傲！跟我说说他和玛拉玛，或者让我说给你听，如果你不愿意，那就什么都不说，但你不能一个人呆着。"

吉薇尼拉在基沃顿站与毛利村之间的湖边遇到汤加时，身上穿着一条黑裙子。谈判未在封闭的室内进行,天上众神、逝者的魂灵以及祖先们将为此作证。吉薇尼拉身后站着詹姆斯、安迪、波克、齐丽和莫纳,汤加身后则列队站着二十名表情冷酷的勇士。

彼此间简单的寒暄后,首领表达了他对她儿子英年早逝的遗憾——用斟酌的词句和流利的英语,吉薇尼拉从中听出受过海伦教育的痕迹,汤加是一个野蛮人兼绅士的奇怪混合体。

"州长已经决定,"吉薇尼拉语气平稳地说,"现在称之为基沃顿站的土地买卖不完全符合怀唐伊条约的全部条款……"

汤加嘲讽地大笑,"不完全符合全部条款?这个买卖根本就是违法的!"

吉薇尼拉摇摇头,"不,不是的,这是保证毛利人以最低价格出售土地的协议正式批准前的事,人们可以违反一份还不存在的协议——此外,卡伊·塔胡从来没署名,然而,杰拉尔德·沃顿购买这块地的时候,州长发现他欺骗了你们。"她深吸了口气,"在彻底查阅过相关文件之后,我只好认同他的看法,杰拉尔德·沃顿用零用钱付款给你们,你们只收到应得款项最低额的三分之二,现在,州长判我们要么把剩余欠款返还,要么归还土地相应的部分。如今土地价格节节拔高,所以,后一种解决方式更适合我。"

汤加斜睨着她,"我们深表荣幸,沃顿太太!"象征性地鞠了一躬说,"你真的打算把你宝贵的基沃顿分一部分给我们吗?"

吉薇尼拉真想给这个乳臭未干的傲慢小子一记耳光,但现在不是时候,所以她控制住自己,像开头一样镇定自如地接着说:"我愿意把奥基弗站给你作为赔偿,我知道你经常在那里游荡,那里的高原区,无论打猎、捕鱼,都比基沃顿站有更富足的资源,但另一方面,那儿不太合适养羊。这样对我们大家都有好处,在土地面积方面,奥基弗站是基沃顿站的一半,这样一来,你得到的土地就比州长准予你的多。"

一听说州长的决定,吉薇尼拉就明确制定了这个规划。那时,海伦正想把奥基弗站卖掉,她打算留在昆士敦,吉薇尼拉可以分期付款购买她的农场,这样一来,基沃顿站就不会受到支付赔偿的打击了,而且,这与已故的霍华德·奥基弗的愿望一致，因为土地最终落到毛利人而不是他憎恨的沃顿家族手里。

站在汤加身后的勇士窃窃私语，好像对她的提议很感兴趣。汤加却摇了摇头。

"多么慈悲啊，沃顿太太！那是一块不值钱的地，一个已经荒废的农场——愚蠢的毛利人还觉得很幸运，嗯？"他大笑着说，"不，这跟我预想的不太一样。"

吉薇尼拉叹了口气，"你想要什么？"她问。

"我想要……我真正想要的是……我们现在站着的地方，从通向霍尔顿的公路，到摇摆石……"他指的是农场与毛利人称之为石圈的高原之间那个区域。

吉薇尼拉皱着眉头说："可我们的房子就建在这块地上面！那是不可能的！"

汤加笑道："我说的是我希望得到的……但我欠你一笔血债，沃顿太太，你儿子的死是我的过错，虽然他不是死在我手上，我不想那样的，沃顿太太，我希望看到他流血，但没想看到他死。我希望他看着我拆掉他的房子——或将它们占为己有！还要让他看着我娶玛拉玛为妻，那将让他比被长矛刺还痛苦。可现在成这样了，我决定宽恕你，保留你的房子，沃顿太太。但从摇摆石到基沃顿站与奥基弗站之间那条河的土地，全部归我。"他张狂地看着吉薇尼拉。

吉薇尼拉觉得脚下的土地在倒塌，她看看汤加，然后又看看詹姆斯，目光迷离而绝望。

"那可是我们最好的牧草地，"她说，"我们的三个剪毛棚都在那儿！全都用栅栏围起来了！"

詹姆斯站出来抱着她，他严厉地看着汤加。

"你们双方可能应该多用点时间进一步考虑。"他镇定地说。

吉薇尼拉直起腰，目光闪烁。

"如果我们让你如愿，"她叫嚷道，"就等于把整个基沃顿站都交到你手上了！也许我们是应该这么做！基沃顿站后继无人，你和我，詹姆斯，我们专心管理好海伦的农场就好了……"

吉薇尼拉深吸一口气，目光掠过她曾悉心料理并守护的土地。

"一切都将分崩离析，"她自言自语说，"育种计划、牧场、长角牛……付出那么多心血，我们拥有坎特伯雷最好的牲口，就算不是整个岛最好的。该死的，杰拉尔德·沃顿有他的过错，但不该遭此报应！"她咬着嘴唇不让自己哭出来，她还是第一次很想为杰拉尔德哭一场，也为卢卡斯和保罗。

"不！"那是一种平静却极具穿透性的声音，听起来像歌声，像天生的说书人和歌手的嗓音。

汤加身后的勇士分开站在两边，为玛拉玛让路。女孩沉着地站在他们中间。

玛拉玛那天没有文身，但身上描绘着表明身份的符号：下巴和嘴巴与鼻子之间的皮肤都涂着油彩，这让她小小的脸看起来像神的面具，吉薇尼拉曾在玛塔霍拉的房间里见过那种东西。玛拉玛把头发绑了起来，像成年妇女假日盛典时那样打扮。她上半身赤裸着，尽管肩膀四周穿了衣服，下半身则穿着吉薇尼拉过去给她的白裙子。

"别把我叫做你妻子，汤加！我从来没跟你睡在一起，而且永远不可能。我过去是、现在也是保罗·沃顿的妻子，这块土地过去是、现在也是保罗·沃顿的！"玛拉玛一直都是说英语的，现在她换成了自己的语言，这样，汤加的随行人员就没谁听不懂了。她说得很慢很慢，所以吉薇尼拉和詹姆斯字字入耳。基沃顿站的每个人都很想知道玛拉玛·沃顿有什么话要说。

"这是沃顿家的土地，也是卡伊·塔胡的。现在，将会有一个孩子诞生，他母亲来自坐着独木舟来到奥特亚罗瓦的部族，而他父亲则来自沃顿家族。保罗从未告诉过我他父亲的祖先是划什么船来的，但我俩的结合受到卡伊·塔胡祖先的保佑，部落的母亲和父亲们都会欢迎这个孩子的到来，这一块土地应该是他的。"

这个年轻女人将双手放在腹部，然后张开手臂做了个拥抱一切的手势，好像要把土地和群山揽在怀里。

汤加身后的勇士大声欢呼，没人为了土地而对抗玛拉玛肚子里的孩子——尤其是在奥基弗站所有土地都归到毛利部落的情况下。

吉薇尼拉笑了，她打起精神回应玛拉玛；她有点晕眩，但更重要的是，她感到如释重负。现在，她希望用最合适的语言、最精确的表达在毛利人面前作第一次超越日常事务的演说，她想让每个人明白：

"你们的孩子来自坐着都柏林号轮船来到奥特亚罗瓦的部族，这个孩子父亲的家族也欢迎他的到来，往后就是卡伊·塔胡土地上叫做基沃顿站的农场继承人。"

吉薇尼拉试着模仿玛拉玛的手势，但对于她来说，她想揽在怀里的是玛拉玛和她未出生的孩子。